科学发展新山东

第八届中国网络媒体山东行新闻报道集

指导单位：国家互联网信息办公室网络新闻宣传局
主办单位：山东省委宣传部 山东省人民政府新闻办公室 山东省网络文化办公室
承办单位：大众网

山东人民出版社

科学发展新山东

第八届中国网络媒体山东行新闻报道集

策　划：李建军

主　编：刘致福　王世农　郝克远

副主编：董志强　袁　罡　杜　福

　　　　林忠礼　朱德泉

编　委：赵　伟　董丽丽　乔兰山　刘冬菊　宋德印

　　　　丁　玲　于　文　葛庆涛　姜长勇　李雪修

　　　　李　冉　陈月军　张　峰　陶云江　马　震

　　　　刘宝才　魏　鹏　王云峰　杨　凯

设　计：刘　赟

第八届中国网络媒体山东行 掀起科学发展新山东宣传热潮

为全面展示山东第九次党代会以来经济社会发展的风貌，宣传山东科学发展的总体情况和全面成果，2012年5月12日至18日，由国务院新闻办公室网络新闻宣传局指导，中共山东省委宣传部、山东省人民政府新闻办公室、山东省网络文化办公室共同主办，大众网承办的“科学发展新山东——第八届中国网络媒体山东行”大型采访活动，在济南、聊城、菏泽、济宁、枣庄、东营、莱芜、潍坊、烟台、威海、青岛11市成功举行。来自网络和传统媒体的编辑记者们通过实地考察采访，以山东省委省政府推进科学发展的重大决策、重大战略、重点工作为切入点，以“科学发展新山东”为主题，重点采访报道山东的科学发展新思路、实施蓝黄带动战略、经济结构调整、统筹城乡建设、创新驱动、文化强省建设、改善民生、生态文明建设、深化改革开放、党的建设等十个方面，大力宣传各地各部门各行业创造的山东经验、山东模式、山东亮点，为迎接党的十八大和山东省第十次党代会的召开，营造了浓厚的网络舆论氛围。

此次活动主题宏大，参与媒体数量、行程距离、涉及城市都创了历史新高，来自全国各地的80余家媒体、130余名记者，7天行程5000余公里，发稿和转载总量达35万余篇，在网上掀起“科学发展新山东”的宣传热潮。

为做好第八届中国网络媒体山东行的宣传报道，“科学发展新山东——第八届中国网络媒体山东行”大型专题报道实现全媒体涵盖，投入了各种新闻资源，包括新闻、评论、微博、手机报、论坛均同步发稿，同时积极组织网友互动和评论，并对13场新闻发布会进行了3G直播，页面设计上首次采用画卷展开式设计，寓意深远、夺人眼球。

本届网络媒体山东行采访活动有以下八大突出亮点：省直部门高度重视，各地政府密切配合

为了确保“科学发展新山东——第八届中国网络媒体山东行”活动的顺利进行，活动成立了组委会，由山东省委宣传部副部长李建军任主任，山东省网络办公室主任刘致福、山东省委对外宣传办公室、省政府新闻办公室主任王世农、大众报业集团党委常委、副总编辑郝克远任副主任。在活动开始之前，山东省网络办副主任董志强、建设处刘冬菊副处长、山东省外宣办网络处宋德印，顶着炎炎烈日，对媒体行所涉及城市进行了踩点，确保了采访活动的顺利进行。

此次活动成功举行，还得益于国务院新闻办公室网络新闻宣传局的指导，得益于山东省委、省政府的高度重视，得益于主管部门的大力支持。省委常委、宣传部长孙守刚出席启动仪致辞、并向采访团授旗，国家互联网信息办公室网络新闻宣传局交流处处长卢岚出席启动仪式并致辞，省委宣传部副部长李建军主持启动仪式，山东省网络文化办公室主任刘致福介绍了活动行程安排，大众报业集团党委常委、副总编辑郝克远出席启动仪式并致辞，中共山东省委对外宣传办公室、省政府新闻办公室主任王世农出席了启动仪式。

本次采访活动以“科学发展新山东”为主题，统领山东科学发展新思路、实施蓝黄带动战略、经济结构调整、统筹城乡建设、创新驱动、文化强省建设、改善民生、生态文明建设、深化改

革开放、党的建设等10个大方面，涉及11个市，共安排组织了13场新闻发布会，得到省直9部门、11市各地政府的高度重视、密切配合。其中，首场大型新闻发布会，省文明办、省发改委、省民政厅、省住房和城乡建设厅、省文化厅、省卫生厅、省环保厅、省国资委、省广电局9个省直有关部门的新闻发言人，分专题发布山东科学发展的总体情况，并回答记者提问。

行程中，所到各市也均安排主题发布会，聊城市委书记宋远方，菏泽市委书记赵润田、市长孙爱军，莱芜市委书记刘士合，济南市委常委、宣传部部长谭延伟，青岛市委常委、副市长牛俊宪，潍坊市市委常委、宣传部长初宝杰，枣庄市市长张术平，威海市委副书记赵熙殿，东营市副市长杨梦斌，烟台市副市长于松柏，济宁市副市长石爱作等领导出席发布会，并对当地科学发展总体情况进行了发布。

本届媒体行活动，是参与省直部门、地市、各地市主要领导最多的一次，也是发布信息最全面和权威的一次，各级部门高度重视、各地政府密切配合是这次采访活动取得圆满成功的重要因素。

参与媒体数量空前，媒体形态历史最全

此次网络媒体山东行活动，人民网、新华网、中国网、国际在线、中国日报网、中国日报山东站、中国网络电视台、中国青年网、中国经济网山东频道、中国台湾网、中国新闻网、中国新闻社山东分社、中青在线、中国广播网、香港文汇报、香港大公报、香港商报等17家中央重点新闻网站、传统媒体参与报道，是历届网络媒体山东行中中央新闻网站、传统媒体参与最多的一次。

活动还邀请了千龙网、北方网、东方网、华龙网、河北长城新闻网、山西新闻网、东北新闻网、吉林网、东北网、江苏网、浙江在线、中安在线、大河网、荆楚网、湖南红网、广西新闻网、四川在线、云南网、西部网、每日甘肃网、宁夏新闻网、天山网等22家地方重点新闻网站的记者、编辑参与全程采访报道。另外，新浪、搜狐、网易、腾讯、百度、中华网、凤凰网、第一视频网、天涯社区、凯迪网络等10余家商业网站也参与报道了此次媒体行活动；大众网、齐鲁网、鲁网、中国山东网、舜网、青岛新闻网、胶东在线、百灵网、齐鲁热线等9家省内重点新闻网站的业务骨干参与全程报道，并精心制作专题。这些网站每天刊发多条稿件并突出展示，共同形成了强大的网络宣传合力。

另外，此次网络媒体山东行还邀请到了大众日报、农村大众、山东人民广播电台、山东电视台、齐鲁晚报、半岛都市报、经济导报等省内传统媒体全程联动跟踪报道，采访团所到11城市的当地日报、晚报、电台、电视台和新闻网站也派出骨干记者进行随团采访。此次媒体行，传统媒体参与数量创历史最多，共同掀起了“科学发展新山东”的舆论宣传高潮。

本次活动汇聚的中央重点新闻网站，知名商业门户网站，传统媒体，外省、市、区重点新闻网站以及山东省内网络媒体、传统媒体接80余家，采访团达到创纪录的150多人。这说明，中国网络媒体山东行采访活动不仅越来越受到山东各界的重视，也得到了全国各重点媒体的重点关注与响应。

发稿数量再创新高，专题众多异彩纷呈

此次媒体行活动的一个突出特点是发稿量大，创历届最高。各参与媒体综合运用消息、图片、视频、图片、微博、评论、手机报等表现形式并与传统媒体进行互动。

截至2012年5月20日，本次活动各媒体发稿和信息转载总量35万余条，其中消息24000余篇，原创评论1200余篇，图片15000余幅，视频600余条，微博原创发布19100多条，转发150000余条。“第八届网络媒体山东行”关键词百度相关搜索达2950000条。“科学发展新山东”关键词百度相关搜索达888000条，发稿数量创历届最多。

参与活动的网络媒体充分发挥自身优势和特点，推出了精彩纷呈的专题报道栏目，在首页或相关频道开设专题数十个，其中，新华网、新浪网也在首页显著位置悬挂“科学发展新山东——第八届中国网络媒体山东行”专题，省内重点新闻网站中，大众网投入了所有新闻资源，共发布原创稿件853篇，原创图片3455幅，视频103个，原创评论31篇，网友评论541篇，网站专题总发稿量12283篇，专题总浏览量30多万人次。大众网手机报发稿62篇，六大官方微博发布6100多条，转发30000余条，听众100567人。齐鲁网、鲁网、舜网等网站，也在首页显著位置，浓墨重彩地推出了相关专题，跟团记者每日及时发稿。

这次采访活动参与媒体数量之多、层次之高、阵容之大、覆盖之广、影响力之强，创造了山东省网络宣传的新纪录，同时也极大的提升了全国网友对山东科学发展的关注度，为喜迎党的十八大和山东省第十次党代会创造了良好的舆论环境和氛围，达到甚至超过了预期的效果。

三大板块两线并行，首次覆盖全山东

此次中国网络媒体山东行采访城市数量、行程创历届最高，共涉及城市11个，总行程达5000余公里。对于因为时间关系没能前往的其他6个城市，大众网各地方站进行联动采访，专访各地的书记、市长，并在专题里进行呈现，使网络媒体山东行首次实现了覆盖全山东。采访城市数量和行程均创下网络媒体山东行的新纪录。

为全面展现山东科学发展取得的成就和经验，此次中国网络媒体山东行首次采用省直和济南、东线和西线三大板块、两条线路同时采访的形式。其中，东线为：莱芜、东营、潍坊、烟台、威海、青岛。西线为：聊城、菏泽、枣庄、济宁、青岛。在东线的莱芜，城乡统筹一体化的新思路让媒体记者耳目一新；在威海，政府不惜花大钱打造文化惠民工程，让记者们竖起大拇指。在西线的聊城，做活“水”文章，让人们感到了这里建设生态城市的勃勃生机；在菏泽，建设苏鲁豫皖科学发展新高地的气魄，使得这个曾经的落后地区焕发出了魅力、潜力和活力。

在采访中，双线报道齐头并进，大众网每天拿出首页、专题双头条位置进行轮播，充分营造了山东科学发展的撼人气魄，效果十分震撼。

直播、微博比翼齐飞，评论跟进引导舆论

此次网络媒体山东行的报道形式继续创新，种类创历史最多。大型专题报道中，不但融合了以往的消息、图片、视频、论坛、手机报等现有形式，而且首次使用3G视频直播技术，对启动仪式以及12场新闻发布会进行了全程直播，微博集合6大平台创历史之最，评论引领也超越以往水平。

活动期间，山东省的网络评论小组跟团采访，其中，网站评论员2名，特邀评论员2名，分别在东西两线，为每一站都配发评论，聚焦各地科学发展的最亮点，形成了新闻与评论强有力的大合唱，及时引导舆论导向。活动期间，跟团评论员共撰写评论38篇。其中，《科学发展，新山东盎然新意惹人醉》、《提质增效山东工业再跨越》《农民看病自掏腰包越来越少》等评论在媒体行活动开始前夕就进行造势，为媒体行启程酝酿铺垫。行程中，《听民声、取民智 济南“民生菜单”激发发展活力》、《借势亚沙、提速发展 海阳崛起蓝色增长极》、《文登：文化惠民 惠及万民》、《枣庄：转调应“不薄故人爱新人”》、《“一极领先、多极崛起”解决烟台三大发展问题》等文章紧扣主题、角度新颖、题材鲜明、广受网友好评，引起强烈反响，被多家网站转载，形成了强大的宣传声势。在活动后期的综述《科学发展新山东，新在哪里？》、《我看到了“金山银山”，也看到了“绿水青山”》等，对山东的科学发展进行了回顾和总结，起到了画龙点睛的作用。

活动中，各网络媒体充分利用微博、论坛等新媒体工具，及时播发相关新闻，为报道锦上添花。大众网将人民网、新浪网、腾讯网、网易、搜狐和众众六大微博引入栏目，开辟了“微博热报”

专题，全程进行微博直播，微博原创发布19100多条，转发150000余条，是网络媒体山东行活动历届以来微博报道平台最多的一次。

新旧媒体互动及时，传统参与再创新高

本届网络媒体行充分发挥新媒体与传统媒体的互动融合，国内、省内传统媒体参与度空前，香港文汇报、香港大公报、香港商报等国内传统媒体，来自大众报业集团旗下的大众日报、农村大众、齐鲁晚报、半岛都市报、经济导报等省内报纸，以及山东人民广播电台、山东电视台等传统媒体纷纷参与报道，并派出记者跟随全程进行追踪报道。

大众报业集团旗下的报纸统一挂牌，拿出重点版面、重点处理，发稿120多篇，其中大众日报在二版重要位置挂牌，每一站都形成了重头稿件，行程涉及11城市的当地日报、晚报、电台、电视台和新闻网站媒体发稿多达300余篇。

专题制作求新求变，气势“长卷”耳目一新

今年的媒体行专题设计新颖，内容丰富，功能完备，架构合理，最大的亮点便是采用横屏设计，滚动鼠标滑轮时专题页面左右滑动，改变了众多专题自上而下的展开方式，采用自左至右的方式展开，浏览整个专题，犹如打开一幅科学发展新山东的“长卷”，其寓意深远，夺人眼球，这也是网络媒体山东行历史上首次采用“长卷”形式。

专题总体风格设计清新时尚，用色搭配十分讲究，头图采用全屏展示，流程图采用3D加FLASH效果，极具时尚感和视觉冲击力。栏目设置更全面，分为最新报道、纵论新山东、精彩视频、3G直播、启动仪式、网声热议、科学发展之路、微博热报、影音播报、山东科学发展巡礼、记者风采等，专题中还链接展示了历届网络媒体山东行的专题，让网友一目了然的了解历次媒体行的盛况。整个专题，内容涵盖科学发展的解读、亮点、重大战略等全景资料，三大板块、两条线路的具体采访报道，结尾的收官以及综述、总结，所用资料权威、全面，整个专题恢弘大气、给人以震撼之感。

大众网首页对本届网络媒体山东行给予了重点突出报道，活动期间，将三个头条套红轮播媒体行新闻以及评论，形成了强大的宣传声势，并在首页开辟专区，以“东线纪行”“西线纪行”的形式刊发各路的最新报道。参与活动的网络媒体充分发挥自身优势和特点，推出了精彩纷呈的专题报道栏目，在首页或相关频道开设专题数十个，其中新华网、新浪网都在主站首页悬挂了活动专题。

总而言之，此次媒体行宣传报道，无论是专题规模、形式、创意、发稿数量还是整体质量上，与往年相比都是一个大的飞跃，在栏目设置、页面设计、多媒体运用、报道方式上，都达到了空前的高度，充分展示了网络媒体的综合实力。

服务团队热情温馨，团队精神协作有力

本届网络媒体山东行行程长、参与媒体记者众多，这给整个活动的会务安排、食宿安排、人员后勤服务带来前所未有的难度，为确保行程中的服务工作，大众网从各部门抽调人员，派出了以办公室人员为核心的14人服务小组，他们分工明确，各司其职，在行程中为媒体记者提供了热情温馨的服务，令人难忘。在西线采访中，百度项目经理张杰发现随身携带的名片用没了，他不经意地提到一句，谁知这句话被细心的大众网工作人员听到，很快一盒刚印好的名片就送到了他的手上，张杰惊讶之余十分感动。

除了服务团队，大众网前方一线记者团队每晚要工作到凌晨两三点，将大量高质量的稿件提供给媒体记者参考，大众网大量原创稿件被新华网、搜狐、人民网转载。后方编辑团队、技术团队、手机报团队，通宵达旦，每天无论何时，都有人员守候在工作岗位上，及时接应前方

记者的稿件和 3G 直播，对专题进行不断完善，力求尽善尽美。为了让媒体记者更加及时地获悉每天的行程和采访重点、注意事项，大众网首次在网络媒体山东行中启用了短信群发功能，将每天的重要信息以短信的形式群发给各位团员，一条条带着温度的短信，温暖着采访团成员的心。

在媒体行期间，大众网各部门通力配合，以良好的团队精神协同作战，以优异的精神面貌面向全国网络媒体，树立了大众网的形象，也进一步提升了网站的影响力。

目录

第8届中国网络媒体山东行 启动篇

第8届中国网络媒体山东行 纵论篇

第8届中国网络媒体山东行 评论篇

本网热议

网友热议

第8届中国网络媒体山东行 济南篇

第8届中国网络媒体山东行

莱芜篇

第8届中国网络媒体山东行

聊城篇

第8届中国网络媒体山东行

东营篇

第8届中国网络媒体山东行 菏泽篇

第8届中国网络媒体山东行 潍坊篇

第8届中国网络媒体山东行

济宁篇

第8届中国网络媒体山东行

烟台篇

第8届中国网络媒体山东行

枣庄篇

第8届中国网络媒体山东行

威海篇

第8届中国网络媒体山东行

青岛篇

第8届中国网络媒体山东行 淄博篇

第8届中国网络媒体山东行 泰安篇

第8届中国网络媒体山东行 日照篇

第8届中国网络媒体山东行 临沂篇

第8届中国网络媒体山东行 德州篇

第8届中国网络媒体山东行 滨州篇

第8届中国网络媒体山东行 闭幕篇

第8届中国网络媒体山东行 微博篇

第8届中国网络媒体山东行 专题篇

科学发展新山东

第八届中国网络媒体
山东行新闻报道集

启动篇

中共山东省委常委、宣传部长孙守刚向采访团记者代表授旗

第八届网媒山东行启动　孙守刚致辞并授旗

大众网济南5月13日讯　（记者　尹玉涛　见习记者　张帆）　今天上午，“科学发展新山东——鲁花杯第八届中国网络媒体山东行”大型采访活动在济南启动。未来6天，60余家全国知名网站和山东省内部分新闻网站、商业网站以及传统媒体的150余名编辑记者将分东西两条采访线路，到济南、青岛、烟台、济宁等11个市采访，深入报道山东贯彻落实科学发展观取得的巨大成就和宝贵经验。中共山东省委常委、宣传部长孙守刚致辞并为采访团授旗，国家互联网信息办公室网络新闻宣传局交流处处长卢岚出席仪式并致辞，省委宣传部副部长李建军主持启动仪式和新闻发布会，山东省网络文化办公室主任刘致福介绍了活动组织情况及行程安排，中共山东省委对外宣传办公室、山东省政府新闻办公室主任王世农出席启动仪式，大众报业集团党委常委、副总编辑郝克远出席启动仪式并致辞。

孙守刚在致辞时说，近年来，在中央坚强领导下，省委、省政府带领全省人民，以邓小平理论和“三个代表”重要思想为指导，深入贯彻落实科学发展观，认真落实胡锦涛总书记对山东提出的“三个走在前面”的要求，加快经济文化强省建设，加快转变经济发展方式，在科学发展、和谐发展、率先发展上迈出新的步伐，在实现富民强省新跨越上取得显著成绩。2011年，全省实现生产总值45429.2亿元，比上年增长10.9%，人均生产总值到达7317美元。主要经济指标均居全国前列，各项社会事业全面发展。在推动由经济大省向经济强省跨越的同时，抓住贯彻党的十七届六中全会精神的重大机遇，以筹办第十届中国艺术节为契机，加快推动由文化资源大省向文化强省的跨越，文化改革发展取得新的成效，文化强省建设进入一个新的发展阶段。

孙守刚指出，这次以“科学发展新山东”为主题开展中国网络媒体山东行集中采访活动，为学习借鉴中央和兄弟省市区网络媒体的先进经验提供了大好机会，并将进一步扩大网络媒体之间的交流合作，促进山东网络文化的繁荣发展。希望大家一如既往地关注山东、宣传山东、支持山东，更加给力科学发展新山东建设，促进山东经济文化强省建设开创新的局面。

国家互联网信息办公室网络新闻宣传局交流处处长卢岚在启动仪式上致辞。随后，大众报业集团党委常委、副总编辑郝克远介绍了大众报业集团及大众网的发展情况。他说，大众报业集团是大众日报繁衍发展起来的一个大型传媒集团，现拥有15份报纸、7份杂志、一个重点新闻网站和40余个下属工作实体，大众日报至今已创刊73年，是我国连续出版时间最长和出版期数最多的报纸。大众网作为集团的新兴媒体，既是当下集团产业发展的重要组成部分，更是今后可持续发展的主要支撑板块，经过十多年的努力，大众网3年5获中国新闻奖，并初步形成了“两网、两刊、一报、一社、一屏”的格局，进入了事业发展的新通道。

郝克远表示，和往届一样，本届全国网媒山东行活动继续交由大众网举办，这充分体现了上级领导的信任，希望大众网更加细致入微地搞好服务，力争把本届活动办成历届最好的一届。

在启动仪式上，山东省网络文化办公室主任刘致福介绍了此次大型采访活动组织情况及行程安排。他介绍说，与往届网络媒体采访活动单一宣传主题有所不同，此次采访活动的宣传重点是山东省科学发展的总体情况和全面成果。其间，围绕“科学发展新山东”这一主题，确定了“贯彻落实科学发展观、实施‘蓝’‘黄’带动战略、经济结构调整、统筹城乡建设、创新驱动、文化强省建设、改善民生、生态文明建设、深化改革开放、党的建设”等10个方面的宣传报道重点。本次媒体行活动将按省直和济南、东线（莱芜、东营、潍坊、烟台、威海、青岛）和西线（聊城、菏泽、枣庄、济宁、青岛）三大版块、两条线路展开采访报道，途经我省11市，行程5000余公里，采访城市数量和行程路线均创下山东省网络媒体行新纪录。

刘致福表示，多媒体联动是这次媒体行宣传报道的突出特点，将综合运用评论、微博、图片、视频、手机报等多种表现形式进行宣传报道。在创新采访报道方式方面，除首次使用3G视频直播技术对省直九部门联合新闻发布会进行现场直播外，还将对沿途各市贯彻落实科学发展观的总体情况进行11场发布会直播。

上午9:35，中共山东省委常委、宣传部长孙守刚向采访团授旗，人民网舆情频道执行主编庞胡瑞代表采访团接旗，启动仪式圆满结束。

启动仪式之后，组委会组织了首场新闻发布会，邀请省文明办、省发改委、省民政厅、省住房和城乡建设厅、省文化厅、省卫生厅、省环保厅、省国资委、省广电局等九个省直有关部门，从不同方面专题发布山东科学发展的总体情况，并现场回答了记者提问。

据悉，本次大型采访考察活动，由省委宣传部、省政府新闻办公室、省网络文化办公室共同主办，大众报业集团大众网承办，活动将通过网络平台大力宣传山东科学发展的新思路、区域发展的新战略、结构调整的新进展、城乡统筹的新面貌、民生改善的新气象、文化强省的新优势、创新驱动的新突破、生态文明的新篇章、改革开放的新格局和党的建设的新成就，为建设经济文化强省营造良好的网上舆论环境。未纳入实地采访活动的各市，将通过本次媒体行官网开设的相应专题，集中展示各市贯彻落实科学发展观所取得的重大成就。

中共山东省委常委、宣传部长孙守刚出席启动仪式

孙守刚：
充分展示山东科学发展新成就新风貌

大众网济南5月13日讯　今天上午9时，科学发展新山东——“鲁花杯”第八届中国网络媒体山东行启动仪式暨新闻发布会在济南山东大厦举行。中共山东省委常委、宣传部长孙守刚在启动仪式上致辞。

孙守刚在致辞中说，在喜迎党的十八大和山东省第十次党代会召开之际，我们在这里举行“科学发展新山东——第八届中国网络媒体山东行”大型采访活动启动仪式，我谨代表山东省委、省政府，对前来山东考察采访的各位领导和朋友们表示热烈的欢迎！对大家长期以来对山东发展的关心支持表示衷心的感谢！

中国网络媒体山东行已连续举办7届，一届一个主题，全方位宣传了山东的丰富资源、深厚文化、发展优势和美好前景，树立了山东良好形象，进一步扩大了山东对外影响。本届网络媒体山东行的主题是“科学发展新山东”，必将充分展示山东科学发展的新成就、新风貌，为山东经济社会发展提供有力舆论支持，注入新的强劲动力。

山东作为中国东部沿海的经济大省、人口大省和文化资源大省，在全国发展大局中居重要地位、担负重大责任。近年来，在中央坚强领导下，省委、省政府团结带领全省人民，以邓小平理论和“三个代表”重要思想为指导，深入贯彻落实科学发展观，认真落实胡锦涛总书记对山东提出的“三个走在前面”的总要求，加快经济文化强省建设，深入实施山东半岛蓝色经济区和黄河三角洲高效生态经济区两大国家战略，推进区域协调发展，加快转变经济发展方式，在科学发展、和谐发展、率先发展上迈出新的步伐。2011年，全省实现生产总值45400亿元，比上年增长10.9%，人均生产总值达到7300美元；地方财政收入3455.7亿元，增长25.7%；城镇居民人均可支配收入、农民人均纯收入分别增长14.3%和19.3%。主要经济指标均居全国前列，各项社会事业全面发展，节能、减排两项工作均受到国务院通报表扬。2012年一季度全省实现生产总值10089亿元，同比增长9.7%，经济社会发展实现了稳中求进。在推动由经济大省向经济强省跨越的同时，我们紧紧抓住贯彻六中全会精神的重大机遇，以筹办第十届中国艺术节为契机，加快推动由文化资源大省向文化强省的跨越，文化改革发展取得新的成就。2011年，全省文化创意产业增加值达到2300亿元，增长16%；今年第一季度全省文化产业固定资产投资完成260亿元，同比增长21.6%，文化强省建设进入一个新的发展阶段。

当今时代，互联网发展日新月异，网络媒体影响与日俱增。山东省委、省政府高度重视网络文化建设和管理，充分发挥网络媒体在经济社会发展中的重要作用，互联网等新兴媒体保持健康发展的良好态势。举办网络媒体山东行大型采访活动，为我们学习借鉴中央和兄弟省市网络媒体的好经验好做法提供了难得的机会，通过网络媒体山东行这个良好的平台，将进一步扩大网络媒体之间的交流合作，促进山东网络文化的繁荣发展。我们真诚地希望国家互联网信息办公室及兄弟省市网络文化主管部门领导、中央和兄弟省市网络媒体及香港媒体的各位朋友们，一如既往地关注山东、宣传山东、支持山东，为山东发展多提宝贵意见建议，我们也欢迎各位朋友能够经常到山东来参观指导。

最后，祝本届网络媒体山东行取得圆满成功！祝各位同仁、各位朋友身体健康、工作顺利！谢谢大家！

中共山东省委宣传部副部长
李建军主持启动仪式

李建军：60 余家网站聚焦科学发展新山东

大众网济南 5 月 13 日讯　今天上午 9 时，“科学发展新山东——第八届中国网络媒体山东行”启动仪式暨新闻发布会在济南山东大厦举行。中共山东省委宣传部副部长李建军主持启动仪式。李建军介绍说，出席今天启动仪式的领导、嘉宾和媒体记者共有 150 多人，60 余家全国知名网站和山东省内部分新闻网站、商业网站，多家传统媒体以及相关市日报、晚报、电台、电视台将共同参与第八届中国网络媒体山东行报道。

李建军说，五月的济南泉水吐蕊，柳绿花红。今天，“科学发展新山东—第八届中国网络媒体山东行”大型采访活动在美丽的泉城正式拉开了帷幕。此次媒体行活动由国家互联网信息办公室网络新闻宣传局指导，中共山东省委宣传部、山东省人民政府新闻办公室、山东省网络文化办公室主办，大众报业集团大众网承办。举办这次采访活动旨在全面展示近年来山东贯彻落实科学发展观采取的重大举措，建设经济文化强省取得的重要成就、主要经验以及突出亮点，为党的十八大和我省第十次党代会的胜利召开营造隆重热烈、团结奋进、科学发展的浓厚氛围。

出席今天启动仪式的领导和嘉宾有：国家互联网信息办公室交流处处长卢岚，中共山东省委常委、宣传部长孙守刚，山东省网络文化办公室主任刘致福，中共山东省委对外宣传办公室、省政府新闻办公室主任王世农，大众报业集团党委常委、副总编辑郝克远。

另外，来自北京、上海、河北、内蒙古、福建、河南、广西、青海等省市区的网管部门负责同志也出席了今天的启动仪式。

参加今天启动仪式的网络媒体采访团成员有：人民网、新华网、中国网、国际在线、中国日报网、中国网络电视台、中国青年网、中国经济网、中国台湾网、中国新闻网、中青在线、中国广播网；新浪、搜狐、网易、百度、腾讯、凤凰网、第一视频网、天涯社区、凯迪网络；北京千龙网、天津北方网、上海东方网、重庆华龙网、河北长城新闻网、山西新闻网、东北新闻网、吉林网、东北网、江苏网、浙江在线、中安在线、大河网、荆楚网、湖南红网、广西新闻网、四川在线、云南网、西部网、每日甘肃网、宁夏新闻网、天山网；大众网、齐鲁网、鲁网、舜网、青岛新闻网、胶东在线、百灵网、中国山东网等 60 余家全国知名网站和山东省内部分新闻网站、商业网站的编辑记者朋友。

参加今天启动仪式的传统媒体有：香港文汇报、香港大公报、香港商报；大众日报、山东广播电视台、齐鲁晚报、半岛都市报、经济导报；相关市日报、晚报、电台、电视台等。

出席今天启动仪式的嘉宾和媒体记者共有 150 多人。

山东省网络文化办公室主任刘致福在启动仪式上致辞

刘致福：途经 11 市采访，创下我省网络媒体行新纪录

大众网济南 5 月 13 日讯　今天上午 9 时，“科学发展新山东——第八届中国网络媒体山东行”启动仪式暨新闻发布会在济南山东大厦举行。山东省网络文化办公室主任刘致福在启动仪式上代表本次采访活动组委会对采访活动的组织安排情况做简要说明。

刘致福说，2007 年 6 月召开的山东省第九次党代会，以科学发展观为指导，提出了我省科学发展、和谐发展、率先发展，在新起点上实现富民强省新跨越的目标任务。2008 年 7 月，中共山东省委提出了建设经济文化强省的奋斗目标，形成了以推进和实现科学发展为主线，坚持高点定位，加强多点支撑，实施重点带动的“一线三点”的经济文化强省建设工作思路。五年来，山东省委省政府坚持科学发展主题，作出了一系列重大战略决策，提出了一系列重大发展战略。“建设生态山东”、“打造山东半岛蓝色经济区”、“建设黄河三角洲高效生态经济区”、“建设胶东半岛高端产业聚集区”等一系列重大战略决策，为山东迎来了新的重大发展机遇，促进了山东经济社会发展的新跨越。全省各地各部门，在科学发展观的指引下，积极探索，开拓创新，科学实践，创造了许多新模式，积累了许多新经验，产生出许多新亮点，取得了许多新成就。可以说，全面展示第九次党代会以来山东经济社会发展的风貌，进一步扩大山东在国内外的影响力，正是本届媒体行的初衷。

刘致福说，与往届网络媒体采访活动单一宣传主题有所不同，此次采访活动的宣传重点是我省科学发展的总体情况和全面成果。整个采访活动将按省直和济南、东线（莱芜、东营、潍坊、烟台、威海、青岛）和西线（聊城、菏泽、枣庄、济宁、青岛）三大版块、两条线路展开，途经我省 11 市，行程 5000 余公里，采访城市数量和行程路线均创下我省网络媒体行新纪录。启动仪式之后，组委会专门安排了大型新闻发布会，邀请省文明办、省发改委、省民政厅、省城乡住房建设厅、省文化厅、省卫生厅、省环保厅、省国资委、省广电局 9 家省直有关部门，从不同方面，专题发布我省科学发展的总体情况，并回答记者提问。5 月 14 日，济南采访结束后，采访团将按东西两条线路展开采访报道。5 月 18 日，东西两路媒体记者将在青岛汇合，并举行闭幕仪式。由于时间限制，本次活动只对我省 17 市的 11 个市进行实地采访考察，未能参加实地采访考察活动的各市将通过本次媒体行官网开设的相应专题集中展示本市贯彻落实科学发展观所取得的各方面重大成就。

刘致福强调，多媒体联动是这次媒体行宣传报道的突出特点。将综合运用评论、微博、图片、视频、手机报等多种表现形式进行宣传报道。在创新采访报道方式方面，除首次使用 3G 视频直播技术对省直九部门联合新闻发布会进行现场直播外，还将对沿途各市贯彻落实科学发展观的总体情况进行 11 场发布会直播。本次采访活动还在人民网、新浪网、腾讯网、网易、搜狐和大众网六家媒体平台注册了官方微博，全程进行微博直播。另外，本次采访活动还将通过加强传统媒体与新媒体的合作，形成多媒体宣传的合力，除网络媒体记者参加外，专门邀请了中央和香港部分驻鲁新闻单位、山东广播电视台、大众报业集团旗下主流媒体派记者随团全程采访报道，各地市的报纸、电视、网站也将同时参与采访报道，共同掀起“科学发展新山东”的舆论宣传高潮。

大众报业集团党委常委、副总编辑郝克远出席启动仪式

郝克远：
大众网已经具备了操作上市融资的条件

大众网济南5月13日讯　今天上午9时，“科学发展新山东——‘鲁花杯’第八届中国网络媒体山东行”启动仪式暨新闻发布会在济南山东大厦举行。大众报业集团党委常委、副总编辑郝克远出席启动仪式并致辞。

郝克远在致辞中说，“科学发展新山东——‘鲁花杯’第八届中国网络媒体山东行”活动今天正式启动，我受大众报业集团党委书记、董事长、总编辑傅绍万同志委托，代表大众报业集团对活动的启动表示热烈的祝贺，对国家互联网信息办公室、省委宣传部和省内外所有兄弟媒体，长期以来给予大众报业集团各项工作的关心、支持和帮助表示衷心的感谢！

和往届一样，本届全国网媒山东行活动，继续交由大众报业集团大众网承办，这充分体现了上级领导和众多兄弟媒体对我们的关怀与信任，我们在感到无比光荣的同时，也感到责任十分重大。大众报业集团党委希望大众网，充分认识到任务的光荣与艰巨，认真领会好上级领导的要求和意图，端正态度，珍惜机会，在总结汲取往届承办工作经验与教训的基础上，更加精益求精地开展工作，更加细致入微地搞好服务，力争把本届活动办成历届最好，让上级领导放心，让兄弟媒体满意。

我们大众报业集团，是由母报大众日报繁衍发展起来的一个大型传媒集团，现拥有15份报纸、7份杂志、1个重点网站和40余家下属公司实体。大众日报迄今已经创刊73年，是我国连续出版时间最长和出版期数最多的报纸，战争年代先后有530多名员工和160多名乡亲为这张报纸献出了宝贵的生命，忠于党忠于人民，是我们集团文化不朽的灵魂。近年来，作为山东省的文化龙头企业，大众报业集团全面贯彻落实科学发展观，努力实现舆论影响力新突破，各项事业都取得了长足发展。集团旗下的大众日报、齐鲁晚报和半岛都市报三大品牌媒体优势明显，具有广泛的社会影响和良好的创利能力；济南、青岛、鲁中、鲁南“四个发展高地”迅速崛起，极大地强化了作为省报集团的政治和经济地位；广告会展、发行物流、商务印刷、宾馆餐饮、地产楼宇、教育园区、新兴媒体等非报产业板块皆已形成规模，为集团事业的可持续发展打下了坚实基础。2010年，集团综合实力跃居全国同类媒体第6位，总收入、利润分别位居第4和第3。集团七年八获中国新闻一等奖，标志着舆论影响力的不断提升；“新时期的好记者”陈中华和“胡同记者”张刚成为全国新闻界学习的榜样，标志着队伍建设工作开创了新局面。在不久前召开的大众报业集团第三届党代会上，我们又确定了五年内实现“资产收入双过百亿、综合实力挺进全国报业四强”的宏伟目标。有省委的坚强领导，有大改革、大发展、大繁荣的大好氛围，有我们自身不懈的奋斗和追求，我们对于实现这个目标充满信心。

大众网作为集团的新兴媒体，既是当下集团产业发展的重要组成部分，更是集团今后事业可持续发展的主要支撑板块，集团历来对其高度重视，在人力物力财力等方面多有扶持。经过十多年的艰苦努力，目前大众网初步形成了两网（大众网、掌上大众网）、两刊（齐鲁手机杂志、手机语文杂志）、一报（齐鲁晚报手机版）、一社（大众音像出版社）、一屏（城市大屏联播网）的综合发展格局，进入了事业发展的快车道。2011 年收入突破 4500 万，2012 年在整合大众信息产业公司之后，资产规模和创利能力进一步提升，收入有望突破 8000 万，2013 年可较为顺利地迈过亿元大关，提前两年完成集团“十二五”为其确定的奋斗目标。网站高度重视内容建设，舆论力影响力不断提升，三年五获中国新闻奖；手机报收费用户达到 220 余万，大众论坛用户突破 200 万，已经成为名副其实的山东网友生活圈、移动互联新门户。经过与一些权威券商的初步接触，认为已经基本具备了操作上市融资的条件。当然，在看到自身发展成绩的同时，我们也非常清醒地认识到，和兄弟媒体相比，和上级领导的期望相比，我们还有非常大的差距，还有非常多需要努力改进的地方。我们将充分利用这次承办活动的难得机会，虚心向兄弟媒体学习请教，吸取更多的科学发展的先进经验，把我们事业进一步做大做强，为经济文化强省建设做出更大的贡献。

第八届中国网络媒体山东行启动仪式现场

中共山东省委常委、宣传部长孙守刚出席启动仪式

国家互联网信息办公室网络新闻宣传局交流处处长卢岚出席启动仪式

中共山东省委宣传部副部长李建军主持启动仪式

山东省网络文化办公室主任刘致福在启动仪式上致辞

中共山东省委对外宣传办公室、山东省政府新闻办主任王世农出席启动仪式

大众报业集团党委常委、副总编辑郝克远出席启动仪式

百余名网络媒体和传统媒体记者参加启动仪式

科学发展新山东

第八届中国网络媒体
山东行新闻报道集

纵论篇

省发改委副巡视员、新闻发言人张士新出席新闻发布会

省发改委：山东经济5年六跨越　人均收入提高万元

大众网济南5月13日讯 （记者 尹海洋） 今天上午，“科学发展新山东——第八届中国网络媒体山东行”举行首场新闻发布会，9个省直部门的有关负责人现场回答了来自全国网络媒体的提问。山东省发改委副巡视员、新闻发言人张士新介绍说，省九次党代会召开5年来，在山东省委、省政府的正确领导下，全省上下深入贯彻落实科学发展观，坚持积极作为、科学务实的工作基调，在经济综合实力、农业基础建设、发展方式转变、区域协调发展、体制机制改革、人民生活改善六方面成绩斐然，其中，2011年全省城镇居民年人均可支配收入达22792元，比5年前高出1万多元。

跨越一：综合实力

生产总值突破4.5万亿，人均生产总值达7317美元

山东省发改委副巡视员、新闻发言人张士新在介绍我省经济发展状况时表示，自山东省九次党代会召开5年来，在省委、省政府的正确领导下，山东省有效应对国际金融危机冲击，加快转变经济发展方式，到2011年全省生产总值突破四万亿大关，达到45429.2亿元，为“十二五”规划开了好头。

张士新介绍说，到2011年底，山东省人均生产总值由2006年的2961美元提高到7317美元；地方财政收入由1356.3亿元增加到3455.7亿元，年均增长20.5%。2011年，完成全社会固定资产投资26770.7亿元，年均增长22.9%；实现社会消费品零售总额16675.9亿元，年均增长18.9%，张士新说：“山东的经济综合实力跃上新台阶。”

跨越二：强农惠农

4718亿元问计“三农”，粮食连续9年增产

在谈及山东省农业综合生产能力和产业化水平建设时，张士新表示，“十一五”期间，全省财政累计用于“三农”的资金为4718亿元，年均增长达36.1%。2011年粮食总产量达到885.3亿斤，连续9年实现增产。在农业产业化方面，目前全省规模以上龙头企业8120家，销售收入过亿元企业2170家，全省有1865家龙头企业领办农民专业合作组织。2011年全省农产品出口额达153.7亿美元，连续十二年居全国第一位。

农业的发展离不开基础设施建设的完善，据介绍，“十一五”以来，全社会水利投资848亿元，综合治理水土流失面积4.3万平方公里，完成158座大中型和4232座小型病险水库除险加固，新增农村自来水受益人口1839.84万人，农村自来水普及率达到91%。

“十一五”期间全省累计取得省部级以上农业科技成果334项，推广农作物新品种和关键技术845项，农业科技贡献率达59%，农作物生产机械化水平达到77%。

跨越三：发展方式

经济结构“新、特、优”，服务业投资首超50%

关于转变经济发展方式，张士新在发布会上表示，目前山东省的经济结构正沿着“新、特、优”的方向不断提升。按照“双轮驱动”的战略方针，山东一手抓传统产业的转型升级，一手抓战略性新兴产业的培育发展，使高新技术产业产值占规模以上工业比重达到27.3%。同时，大力推进服务业跨越发展，2011年服务业增加值达到17418亿元。投资结构也在发展方式的转变中不断优化，2011年服务业投资占投资总额比重首次超过50%。

经济上的稳步发展，没有妨碍山东扎实推进节能减排工作，在“十一五”期间，山东省59条省控重点污染河流全部恢复鱼类生长，化学需氧量和氨氮平均浓度分别下降25.9%和45.1%。

在创新型省份建设方面，张士新介绍说，目前全省分别拥有国家级、省级工程技术研究中心30家和923家，国家重点实验室和企业国家重点实验室13个，国家级企业技术中心109个，国家级科技合作基地12个，创新平台数量居全国前列。全省各类人才达到1072万人，驻鲁“两院”院士37人，自主创新能力不断增强。

跨越四：区域发展

七大板块各具特色，“蓝黄”两区撑起半边天

实施重点区域带动战略，是近年来山东省委、省政府制定的经济发展新思路。山东七大板块的发展状况也成了发布会上记者关注的重点。对此，张士新介绍说，“蓝黄”两区已双擎启动。“我们坚持两区融合发展、错位发展和一体化发展，全面落实发展规划，不断加大建设力度。”张士新说，省里安排专项资金，支持了一批特色园区和重点项目建设，阶段性成果已经显现。“去年‘两区’实现生产总值23278.5亿元，占全省的51.2%，一些主要经济指标增幅均高于全省平均水平。”

同时，胶东半岛高端产业聚集区、省会城市、日照钢铁精品基地建设取得重要进展，山东半岛城市群城际轨道交通网规划、沂蒙革命老区参照执行中部地区有关政策和山东钢铁产业结构调整试点方案获得国家批复并进入实施阶段。此外，张士新还介绍说，山东省出台了进一步支持菏泽加快科学发展的意见，突破菏泽由对口帮扶促进发展转为政策支持自主发展的新阶段。

在重点区域带动的战略指导下，山东区域发展更趋协调，全省城镇化率达到50.9%。县域经济实力继续增强，地方财政收入过10亿元的县（市、区）达到81个，其中过20亿元的40个，过30亿元的21个，过40亿元的5个。

跨越五：深化改革

“群象经济”迈向集团整合，进出口总额达2.3万亿

关于深化改革和扩大对外，张士新介绍说，在过去的5年中，山东深化国有企业改革重组，先后组建了山东钢铁集团、山东重工集团、山东能源集团等大型企业集团；经济体制改革试点、财税体制改革、农村综合改革试点等取得新进展；出版发行、影视制作、文艺院团等体制改革基本完成；医药卫生体制改革三年实施方案确定的目标任务顺利实现。

同时，对外贸易保持较快增长，2011年进出口总额达到2359.9亿美元，实际到账外资111.6亿美元，分别为2006年的2.5倍、2.2倍。企业“走出去”步伐加快，境外投资中方协议投资额从4亿美元增加到27.1亿美元，2011年境外投资、对外工程营业额分别增长46.4%和42.7%。

跨越六：人民生活

五年7000亿元投入民生，城镇居民人均收入提高1万元

在人民生活改善方面，张士新介绍说，“十一五”期间，财政对民生的投入累计7004.5亿元，2011年全省民生支出占财政支出的比重达到54.8%。

在社会保障方面，新农保和城镇居民养老保险制度比国家要求提前一年实现全覆盖；教育方面，高中段教育毛入学率保持在95%以上，高等教育毛入学率提高到29.8%，普通高考录取率达到87%。此外，山东连续八年实现城镇新增就业和农村劳动力转移双过百万，城镇家庭就业实现动态消零。

张士新说，省九次党代会以来的5年，城镇居民年人均可支配收入和农民人均纯收入分别由12192元、4368元提高到22792元和8342元。企业最低工资标准三个档次分别提高到每月1240元、1100元和950元。

据介绍，5年来，山东共开工建设各类保障房近百万套，超额完成国家下达指标，加上棚户区改造，共解决了125万多户城市困难群众住房问题。全面完成农村住房建设和危房改造三年任务，累计新建农房320万户，改造危房61万户。城乡面貌发生明显变化，和谐社会建设迈出了新的步伐。

省文明办专职副主任王红勇出席新闻发布会

省文明办：建设“文明山东” 共享文明硕果

大众网济南5月13日讯 （见习记者 张帆） 今天上午，“科学发展新山东——第八届中国网络媒体山东行”大型采访活动举行首场新闻发布会，9个省直部门的有关负责人现场回答了来自全国网络媒体的提问。山东省精神文明建设委员会办公室专职副主任王红勇围绕建设“文明山东”介绍了“乡村文明行”、“创城”等让城乡共享文明硕果的活动情况。

乡村文明行，年底一半以上的村达到县级文明村标准

据介绍，山东省委、省政府在全省实施了“乡村文明行动”，按照新农村建设的总体要求，以农村行政村为基本单位，以村容村貌、村风民俗、乡村道德、生活方式、文化背景等建设为重点内容，营造新环境，培育新农民，树立新风尚，建设农村美好新的家园为目标，通过丰富多彩的创建活动和扎实有效的工作设施，力争到2012年底全省50%以上的村达到县级文明村标准，到2015年年底70%以上的村达到县级以上文明村标准，实现活动全覆盖，村村有新貌。

创建文明城市，两城市新晋全国文明城市

近年来，山东省各城市把创建文明城市作为经济建设、政治建设、文化建设和社会建设的重要抓手，整体推进城乡环境面貌、公共秩序和社会文明程度的提升。中央和省里每三年开展一次文明城市评选表彰工作，截至2011年已经连续开展了三届，各级党委政府把创建文明城市作为推进经济建设、政治建设、文化建设和社会建设的重要载体摆上突出位置，纳入工作全局，坚持创城为了人民，创城依靠人民，创建成果让人民共享。

2011年第三届山东省文明城市评选中，省委、省政府将12个地级以上城市评为省级文明城市，63个县市区评为省级文明县（市、区），在第三次全国精神文明建设先进单位评选活动中，山东省的青岛、烟台市顺利通过审查，临沂、淄博市跨入了全国文明城市行列，济南、东营获得全国文明城市提名资格，获奖数量和质量均居全国前列。

2626所乡村学校有了少年宫，20万期实践活动育少年

据介绍，淄博市桓台县是乡村学校少年宫发源地，2007年以来，桓台等地依托农村中小学校，配备必要的娱乐科普和体育活动器材，探索建设乡村学校少年宫，向未成年人免费开放，使农村孩子们离家不远就能够很方便地参加课外活动和道德实践活动，这种做法得到了中央领导、中央文明办的充分肯定和大力推动。

中央文明办在全国大力推广乡村学校少年宫，并争取中央财政资金拿出20.5亿元与“十二五”期间支持全国各地建设800所乡村学校少年宫。截至目前，全省共建成2626所乡村学校少年宫，淄博、临沂、潍坊等市已基本实现对农村未成年人的全面覆盖，乡村学校少年宫开办各类培训班和主题教育实践活动20多万期（次），成为学生满意、家长认可、社会肯定的未成年人思想道德建设特色品牌。

省民政厅副厅长、新闻发言人王建东
出席新闻发布会

省民政厅：
一年投入过百亿　完善保障和救助

大众网济南5月13日讯（记者　赫洋）今天上午，“科学发展新山东——第八届中国网络媒体山东行”举行首场新闻发布会，9个省直部门的有关负责人现场回答了来自全国网络媒体的提问。山东省民政厅副厅长、新闻发言人王建东介绍说，山东省民政事业费投入由2007年的71.5亿元增加到2011年的169.2亿元，增长了136%，年均增长24%，239万农村困难群众享受到农村低保，农村社区建设覆盖率也达到了65%。

农村低保惠及239.3万人

王建东介绍说，在民生保障方面，山东省已经全面建立了农村低保制度。保障对象从2006年年底的48.2万人增加到239.3万人，人均月补助水平由30元提高到99元，城市低保人均月补助水平也由85元提高到223元。农村五保全部实现财政供养，集中供养和分散供养标准分别由2007年的每人每年2446元和1478元提高到3383元和2152元。建立了孤儿国家保障制度和低保家庭大学新生入学救助制度。五年累计救助城市流浪乞讨人员23.6万人，救助受灾群众1297.84万人，完成灾民住房重建20.11万间，圆满完成了支持汶川地震等重特大自然灾害救灾工作。

农村社区建设覆盖率达65%

在基层社会管理方面，山东省城市社区已达到5452个，社区居委会成员2.94万名，社区办公服务用房平均面积达到492.6平方米，社区管理水平明显提高。建成农村社区服务中心10821个，平均建筑面积707.2平方米，全省农村社区建设覆盖率达到65%。顺利完成了第九、第十届村委会换届选举，以党支部为核心的农村基层组织进一步优化，村民自治不断深入，一批“难点村”得到有效治理。社会组织健康有序发展，社会组织党建工作体制基本形成，依法登记的社会组织有41262个，结构布局更加合理，建设质量明显提升。

随军家属安置率达 100%

5 年来，山东省接收安置城镇退役士兵 11.5 万人、军休干部 7037 人、伤病残退役军人 2403 人。抚恤补助水平大幅度提高，将 10 万名参战参核人员、41.5 万名 60 岁以上农村退伍军人纳入保障范围，全省享受国家抚恤补助的优抚对象由 60.4 万人增加到 100.3 万人。义务兵家属优待金标准大幅度提高，随军家属安置率达到 100%。山东省拥军优属系列工作经验在全国全军产生良好反响，在全国双拥评比表彰中实现了“八连冠”、“满堂红”。

婚姻登记实现全省联网

王建东介绍说，山东省的社区服务网络进一步健全完善，群众生活更加便捷。社会组织积极发挥提供服务、反映诉求、规范行为作用，促进发展、服务群众的能力明显提升。婚姻登记实现了全省联网在线登记，79 个县（市、区）免除了困难群众基本丧葬费用。全省投入 60 多亿元，新建和改扩建民政基础设施面积 760 万平方米，一大批社会福利院、儿童福利院、县级社会福利中心相继建成并投入使用，民政公共服务设施条件明显改善。

省住建厅副厅长耿庆海
出席新闻发布会

省住建厅：
构建城镇新格局　单元互动促发展

大众网济南5月13日讯 （记者　王磊） 13日上午，“科学发展新山东——第八届中国网络媒体山东行”大型采访活动举行首场新闻发布会，9个省直部门的有关负责人现场回答了来自全国网络媒体的提问。山东省住房和城乡建设厅副厅长耿庆海介绍说，截至2011年底，山东城镇化率达到50.95%，山东半岛城市群、济南都市圈、黄河三角洲城镇发展区、鲁南城镇带“一群一圈一区一带”四个城镇化地域单元互动发展的格局已经形成。

关键词1：城镇化

农业大省迈入“城镇时代”，单元互动新格局

耿庆海说，截至2011年底，全省城镇人口4910万人，城镇化率达到50.95%，这意味着几千年来山东农村人口占主导地位的状况成为历史，初步形成了以城镇居民为主体的现代社会结构。

目前，全省共有济南、青岛、淄博、烟台、潍坊、临沂6个城区人口过百万的特大城市、10个大城市、33个中等城市、59个小城市和1224个小城镇，山东半岛城市群、济南都市圈、黄河三角洲城镇发展区、鲁南城镇带“一群一圈一区一带”四个城镇化地域单元互动发展的格局已经形成，半岛地区城镇对海洋经济发展的支撑和带动作用开始显现。全省非农产业就业比重年均提高0.94个百分点，城镇人口与非农就业岗位实现同步增长，城镇化发展质量明显提高。

关键词2：保障性安居工程

5年建70余万套保障房，千万农民迁新居

在保障性安居工程建设方面，耿庆海介绍说，2007年以来，山东省政府围绕实现“住有所居”目标，制定了“三个一头”的工作思路和相关措施。首先是“保住一头”，加快保障性安居工程建设。五年投资1300多亿元，累计向社会提供廉租房、公租房、经济适用房、棚改房、限价商品房等各类保障性住房72.7万套，为230多万城镇中低收入居民解决了住房问题。

同时，“启动一头”推进农村住房建设与危房改造。2009年起山东在全国率先启动政府主导下的大规模农房建设，三年间整体建设改造村庄1.2万个，新建农房320万户，改造危房61万户，建成新型农村社区8000多个，1300多万农民搬出危旧房、告别旧村居，少花钱或不花钱住进了布局合理、功能齐全的新农房。此外，在保持房地产市场稳定有序方面，做到“规范一头”，五年累计完成房地产开发投资1.3万亿元，建成商品房2.5亿平方米，城镇人均住房建筑面积达到32平方米。

关键词3：统筹城乡建设

率先实现“一县一厂（场）”，2万村庄换新颜

在统筹城乡建设方面，耿庆海介绍说，全省设市城市和县城五年累计完成城建投资3833亿元，建成一大批城市基础设施项目，目前人均道路面积20.5平方米、人均公园绿地面积15平方米、用水普及率98%、燃气普及率93%、集中供热普及率45%，污水集中处理率89%、生活垃圾无害化处理率85%，其中污水和垃圾处理在全国较早实现“一县一厂（场）”，特别是2011年污水处理考评成绩列全国第一。

同时，山东还扎实推进村容村貌整治，已有2万多个村庄面貌发生了较大变化。积极推进既有居住建筑节能改造，全省完成3000万平方米，超额完成国家下达的任务。大力推进住宅产业现代化，全省拥有4家国家住宅产业化基地，居全国首位，分别是整体厨卫、太阳能、墙体保温、供热计量领域唯一的国家基地。

此外，山东目前已有3个城市获联合国人居奖，6个城市获中国人居环境奖，拥有33个国家园林城市和县城、14个国家节水型城市、8个国家历史文化名城，前4项数量均为全国第一。

省文化厅副厅长李宗伟出席新闻发布会

省文化厅：
乡乡有文化站，体制改革实现三局合一

大众网济南 5 月 13 日讯 （记者 赵新婷） 今天上午，“科学发展新山东——第八届中国网络媒体山东行”大型采访活动举行新闻发布会，9 个省直部门的有关负责人现场回答了来自全国网络媒体的提问。山东省文化厅副厅长李宗伟介绍，山东加快建设公共文化服务体系，打造艺术精品，一批文化惠民工程相继建成投用，全省公共图书馆达到 153 个，实现了乡乡有文化站。

艺术创作：打造精品，百花齐放大奖频出

据李宗伟介绍，近年来，山东各地加大艺术创作力度，打造了一批艺术精品，有 1 台剧目入选文化部首届“全国优秀保留剧目”，2 台剧目入选“国家舞台艺术精品工程十大精品剧目”，3 台剧目荣获中宣部“五个一工程”奖，5 台剧目荣获文化部“文华剧目奖”，7 个杂技节目分别获得“金小丑”奖、法国明日杂技节“共和国总统奖”等国内外杂技大奖，2 人获中国戏剧“梅花奖”，其中 1 人获“二度梅”，另有 20 余部优秀剧目在全国性各类剧目评比展演中获奖，17 人次在中国艺术节以及文化部主办的全国声乐比赛等大赛中获单项奖。

文化惠民：五级网络，乡乡都有了文化站

目前，山东省公共图书馆、文化（艺术）馆、博物馆分别发展到 153 个、158 个、121 个，其中达到国家三级馆以上标准的数量均居全国前列，乡镇综合文化站建设全面完成，实现了乡乡有文化站，建成村文化大院 53000 多处，占行政村总数的近 70%。全省已基本形成了省、市有图书馆、艺术馆、博物馆，县有图书馆、文化馆，乡镇有综合文化站，村和社区有文化活动室或文化大院的五级公共文化服务网络。

文化惠民工程深入实施，文化共享工程资源总量超过 40TB，全省 17 市和 140 个县（市、区）全部建起了高于国家标准的支中心，规范化站点达到 40% 以上，建成标准化公共电子阅览室 4200 多个，山东成为全国的“示范省”。近期，文化厅又与省广电部门合作，开通了山东省文化信息资源共享工程有线电视平台，标志着文化共享工程实现进入千家万户。美术馆、公共图书馆、文化馆（站）“三馆一站”免费开放陆续推开。2012 年又启动了完善、建设

1 万个村文化大院、为农村（社区）群众免费送戏 1 万场、扶持 1000 位非遗传承人、免费培训 1 万名基层文艺骨干、为院团配备流动舞台车等工程，强化基层公共文化服务能力建设。

体制改革：三局合一，组建文化市场综合执法机构

目前，文化体制改革取得新成效，国有文艺院团改革扎实推进，青岛演艺集团有限公司正式挂牌成立，《山东国有文艺院团改革发展暨组建山东演艺集团方案》已经制订，全省一批文艺院团改革方案抓紧制订。

另外，全省 17 市全部实现了文化、广电、新闻出版“三局合一”，并组建了文化市场综合执法机构。全省有 129 个县市区按照授权或委托执法模式，也组建了统一的文化市场综合执法机构，全省文化市场执法人员由 1040 人增加到 2100 人，执法经费比改革前增长了近 3 倍，执法条件明显改善，执法力量显著增强。

省卫生厅副厅长、党组成员李仲军
出席新闻发布会

省卫生厅:
基层药价降 42.66%，99.9% 农民享受新农合

大众网济南 5 月 13 日讯 （记者 赵新婷） 今天上午，“科学发展新山东——第八届中国网络媒体山东行”大型采访活动举行首场新闻发布会，9 个省直部门的有关负责人现场回答了来自全国网络媒体的提问。据山东省卫生厅副厅长、党组成员李仲军介绍，我省陆续在全省政府举办的医疗卫生机构实施基本药物制度，通过全省统一招标采购，实行零差率，基层医疗卫生机构药价降幅已达到 42.66%。

医疗机构床位总数增加 13.73 万张

发布会上，李仲军就卫生系统贯彻落实科学发展观的情况作了简要通报。近年来，卫生总费用发生了结构性变化。2010 年，全省卫生总费用为 1345.30 亿元，比 2008 年增加 358.13 亿元。其中，政府卫生支出占卫生总费用的比重从 2008 年的 19.57% 增加到 2010 年 24.34%，居民个人现金卫生支出占比从 2008 年 43.99% 降到 2010 年 38.72%。

同时，卫生事业发展加快。2011 年全省各类卫生机构总数 68275 个，与 2008 年相比，仅医院总数增加 214 所，增长 16.8%；卫生人员 68.96 万人，其中卫生技术人员 48.17 万人，乡医和卫生员 13.59 万人，与 2008 年相比卫生技术人员增加 14.12 万人，增长 41.5%。2011 年全省医疗机构床位总数为 41.61 万张，与 2008 年相比，增加 13.73 万张，增长 49.2%。

99.90% 的农村居民享受到新农合保障

近些年，城乡和地区之间的卫生发展差距正逐步缩小。随着新农合制度的实施，公共卫生服务均等化的推行，卫生服务体系建设的加强，全省城乡居民之间的保障水平差距不断缩小，城乡卫生统筹发展步伐加快，长期存在的城乡二元结构正在发生变化。

在完善新农合制度方面，全省有 6600 多万人，99.90% 的农村居民享受到了基本医疗保障服务。2011 年全省参合农民累计受益 1.67 亿人次，受益率达 252.10%，是 2008 年 1.80 倍。2011 年住院补偿万元以上的农民 14 万多人，看病贵的问题有了一定的缓解。

而在推行公共卫生均等化方面，由于10类国家基本公共卫生服务、7项重大公共卫生服务项目以免费或补助的方式向全民提供。据统计，全省孕产妇死亡率从2008年的20.85/10万降至2011年的20.59/10万，婴儿死亡率从2008年的8.87‰降至2011年的6.91‰。

在基层卫生服务体系建设方面，全省基层医疗卫生机构服务能力和水平明显提高。全省2011年基层医疗卫生机构总诊疗人次8475多万人，比2008年增加29.55%，在一定程度上方便了农民群众就医看病，缓解了群众“看病难”的问题。

基层医疗卫生机构药价下降42.66%

李仲军介绍，我省从2009年陆续在全省政府举办的医疗卫生机构实施基本药物制度，通过全省统一招标采购，实行零差率，全省基层医疗卫生机构药价大幅下降。据统计，2011年比2008年次均费用下降了15.02%，降幅为42.66%。

另外，公立医院改革试点也开始启动。以政事分开、管办分开、医药分开、营利性和非营利性分开为主要内容的公立医院改革在我省的许多县（市、区）医院已经启动，并取得了初步效果。

省国资委副主任、党委委员，省管企业监事会主席
汲斌昌出席新闻发布会

省国资委：资本战略调整，“大集团”利润突破500亿

大众网济南5月13日讯 （记者 尹海洋） 今天上午，“科学发展新山东——第八届中国网络媒体山东行”大型采访活动举行首场新闻发布会，山东省9个省直部门的有关负责人现场回答了来自全国网络媒体的提问。山东省国资委副主任、党委委员、省管企业监事会主席汲斌昌介绍说，截至2011年底，山东省管企业资产总额达9449亿元，实现营业收入5946亿元，利润总额501亿元，山东对国有资本战略性调整成效显著，一批大集团带动大产业的发展。

国有资本战略调整，大集团带来大支撑

在新闻发布会上，山东省国资委副主任、党委委员、省管企业监事会主席汲斌昌公布了2011年山东省国资监管工作和省管企业改革发展的相关情况。据介绍，截至2011年底，山东省管企业资产总额达9449亿元，实现营业收入5946亿元，利润总额501亿元，利润突破500亿元，比2005年分别增长1.86倍、2.11倍、3.74倍。

山东省对国有资本的战略性调整取得了显著成效，国有资本向重要产业和优势企业集中，对钢铁、汽车、煤炭企业实施了战略性重组，组建了山东钢铁、山东重工、山东能源集团等企业。加快推动产业结构调整，重组和组建了齐鲁证券、泰山财产保险、再担保公司、海洋投资公司等金融服务类企业，现代服务业发展步伐明显加快。同时，推进部分行业国有资本退出，困难企业改制、关闭破产、主辅分离、分离办社会等阶段性任务基本完成。

通过结构调整，山东省管企业由当初的68户调整为24户，大企业集团的支撑带动作用明显增强。截至2011年，有8户省管企业营业收入超过200亿元，其中4户超过800亿元。汲斌昌透露说，山东能源、山东重工、兖矿集团实现净利润在全国省级监管企业中分列第1、第7、第11位。

企业改革深入推进，公司改制全面覆盖

企业改革深入推进，不断深化公司制股份制改革，目前，省管企业母公司层面公司制改革任务全部完成，控股上市公司达到23户，在5户省管企业建立了外部董事制度，12户企业建立了按《公司法》规定履行职权的监事会，向9户企业派驻了财务总监，科学有效的公司治理机制逐步形成。不断深化企业人事制度改革，公开招聘、竞争上岗成为企业选人用人主要方式，目前省管企业各级管理人员市场化选聘率已达70%以上。

资本运营拓展局面，收购外企风起云涌

在介绍山东省省管企业的发展情况时，汲斌昌说，资本运营成为企业发展的重要方式。其中，兖矿集团收购澳大利亚菲利克斯公司，山东重工并购法国博杜安公司和意大利法拉帝集团，中国重汽与德国曼公司实施战略合作，浪潮集团收购奇梦达葡萄牙高端封装测试线，都在国内产生重大影响。目前省管煤炭企业获取境外煤炭资源储量40多亿吨、省外煤炭资源储量509亿吨，是省内剩余储量的12.5倍。

自主创新成为推动企业发展的重要力量。目前，省管企业拥有省级以上科研机构65个，其中国家级27个。山东重工建立了“三国七地”研发平台，兖矿集团承担国家“863”计划5项、“973”计划2项，省管企业一大批产品达到国际或国内领先水平。

省环保厅副巡视员董秀娟出席新闻发布会

省环保厅：建设生态山东，共享“蓝天白云”

大众网济南5月13日讯 （记者 马鑫） 今天上午，“科学发展新山东——第八届中国网络媒体山东行”大型采访活动举行首场新闻发布会，9个省直部门的有关负责人现场回答了来自全国网络媒体的提问。山东省环保厅发言人董秀娟介绍说，“十一五”期间，山东环境治理效果显著，59条污染河流恢复鱼类生长，“十二五”期间将重点打造生态山东，“蓝天白云、繁星闪烁”将成为衡量大气质量改善的描述性指标。

取消高污企业“排污特权”

董秀娟介绍说，“十一五”期间，山东省COD和SO2两个约束性指标累计削减率分别为19.44%和23.22%，分别完成国家下达减排目标的130%和116%。在国务院通报表彰“十一五”减排工作成绩突出的8个省级人民政府中名列第一。此外，在2011年2月，中国社科院发布《中国环境竞争力发展报告（2005-2009）》中，山东环境竞争力更是位居全国首位。

据介绍，2002年以来，山东分四个阶段，探索建立了逐步加严的地方环境标准体系。自2010年1月1日起，在全省统一实行流域性水污染物排放标准，取消了高污染行业的“排污特权”，有效推动了造纸等一批高污染行业转方式、调结构。截至目前，山东省草浆造纸企业仅有10家，但行业造纸规模和利税分别是原来的2.5倍和4.7倍，山东所指定的地方排放标准和造纸污染防治经验更是得到了环保部的高度认可和推广。

59条污染河恢复鱼类生长

自2003年以来，山东在经济保持两位数增长的背景下，水环境质量也得到持续改善。2010年全省河流COD平均浓度降至34.8mg/L，总体上已恢复到1985年以前的水平。并实现了淮河流域治污考核“五连冠”和海河流域治污考核“三连冠”。

“至2010年底，省控59条重点污染河流已全部恢复鱼类生长。”董秀娟介绍说，目前，山东省境内南水北调输水干线9个测点高锰酸盐和氨氮指标已经达到地表水三类标准，在南四湖和小清河入海口处，小银鱼、毛刀鱼等敏感水生生物已经恢复生长。

为进一步提升环境监管和安全防控水平，山东省共设置1738个环境自动监控站点，安装自动监测设备5100台（套），并在企业废水排放口、城市污水处理厂进水口、风险企业下游临近断面等关键区域设置了预警点位，实现了对重点污染源排污情况和主要水气环境质量的实时监控。此外，山东还在国内率先建立并实行了“超标即应急”零容忍工作机制和“快速溯源法”工作程序，发现超标情况，1小时内启动应急处置程序，力争24小时内锁定污染源并及时处置。

“蓝天白云”成百姓评价指标

2012年1月，山东省委、省政府联合召开生态山东建设大会指出，到2020年，山东省将基本形成经济社会发展与资源环境承载力相适应的生态经济发展格局。为实现这一目标，山东省将大气治理作为“十二五”山东环保的主要攻坚任务，并创造性地提出了“蓝天白云、繁星闪烁”这一衡量大气质量改善的描述性指标，争取使环境改善的成果真正的让百姓感受得到，看得见。为此，山东省先后颁布实施了《山东省机动车排气污染防治条例》和《山东省扬尘污染防治管理办法》，并在全省建成了覆盖17个设区市的空气自动监测站144个，全省重点废气排放企业安全部实现了在线监控和“省、市、县”三级联网。

省广电局党组成员、副局长吉保邦
出席新闻发布会

省广电局：
有线实现“一张网”8万行政村“村村通”

大众网济南5月13日讯 （记者 赵新婷） 今天上午，“科学发展新山东——第八届中国网络媒体山东行”大型采访活动举行首场新闻发布会，9个省直部门的有关负责人现场回答了来自全国网络媒体的提问。山东省广电局党组成员、副局长吉保邦介绍，全省广播电视有线网络已基本实现全省“一张网”，“鲁剧”品牌叫响全国，成为文化强省建设的一张靓丽名片，全省8万多个行政村全部实现“村村通”。

广播电视有线网络实现“一张网”

据介绍，目前，全省共有省级广播电视播出机构2家，市级播出机构30家，县级播出机构95家。有广播节目156套，电视节目170套。全省广播综合人口覆盖率达到98.19%，电视达到97.91%。全省广播电视有线网络基本实现全省“一张网”，总长达到31万公里，网络干线通达99%的乡镇和85%以上的行政村，有线电视用户2000万户，数字电视用户872万户，是国内大网。

2011年全省立项备案电视剧14部434集、电影26部，“鲁剧”创作持续繁荣。农村公益电影放映覆盖97%以上的行政村，基本实现了“一村一月放映一场电影”的目标。2011年，全省广电系统实现经营收入103亿元，突破百亿大关，比上年增长22.5%。全年城市电影票房收入4.16亿元，比上年增长40.5%。全省广播影视资产规模达到325亿元。

“鲁剧”成为文化强省新名片

近五年来，全省广电系统相继推出电视剧《大染房》、《闯关东》、《沂蒙》、《我们的八十年代》，电影《沂蒙六姐妹》，动漫《孔子》等一大批精品力作，“鲁剧”成为文化强省建设的一张靓丽名片，有17部作品荣获“五个一工程奖”、“飞天奖”、“金鹰奖”等35个奖项，受到刘云山、刘延东等中央领导和姜异康、姜大明等省领导的充分肯定。《闯关东》剧组受到省委、省政府通令嘉奖。

广播电视节目创新创优不断迈出新步伐，有94件作品荣获“中国新闻奖”、“中国广播影视大奖”等国家级大奖。

弘扬传统孝亲敬老文化的山东卫视《天下父母》栏目受到李长春、刘云山的充分肯定，国家广电总局在全国推广《天下父母》栏目的经验。

8万行政村实现“村村通”

吉保邦介绍，近五年来，全省广电系统坚持以农村和基层为重点，以广播影视惠民工程为抓手，初步构建起功能完善、覆盖广泛、群众满意的广播影视公共服务体系。

“村村通”工程累计财政投入1.12亿元，提前两年完成国家下达的20户以上自然村“盲村”通广播电视任务，全省8万多个行政村全部实现“村村通”；直播卫星公共服务工程加快推进，2012年9月底前为20万户边远山区群众和沿海、湖区渔民安装、开通直播卫星接收设备，把这件民生实事办好；农村电影放映工程累计财政投入4.12亿元，放映公益电影387万场，覆盖全省97%以上的农村；县级城市数字影院建设加快推进，9月底前实现全省县级城市数字影院全覆盖；智能化、数字化山东广电中心和山东传媒职业学院等一批重大公益性基础设施建成使用，进一步夯实了发展基础。

山东省教育厅副厅长、新闻发言人陈光华
出席新闻发布会

省教育厅：绘就蓝图，向教育强省跨越

大众网济南5月13日讯（记者 姜洋）记者今天采访了省教育厅副厅长、新闻发言人陈光华。据陈光华介绍，自第九次党代会特别是全教会以来，我省贯彻落实教育规划纲要，坚持优先发展、育人为本、改革创新、促进公平、提高质量的工作方针，教育事业实现了跨越发展，在教育普及、素质教育、义务教育、教育改革等方面均是成效显著。

教育规划：10年蓝图绘就，年底公办普通高校化债120亿

据陈光华介绍，我省制定了《山东省中长期教育改革和发展规划纲要》，2010年底正式向社会公布，提出到2020年全面实现教育现代化，建成学习型社会，实现由教育大省向教育强省、人力资源大省向人力资源强省的跨越，为全省教育改革发展绘就了宏伟蓝图。

与省教育规划纲要相配套，省教育厅联合有关部门于2011年初制定了今后五年重点实施的《学前教育普及计划》等8项行动计划，名校建设工程等一系列单项工程全面启动，制定出台了普通高校招生制度改革实施方案，2012年起实施春夏两次高考。

教育投入持续增长，2007年我省地方教育经费总投入680.24亿元，2010年达到1039.59亿元，增长52.83%。2011年，提高财政教育支出占公共财政支出的比重，调整地方教育附加征收范围和标准，从土地出让收益中计提教育资金，从地方分成的彩票公益金中安排一定比例用于教育，教育投入大幅增加，很多长期存在的教育难点问题得到解决，实现了突破。2011年全部清算兑付了拖欠多年的农村义务教育债务，累计化债44.8亿元。高校化债工作取得突破性进展，省政府与49所省属本科高校签订了化债协议，确保2012年底我省公办普通高校化解债务120亿元，努力将高校债务降至合理水平。

教育普及：普通本专科在校生164.6万人，兴建幼儿园3072处

目前，全省共有教育机构3.5万处，教育人口达1855万人，教育的普及化水平进一步提高，人民群众求学愿望基本得到满足。2007年，全省城乡全部实现了免费义务教育，近年来全省小学、初中适龄人口入学率一直稳定在99%以上。2009年高中阶段教育毛入学率达到85%，标志着高中段教育实现普及，近两年高中段教育毛入学率保持在95%以上，中职学生与普通高中生比例基本保持在1:1。

2011年，全省普通高校比2007年增加28所，达到139所，其中本科院校63所，高职（专科）院校76所，全省普通本专科在校生达到164.6万人，比2007年增加20.6万人，研究生在校生6.9万人，比2007年增加2.2万人，高等教育毛入学率达到29.8%，比2007年提高7.8个百分点。2011年实施学前教育三年行动计划，扩大优质学前教育资源，全省兴建幼儿园 3072 处，已完成 2696 处，新增幼儿学位 30.68 万个。目前，全省在园幼儿 242 万人，学前三年儿童入园率达到 74.5%，比 2007 年提高 24 个百分点。

素质教育：设立违规办学行为曝光台，高中新生不再文理分科

省政府于 2007 年出台了《大力推进素质教育的意见》，2008 年召开了全省中小学素质教育工作会议，坚持全省整体推进中小学素质教育工作，逐步形成了“政府主导、规范管理、课程核心、评价引领、督导保障”的工作机制。

全教会以来，我省严格规范办学行为，设立违规办学行为曝光台，在 6 个市试点研究出台教育政绩考核办法，严格教育行政问责，素质教育取得阶段性成果，学生课业负担明显减轻。同时，深化基础教育课程改革，推动普通高中落实“选课制”、“走班制”，促进普通高中多样化发展。全面落实国家课程方案，从 2011 级高中新生起不再进行文理分科。

我省全面加强课程管理，开展了中小学课程实施水平评估活动，促进学校开全课程，开足课时，积极开展学生阳光体育运动。不断改革和完善教育评价制度，在部分市、县试点构建科学的中小学办学水平评价机制和教师考核评价机制。在全省初中普遍推行学业考试制度，稳妥推进高中招生考试制度改革，按照学业考试成绩、基础性发展目标评价等级录取学生，各地普通高中指标生分配比例均达到 60% 以上，有力推动了素质教育向纵深推进。

义务教育：纳入公共财政保障范围，解决进城务工子女入学

我省以农村和薄弱学校建设为重点，实施中小学办学条件标准化建设工程，促进办学条件的整体提升。实施中小学校舍安全工程、农村中小学教学仪器配备更新工程、“两热一暖一改”工程，办学条件正在得到根本改善。目前，校安工程累计开工项目 37304 处，竣工项目 34301 处，已累计投入资金 233 亿元。

2011 年，省级财政筹集资金 3 亿元，集中为农村中小学配备图书馆（室）装备用书及教学挂图。自 2007 年春季开学起，我省全面实施农村义务教育经费保障机制改革，全部免除农村义务教育学生杂费，目前义务教育已全面纳入了公共财政保障范围。2011 年，中央和省落实我省（除青岛）农村义务教育免杂费及补助公用经费 31.77 亿元、城市义务教育免杂费经费 2.75 亿元；安排农村义务教育阶段免费教科书资金 7.67 亿元，惠及 710 多万农村学生。农村初中、小学的生均公用经费补助标准提高 100 元，分别达到 800 元和 600 元，特殊教育学校由每生每年 1400 元提高到 3000 元。

2011 年省政府与教育部签订了推进义务教育均衡发展备忘录，出台《关于推进县域义务教育均衡发展的意见》，制定了各地完成均衡发展任务的时间表和路线图。关注农村留守儿童的教育，有效解决了进城务工人员子女就近入学问题。全省 140 个县（市、区）全部统一了县域内教师工资标准，并做到了按时发放。

教育改革：5 年内高教在学总规模 230 万人，明年入园率达到 87%

根据省教育规划纲要、省教育教育事业“十二五”规划和 8 项行动计划，今后 5 年我省教育发展的主要目标是：进一步提高教育普及水平，加快普及学前教育，义务教育适龄儿童入学率保持在 99% 以上，九年义务教育巩固率保持在 97% 以上。高中阶段教育毛入学率达到 97%，中等职业教育与普通高中在校生规模大体相当，高等教育在学总规模达到 230 万人，普通本专科生在校生 176 万人，研究生 15 万人，高等教育毛入学率达到 40% 以上。

其中，将构建素质教育工作长效机制，出台普通中小学违规办学行为责任追究暂行办法、社会教育培训机构管理办法，研究制定中小学素质教育督导评估标准和实施方案；推进学前教育三年行动计划，2011—2013 年，全省新建幼儿园 4136 处，改扩建幼儿园 5667 处，计划投资 138 亿元，增加 103 万适龄儿童接受学前教育机会，争取到 2013 年学前三年入园率达到 87%，“入园难”和“入园贵”问题得到有效缓解。

同时，构建专业学位研究生教育、应用型本科教育、专科职业教育、中等职业教育相互衔接，全日制教育与继续教育相结合，职业教育与普通教育相沟通的现代职业教育体系。以面向中等职业学校学生为主，建立知识加技能的春季高考制度，提高中等职业学校毕业生升学比例。

此外，进行名校工程建设，遴选建设应用基础型人才培养特色院校 3 至 5 所、应用型人才培养特色院校 10 至 15 所、技能型人才培养省级示范高职高专院校 20 所。

科学发展新山东

第八届中国网络媒体山东行新闻报道集

评论篇

本网热评

科学发展，新山东盎然新意惹人醉

科学发展新山东——第八届中国网络媒体山东行系列评论之一

大众网评论员 韦国骞

从车轮、陶器的发明到计算机、机器人的出现，从人类掌握火种到石化能源被发现，从分散经济到重商主义再到绿色经济，在人类社会发展的每个阶段，都有一条理论主线推动其进步的实现。在如今之中国，是强调以人为本、强调全面协调可持续发展、强调统筹兼顾的科学发展时代，科学发展观是最新淬炼出的真理之石，实践这一理论成果是推动社会进步的必由之路。

2008年7月，山东省根据胡锦涛总书记的指示，又结合当时全省经济、文化发展“大而不强”的基本省情，决定要建设经济文化强省。目标既已确定，摆在面前的问题是——什么理论能承载目标的实现？怎么才能选对路、走好路？几年来的论证和实践证明，以人为本、统筹兼顾、全面协调且可持续的科学发展道路，是山东建设经济文化强省的必由之路。以下便从自然环境、文化建设和产业结构三个方面简单表述一下。

说到自然环境，不得不承认，从全国范围来看，某些地区和部门曾在一段时间里把“发展是硬道理”简单地理解为“增长是硬道理”，把“以经济建设为中心”视为“以速度为中心”，以至于地区产值上去了，环境资源代价更上去了。人们必须做一道选择题，是选择“先污染后治理”的西方工业发展时期模式，还是选择“既发展又保护”的科学发展道路？山东选择的是后者。

2012年，山东省省长姜大明在介绍“生态山东”建设上，不无感慨地提出：“我们小时候下乡，想家的时候就看星星，现在在城里看不见。”我们正意识到，产值只是价值的一部分，而让山东的河里“鱼翔浅底，鱼味鲜美”，让山东的天空“蓝天白云，繁星闪烁”，才更珍贵。这几年，山东忠诚实践科学发展观，在建设生态文明的过程中已取得很大成绩：省控59条污染河流已全部恢复鱼类生长，节能和减排两个环保硬指标同时名列全国前茅，省域环境竞争力全国第一……山东所提出的“既要金山银山，又要绿水青山”不止是一句口号，更是在环境保护方面落实科学发展观的行为准则。要知道，只有建立在“绿水青山”上的山东，才称得上是强省。

除了环境保护外，文化建设也必须以科学发展为主线，才能真正取得成功。文化是什么？文化不只限于电影大片、流行音乐、戏曲京剧、画作诗歌之类的精神产物。文化几乎反映在人类所创造的一切物质上，它是建筑、是服装、是食物，文化的力量远比看起来强大。

山东是文化资源丰富的文化大省，一直注重文化建设，在近几年的新形势下，更意识到用科学发展观指导文化建设的重要，其建设成果也是显著的。

举个例子，几年前我们很多景色宜人的地区被开发，众多别墅社区点缀其中，建筑风格各异：意大利风格的、拉丁风格的、洛可可风格的……不免让人生疑，咋就不常见舞榭楼阁、园林院墅的中国传统风格？看似是开发商对建筑风格的选择，可能更是文化自缚的体现。2008年以来，山东省委、省政府敏锐把握文化在社会发展中的重要作用，以科学发展为主线，充分挖掘齐鲁文化资源，开动了“文化惠民”的众多工程。现在，不光山东省博物馆新馆、青岛大剧院、烟台市文化中心等公共文化设施建立起来，而且做到了免费向公众开放图书馆、艺术馆、博物馆。在文化产品上，“鲁剧品牌”交响全国：《沂蒙六姐妹》让人潸然，《闯关东》铁骨铮铮，《南下》气势磅礴……《封禅大典》、《蒙山沂水》、《杏坛圣梦》等大型原创实景演出既拉动了当地旅游，又成为普及当地文化的“立体教科书”。我们可以看出，以科学发展为主线，山东正将蕴藏的文化精神跃然纸上，让文化大众化，让文化惠及百姓。

以科学发展观为指导，转变发展方式、调整产业结构是中央提出的要求，也是各地区突破经济发展瓶颈的最佳手段。我国著名经济学家吴敬琏在谈转方式、调结构时，有个微笑理论，指内涵不同的经济模式所形成的价值链曲线，很像是“微笑”：两端翘起的“嘴角”，一边是研发和设计（这是价值链的原创源头）；另一边是品牌和服务（这是价值链的终端区域）；“微笑”低端横着的“唇线”则是制造业。科学发展观指出，我国粗放型经济增长方式由能够支撑我国快速发展的阶段进入到了已无力支撑我国进一步发展的阶段。也就是说，我们长期赖以拉动经济的制造业，必须向研发、设计或者品牌、服务方面转型。

就目前的经验来看，山东省正沿着科学发展的道路阔步前进。山东高点定位、多点支持、重点带动，发挥人民的首创精神、加强创新平台建设、引导实现从“山东制造”到“山东创造”的历史性变革，同时发展现代农业，突出推进现代服务业，并全力打造山东半岛蓝色经济区、黄河三角洲高效生态经济区、胶东半岛高端产业聚集区、省会城市群经济圈等……山东这几年在转方式、调结构上，做到了科学化、系统化和多样化，因地制宜、让各地取长补短发展优势产业。

真理好比燧石，它受到的敲打越厉害，迸射出的光辉就越灿烂。几年来的论证和实践证明，以人为本、统筹兼顾、全面协调且可持续的科学发展道路，是山东建设经济文化强省的必由之路，也是让山东人钱包鼓、生活美、精神乐的必由之路。

通过深入贯彻落实科学发展观，新山东正显示着盎然新意和勃勃生机，这新意、这生机，令人自豪，让人陶醉。

文以载鲁，蓝黄交响，新引擎助推新山东

科学发展新山东——第八届中国网络媒体山东行系列评论之二

大众网特约评论员　伊茂林

当今时代，经济发展方式之优劣，已经成为决定不同经济体间竞争胜败的核心因素，文化已经成为一个地方能否赢得发展主动权的决定性力量，一个地区只有拥有符合先进生产力发展要求的发展方式，以经济文化的携手协调发展，造就更为强大的经济文化实力，形成更为强大的核心竞争力，才能在激烈竞争中赢得主动。

2008年以来，山东省委、省政府认真贯彻胡锦涛总书记对山东工作的总要求，作出了经济文化强省建设的战略部署。建设经济文化强省是贯彻落实科学发展观的具体体现，是山东在新起点上开启的发展新征程，是实现科学发展的新要求，是经济社会发展面临的新机遇，是人民群众的新期待。

山东是全国最早提出建设经济文化强省的省份之一。建设经济文化强省，必须牢牢把握科学发展这一主题，紧扣转变发展方式这一主线。科学发展，为建设经济文化强省提供了最根本的理念支撑。

经济发展史表明，真正的经济发展，本质上体现为发展方式的转变和经济结构的高级化与合理化。山东经济社会发展到今天，在传统发展方式主导下，主要依赖自然资源实现经济发展的潜能已接近极限。如何通过转变发展方式以拓展新的空间，才能使山东经济社会发展获得可持续的发展？

为此，山东省委省政府围绕实现山东科学发展、和谐发展、率先发展制定了一系列战略决策，其中最值得大书特书是两大战略决策，一是把建设文化强省与建设经济强省相并列，提出建设经济文化强省；二是以山东半岛蓝色经济区和黄河三角洲高效生态经济区两大战略为重要引擎，深入推进重点区域带动战略，推进“蓝黄”两区融合发展、一体发展。

蓝黄战略为山东经济发展开拓了广阔空间，提供了强力引擎。蓝黄两大战略的批复与实施，使山东未来经济发展格局基本形成，即以此两大战略为强力引擎，全面实施重点区域带动战略，推动各重点区域融合发展。山东半岛蓝色经济区、黄河三角洲高效生态经济区、胶东半岛高端产业聚集区、省会城市群经济圈和鲁南临港产业带以及菏泽科学发展高地六大区域板块，将不断开创山东区域协调发展的新局面。

推动和实现科学发展为主线，必须要在思想观念上牢固树立强省建设的理念，强化在国内外发展格局深刻变动中谋求发展的大局意识，强化为全国科学发展作贡献的责任意识，强化“好”字优先，以“强”胜出的率先意识。

要在工作指导上体现强省建设的内在要求，把科学发展观贯穿于强省建设的全过程，落实到经济社会发展的各个方面。围绕强省战略，以科学发展观为指导，创新发展思路，转变发展方式，提升发展内涵，优化发展布局，制定实施重大规划，完善政策措施。要正确把握以人为本这个核心，正确把握积极作为、科学务实这个基调，正确把握统筹兼顾这个根本方法，正确把握总量与人均相协调这个重要取向，正确把握目标与过程内在统一这个现实要求，促进全面协调可持续发展。

我省已经进入一个新的发展阶段，在看到现代化建设取得巨大成就、经济总量跃居全国重要位次的同时，也要看到传统发展模式已不适应经济社会发展的大趋势，经济发展方式粗放、结构层次不够高、区域发展不平衡、文化发展水平与经济发展水平不相适应等一系列矛盾和问题，已经成为阻遏发展跨越的障碍，我们虽然是一个经济文化大省，但距离经济文化强省还有一定差距，由大变强是现阶段我省面临的紧迫任务。

在即将召开的山东省十次党代会上，我们可以期待一个更加清晰的发展蓝图，确定无疑的是，山东的未来发展将毫不动摇坚定实施建设经济文化强省战略，这一对山东经济社会发展未来的长远谋划，体现的是国家科学发展的大局，体现的是山东人民的殷切期待，体现的是对科学发展的山东担当。

理念是战略决策的先导，在于理念决定价值取向和思维方式，决定战略决策的方向、规划与布局，进而决定战略决策的实施过程与效果。发展理念决定发展方式，发展方式决定发展质量，加快转变经济发展方式，是实现科学发展的必由之路。为此，必须按照中央和省委的战略部署，始终做到“五个坚持”：坚持把经济结构战略性调整作为加快转变经济发展方式的主攻方向，坚持把科技进步和创新作为加快转变经济发展方式的重要支撑，坚持把保障和改善民生作为加快转变经济发展方式的根本出发点和落脚点，坚持把建设资源节约型、环境友好型社会作为加快转变经济发展方式的重要着力点，坚持把改革开放作为加快转变经济发展方式的强大动力。

回首山东五年路：走对路走新路走“活”路

科学发展新山东——第八届中国网络媒体山东行系列评论之三

大众网特约评论员　刘同江

在全国率先提出建设经济文化强省，在国际金融危机风暴中实现经济健康发展，总量稳居全国三甲，正式下文提出建设“生态山东”，“黄蓝”两大国字号战略落户，城乡居民社保全覆盖……这五年，山东朝着科学发展和谐发展的方向前进，更加注重统筹协调，更加注重改善民生，更加注重文化建设，走对路；坚持转方式调结构、提速提质提效，走新路；坚持推进生态建设，节能减排，努力实现可持续发展，走“活”路。

方向正确，才能事半功倍。山东提出建设经济文化强省，顺应了时代潮流，体现了科学发展观的要求，一是突出文化与经济协调发展，体现了高度的文化自觉，与党的十七届六中全会精神不谋而合，与文化在发展大局中的作用、在改善民生中的地位、在增强综合实力中的分量相适应；二是突出从“又快又好”转向“又好又快”发展，所谓“强省”，就是发展质量好、效益高、后劲足。在这样的指导思想引领下，山东经济文化发展跨入好而快的高速路。2011年全省工业增加值达到2.1万亿元，是2006年的1.9倍；规模以上工业主营业务收入、利税、利润分别是2006年的2.7倍、2.6倍、2.7倍。2011年，服务业投资所占比重首次达到50%，投资结构实现了由“二三一”向“三二一”的转变。在2012年全国文化体制改革工作会议上，济南、青岛等10市被评为全国文化体制改革工作先进地区。2011年，山东文化创意产业增加值跨入“两千亿元俱乐部”，鲁报、鲁剧、鲁书、鲁画、鲁戏、鲁歌等文化品牌“抢眼提神”。

敢走新路，才能闯出一片新天地。山东在工作思路上勇于创新，“一线三点”战略合实际、合规律、有实效。“蓝黄”两大战略的提出，见微知著，高瞻远瞩，迅速列为国家级战略，为山东实现科学发展和谐发展装上新型引擎，并很快见到实效。科技创新、机制创新推动大发展。以工业为例，自主创新是山东工业主旋律。五年来，山东充分发挥技术中心创新载体作用，全省 863 家国家和省级企业技术中心集中研发突破了一批关键技术。在创新驱动下，山东工业综合实力不断跃升。规模以上工业主营业务收入 2009 年过 7 万亿元，2011 年突破 10 万亿元大关，全省营业收入过百亿的工业企业由 2008 年的 70 户发展到 130 户，过千亿的由 2 户发展到 8 户。

勇闯“活”路，才能实现可持续发展。没有 GDP 不行，单纯追求 GDP 也不行；高能耗、高污染、高投入的老路只能越走越窄；经济建设中心不可动摇，但经济发展的民生视角必须加强……五年来，山东努力走可持续发展之路。正式提出“生态山东”建设目标，“不仅河里有鱼，有鱼还要能吃”；“蓝天飘白云、夜空有繁星”，得民心暖民心。姜大明省长在谈到节能减排时强调“完不成指标，要一级级摘‘乌纱帽’”，更彰显了山东走可持续发展道路的决心和魄力。大力加强民生建设，2011 年，实现新农保和城镇居民养老保险制度的全覆盖，比国家要求提前了一年。

沿着正确方向，沿着科学发展大路奋然前行，则经济文化强省会更强，齐鲁百姓福祉会更多！

把民生幸福当做是山东科学发展的试金石

科学发展新山东——第八届中国网络媒体山东行系列评论之四

大众网评论员　陈宏发

2011 年，山东省十二五规划中提出，未来五年是全面建设小康社会、实现富民强省新跨越的关键时期。“只要我们把富民和强省有机结合起来，坚持以人为本、民生优先，就一定能够促进人民生活水平持续提高，保持社会和谐稳定。”省长姜大明在当年的人大政府工作报告中，用这样一句话，总结了十一五期间提高人民生活水平的经验，同时也提出了未来五年，山东省政府工作的切实目标和响亮口号：“富民强省”。

宏伟的目标总需要伟大的理念来引领实现。科学发展观正当其时地为山东指明发展的道路，科学发展观最核心的问题是发展为了什么？人，是最核心的要义，任何的发展都要以人为本，把经济发展用幸福指数来衡量，抛弃单一的 GDP 论，把民生的软指标当做考核发展的硬杠杠，把民生幸福当做科学发展的试金石。

民生幸福包涵什么？汉语词典上解释说：“幸福是一种持续时间较长的对生活的满足和感到生活有巨大乐趣并自然而然地希望持续久远的愉快心情。”笔者认为，民生幸福包涵但不仅限于：老有所养、病有所医、住有所居、少有所教、劳有所得、有尊严生活。民生幸福应是发展的根本目的，也是衡量现代化实现程度的重要标志。

山东提出“富民强省”口号，把“富民”放在“强省”前面，充分体现出省委省政府把“民生幸福”作为强省建设的最高追求的决心，切合了国家十二五规划中，居民收入增长与经济发展同步的表述，这意味着山东省未来五年将进入发展成果全民分享的新阶段，让 9000 万山东人民共享改革开放带来的实惠。

在保障和改善民生上，山东不仅有大张旗鼓的宣传，更有“真金白银”的投入。“十一五”期间，山东省财政对民生投入累计达 7004.5 亿元。2011 年，全省新增财力七成以上用于民生事业，民生支出占财政支出的比重达到 54.8%，比上年提高 3.8 个百分点。扩大就业、稳定物价、安居工程、“先诊疗、后付费”、义务教育全免费、社保“拖地机制”等等，一系列的民生举措，让更多百姓分享到“蛋糕”。

2012 年“省两会”上，省政府明确提出 35 件民生实事，这其中涵盖了增加农民收入，促进就业，健全社会保障体系，教育优先发展、发展医疗卫生事业，房地产调控和保障性住房建设。可以说，这一“民生菜单”拼成的“大餐”，表明“民生指标”已经超越 GDP 成为衡量发展成果的“硬指标”。在此前三年，山东省政府工作报告中，“民生菜单”分别是 5 件、10 余件和 26 件，从目前情况来看，这 40 余件实事件件落实。

马斯洛需求层次理论揭示，生存需求和安全需求是较低层次的需求，精神、尊重和自我实现是高层次的需求。现阶段，我国社会主义事业发展是跨越式的发展，既有低层次需求的解决，也有高层次需求满足。具体到民生保障上，我们既要解决好衣食住行等最基本的要求，提高收入，扩大就业，加大保障性住房建设，让百姓有所居，加大医疗教育事业投入，也要创造公平的社会环境，合理分配社会财富，大力发展文化产业，提供优质精神食粮。

孟子有云：民为贵，社稷次之。相信，在以人文本的科学发展观指引下，一个文明、富足、开放、和谐的社会主义新山东即将崛起于东部海滨，造福9000万山东人民。

开启科学发展之门，追寻山东智慧

科学发展新山东——第八届中国网络媒体山东行系列评论之五

大众网特约评论员　丁琪

众所周知，近年来有关山东科学发展的所思所想、所言所行，其实早已在路上。在山东的路径上再次启程，是在学理、精神层面开启今日山东科学发展之新路径。这条路径，是以齐鲁文脉为重要支撑，以自主创新为持续推动，一条天道自然、调和协同、博采众长之路。这条路上，历史连接未来，现实的光彩更辉映着深谋远虑的展望。

历史曾经证明，思想的进步与否，标志着涵养标新和长成的土壤是贫瘠还是肥厚。党的十七届六中全会指出，推动文化产业跨越式发展，为推动科学发展提供重要支撑。文化作为思想的载体，正是新时期新山东以文化物、以文化人实现科学发展的根基。

科学发展的新山东，在挖掘自身优势于内在时，并无占天时之利的洋洋自得。山东半岛蓝色经济区、黄河三角洲高效生态经济区、沂蒙革命老区、日照钢铁精品基地搭建的“蓝黄红黑”区域经济增长极，成为新时期山东本土特色的发展架构。这些发展要素的集中积聚，首先是对自然天成的效法，在此基础上，更着重于人与自然和谐、平衡的奇偶定律以及触类旁通、博取众长的发展理念。置身于全国科学发展的宏观背景，作为全国最早提出建设经济文化强省省份之一的山东，兼收并蓄地推进科学发展，更是一种责任和担当。在保护基础上的开发，在变革基础之上的建树，回应了中华传统文脉“自然、奇偶、会通”的三重境界，更昭示着今日山东文以载道，实现科学发展的必然。

科学发展的新山东，在一脉相承于历史时，并无孤芳自赏的自鸣得意。科学发展意味着承前启后的可持续思想。无论山东几届领导班子更迭，其延续发展、可持续发展的思维方式从未改变。科学发展的新山东，颇具接力棒含义的发展意味。由此，一届班子的卸任成为对新一届班子作为的开启，现任班子，更成为对上一皆班子文明成果的总结。只有文化与科学在互为作用力的道路上延续，才能体现出它的强大发展惯性，形成一个地域特有的发展形态。山东科学发展的路径，早已打上了深刻的“山东标签”之烙印，并在实践过程中既强调实用性又关照持续性，既触类旁通又形成自己严密的逻辑体系。以地处鲁西的聊城为例，昔日的江北水城、运河古都，今天的水文章和古文章底蕴之上的生态聊城，无不体现着传承基础之上的发掘，融会观念之中的创造。山东科学发展的一脉相承，由此可见一隅。所以说，科学发展不仅应具有尊重一脉相传的经验性特点，更要具备前瞻性的眼光。好坏、快慢之于发展，终究是得益于发展的一时之需还是长远意义。

科学发展的新山东，在吸收前车之鉴于既往时，更累积科学精神的趋向。就近代科学没有在我们国家开始而言，某种意义上，也成了我们能走一条“有章可循、有据可依”便利之途的风向标。近现代的欧洲走的是一条先污染、后发展、再回头治理污染的路子，这是山东乃至全国实现科学发展的前车之鉴。新山东的科学发展之路，既有发现潜在之美的意义，更有发掘即将诞生之美的内涵。不开倒车走坦途，绕过弯路走捷径。坦途和捷径，就是山东以文化强省涵养馨香一脉，作为实现科学发展、和谐发展的根基与思想底蕴。此种含义之于发展，既以“前人种树后人乘凉”的心境恩泽后代，更以“文化的打通混合”构建未来，还体现着当代山东人以大气磅礴的山东气派涵养科技、人才和思想的博大情怀。在发展面向世界、面向未来的今天，山东更懂得何为以科学精神，在摒弃中保留，在批判中建树，在改革中向前。

祝福行进在科学发展之路上的新山东。一条兼具朴素唯物主义、现实主义和浪漫理想主义的文明路径，正着力于对未来经济制度、民主政治制度和科学精神的开启。

听民声、取民智：济南“民生菜单”激发发展活力

科学发展新山东——第八届中国网络媒体山东行系列评论之六

大众网评论员　陈宏发

“12345，有事找政府”，济南市民遇到难事、急事，总会拨打12345。济南市12345在原有市长热线的基础上，整合38条政务类公共服务热线，于2008年9月26日正式开通。这是济南市委、市政府贯彻科学发展观，践行以人为本、执政为民理念，建设阳光型、服务型、法治型政府的重大举措。听民声、取民智、解难题，改善民生促进发展，渐成践行科学发展观的济南模式。

推动科学发展是改善民生的重要基础和根本路径，改善民生是推动科学发展的关键突破口。长久以来，个别部门认为发展是赚钱，改善民生是花钱，在这样的惯性思维中，很多地方政府不自觉中，重发展指标、轻民生改善，发展、民生两张皮。殊不知，民生的改善与发展相辅相成，发展是民生改善的基础，民生改善保障社会经济健康有序持续发展，并为其提供稳定的环境和人才支撑，甚至在一定程度上直接带动经济发展。在这一方面，济南做出了有益的尝试，并取得了阶段性成果。

济南重民生促发展的举措，首先来自于思想的转变。以12345市民服务热线为例，尽管配备了先进的通讯技术，大量的人力保障，但笔者认为，最关键的因素在于济南市委市政府的重视及各厅局思想认识的转变，制定长效保障机制，把热线信息处理当做行风评议重要考核指标。干部认识到“发展为民生、民生促发展”，“民生靠发展、发展促和谐”，形成了以党员干部的思想解放凝聚全社会发展共识的良好氛围。

在济南，民生对发展的促进，可以从文化惠民、城市软环境优化两方面谈起。

说起文化，不得不提及即将在济南召开的第十届中国艺术节。济南以十艺节为契机，把文化惠民作为文化服务的着眼点，加大投入力度，推进重点文化惠民工程，加强公共文化基础设施建设，促进基本公共文化服务均等化。2011年，济南文化产业发展专项资金3000万元，先后扶持50多个项目，带动社会各类投资20多亿元。为中小文化企业提供融资服务，仅2011年上半就为文化企业融资2300多万元。全市文化产业增加值从2008年的91.5亿元增加到2010年的185亿元，占GDP的比重达到4.73%，这一比重将随着十艺节等重大文化项目的举办而日益加大。

对文化产业的投入，还带动了城市人文品质的提升，大明湖扩建改造为城中湖、银座天成文化创意产业园、济南园博园国际文化创意产业园、经二路纬九路意匠老商埠9号创意区等等一系列文化园区的建设，让济南山、泉、湖、河、城、人浑然一体的城市风格日益突出，城乡居住环境进一步优化，还带动了济南旅游业发展。

济南在创新城市管理，服务群众，优化城市软环境方面也下了足够工夫，创建服务型政府，打造阳光政务工程，问政于民，把社会管理工作摆在更加突出的位置，坚持把群众满意不满意作为加强和创新社会管理的出发点和落脚点，不断提高社会管理科学化水平。“济南交警”、“泉城义工”、“济南阳光大姐”、“12345”等一系列品牌的塑造，让整个济南市呈现出充满活力、和谐稳定和温情人性化的局面，对于企业发展、对外招商引资等工作提供保障。

除此之外，教育投入提升人才整体水平，保障性住房提高社会平等性，二次分配为扩大内需提供前提，社会保障机制减少群众后顾之忧……可以说，民生的改善激发了发展动力，增强了发展合力，巩固了科学发展的基础，优化了科学发展的环境，推动了济南市科学发展的进程。

济南：高科技创新让价值链“微笑”

科学发展新山东——第八届中国网络媒体山东行系列评论之七

大众网评论员　韦国骞

经济，是不会笑的。但内涵不同的经济模式所形成的价值链曲线，却很像是在“微笑”：两端翘起的“嘴角”，一边是研发和设计（这是价值链的原创源头）；另一边是品牌和服务（这是价值链的终端区域）；低端横着的“唇线”则是制造业。两端“嘴角”处的产业，能产生更大利润，创造更大价值。在“唇线”处的传统制造业发展中，如果不改为现代生产模式，则会伴随高能耗、高成本、低利润的阵痛。科学发展，在产业结构调整方面，要求这条曲线“笑口常开”、“越开越大”，要求传统产业改造升级、新兴产业拔地而起。

济南作为省会，是山东省的政治中心、文化中心和教育中心，同时，在科学发展的道路上，这里也是全省科技创新中心。我们知道，科学发展观要求发挥人民的首创精神，而一个城市的科技创新和企业创新便是首创精神的物质化。在济南，我们看到自主知识产权的核心技术和产品不断增多，看到最先进的浪潮“云海”计算理念将引发历史性变革，看到人们的生活正被科技创新所改变。高科技创新，正让产业链升级并“微笑”。

济南向来有科技创新传统，“国家知识产权示范城市”、“国家（首批）创新型试点城市”、“综合性国家高技术产业基地”、“全国科技进步先进城市”等都是济南的头衔。最近，山东信息通信研究院、国家重大新药创制平台、浪潮高性能计算中心、山东量子技术研究院等创新平台被搭建起来。而科技要发展，人才是关键，目前济南市科技人员总量将近60万，广泛分布于企业、政府、科研院所和高校实验室。在此基础上，济南市启动了“5150引才计划”，计划用5年左右时间，面向海内外引进150名能够提高城市竞争力、推动高新技术产业发展的高层次创新创业人才。目前，已有多批来自美国、英国、法国、德国、日本以及国内知名高校、科研院所的百余名高层次人才入选“5150引才计划”，他们将成为济南新的创新智力力量。

实践告诉我们，真正起巨大推动作用的技术几乎都来自企业。现在，无论是发达国家还是新兴市场经济国家，都把增强企业的创新能力作为提升国际竞争力的重要措施。在科学发展的道路上，济南的高科技企业创新能力也让人惊叹。位于济南的浪潮集团，是全国最好的软硬件产品供应商之一，目前这个企业正利用积累下来的优势，向着“云计算”整体解决方案供应商全面转型。

“云计算”听起来是个很“潮”的概念，说白了就是：对不同用户来说，想利用计算机网络解决财务、电商、游戏、建网站等问题，在云计算环境下，用户无需自建基础系统，可以弱化技术问题而更专注于自己的业务，用户按需获取网络上的资源，并按使用量付费。再通俗点儿，“云端”就像是一个大水库，其中含海量内容，人们可以按需用水，别忘交水费就行，而不用再自己“打井”取水。听起来并不难实现，但是其中需要全新技术的硬件支持。而浪潮通过自主创新，恰恰拥有了这样的硬件支持——全部采用国产CPU和系统软件构建的中国首台千万亿次计算机“神威蓝光”。除了超级计算机，还有云操作系统、32路服务器以及海量存储等技术保障。目前，这里的云计算中心能动态的为用户提供按需即取的资源服务，一如大海，以共享的海水支撑各类船舶的航行，这深刻改变着资源的专用模式，有效地节约了资源，也能有效提高企业利润，更实现了绿色工作生活理念。

前苏联著名科学家巴甫洛夫曾感叹：“感谢科学，它不仅使生命充满欢乐和欢欣，而且给生活以支柱和自尊心。”济南的科学发展，突破在高科技创新上，这种创新推动当地传统产业改造升级，帮助当地新兴产业拔地而起，促进当地企业转型，提高人们生活质量，这是真正的科学发展，能真正地让价值链“微笑”。

谈济南民生文章的实做、细做与新做

科学发展新山东——第八届中国网络媒体山东行系列评论之八

大众网特约评论员　刘同江

“12345，有事找政府，事事有回音，件件有答复”。济南 12345 市民服务热线有诉必接、有报必查、及时受理，成为践行以人为本理念，保障民生、服务民生的重要平台和措施，被群众誉为“24 小时不下班的政府”，也启示我们，民生大文章，需要实做、细做和新做。

科学发展，民生为大。改善民生，提高百姓幸福指数，是立党为公、执政为民的必然要求，是经济社会发展的落脚点，是广大百姓的热切期盼。

民生大文章，首先要往实处做。济南 12345 市民服务热线日均受理量达 5000 多件，高峰时 2 万多件，回复率 100%，办结率 97%。这与他们抓落实的决心大、制度严、力度猛密不可分。他们建立了联办、协办、督办机制，对于复杂问题、容易推诿扯皮的问题，实行专报，上一级负责同志或批示督办，或现场办公，或开专门协调会，杜绝推诿。更重要的是，形成了由纪检监察、人大、政协、新闻媒体、市民群众参与的多方监督机制，推行了回访制度，确保群众吁求落到实处。推行了考评奖惩制度，办理热线的表现与成绩，列入年终行风评议综合考评，“逼”各级各部门立即办、用心办，不敢懈怠。现在，有的地方也开办了或开办过类似热线，但热闹一阵子后销声匿迹、形同虚设，一个重要的原因是群众的呼声得不到及时回应，群众合理的要求得不到满足，问题涉及的部门互相推诿而又得不到纠正和惩处。只有像济南这样，解决各类民生问题实打实、面对面、重效果，才能赢得信任，赢得和谐。

民生大文章，需要往细处做。民生关乎大局，但往往具体表现为一个人、一个家庭、一条街道的诉求，反映上来，和招商引资、项目建设等工作比，显得又都是“小事”儿。济南市槐荫区区委副书记、区长国承彦说：“热线是联系政府与群众的纽带，工作具体而琐碎，但平凡中彰显伟大。”他们树立群众利益无小事的意识，认真对待哪怕是很小的诉求，在点滴努力中提升群众的满意度。在济南 12345 市民服务热线办理情况展板上，多数图片内容不外乎是帮助群众清理垃圾死角、到敬老院走访慰问、及时修补路面、上街宣传法规、换窨井盖、修暖气片、换路灯等日常的、琐碎的工作，但就是在这种日常的服务、解忧中，老百姓看到了优良传统的回归，为民作风的发扬。相反，如果只会“宏大叙事”，坐在空调房子里拍脑袋，群众遇到具体困难时却拖拖拉拉甚至不闻不问，那就会失去民心，引发不满，累积风险，激化矛盾，甚至引发群体性事件。

民生大文章，尚需要往新处做。服务百姓，没有终点。新问题、新情况层出不穷，需要创新观念，创新机制。应该以新视角看待服务、看待百姓。济南 12345 市民服务热线从党委政府到接线人员，从政府部门到具体承办者，都付出了艰辛的努力，吃苦甚至吃气、吃屈，但他们也深刻感受到更多回报，不仅收获了锦旗和感谢信，更转变了作风、提高了能力、了解了民意、赢得了和谐，使热线成为“民生直通车”的同时，更成为“发展助推器、形象代言人、行风检测仪、决策信息员”。这说明，服务百姓不仅是付出和牺牲，更是回报和获得，是创新社会管理的必由之路，是推进工作的动力之源，是值得每位党员干部全力参与的成长之道。借鉴 12345 市民服务热线的经验，在服务人民的观念上、载体上、途径上、机制上不断创新，才能适应时代要求，满足人民群众新期待。

济南：观念创新和技术创新表里相依

科学发展新山东——第八届中国网络媒体山东行系列评论之九

大众网特约评论员　伊茂林

5月13日下午，“科学发展新山东——‘鲁花杯’第八届中国网络媒体山东行”采访团采访了济南12345市民服务热线和浪潮集团。一个是推出便民举措的政府部门，一个是迅速成长的科技企业，二者看上去毫无关联，但它们给人一个共同的深刻印象，那就是创新。

其实，很多城市都开通了12345热线，这不是什么新鲜事，但多数城市的12345一般叫做市民投诉热线。而在济南，12345叫市民服务热线。济南原有一些社会服务热线，不仅号码繁多，也满足不了市民全方位需求。市委、市政府学习、借鉴国内外先进城市管理经验，决定将之整合成“一条线”，代表市委、市政府与市民沟通，为市民服务。按这一思路，全面扩容市长公开电话，把38条社会热线进行整合联动，开通了“12345市民服务热线”，全天候服务。12345服务热线从成立之日起就肩负起济南政府公共服务的使命。随着热线发展和影响，被群众誉为“24小时不下班的政府”。12345热线的立意之高、思路之明晰、模式之先进，当时在全国少见，这也奠定了其创新社会管理的基础。

从投诉到服务，就是改了两个字，但其中的意义太大了，这意味着从管理型政府向服务型政府的转变，是社会管理在观念上的一大创新。

只有观念创新还不行，有了想法，如果没有手段，没有工具，想法只能是想法，落不到实处。所以，不仅要心中有观念，还要手中有招数。12345与卫生、工商、质监、民政、交通等其他部门实现联网，实现资源共享，最大限度畅通渠道，缩短时间，为市民提供最便捷、最贴心的服务。这种转变离不开技术支撑。没有强大的技术力量，这种互联共享是不可想象的。

如果说12345市民服务热线是观念上的创新，那么浪潮集团则处处显示出技术创新、科技创新的魅力。浪潮立足中国云计算应用，率先提出了“行业云”的概念，推出了包括政务云、工商云、卫生云、药监云、食品安全云、烟草云、水利云、民政云、交通云、媒体云、企业云、文化云等涵盖十余个行业的云应用。

目前，浪潮致力于构建自主可控的“中国云”，其云计算综合实力和竞争力已经位居国内厂商首位，并与全国22个地市和行业签订了云计算战略合作协议，覆盖山东、浙江、江苏、安徽、甘肃、内蒙古、黑龙江、海南、山西等9省20多个地市，涉及卫生、广电、政务、水利、电力等行业。

以云计算服务的方式为山东省卫生信息化提供服务，成为国内首创；浪潮还承建了上海青浦电子政务、济南市肉菜追溯、威海水资源监控等国家级云计算示范、试点项目。 近期，浪潮集团再掀云计算浪潮，发布两款企业云产品：CSP云服务支撑平台和CEPP电子采购云平台，进一步强化了其作为中国最具实力的“云计算整体解决方案”自主品牌供应商的形象。强大的技术手段为人们实现设想提供了抓手。

透过济南12345市民服务热线和浪潮集团，我们可以看到，从管理到服务，这是观念上的创新，从传呼机到中国云，这是技术上的创新。观念创新和技术创新完美统一起来，体现出来的就是心系民生、为民服务。现在经常说让人民群众共享改革发展的成果，这里的成果包括很多，其中就有观念创新的成果，也有为实现观念创新而采取的技术创新成果。济南12345市民服务热线的转变和浪潮集团的发展轨迹，让人感受到的是观念创新和技术创新完美统一呈现出来的强大力量，让人感受到的是科学发展带动城市升级的强大力量。

遗产不留遗憾：聊城新目标催生新活力

科学发展新山东——第八届中国网络媒体山东行系列评论之十

大众网特约评论员　丁琪

这是一个享有“江北水城、运河古都、生态聊城”美誉的小城。在这里，一波被称为东昌湖的接天碧水是这座小城的眼睛，玉带般的京杭大运河穿城而过，而“湖水相连，城湖相依，城在水中，水在城中”的中国江北独一无二的城市布局，使得这座古城不仅有着陈年积淀的厚重，更有着新时期建设生态型强市名城精雕细刻的轻灵。站在东昌湖畔，你尽可肆无忌惮发自肺腑般呼吸。这一片由水构成的蔚蓝和通透，唯一句生态城是举。

说起近年来山东聊城的生态型强市名城建设，憨厚、淳朴的聊城人可谓打了一把巧牌。早年间“江北水城、运河古都”的城市定位，使得聊城人对一片好水前所未有地珍惜。如今的天高云淡、神朗气清成为对以“水”作文的聊城人最好的回馈。传承基础上的开发，以保护为出发点的建设，更让“给后人留遗产、不给后人留遗憾”的聊城人受益于生态城的打造。在全国重要的高效生态农业示范城市、山东西部的新兴生态化工业城市、冀鲁豫交界地区的商贸物流中心城市、江北文化旅游和休闲度假目的地城市这一张又一张代表聊城新时期建设成就的系列名片中，依托“新能源”的开发、利用，聊城在三次产业协调发展的布局中，做足了“生态”文章。

在2012年的山东省政府工作报告中，首次明确提出了要对聊城市重点支持的决定，聊城被划入“省会城市群经济圈”发展范围。随着以济南为中心的城际铁路规划建设项目的启动，聊城面临着前所未有的发展机遇。交通的接轨更带来思想的接轨，山东“黄蓝”经济区的发展理念更为奋进的聊城人碰撞出前所未有的干事激情。置身于山东省文化、经济强省的发展语境中，聊城与时俱进、不甘人后地提出了《关于加快建设“一五二”产业基地的意见》。

“一五二”产业基地，涵盖农业、工业、服务业。新能源产业开发和生态农业的打造是“一五二”产业的“一体”，多种产业布局是“一五二”产业的“两翼”。

在农业方面，着力打造生态农业及农产品深加工基地；在工业方面，阳谷祥光生态工业园、信发循环经济产业园是两大千亿产业园区。以聊城经济开发区和高唐县为核心区的山东省唯一、全国知名的新能源汽车生产基地已投入使用，时风、中通新能源汽车千亿产业园区有着更为美好的前景。能源电力及节能设备基地，将使聊城成为山东西部的能源电力产业基地和节能设备产业集群……在服务业方面，借助区位优势的商贸流通及现代物流基地以及依托厚重历史和现代“水”文化的旅游及休闲度假基地，将以“开放、沟通”的特点，为聊城人带来更多的口碑和更新的发展理念。

置身于文化、经济强省建设的时代背景里，聊城的“一五二”产业基地具有本地“十二五”发展里程碑似的发展意义。生态聊城，作为“一五二”产业发展的亮点，更为聊城人积淀起憧憬未来的动力。昔日的聊城婉约厚重，新时代的聊城绿色灵动。昔日的聊城人珍惜依水而居的福祉，今天的聊城人更将这种福祉演化成为久远而绵延的感动。园林式、生态型、卓越秀美的“中国江北水城”，是一代人关于聊城集南北于一身的城市记忆。天蓝、水清、城美、民富，是聊城在全省实现科学发展铿锵有力的脚步中的另一种强音。

聊城在实现自身科学发展、超常规发展的同时，助力山东发展信心百倍。“弯道超越”就要认准优势。聊城的“桥头堡”区位优势，是新时期实现跨越发展的着眼点。聊城东依山东半岛蓝色经济区、黄河三角洲高效生态经济区和环渤海经济区，西接广袤的中西部内陆腹地，是中西部地区能源资源东引进入山东、山东产品和服务业西拓占领中西部市场的“枢纽”。利用好区位优势，借力于全省对聊城的政策支持，“流水不腐，户枢不蠹”。在生态概念基础之上，以物流、交通、旅游业支撑、起跳，是新时期“自豪、创业、包容、奋进”的聊城人实现凤凰展翅的新希望。

从东阿阿胶到水城明珠传统共现代一色

科学发展新山东——第八届中国网络媒体山东行系列评论之十一

大众网特约评论员　丁琪

在一座城市的标志性符号中，聊城本土元素像山东其他城市一样，以传统的和现代的为区分。在这些传统和现代的地域要素中，保留下来的和即将传承发展的，其间的关联类似一种血脉关系，你中有我、我中有你。在一脉相连的“你”、“我”之间，常常提醒着“我们”对历史和文明、文化和传承、未来和过去、科学和真理的发现。这些有着深刻水土烙印的发展密码，使得百姓的生活变化一日千里，于进步而言，更连绵不息。

所以我们说，从东阿阿胶到水城明珠，更意味着一种根植厚重发展背景之上的创造和基于现实、面向未来之间的融会贯通。

求真理、求定律以增进人类幸福，这是胡适眼中关于科学和文明的意味。背离自然和规律的做法，不是科学和文明的。就像聊城曾经的东阿阿胶更是现代和未来的，聊城过去不曾有的水城明珠也会在地域的血脉延续中成为历史和过去。“叫电气给我们赶车，叫电波给我们送信”，这是科学的本分，又何尝不是带领一方百姓谋取福祉的本分？利用科学的成果增进人生的幸福，又何尝不是科学发展的要义？

科学发展的真理和定律，不仅有着一般规律，所谓“一方水土养一方人”，科学发展更与本土化和地域性密切相关。“橘生淮南为橘，生于淮北为枳”。一方水土的生活有着令人不可思议的同化力，而作为发展底色的人文风情亦有着贯通过去和未来的原生性。一个地域实践科学发展，脱离不开根深蒂固的历史和传统。基于同化和原生的思考，聊城将过往看成是一笔取之不尽、用之不竭的精神财富，将未来看做一种博采众长、溶于时代、关于本土地域的一种独特表达。

从东阿阿胶到水城明珠，一步之遥中有自豪的历史。从黄河孕育的农业文明到运河滋养的商业文明，从鲁仲连射书救聊城、武松打虎等历史典故到时代英模孔繁森、青年楷模张海迪，以及《水浒》、《聊斋》、《金瓶梅》、《老残游记》等中国古典名著中有关古聊城和东昌湖的描写，这些，都记叙着历史文化名城、千年古城的博大和悠久。“八百斛之舟迅流无滞”成为聊城历史大画中浓烈的一笔，英雄辈出的土地上更盛开着古典文学的花朵。宋元两代是聊城历史上的辉煌时期，其社会的主流意识形态业已形成，而此时的欧洲正一蹶不振。

从东阿阿胶到水城明珠，一步之遥中有不停歇的创业。科学发展意味着思维方式的领先。思想的麻痹是最可怕的落后。聊城的项目突破、弯道超越、全面提升、争先进位等发展理念，表现出立足实际的现实意义特点和筹谋长远的发展概念。“十一五”期间重点建设的信发集团氧化铝粉、祥光铜业20万吨阴极铜、鲁西化工基地、中华电力2×60万千瓦机组、京九铁路聊城段电气化改造等一批大项目，其经济效益业已显现。聊城在大力发展经济的问题上，确立加大优质高效投入的理念，更为经济社会实现长远发展积攒了强大后劲。带领百姓创业，是为了大家共同的好日子。“十二五”期间，聊城主要是围绕解决关系城乡百姓切身利益的困难和问题，将更大精力放在民生问题上。

从东阿阿胶到水城明珠，一步之遥中有博大的包容。聊城人在继承历史传统的同时，更铸造博采众长的心胸。“继承”本身，实际上就包括“发展”。继承意义上的发展，就是对适应时代的公序良俗的建树，并改变固有秩序而进行重新组合。传统之于未来，具有生命和活力。从远古的一口古阿井到今天的东阿阿胶集约化、规模化生产，不仅是一种从手工作坊到机械化、科学化生产模式的进步，存在于探索与发现之中的传统与现代的双向互动关系，得益于包容的心胸。如果说昔日的“大京九”作为聊城开放、接纳和走出去的阶段性标志，随着聊城火车站改造、邯济铁路复线、临清至高唐高速公路、济聊一级公路等的开通以及德商高速公路的动工，包容，更将成为聊城人按照“建设生态型强市名城”这一目标，以三次产业结构的调整和提升论英雄，化危为机，实现弯道超越、筹谋长远、积蓄力量、厚积薄发的新时期的包容。

从东阿阿胶到水城明珠，一步之遥中有自强的奋进。正如聊城市委书记宋远方所言：“我市是一个潜力巨大的后发城市”，“严峻的现实使我们对经济结构战略性调整的认识更加深刻，方向更加明确，行动更加自觉”。这种积极探索、主动融入、不坐等、不观望的心态，正变成一种自上而下的行动力。善谋、实干，借势而为、乘势而上的理念，正在越来越多行业中表现。新时期的聊城诞生了全国劳模张国忠、白云等一大批先进典型，先进的力量更感召着诸多来自基层自主创业的青年人。东昌府区湖西街道办事处八东村的赵一涛，全国青联最高荣誉奖章——“五四青年奖章”获得者，通过自筹资金办学，很大程度上解决了周边农村儿童就学难的问题；关注民生、主动为社会承担，为使白手兴建的东昌府区爱心福利院按照高标准的公益性之路发展，赵一涛将福利院无偿捐献给东昌府区政府的义举，一度成为媒体传颂的佳话。“人活着最重要的就是干点事”。没有豪言壮语，只因以深沉的情感爱着这片土地。这就是新时期自强奋进的聊城人。

在聊城“自豪、创业、包容、奋进”精神的感召下，来自基层的实干者正凝聚和发扬着水美土肥的聊城历史和自强思进的新时代追求，成为汩汩流淌的践行科学发展观的新生力量。聊城人的历史和未来，借力构建和实干、借鉴和贯通，便仅一步之遥。这是科学发展的时代记录，更以当下巨大的建构能力和纵深拓展能力，让聊城人在发展的长河中每走一步，借更大的成功回望、以更强的信心成就、使更多的热爱诉说。

郭家沟土地股权化堪称土地流转的样本

科学发展新山东——第八届中国网络媒体山东行系列评论之十二

大众网特约评论员　伊茂林

有人做过这样的调查：现在真正在农村种地的农民群体中，几乎看不到年轻人的身影。现在的农民以50后、60年后为主，他们已经五六十岁了。也就是说，再过20年，当他们逐渐丧失劳动能力的时候，我们将面临无人种地的局面。

20年后，谁来种地呢？有人说，这个问题不用担心，因为有农业机械化。不错，机械化作业当然是中国农业的必由之路。但问题又来了，如果按照现在的农村土地经营权状况，大规模机械化作业有一个巨大障碍，那就是以一家一户为单位的联产承包责任制。也就是说，实行大规模农业机械化作业，必须改革现行的土地经营权模式。怎么改呢？莱芜市彭泉街道郭家沟村，在希望的田野上给出了一个带来希望的答案。

不妨看看郭家沟的操作模式。郭家沟村现有耕地8000多亩，共有384户、921人。2004年以来，按照统筹城乡经济一体化发展思路，该村推进土地承包经营股权化，建立新型农村经济合作组织，对村里的土地确权登记，明确权益所属人。在村民自愿前提下，按照每4亩地为1股的标准，将4684亩地折算成1171股，入股土地全部交给郭家沟生态农林开发公司经营，所得收益由合作社和公司按六四分成，社员每股每年保底收益1200元。入股流转土地，建立了花生、黄烟、扁桃、板栗4个种植园区和无公害蔬菜、冬枣、金银花3个种植基地，2011年又投资200万元建设了8个高标准的有机蔬菜温室大棚。由于实现了规模化种植，从种子开始，在农作物种植、管理、销售的各个环节，都采取了一套严格的标准体系，土地收益大幅提高。村里几乎没有闲在家的村民，他们要么外出经营，要么在村里的公司打工，每年工资收入成倍提高。

像这样采取承包经营权股权化的办法，将农村土地承包经营权量化为股权，农民可以用股权参与农村新型合作经济组织，从而实现土地承包经营权的价值化和有偿化。可以说，郭家沟的这种做法为农村土地流转提供了一个很好的范本。这种改革为什么会得到农民拥护？因为它充分尊重并保障了农民的利益。它不是那种为流转而流转、为改革而改革的权宜之计，而是在流转和改革中，找到了发展的后劲，有办法、有制度、有市场让农民的收益年年攀高。

郭家沟村的土地股权化之所以能够成功，就在于它自觉运用了基本的市场规律，把土地资源变成了资本。资源只有进入市场才能变为资本，资本只有流动起来才能产生效益。推而广之，用改革的办法、市场的手段和创新的机制，优化资源配置，促进各类生产要素在城乡之间顺畅流动，就能极大地解放生产力，增强发展活力，有效破解转变发展方式面临的项目、资金、人才、市场等制约问题。

看了郭家沟村短短几年由穷变富的实例，它让人思考很多问题，包括农村大量闲置宅基地的有效利用等，都需要创新制度、创新模式，让资源效益最大化。这样可以引导资本市场逐渐向农村转移，一方面为大量民间游资找到了投资方向，一方面大大改善了农村面貌，缩小城乡差距。

反思这些年来的改革，在市场经济条件下，农村落后、农民贫穷，从某种意义上说，是因为他们缺乏必要的可自由支配的生产资料。农民对土地没有完全的处置权和收益权，使得土地不能作为生产要素进行有序流动。土地股权化，使土地由“死物品”变为“活资本”，从而使土地资本流动起来并能够升值。当进城农民或者不愿种地的人将土地转包甚至转让出去的时候，土地交易或抵押等能为土地拥有者提供直接的货币价值，这部分人就有了创业的本钱或者在城里买房的能力，农民摆脱了土地束缚，同时又赋予农民自由迁徙的权利，农民创业的压力和进城的难度会大大减小。这样，工业化、城镇化和农村现代化才能在互相衔接中稳步推进，消除二元体制实现城乡一体化，才不是一句空话。因此，探索城乡统筹一体化发展，让农民以土地经营权入股、以宅基地使用权入股，不失为一步好棋。

最后再插一句，郭家沟村的变化也验证了马克思主义的最基本的原理：生产力决定生产关系，生产关系一定要符合生产力发展的要求。当生产关系不符合生产力发展要求时，就要大胆地改、大胆地试。这也完全符合解放思想、实事求是的思想精髓。

融合、流动、共享　莱芜城乡统筹渐入佳境

科学发展新山东——第八届中国网络媒体山东行系列评论之十三

大众网评论员　陈宏发

莱芜，山东面积最小人口最少的地级市，但农民人均纯收入连续八年两位数增长，城乡居民收入差距连续四年缩小。2011 年城乡收入差距缩小为 2.53:1，低于全省 2.85:1 和全国 3.23:1 的水平。在中国社科院最新公布的居民幸福感指数测评中，莱芜在全国 294 个城市中居第 6 名。莱芜城乡统筹发展成功的经验，给我们的启示在于三点：“融合”、“流动”和“共享”。

探索城乡统筹发展，缩小城乡差距模式，有必要先了解一下，造成这一差距的城乡二元体制。从 20 世纪 50 年代后期起，由于计划经济体制的确立，户籍分为城市户籍和农村户籍，城乡二元体制形成了，城乡也就被割裂开来了。从这时开始，城市和农村都成为封闭性的单位，生产要素的流动受到十分严格的限制。在城乡二元体制下，广大农民被束缚在土地上、禁锢在农村中，城市居民和农民的权利是不平等的，机会也是不平等的。由此造成了城乡居民在收入、社会保障、接受社会资源等全方位的差距，并且随着改革开放的深化，这种差距不断拉大。

莱芜城乡统筹模式被称作“共享型融合发展模式”，在发展模式上要融合，提升农民收入上靠流动，发展成果上要共享。

融合是发展模式上的融合。首先打破行政区划，实现区域的融合。行政区划上的框框往往限制住了发展的思维和眼光，打破这种思想上的限制才能站在更高处纵览全局。莱芜把全市 2246 平方公里作为一个整体，按自然和资源，规划三大区：北部发展生态旅游，中西部主打姜蒜加工储运，南部着力钢铁加工物流。其中，北部雪野湖旅游区，北接济南，打造济南后花园，如今，旅游区年接待游客量 430 多万，这一数字是莱芜总人口的 3 倍还多；周边 50 多个村庄，村民年均纯收入增长超 12%。行政区域的融合为城市与农村的一体发展提供了可能性。其次是工农融合，引导工商企业和城市经济进入农业、农村，整合企业和农村资源。再者是产业融合方面，促进农业与工业、旅游服务业融合发展，催生新型业态。区域之间、工农之间和产业之间相互渗透、优势互补，莱芜的发展空间得以放大，城乡发展机遇对等。

流动是发展速度上的提升。缩小城乡差距的关键在于提高农民收入。资源只有进入市场才能变成资本，资本只有流动起来才能产生效益。在农村，农民手中最重要的资源就是土地，只有流动起来，才能够产生带来更多的市场价值，直接提高农民收入。在这一点上，莱芜市充分挖掘土地流转潜力，把土地引导“流”向当地龙头企业，在促进土地向规模经营集中的过程中，实现土地经营效益的大幅提升。以莱芜市高新区鹏泉街道郭家沟为例，在村民自愿的前提下，按照每 4 亩地为 1 股的标准，将 4684 亩地折算成 1171 股，入股土地全部交给郭家沟生态农林开发公司经营，所得收益由合作社和公司按六四分成，社员每股每年保底收益 1200 元。通过入股流转土地，建立了花生、黄烟、扁桃、板栗 4 个种植园区和无公害蔬菜、冬枣、金银花 3 个种植基地，村民到公司打工每年工资收入 8000 多元，收入水平成倍提高。土地进入流转体制后，为农民带来的不仅仅是每年定期的分红，还有土地集约化利用后产生的就业岗位，这为农民持续增收提供了可靠保障。

共享是发展成果上的共享。融合是为了更好地发展，流动带来资本效益，但如果这种发展的“蛋糕”不能让农民分食，或者仅仅是支付劳动报酬，那不仅不会缩小城乡差距，相反会加大。因此，在发展的同时，必须同步建立健全共享机制，共享发展成果。莱芜市加快公共资源向农村配置、公共服务向农村强化，社会保障向农村覆盖，让农村居民过上城里人一样的生活。

新时期下，缩小城乡差距，协调一体化发展是科学发展观的明确要求，也是我党执政为民的具体实践。没有京沪等超大城市的辐射效应，也无江浙民企的示范效应，更缺成渝试验区的政策优势，莱芜城乡统筹发展模式，为我省中等城市城乡统筹做出了典范，值得推广学习。

以水为魂以文为脉　聊城可成生态文明样板城

科学发展新山东——第八届中国网络媒体山东行系列评论之十四

大众网评论员　韦国骞

“发展，不仅要为当代人造福，还要为子孙后代造福。我们现在的生态环境不是从先人那里继承的，而是从后代那里借贷的，将来需要还给后代。”在经济转型时期，这种“生态借贷观”是聊城人所坚守的，它指引了聊城的科学发展，让聊城真正“以水为魂，以文为脉”，向着生态文明样板城市迈进。

在科学发展的过程中，每个城市因位置不同、基础不同、优势不同，选择的路径和目标也就不同。拿聊城来说，发展目标确定为绿色、儒雅、精致的生态文明城市，这是基于聊城优势的很好的选择。

聊城没有山，不靠海，特色就在于水。我国北方城市大多干旱缺水，而聊城拥有中国北方最大的城市湖泊东昌湖，与杭州西湖面积相当，更令人称奇的是湖中环抱着一座面积 1 平方公里、方方正正、格局完好的宋代古城；历史上著名的京杭大运河、徒骇河穿城而过，水域面积占市区建成区的三分之一，形成了“城中有水、水中有城”的风貌。而最近在聊城城郊开发的温泉更让聊城这座“江北水城”独具特色。

如果说“水”是聊城的灵魂，那么“文”便是其脉络。国画大师李苦禅、历史学家傅斯年、著名学者季羡林皆为聊城人士。聊城在明清两代是全国著名的文化城市，史称“江北一都会”、“富庶甲齐郡”，无数文人骚客流连城中，聊城的代表建筑光岳楼就曾经是乾隆皇帝的行宫。

生态文明城市是个大范畴，其要求发展生态经济、优化生态环境、培育生态文化、建设生态社会等。要建设生态文明城市，最重要的是要有良好的自然环境、人文气息以及环境友好型的经济增长极。而聊城的自然环境和文脉优势明显，其成为全新生态文明样板城市的概率是很大的。唯一需要解决的问题是——找到环境友好型的经济增长极。说白了，就是光有窗前美景和文人情怀不行，要在不损害现有优势的情况下赚更多钱。财政有了钱，才能平衡城市中的各种关系；百姓有了钱，才有平和的心态在城市中生活。

事实上，聊城目前正在努力构建环境友好型的经济增长极。拓展绿色旅游业、发展生态工业、推进现代服务业，这些工作聊城都在推进。

结合自身优势，旅游业是聊城的突破口。在发达国家，大城市的白领在周末一定到周边的小城市去度假，聊城周边两小时车程内有3亿多人口，离省会济南只有一个小时的车程，是休闲度假的最佳距离。聊城许多文化旅游资源价值很高，知名度也很高，但存在的问题是景点小而散，一览无余，游客早晨从济南出发，到聊城一小时，再用一个多小时就能把聊城的名胜看完，如果赶回济南吃午饭还来得及，是地地道道的观光游而不是度假游。这就好比原料输出型的工业，精深加工环节的高附加值让别人挣走了。要知道，度假消费和观光消费的额度比是5:1，所以必须想办法把客人留下来。目前，聊城已经打响了“江北水城·运河古都”的城市品牌，计划把自身打造成济南乃至山东的西花园，北京、天津等大城市的度假基地。规划和建设了22个重点旅游度假项目，总投资120亿元左右。在聊城城区，东昌湖旅游风景区、山陕会馆、光岳楼等老牌旅游资源被深度挖掘内涵，在聊城城郊，开发了马颊河天沐温泉、景阳冈狮子楼、冠洲梨园等旅游景点。这样一来，聊城潜在的文化影响力便能转变为现实的城市竞争力，丰富的历史文化资源便能转变为现实生产力，真正用绿色旅游业助力生态文明样板城市的建设。

在第二产业的定位上，聊城则选择了发展生态工业。其中信发铝业自主研发建设了200万吨赤泥综合处理项目，成为世界上第一家拥有将赤泥“吃干榨净”技术的铝冶炼企业。祥光铜业阴极铜项目被国家确定为第一批“资源节约型、环境友好型试点企业”。泉林纸业150万吨秸秆综合利用项目通过审批，其循环发展模式得到国家环保部高度评价。鲁西化工产业园的精细化工产品比例达到55%。中通客车集团形成年产3万辆新能源和节能型客车生产能力，时风集团形成年产20万辆低速电动汽车生产能力……新能源、生物医药、节能环保和高端装备制造等战略性新兴产业风生水起。

除了绿色旅游业和生态工业，现代物流业是聊城第三个环境友好型增长极。为什么要重点发展商贸物流业呢？这也是聊城发展的一个优势。发展物流中心要占很多土地，大城市土地紧缺、地价昂贵，靠近大城市的中小城市、交通枢纽城市，是发展物流最好的地方。聊城正好具备这样的条件，而且历史上就是运河沿岸重要的商品集散中心。这几年，聊城发展起在国内有较大影响的香江大市场、新东方市场、轴承市场、钢管市场等；培育了千千佳物流等一批骨干物流企业，在平信发集团带动起3000多辆斯太尔载重汽车。目前，规划建设了9平方公里的聊城物流园区。要知道，现代物流业也属于生态服务业，对环境名副其实地“友好”。

我们看到，不论怎样发展，聊城始终坚持了他们的“生态借贷观”，他们深知自己的优势所在，“以水为魂、以文为脉”，建设为全新的生态文明样板城市，聊城志在必得。

惠民志远　聊城从文化自觉走向文化自强

科学发展新山东——第八届中国网络媒体山东行系列评论之十五

大众网特约评论员　刘同江

游东昌湖，观光岳楼、赏山陕会馆，丰厚的自然、文化积淀变为怡情悦心的景致；到中国运河文化博物馆领悟历史沧桑，到水城明珠大剧场沐浴声光电交织的时尚神韵，到阿胶公司看中药由药到文化的嬗变与升华……走聊城，“江北水城·运河古都”的风采令人流连忘返。

聊城具有悠久的历史，灿烂的文化，保留下来的文物古迹就达400多处，其中列入全国重点保护之列的8处。这一切并非近年和今日才具备。但为什么大放光华却在今朝？这是他们推进文化自觉、文化自强的结果。自觉是繁荣的前提，自强是繁荣的途径。从自觉到自强，要解放思想，敢想敢干，要放眼长远、顶层设计，要舍得投入、固本强基，要让利百姓、惠民致远。

文化自觉，表现为尊重、珍惜自己的历史资源、自然禀赋，并立足自身特色铸优势，增强历史自豪感。黄河运河哺育了聊城，在中心城区给她留下6.5平方公里水面和1平方公里的古城，以及大量的历史遗迹。聊城人与时俱进，用心谋划，较早提出实施并着力打造“江北水城”的城市名片和文化品牌，并持之以恒地建设、推广、宣传，“江北水城”名头日响，过去在文化旅游领域籍籍无名的鲁西“小市”渐渐成为冉冉升起的新星。等其他沿河城市醒过神来，意欲追赶的时候，聊城已经名满天下，占据高位。后来，他们再接再厉，抢先注册了“运河古都”品牌，再次占得先机。“江北水城·运河古都”品牌带来巨大的影响力、竞争力、吸引力，持久的软实力，成为聊城跨越发展的重要支撑。

文化自觉体现为在文化工作上站得高、看得远，也就是善于顶层设计。聊城确定今后五年奋斗目标时提出“全面建设生态型强市名城，创造聊城人民的幸福生活”，强市，主要是经济势力强；名城，则主要指文化创造力、影响力、生产力水平高，并把文化发展与人民幸福联系起来。全市文化建设工作会议，谋划文化发展大思路、大格局，明确了“把潜在的文化影响力转变为现实的城市竞争力，把丰富的文化资源转变为现实生产力”的工作方向，提出了打造“文化旅游及休闲度假两大基地”的具体目标。

文化自强，不能停留于口号，而应落实为项目、资金和实实在在的设施。聊城高度重视历史文化资源的发掘、保护、开发、利用，“十一五”期间，仅古城保护和改造工程就完成基础设施投资15亿元。投资亿元兴建的水城明珠大剧场是我国最大的单体剧场，造型雄伟而又瑰丽、奇特，成为全市重要的文化设施和地标建筑。聊城积极搜集、挖掘相关资源，建成了“中国运河文化博物馆”，在运河沿岸城市再次抢占了制高点、抢得先机，也为百姓了解历史、学习知识提供了平台。今后五年，聊城还将大上文化建设项目，以中华水上古城、马颊河世界运河之窗生态旅游度假区、阿胶养生文化苑、市旅游集散中心等重点项目为龙头，促进景区串珠成链、内外资源深度整合、创新创意水平提高。

文化自觉、文化自强，必须体现为百姓受益，日益增长的文化需求不断得到满足。山东省博物馆免费向市民开放，大明湖景区由封闭到开放，都体现了文化自觉的民生情怀。聊城也把文化惠民作为文化事业发展的落脚点。建筑面积1.7万平方米、开放陈列面积7000平方米的中国运河博物馆，2009年建成并免费开放以来，日益成为市民、学生文化生活的乐园，了解运河知识的学堂。只有惠及百姓才能赢得民心，只有百姓支持，文化繁荣才能行之久远。

民族之魂，文以化之；国家之魄，文以铸之。文化是一个国家和民族生生不息的血脉和灵魂。山东是文化资源大省，省委、省政府提出建设经济文化强省，合实际、顺时势、得民心。聊城的探索，则为各地如何在文化强省建设中开创新局面，提供了借鉴和启示。

外力激发内力　菏泽打造区域科学发展高地

科学发展新山东——第八届中国网络媒体山东行系列评论之十六

大众网评论员　韦国骞

八年前，山东省委、省政府实施“突破菏泽”的战略，随后8个省直部门、8个经济强市、8个经济强县和10大企业倾力帮扶。八年知耻奋进，八年励精图治，八年恢弘巨变。如今菏泽已经从一个工业弱市、财政穷市、全省常年“吊车尾”步入了历史上发展最好最快的时期。在外力的刺激下，菏泽的矿产资源优势日益凸显，工业结构不断升级，百姓财富明显增加。去年，“将菏泽打造成鲁苏豫皖交界地区科学发展高地”正式列入省“十二五”规划，这意味着菏泽发展将迎来二次发力。

菏泽怎样成为鲁苏豫皖交界地区的科学发展高地？八年的蓄势奋进，外力早已激发出内力，菏泽自有实现新目标的清晰路径。菏泽市委书记赵润田曾说，菏泽人永远不能忘记，帮扶单位视菏泽发展为己任，主要领导实地调查研究，引项目，给资金、送政策，选派干部挂职交流。8个省直部门帮扶结对县15.2亿元，其中无偿资金10.2亿元。8个经济强市力推东企西进，帮助招商引资，投资13.3亿元，援建8个工业园区。

借助外力，激活内力。在我们看来，菏泽这些年的变化实在是太大了。这座连接山东、江苏、河南、安徽的城市，如今有能力利用明显的煤矿、石化优势，结合其后发高起点的新医药、新能源、新材料等战略性新兴产业，打下科学发展的坚实基础。

其实，从菏泽人这几年给来宾参观的项目便可窥其发展。听人说，过去到菏泽参观考察，热情的菏泽人总想把光鲜一面示人，然而次数多了也就有了规律：看完发电厂看酒厂，然后到五里墩参观克隆牛。如今我们的考察则完全不同：想看战略性新兴产业基地，牡丹区有医药化工产业集群；想看石油化工基地，东明县有产业链、产品线都很丰富的东明石化集团；想看煤电化基地，郓城、巨野有诸多科技含量高、环境友好型的能源企业。

说到石油化工和煤电化工，菏泽在推动这两个优势产业上，确实下了很大工夫，努力使其精细化、低碳化、集约化，这两个产业将是菏泽打造区域科学发展高地的最大优势。

我们知道，一条管道连接着东明与大海，这是日照港——东明千万吨级原油输送管道。两年前，东明石化与中石油签订合资框架协议，目前，投资 23 亿元的原油输送管道工程全线贯通。投资 120 亿元的 300 万吨重质油综合利用项目今年 10 月投产。达产后，东明石化将成为全国最大的地方炼油企业。

乌金滚滚从八百多米地下奔涌而出，进入发电厂、进入煤化企业。菏泽全市 9 县区 8 个有煤，蕴藏面积 3900 平方公里，地质储量 281 亿吨。菏泽科学规划建设的 8 对矿井中，有 4 个矿井相继投产，另外 4 个正紧张施工。

为了可持续发展，菏泽的煤化产业链、石化产业链正向下延伸。在石油化工方面，以东明石化等骨干企业为龙头，加快建设以原油加工为基础，以有机化工原料、精细化工为主体的石化基地。在煤电化工方面，依托铁雄新沙、洪达化工、富海化工、聚隆能源等骨干企业，注重煤焦化及副产品综合利用，依托华润电力、大唐天然焦发电、赵楼煤矸石综合利用电厂，加快电源项目建设，在此基础上，形成市开发区、巨野、郓城等三煤化园区。

我们得说，菏泽丰富的煤炭、石油资源让人羡慕，其石油化工和煤炭化工发展之迅速也让人震撼。但资源的开发都有一个起步、成长、成熟、衰落的周期，这个周期律谁也逃不出。菏泽现在资源产业正处于起步期和成长期，在产业的布局、项目的建设上，要充分考虑到资源开发的长度和环境成本因素，避免以后成为资源枯竭城市。作为一个资源优势明显的城市，科学发展的落脚点应该是：尽快将所有粗犷型的生产方式转变为现代生产方式，而不是若干年以后的转型。当然，菏泽目前的工业产业大多具有后发优势，起点和定位均较高，有能力做到可持续发展。

天行健自强不息，地势坤厚德载物。过去，在“突破菏泽”阶段取得的成绩，凝聚了菏泽人的无尽心血和汗水；今后，在“打造区域科学发展高地”阶段，则需要菏泽人更多的智慧与毅力。

科学发展贵于冶炼　和谐社会赖于陶染

科学发展新山东——第八届中国网络媒体山东行系列评论之十七

大众网特约评论员　丁琪

“科学发展新山东第八届中国网络媒体山东行”采访活动正如火如荼。来自全国各地 60 余家网络媒体的 130 多名记者，兵分两路，用脚步丈量山东各地发展轨迹。这是一次全国主要网络媒体的集中聚焦、集体发声。在喜迎党的十八大和山东省第十次党代会召开之际，以全景的眼光和视角看今日山东，目光所及之处，自有一种专属山东的古往今来的厚重和置身于时代的发展大景。

近年来，山东省委省政府围绕推进科学发展，做出了一系列重大决策，安排部署了若干项重点工作。围绕这些工作部署，山东的经济社会发展取得了哪些成就？百姓得到了哪些实惠？当下的阶段性成果之于未来，又积淀了哪些后劲？作为一次富民强省之梦的阶段性总结，只有当你设身处地地走进了山东，你便会发现，在齐鲁大地上探寻科学发展的轨迹，只有发端，没有终点。

山东科学发展的要义不在方法，关键在智慧。山东科学发展的乐章，由人与自然、人与社会、人与人之间的全面协调而奏响，奏出的是一篇“人民群众生活得更加舒心、更有尊严”的乐章。继 2011 年山东省圆满完成 26 件民生实事之后，刚刚过去的 2012 年省“两会”，姜大明省长所作的政府工作报告中，再次推出涉及农业、文化、就业、社保、教育、卫生、保障房建设等领域的35项“民生大餐”，引发社会热议。这些牵涉到每个山东人切身利益的民瘼国事，成为老百姓过日子的盼头。一个社会中的百姓只有有越来越多的盼头，才能体会越过越多的奔头。在山东，对民生的理解，民意即官意。

窥一斑而见全豹。既大胆探索又勇于实践的山东民生，不仅仅是“思乡时的星星和河里美味的鱼儿”，更昭示了在执政为民理念的陶染下，山东人爱家乡、爱故土、爱发展的伟大精神。这是一种用智慧与观念征服世界、征服自然的精神。建立在珍爱与尊重基础之上的征服，才可称之为和谐。

和谐社会离不开科学发展。山东为儒家发祥地，对其学派所言“修身、齐家、治国、平天下”中的“历练”二字感受颇深。“实践是检验真理的唯一标准”，山东人民一边立足于自身实际实践科学发展观，一边总结科学发展的经验。“铠则东胡阙巩，百炼精刚”。山东的发展取得了举世瞩目的成就，每一个山东人在日常生活中都能切身体会着这种发展和变化。这些变化，正如新近出版的《新山东科学发展面面观》一书中所总结的“科学发展新思路、区域发展新战略、结构调整新进展、城乡统筹新面貌、民生改善新气象、文化强省新优势、创新驱动新突破、生态文明新篇章、改革开放新格局、党的建设新成就”涉及山东整体社会发展进步的十项关键事项。

在科学发展、构建和谐宏大的时代命题中，山东自我定义为经济文化强省，其着眼点在于以文化人、文以载道，这是以内生驱动力和外在助推力积聚山东发展特色的关键所在。经济和文化，早已是山东实现又好又快发展的两驾马车。在构建和谐的道路上，文化和经济，还会越来越趋向统一。任何经济、政治、学术、思想的范畴，其实都无法逃脱“文化”的自由选择。

在科学构思的陶染、熏习中，我们更愿意看到一个强省的文化气魄；在构建和谐的时代语境里，我们必将看到一个在机遇、挑战与发展潜力并存的环境中崛起的新山东。

城市发展的最大智慧：找准比较优势

科学发展新山东——第八届中国网络媒体山东行系列评论之十八

大众网特约评论员　伊茂林

每一个地方都有自己的特色，每一个地方都有自己的优势。这是客观存在的，但并不是每一个地方都能找准自己的特色、培育自己的优势。从某种意义上说，在发展这个问题上，一个城市最大的智慧莫过于找准自己的比较优势，从而培育自己的竞争优势。

5月15日，“科学发展新山东——第八届中国网络媒体山东行”采访团在东营的采访，让人深深感到，这里短短几年发生的巨大变化，正是因为找准了自己的比较优势。

与其他地方比较，东营有哪些优势呢？由于地处黄河三角洲核心地带，这里有广袤的湿地，这是生态优势。中国第二大油田胜利油田坐落境内，这是产业优势。还有，2009年11月23日，国务院正式批复《黄河三角洲高效生态经济区发展规划》；2011年1月4日，国务院又批复了《山东半岛蓝色经济区发展规划》。黄蓝两大国家战略在东营融合交汇、叠加聚焦，东营成为全省唯一全境纳入两大国家战略的城市，这是机遇优势。

面对这些其他城市不可比拟的优势，东营把握住了吗？我们不妨看看他们的做法。东营黄河入海口两岸拥有中国暖温带保存最完整、最广阔、最年轻的湿地生态系统，几十万亩的天然芦苇荡、天然柽柳林、人工刺槐林，以及一望无际的大草原，风吹草低，狐兔出没，仍然保留着原生态的特征。良好的生态环境使黄河口成为东北亚内陆和环西太平洋鸟类迁徙的重要中转站、越冬栖息地和繁殖地，拥有各种鸟类 298种，其中国家一、二级保护鸟类59种。每年春、秋候鸟迁徙季节，数百万只鸟类在这里进食、栖息、翱翔，是名副其实的“鸟的天堂”。东营市充分发挥湿地生态资源优势，大力实施湿地生态保护工程。启动黄河故道刁口河流路生态调水，加快百万亩湿地生态修复，刁口河口再现芦荻飘雪、鸟飞云天、鱼翔浅底的壮观景象。致力于做好城市湿地文章，高标准建设金湖银河生态水系，打造城市生态水网水系，彰显湿地之城的独特魅力。

借力独特的生态优势，东营突出发展生态畜牧业、生态渔业、绿色高端种植业和休闲观光农业，推进国家级现代农业示范区建设，打造全国知名、特色鲜明的北方鱼米之乡，黄河口大闸蟹、黄河口大米等一批名优产品声誉鹊起。这些无疑都是都是在比较优势上培育起来的竞争优势。

除了生态，东营被称作“石油之城”，不仅是因为胜利油田的存在，还在于借助胜利油田，发展了石油配套产业和相关产业。石油化工、盐化工、轮胎、造纸、纺织等传统产业80%以上的技术装备达到国内先进水平，石油装备制造、电子信息、汽车及零部件、新能源等高新技术产业和先进制造业快速突破，建成中国最大的石油装备制造基地，是全国地方炼油能力和新闻纸产能最大的市。

比较优势有些很明显，有些则需要耐心去找才能找到。东营在这方面也有曲折探索的经历。比如，面对寸草不生的茫茫盐碱滩，过去曾提出过土壤治理的方案，就是把土翻起、筑高，高的土台经过雨水浇灌，把盐碱压下去，低的地方形成鱼塘搞养殖。后来发现，这种做法成本太高，效果不好，尤其是鱼虾养殖，造成的污染很大。后来改成海水养殖海参，把海水引进来，形成一个个近百亩的河塘。养海参用的是海水中的藻类，这个地方的海水微生物特别丰富，养殖海参池几乎不用投饲料，水里的微生物海参都吃不完。为改善生态环境，提升综合竞争力，海参养殖区坚持灌排分设，进区海水经过沉淀、净化后进入海参养殖池塘，而后养殖虾蟹、卤虫，养殖尾水制取原盐，循环利用，即实现了零排放零污染，又实现了海水综合利用及效益最大化。

如今，规划面积30万亩的现代渔业示范区，已开发海参养殖区9万亩，成为全国规模最大的单片滩涂养殖区。滩涂养殖海参，这不是一看就知道的比较优势，是一个需要下工夫才能找准的比较优势。

竞争优势是在比较优势的基础上营造和培育出来的、有自我创新和发展能力的持续性优势。只有培育和营造出具有不断创新和具有可持续自我发展能力的竞争优势，才能永葆经济活力。东营的发展证明了这一点。

高定位实干兴市　菏泽自强孕育大突破

科学发展新山东——第八届中国网络媒体山东行系列评论之十九

大众网特约评论员　刘同江

地区生产总值由2006年的556亿元增加到2011年的1475.7亿元，增长1.6倍；地方财政收入由30亿元增加到111.5亿元，增长2.7倍，主要经济指标增幅均居省内前列。2012年一季度，实现地区生产总值392.6亿元，增长13.4%;1～4份，完成地方财政收入46.1亿元，增长21.4%……菏泽在跨越，全省“突破菏泽”战略取得重大进展、显著效果。这是统筹区域发展战略的硕果，是全省支持的结果，但更是菏泽干部群众提升境界、奋力拼搏的结果。

后发地区要赶超，离不开外界支持，但最关键的是自己争气、鼓劲、有志气。内因是根本，外因是条件，菏泽之所以发展跨大步，根本在于以突破自我来突破菏泽，靠超越自我来赶超别人，提振精气神、打造新高地。

高点定位，志在一流。目标定得低，标准一般化，绝对干不出一流业绩。近年来，菏泽提出“高境界、高标准、高效率、高效益”的工作要求，在调结构、转方式上下工夫，工业发展好快结合，农村经济提质增效，服务业加快发展，三次产业比例调整到15.8:53.4:30.8. 面对未来，他们抬高标杆，奋战“十二五”，提出打造鲁苏豫皖交界地区科学发展高地的奋斗目标。市委书记、市人大常委会主任赵润田表示“全市经济发展主要指标要高于全省平均水平，高于周边地市。”“国家牡丹高新技术产业基地”、全球最大的牡丹园林、全国平原地区绿化率最高的地区，这一个个制高点，体现了菏泽人的追求。一个地区，一个人，如果没有高远志向，那外界的帮助只会是给无根的花儿洒水，滋润一时但挡不住枯萎的趋势。

提升境界，又好又快。走进菏泽，第一印象就是树木繁茂，空气清新，近年来，他们狠抓节能减排，技改创新，获得全省“生态市建设先进市”，市长孙爱军说：“我们就是要建设宜居宜业的花城、水邑、林海型城市。”花城，就是做大中国牡丹之乡品牌，做强以牡丹为代表的花卉产业；水邑，就是发挥淡水资源丰富的优势，营造水在城中、城在水中的良好生态，目前，水面占到了城区面积的16%；林海，就是不断提高绿化率和林业生产能力，目前，菏泽已建成“中国林展馆”，并成为全国林产品交易会长期会址。那么，科学发展是不是就意味着放慢速度呢？菏泽人用实践做出了自己回答。位于巨野县的新巨龙公司，建成了2011年产600万吨的全省最大煤矿矿井，他们实施高新技术集成、高端装置集聚、前沿管理集优“三集”战略，创造了穿过表下土层厚度世界第一、井壁强度世界第一等四项全球记录，建立井下水净化处理站，实现清污分流，直接或间接经济效益过亿元。以步长制药为代表的新医药，以洪业集团10万吨聚合切片为代表的新材料等产业迅速崛起，充分证明，只要重创新、讲效益，好与快完全可以兼得，科学发展才是正路、希望之路。

提升素质，实干兴市。欠发达地区之路要赶超，平推平拥不行，按部就班不行，必须有额外的付出，因为你发展别人也在发展，不多流汗、多耗神，就难以超越。菏泽人深知这一点，比如在城市建设中他们干字当头，拼搏以进，“5+2、白+黑”，通过努力，环城公园获得国家人居环境范例奖，大剧院获得全国质量最高奖“鲁班奖”。欠发达地区要有所突破，环境必须更优，效益必须更高，作风必须过硬，菏泽高新区公开承诺“只要项目区中建，一切手续我们办”，推出“全托式、一条龙、零距离”服务，创造了高效、快捷、优质、安全的环境，引进了36家制药企业，2011年被命名为山东省创新药物孵化基地。

自助者天助，自强者恒强。有全省的支持，有自己的乘势而上、科学谋划，有实干苦干、创新创造的精神，菏泽实现更大突破、更快跨越，势不可挡，到时，天下不仅刮目看菏泽，恐怕还会“当惊菏泽殊”。

菏泽：给发展插上文化的翅膀

科学发展新山东——第八届中国网络媒体山东行系列评论之二十

大众网评论员　刘同江

到菏泽不能不看牡丹，菏泽围绕牡丹做了很多精彩的文章。但菏泽的“名片”决不仅限于牡丹。菏泽是牡丹之都，也是中国书画之乡、戏曲之乡、武术之乡、民间艺术之乡，国家级非物质文化遗产数量列全国地级市前三名。

在全省“突破菏泽”战略带动下，菏泽经济大步前进。难能可贵的是，菏泽人谋深思远，不走“跛脚路”，而是统筹经济与文化发展，在文化品牌打造、文化事业繁荣、文化产业发展上频出大手笔，也启示我们，后发地区要避免走先经济后文化的老路，坚持经济与文化协调发展，互相渗透，互相借力，同进共赢。

文化是经济的翅膀。位于菏泽牡丹区的中国步长医药产业园毛泽东主席像章馆，占地5000平方米，馆内面积2500平方米，总投资4800万元，展览毛泽东像章40多万枚，丰富了企业“红色文化”内涵。步长集团负责人介绍，建设这样一个像章馆，目的之一是让职工了解历史，了解我们今天的生活来之不易，因为步长要打造百年企业，必须了解历史，才能面向未来。企业还用毛泽东思想中的“实事求是”精髓来指导生产经营，2011年山东步长医药产业园实现产值75亿元，纳税10.6亿元，连续三年入选山东省纳税百强企业。让文化为企业铸魂，为产品增值，为产业提升美誉度，是一条行之有效的途径。企业发展后，又有实力支持文化发展，形成良性循环，也是振兴文化的有效途径。

文化是越用越有的神奇资源。菏泽牡丹，历史上主要是作为中药材种植；后来观赏功能得到重视，催花、盆花、鲜切花等产品成为美化生活、助农增收的载体；菏泽又建起了全球最大、种植品种最多最全的“曹州牡丹园”，旅游业迅速崛起；现在，又全方位发展综合开发生产之路，进入牡丹籽油、牡丹酒、牡丹茶、牡丹食用菌全方位开发阶段。而随着品牌的叫响、影响的扩大，“一枝花”的深度开发、广泛利用越来越受到市场的欢迎，实现了“越开发越有”的滚雪球效应，“取之不尽用之不竭”效应。文化资源的可循环、低碳绿色特点，不正是科学发展的对应点么？对一种文化资源发掘不止，用到极致，是科学发展的必然选择。挖掘武术文化，实现增值、育人、宣传多种效应，菏泽的宋江武校等三所武术培训学校，固定资产都达到或超过一个亿，也很能说明问题。

文化发展需要大手笔。投资50亿元、占地1200亩建设文化中心，并且大剧院、演武楼等已经建成使用。2011年，菏泽市组织开展了“戏曲迎春过大年”、菏泽市非物质文化遗产成果展、林交会招待酒会专场文艺演出、“菏泽市第八届牡丹杯书画名家作品邀请展”等30余个大型活动和展览，让文化资源变为百姓的文化盛宴。今年市图书馆举行奠基仪式，填补了菏泽没有国家一级图书馆的空白。这一切对于一个经济还不是很发达的城市来说，殊为不易。正因为如此，也更显示出一种远见、一种胸怀，更是一种导向。因为这样的投入也许不像工业项目那样立竿见影地收到经济效益，但对丰富人们心灵、提升人的素质、促进社会和谐的贡献，虽不易用金钱来衡量，但无形而巨大的力量，却是经济社会健康发展的保障和支撑。

把文化这只翅膀做强，则经济社会的腾飞会更快、更稳健、更平衡。发达地区如此，后发地区尤其如此。

黄蓝助力生态先行　东营文明之城令人期待

科学发展新山东——第八届中国网络媒体山东行系列评论之二十一

大众网评论员　陈宏发

海水引进来养海参，养完海参后海水卤度提升，可以养虾蟹，养完虾蟹再晒盐，提取溴素，全部实现了高效利用，没有污水流入海洋。坐落在东营北部沿海的现代渔业示范区，规划面积30万亩，目前已累计投入资金15亿元，开发海参养殖区9万亩，是全国规模最大的单片滩涂养殖区，年可实现收入12亿元。而仅仅在3年前，这里除了大片野生着碱蓬的荒滩，只有零星散布的少量虾池，经济效益低下，而且水质污染严重，渔民收入无保障。可以说，黄三角高效生态发展模式和蓝色半岛产业聚集优势，让这个曾经依赖油田发展的滨海城市逐步走上了一条可持续发展的生态文明路。

多年以来，由于一些人简单地把发展等同于GDP增长，把“发展是硬道理”理解为“增长是硬道理”，把增长作为干部政绩考核的主要甚至是唯一标准，导致一些地方为了追求高增长，不惜违背自然规律，导致经济数字上去了，各类生态环境遭到破坏，无法可持续发展。以无度向自然索取换来的经济增长，留下了长久的隐痛，与科学发展观相违背。

东营，作为唯一一个黄蓝战略全部覆盖的城市，把经济发展与节约能源资源、保护环境和生态建设结合起来，让生产要素产生最科学的集聚效应，营造出源源不断的发展后劲。在东营市，生态文明不仅仅是自然生态的“文明”状态，而是用文明的方式对待生态，它既包括自然生态，更包括经济生态。这种科学的认识，解决了经济发展与生态保护的“伪矛盾论”，让人欣慰。细看东营市经济社会发展，10处试点生态林场造林30万亩、海参养殖国家级农业标准化示范区、国家级生态工业示范园区等项目，每一处大手笔无不是人与自然的和谐相融，生态与经济的互惠，这其中既有对自然的敬畏，也有对生态的重视，还有对更高层次文明的向往。

透过东营，我们看到现代生态文明城市建设的两个层次：自然生态的文明和经济生态的文明。

自然生态文明是生态文明的基础，是第一层次上的文明，它是对人类生存居住环境的直接改善，对自然环境的保护，也是传统意义上的生态保护。在这方面，东营做出了大量的工作。以黄河入海口的山东黄河三角洲国家级自然保护区为例，近年来，随着自然环境不断改善，这里成为鸟类迁徙路线上重要的中转站、栖息地和繁殖地，连对环境要求十分苛刻的东方白鹳，也“爱上这里”，数量增加到350只，由候鸟变为留鸟，受到了世界自然基金会高度关注。达尔文曾说，只有服从大自然，才能战胜大自然。笔者认为，服从大自然的结果是大自然惠及人类。自然生态的改善对旅游业带来直接的促动，黄三角自然保护区正在努力从4A级景区向5A级景区目标奋进，随着景区配套设施的跟进和服务水平的跃升，必将为东营带来持续的收入，打造出新的城市名片。

中国艺术研究院研究员吴祚来说，生态文明就是指用文明的方式对待生态。其背后是经济生态的文明。所以，我们要从整体上去把握生态文明，而不是仅仅去谈对自然生态的保护。经济生态的文明涉及经济发展过程中，对待环境的态度问题，是先污染后治理，还是边污染边治理？现实中，很多后发地区，在经济发展招商引资过程中，往往招来了落后产能，排污大户。东营的高效生态发展模式告诉我们，不污染式的高效发展模式才是科学发展模式。再看东营现代渔业示范区，先是利用技术创新，实现“东参西养”，再利用涨潮来的海水，搞一连串高附加值海产品养殖，最终晒水为盐，实现了零排放。经济生态文明也是转变经济增长方式的有效手段，推动经济发展由粗放到集约型增长，从低级经济结构到产业链式的高级经济结构，从单纯的经济增长到保护环境、提高就业、稳定收入的全面协调可持续经济发展转变。

可以看出，经济生态的文明，更多的是借助科技、创新手段来改造污染企业设备，使经济发展不破坏生态环境。同样，用文明态度对待文化生态和政治生态，将最终实现更高层次的社会文明。沿着这条道路，东营打造生态文明典范之城必将令人期待。

民为贵、文为心　济宁走上跨越发展之路

科学发展新山东——第八届中国网络媒体山东行系列评论之二十二

大众网评论员　韦国骞

“幸福了吗？”在经济高速发展时期和社会转型时期，这是很多人会自问或者相互询问的问题。幸福，其实是一种感觉。在人人吃不饱饭的年代，吃顿荤馅饺子就是幸福；在人人都骑自行车的年代，有辆“桑塔纳”代步就是幸福；在文盲频出的年代，识文断字就是幸福。如今，社会进步、物质发展，人们的“幸福感”标准随之改变：除了要有肉吃、有车开、有房住，更加注重医疗资源、教育资源等社会资源的公平分配。也就是说，必须将社会发展成果最大化地拿出来与百姓分享，百姓才会觉得“很幸福”。

对一个城市的发展来说，百姓生活的幸福与否重要吗？尽管“幸福”是一种相对的感觉，但这种感觉对于社会和个人的发展极其重要。早在千百年前，中国人就提出了“民为邦本，本固邦宁”、“天地之间，莫贵于人”，主张“民为贵，社稷次之，君为轻”，强调“政之所兴，在顺民心；政之所废，在逆民心”。科学发展观也强调，我国社会矛盾关系由不突出抓好主要矛盾就无法解决非主要矛盾的阶段，进入到了不兼顾解决好某些非主要矛盾就难以继续抓好主要矛盾的阶段。

济宁，是真正的“孔孟之乡”，曲阜的孔子和邹城的孟子曾让儒学成为整个东亚的灵魂。可能因为长期受孔孟文化浸泽，济宁在落实科学发展观时，突出了“以人为本”。如今，我们在考察中看到，济宁正由“强调经济增长”的发展，跨越为“强调成果分享”的发展。

例如，在济宁市第二人民医院，我们看到全国首创的“先看病、后付费”就诊模式，这种模式是济宁用“真金白银”换来的：财政承担了风险、医院垫付了资金。但在医患矛盾突出的社会转型期，这种模式方便了患者就诊，减轻了群众负担。对于经济不宽裕的患者省却了筹钱的麻烦，避免了由于未付费或暂时无法付费而延误治疗发生，有效缓解了“看病难、看病贵、看病不方便”的问题。同时，因为医护人员无需反复催缴押金，而把更多的精力投入到诊疗工作中，医疗质量和服务水平得到保证，这拉近了医患距离，增进了相互之间的理解。这种公平分配医疗资源的创新模式，正是济宁分享社会发展成果、实现科学跨越发展的体现。

另外，我们知道，济宁文化资源尤其丰富，文化旅游产业发展突出。在济宁，面向全球游客推出的“寻根朝觐游”、“成人之旅”等精品旅游项目应接不暇；孔子文化节、文博会、科博会、书博会的成功举办，成就了当地节庆会展品牌；而大型舞剧《孔子》、大型实景演艺节目《杏坛圣梦》既拉动了当地旅游，又成为普及当地文化的“立体教科书”。可以见得，济宁正将蕴藏的文化精神跃然纸上，让文化大众化，让文化惠及百姓。很大程度上得益于对文化旅游产业发展成果的分享，济宁2011年城乡居民收入大幅增加，分别达到19215元、8712元，是2006年的1.8倍和1.9倍。

让市民满意是城市管理的最大追求，在城市规划和建设上，济宁也处处体现着“以人为本”。济宁目前致力于优化老城区路网结构，实施老城区旧有道路雨污分流，彻底解决了老城区局部积水问题。另外，济宁计划2012年新增天然气用户1万户、供热面积300万平方米。在城市绿化上，济宁结合北方城市的特点，因地制宜、凸显特色，实现了“四季常青、三季有花”。同时，为了提高居民的住房质量，济宁着手于消除城市危房和农村“土坯房”，保障性住房的建设紧跟脚步……

以人民幸福为根本，以文化底蕴为核心，济宁走上了新时期跨越发展的道路，由“强调经济增长”的发展，跨越为“强调成果分享”的发展。我们相信，百姓的“幸福感”并不抽象，它是城市发展的目标，也是助推城市发展的引擎。

创新“三字经”为潍坊发展卯足后劲

科学发展新山东——第八届中国网络媒体山东行系列评论之二十三

大众网评论员　陈宏发

一株西红柿长成了“参天大树”，能结6000斤果实；山药根长在半空中，随手就可以采摘；一颗茄子长出三种颜色茄果，三种口味都不同……这是寿光蔬菜博览会上的一幕，寿光人利用智慧创造性地种植蔬菜，把蔬菜的功用从食用拓展到观赏，再上升为文化，敢为人先，创新发展。在整个潍坊，提出“创新潍坊”战略任务，创新要体现“全”字，抓住“人”字，突出“改”字，为城市发展注入不竭的动力，卯足发展后劲。

创新要体现一个“全”字。创新不是一个企业、一个人的事，也不是政府单独的事，而是需要政府加大创新投入、壮大创新主体、完善创新体系、培育创新文化、营造创新氛围。潍坊不断强化科技支撑，建成省级以上企业技术中心66个，工程技术研究中心98个，重点实验室12个，产学研联合基地126个，所有省级开发区全部建成运营高新技术孵化器，加快向高新技术园区转型。盛瑞传动8AT和歌尔声学智能电声器件项目新列入国家“十二五”重大科技支撑专项。目前科技进步对经济增长的贡献率达53%。

创新是推动发展的动力之源、活力之源和战略资源，只有建设创新型城市，增强创新能力，才能增强经济竞争力和文化软实力，增强区域综合实，才能打破瓶颈，开拓空间，增创优势，才能占领发展的制高点，赢得发展的主动权。

创新的核心要抓住一个“人”字，坚持以人才为本，把科技人才队伍建设放在突出位置，通过外部引进、内部挖潜，不断壮大创新人才队伍形成能上者、庸者下的人才机制，让科技人才队伍结构不断完善。

在人才培养方面，潍坊把能力教育放在突出位置，成为全国职业教育技能大赛三个承办基地之一。在2011年全国职业院校技能大赛中，潍坊夺得22枚金牌，占全省金牌总数的84.6%，金牌总数列江苏、上海、北京之后，居全国第四位。坐落于寿光的潍坊科技学院，把产学研相结合，以农学专业为龙头，建立了生命科学研究所、蔬菜花卉研究所、植物病虫害防治研究所、生态与植保研究所、作物育种与生物技术研究所、微生物研究所、水产养殖研究所，为寿光农业发展源源不断的输送人才，提供最新、最前沿的技术保障。

实践告诉我们，真正起巨大推动作用的技术几乎都来自企业。现在，无论是发达国家还是新兴市场经济国家，都把增强企业的创新能力作为提升国家竞争力的重要措施。在潍坊高新技术产业开发区，这个高新人才最集中的地方，如今已经成为“人才特区”，有11名国家“千人计划”来区创业，19人进入省“万人计划”第一层次人选，23人进入市高层次人才扶持计划，正在建设国家海外高层次人才创新创业基地。在潍柴动力，建有现代化的“国家级企业技术中心”及国内一流水平的产品实验室，设有“博士后工作站”，在法国、奥地利、美国、潍坊、上海、重庆、杭州、西安等地建立了研发中心。几千名来自海内外的高精尖技术人才，始终为企业需求做技术研发。创新人才是“创新潍坊”建设的重要支撑，为科学发展提供强有力的人才和智力支撑。

创新要突出一个“改”字，在重点领域和关键环节上不断改革，自我修正。不积跬步，无以至千里；不积小流，无以成江海。创新不是凭空出现，是源自不断的变革改良，是一个由量变到质变的过程。潍坊深入推进金融改革，引进股份制银行6家，成立了4家投融资平台，发行全国首家市级中小企业集优票据，成立了全省首家农村商业银行和首个文化产权交易所，小额贷款公司发展到39家，总数居全省首位。积极推进医疗卫生制度改革，在全省率先成立市公立医院管理委员会，基层医疗卫生机构综合改革全面完成，基本药物制度、医疗保障体系、基本公共卫生服务实现全覆盖。深化行政审批制度改革，建立投资项目市、区一体化审批机制和审批提速年度目标责任制，投资环境不断优化。可以说，无视改良就等于扼杀创新。

爱因斯坦说，想象力比知识更重要，因为知识是有限的，而想象力概括着世界上的一切，推动着进步。潍坊把"创新潍坊"提高到战略层级的高度，是认真贯彻落实科学发展观的具体表现，既体现出对自主科技发展能力的自信，也体现出潍坊社会发展的迫切要求，更是潍坊赢得未来的筹码。

一极领先多极崛起　烟台绘就蓝色经济蓝图

科学发展新山东——第八届中国网络媒体山东行系列评论之二十四

大众网特约评论员　伊茂林

蓝色经济区建设对烟台而言是全域战略。烟台的目标就是将蓝色经济区建设作为产业升级的重大实践载体，把构建富有特色和竞争力的海洋产业体系作为核心任务，加强政策、资金引导，推动园区和企业向蓝色转型、向高端转向，争取建设国家级海洋高技术产业基地。在烟台采访，听到最多的一个词就是"一极领先、多极崛起"。它具体指的是什么？它对烟台意味着什么？

烟台抓住国家和省赋予的蓝色经济区、黄三角高效生态经济区、高端产业聚集区建设"三大战略"叠加实施的重大历史机遇，加快构建的发展格局。"一极领先"，就是以牟平区、高新区、莱山区、芝罘区、保税港区滨海区域为主体，全力推动东部高技术海洋经济新区领先崛起、率先突破，力争到2015年新区主要经济指标实现翻番增长，在烟台东部矗立起一座具有浓郁现代气息的标志性滨海新区。"多极崛起"，就是在率先突破东部新区的同时，以莱州湾为中心，发挥一"蓝"一"黄"两大国家战略优势，大力建设高效生态经济高地，打造蓝色经济西部增长极；以丁字湾为中心，用好海即跨海大桥、"亚沙会"辐射带动效应，突破发展海阳亚沙文化旅游产业聚集区和莱阳南海新区，打造蓝色经济南部增长极；以龙口湾为中心，加快龙口、招远集中集约用海项目和蓬莱西海岸文化新区建设，以烟台港西港区为龙头，大力推进烟台开发区临港产业区建设，打造蓝色经济北部增长极；高标准抓好长岛休闲度假岛建设，使之成为彰显蓝色魅力的休闲度假胜地。同时，以烟台开发区、高新区、保税港区、昆嵛山保护区、招远开发区等5个国家级园区和其他各类园区为载体，加快打造转型升级、科学发展新高地。

"一极领先、多极崛起"重大战略，关乎烟台今后几年以至几十年的发展质量和水平，必将为烟台未来发展起到有力的引领和支撑作用。把这些区域开发好，烟台在东南西北四个方位将各形成一个新的增长极，新一轮发展就有了动力，区域结构调整也有了抓手。特别是集中集约用海，对烟台来说空间很大。在全省规划确定的九大集中集约用海区中，烟台占了三分之一。国务院批复的发展规划中涉及烟台的事项100多条，其中比较重要的如海洋产权交易中心创设、国家级海洋科研成果转化基地建设、长岛休闲度假岛建设、渤海海峡跨海通道、中韩铁路轮渡等。这些事办成了，烟台就不只是苹果、梨和黄金、汽车等工农业产品生产基地，将成为国内海洋经济领军城市、连接中日韩的交通物流枢纽、国际滨海旅游休闲度假目的地。

烟台的基础设施与沿海发达城市的地位不相称，与旅游度假城市的要求也不适应。随着蓝区战略的纵深推进，港口、机场、铁路、能源等重大基础设施将进一步完善，城市的综合承载功能将有一个大的提升。国家战略的最大含金量在于引导要素资源流向。蓝色经济区建设是对生产力布局的重大调整，将"战略高地"与"政策洼地"有机统一，使战略实施过程变为生产要素有序流动和资源优化配置过程，形成一个集聚政策、资金、技术、人才等要素的“大磁场”，为“转调”提供坚实保障。海洋产业涉及一、二、三产，既包括传统产业，如海洋渔业、海洋文化旅游、临港加工制造等，也是新兴产业的重要来源，如海洋工程装备制造、海洋生物、海洋能源等，到2015年烟台海洋产业产值将达到2660亿元，可以说，壮大海洋产业既有利于培育新的增长点，也是推动烟台产业结构升级的重要突破口。

蓝色经济区规划提出了建设中日韩区域合作试验区等重大举措，是推动跨区域合作的重要动力。当前中日韩自贸区建设加快起步，2012年有望启动自贸区协定谈判。烟台蓝色经济规划提出，建设中日韩区域合作试验区先行区。这是推动烟台贸易、投资、旅游等重点领域快速增长、加快向国际化城市迈进的重大机遇。

站在新的历史起点上，烟台打响了建设东部新区的攻坚战。这是一段充满挑战而又前景灿烂的新航程。认清形势、精心谋划、积极作为，集中智慧、力量和资源，推动东部新区率先崛起，精心打造烟台科学发展的新板块、城市建设的新亮点，烟台一定能在全省蓝色经济区建设中走在前面。

济宁：保护也是发展，境界贵在高远

科学发展新山东——第八届中国网络媒体山东行系列评论之二十五

大众网特约评论员　刘同江

众所周知，济宁是孔孟之乡，儒家文化发祥地、密集区。深入济宁，方知这里文物古迹之众多、文化资源之丰厚，决不仅限于此。这里是人文始祖轩辕黄帝的故里，拥有“东方金字塔”少昊陵、京杭大运河技术含量最高的“心脏工程”南旺分水枢纽、佛教文化奇葩汶上宝相寺，形成了始祖文化、儒家文化、佛教文化、运河文化交相辉映的格局。

坐拥宝贵的历史文化资源，济宁本着对历史负责的神圣责任感，坚持科学规划、保护为先，在保护的基础上开发，在发展中注重保护，走出了一条科学的路子，也为历史文化遗产的保护、开发、利用做出了有益探索。

保持对历史文化遗产的敬畏，树立珍惜和尊重态度。历史文化遗产是老祖宗留给我们的宝贵财富，作为其载体的文物古迹、历史遗存，是不可再生的资源，一旦损毁，就是历史的遗憾、难以弥补的损失。济宁拥有19处国家级文物保护单位，2个国家级历史文化名城，以其为代表的文化遗产，是济宁的宝贵财富，是山东的宝贵财富，也是全国乃至全人类的宝贵财富。如何保护好这一笔笔无价之宝，济宁人殚精竭虑。他们不仅加大对“三孔”的保护力度，而且放眼全局、统筹考虑，站在维护中华民族文化之本、打造中华文化标志的高度，把以曲阜为中心、涵盖邹城等周边地区的广大地域列入文物保护范围，制定了“曲阜片区大遗址”保护规划，遵循规划先行、考古先行的原则，制定了详细的遗址本体保护、环境整治、展示利用、综合研究方面的计划、措施，并明确“坚持政府主导不动摇”，切实履行保护职责。这种境界、使命感，是做好文物保护及一切文化工作的保障。

发挥文化的综合功能，重旅游但不唯旅游。历史文化是民族精神之源、之根，济宁以儒家文化为代表的历史文化资源，是中华民族共有的精神源泉，不仅是旅游产业的依托，是富裕当地百姓的宝贝，更是守望中华民族共有精神家园的依托。除了挖掘、发挥其经济价值，更要发挥其在教化人心、转变世风，团结海内外中华儿女、增强民族凝聚力，传承文明、资政育人等方面的作用。济宁人举例说，孔府里面有一口古井，要是借着它开发孔府牌瓶装水，肯定赚钱，但是“我们不能那么做，不能只向钱看”。济宁在规划曲阜片区大遗址保护规划时，提出把大遗址建设成为融合教育、科研、游览、休闲等多种功能的城市公共文化空间。如此的视野，把握住了文化功能的丰富性、多样性，也才能把“古为今用”做到淋漓尽致。

保护也是发展，保护好了发展才有坚实基础。“古为今用”，假如“古”残缺了、消失了、扭曲了，“今用”也就没了依托。而文化功能的发挥往往不那么立竿见影，需要耐心，需要精雕细琢，需要踏踏实实。那种拆了真古董建起大片假古董的“毁灭性开发、破坏性开发”，不是发展文化，而是没文化、反文化的表现。文化事业、文化产业要加快发展，但不能急功近利。比如一座古墓中的宝贝，假如一见空气就会风化、变色、破碎，那么暂时不挖掘、继续封存，也是一种保护。济宁在曲阜片区大遗址保护上，坚持“重点突破，分期实施”，不失为科学理性之举。

保护是为了发展，开发好、利用好，文化才能延续，才是永续保护之途径。强调保护，不是否定开发，而是为了更好地开发。历史文化资源不发掘、不利用，那只是一种沉睡的资源，是一种冰冷的遥远的存在。只有在使用中，其生命才能得以激活、延续，其价值才能得以变现、增加。从这一意义上，开发、发展是最有力的保护。济宁对曲阜片区大遗址保护规划提出惠及民生是遗址保护的核心目标，要通过保护开发，拉动内需、解决就业、带动相关产业发展，改善人居环境，这一出发点，为所有文物保护工作指明了方向。

济宁还把运河沿岸28处历史遗存的闸、桥、斗门、坝、御碑列入世界文化遗产申报目录，借助申遗的契机，推动文物保护工作上台阶。这也启示我们，要解放思想，放宽眼界，以全球视野看待文化工作，借力发展，提高效率。

科技创新和品牌营销是两大法宝

科学发展新山东——第八届中国网络媒体山东行系列评论之二十六

大众网特约评论员　伊茂林

有人说，世界上两种企业，一种是品牌企业，一种是为品牌企业打工的企业。从一间小作坊成长为国内花生油行业的龙头企业，26年来，鲁花铸就了金字品牌。如果用微笑曲线描写一个成功的企业，上翘的两端往往是科技创新和品牌营销。鲁花的成功，靠的正是这两点。

鲁花在创建之初就有很强的科技创新意识。建厂伊始，当时花生油生产有土法压榨、浸出法两种。土法压榨生产工艺简陋，卫生条件差，产品质量难以保证；浸出法制油需要高温精炼，花生油营养损失大，香味流失，含有溶剂残留，不利于身体健康。鲁花人经过6年艰辛攻关，终于研发出具有自主知识产权的“5S纯物理压榨工艺”。其中去除黄曲霉毒素技术更是攻克了世界难题，填补了该项技术空白，使鲁花在国际上处于领先地位。

为提高花生产业化水平和国家竞争力，鲁花和国内重要大专院校、科研院所建立了多个联合研发中心和科研基地。鲁花还发起成立了国家花生产业技术创新战略联盟，与5所大学、7所科研院所、9家大型花生企业签订了科技合作协议，联合攻关，成果共享。另外，还建立了一支由全国著名食品专家组成的科技顾问团队。有了科技做支撑，企业发展更加稳健。

科技创新要从发现问题开始，把发现的问题解决了就是创新。在鲁花生产车间，展板上贴着一沓员工的创新建议，建议被采纳的，都有奖励措施。每个岗位、每个人都要规划创新项目、承担创新课题。“全员、全方位、全过程”的创新氛围，激发着每个人的创新潜能。

鲁花集团经过近几年的努力，已经逐步建立起研发设备齐全、人才队伍健全、研发能力较强、成果效益显著的企业技术创新中心、农业产业化国家重点龙头企业和国家花生工程研究中心成果转化基地，是农业部确定的国家农产品加工工程技术中心花生分中心。

科技创新加快了鲁花的发展步伐，如今的鲁花已经成为中国的民族品牌、农业产业化国家重点龙头企业，每年都会有新专利。

对一个企业来说，品牌含义已大大地被拓展了，它已与企业的整体形象联系起来，是企业的“脸面”，即企业形象。一个好的品牌商品往往使人对生产该产品的企业产生好感，最终将使消费者对该企业的其他产品产生认同，从而能够提高企业的整体形象。如今，提起花生油，人们就会想起鲁花。

当前，市场竞争的环境、手段与过去相比都发生了很大变化。在这种新情况下，企业取胜的主要手段已不再单纯以产品本身来竞争，还包括品牌的竞争。可以说，未来市场竞争的主要形式将是品牌竞争，品牌战略的优劣将成为企业在市场竞争中出奇制胜的法宝。

世界上很多知名企业往往都把品牌发展看成是企业开拓国际市场的优先战略。可口可乐、百事可乐、麦当劳等无一不是先从抓品牌战略开始的，即创立属于自己的名牌产品，并把它作为一种开拓市场的手段，最终占领市场。由于名牌的综合带动作用十分巨大，外向度也相当高，所以往往是一个产品的牌子创立后，逐渐形成一个系列并带动相关配套产业的发展。可以说品牌是企业进入市场、占领市场的武器。特别是国际市场竞争已日趋激烈的今天，企业有没有建立自己的品牌战略，有没有自己的品牌，品牌形象如何已变得十分重要。

事实证明，一个享有盛誉的品牌将是企业一笔巨大的财富。品牌战略对企业可持续发展具有重要的作用。品牌是商品质量内涵和市场价值的评估系数和识别徽记，是企业参与竞争的无形资本。企业为了在竞争中取胜，必然要精心维护品牌的商誉。创名牌的过程必然是产品质量不断提高和树立良好企业形象的过程。

莱阳鲁花的成功，用无可争辩的事实告诉人们，企业要发展必须注重科技创新和品牌营销。

“一极领先、多极崛起”解决烟台三大发展问题

科学发展新山东——第八届中国网络媒体山东行系列评论之二十七

大众网评论员　陈宏发

烟台市第十二次党代会提出了“率先基本实现现代化”的奋斗目标，并从高起点定位，大手笔布局，规划提出“一极领先、多极崛起”的大发展格局。“一极领先”就是依托牟平区、高新区、莱山区、芝罘区和保税港区滨海区域，重点打造和优先发展东部高技术海洋经济新区，争取经过五年左右努力，在烟台东部矗立起一座具有浓郁现代气息的标志性滨海新区。“多极崛起”，就是以莱州湾为中心，打造蓝色经济西部增长极；以丁字湾为中心，打造蓝色经济南部增长极；以龙口湾为中心，打造蓝色经济北部增长极；高标准抓好长岛休闲度假岛建设，打造彰显蓝色魅力的休闲度假胜地。至此，烟台城市发展的新布局跃然而出，这一系列发展思路意义重大。

“一极领先、多极崛起”作为科学发展观指导下的蓝区战略布局规划，集中解决了以下三个问题。

“一极领先、多极崛起”解决了发展中的统筹协调问题。作为胶东半岛城市，烟台县域经济发展良好，龙口、莱州、招远和蓬莱都进入2011年全国百强县之列，其他县区也在省内县域排名中靠前，因此先发展谁，重点支持谁是急需明确的问题。“一极领先、多极崛起”战略，从区位布局上看，东部高新产业、西部黄色高效生态、南部文化产业、北部临港产业、中部服务产业，各区发展定位分工明确，产业结构搭配合理，重点项目突出。整个烟台从整体布局、系统开发，避免功能雷同和重复建设，形成协调发展的格局，持续推动新区开发开放向纵深发展。

除此之外，整体规划，还可以形成交通一体、海陆整体、城乡一体化，三产协调发展、经济、社会和生态效益相统一的格局，统筹要素配置、重大项目布局和基础设施建设，科学安排开发重点、开发时序、开发方式和开发强度，增强可持续发展能力。

“一极领先、多极崛起”解决了龙头带动的问题。火车跑得快，全靠车头带。蓝色经济发展不能平均用力，不能大撒网捕鱼，需要重点突破，抓住机遇，先试先行。东部新区被确定为烟台率先发展极，为烟台发展找准着力点。市委书记张江汀指出，东部新区建设“非常迫切、势在必行”，全市上下要以“不干则已、干则必成”的雄心壮志，打破常规，集中力量，加快东部新区建设步伐，探索走出一条开发建设的新路子。目前，以东部新区全面拉开建设框架，在建和储备项目总投资超过5000亿元，增长潜力巨大。

龙头带动作用可以体现在产业带动方面。在东部新区，利用先进技术改造传统产业，全面提升产业层次，赢得新市场空间，创造新的竞争优势。高新产业突出“高端”引领，致力于高端产业发展，力争3-5年成为蓝区建设中的高端产业高地。高端服务业快速隆起，服务业兴区正内化为东部新区的自觉意识，快速落实到行动上。龙头带动还可以产生资源积聚效应，吸引烟台周边企业、人才、资本流入，加快区域发展速度。

“一极领先、多极崛起”解决了蓝区建设新增长极问题。蓝区建设不仅需要龙头带动作用，也需要多极支撑发力，各县市共同努力，相互配合，东方不亮西方亮。海阳核电装备制造工业园区，是海阳新一轮加快发展的一个重要潜

力点、爆发点和突破点。园区已聚集大项目 20 个、总投资 160 亿元，将形成新型工业项目的聚集区和隆起带。同样，龙口将重点抓好龙口港 4 个 10 万吨级煤炭专用泊位、1 个 20 万吨级石化泊位，以及 10 万吨级航道拓宽、公用锚地、保税物流中心等工程项目。招远深化黄金产业转型，年内各市级黄金企业至少新上 2 个过 5000 万元转型项目，各镇级黄金企业至少新上 1 个过 3000 万元转型项目。每一个区域经济的发展，都对烟台整体经济产生积极效应。

“一极领先、多极崛起”格局的建设对胶东半岛的蓝区发展提供了新型模板，有助于探索新形势下区域发展新模式，可以进一步发挥烟台特有的区位优势、资源优势和产业优势，拓宽发展的空间，增强发展后劲，提升发展水平，为“率先基本实现现代化”打下坚实基础。

破茧成蝶　枣庄找到资源枯竭型城市涅槃之路

科学发展新山东——第八届中国网络媒体山东行系列评论之二十八

大众网评论员　韦国骞

说起枣庄，总会想到其在中国近代史上的浓墨一笔：煤矿，已成为几十年前那个钢铁年代的隽永符号；铁道游击队，也早已融进中国人民反法西斯战争的不朽精神。

如今，“微山湖上静悄悄”的战斗歌声已渐远去，这座城市也不可避免地走到了资源枯竭的十字路口。发展的阵痛，摸索的怅惘，让这个城市在21世纪初期陷入了窘境。但可能是这个城市从来就不缺少变革奋进的“铁道游击队”精神，从“十一五”到“十二五”，枣庄飞快地“破茧成蝶”。

“枣庄的出路就是走资源枯竭型城市转型的路子，这就是枣庄的唯一出路，也是枣庄最大的科学发展观！”枣庄市委书记陈伟的话，表达了一个城市告别“靠山吃山”发展模式的决心，也是枣庄“转调”之战的冲锋号。

其实，从枣庄 2007 年以来的发展看，这座城市煤矿资源的枯竭，反倒催发出了智力、文化等资源的汇集，倒逼了工业产业升级。面对资源枯竭，枣庄就像面对一条河，断流了，他们就往上游走，就向高处走。遍布荆棘的路途可能带来阵痛，但“为有源头活水来”的甘甜畅快也会在终点被品尝到。五年时间，枣庄人成功找到了资源枯竭型城市的转型之路，让枣庄拉长了煤炭产业链条，让枣庄台儿庄古城辉煌涅槃，让枣庄人坐上了 BRT、动车组，迎来了高铁时代，更让枣庄人收获了无尽的信心。

我们看到，枣庄的转型，首先是工业转型。枣庄提出了“一箱油”理论：按过去的发展思路，不管用几箱油，只要跑得快就行；现在只有一箱油，逼得你既要跑快又要省油。“一箱油”理论，也是可持续发展理论。对于煤炭资源日益枯竭的枣庄，要想最大化发挥传统优势，就必须在煤炭产业上减排放、节能源、增效益。从价值链上看，煤炭产业的链条越长，附加值就越高，经济效益就越高。比如，把煤炭转化成甲醇可增值 4 倍，转化成醋酸可增值 10 倍，转化成二醋酸纤维素可增值近 80 倍！一段时间来，枣庄对境内煤炭资源实施控制性开采，发展煤炭深加工，拉长产业链，提高产品附加值。目前，煤化工产业已经取代煤炭产业成为支柱产业，可谓让煤矿变成了“金矿”。

枣庄的转型，还体现在变“卖资源”为“卖文化”上。2012 年春节期间，枣庄接待游客 157.85 万人次，这其中绝大多数游客是奔着重建的台儿庄古城去的。

在城市转型过程中，枣庄市委、市政府清醒意识到：全市有下岗职工 14 万人，随着一些矿井的关闭、相关企业的萎缩，十多年后全市将有 20 万人需要转岗。煤炭深加工项目固然可以解决城市转型“钱从哪里来”的难题，却无法破解转型后“人往哪里去”的难题。因为一个投资 100 亿元的煤炭深加工项目，只能解决 1000 人的就业。在这种背景下，重建千年古城台儿庄，撬动旅游和文化产业，成为枣庄市为解决就业和富民问题而迈出的第一步。为了真实再现当年的古城面貌，枣庄收集了 130 多本史料和 1279 本明清小说研究历史，拜会 100 多位国家顶级文史专家和古建专家，历时一年绘制了 6000 余张设计草图。2 平方公里的区域，单是论证、规划就耗时 3 年多。终于，经过 4 年的雕琢，一座美轮美奂的古城辉煌涅槃。目前，古城评估价值已超过 150 亿元。过去，台儿庄商业用地平均地价每亩不到30万元，如今每亩可达600多万元。这种运作方式，不仅解决了资金投入问题，企业也获得了高额回报。除了台儿庄古城，枣庄市还重点开发微山湖湿地公园，布局山亭区山水生态游、山乡民俗游，薛城铁道游击队纪念园红色游，努力变“卖资源”为“卖文化”。

因煤而建，因煤而兴，因煤矿枯竭而经历阵痛。如今，在科学发展的新时代，枣庄“破茧成蝶”，找到了资源枯竭型城市的涅槃之路。我们希望这座历史悠久的江北古城，用一百多年的工业发展故事，向诸多仍在摸索中的资源枯竭型城市提供借鉴。

枣庄：转调应“不薄故人爱新人”

科学发展新山东——第八届中国网络媒体山东行系列评论之二十九

大众网特约评论员　刘同江

位于枣庄滕州的兖矿鲁南化工公司，坚持技术创新，把煤化工产业向高端、精细、集群化的方向去做，公司自主研发的新型水煤浆气化技术，仅技术转让费就实现4亿元，其中对美国最大的炼油企业Valero公司的转让费达1亿元。

这是枣庄加快转调、促进产业升级的一个缩影。枣庄是我国煤炭开采最早的地区之一，多年来一直以煤炭采掘为主导产业，产业结构单一、产业层次不高。随着煤炭资源的日益枯竭，城市转型的任务愈发迫切。枣庄一边提升改造传统产业，一边大力发展新兴产业，五年来，服务业增加值占GDP比重提高6.2个百分点，地方财政收入占GDP比重提高1.5个百分点，非煤产业增加值占GDP比重提高9个百分点。

枣庄的实践证明经济转型必须实事求是，坚持双轮驱动，既要大力发展新兴产业，也要努力提升传统产业。

传统产业不等于夕阳产业。化工、食品、纺织、轻工等传统产业，与人们生产生活息息相关，与人类永恒的基本的需求密不可分，不会消亡，只能与时俱进，转型升级。转方式，应该“不薄故人爱新人”，加强新兴产业，不薄传统产业。特别是发展中地区，传统产业有一定的基础，这是转方式的财富，不是包袱。枣庄依托煤炭生产优势、资源优势，通过培育本土企业、招商引资，不断优化产业布局、加大科技研发力度、培育龙头企业、加强节能减排，提升煤化工产业的集群化、高端化、精细化水平，做好下游产品精深加工，在醋酸、二甲醚、烯烃等领域打造了制高点。这说明，只要加强创新，加大投入，传统产业照样可以成为朝阳产业，尤其值得一提的是，像兖矿鲁南化工这样的化工企业，通过技术创新，在减排方面走在行业前列，达到山东省清洁生产A级标准，这说明传统行业不是高污染的代名词，完全可以建设循环经济，实现绿色发展。

另一方面，传统产业和新兴产业密不可分。新材料、生物制药等产业，没有先进的化工、机械装备等传统产业做基础，也行之不远。传统的产业，没有现代电子、信息产业的支持，脱胎换骨也难以实现。在兖矿鲁南化工醋酸项目生产现场，记者看到，生产状况实现了电脑监控，安全性、协调性、平稳性得到保障，也说明信息化带动工业化是大趋势。

我省很多地方，也是传统产业面临转型，经济结构急需调整。只有正确处理而传统产业与新兴产业的关系，把两个轮子都做强，才能实现均衡发展。新兴产业前途广阔，但传统产业在支撑财政收入、吸纳社会就业等方面的现实作用很重要，甚至无可替代。转调，是要让传统产业升级，而不是把它转“掉”，是传统产业与新兴产业比翼齐飞，而不是单腿独行。

当然，重视传统产业绝不等于保护落后。枣庄在全国率先对小水泥、小火电等落后产业产能进行整治，上马新的先进的设备。目前，旋窑水泥产能占全省31.3%。这说明对待传统产业中落后的东西只有以壮士断腕之勇，坚决予以克服，才能使整个产业赢得新生与提升。

文登：文化惠民，惠及万民

科学发展新山东——第八届中国网络媒体山东行系列评论之三十

大众网特约评论员　伊茂林

文化是人类的精神家园，优秀文化传承是一个民族生生不息的血脉。一座充盈着文化底蕴和文化活力的城市，才会展现出不断向上的力量。在威海文登，文化基础设施的建设，文化产业项目的上马，文化企业的壮大，激发了文化产业的发展活力，文化工程真正成了惠民工程。

文化惠民，“惠”之落脚点，在于老百姓文化需求的满足。近年来，文登市委、市政府以此为着力点，不断加大财政投入和资金争取力度，强力推进公共文化基础设施和文化民生工程建设，逐步建立起与经济社会发展相适应、满足人民群众基本文化需求的公共文化服务体系，让各种设施为民所用、为民所乐。截至目前，全市众多的公共文化设施个，大大刺激了人们的文化需求，群众享受文化生活的热情得到井喷式释放。

让公共文化资源在整个社会合理流动，保障人民基本文化权益，使人民大众都能享受到文化发展的成果，是“文化惠民”工程的重要目标之一。文登的市民文化中心就是为满足群众文化需求，建设经济文化强市而建设的一个综合性、多功能的文化中心。总投资 3.1 亿元，建筑面积 3 万平方米，集图书馆、文化馆、科技馆、音乐厅、青少年宫、妇女儿童活动中心、老年活动中心等功能性场馆于一体，设施水平在全国县级市中处于前列。比如音乐厅，配置了国内一流的灯光、音响和升降舞台，既可以举办高水平的音乐会，也可以进行综合性文艺演出，被中央音乐学院确定为艺术实践基地，市民在家门口就能享受到高雅艺术。

把握文化惠民，要正确理解文化生成的本质问题，要保护好文化生态系统，中华民族的文化不是从课堂里出来的，而是来自于人的本性、黑土地以及创造力。楼建得再高、地浇得再平，都无法成为文化的基石，社会文明的发展，应该为人性的完善、民生的幸福提供更美好的前景。回归人性、回归自然，是当下最大的文化。

就目前城乡百姓日渐高涨的文化需求来说，文化惠民还有很大空间。送文化只是一方面，要让老百姓真正享受到丰富的文化生活，政府一方面要加强文化生产者的培养、文化场所的建设、文化产品的生产，要把大量的文化产品进行细化、分流，就像百货公司一样，让老百姓有享受不同文化的权利，有自主选择权。另一方面，要让百姓有自发的来自于当地文化传统的文化生活，让大家通过各自富有特色的文化传承与再创造，共同建造一个精神家园。

不只在文登，整个威海市的文化惠民工程都搞得有声有色。就拿威海群艺馆来说吧，2006 年年底提出了“千场演出进农村”的设想并得到市委市政府的充分认可。该活动旨在充分调动市、县、区、镇各级文化主管部门的积极性，以群众艺术馆为龙头，以市（区）文化馆、镇文化站为主体，广泛吸收城市机关事业单位、厂矿企业、学校、城市社区及民间文艺团体，通过合理搭配整合，构建一个全新的公共文化服务体系，对全市 50 个乡镇的 61 个农村敬老院以及全部 2000 多个自然村进行全方位、全覆盖式的公益性文化下乡演艺活动，力争全年演出总数过千场。为保障活动的顺利进行，威海建立“三级”投入机制，市及下辖市（区）、镇财政按一定比例拨付专项基金，列入政府预算，其不足部分采取多渠道筹措的办法解决。市委组织部还将完成“千场演出进农村”任务作为市直单位“扶贫包村”重要考核指标。如今，“千场演出进农村”已成为威海一块响当当的惠民文化品牌。在 2009 年全国首届群文品牌评比活动中，该活动位居 20 个“全国首届群文品牌”之列，是我省唯一一个获此殊荣的群文品牌

一项项实实在在的文化惠民举措，一个个惠及百姓的公共文化设施，一次次丰富多彩的精神文化活动……犹如一个个跳动的音符，合奏出威海文化惠民的华彩乐章，滋养着港城百万儿女，展示着追求精致、和谐、大气、开放的城市品质。

借势亚沙提速发展　海阳崛起蓝色增长极

科学发展新山东——第八届中国网络媒体山东行系列评论之三十一

大众网评论员　陈宏发

再过一个月，第三届亚洲沙滩运动会即将在烟台海阳市拉开帷幕。这是亚洲体育史上首次由一个县级城市承办的洲际综合性体育赛事，也是山东省第一次举办洲际综合体育赛事，亚沙会的举办对于海阳是一次千载难逢的历史发展机遇。借助筹办亚沙会的东风，海阳以发展保筹办，以筹办促发展，从经济发展到城市文明，再到文化旅游，各项工作全面发力，实现跨越式发展。

当今社会，大型体育赛事的意义，不仅限于竞技本身，而更多在于促进举办城市经济发展和社会进步。以第十一届全运会的成功举办为例，因为全运，1400亿元的城市基建投入，让济南在三年之中完成一个大变样，济南财政收入在2009年首次突破200亿元大关，主会场济南的经济取得长足进步，城市基础设施配套完善，对外知名度、美誉度大增。由此，撇开尚未举办的赛事组织，我们暂可以用济南的成功来考量海阳亚沙会成败。

经济发展无疑是大型体育赛事对举办城市的直接拉动，尤其是为筹备赛事开工的一系列配套设施，对当地经济发展能起到强烈刺激和促进作用。在这方面，可以看一组2011年的数据：海阳完成生产总值255.5亿元，是2006年的2.2倍，年均增长14.3%；完成地方财政收入16.2亿元，是2006年的3倍，年均增长24.9%，增速均高于全省平均水平。2012年，烟台市制定“一极领先，多级崛起”战略任务，其中“多极崛起”明确提出，推进以海阳、莱阳为主体的海洋文化旅游产业聚集区建设，打造蓝色经济南部增长极。应该说，海阳经济发展的超常规增长，得益于为亚沙会筹备。

在城市基础设施方面，如海阳港、海即跨海大桥、海阳至烟台高速公路等一大批重大工程开工。这些项目不仅满足了亚沙会的需求，更重要的是为海阳长远快速发展奠定了坚实的基础。像海阳和即墨之间的跨海大桥，2012年11月就可以通车，将海阳到青岛的时间缩短至1小时；海阳到烟台的高速公路，到2013年5月也将正式通车。到时海阳将真正成为青岛、烟台、威海三个城市的中心节点。如果没有亚沙会，很难想象这些基础设施短期能够上马并竣工。

在这里需要指出的是，很多大城市为举办大型赛事修建的体育场馆，在会后面临后期维护和市场化运营问题。作为一个县级市，这一问题会更加突出。可喜的是，除了必要的固定场馆设施外，亚沙会的投资主要集中在道路、电力、通讯、治污等方面，没有面子工程和形象工程。跟亚运会这种综合性赛事相比，亚沙会本身不需要建设大量的场馆，因此大部分的比赛设施是临时性搭建或者租用的。对于固定场馆，比如亚沙村，在赛后将作为公寓进行销售，目前销售工作已经展开。这种未雨绸缪的做法，避免了会后场馆闲置造成的巨大浪费，体现出可持续发展的精神。

相对于道路、桥梁、场馆等硬件工程外，亚沙会对海阳整体城市形象提升，城市品牌的塑造则显得更加有国际范儿。2007年以来，海阳先后建设了运动员村、河清岛体育场、奥林匹克公园、东村河国家城市湿地公园等“一村、一岛、两园、四区、四中心”，举办了三届中国奥委会奥林匹克日长跑活动和两届海阳国际沙滩体育艺术节，还承办了一系列国家级体育赛事，不仅满足了办赛需要、积累了办赛经验、锻炼了办赛队伍，而且为发展沙滩运动休闲产业奠定了坚实基础。

文化与旅游相结合，自然景观与历史遗迹相结合，无疑是展现城市魅力，推介城市品牌的最好方式之一。以胶东文化为底蕴的海阳文化，融合“快乐在一起”的亚沙文化，创树海阳旅游文化品牌，构筑起现代旅游产业整体发力的立体格局。海阳已形成了“以赛事筹备带动人气商气、以人气商气加快环境提升、以环境提升拉动产业发展”的良性循环。旅游业，建设了旅游集散中心，打造“山岳生态、滨海休闲、历史文化、沙滩体育”四大旅游板块。2011年，海阳实现旅游收入26亿元，是2006年的4.2倍，预计到2015年，亚沙文化旅游产业产值突破500亿元、年均增长30%以上，亚沙文化旅游产业的主导地位基本奠定，形成烟台新的滨海经济隆起带，这也与烟台“一极领先，多极崛起”的战略布局相吻合。海阳旅游业快速发展，无疑是城市知名度和美誉度提升最有力的证明。而相比于全运会的济南，亚沙会上的海阳之美名传播范围更广，意义更深远。

河清海晏，时和岁丰。海阳以一县之域，承办洲际赛事，将城市发展提速，实现跨越式发展，倾力打造烟台蓝色经济南部增长极，充分体现高定位，大气魄，定当有大作为。

山东的青岛蓝　世界的青岛蓝

科学发展新山东——第八届中国网络媒体山东行系列评论之三十二

大众网特约评论员　丁琪

如果说科学发展、构建和谐是当下社会的主流色彩，那么，蓝色，可为山东省第一大城市青岛的底色。以东北亚国际航运中心、中国优秀旅游城市、国际滨海旅游度假胜地、国家历史文化名城、国家园林城市著称的青岛之蓝，是一种海阔天空、清澈包容的颜色，昭示着青岛历史积淀的浑厚、对接国际的活力、融合中外的优势和时代内涵的丰硕。这片青岛蓝里，有国家级蓝色经济区和西海岸经济新区构建的蓝，有碧海蓝天的蓝，有时代赋予的发展、传承本土蓝色文化产业集群带的蓝……这些风格不同、形态各异的青岛蓝，随着以文化作为底蕴的经济发展、政治进步、学术领先、思潮涌动、民生优先等发生在社会各个领域中的一系列发展变化和时代进步，青岛的蓝色标签，不仅是青岛的荣誉和财富，更给山东带来超乎想象的动力，并延伸出内涵丰富的潜力。

青岛蓝是由不同范畴的地标性标签汇聚而成。以栈桥为辐射，海军博物馆、鲁迅公园、海底世界、汇泉广场、中山公园、八大关景区、五四广场、奥帆中心……这是一个沿海岸线的青岛黄金旅游带地标；为保卫青岛而引发的"五四运动"，其精神积淀成为今日青岛开放、贯通、文明、民主的社会底蕴，为纪念"五四运动"而建造和命名的五四广场，是青岛的精神地标；青岛市实施重大文化产业项目带动战略，以建设品牌文化产业基地、园区为重点，先后建设的青岛动漫创意产业基地、青岛国际动漫游戏产业园、创意100产业园、2.5产业园、1919创意园、青岛达尼画家村、即墨印刷产业园等26个文化产业基地、园区，形成了八大文化产业集群，这是青岛利用多方优势正在打造的文化产业新地标。这些被赋予了跨时代内涵的地标标签，汇聚而成青岛市独有的滨海蓝色城市品牌和海纳百川的青岛模式，意味着青岛灵魂的长成。

一片得天独厚的青岛蓝，撷取历史的厚重、置身时代的潮流、携手区位的优势、彰显创新的张力。以蓝海为依托，滋生出国内首屈一指、独具特色的海洋文化产业。青岛与南、北方各沿海城市相比，因环境优美、地理位置优越而具有无可比拟的发展海洋文化产业优势。青岛不仅其城市中心轴围绕大海而建，而且毗邻日韩，这种沟通和融汇的地利属性带来青岛科学发展由古推今的蓬勃，正越来越发挥出青岛以海洋文化产业增加值有效带动青岛社会经济整体发展的引擎作用。大有可为的青岛蓝，以文化的"黏性"将天时、地利、人和之优势汇集。

文化其实对一个城市的依附性是最强的，所谓一方水土养一方人。文化一旦在某地形成，它正在和即将发挥出的"引力"，将具有根基性和无以替代性特征。随着《青岛市蓝色经济区建设发展总体规划框架》的逐步落实，青岛这张以蓝色为基调的科学发展牌，更应先人一步地打向国外。与国内同类城市相比，青岛海洋文化产业发展的领先水平有目共睹，并且青岛在山东乃至全国的海洋文化资源开发工作上，发挥了积极的示范作用。但是，领先的含义在于不断超越。放眼国外阿姆斯特丹、迪拜、夏威夷等知名滨海城市，山东的这片青岛蓝，有义务、有责任以丰富的海滨资源，孕育出彰显齐鲁特色的集蓝色海洋文化、蓝色经济、蓝色生态、蓝色未来为一体的创新发展模式，将文化与政治、经济、民生、社会有效融合，以个性鲜明的城市文化品位实现更深层意义上的与国际对接。

如果说青岛的海洋文化产业是推动整个海洋经济发展的先进生产力，那么，在此基础上，力推区域海洋文化产业的健康发展，以青岛特色和青岛理念带动全省经济发展方式的转变与产业结构的升级，具有更为长远的意义。

2012年初，青岛市委讨论通过了西海岸经济新区规划方案。西海岸经济新区立足于一个未来新青岛、大青岛的构建。西海岸经济新区处于京津冀和长三角两大都市圈之间核心地带，其无与伦比的区位战略地位具有贯通东西、连接南北、面向太平洋的优势。西海岸既是青岛“蓝色之都”理念的延伸，更是“世界海湾”博大情怀的写照。作为青岛新的区域经济发展增长极，西海岸经济新区将为山东带来一个国际湾区都市，届时，万众瞩目下，又会是一个属于青岛的新世纪。

国际著名管理顾问詹姆斯·莫尔斯曾说：可持续竞争的唯一优势来自于超过竞争对手的创新能力。依托创新和超越，一个“世界海湾、蓝色之都”的新青岛，跻身国际知名滨海城市指日可待。这就是青岛传承发扬、以文兴业构建的一片蔚蓝。

东扩、西跨、中部疏通　青岛深挖海洋优势

科学发展新山东——第八届中国网络媒体山东行系列评论之三十三

大众网评论员　韦国骞

1891 年，青岛建置为市，但 58 年的战乱让青岛发展缓慢；1949 年，随着新中国成立，青岛迎来了发展窗口期；改革开放之后，青岛迎来了第一次发展加速期，于 1986 年成为副省级的计划单列市，并于 1992 年被定为山东省对外开放和经济发展的“龙头”城市；在当前科学发展的新时期，青岛成为山东半岛蓝色经济区与胶东半岛高端产业聚集区的交汇地和“双龙头”，获得了第二次发展加速的机会。

百年的城市发展，让青岛蕴含了独特魅力，也积累了多种优势。青岛的优势在哪里？制造业优势、政策优势、品牌优势……也许能举出很多，但最大的优势只有一个，就是青岛所特有的海洋优势，即海洋区位优势、海洋资源优势、海洋科技优势。过去正是由于发挥了海洋优势，才让青岛在 100 多年中由一个小渔村发展成一个美丽繁华、令人神往的国际化都市。在如今科学发展的新时期，青岛要实现新的跨越，就必须深挖其海洋优势。怎样深挖海洋优势？下文会将在青岛区域空间拓展角度解释一下。

首先说，青岛在城区拓展上，将做到新的“东扩”、“西跨”和“中部疏通”。“东扩”和“西跨”的概念其实早就提出过。最早的“东扩”应该是在十五年前，时任青岛市委书记的俞正声提出“青岛要摆脱‘红砖绿瓦’综合症，要向东拓展城区。”随着这种概念的提出，应运而生的是如今青岛最繁华的香港中路和浮山所地区。青岛曾经也提出过“西跨”的概念，当时所谓的“西跨”就是让胶州湾西岸的黄岛区与东岸的主城区优势互补、发展互动。

如今，青岛的“东扩”是指一直“扩”到即墨东部鳌山卫，“西跨”是指一直“跨”到胶南西部董家港。从地图上看，这“东扩”、“西跨”的区域，把青岛能利用的海岸线基本全利用起来了，根本就是再造一个新青岛。做买卖不能赔本、经营城市也需讲究科学，这种“东扩”、“西跨”的投入产出比怎么样？是什么原因让青岛有这样的发展魄力？我们先分析一下“东扩”。

之前说过，青岛最大的优势就是海洋优势，其中最突出的是海洋科技优势。具体来说，全国三分之一的高级海洋专业人才集中在青岛，中国海洋研究最高学府——中国海洋大学也在青岛，而得益于“转方式、调结构”，一大批海洋新兴产业企业在青岛诞生，并且各自具有很强的研发能力。不论哪个城市，有了这种独特的智力优势，接下来要做的都是发挥优势、创造价值。而最直接的做法便是开辟产业区域，依靠聚集优势继续升级海洋产业结构、孵化最领先的新兴海洋产业、孕育世界范围内的技术垄断优势。青岛这种海洋产业的发展模式，有点儿像旧金山“硅谷”的 IT 产业发展模式。目前来看，青岛打造海洋科技“蓝色硅谷”的智力要素和资金要素都已具备，在选址上，“蓝色硅谷”便放在了从即墨东部鳌山卫核心区向南，沿着滨海大道，一直延伸到崂山的科技城一带（也就是“东扩”的区域）。为什么放在这一带？据观察，应该至少有两个原因。第一，即墨东部鳌山卫将迎来山东省内综合实力最强的高校——山东大学，而崂山科技城则有中国海洋大学崂山校区，两点一线，想必能双向促进海洋科技进步。第二，相比较寸土寸金的主城区，这一带更适合建设产业聚集区，新兴企业生存压力也相对较小。有人可能会问，为什么不选择在已有一定发展基础的西海岸打造“蓝色硅谷”呢？我们接下来就从“西跨”的原因中找找答案？

“西跨”，跨向的是西海岸经济新区，这片区域主要辖黄岛、胶南。这个区域具有得天独厚的优势，从地图上看它处于我国北部京津唐经济区和南部的长三角经济区的中间核心地带，这是很好的区位优势；同时它还拥有开放的优势，青岛乃至山东，国家级的开发区和一些省级园区都集中于这个区域，比如国家级的经济技术开发区、保税物流港区、出口加工区；最重要的是，这个区域里有两大国际港口，一个前湾港，一个董家口港，以至于带动的该区域海洋装备制造业非常发达。结合这些优势，我们便可知，相对于被打造成“蓝色硅谷”，西海岸经济新区更应升级发展港口经济和海洋装备制造产业。再说具体点儿，原来青岛想要“西跨”，硬件条件不具备，想去黄岛和胶南都得坐船，太不方便，怎么“西跨”？如今胶州湾跨海大桥和海底隧道改变了“青黄不接”的局面，打破了西部开发的瓶颈。现在，已经能充分发挥经济技术开发区和保税区的扩散和集聚效应，西海岸可以让黄岛、胶州、城阳、胶南成为金三角经济带，胶州湾也能成为世界一流的港口经济区。这样的发展，如果再和日照、连云港相呼应会形成一个大陆桥头堡群，对于发挥青岛港口城市的优势，对于巩固和强化其龙头地位，对青岛和山东都是至关重要的。再者，在跨越黄渤海连接东北、华东两大经济区的跨海大通道，经烟台—青岛—日照—连云港构成了一条距离最短、最为经济的滨海陆路干线，并将胶济、兖石、陇海三条东西向的铁路串联起来，成为四通八达的经济动脉，青岛作为桥头堡的地位将更加突出。

最后，来看看我们“中部疏通”的想法。打个比方，胶州湾的东、西两岸就像雄鹰的两只翅膀，青岛的“东扩”和“西跨”现在让这两只翅膀扑腾起来了，可谓青岛的两个增长极。至于“中部疏通”呢，则是维持以后平稳飞行的平衡器。观察一下，就会发现青岛目前最大问题之一就是中心城市人口膨胀过快，胶州湾东部的市南、市北，人口密度已经严重超负荷，而且交通拥堵问题、流动人口问题等城市病已经显现，“东西快速路”被戏称为“东西快速停车场”。从这些现象来看，必须对城市空间布局予以调整，对中部进行疏通。青岛目前的计划是，首先在胶州湾的东部、西部和北部，规划建设三大主城区，以此形成大青岛的中心区域。再以大青岛中心区域作为辐射，来规划建设周边的四到五个次中心城区。次中心城区应当按照中等规模人口的城市来进行规划和布局。在青岛广袤的郊区，则要建设若干个高水平的重点小城镇，以此来形成一个个中心城区、次中心城区、小城镇这样一个组团式、生态化的发展空间格局。青岛的这种设想，也需要硬件支持，总不能让人天天靠公交车和私家车奔波于跨域几十公里的中心城区、次中心城区和小城镇吧。幸好，青岛目前正迈进轨道交通时代，两条地铁线分别在2014年和2016年建成后，将在很大程度上弱化空间维度带来的不便。

东扩、西跨、中部疏通，青岛正在科学拓展和平衡区域空间，以期最大化地发挥海洋优势。我们相信，“蓝色硅谷”、“经济龙头”、“宜居幸福”这些目标，青岛都能一一实现。在黄海之滨，新青岛将更加夺目闪耀。

青岛：“蓝色旗舰”满载希望向大海

科学发展新山东——第八届中国网络媒体山东行系列评论之三十四

大众网特约评论员　刘同江

半岛蓝色经济区上升为国家战略，处于核心地位的青岛，倍加引人注目，肩负重大使命。青岛当仁不让，提出率先科学发展，实现蓝色跨越的工作要求，加快建设宜居幸福的现代化国际城市，让人民群众过上物质更富足、精神更充实、环境更优美、社会更和谐的幸福美好生活。

半岛蓝色经济区作为国家战略，是一首需要多声部配合的交响曲，是旗舰引领众舰行的新长征，是龙头高昂龙身舞的时代剧。青岛立志“率先科学发展，实现蓝色跨越”，就是甘当领唱、旗舰、龙头。

当好旗舰，必须自身更强大。只有自身经济规模大、结构优、技术强、品牌靓，才能具有对其他地区的辐射力、带动力，才能把陆海统筹、区域协调发展落到实处。青岛实施重大战略、开发重点区域、改革重点领域、推进重点项目，2011年全市生产总值达到6616亿元，同比增长11.7%，人均生产总值超过1.1万美元；地方财政一般预算收入达到566亿元，同比增长25.1%；所辖5个县级市全部保持在全国综合实力百强县行列。在北海船舶重工公司，一个50万吨级的造船修船船坞，规模之大、气势之雄，令人惊叹，“亚洲最大的3万吨导管架下水驳”、国内最大的座底式钻井平台、代表当今国际先进水平的58英尺铝合金豪华游艇和世界首创一机水陆两驱动全路况水栖两用越野车先后从这里建造出厂，公司也成为青岛打造蓝色经济区旗舰的一个象征。

当好旗舰，就需要突出特色。蓝色经济区，必须在发展海洋经济、涉海产业、海洋科研领域打造制高点。位于胶州湾沿岸的青岛坚持环湾保护、拥湾发展，大力发展海洋经济。青岛拥有全国30%的海洋科研机构，集聚着全国40%的高层次海洋科研人员和海洋领域院士，承担着50%的国家重点海洋科研项目，有基础有条件做大做强蓝色经济。他们制定了青岛蓝色经济区建设发展总体规划，编制完成西海岸经济新区和蓝色硅谷两大战略性规划。西海岸经济新区、“蓝色硅谷”等蓝色经济核心区域规划建设全面启动，“蓝色青岛号”巨轮强势起航。

当好旗舰，就要拥有面向四海、广纳八方的胸怀。海洋代表着开放、博大与包容，青岛有着海纳百川的胸怀，近年来，着力推进对外开放上水平。建成前湾保税港区和两个国家级出口加工区，规划建设了外国人居住区和第一国际学校，成功举办东亚经济交流推进机构第四次大会等国际性活动。正在规划中的中德生态园，是中国德国合作项目，将着力打造欧亚合作具有示范意义的生态园区、国际生态技术研发区，也是青岛深化开放的结晶，顺应了经济全球化、生态化的时代要求。

国家对半岛蓝色经济区寄予厚望，其他地区对加强与青岛合作寄予厚望。青岛这艘巨大的旗舰，如果能平稳快速前进，那么，胶东、山东、全国，必将在蓝色深海开辟新的发展空间。

我看到了“金山银山”也看到了“绿水青山”

科学发展新山东——第八届中国网络媒体山东行系列评论之三十五

大众网评论员　韦国骞

六天时间，采访团分东西两线走过了11个城市。相信在这些天里，在这段路上，每位媒体行的随行者各有收获，心中各有一个科学发展的新山东。一路上，最让自己欣喜的，是我发现我们山东终于意识到自然环境对于发展的重要性；一路上，我看到了“金山银山”，也看到了“绿水青山”。

康德曾感叹：世界上有两件东西最能震撼人们的心灵，一是我们头顶灿烂的星空，二是我们心中崇高的准则。康德口中的星空，即宇宙，即自然。而在过去一段时间里，我们在心爱的城市里抬头，已经看不到灿烂的星空了。站在地势稍高的郊区望向主城，总能看到浓厚的阴霾。我们开着刚洗刷过的汽车去上班，下班取车时车身已积了一层灰沙。我们在晚饭后散步，回到所住的小区后，运动鞋已经由白变黑。我们多想深深呼吸春天的第一口清新空气，但扑入口中的是汽车尾气……

就在大学刚毕业后，我意识到，我们的发展伴随着痛楚，也许分配不公平、发展不平衡只是阵痛，因为经济发展终究会趋向合理；但发展中付出的环境成本和资源成本，那才是剧痛，自然环境在恶化到一定程度后，恢复起来远没有人们想的那么简单。

记得有朋友说，生态环境保护是酒足饭饱后打着饱嗝儿才应该考虑的事儿。我没法同意这种说法，也不认为自然环境是风花雪月的闲事，而是直接影响到今后大家能否吃上饭的正事。何况，就山东目前的经济发展情况来看，温饱已经不是问题，到了把环境保护和生态发展拿到桌面上来的时候了。

而媒体行的这一路，让我体会到山东恢复自然环境的魄力。

在沿海一线，东营的黄河三角洲自然保护区的景色纯美，之前真不敢想象人、鸟、水草能如此和谐的构成一幅画卷；烟台、威海的空气沁人心脾，点缀城郊的乡村也整洁恬静；青岛则把繁华城市和生态宜居完美地结合起来。

内陆城市中，五年前去聊城时还觉得路上尾气“逼人”，如今这里的东昌湖几乎被修葺成天然的度假地；菏泽在几年前给人的感觉是道路飞尘土、绿树长“灰”叶，现在的菏泽是牡丹花香伴着绿树成荫；济宁的老城区，之前基本是下场雨就能看海，现在架设起最新的城市排污系统；枣庄最令人惊奇，从一座“煤城”变成了一座旅游城市；莱芜的新农村建设让人看不到农村曾经的“脏乱差”了，雪野湖也成了周边城市的“日内瓦湖”；潍坊“绿色园林城市”的理念则跃然纸上，排污河变成了湿地公园；而济南，因为北有黄河坝、西有黄河沙、南有山脉挡、东有重工业区，自然环境质量长期让人头疼，而这次我们看到，随着东部奥体区域和西部西客站区域发挥疏通作用，随着被污染河流的治理，随着工业产业的绿色化升级，济南正在恢复美丽的自然环境，就连长期被污染的小清河都通航成了观光河。

看到正在恢复的自然生态环境，我们欣喜。但在恢复“绿水青山”的同时，是不是就意味着放弃了更多的经济发展机会呢，可能完全不是这样。山东提出了既要“金山银山”，又要“绿水青山”的要求，乍一看这要求相悖，其实则是相互促进。比如，因为要保住“绿水青山”，便会倒逼工业产业升级，遍布荆棘的工业转型路途可能带来阵痛，但“为有源头活水来”的甘甜畅快也会在终点被品尝到。集约化、生态化、低耗能和低成本的要求，都促成了工业企业的技术提成，研发进步，向着更高端的价值链升级。这样的发展，不仅对环境发展友好，而且能从根本上提升工业产业的竞争力。事实上，我们这一路上，看到的便是诸多研发力强、竞争力强、消耗成本低、获取利润高的转型成功企业。

既要“金山银山”，又要“绿水青山”，这不止是一句口号，而更是落实科学发展观的行为准则。我们相信，在不久后的将来，我们不用打开旅游频道，不用走出国门，便能看到、走近身边的“皇后镇”、“海德公园”和“哈姆滨湖城”。

科学发展新山东之东游记：岱青·海蓝·民丰

科学发展新山东——第八届中国网络媒体山东行系列评论之三十六

大众网评论员　陈宏发

5月13日～19日，以“科学发展新山东”为主题的第八届中国网络媒体山东行如期举办，人民网、新华网、网易、新浪、天涯等全国近百余家知名网络媒体的上百名记者分东西两线，先后对山东省11个城市展开采访调研。笔者有幸参与其中，先后到济南、莱芜、东营、潍坊、烟台、威海和青岛等7市采访，农家小院、文化场馆、高新技术企业、生态湿地、开发新区，所到之处，一幅幅如画的生态，一幕幕崛起的大观，一个个幸福的笑容，让人感叹科学发展观下的新山东：风云激荡黄蓝起，敢立潮头唱大风。

岱宗夫如何？齐鲁情未了

1200多年前，杜甫写下《望岳》的时候，恐怕不会想象到千年之后，孔孟之乡、岱岳之地会对生态保护如此的重视和迫切，上升到全省的发展目标。2011年底，山东提出了建设“生态山东”的目标，并描绘了一幅鱼翔浅底、蓝天白云的美好画面。2012年两会上，省长姜大明提出，要让河里有鱼，还能吃，让天空蓝天白云，繁星闪烁。

山东是这样说，也是这样做的。在东营，把经济发展与节约能源资源、保护环境和生态建设结合起来，致力于打造生态文明城。5月15日上午，在郁郁葱葱的山东黄三角国家级自然保护区，鱼翔浅底、鹰击长空。野鸭、黑天鹅、白天鹅、丹顶鹤、鸳鸯，还有各类喊不出名字的鸟儿，自由自在地栖息繁衍。连对环境要求十分苛刻的东方白鹳，也“爱上这里”，数量增加到350只，由候鸟变为留鸟，受到了世界自然基金会高度关注。

18日上午，在青岛西海岸经济新区，笔者了解到此区开发并不是遍布整个海岸线，而是留下大量的沿海“空白”，管委会工作人员告诉大家，这是为了留下生态通道，保持可持续发展。一句话，让人惊叹青岛人的前瞻眼光，这不就是科学发展的具体化么？

生态环境的保护，不仅仅是自然生态的保护，还有经济发展的生态文明，把环保的工作跟“调结构”紧密相连，山东咬紧牙关，淘汰落后产能，一手抓传统产业转型升级，一手抓战略性新兴产业培育发展。

13日下午，在济南浪潮集团的浪潮云计算创新成果展示区，笔者亲身体验“中国云”的神奇，从政务云到卫生云再到媒体云，满足用户随时随地对信息的索求，难能可贵的是，这些全部来自于浪潮的自主可控研发。16日上午，在潍柴动力，一台绽放着肽蓝色光芒的“蓝擎”WP12发动机熠熠生辉，这台高速大功率“蓝擎”发动机达到国Ⅴ排放标准，在经济性、可靠性、环保性等方面均达到了国际领先水平，它也是中国首台拥有完全自主知识产权的大功率欧Ⅲ发动机。在潍坊盛瑞传动，公司自主研发的世界首款前置前驱八挡自动变速器，填补了我国6挡以上AT自动变速器研发和生产领域的空白，倒逼国际大品牌降价，进入中国市场。

其实，早在“十一五”期间，山东在节能和减排两项工作中都受到了国务院的表彰，两项都得到表扬的只有两个省，一个山东，一个江苏。当全国各地都在为产业结构形成的强大惯性所困惑，“调而不动”和难以放弃既有发展道路成为主因时，山东紧紧围绕科学发展观，提前布局，率先发展，下决心“转调”，让山东的天更蓝、水更清。

春江潮水连海平，海上明月共潮生

2009年11月23日，国务院正式批复《黄河三角洲高效生态经济区发展规划》，黄三角上升为国家区域发展战略；2011年1月4日，国务院批复《山东半岛蓝色经济区发展规划》，山东半岛蓝色经济区建设上升为国家战略。自此，山东发展插上了蓝黄的翅膀，带动周边高速发展，推动山东区域协调发展。

“海水引进来养海参，养完海参后海水卤度提升，可以养虾蟹，养完虾蟹再晒盐，提取溴素，全部实现了高效利用，没有污水流入海洋”。15日一早，笔者来到坐落在东营北部沿海的现代渔业示范区，这里规划面积30万亩，目前已累计投入资金15亿元，开发海参养殖区9万亩，是全国规模最大的单片滩涂养殖区，年可实现收入12亿元。而仅仅在3年前，这里除了大片野生着碱蓬的荒滩，只有零星散布的少量虾池，经济效益低下，而且水质污染严重，渔民收入无保障。这一项目，让同行老记都纷纷赞叹：这才是真正的循环高效生态经济，真正的零排放、高产值。

在青岛经济技术开发区北部，由中德两国共同打造的生态园区，突出生态理念，打造节能环保低碳绿色的生态健康宜居之城，发展智慧产业，运用智慧技术，营造智慧环境，打造以互联网、物联化、多网融合、智能化和信息化为特征的智慧之城。18日上午，笔者在这里参观时看到，园区里用太阳能板，山头上有大风车，原来这是生态园的绿色能源供应站正在建设的园区以高科技把城市与自然相融合，让人侧目。

同样，16日在烟台高新区时，记者看到了环境优雅、设施齐全的生物研发实验室，这是当地政府与企业、高校共建的成果。目前科技园生物技术中心已经成功培育出“人抗体轻链基因簇”转基因小鼠，通过这种小鼠，可以促进具有自主知识产权的“全人单克隆抗体”药物开发与上市。区内一批科技含量高、核心竞争力强的重点企业正在加快成长壮大。种下梧桐树，引得凤凰来，烟台高新区筑巢引凤的举措，为其蓝色经济走向“深蓝区”打下坚实的核心技术基础。

仓廪实而知礼节，衣食足而知荣辱

经济基础决定上层建筑，经济的发展衍生文明的进步。多年来，山东经济快速的发展让9000万人民摆脱了贫困，过上了“仓廪实”、“衣食足”的日子。生存需求满足的同时，包括精神文化在内更高层次的需求也越来也越凸显。

14日下午，在莱芜市郭家沟村的老年公寓里，笔者见到了80多岁的老人侯玉美，她刚刚吃过饭，正准备午休。房子一室一厅，干净整洁，自来水、暖气、电视、生活日用品一应俱全，“房子是村里给的，没收钱，还免费管饭，一天三顿，有人送上门”。老人并不知道外面世界发生了什么变化，但她觉得很满足，“比以前的土坯草屋强多了”。郭家沟村是莱芜市城乡统筹发展的受益者，村民以土地入股，共同发展生态农业致富。384户村民住进“别墅楼”（每套交纳5万元），65周岁以上的老人全部免费供养，对在校小学生免费专车接送；对困难户、低保户等弱势群体及时救助，村集体每年拿出3万多元，为村民支付新农合和新农保费用，参保率均达到100%。村子绿树环绕，鲜花掩映，最让郭家沟村人自豪的是村民自编自演的“春节晚会”，晚会不但让全村老少都过了明星瘾，还连续两年被中央电视台《新闻联播》报道。“农村人过上了城里人的生活”，这样一个村子，让前来采访的记者们都羡慕不已。

不仅是在农村如此，在市场上，同样有一批勇于创新、敢于担当的鲁企为人民谋福利，提高生活品质，鲁花集团是其中的代表者。在掌门人孙孟全的带领下，鲁花人经过6年艰辛攻关，终于研发出具有自主知识产权的“5S纯物理压榨工艺”。其中的去除黄曲霉毒素技术，更是攻克了世界性难题，填补了世界上该项技术的空白，之所以取得这样的成绩，是因为“鲁花时时想着花生这个产业要和国家联系在一起，和消费者联系在一起，和农民联系在一起。我们的企业发展，既是为自己而干，又是为国家而干，为消费者而干，为农民而干”。

物质生活的满足代替不了精神文明的需求，山东大力发展文化产业，恰逢其时的为群众的提供精神食粮。16日，笔者来到位于烟台市中心的烟台文化中心，烟台大剧院、群众艺术馆、京剧院、青少年宫、书城、文化中心广场连为一体。楼上面的一条条条幅赫然入目：辛晓琪个人演唱会、李玉刚演唱会、音乐剧《罐头小人》、明星版《暗恋桃花源》等演出在近期将陆续都与广大市民见面，单场票价180元左右；“市民音乐会”双月上演一场，票价只有20～100元，这些文化大餐堪称“质优价廉”。

在威海市民文化艺术中心，博物馆就像设在了市民家门口，市民从家走着去看展览成了一种习惯；在威海市美术馆，哪怕是艺术界的明星大腕，只要市民喜欢，政府甘愿掏钱请市民来看， 在威海文登，去年刚刚投入使用的文登市体育公园，正成为当地市民节假日休闲娱乐的最佳去处。从打造15分钟文化圈，到创新文化服务运营体制，再到打造蓝色文化精品，威海正通过文化惠民之路，支撑科学发展。

七天的采访，一个全面立体、生动形象、魅力独具的新山东形象逐渐清晰，一个文明、富足、开放、和谐的新山东必将在我国东部沿海强劲崛起，创造新的辉煌。

由大省到强省：“文化山东”魅力足

科学发展新山东——第八届中国网络媒体山东行系列评论之三十七

大众网特约评论员　刘同江

一路走来，山东经济总量巨大、结构趋优，令人印象深刻。而文化资源丰富，文化发展提速，由文化大省迈向文化强省的脚步铿锵、足迹清晰，更使人感触良深。假如说经济强省显示的是实力，那么文化强省散发的则是魅力、引力、感染力。

山东人文化意识在增强。各地市在确立“十二五”奋斗目标时，都把文化建设提高到空前的高度。聊城制定了“十二五”时期文化产业发展专项规划，提出了“把文化潜在的影响力转变为城市竞争力，把丰富的文化资源转变为现实生产力”的工作思路。枣庄提出打造“文化名城”，未来五年，使文化产业成为支柱产业，争创全国文明城市、中国历史文化名城。济宁制定了“曲阜片区大遗址”保护规划，在历史文化资源保护上打造样板。青岛出台了“建设文化青岛，打造文化强市”的意见，确立打造“文化品位高雅、文化底蕴丰厚、文化事业繁荣、文化产业发达的现代海洋文化名城”的目标，显示了高度的文化自觉。不仅是政府，各地大企业文化意识也空前浓厚，东阿阿胶把今年确定为公司的文化年，通过一系列活动，推进自身从单纯的工业企业向文化企业转变，实现“文化式成长”。齐鲁大地文意浓、文运盛，文化再也不是不起眼的配角，虚飘飘的“软”指标，而是关乎大局、关乎未来、关乎兴衰的大事、大业、硬指标。

山东各地的文化投入在加大。文化工作从虚到实，从“软”到硬，不仅体现在确立发展目标时权重增加，更体现在实实在在的投入加大、体现为一个个看得见摸得着的大项目好项目。经济相对欠发达的菏泽市，2008年以来共确定新建重点文化产业项目103个，已完成投资100亿元。去年，全市文化产业实现增加值33.5亿元，占地方生产总值的2.19%。今年，确定了新建和续建项目58个，总投资达180亿元。“十一五”期间，聊城全市建成省级文化产业示范基地4个。2009年全市文化产业产值总值达32亿元，占GDP的2.8%。

百姓的文化生活水平不断提高。山东省博物馆、聊城的中国运河文化博物馆、菏泽的鲁西南民俗博物馆都免费向公众开放；大明湖公园还景于民，对市民开放，垂柳下那些打太极拳、打腰鼓的市民，用表情和行动诉说着内心的喜悦。“十一五”期间，菏泽建成147个乡镇综合文化站，投入使用率50%。2000个农家书屋，配备图书210余万册、电子音像制品 20 余万张。2011 年，放映公益电影 7.1 万场，观众超过 2000 万人次。文化在惠民中增活力，人民在受益中建设文化，良性循环奠定强省之基。

文化产业崛起势头强劲。各地把文化产业作为新兴产业来培育，目标是打造经济社会的支柱性产业，作为调整经济结构的着力点。青岛每年举办中国国际消费电子博览会、青岛国际啤酒节、青岛海洋节、国际帆船周等 100 多个展会。2011 年，接待国内外游客分别突破 5000 万、110 万人次；旅游总收入 681 亿元，占全市生产总值的比重超过 10%。枣庄挖掘运河文化、二战文化，重建台儿庄古城，荣膺新世纪“齐鲁文化新地标”榜首，自 2010 年“五一”运营以来，累计接待游客 240 万人次，全部建成后，能够吸纳商户 5000 家、就业人员 8 万人。

齐鲁大地，文脉久远，资源丰厚。只要把文化建设的好势头保持下去，在继承中创新，在创新中拓展，则文化的魅力一定会让山东倾倒华夏，吸引世界。

科学发展新山东，新在哪里？

科学发展新山东——第八届中国网络媒体山东行系列评论之三十八

大众网特约评论员　伊茂林

5 月 18 日，为期 7 天的“科学发展新山东——‘鲁花杯’第八届中国网络媒体山东行”圆满落幕。在 11 个城市的街道、乡村，企业、场馆，全国各地网络媒体的记者共同见证了山东科学发展的新变化，宣传了山东科学发展的新成绩。

本次活动的主题是“科学发展新山东”。那么，这些年来山东的科学发展究竟新在哪里？笔者随团报道，一路观察，比对、分析去过的一个个城市、企业和文化场馆，深深感到各地在思维观念、管理模式、科学技术等方面新探索、新尝试、新实践，共同构成了新山东充满活力、丰富多彩的新画面，谱写了新山东结构调整、改善民生的新篇章。

观念创新，闯出一片新天地

观念创新是一切创新的前提，它解决的是一个思维问题、态度问题。笔者以为，最大的观念创新是管理型政府向服务型政府的改变。这一点济南 12345 市民服务中心就是一个突出的例子。

“12345，有事找政府”。济南市 12345 在原有市长热线的基础上，整合 38 条政务类公共服务热线，于 2008 年 9 月 26 日正式开通。这是济南市委、市政府贯彻科学发展观，践行以人为本、执政为民理念，建设阳光型、服务型、法治型政府的重大举措。听民声、取民智、解难题，改善民生促进发展，渐成践行科学发展观的济南模式。

从投诉电话到服务热线，就是改了两个字，但其中的意义太大了，这意味着从管理型政府向服务型政府的转变，是社会管理在观念上的一大创新。这种举措首先来自于观念的转变。济南市委市政府的重视及各厅局思想认识的转变，制定长效保障机制，把热线信息处理当做行风评议重要考核指标。干部认识到“发展为民生、民生促发展”，“民生靠发展、发展促和谐”，形成了以干部的思想解放凝聚全社会发展共识的良好氛围。

模式创新，摸出一种新思路

如果说观念创新解决的是态度问题，那么模式创新解决的则是手段问题、方法问题。以模式创新赢得未来，模式创新体现在体制机制上。比如莱芜彭泉街道的郭家沟村，土地承包经营股权化就是管理模式的一种创新。

郭家沟村现有耕地 8000 多亩，共有 384 户、921 人。2004 年以来，按照统筹城乡经济一体化发展思路，该村推进土地承包经营股权化，建立新型农村经济合作组织，对村里的土地确权登记，明确权益所属人。在村民自愿前提下，按照每 4 亩地为 1 股的标准，将 4684 亩地折算成 1171 股，入股土地全部交给郭家沟生态农林开发公司经营，所得收益由合作社和公司按六四分成，社员每股每年保底收益 1200 元。入股流转土地，建立了花生、黄烟、扁桃、板栗4个种植园区和无公害蔬菜、冬枣、金银花3个种植基地，2011年又投资200万元建设了8个高标准的有机蔬菜温室大棚。由于实现了规模化种植，从种子开始，在农作物种植、管理、销售的各个环节，都采取了一套严格的标准体系，土地收益大幅提高。

像这样采取承包经营权股权化的办法，将农村土地承包经营权量化为股权，农民可以用股权参与农村新型合作经济组织，从而实现土地承包经营权的价值化和有偿化。可以说，郭家沟的这种做法为农村土地流转提供了一个很好的范本。在土地流转和改革中，郭家沟村找到了发展的后劲，有办法、有制度、有市场让农民的收益年年攀高。

科技创新，创出一片新空间

科学技术是引领经济社会发展的主导力量，科技创新是解决我国发展中面临的新课题、新矛盾的根本途径。要从根本上转变我国经济发展方式和产业结构，必须大力发展以知识和创新为基础的现代服务业，加快振兴装备制造业、先进材料产业，发展工业生物经济，力争突破一批关键技术，掌握一批重大自主知识产权，大幅度提升我国产业的国际竞争力。这一切都不离不开科技创新。

在山东，科技创新的成功范例比比皆是。比如，潍柴动力以国家级工程技术研究中心为战略依托，构建欧洲（法国）、美国、上海、杭州、重庆、扬州、潍坊“三国七地”的研发机构布局，同时整合全球科技资源进行技术创新，打造“潍柴动力”国际品牌，国家科技支撑计划、国家“863计划”、国际科技合作计划等3个国家级重大科技专项扶持；盛瑞传动构建德国、英国、北京、潍坊“三国四地”的研发机构布局，整合国际资源研发世界首款前置前驱8挡自动变速器，打造了中国企业国际科技合作创新品牌。科技创新发挥了巨大作用，直接关系企业的生死存亡。

除了思维观念、管理模式、科学技术等方面的创新，山东各地的发展还有一个共同特征，那就是特别注重生态文明和改善民生。可以说，生态文明解决的可持续发展的问题，改善民生则找到了发展的出发点和落脚点。总之，这些理论上的认识和实践上的创新，让新山东充满内涵，充满活力，充满发展后劲。

科学发展：“强省”和“富民”一个都不能少

科学发展新山东——第八届中国网络媒体山东行系列评论之三十九

大众网评论员　韦国骞

五年前。山东提出建设经济文化强省的目标,2012年初，在“十二五”规划中又提出要建设“富民强省”的新目标。我们通过一周以来的行走山东，发现这两个目标正在契合，全省经济文化在繁荣发展的同时，山东的老百姓也在分享发展的实惠。

历史的经验告诉我们，不论中外古今，如果把握不好经济发展方式，则经济发展的目的往往与其发展程度背道而驰。说白了，如果发展路子不对，往往会经济越发达，百姓的幸福感越低而压力越大。经济发展是为了让社会中的人生活幸福而不是为了堆砌统计数字。不考虑资源容量、环境容量、公平分配的不科学发展，会让产业发展不平衡且不可持续，有时候可能会有短暂的成果，但是过后的衰败会来得更猛，更让人没法接受。

但通过一周的采访考察，我们看到山东上下准确地把握了发展节奏，找对了发展路子，在强调经济增长的同时，也强调了社会分享。

在济南，我们看到当地政府专门开辟了市民服务热线，几乎所有的市直部门全都定期或不定期地来为百姓解答，此为民生服务；我们还看到山东省博物馆等一批公共文化服务场所已经成了百姓们最乐意去的精神充电之地和文化普及港湾，是为文化惠民。

在聊城，我们看到了精心修葺的文昌湖和精心保护的大运河。记得在聊城采访时正值周一，傍晚，已经劳顿的记者们站在湖边休息聊天。看到已经吃过晚饭的聊城人更是来到东昌湖周围，释放他们一天工作的紧张压力。在湖边，爷爷抱着孙子玩水，爸爸带着儿子放风筝，情侣真正享受着“花前月下”的甜蜜，老夫老妻往往一前一后散步锻炼着……看到这些，我心里想，这个湖畔，最美的时候不是在为了迎接来宾而打扫得整洁安静、开辟专门游览道路的时候，恰是在这份百姓喧嚣之中。这个湖不光是好看，更是好“用”，为民所用，做一个聊城人休闲、释放压力、共享天伦和会客的大客厅。

在菏泽，从建筑学的角度上说，大剧院和演武楼盖得雄伟美丽；从民生角度上说，这两个建筑对百姓通通免费。据说，为了提高大剧院的利用率，往往有当地企业出钱组织高水平的演出，然后免费发票引市民观看。这样一来，有三个好处，一是市民们享受到了精彩的文化大餐，二是提高了大剧院的利用率，三是企业通过人气做了“广告”，并没有亏本。这种文化惠民的方式，正是科学发展的表现。

在济宁，为了解决当地百姓的看病难看病贵问题，当地医院采取了先看病、后付费是手段，这样一来，不光缓和了医患关系、给病人带来了实实在在的实惠，还让医院的工作人员们不用疲于催账等钱，能专心于各自的业务了。这种全新的医疗资源分配方式，是科学发展，真的让百姓们在医疗方面成为了“富民”。

在枣庄，台儿庄古城焕发生机，每到夜里游人如织，让当地人找回了逝去的记忆，让外地人享受到古城的风韵，也让更多的商业形式兴起，从而增加百姓的收入。枣庄市区内的东湖公园更让人震撼，一圈儿几公里走下来，让人感觉到啥是“造福”这两个字的含义。为什么这么说，因为这里原来是挖煤的塌陷区，长期臭水弥漫、蚊蝇成堆，我自己走到一个保存东湖公园改造前的展示区，玻璃下面封存的是曾经那片区域真实的景象：灰绿色的污水冒着黄黑色的泡沫……变废为宝，这不正是科学发展吗，给百姓们解决了环境大问题，并且能让百姓们享受到全新的免费的生态游地点。

在青岛，随着胶州湾大桥和海底隧道的建成，结束了“青黄不接”的局面，让原来疲于奔波于青岛主城区和黄岛、胶南的人们直接获得了实惠，缩短了行路时间、减少了过路路费。而且随着西海岸的发展，有更多的青岛市民可以免于受主城区高房价之迫，可以选择在同样方便发达的西海岸安家置业……

一路走来，我们发现了太多山东科学发展的新景象，在发展目标里，“强省”和“富民”一个都没有少。

找准路、走对路　山东科学规划引领科学发展

科学发展新山东——第八届中国网络媒体山东行系列评论之四十

大众网评论员　韦国骞

对于一个城市来说，科学的发展离不开科学的规划，在一个星期的采访考察路上，我们恰恰发现，山东各城市的科学发展，正是建立在科学规划的基础上的。因地制宜，扬长避短，各地八仙过海，各显神通，充分发挥了各自优势。

济南在发展“省会城市经济圈”这个大计划的基础上，充分利用自身的科技优势，致力于创新发展。济南向来有科技创新传统，“国家知识产权示范城市”、“国家（首批）创新型试点城市”、“综合性国家高技术产业基地”、“全国科技进步先进城市”等都是济南的头衔。最近，山东信息通信研究院、国家重大新药创制平台、浪潮高性能计算中心、山东量子技术研究院等创新平台被搭建起来。利用高科技创新优势，济南正在用最快的速度实现产业升级和可持续发展，云计算、超级计算机、高附加值的软件业发展……济南的科学发展，突破在高科技创新上，这种创新推动当地传统产业改造升级，帮助当地新兴产业拔地而起，促进当地企业转型，提高人们生活质量。

聊城的发展规划，以生态保护为“盾“，以现代产业为“矛”，走在了科学发展的道路上。当地为了保住“生态”这面大旗，坚持发展现代农业、生态工业和现代服务业。比如，其中信发铝业自主研发建设了 200 万吨赤泥综合处理项目，成为世界上第一家拥有将赤泥“吃干榨净”技术的铝冶炼企业。祥光铜业阴极铜项目被国家确定为第一批“资源节约型、环境友好型试点企业”。泉林纸业 150 万吨秸秆综合利用项目通过审批，其循环发展模式得到国家环保部高度评价。鲁西化工产业园的精细化工产品比例达到 55%。中通客车集团形成年产 3 万辆新能源和节能型客

车生产能力，时风集团形成年产 20 万辆低速电动汽车生产能力……通过科学规划，聊城人知道自己的优势在哪里，也知道了怎样发挥后发优势。

菏泽在前一段时间经历了“突破菏泽”的发展阶段后，并没有沉醉于较大的发展成果上，而是坚持完成着山东省给其的新任务“打造鲁苏豫皖交界地区科学发展高地”。有了更高层次的规划设计，菏泽人有了更大的自信，他们立足于发展大项目、升级优势煤电产业和石油产业，发挥菏泽精神，走在了科学发展的正道上。

济宁是真正的“孔孟之乡”，几千年前是整个东亚的文化中心，曲阜更被成为东方的耶路撒冷。根据这种优势，济宁科学规划，决定进行宏大的大遗址保护内容，留遗产不留遗憾，通过保护古代遗址，让后人享受文化财富，让来宾们感受济宁情怀。

枣庄是一座资源枯竭型的城市，枣庄因煤而建，因煤而兴，因煤矿枯竭而经历阵痛。如今其科学规划，重整台儿庄古城，变卖“资源”为卖“文化”；引进大项目，从做价值链低端的煤电产业到做价值链高端的煤化工产业……凤凰涅槃，因为看准了发展优势，科学规划了发展路径，枣庄找到了资源枯竭型城市的破茧成蝶之路。

青岛是山东经济发展和开放的龙头，其城市发展经历了若干个阶段，在新时期，青岛打算率先实现科学发展、实现蓝色跨越，青岛科学分析各区域优势、科学规划各区域发展模式，进行了全新的东扩、西跨，并且为了稳定发展增加民生福祉，还积极的疏通、分配主城区的资源。其思路清晰可见，相信在未来几年之内，一个经济产业发达、民生让人满意的新青岛将展现在人们面前。

科学规划、科学发展，一路走来，我们发现山东各地都呈现出繁荣且有序的新景象，有了正确的理论承载发展目标，山东必定能建设成经济文化强省，实现富民强省的大目标。

新山东西游记：发挥后发优势、实现产业升级

科学发展新山东——第八届中国网络媒体山东行系列评论之四十一

大众网评论员　韦国骞

鲁西和鲁南，曾经山东沿海地区大发展的一段时间里，背负着经济发展落后、产业结构单一、百姓收入低下的标签。其实，鲁西和鲁南拥有众多的自然优势和区位优势：多省交界、湖河丰沛、矿产丰富、文化深厚等等。可能是在过去一段时间里发展路径不够合理，并没有让这些优势发挥出来，而导致暂时性的沉沦。在如今科学发展的新时期，我们在采访考察中，一路自西向南，再由南向东走过，发现鲁西和鲁南各城市各自踏上了凤凰涅槃之路，一座座古城正在实现着各自的科学发展。

用两个词在表述如今的鲁西和鲁南，我想应该是—“后发优势”和“产业升级”。我们在采访中看到，与山东东部不同，鲁西和鲁南的城市无一不是古城，就连下辖的县镇也有各自古老的故事。这种深厚的历史文化底蕴，总让人觉得这些城市有深埋的发展爆发力。随着科学发展新时期的到来，这种爆发力正在显现。因为发展的晚，这些城市往往具有后发优势；因为过去产业单一导致经济发展滞后，恰给产业升级带来了更大更广阔更便捷的机会。

比如，聊城是一座江北水城，过去曾是京杭大运河的重要节点。如今聊城人熟知自己的优势在哪里，丰沛的湖河与优美的生态是他们最大的资本，所以在产业发展上，聊城充分发展处于价值链高端的文化旅游产业，突出发展起点高、利润高的生态工业产业。这不正是后发优势的发挥和产业升级的进行吗？

菏泽地处山东、江苏、河南、安徽四省交界之地，如今在打造区域科学发展高地的目标下，在发挥传统农业优势的同时，更发挥了后发的工业优势：定位高的煤化工产业、新医药产业、牡丹产业链等都在发力。过去到菏泽参观考察，热情的菏泽人总想把光鲜一面示人，然而次数多了也就有了规律：看完发电厂看酒厂，然后到五里墩参观克隆牛。如今我们的考察则完全不同：想看战略性新兴产业基地，牡丹区有医药化工产业集群；想看石油化工基地，东明县有产业链、产品线都很丰富的东明石化集团；想看煤电化基地，郓城、巨野有诸多科技含量高、环境友好型的能源企业。

济宁是真正的“孔孟之乡”，其文化底蕴不言自明。济宁的后发优势在哪里，产业怎样升级？我们看到，济宁最大的产业优势，最大的便是文化产业，保护、深挖、升级文化产业，便是济宁今后发展的动力源泉。在济宁，从曲阜到邹城的文化大遗址保护项目已经启动，这正是文化产业的升级，相信在不久的将来，全球前来朝拜孔孟文化的人将会收获更多，济宁人也将收入更多。最重要的是，这种产业升级，是绝对可持续的。

枣庄在曾经的煤炭资源日益枯竭的情况下，依然发挥了后发优势，实现了产业升级。枣庄的后发优势是：资源枯竭倒逼了技术革新和产业升级，以至于让全市的工业产业都转型为定位高、能耗少、成本低、利润高的产业。从发展煤电产业到发展煤化工产业，枣庄让“煤山”变成了“金山”，从开发古城发展文化旅游产业，枣庄从卖“资源”转型到了“卖文化”。这种后发优势的发挥，让城市发展省去了不少弯路，事半功倍。

聊城、菏泽、济宁、枣庄，我们走过的鲁西和鲁南四个城市，现在无一不树绿水清，无一不文化深厚，曾经沉睡的鲁西和鲁南现在正走在科学发展的道路上，曾经沉睡的鲁西和鲁南现在正发挥各自后发优势、实现产业升级。科学发展的山东，西部与东部正在逐渐平衡，且各具特色。

山东高点规划，唱好产业升级大戏

科学发展新山东——第八届中国网络媒体山东行系列评论之四十二

大众网特约评论员　伊茂林

规划中的一批批工业园区，发展中的一个个科技企业，结构调整，产业升级，正在齐鲁大地上演一出出好戏。在青岛、烟台、威海、东营等地，科学发展新山东——第八届中国网络媒体山东行采访团深深为当地的产业转型发展所打动。

约占全国六分之一的海岸线、200多个海湾、320个500平方米以上的海岛……优越的地理区位赋予山东发展蓝色经济的先天条件。如今在山东沿海，感受明显的是，无论从发展空间还是产业规模来讲，山东正进入一个高速发展的转型期。产业升级，就是从低附加值转向高附加值升级，从高能耗高污染转向低能耗低污染升级，从粗放型转向集约型升级。产业转型升级的关键是技术进步，在引进先进技术的基础上消化吸收，并加以研究、改进和创新，建立属于自己的技术体系。

在青岛，以科技为先导的半岛蓝色经济区建设，为山东经济转型升级搭建了全新平台。青岛市确立了打造蓝色硅谷的宏伟计划。当地一方面正在加快建设海洋国家实验室、国家深潜基地、海洋科考船等海洋科技领域国家级创新平台，重点突破海洋生物资源开发利用、海洋仪器仪表装备制造、海水资源开发利用等一批关键技术；另一方面，依托中国海洋大学等高等院校，重点发展与蓝色经济相关的学科专业。

2012年2月，在青岛市第十一次党代会上，山东省委常委、青岛市委书记李群提出，建设西海岸经济新区，打造东部的蓝色硅谷是青岛除了海洋资源、科研与教育优势之外，真正实现蓝色领军城市的发力点。

西海岸经济区所辖黄岛、胶南区域，该区域处于北部京津唐经济区和南部的长三角经济区的中间核心地带，具备良好的区域优势。同时，拥有开放的优势，青岛乃至山东、国家级的开发区和一些省级园区，这个区域最集中。前湾港、董家口港两大国际港口，也将会为这个区域的对外开放发挥重要的作用。青岛总共有700多公里的海岸线，西海岸经济区近300公里，为发展海洋装备制造以及海洋二三产业有了岸线条件。未来的蓝色硅谷，将为蓝色经济提供强大的科技和智力支持。

在烟台，迄今我国批准建设的最大的海上人工岛群——龙口人工岛群围填海工程正在加快建设，这个形似“锦鲤”的填海工程和基础设施配套总投资约200亿元，陆上8平方公里的配套区域也在同步规划建设之中。地处潍坊北部的滨海经济技术开发区，是山东重点建设的三个海洋经济新区之一。目前，区内有260个5000万元以上的项目在建，协议总投资1000多亿元。依托骨干项目，这里将建设海洋装备制造业基地、绿色能源基地和蓝色高端产业科教创新基地。

走进烟台高新区规划展厅，一个高新区的规划模型展现在人们眼前。高新区管委会行政科孙翔介绍，高新区在东部新区的整体统一规划指导下，聘请由国内外著名规划大师领衔的高水平规划团队，合理布局园区空间，实现园区土地利用效益最大化。在进一步提高园区承载能力方面，高新区把总体规划和专项规划结合起来，对路、水、电、气、暖、通讯、排污等基础设施通盘考虑、适度超前、一步到位。

烟台抓住国家和省赋予的蓝色经济区、黄三角高效生态经济区、高端产业聚集区建设“三大战略”叠加实施的重大历史机遇，加快构建“一级领先，多级崛起”的发展格局。“一极领先”，就是以牟平区、高新区、莱山区、芝罘区、保税港区滨海区域为主体，全力推动东部高技术海洋经济新区领先崛起、率先突破，力争到2015年新区主要经济指标实现翻番增长，在烟台东部矗立起一座具有浓郁现代气息的标志性滨海新区。“多极崛起”，就是在率先突破东部新区的同时，以莱州湾为中心，发挥一“蓝”一“黄”两大国家战略优势，大力建设高效生态经济高地，打造蓝色经济西部增长极；以丁字湾为中心，用好海即跨海大桥、“亚沙会”辐射带动效应，突破发展海阳亚沙文化旅游产业聚集区和莱阳南海新区，打造蓝色经济南部增长极；以龙口湾为中心，加快龙口、招远集中集约用海项目和蓬莱西海岸文化新区建设，以烟台港西港区为龙头，大力推进烟台开发区临港产业区建设，打造蓝色经济北部增长极；高标准抓好长岛休闲度假岛建设，使之成为彰显蓝色魅力的休闲度假胜地。同时，以烟台开发区、高新区、保税港区、昆嵛山保护区、招远开发区等5个国家级园区和其他各类园区为载体，加快打造转型升级、科学发展新高地。“一极领先、多极崛起”重大战略，关乎烟台今后几年以至几十年的发展质量和水平，必将为烟台未来发展起到有力的引领和支撑作用。

山东半岛蓝色经济区建设拓展发展空间的同时，还产生了巨大的产业凝聚力。按照规划，国家在财政税收、投融资、海域和土地使用、对外开放等领域赋予了山东66项重大扶持政策和支持事项。近期，山东正在研究制定鼓励企业以资本、资源、品牌为纽带兼并重组的政策措施，集中力量培育10家年产值过100亿元的海洋装备制造业企业集团、30家年产值过10亿元的海洋战略性新兴产业企业集团、20家年产值过10亿元的循环经济企业集团。

经过3～5年的努力，山东在培育发展战略性新兴产业和特色高端产业方面，将建成一批全国一流、世界知名的科技园区，成为蓝区建设中的重点骨干科技园区，打造山东的高端产业高地。

山东生态优先，让自然走进生活

科学发展新山东——第八届中国网络媒体山东行系列评论之四十三

大众网特约评论员　伊茂林

黄河三角洲自然保护区，碧野万顷，鸥鸟翔集；“海上牧场”的海参池富了渔民钱袋子，昔日的黄泥滩成了“聚宝盆”；经济技术开发区，跨进千亿元俱乐部，产业走上了生态路……这就是东营，黄龙入海之城，石油富饶之城，生态和谐之城。“石油城”东营正紧抓黄蓝发展机遇，打造生态文明典范城市，迈出了一个个坚实的脚印。

青岛，对海岸线资源和近海资源进行严格保护，把胶州湾建成全市人民的蓝色家园。加强环保基础设施建设，强化资源节约和污染减排。打造多层次城乡生态空间，创建国家森林城市。将大沽河流域建设成贯穿全市南北的防洪绿色安全屏障、自然生态景观长廊。办好2014年世界园艺博览会，高标准建设世园生态都市新区，让自然走进生活。

近年来，潍坊认真贯彻落实生态市建设规划，以创建环境优美乡镇为切入点，以国土绿化、水土保持、生态修复和工业污染源治理为重点，大力实施“生态市建设十大工程百个项目”和生态环保工作，全市累计建成了61处国家和省级环境优美乡镇、58处绿色社区、150所绿色学校。潍坊市和寿光市荣获了国家环保模范城市荣誉称号，昌邑市、诸城市被评为省级环保模范城市。青州市、临朐县被国家命名为全国生态示范区，滨海经济开发区创建成为国家级生态工业示范园区。昌乐县被环保部列为全国实施农村小康环保行动试点县。

生态文明，越来越成为各地发展的共识。

所谓生态文明，是指人类在经济社会活动中，遵循自然发展规律、经济发展规律、社会发展规律、人自身发展规律，积极改善和优化人与自然、人与人、人与社会之间的关系，为实现经济社会的可持续发展所作的全部努力和所取得的全部成果。生态文明建设的出发点是尊重自然，维护人类赖以生存发展的生态平衡；其实现途径是通过科技创新和制度创新，建立可持续的生产方式和消费方式；其最终目标是建立人与人、人与自然、人与社会的和谐共生秩序。

生态文明的内涵十分丰富，主要包含了生态文化、生态产业、生态消费、生态环境、生态资源、生态科技与生态制度等七个基本要素。这七个基本要素是生态文明的基本组成单元，又是相互影响和相互作用的。

生态文明建设与经济建设的关系，在基础层面上就是环境保护与经济发展之间的对立统一关系。一方面，环境保护和经济发展存在着对立关系。人类的生存、发展会带来环境污染和生态破坏，累积到一定程度就会爆发环境问题和生态危机。要保护环境，在一定时空范围内会或多或少地制约经济发展。另一方面，环境保护和经济发展又是统一的。环境保护的根本目的还是为了促进经济社会更好地发展，给人类自身提供良好的赖以生存的自然环境。

我国经济建设面临两个突出矛盾：一是经济总量扩张与自然资源的有限性以及自然资源生产率相对低下的矛盾；二是经济快速增长与环境容量有限以及环境容量利用效率相对低下的矛盾。如何有效缓解和克服两大矛盾？在生态文明理念指导下的经济建设，将致力于消除经济活动对大自然的稳定与和谐构成的威胁，坚决摒弃“经济逆生态化、生态非经济化”的传统做法，大力实施产业生态化、消费绿色化、生态经济化等战略，既做到经济又好又快发展，又能够在“人不敌天—天人合一—人定胜天—天人和谐”的螺旋式上升的进程中实现新的飞跃。

在东营，注重生态保护的同时，进一步加大在环境基础设施建设方面投入，新建改造污水处理厂7座、垃圾处理场4座，城市污水集中处理率、生活垃圾无害化处理率分别达到92%、100%。大气污染治理上，17家电厂完成脱硫改造任务，重点污染源达标率达到97%以上。与此同时，东营还积极推进资源集约节约利用，加强对土地管理和调控，两年改造中低产田14.7万亩，治理荒碱涝洼地1万亩，发展节水灌溉3.5万亩。大力推进节水型社会建设，规模以上工业用水重复率达到79%，农业灌溉水有效利用系数达到0.60。

生态建设的成果不仅体现在黄河三角洲自然保护区，在东营经济技术开发区，道路整洁，绿树成荫，东营市在经济求发展的同时，也更重视科技与生态相互融合。在节能减排方面，东营大力发展循环经济，两年建成重点循环经济项目5个，石油化工、造纸等10个循环经济产业链条不断完善，东营经济技术开发区等5个重点循环经济区建设顺利推进。通过加大工程减排、结构减排、管理减排力度，如今东营市万元生产总值能耗降至0.76吨标准煤，二氧化硫和化学需氧量排放量均实现了控制目标。

从生态文明视角看社会建设，主要存在的问题是：公众日益增长的环境质量需求与政府不尽理想的环境质量供给之间的矛盾；公众参与环境管理事务的愿望强烈与公众可能参与环境管理事务的机会有限之间的矛盾。政府是环境质量这一公共物品的主要供给者。必须进一步强化环境保护的政府责任，设立更加广泛的政府环境保护约束性指标，建立更加强硬的政府环境保护的强制性机制。同时，要大力推进公众参与机制创新，提高环境信息公开程度，探索建立环境协商机制，形成公众与政府、公众与企业、企业与政府之间的良性互动、协调与制约机制，切实保障公众的环境权益。

东营、青岛、潍坊的发展证明，以生态建设为核心，打造秀美宜居城市，在全社会形成低碳生产生活方式和绿色消费模式，才能实现跨越发展。

山东关注民生，提高居民幸福指数

科学发展新山东——第八届中国网络媒体山东行系列评论之四十四

大众网特约评论员　伊茂林

发展为了人民，发展依靠人民，发展成果由人民共享。改善民生是一切工作的出发点和落脚点。山东各地是如何关注民生、提高居民幸福指数的？

青岛市委常委、副市长牛俊宪在介绍青岛市的民生建设时说："坚持民生为重、富民优先，努力解决人民群众最关心、最直接、最现实的利益问题，为群众提供均等化的公共服务、普惠性的社会保障、公平性的发展机会、生态型的人居环境"。据了解，2008 年以来，青岛市级财政用于社会民生的投入年均增长 26.4%，占预算支出的比重达到 54%。

多年来，青岛市坚持以项目扩大就业、以创业带动就业、以培训促进就业、以服务稳定就业，2011 年，新增城乡就业 43.9 万人，扶持创业 2.3 万人，城镇登记失业率 2.95%。同时，社会保障体系实现全覆盖，养老、医疗、工伤、失业、生育五项保险实现市级统筹。企业退休人员养老金提高 59%，城乡低保标准分别提高 40% 和 73.6%，新农合筹资标准从每人每年 100 元提高到 300 元，基本药物制度覆盖政府办基层医疗卫生机构，基本和重大公共卫生服务覆盖城乡居民。

在保障性住房建设方面，青岛先后实施了 2008 ～ 2010、2011 ～ 2012 两轮三年住房保障发展规划，财政、土地出让等投入保障性住房建设资金 151 亿元，累计开工保障性住房和"两改"安置用房 22.2 万套。市区 110 个旧城区、城中村已开工改造 77 个，3.5 万户低收入住房困难家庭实物配租配售比例达到 88%，特困家庭住房保障实现应保尽保。社会事业也取得了长足的进步。近年来，青岛引进了中国石油大学、山东科技大学等一批高等院校，70% 的中小学达到省定标准；投资 40 亿元建设的国医堂、妇女儿童医院、北部医疗中心等四大医疗中心建成投入使用；居民基本医疗保险补助额提高到人均 200 元，城镇职工医疗保险最高支付限额达到 35 万元；城乡实施基本药物制度覆盖率达到 100%。建成青岛大剧院、市体育馆等一批重点文化体育设施。社区全部设立文化活动中心，青岛文化街、达尼画家村被命名为"国家文化产业示范基地"。

东营在注重生态建设的同时，更加重视民生改善。一是完善就业和社会保障体系。统筹抓好各类群体就业工作，两年新增城镇就业 8.26 万人，农村劳动力转移就业 10.53 万人，城镇登记失业率控制在 2% 以内。努力提高社会保障水平，企业最低工资标准提高到每月 1240 元，比 2009 年提高 480 元；城镇居民医保、新农合补助标准提高到 260 元以上，比 2009 年提高 160 元；城市低保标准提高到每月 380 元以上，比 2009 年提高 80 元；农村低保、五保集中供养标准分别提高到每年 2060 元、4200 元，比 2009 年分别提高 640 元、800 元；城乡居民养老保险实现全覆盖，基础养老金、缴费补贴、特殊群体补助等财政补助标准位居全省前列。实施城乡安居工程，两年建设保障性住房 42926 万套、棚户区安置房 5566 套。二是优先发展教育事业。两年累计完成教育投入 39.9 亿元，基本实现城乡免费义务教育，实施了校舍安全改造、城乡中小学办学条件标准化建设等重点工程，新建改造幼儿园 185 所，市技师学院新校区建成投用，东营职业学院正在创建国家骨干高职院校。三是积极发展卫生事业。加快医药卫生体制改革，圆满完成三年医改任务，基本药物制度全面实施。完善基层医疗服务体系，改造县卫生院、乡镇卫生院 39 处，建成村卫生室和城市社区卫生服务机构 725 处。四是繁荣发展文化体育事业。规划建设了大剧院、图书馆、黄河文化博物馆等一批公共设施，成功举办了黄河口文化艺术节、黄河口国际马拉松赛等活动。五是加快发展科技事业。规划建设了可持续发展研究院、国家大学科技园及"生态谷"、山东大学东营研究院等创新平台，新组建了 3 个产业技术创新联盟，新增高新技术企业 41 家，创新孵化面积达到 50.2 万平方米，连续保持全国科技进步先进市称号，被评为全国知识产权工作示范城市。实施人才强市战略，抓好"黄河三角洲学者"、"金蓝领"培训等重大人才工程，成立中德农牧业技术培训中心，引进培养了一批产业领军人才和专业技能人才。

在威海，文化工程真正成为惠民工程。文化基础设施的建设，文化产业项目的上马，文化企业的壮大，激发了文化产业的发展活力。文化惠民，"惠"之落脚点，在于老百姓文化需求的满足。近年来，威海市委、市政府以此为着力点，不断加大财政投入和资金争取力度，强力推进公共文化基础设施和文化民生工程建设，逐步建立起与经济社会发展相适应、满足人民群众基本文化需求的公共文化服务体系，让各种设施为民所用、为民所乐。几年间，公共文化设施建设在城乡遍地开花，大至市、县两级图书馆、博物馆、文化馆的建设，小至镇文化站、村文化室、农家书屋的配套，加上影剧院、文化广场、演艺中心等文化场馆的完善，一个横向到边、纵向到点的公共文化服务网络逐步从市、县、镇、村（社区）四级层层延伸和覆盖。截至目前，全市共建成各级公共文化设施 2560 多个，大大刺激了人们的文化需求，群众享受文化生活的热情得到井喷式释放。

国以民为本，民以生为先。每一场经济社会的深刻变革，都要以人民的利益为根本标准。经济社会发展的目的，从来就不是单纯的财富积累，而是不断改善民生、满足人民日益增长的物质文化需要，增进人民福祉。必须把发展民生事业作为重点，必须坚持发展成果共享，必须解决分配领域的突出问题。只有从制度上保障群众利益，缩小贫富差距，让人民共享改革发展成果，提高国民的幸福指数，才能减少社会的摩擦和对立。

山东各地坚持把为民办实事，作为党政工作的重要内容，使改善民生的各项工作做到了制度化、常态化、长效化。

“巨头”支撑跨越 创新引领发展

科学发展新山东——第八届中国网络媒体山东行系列评论之四十五

大众网特约评论员 刘同江

5月15日，到东明县东明石化集团大项目建设现场采访。通天的高塔、密集的管道、面积1000多亩的厂房，给人以震撼的感觉。该集团投资120亿元的300万吨重质油综合利用、投资4.5亿元的铁路专用线扩能改造等项目正在紧张施工。“下一步，我们将努力使东明石化年产量突破1200亿吨，拉长石化产业链条，将东明石化打造成为千亿元资产规模、千亿元销售收入的‘双千亿’企业。”东明县委副书记、县长朱瑞军说。正因为有了这样一批企业巨头，曾经是全省欠发达县的东明，跨入工业化快车道，2011年，全县完成地区生产总值150亿元，地方财政收入10.5亿元，今年1-4月份，完成地方财政收入4.29亿元，增长19.48%。

事实证明，突破县域经济，实现跨越赶超，工业化是必由之路，大项目、大企业是核心支撑。

当然，后发地区要上大项目、培植大企业，不能走先污染后治理的老路，而应坚持在发展中转调，以可持续发展为要，以信息化助推新型工业化。东明石化虽属化工产业，但并不是人们印象中那种“冒黑烟、淌黑水、排臭气”企业，他们在节能减排上敢于投入资金，近几年在燃烧烟气治理等环境保护设备和技术上累计投资1.2亿元，技改投资5000余万元。高投入不仅换来了良好的环境收益，更带来了实实在在的经济效益，公司投资2200万元建设的2万方干式气柜装置，年可回收炼厂干气1100多万方，节约燃料油1.5万吨，折标煤2.14万吨，可产生经济效益7200余万元。位于巨野县的新巨龙公司是一家煤炭采掘企业，在公司安全生产指挥中心，记者看到其集实时数据、音频、视频、自动控制为一体的全息数字化多维度监测监控系统，实现了地面调度室对井下生产环境，井上、井下主要设备和系统全面动态监测监控，电子大屏上可以任意调取井下每台设备的设计性能指标和实时运行参数，生动诠释了信息化的威力。公司2011年，也就是投产第二年即完成煤炭产量598.7万吨，销售收入59亿元，上缴税费17亿元，跃居菏泽市纳税大户榜首。

后发地区要跨越，创新必不可少。思路创新、科技创新、机制创新，是赶超的动力所在，希望所在。

“山东棚改看枣庄，枣庄棚改看市中”。据介绍，山东省48%的棚户改造在枣庄，而枣庄67%的棚户区在市中区。该区共有棚户区面积364万平方米，涉及群众2万余户、7万多人。该区创新思路，棚改中不仅仅局限于把“旧房”变“新房”，而是着力把“旧区”变“新区”、把“城市建设”变“城市经济”，努力让民生得到最大程度的改善。在改造棚户区的过程中注重建设城市综合体。对大面积的棚改片区，融入商业、办公、文娱等城市生活因素，建成基本具备现代城市功能的“城中城”。对中等规模的棚改片区，随行就市，规划建设专业化、特色化、地域化的商业街区。对规模较小的棚改片区，摈弃过去那种沿街为市、零散经营的粗放商业形态，集中建设邻里中心，融便民购物、健身休闲等于一体，增强居民生活的舒适和便利性。通过在植入“市”的种子，全市棚改将新增商业服务面积420万平方米。

培植支撑跨越的企业巨头，科技创新至为重要。在枣庄国泰化工的厂区，道路两旁的郁郁葱葱的树木与盛开的鲜花，让人丝毫感觉不到这是一所煤炭化工企业。他们研发的 “多喷嘴对置式水煤浆气化技术”能够使高污染的高硫煤得到有效、环保的利用，吸引了美国第一大炼油企业前来购买使用专利，从来没向国外出口过先进技术的中国化工企业，完成了从过去向国外企业买技术，到如今向国外企业卖技术的华丽转身。

可贵的精神、科学的机制共塑山东民生环境

科学发展新山东——第八届中国网络媒体山东行系列评论之四十六

大众网特约评论员　刘同江

济宁“先看病、后付费”全国知名。5月15日，济宁市卫生局负责人介绍说，2012年他们扩大范围、加大力度，全市所有二级以下的医院，包括社区卫生服务中心、能够参与医保新农合的民营医疗机构，共计262家已经全部实施了这一诊疗服务模式。目前，正在探讨将覆盖面从本地居民扩大到外来人口。

而与济宁接壤的菏泽市，2012年一季度招商引资落地亿元以上项目80个，总投资280亿元，实际完成投资60亿元，1-4月份，完成地方财政收入46.1亿元，增长21.4%。

这两则看似不相干的新闻，诠释着相同的道理，那就是创一流争第一必须有卓越的精神追求，必须有科学的机制保障。

精神虽说不是万能的，但绝对是干好事业的前提与动力。济宁从落实科学发展观、切实改善民生的高度，推行先看病、后付费模式。模式实行过程中，如果患者实在困难了，出院结算时，医患双方可以签延期还款协议，通过当地的民政部门开介绍信，患者可以享受两年的还款宽限期。在此基础上，患者如仍无力承担，可以借助医院和民政部门合作成立的基本医疗救治基金，再为患者减轻一部分负担。这些举措用尽，患者如果仍然负担不起费用，卫生局可以要求医院作为惠民医疗给他免费。这样细致、体贴的惠民举措，没有浓厚的民生情怀、务实的工作作风是出台不了的。

另一方面，为了使善政运行得好，济宁也健全了各种机制。比如，资金保障机制，提前拨付给医院一部分资金，确保医院不因垫付医疗款而运转困难。建立全市医疗系统信息网，信息共享，患者如果在一家医院恶意逃费，其失信记录会及时被其他医疗机构获知，所有医疗机构均不会再给他先看病、后付费待遇。在各种机制保障下，先看病后付费模式群众满意率100%，恶意欠费发生率为零。

菏泽崛起，首先是精神的振奋与自强。近年来，他们提出“高境界、高标准、高效率、高效益”的工作要求。菏泽高新区在招商引资上，勇于做出“只要项目区中建，一切手续我们办”的承诺，转变作风，优化服务。

同时，他们创新机制。在招商引资上推行了客商来访首问制、反映问题备案制、工作落实目标制，做到了项目“一门受理”、费用“一口收取”、手续“一站式”限时办结，为企业提供了“全托式”、“一条龙”、“零距离”服务。在项目建设上，探索完善了“一个项目、一位领导、一套班子、一份推进计划、一抓到底”办法。在环境建设上，深入推进责任制、承诺制、问责制，全面实行市县职能部门和乡镇限时办结、办事回执等制度。一系列制度创新，保障和推进了招商引资大突破，经济实力快增强。

山东农村新土改：打开多把锁的金钥匙

科学发展新山东——第八届中国网络媒体山东行系列评论之四十七

大众网特约评论员　刘同江

5月17日，记者来到枣庄市山亭区桑庄镇民生蔬菜合作社采访。山亭是颁出全国第一份农村土地使用产权证的地方，通过农村土地产权制度改革，“死土地”变成了“活资本”，产生了多重效益。

产权证可以抵押贷款，缓解了农业发展的资金难；土地可流转，为加快农业结构调整提供了契机，该区火樱桃、

长红枣、板栗等特色林果基地近年来迅速壮大；促进了合作经济勃兴，为农业规模化生产、产业化经营敞开大门，该区的蔬菜、草鸡蛋、板栗等产品实现了生产、加工、销售一体化经营；农民从土地上解放出来，腾出精力务工经商，增收渠道多元化。民生蔬菜合作社社员洪玉香家中 5 口人，2011 年土地保底收益 4500 元，分红 3000 元，在合作社务工收入 24860 元，外出务工收入 54000 元，全家年收入 86360 元，人均比上一年增收 6975 元。

把农村土地使用产权制度作为破解“三农”难题的突破口，源于新形势下的解放思想、与时俱进。枣庄认为，“三农”问题说到底就是一个土地的问题。60 多年前，我们党抓住中国革命的根本，通过土地改革，为解放全中国奠定了政治基础，解决了农民“站起来”的问题；30 多年前，实施家庭联产承包责任制，解决了农民“有饭吃”的问题。但随着经济的快速发展，一家一户的分散经营模式在一定程度上制约了农业现代化进程。实施的农村土地产权制度改革，就是为了努力解决农民“富起来”的问题。

枣庄新土改进行的比较实。一是发放农村土地使用产权证，把产权有形化。持证人在产权期限内，可依法使用、经营、流转、转让土地，也可作价、折股作为资本从事股份经营、合作经营或抵押担保。二是建立土地使用产权交易服务所，交易平台实体化，三是发展农村土地合作社，一改传统松散型的合作组织形式，成为紧密型的经济联合体，经济联系纽带化。

新土改新意浓。比如，为避免擅改土地用途，该市规定农民土地使用产权只能入股土地合作社，不能入股一般企业。土地合作社成员中农民不得低于 80%，实行一人一票表决制，保障农民对土地的绝对控制权。为最大限度保障农民利益，以土地入股需协议约定每亩年度保底收益。

新土改比较稳妥。既积极推进，又不断规范。坚持“三不变”原则，就是土地集体所有权不变、农民承包权不变、农地性质不变。交易、抵押的只是土地的使用产权，不是所有权。

目前，该市土地合作社发展到 308 家，规模经营土地 26.8 万亩，参与改革农民 30 万人，经验和做法得到农业部的充分肯定，被批准为 18 个国家农村改革试验区之一。

山东是一个农业大省，实现科学发展，统筹城乡发展，解决好三农问题至为重要。枣庄的实践证明，农村土地产权制度改革不啻为一把化解三农领域诸多问题的金钥匙。

文化惠民要从均等化做起

科学发展新山东——第八届中国网络媒体山东行系列评论之四十八

大众网评论员　陈宏发

自党的十七大提出文化惠民工程后，近年来，山东着眼于保障人民群众的基本文化权益，坚持统筹城乡、普遍均等的原则，大力发展文化事业，公共文化服务体系建设进入新阶段。笔者认为，文化惠民要从均等化上做起，具体体现在公众享受服务的便捷性，文化设施的公益性，文化产品的大众性。

文化惠民的均等化要体现便捷性，让人民群众可以尽可能短的时间内有尽可能多的选择享受到文化服务，且不论城市还是农村。威海市的文化艺术中心修建在市区与经济开发区的交汇处，集博物馆、青少年宫、妇女儿童活动中心、城市规划馆和科技馆等功能于一体，一般市民花 20 分钟坐车即可到达。去年刚刚投入使用的文登市体育公园，正成为当地市民节假日休闲娱乐的最佳去处。据威海市政府相关负责人介绍，在威海市区及各县市，像这样填补城乡大型文化设施的例子还有很多，这都属于威海正在打造的 15-20 分钟城乡文化圈，建立起覆盖城乡、实用高效的市、县、镇（街）、村（社区）四级公共文化服务网络。

无独有偶，烟台市文化中心处于市中心区核心地段，包含博物馆、大剧院、群众艺术馆、青少年宫和书城，文化韵味浓厚，辐射整个烟台，极大方便了市民享受文化服务。这一点上，从烟台大剧院超过 80% 的上座率上可以看到。

文化惠民的均等化要体现公益性。文化惠民工程，是民生工程，彰现政府的魄力，反映了政府重视民生、服务民众，亲民爱民的惠民政策。因此，在现阶段，公益性要放在首要位置，让绝大多数群众能消费得起，形成文化服务消费的惯性。济南的大明湖扩建区，免费对公众开放；威海艺术馆，每周都推出艺术展览，让美术馆成了市民周末最经常光顾的地方之一。

在当下，不光美术馆免费，山东各地公共图书馆、博物馆、文化馆、科技馆及各类爱国主义教育基地都免费或优惠向社会开放。为了推进文化惠民工程，扩大公共文化产品和服务供给，政府出资请市民免费享受文化娱乐成为一种常态化模式。

文化惠民的均等化要体现出大众性。过往，我们的文化产品以评奖为主要目的，以获得多少奖项为成绩，曲高和寡，失去了市场。在文化惠民工程中，我们要处理好公共文化产品中大众文化与高雅艺术的比例关系，努力创作更多既寓教于乐、又让老百姓喜闻乐见的文化精品。同时，探索用市场化运作的方式联手打造精品项目，不断生产出能满足不同群体需求的个性化文化产品。

共文化机构运行效率和服务水平，威海创新公益性文化单位管理运行机制，引进专业化公司，打造精品演艺节目。烟台大剧院引进保利院线，让市场说话，把群众吸引到剧院中。

可以说，推进基本公共文化的均等性是文化建设的根本任务。在新的发展起点上，我们要把转变文化发展方式作为重点，准确把握老百姓的精神文化生活新期待，提高文化产品覆盖率、公众参与率与满意率。

新农村建设要提倡“细水长流”

科学发展新山东——第八届中国网络媒体山东行系列评论之四十九

大众网评论员　陈宏发

在莱芜市郭家沟村，农民拆除旧居，家家住上小康楼，65岁以上老人免费入住50平方米的老年公寓。在潍坊寿光三元朱村，投资5600多万元实施了旧村改造，村民住在崭新的别墅楼，健身在小广场，购物有超市，老人住进敬老院，呈现出一派安居乐业，积极向上的氛围。相比于个别地方新农村建设出现的被上楼以及一夜暴富等种种农民不适应现象，这两地体现出城乡统筹发展的优势。

从政策理论上来讲，“城乡统筹”是破解“三农”问题的重大战略决策，是让“城”、“乡”互动发展，以实行“城”、“乡”发展双赢为目的发展格局。充分发挥工业对农业的支持和反哺作用、城市对农村的辐射和带动作用，建立以工促农、以城带乡的长效机制，促进城乡协调发展。从全国范围来看，在城乡统筹发展中，农民对生活状态的巨大改变，难免会产生不安、不适。在资源丰富或区位优势地区，农民一夜暴富后，缺少持续收入，坐吃山空，在相对落后地区，“被上楼”导致不满情绪，在由此带来的各种抵触是新农村建设工作推进的重要内部阻力。

如何来消除这种阻力？笔者认为，唯有大力发展乡村经济，创新发展模式，用长久可持续的实惠来打动农民，才能顺利实施新农村建设，进而促进城乡统筹发展。

生产力决定生产关系，经济基础决定上层建筑。农民手中有钱，社会有保障，才能促使农民生活模式改变。在郭家沟村，在村民自愿的前提下，按照每4亩地为1股的标准，将4684亩地折算成1171股，入股土地全部交给郭家沟生态农林开发公司经营，所得收益由合作社和公司按六四分成，社员每股每年保底收益1200元。通过入股流转土地，建立了花生、黄烟、扁桃、板栗4个种植园区和无公害蔬菜、冬枣、金银花3个种植基地，村民到公司打工每年工资收入8000多元，收入水平成倍提高。土地进入流转体制后，为农民带来的不仅仅是每年定期的分红，还有土地集约化利用后产生的就业岗位，这为农民持续增收提供了可靠保障。

土地流转，让农民手中的土地使用权进入了市场，为农民提供了可观可预期的收入，农民手中有钱，住宿条件改善成为可能。但土地始终是农民最后的保障，也是给农民提供最安全保障的心理安慰剂。因此，土地流转的必要约束是从事农业有关的经济发展，而不是搞房地产开发、厂矿企业发展，改变土地用途。土地价值会因为市场的波动和社会的发展而变换，但唯一不变，也是万万不能变的是耕种属性。这种不变正是可持续发展的要求。

可以看到，在寿光三元村，尽管在市场运作下，土地产生附加值更高，但耕种属性不变的前提下，新农村建设带来的活力促使当地农村与城市发展差距越来越小。

实践证明，昙花一现式的发展不符合科学发展观的要求，唯有细水长流方能惠泽农民，最终消弭城乡差距，建成富有活力的社会主义新农村。

文化惠民应兼顾社会和经济效益

科学发展新山东——第八届中国网络媒体山东行系列评论之五十

大众网评论员　陈宏发

近年来，政府不断加大文化惠民工程投入，在发展经济的同时重视民众文化精神生活的改善，充分彰显了政府重视民生、服务民众、亲民爱民的惠民政策。随着文化惠民工程的不断深入，政府对文化事业的投入不断加大，各城市大剧院、文化馆、艺术馆等等以文化为名的场馆拔地而起，宏伟壮观。但据调查发现，全国各类剧场约有85%处于闲置状态，由于演出、接待成本过高、财力不足、管理不善等原因，经营状况不佳。很多建成的剧院长期闲置，耗费了巨大的能源、人力。究其原因，主要在于，建馆之初定位不明，思路不清，或只重视社会效益，忽略市场，造成难以为继。

在文化惠民工程建设方面，应坚持社会效益优先，兼顾商业运作造血，充分彰显公共文化服务的公益性和便利性的同时，加强市场开发和培育，提高文化产品的质量，烟台在这方面做出了有益的尝试，作为一个全国三线城市，值得大多数中小城市学习。

文化惠民工程，首先是一个公益性的项目，为最广大的人民群众提供便捷高效的文化服务。以烟台文化中心为例，地处烟台繁华商圈核心地段。据了解，在2007年规划建设之初，政府面临“重要抉择”：如果出让土地搞商业开发，政府将有近10亿元的收益；而建设文化设施，则需要再投入10亿多元。在得与失面前，烟台不算经济小账，图画文化大计，依然决定选址市中心，增加文化辐射性，体现文化便民性，这种魄力和战略眼光，决定烟台文化惠民工程不是面子工程而是实实在在的惠民项目。

文化惠民工程，要做到实惠，实现文化服务普惠民生。政府推出的文化大餐，既要有阳春白雪的高雅艺术，也要有下里巴人喜欢的草根形态。不论是那种形态，都要让所有的群众拥有平等享有的权利。不仅要享有，还要让群众感觉到实惠。在烟台，每年拨款1500万元予以补贴，着力降低院线演出票价，推出“经济适用票”，平均票价是北京、上海同类演出的40%-60%，让利降幅达到48%，去年平均票价155元/张，最低票价只有20元，使市民以远低于全国其他城市的同类演出票价。不仅如此，政府还推出系列免费音乐会、展览等，让群众拥有更多的选择余地，真正把文化产品做成“质优价廉”或“免费午餐”。

文化惠民工程，要重视市场。实践证明，单纯的政府补贴无法把文化事业做长久，做到人民满意。做文化事业，要重视对市场的开发和培育，培育提升市民文化需求。这一点上，烟台大剧院引进保利剧院团队负责运营，充分尊重市场，走市场的道路，杜绝赠票。烟台市文化部门始终坚持大剧院院线演出和社会经营演出概不送票的原则，培育夯实文化艺术消费基础，广大市民自费观看演出的文化消费习惯蔚成风气。烟台大剧院启用起来，平均上座率达到72%，散票出票率高达85%，在22个院线城市中排北京、上海、深圳之后，列全国第四位，居地市级剧院之首。

文化发展的根本目的是保障文化民生，满足群众精神文化生活需求，最大限度地提高精神文化生活质量。如果说经济的发展是让老百姓富起来，那么文化发展就是让老百姓真正的从内心乐起来，二者相辅相成，才能让广大市民拥有自豪感、幸福感。

网友热议

奏响科学发展主旋律　建设好靓优美新泉城

科学发展新山东——第八届中国网络媒体山东行网友评论之一

作者：陈敏

春天是杨柳吐翠、蓓蕾初绽，充满生机与活力、希望与憧憬的季节。2012年的春天，对济南这座城市而言，更加令人倍感振奋鼓舞，一幅未来5年“发展更好、城市更靓、管理更优、生活更美”的蓝图如画卷般展开，许下的是明天的辉煌灿烂。

“好靓优美”好比这座城市未来五年要到达的目的地，那么，路在何方？中国上下五千年发展的历史告诉我们，路从来都不是在纸上画出来的，不是用口号喊出来的，不是凭空臆想推理出来的，而是无数的仁人志士、劳动者、建设者相扶相携、脚踏实地一步步丈量出来的。

如果把城市发展看成一场马拉松，作为省会城市的济南，资源广博，优势突出，基础牢固，具备“跑得快”的禀赋和可能，但综合实力一般、实体经济薄弱、县域经济短板、城市管理粗放等问题正在扯着发展的后腿，让他被众多的兄弟城市甩在了后面。“率先建成更高水平小康社会，奋力开启现代化建设新征程”，凝聚着百姓期待，更是时代重任、历史使命。在这种形势背景下，市委市政府召开加快科学发展，建设美丽泉城推进大会，为经济社会发展确定了基调，指明了方向。建设美丽泉城，唯有加快科学发展是必由之路，这条路面临着艰难险阻和严峻挑战，要踏平了走过去，“唯一的出路是咬住目标、埋头苦干。”

中国有句谚语：“低头拉车，莫忘抬头看路”。路即道，有道则智，道尽途穷。低头拉车、踏实苦干，是一种无论任何时候做什么事情都永不过时的精神。然而光顾低头赶路而无暇抬头看路，方向偏离甚至南辕北辙也全然不觉，只会在错误的道路上越走越远，精力耗尽却事与愿违。科学发展的道路上，必须要认准、牢记两大路标，一是群众观，一是实践观。

在加快科学发展，建设美丽泉城的道路上坚持“群众观”，就是要以群众为根本，回应人民群众的期待，急群众所需，干群众所盼。从“为人民服务”的基本宗旨、党的群众路线、“三个代表”重要思想，到科学发展观“以人为本”的核心，一脉相承，层层推进，阐释并丰富着马克思主义群众观的基本内容。新时期牢固树立科学发展的“群众观”，要坚持发展的出发点和落脚点符合群众的利益，发展的决策以群众的要求为基础，发展的成绩交由群众评判，发展的成果给予群众共享。要坚持依靠群众、信任群众，从群众中来，到群众中去，充分了解群众的诉求，充分发动群众的力量，共建发展大业。

在加快科学发展，建设美丽泉城的道路上坚持“实践观”，就是要坚持以实践为标准，一切从实际出发，理论联系实际，在实践中检验和发展真理。实践观是马克思主义认识论首要的和基本的观点，是党的思想路线的本质内容。新时期牢固树立科学发展的“实践观”，要坚持立足实际、掌握实情、勇于实践，在前进的道路上锐意创新，闯出一条好路，求得更快更好发展。要坚持重实践、重实绩、重实效，在前进的道路上披荆斩棘，跨越一切险阻，用经济、建设、民生、稳定、城市管理等实实在在的成果检验发展。

征程已开启，坚持科学发展的主旋律，沿着“群众观”与“实践观”两大路标，向着“好靓优美”的前景目标，众志成城，携手并进，必将谱写美丽泉城建设新华章。

精彩展示新山东　铮铮号角踏新程

科学发展新山东——第八届中国网络媒体山东行网友评论之二

作者：高焕成

5月13日，“科学发展新山东——鲁花杯第八届中国网络媒体山东行”大型采访活动在济南启动。来自60余家全国知名网站和山东省内部分新闻网站、商业网站以及传统媒体的130余名编辑记者在6天时间里，将分东西两条采访线路，深入报道山东贯彻落实科学发展观取得的巨大成就和宝贵经验。

消息传来，人心振奋。这次活动，可以说是对科学发展新山东的一次精彩展示，我们的一些亮点特色，将会通过全国各大网络媒体的记者，向全国乃至全世界报道，宣传的是山东，展示的是山东人科学发展的精气神。

众所周知，近年来，在中央坚强领导下，山东省委、省政府带领全省人民，以邓小平理论和“三个代表”重要思想为指导，深入贯彻落实科学发展观，认真落实胡锦涛总书记对山东提出的“三个走在前面”的要求，加快经济文化强省建设，加快转变经济发展方式，在科学发展、和谐发展、率先发展上迈出新的步伐，在实现富民强省新跨越上取得显著成绩。主要经济指标均居全国前列，各项社会事业全面发展。特别是在实施‘蓝’‘黄’带动战略、经济结构调整、统筹城乡建设、创新驱动、文化强省建设、改善民生、生态文明建设、深化改革开放、党的建设等方面都有许多独到之处，可圈可点，值得大力宣传。

宣传就是生产力。各大媒体奏响的铮铮号角，为建设经济文化强省营造了良好的网上舆论环境，将会更加激励勤劳智慧的山东人再踏新征程，再创新辉煌。如今，山东省委、省政府围绕实现山东科学发展、和谐发展、率先发展，制定了一系列更新更强的战略决策，为山东经济发展开拓了广阔空间，提供了强力引擎，明天的山东定会更让人刮目相看！

充分发挥好网络媒体行的三个重要作用

科学发展新山东——第八届中国网络媒体山东行网友评论之三

作者：马龙飞

“科学发展新山东 -- 第八届中国网络媒体山东行”将于5月13日在济南启动，来自国内近百家最知名网络媒体和传统媒体编辑记者将用7天时间，对济南、东营、潍坊、菏泽、青岛等11个地市进行采访考察，集中深入报道山东推进科学发展取得的突出成就。

利用网络媒体优势，针对不同主题，集中进行宣传报道，在我省已经组织了七次。今天上午，将在济南举行第八届中国网络媒体山东行启动仪式暨新闻发布会。为什么要举办？怎么才能办好？笔者认为，关键要充分发挥好网络媒体行三个重要作用。

首先，要发挥好宣传报道作用。宣传报道是网络媒体的重要职责，邀请不同层次的网络媒体，以不同的视角进行宣传报道，自然会有不同的宣传效果。此次媒体行活动的主题是“科学发展新山东”，宣传报道的重点众多，内容涉及科学发展、黄蓝战略、结构调整、城乡统筹、创新驱动、文化建设、改善民生、生态建设、改革开放、党的建设等10个重点。明晰活动主题，明确宣传重点，将确保宣传效果突出。

其次，要发挥好深层解读作用。此次网络媒体行活动历时七天，分别到11个地市考察采访。活动时间长，考察地点分散，宣传报道任务繁重，而标准要求却很高，对媒体记者来说确实是个“苦差事”。记者的宣传报道要体现高水平、有分量，就不能仅仅是一般性的“五个W”，更要做好深层次解读。如某个宣传重点，原来是个什么状况？

采取了哪些措施？如今有何效果变化？有何经验启示？等等。

第三，要发挥好建言献策作用。11个地市经验亮点很多，发展情形各具特色。媒体记者见多识广，了解掌握的情况也很全面。对于各地所取得的经验成就，自然会有全面的判断评判。如对某一问题，全国有那些好的做法？能否用来推动山东的科学发展？发挥好建言献策作用，媒体行的作用将会更加凸显。

网络每天都在创新，媒体行活动也应坚持不断创新。记者、媒体、举办方也都应始终坚持创新，把媒体行活动的效果发挥到最佳，让活动作用更加突出。

聊城的水文章大有可为

科学发展新山东——第八届中国网络媒体山东行网友评论之四

作者：刘明辉

位于鲁西的聊城，号称“江北水城”，这在很多外地人，甚至没有到过聊城的山东人来说，都觉得有点不可思议。因为在大多数人的心目中，我国北方城市大多干旱缺水。济南虽号称“泉城”，但却经常被迫“节水保泉”。大自然的神奇和眷顾，让远离大海的聊城拥有中国江北地区罕见的大型城内湖泊东昌湖，面积大致与杭州西湖相当。著名的京杭大运河穿城而过，再加上徒骇河，水域面积占市区建成区的三分之一，形成聊城 “城中有水、水中有城、城水一体、交相辉映”的独特城市风貌。

科学发展看山东，聊城怎么办？对于聊城来说，一不靠山，二不靠海，特色就是水，水文章大有可为，以水文化为特色的旅游业可以作为聊城发展经济的突破口之一。聊城地理位置独特，区位优势明显。聊城地处鲁西，与河南、河北相邻。代表中国商业文明的京杭大运河和代表农业文明的黄河在此交汇。古典名著《水浒传》等书中的许多故事就发生在这里。近年来，聊城市政府因地制宜，规划建设了1.5平方公里的中华水上古城、9平方公里的聊城物流园区、10平方公里的马颊河“世界运河之窗”生态旅游度假区、徒骇河两岸10公里的世界运河（建筑）博览园等一批龙头项目。聊城城郊的马颊河天沐温泉更让聊城这座“江北水城”独具特色。

目前，“江北水城，运河古都”已经成为聊城的城市品牌，拓展绿色旅游业、发展生态工业、推进现代服务业，这些工作聊城都在有序推进。其实说起来，聊城离省会济南只有一个小时的车程，正是休闲度假的最佳距离。因为济南市民到自己的“后花园”南部山区也差不多就是一个小时车程。聊城完全有理由把自身打造成济南乃至山东的西部花园。

据称，聊城还有更大的目标，那就是为北京、天津等大城市居民量身定制，争取成为他们的度假基地。目前已经规划和建设了22个重点旅游度假项目，总投资120亿元左右。如今聊城在科学发展观的指导下，正在向“山东西部的新兴生态化工业城市、冀鲁豫交界地区的商贸物流中心城市、江北文化旅游和休闲度假目的地城市”的目标迈进。

要通过网络媒体的宣传打出山东科学发展王牌

科学发展新山东——第八届中国网络媒体山东行网友评论之五

作者：高仲平

近几年来，山东科学发展带来的变化简直可以说是日新月异，在科学发展、和谐发展、率先发展、经济文化强省、加快经济方式转化等各个方面，都迈出了新的坚实的步伐，富民强省建设更是取得了举世瞩目的成果，科学发展已经成为山东实现富民强省新王牌。

这次以“科学发展新山东”为主题开展的中国网络媒体山东行集中采访活动，一定会在全面展示山东科学发展上达到鼓舞士气、凝聚人心的良好作用，一定要抓住网络媒体来山东宣传的大好机遇，全力打出科学发展富民强省新山东的这张王牌。

随着社会的发展，网络已成为现代社会一种重要的传播媒体，通过这次集中采访活动，一方面会进一步提升我省媒体和全国广大网络媒体之间的交流合作，另一方面还能促进山东网络文化的快速发展，让山东科学发展成为展示山东的一张王牌，更好的给力全国广大受众。

科学发展新山东，要着力打出自己的王牌，山东半岛蓝色经济区、黄河三角洲高效生态经济区、沂蒙革命老区等等都是网络媒体宣传的重中之重。山东要想有更大的发展，不但要有自己的经济宏伟目标，还要有自己的科学发展王牌。

经济蓝图“蓝黄”经济开发区，这是山东的经济大品牌。这些规划怎样去发展，怎样发展目标更好更快地达到，这些都要以科学为依托。科学技术是第一生产力。只有科学的规划，科学地发展，科学的遵循事物发展的规律，这些宏伟蓝图才能实现。山东，中国古老文化的发祥地之一，这片伟大的土地不仅有名山大川、碧波万顷，而且在漫长的文明历史发展过程中孕育了非常灿烂的文明。孔孟故里，五岳之首的泰山，“泉城”济南，红色沂蒙，深沉厚重的文化积淀，如同走进了东方文明的摇篮。这些都是山东的文化旅游品牌，这些地方的开发和利用，更要以科学为依据，更好地为经济建设服务。

通过网络媒体的全面强力宣传，上述山东这张科学发展富民强省的王牌一定能打响，山东的明天一定会更好，知名度和美誉度一定会更高，形象一定会更好。

网络媒体行：令山东与我们更亲近

科学发展新山东——第八届中国网络媒体山东行网友评论之六

作者：孟小锋

在当今这个争夺注意力的经济时代，知名度就是生产力，美誉度就是形象力，品牌就是竞争力。面对包括舆论影响力在内的区域竞争日趋激烈的态势，我们需要通过更加积极有效的对外宣传，努力把资源优势转变为品牌优势，不断提高山东的知名度和美誉度，大力吸引国内外、区内外各种生产要素向山东聚集，推动山东进一步走向全国、走向世界。

特别是如今，互联网已经走进千家万户，成了人们生活不可缺少的一部分。互联网在人们工作、生活中所发挥的作用也越来越大。网络宣传以其宣传的多样性、开放性、信息的快捷、制作成本的低廉及宣传范围的广阔等优点备受人们青睐。

山东位于中国东部沿海、黄河下游、京杭大运河的中北段，西部连接内陆，从北向南分别与河北、河南、安徽、江苏四省接壤；中部高突，泰山是全境最高点；东部山东半岛伸入黄海，北隔渤海海峡与辽东半岛相对、拱卫京津与渤海湾，东隔黄海与朝鲜半岛相望，东南则临靠较宽阔的黄海、遥望东海及日本南部列岛。山东的又好又快发展，离不开对外宣传山东、推介山东，而互联网则不失为一个很好的途径。

在笔者看来，这正是近年来山东互联网业高速发展的“原由”所在。而对外宣传山东、推介山东，“借力”当然也包括舆论的影响力，这也是山东举办2012全国网络媒体山东行活动的“原意”所在。

过去的一年，全省紧紧围绕科学发展主题，牢牢把握加快转变经济发展方式主线，坚定不移地以富民强省为目标，积极作为、科学务实，团结一心、扎实工作，全省改革开放和现代化建设取得了新的巨大成就，经济总量、地方财政收入、进出口总额分别迈上四万亿元、三千亿元、两千亿美元新台阶，城乡居民收入增幅高于 GDP 增速，各项社会事业全面进步。

山东省委书记姜异康对走转改活动作出批示，大力宣传我省转方式调结构、实施“蓝黄”两大发展战略、保障改善民生等方面的生动实践。增强新闻宣传的针对性、实效性和吸引力、感染力，密切党群干群关系、促进社会和谐，为加快经济文化强省建设、实现富民强省新跨越作出新的更大贡献。此次 2012 全国网络媒体山东行活动，无疑引人更加关注，也给人更多期待。相信此次活动会传递诸多的“欣喜”，让更多的人进一步认识山东，了解山东，宣传山东。

科技与生态在此握手　经济发展挥出组合拳

科学发展新山东——第八届中国网络媒体山东行网友评论之七

作者：陈沙

为迎接省第十次党代会的胜利召开，中共山东省委宣传部、山东省人民政府新闻办公室、山东省网络文化办公室定于 2012 年 5 月 13—18 日举办“科学发展新山东——第八届中国网络媒体山东行”大型采访活动。

14 日下午，采访团走进东营经济技术开发区。开发区主打“科技与生态在此握手　经济发展挥出组合拳”，云集了新能源、新材料、精密制造等一批高精尖技术产业，雄厚的人才优势为开发区企业进行技术攻关提供了重要支持。

按照“以大项目为支撑，以产业链为基础，打造产业集群，建设产业基地”的思路，东营经济技术开发区抢抓黄蓝两大国家战略机遇，着力培育了汽车及零部件、电子信息、新能源、石油装备、新材料、铜压延及深加工六个百亿级产业集群，初步构筑起现代产业体系。高端产业如汽车及零部件产业和电子信息产业从零起步飞速发展，先后实施了广汽吉奥等三个整车项目以及科岭电动汽车动力系统项目，并被评为全省电子信息产业示范园区和国际服务外包基地。此外新能源、新材料等项目也已形成了比较完整的产业链。现阶段，全区销售收入过亿元的企业达到 53 家，过 10 亿元的达到 8 家，过 50 亿元的达到 4 家，过百亿元的达到 3 家。

在加快产业聚集的同时，开发区积极推进重点行业强制性清洁生产审核和 IS014001 环境管理体系认证，实施了节能、节水、资源综合利用、再生资源回收利用等六大循环经济示范工程，并确保污水处理厂等防污措施，与园区项目同时设计、同时施工、同时投产。此外，还组织开展污染源普查清查，建立环境监测站和大气监测中心，实现区域环评全覆盖，并制定工业项目分类供地管理办法，新增绿化面积 175.8 万平方米。

继第九次党代会后，东营经济及生态有了很大的发展，相信以第十次党代会为契机，东营市定能寻找到新的发展机遇，为新山东的建设献策献力。

“蓝”“黄”战略成就山东辉煌

科学发展新山东——第八届中国网络媒体山东行网友评论之八

作者：潘全柱

从 2009 年胡锦涛总书记视察山东指出“要大力发展海洋经济，科学开发海洋资源，培育海洋优势产业，打造山东半岛蓝色经济区”，到 2011 年 1 月 4 日国务院正式批复《山东半岛蓝色经济区发展规划》；从 1988 年有专家学者提出“黄三角”开发总体战略，到2009年11月23日国家正式批复《黄河三角洲高效生态经济区发展规划》，“蓝”“黄”两大引擎，为山东经济发展开拓了广阔空间，提供了强力支撑，让齐鲁大地走上科学发展的新征程。

面朝大海，迈向深蓝，山东有条件、有基础、有信心。山东海域辽阔，港口众多，海洋产业基础好，经济外向度高，科研力量雄厚，向大海要资源、寻财富、挖潜力、求发展，把蓝色经济区打造成具有国际水平的海洋经济示范区，形成东部沿海新的经济增长极，是山东必须紧紧抓住的历史机遇，也是当代山东人肩负的重大责任。

一年来，以科学开发海洋资源为导向，立足于海陆统筹一体化发展，蓝色经济区各地牢牢把握科学发展主题，坚持高起点定位、高标准规划、高水平建设，突出海洋科技创新引领作用，突出沿海、涉海、深海产业特点，大量先进生产要素聚集到海洋企业、项目、园区，蓝色经济引领、示范、带动效应加速释放，带动山东经济不断向高端高质高效方向迈进，发展质量不断迈上新的台阶。

在全国百强县荣成市，围绕渔业资源深度开发，加快建设50万亩海洋牧场示范区、130万吨库容冷链物流基地，建造20艘大型远洋捕捞船，做大做强中国海洋食品名城。海之宝、好当家等一批海洋食品深加工企业在市场中加速崛起，成为山东半岛产业转型升级的领头雁。

黄河三角洲高效生态经济区建设也进入了崭新的阶段。各地区紧紧围绕可持续发展，以资源高效利用和生态环境改善为主线，推进产业结构生态化、 经济形态高级化，努力走出一条高效生态发展的新路子。地处黄三角高效生态经济区的庆云县，依靠中澳集团肉鸭养殖项目引进海齐耀新能源公司，建设以鸭粪为主的畜禽养殖粪便综合治理利用生态环保项目，总投资24亿元，一期发电装机达4兆瓦。高效生态理念不仅让传统农业县找到了产业转型的出路，也让后发地区找到了跨越发展的捷径。

2012年2月17日滨州市一次性开工建设生态高效大项目77个，仰仗的就是“蓝黄”两大国家战略这张最具吸引力的名片。日照市加速进入转型升级、全面协调发展周期，蓝色经济增加值，占GDP比重达40%多。

“蓝黄”两大国家战略实施仅一两年，生产增值、规模以上固定资产投资额、外资到账率等均高于全省平均水平，日益成为山东科学发展的新高地和新名片。

“蓝黄”战略相辉映，科学发展正当时。实践证明，实施一“蓝”一“黄”等重点带动战略，推动区域协调发展，是转变发展方式，建设经济文化强省，增创山东发展新优势，推动经济社会又好又快发展的必由之路。2011年全省实现生产总值4542

9.2亿元，增长10.9%；地方财政收入3455.7亿元，增长25.7%。其中，山东半岛蓝色经济区实现生产总值21395.1亿元，增长11.7%；黄河三角洲高效生态经济区实现生产总值6522.7亿元，增长12.3%。胶东半岛高端产业聚集区实现生产总值17175.2亿元，增长11.5%。省会城市群经济圈实现生产总值16276.2亿元，增长11.5%。鲁南经济带实现生产总值9918.6亿元，增长11.7%。

可以说，今天的山东已经站在了科学发展的新起点上。深入实施“蓝黄”发展战略，就要落实好省委省政府要求，立足实际、抓好规划、突出重点，推进两区融合发展、一体发展。

突出抓好重大基础设施建设，为“两区”建设提供强有力支撑。尤其要统筹推进港口、铁路、公路、能源、水利、信息等基础设施项目。

突出抓好优势产业培植，着力打造“两区”发展的产业优势。推进传统临海、涉海产业改造升级，发展海洋能源、海洋生物医药、海洋新材料、海洋精细化工、海洋高端装备制造业、海洋环境保护等新兴产业。

突出抓好重大项目建设，增强对产业发展的拉动作用。制定优惠政策，优化发展环境，搞好招商引资，加快重大项目建设。

突出抓好重点园区建设，促进园区转型升级。园区是发展的载体，要围绕产业集群和功能定位，完善设施，促进升级。

依靠实干苦干，依靠同心同德，山东就会在科学发展、富民强省征程上创造新的辉煌。

加快科学发展　济南领先一步

科学发展新山东——第八届中国网络媒体山东行网友评论之九

作者：刘明辉

济南是“科学发展新山东——第八届中国网络媒体山东行”首发站，虽然采访团已经离去，但济南加快科学发展的步伐却一刻也没有停顿。其实，作为省会城市，济南对自己有着清醒而深刻的认识。不可否认，济南一直在发展，特别是最近的五年，济南发展的步伐逐步加快，取得了不少百姓认可的成就。虽然济南的综合实力仍然让许多省内城市一时难以超越，但决不能自我满足，相反要有清醒的认识，甚至危机意识。因为与青岛相比，济南各方面的差距不小，省内其他兄弟城市临沂、潍坊、烟台……他们在经济发展方面的成就和潜力不容忽视和小觑，如果我们安于现状，经济上很快将被超越。

在2012年2月10日召开的济南市第十次党代会上，济南市委书记王敏提出要“解放思想，锐意进取，为率先建成更高水平小康社会、奋力开启现代化建设新征程而奋斗”。 也正是认识到了科学发展的重要性和紧迫性，3月19日，全市“加快科学发展、建设美丽泉城”推进大会在济南舜耕会堂召开。这样的大会在济南的历史上也是少见的。会议确定，今后济南将以加快科学发展为统领，优化发展环境，发展实体经济，建设“美丽泉城”，同时，济南还将深化社会管理创新模式，积极回应群众期待。

为完成大会确定的奋斗目标，济南成立了由四大班子领导挂帅的“发展实体经济、建设美丽泉城、优化发展环境、创新社会管理”领导小组，进一步在全市形成了干事创业、科学发展的生动局面，掀开了“实力济南、活力济南、魅力济南”建设的新篇章。

未来5年，济南将大力实施新型城市化、新型工业化、创新驱动、富民惠民战略，扎实推进“项目建设三年行动计划”，围绕增强城市功能、现代服务业、金融、旅游、娱乐、城市综合体、汽车、电子信息、高端装备制造、生物医药等现代产业，积极发展一批带动力强、规模大、效益好的大项目、好项目，不断形成新的经济增长点，为可持续发展积累后劲。济南将承办2013年第十届中国艺术节，2015年还将承办第22届国际历史科学大会，这些大事盛事必将给济南的发展带来新的机遇、注入新的活力、增添新的亮点。

按照济南市第十次党代会和市“两会”作出的部署，济南将更加注重以人为本，更加注重全面协调可持续，统筹兼顾，按照市委书记王敏提出的“咬住目标，埋头苦干”的要求，紧紧围绕广大人民群众翘首期待的事情，实实在在解决具体问题。

潍坊，风筝下“动力城”

科学发展新山东——第八届中国网络媒体山东行网友评论之十

作者：陈鑫

“鸢都”没有掩盖潍坊其他的光辉，潍坊是全国知名的“动力城”，动力之城源于龙头企业的崛起，潍柴动力，盛瑞动力，福田整车，拉动这座动力城行驶在发展的高速路上。

提及潍坊的动力产业，就不能不提“潍柴”，这是国际市场上一个响当当的名字，也是潍坊动力产业的排头兵，潍柴集团是目前中国综合实力最强的汽车及装备制造集团之一。是中国第一家在香港H股上市，并回归内地实现A股再上市的企业，公司资产总额220亿元，2011年潍柴集团名列中国企业五百强第93位，中国制造业五百强第35位，中国工业百强第2位。荣获山东省首届“省长质量奖”和第二届中国工业大奖。

潍柴集团成功源于不断的技术创新，公司具有强大的研发能力，在产业规模、研发能力、工程开发体系建设等方面均处于行业的领先位置。公司建立了现代化的“国家级技术中心”及国内一流水平的产品实验室，在奥地利建立了欧洲研发中心，多个项目被列于国家“863计划”。2005年企业成功推出了国内首台具有自主知识产权的“蓝擎”欧III排放柴油机，在噪音、油耗等方面均达到国际领先水平。在此基础上，2007年企业又自主研制成功了国内首台达到国Ⅳ排放标准的发动机，并成功配装重型卡车，再次书写了装备制造业“中国创造”的新辉煌。

盛瑞传动股份有限公司是近年来迅速崛起的国内品种最全、实力最强的重型柴油机零部件综合制造商，重型柴油机连杆、活塞销、水泵等国内市场占有率超过20%。更重要的盛瑞传动公司，已经站在了国际自动变速器研发制造技术的前沿，开发世界首款前置前驱乘用车8挡自动变速器（8AT），取得了我国汽车自动变速器科技领域的重大突破，让中国制造在世界汽车变速领域有了自己的一席之地。

在传统的动力产业领域，潍坊确实走在了全国的前列，并占领了制高点。在新兴高端动力产业———新能源动力产业领域，潍坊也向新能源高地冲锋，吹响了集结号，福田新能源汽车落户高新区。山东上存能源股份有限公司与世界知名的加拿大孚斯泰克公司签署协议，合作生产高功率（支持汽车高速运转）第三代锂离子动力电池，为电动汽车提供动力解决方案。

经济文化强省建设要始终坚持科学发展道路

科学发展新山东——第八届中国网络媒体山东行网友评论之十一

作者：陈敏

5月13日上午，科学发展新山东——第八届中国网络媒体山东行大型采访活动在济南正式启动，在60余家媒体记者的文字和镜头下，展现着山东悠久的历史文化、优美的自然风貌、纯朴的风土人情，也展现着近年来山东省坚持以科学发展观为引领，广大干部群众艰苦奋斗、干事创业的，大力实施蓝黄战略，优化经济产业机构，推进科技创新，促进民生改善等各方面作出的努力与取得的成效。一个全面立体、生动形象、魅力独具的新山东形象清晰呈现，是我省坚持科学发展、和谐发展道路，扎实开展经济文化强省建设的实证，也让每个山东人骄傲、自豪之情油然而生。

2011年7月31日，中共山东省委九届十二次全体会议召开，强调“着力解决我省经济社会发展和党的建设面临的重大问题，努力提高科学发展的能力、开拓创新的能力、群众工作的能力、应对风险的能力、维护稳定的能力，全面推进全省社会主义现代化建设”，其中把“科学发展”的能力列为五大能力之首，反映了省委省政府坚持科学发展道路不动摇的决心，也为山东经济社会发展指明了目标和方向。

科学发展观是党推进各项事业的改革和发展的方法论，也是中国共产党的重大战略思想，并在实践中闪耀着强大的理论价值和指导意义。科学发展观强调以人为本为核心，把为了人作为发展的根本目的，力求实现发展为人民，发展依靠人民，发展成果由人民共享。其所强调的“发展度”、“协调度”、“持续度”的统一，更是衡量一个国家和地区发展的健康与理性、环境与发展、效率与公正的重要特征。

“十二五”开局之年，各行各业广大干部群众大力弘扬干事创业务实高效精神，正视经济发展形势，抢抓机遇，统筹谋划，科学推进，经济文化强省建设迈出了坚实的步伐。“十二五”开局之年，在科学发展观的指引下，我们实现了经济的平稳较快发展，产业结构的优化调整，科技创新能力的不断提升，民生的持续改善。无论是济南的高科技创新，菏泽的文化强市建设，黄河三角洲的高效生态效应，东营的石油生态双崛起，钢城莱芜和水城聊城的崭新面貌，处处可见齐鲁大地积极应对困难和风险，抢抓发展机遇和挑战，努力实现经济社会全面发展的巨大成就。

科学发展，以人为本，发展成果，民生共享。我们期待，乘“蓝黄”两区建设升级之东风，山东迈向平衡发展、民富省强的美好未来。

办好民生实事让幸福遍及齐鲁

科学发展新山东——第八届中国网络媒体山东行网友评论之十二

作者：王丽丽

近年来，山东省紧紧围绕科学发展主题，牢牢把握加快转变发展方式主线，实施富民强省战略，改革财政支出机制，竭尽全力让百姓的生活更加美好，在保障和改善民生上，山东不仅有大张旗鼓的宣传，更有“真金白银”的投入。山东在民生建设方面迈出了越来越坚实的步伐，老百姓分享到越来越多的改革发展成果。山东省财政对民生投入累计达 7004.5 亿元，2011 年全省新增财力七成以上用于民生事业，民生支出占财政支出的比重达到 54.8%。

就业乃民生之本，山东省狠抓财政支持力度，十一五期间共支出就业专项资金 55.2 亿元。2011 年全省就业专项资金支出达到 14.6 亿元，用于落实职业培训补贴、职业介绍补贴、社会保险补贴等就业促进政策，积极开展就业服务专项活动，推动以创业带动就业，全省就业率尤其是高校毕业生和农民工这两个重点群体达到新高，为社会稳定奠定了良好基础。

稳定物价打牢民生之基。山东省采取一系列稳定物价、保障民生的政策措施，形成了强有力的调控工作体系，提升价格调控能力的长效保障机制，遏制了物价快速上涨势头。

深化医改保障百姓看得起病。2012 年山东省在全省县级及以下医院全面推广“先诊疗、后付费”制度，让群众解除后顾之忧，着实让百姓感到了实惠。近年来，山东省深化医疗改革，围绕打造人人“病有所医”的健康之路，稳步推进医疗改革，看病难、看病贵的难题得到缓解。

百年大计、教育为本，全面实现教育现代化。山东省大力实施科教兴鲁和人才强省战略，城乡免费义务教育全面实现，高中阶段教育全面普及，职业教育快速发展，高等教育进入大众化阶段，建立起比较完善的国民教育体系。

强化社保筑起安全网。近年来，山东省坚持“广覆盖、保基本、多层次、可持续”的方针，统筹城乡社会保障制度建设，初步形成了以社会保险为主体，包括社会救助、社会福利、优抚安置、住房保障和社会慈善事业在内的社会保障制度框架。

幸福是个永恒的话题，对省委省政府来说，发展民生事业，说到底就是把民生幸福作为强省建设的最高追求，办好民生实事，让发展的成果惠及民众，让幸福遍及齐鲁。

走进东营：见证沧海桑田的神奇变迁

科学发展新山东——第八届中国网络媒体山东行网友评论之十三

作者：尚昭

说起东营的生态，人们印象最深的是东营作为退海而生的新生地，盐碱化严重，缺树少绿。东营市成立于 1983 年 10 月，建市之初，多风、少绿、盐碱、荒凉的东营被称为山东的“北大荒”，“晴天白茫茫，雨天水汪汪。鸟无枝头栖，人无树乘凉”成为建市之初的真实写照。极其脆弱的生态环境，平均 17‰以上的土壤含盐量，使东营一度被列为绿化的“禁区”。

然而绿色，是生命的颜色，也是生机的昭示。东营人要在这片土地上建业兴业，就一定要把绿色革命进行到底。东营市在绿色实践道路上，逐步探索出滨海盐碱地城市绿化的新路。他们注重城市生物多样性保护，做到大环境绿化与城区绿化相结合、公共绿化与庭院绿化相结合、平面绿化与立体绿化相结合，促进城市人工生态系统与自然生态系统协调发展。以道路、河渠绿化为框架，公共绿化为重点，庭院绿化为基础，乔、灌、花、草合理搭配，把绿地扩展到城市的每一个区域和每一个角落，形成了点线面结合的城市大绿地系统和三季有花、四季常青的人居环境，“大绿地、大空间、大水面”的城市风貌特色。以城市绿化为重点，抓城市公园建设、道路绿化、单位（小区）绿化、城市大环境绿化和城区建设改造，全面提升园林景观水平。着力打造生态宜居城市，实施了广利河综合治理和文化公园、体育公园、科技公园、清风湖景区等建设工程，新增绿地 26.4 万平方米。

为进一步解决林木资源总量不足、布局分散、规模化片林数量少、生态脆弱的问题，去年，东营启动生态林场建设，开始试点建设东营区龙居、广饶县丁庄等 10 处生态林场，规划面积 21.94 万亩。围绕建设滨水生态园林城市的创建目标，认真实施城市绿地系统规划，城市园林绿化实现了历史性突破。各项指标均已达到或超过国家园林城市标准。最近，东营市被命名为国家园林城市，在全国 37 个参评城市中终评成绩第一。

造林播绿，仅仅是东营生态建设的一部分。东营把生态建设作为一项系统工程，全面构筑。突出大绿地、大水系、大湿地特色，加快构筑森林环抱、湿地相间、水系环绕的生态系统。

滔滔黄河塑造了黄河三角洲这片美丽的土地，维持了黄河口湿地生态的多样性和生命。我们看到的黄河三角洲自然保护区美景，让人惊诧于大自然的鬼斧神工，但更惊异于东营人为之付出的艰辛。东营把呵护这块土地生态作为义不容辞的责任，编制完成了百万亩湿地修复总体规划和区域规划，加快湿地修复步伐，启动实施百万亩湿地修复工程和刁口河流路生态调水，沉寂了 30 多年的黄河故道刁口河流路恢复过水。昔日沿海滩涂一片茫茫、毫无生机的场景不再，芦荻飘雪、鸟飞云天的壮观景象重现。

城市中有湿地、湿地中有城市，是东营的一大特色，在搞好自然保护区湿地修复的同时，东营致力于做好城市湿地的文章，贯通城市湿地、水系、湖泊、水库，加快广南水库、广北水库开发和东八路两侧湿地公园建设，建设金湖银河生态系统，把东营打造成为著名的湿地之城。东营，这座建立在盐碱滩上的石油之城，以世人瞩目的华丽转身上演了一场沧海桑田的神奇变迁。

青岛西海岸——半岛蓝色经济区的先导区

科学发展新山东——第八届中国网络媒体山东行网友评论之十四

作者：周彬彬

青岛，大家并不陌生，作为中国东部沿海的著名城市，也是山东省第一大城市，可谓家喻户晓，世人皆知。百度搜索上是这么介绍青岛的基本情况的：青岛市是计划单列市、副省级城市、山东省经济中心城市、全国首批沿海开放城市、国家级历史文化名城、全国文明城市、国家卫生城市。青岛因名牌企业众多，被誉为：“中国品牌之都”、“世界啤酒之城”。2008 年青岛成功举办第 29 届奥运会帆船比赛成为奥运之城，被誉为“世界帆船之都”。

“科学发展新山东——第八届中国网络媒体山东行”大型采访活动已于本月 13 日正式拉开了帷幕，并将于 5 月 18 日走进青岛市西海岸经济新区。

2011 年 1 月，国务院批准山东半岛蓝色经济区规划，将蓝色经济区规划上升为国家战略，而青岛市被定位为山东半岛蓝色经济区核心区域和龙头城市。为抢抓蓝色经济发展机遇，突出发挥青岛半岛蓝色经济区核心区龙头带动作用，青岛市委、市政府设立了西海岸经济新区。

围绕“率先科学发展、实现蓝色跨越，加快建设宜居幸福的现代化国际城市”这一奋斗目标，青岛市把西海岸经济新区作为青岛建设半岛蓝色经济区先行区、打造全国海洋经济领军城市的重要支撑和强力引擎，编制完成了《青岛西海岸经济新区发展规划》、正式成立了青岛西海岸经济新区党工委、管委会，规划范围为青岛市黄岛区、胶南市全域，陆域面积2096平方公里，海域面积约5000平方公里，常住人口139.2万。据了解，2011年，该地区生产总值1823亿元，地方财政一般预算收入102亿元，规模以上工业产值4195亿元，分别占青岛的27.6%、18%和34.2%，占山东省的4%、3%和4.1%；实现社会消费品零售额290.6亿元，分别占青岛市和山东省的13%、1.7%；完成固定资产投资856亿元，分别占青岛市和山东省的24.4%、3.2%，真可谓综合实力强劲。

作为半岛蓝色经济区的先导区，青岛西海岸经济新区的海洋经济发展方式、经济功能区体制机制的创新以及港、产、城协调发展的新模式，带给了我们许多好奇和思考，我们应该认真学习借鉴其成功经验，积极探索海陆统筹、科学发展的先行之路，努力实现经济社会又好又快发展。

提升聊城形象，打造文化特色品牌

科学发展新山东——第八届中国网络媒体山东行网友评论之十五

作者：谢艳丽

14日，“科学发展新山东——第八届网络媒体山东行”大型采访团走进“江北水城运河古都——聊城”。

近年来，聊城市把潜在的文化资源优势转化为现实发展优势、提升城市形象和整体实力，着力打造一批特色文化产业品牌。

一是以别具特色的水资源为载体，打造“江北水城”文化品牌。水是聊城最美的特色。中国北方最大的城市湖泊——东昌湖，环抱古城，形成了“城中有水，水中有城，城水一体，交相辉映”的独特城市格局。聊城充分地发挥水的优势，做好水文化文章，在更深更高层次上打造“江北水城”文化品牌。重点抓好东昌湖旅游区高端旅游创意项目建设，打造与聊城古城相映相衬的水上旅游文化项目。进一步搞好东昌湖水系整体规划，进一步贯通城市水系，扩大水域面积，实现东昌湖主水域与周边零星湖泊的贯通。整合湖区文化旅游资源，完善已有设施，提升现有景点的档次。搞好徒骇河风情景观带文化产业园区建设，有选择地吸收世界各国运河、滨河滨水先进建筑设计理念，注入世界文化精品元素，沿河打造若干个具有世界风情、风格多样、特色鲜明的休闲娱乐购物度假园林小区，使之成为世界滨水文化博览园。

二是对接省“运河文化带”建设，打造“运河古都”文化品牌。京杭运河聊城段为轴线，以聊城、临清为重点，以丰富的运河文化资源和中国运河文化博物馆等设施为载体，大力打造“运河古都”文化品牌。搞好了运河城区段开发，疏通古运河聊城段，恢复和修建古运河知名码头。做好列入国家重点文物保护单位的张秋上下闸、七级北大桥、周店船闸、大码头、小码头等遗址的保护和开发。开发建设了临清中洲运河古城，在保留明清时期格局的基础上，以古街巷和古建筑为依托，实行保护性开发。加强运河文物资料的收集整理，明确了运河文化博物馆发展方向，突出运河发展史、运河科技、运河漕运、运河文化、运河城市等与运河息息相关的热点、亮点进行展示，利用实物、模型、照片、图片以及声、光、电技术展示丰厚的运河文化。

三是以古城区保护与改造为载体，打造“中华水上古城”文化品牌。聊城古城始建于春秋，是国家级历史文化名城。近年来聘请同济大学国家历史文化名城研究中心等编制了古城区保护与整治规划，在保留古城区原有格局、肌理、风貌和有价值的文物的前提下，运用市场手段完善基础设施，赋予古城特色文化内涵，保留完整历史文化符号，打造文化产业核心区，努力打造“中华水上古城”文化品牌。

四是以众多的名著故事发生地为载体，打造名著文化品牌。聊城是《水浒传》、《金瓶梅》、《老残游记》、《聊斋志异》等众多名著故事的发生地，依托名著故事打造名著文化品牌是聊城打造特色文化品牌的一个重要方面。近年来聊城以《水浒传》故事发生地为载体，以阳谷县狮子楼、景阳冈和阳谷县城区仿宋一条街为主，建设阳谷水浒金瓶梅文化园区，体现宋代时期的民俗人情、商业文化和经济发展的状况，形成以图书、茶艺、书画、戏曲、饮食文化为主的文化产业园区。

五是以各类休闲生态园为载体，打造聊城休闲文化品牌。正在建设的马颊河生态文化旅游度假区，突出休闲度假和生态体验旅游优势，建设湿地生态保护区、休闲运动体验区、主题娱乐区、旅游房产度假区、配套服务区五大功能区，大力发展休闲度假旅游、生态旅游、文化旅游、主题公园旅游等旅游产业，全力打造一个以湿地温泉、林海平原为特色，自然生态和人文气息共存，综合度假休闲、主题娱乐等设施的冀鲁豫区域重要文化旅游基地。

在科学发展的征程中镌刻民生印记

科学发展新山东——第八届中国网络媒体山东行网友评论之十六

作者：陈德溪

“民为邦本，本固邦宁。”民生是社会和谐之本，民生的洼地就是民意的高地。对一个区域而言，经济发展是基础，最大的和谐是民生和谐，最重要的人文关怀是民生关怀。只有把民生放在首位，才会有一个强大而厚实的根基。

科学发展是保障民生的本质要求，民生改善则是科学发展的重要条件和落脚点。在经济文化强省建设的伟大征程中，山东省始终坚持富民利民优先，把改善民生作为各项工作的出发点和落脚点，从人民群众最关心、最直接、最现实的利益问题入手，千方百计为群众排忧解难，让九千多万齐鲁儿女享受到了改革发展的新成果，感受到了幸福生活的新气息。

保障民生，理念先行。审视山东发展，就会清晰地看到，当前对“富民”的突出强调，是山东进入新的发展阶段的必然归宿。早在2007年的省第九次党代会上，明确提出“科学发展、和谐发展、率先发展，在新起点上实现富民强省新跨越”，有针对性地将群众的个体需求和整个省份的发展要求紧密结合起来，并将“富民”置于“强省”之前，在我省还是第一次。显然，这意味着我省发展理念的一个重大调整。2011年，山东省十二五规划中提出，未来五年是全面建设小康社会、实现富民强省新跨越的关键时期。姜大明省长在当年的政府工作报告中明确表示“只要我们把富民和强省有机结合起来，坚持以人为本、民生优先，就一定能够促进人民生活水平持续提高，保持社会和谐稳定。”

从理念升华到行动“深耕”，山东的“民生”蛋糕越来越大，越来越香甜。保障和改善民生要舍得“真金白银”的投入。从2009年省政府工作报告中提出的5件民生实事，到2010年的10余件，到2011年的26件，到2012年明确提出的35件民生实事，山东省的“民生菜单”涵盖面越来越广，厚度越来越重，民生政策出台越来越多，民生投入力度越来越大，群众得到的实惠越来越多。可以说，“十一五”是山东省民生政策出台最多、民生投入力度最大、群众得实惠最多的时期。“十一五”期间，围绕“学有所教，劳有所得，病有所医，老有所养，住有所居”的幸福山东建设，省财政对民生投入累计达7004.5亿元。2011年，全省新增财力七成以上用于民生事业，民生支出占财政支出的比重达到54.8%，比上年提高3.8个百分点。扩大就业、稳定物价、安居工程、“先诊疗、后付费”、义务教育全免费、社保“拖地机制”等等，一系列的民生举措，让更多百姓分享到“蛋糕”。山东的民生实践，充分体现了省委、省政府以人为本、执政为民的执政理念，彰显了一枝一叶总关情、“民生大于天”的为民情怀。

民生工作只有起点、没有终点，只有更好、没有最好。站在新的历史起点上，在2012年政府工作报告中，姜大明省长又明确提出了“惠民生重在办好实事。牢牢把握保障和改善民生这一根本目的，切实加大民生投入，健全社会保障体系，集中力量解决紧迫性问题，让人民群众共享改革发展成果”的要求和为民办35件民生实事。件件实事为群众解危难，桩桩善举为百姓谋福祉。增加农民收入，促进就业，健全社会保障体系，教育优先发展、发展医疗卫生事业，房地产调控和保障性住房建设……一个个都进入了决策的范畴，一个个民生难题的破解生动诠释着执政为民理念必将在齐鲁大地城乡产生的深刻影响。

民生连着民心，民心凝聚民力，民力成就事业。我们有理由相信在不远的将来，9000万齐鲁儿女将生活得更加富裕、更为舒心、更有尊严。山东省在科学发展的新征程中必将将会把“人”字越写越大！

科学发展网络媒体宣传作用必不可少

科学发展新山东——第八届中国网络媒体山东行网友评论之十七

作者：高仲平

5月13日上午，由国家互联网信息办公室网络新闻宣传局指导，中共山东省委宣传部、山东省人民政府新闻办公室、山东省网络文化办公室共同主办的“科学发展新山东——第八届中国网络媒体山东行”大型采访活动在济南启动。至此，我省网络媒体这样的集中宣传报道活动已经是第八次了。这必将对全面展示山东经济社会发展的风貌，树立起我省良好对外形象，更进一步扩大山东在国内外的知名度和美誉度产生巨大的影响。

活动的开展不仅让人们沉思，大家一致认为，一个地方要想科学发展，重点突出的集中宣传活动非常必要，网络媒体宣传作用更是重中之重，必不可少。

我省科学发展迅速，各级媒体关注度高，网络媒体对我省更是情有独钟。全省第九次党代会，明确提出了我省科学发展、和谐发展、率先发展，在新起点上实现富民强省新跨越的目标任务。同时，结合实际，又提出了建设经济文化强省的奋斗目标，形成了以推进和实现科学发展为主线，坚持高点定位，加强多点支撑，实施重点带动的“一线三点”的经济文化强省建设工作思路。几年来，山东省委省政府坚持科学发展主题，作出了一系列重大战略决策，提出了一系列重大发展战略。“建设生态山东”、“打造山东半岛蓝色经济区”、“建设黄河三角洲高效生态经济区”、“建设胶东半岛高端产业聚集区”等一系列重大战略决策，为山东迎来了新的重大发展机遇，促进了山东经济社会发展的新跨越。全省各地各部门，在科学发展观的指引下，积极探索，开拓创新，科学实践，创造了许多新模式，积累了许多新经验，产生出许多新亮点，取得了许多新成就。综上所属，组织网络媒体全面宣传全省科学发展确实是很有必要。

网络媒体宣传及时迅速，时效性快，能以迅雷不及掩耳之势到达受众心里。这也是组织网络媒体及时把全省科学发展的成绩宣传出去的又一个重要理由。与往届网络媒体采访活动单一宣传主题有所不同，此次采访活动的宣传重点是我省科学发展的总体情况和全面成果。围绕“科学发展新山东”这一主题，省里研究确定了“贯彻落实科学发展观、实施‘蓝’‘黄’带动战略、经济结构调整、统筹城乡建设、创新驱动、文化强省建设、改善民生、生态文明建设、深化改革开放、党的建设”等10个方面的宣传报道重点。通过及时迅速的网络媒体宣传，必将全面展示全省的科学发展成果，让广大受众再次刮目相看我们山东。

网络媒体不但及时迅速，时效性快，而且还能迅速产生轰动效应。这也是我们看好网络媒体宣传的一个优势。在我省第十次党代会召开前夕这样一个特殊的时间节点，省里邀请全国60多家网络媒体100余位记者来山东进行集中采访活动，就是要借助网络媒体覆盖面广、影响力强的宣传优势来宣传我省九次党代会以来已经取得的辉煌成就和人民生活发生的新变化，宣传山东各级党员干部良好的精神风貌，为党的十八大和我省十次党代会的胜利召开献上一份特殊的礼物。

未来的青岛，蓝色半岛上的璀璨明珠

科学发展新山东——第八届中国网络媒体山东行网友评论之十八

作者：辛崇娟

2012年的5月18日，中国网络媒体山东行再一次相聚青岛，在这里上演一场媒体聚会的盛宴。网络媒体山东行已经举办八届了，青岛像是一个永不掉队的战士，每一届都少不了他的身影、他的风采。不管是对第一次到青岛的年轻记者，还是已经游历过多次的老手笔，青岛都满怀自信给他们展开新的面貌，展现自己最新的成长。记得在2010年第三届专家博客笔会上，央视的喻江在到过青岛后曾写过一篇图文并茂的博客，她说："在这个阳光下的城市，藏着许多许多的时空。这个此刻的城市，却并不在此刻，它私自收藏了许多时光。"那么这一次，让我们一起去看看这个藏着许多时空和时光的大海边的城市，又将给我们带来怎样的惊喜呢。

"青岛西海岸经济新区"，这个全新的名字，全新的规划，或许就是青岛带给我们的一重惊喜。在山东半岛蓝色经济区上升为国家战略中，青岛敏锐地抓住了这个历史机遇，突出发挥青岛作为核心区龙头带动作用而决策设立了这个新区，从而成为国务院批复的《山东半岛蓝色经济区发展规划》明确建设的新区。2012年1月31日，青岛西海岸经济新区党工委、管委会正式成立，标志着青岛西海岸经济新区开发建设全面启动。

现在的青岛，正如火如荼地建设着这张全新的城市名片，我们能感受到青岛人的自信和对未来的憧憬。这片涵盖了陆域面积2096平方公里，海域面积约5000平方公里的新区上，除了有优越的区位条件、雄厚的经济实力、庞大的现代化产业集群这些硬件外，还聚集了大量的高端人才、高科技优势和完善的生态环境。这些都给了这个新区充足的自信去扬帆远航。

青岛市委市政府按照"一心五区"的开发格局对新区进行了空间布局，"一心"是指新区中心区，包括青岛经济技术开发区、胶南经济开发区、青岛临港经济开发区、胶南城区和黄岛部分城区，延伸放大国家级开发区政策功能；"五区"是五大经济功能区，包括保税功能拓展区、国际经济合作区、董家口经济区、西海岸国际旅游度假区、古镇口服务保障区。

完善超前的科学布局，似乎已经向人们展现了一副大好的蓝图、一片灿烂的前景。但是青岛人在满怀自信的同时，也身肩兼压力，有发展的压力、创新的压力、民生的压力、竞争的压力，向北看，有天津的滨海新区正在大刀阔斧地建设，向南看，有江浙广一带转型突破地发展，这些都给青岛无形的压力和动力。但是正向青岛这座城市一样，它散发出的蓬勃朝气既像正值灿烂年华的少年，它蕴含着的独特历史韵味又像成熟稳重的中年智者，它知道自己肩负的使命，也知道自己远航的目标，它必定要立于历史的潮头，立于山东蓝色半岛的制高点，像领头羊一样，把蓝色经济区建设做大做强。

相信未来将有一颗海上的明珠在蓝色的半岛上熠熠生辉，那就是青岛！

一极领先多极崛起　烟台绘就蓝色宏图

科学发展新山东——第八届中国网络媒体山东行网友评论之十九

作者：王军华

山东半岛蓝色经济区建设，给烟台带来了前所未有的发展机遇。机遇面前，烟台要以什么样的思路来挖掘优势，让蓝色经济成为推动烟台发展的主导力量和鲜明特色？

一极领先，多极崛起！

这是在日前烟台市召开的第十二次党代会做出的增创蓝区建设优势的重要战略部署。

党代会的部署，如一声号角，一股蓝色发展潮迅速涌起。

瞩目烟台金海岸，从金山湾到丁字湾，从芝罘湾到莱州湾，从东到西，从南到北，满目尽涌蓝色潮。作为全市蓝区建设的“一号工程”，东部新区建设如火如荼，项目布局与基础设施建设同步推进；莱州湾畔，“蓝”“黄”战略叠加发力，“一港、一环、五大组团”集群正奏响西部增长极的澎湃乐章；南烟台海滨，核电、海洋工程等高端产业风生水起……

在“一极领先、多极崛起”这一战略的引领下，烟台正以全域建设蓝色经济区的视野和思路，大力度释放、大面积扩展蓝区建设综合效应。

规划引领成为共识。眼下的烟台各地，无不着眼长远发展，在规划上下工夫，极力谋求高点起步。高新区，立足业已形成的发展基础，聘请国内外一流专家对产业发展重点进行重新梳理；长岛，针对长岛“国际休闲岛”的建设要求，请来新加坡雅思柏设计事务所著名的城市规划设计师刘太格编制《长岛县南五岛概念性总体规划、北长山城市设计》。

项目建设加速推进。没有项目，任何发展都是空中楼阁。各地以项目开工月为切入点，迅速掀起一股项目建设的高潮。在牟平，曾经的盐碱滩上，投资500亿元的龙湖滨海生态城起步区建设快马加鞭，总部基地商务区力争年内完成60万平方米的生态社区主体工程；沁水河东，总投资135亿元的中冶烟台国际商务城，一期工程砂桩施工竣工，已完成投资约7亿元，不久将形成国际商务园和中冶蓝城两个区域。在莱州湾，华电莱州发电有限公司“火电一期”工程正在建设中，2012年两台机组全部投产，工程竣工后成为山东半岛蓝色经济区重要电源支撑点，对改善山东东部电网结构、缓解胶东电网电力紧张局面具有重要意义……

特色产业风生水起。当前，无论是“一极”各区，还是“多极”各地，无不立足本地实际推出一批特色项目，努力推动特色发展。在莱山区，烟台总部经济基地管委已对外办公，作为烟台服务业四大工程之一，项目预计总投资达150亿元，目前已有华特迪斯尼、中节能、杰瑞智谷、山东瑞康医药、北京联东投资集团等多个项目达成投资意向。在蓬莱北沟镇，造船重工产业正快速崛起。2005年，北沟镇造船重工业开始起步，目前，全镇已有造船及船配类企业8家，年造船能力100万载重吨……

从东到西，从南到北，发展的场面令人心潮澎湃。眼下的烟台，“东部新区”各区在竞争中合作，在合作中竞争，重点区域开发、重大基础建设等工作无不呈现出快速推进的局面；“多极崛起”中的莱州湾、丁字湾、龙口湾、长岛，以及北部区域，同样呈现出蓝海逐浪、百舸争流的喜人局面。

“网络媒体山东行”——山东科学发展的大阅兵

科学发展新山东——第八届中国网络媒体山东行网友评论之二十

作者：唐盛泰

在喜迎党的十八大和山东省第十次党代会召开之际，“科学发展新山东——第八届中国网络媒体山东行”大型采访活动拉开了序幕。

通过这次网络媒体的集中报道，进一步展示了山东各地科学发展的新成就，是山东科学发展的一次大阅兵。通过媒体的报道，展示了山东科学发展的新成绩、新风貌，进一步展示山东良好的发展环境、发展态势、发展成就，为山东的科学发展注入更加劲的动力。

山东的明天会更好

党的十八大和山东省第十次党代会召开之际，回望山东的发展成就斐然，展望山东的前景一片蔚蓝。

"要大力发展海洋经济，科学开发海洋资源，培育海洋优势产业，打造山东半岛蓝色经济区"。这是2009年，胡锦涛总书记两次到山东视察时，给山东明确指出的发展方向。2011年1月4日，国务院批复《山东半岛蓝色经济区发展规划》，全国首个以海洋经济为主题的区域发展战略正式落子山东，为强省建设提供了强力引擎，开启了山东经济社会发展的新纪元。

一年多来，从黄海之滨到渤海之畔，从阳光海岸到茫茫碱滩，一股蓝色经济的发展劲风，席卷了整个齐鲁大地。蓝色经济，这个原本有些陌生的词汇，开始越来越多地出现在地方发展的文件里，出现在人们的日常生活中；山东半岛蓝色经济区，一个攸关山东未来的全新发展高地和战略增长极，逐步从规划变成行动，从构想变成现实。

蔚蓝的大海，蕴藏着无尽的希望。打造山东半岛蓝色经济区，是中央交给山东的光荣任务，是全省人民的新期待，是历史赋予我们的重大使命。面对着一片蓝海，时间不等人，机遇不等人。高举科学发展大旗，沿着蓝色经济的航向，山东经济社会一定会有更加美好的未来。

烟台经济蓝潮涌动

"一极领先、多极崛起"——烟台，正紧握半岛蓝色经济区这支巨笔，描绘未来的城市发展蓝图。

"一极领先"，就是依托牟平区、高新区、莱山区、芝罘区和保税港区滨海区域，重点打造和优先发展东部高技术海洋经济新区。"多极崛起"，就是以莱州湾为中心，发挥一"蓝"一"黄"两大国家战略优势，大力建设高效生态经济高地，打造全市蓝色经济西部增长极；以丁字湾为中心，用好海即跨海大桥、"亚沙会"辐射带动效应，突破发展海阳亚沙文化旅游产业聚集区和莱阳南海新区，打造全市蓝色经济南部增长极；以龙口湾为中心，加快龙口及招远集中集约用海项目、蓬莱西海岸文化新区建设，大力推进烟台开发区临港产业区建设，打造全市蓝色经济北部增长极；高标准抓好长岛休闲度假岛建设，使之成为彰显蓝色魅力的休闲度假胜地。

科学发展新山东

第八届中国网络媒体
山东行新闻报道集

济南篇

走近浪潮科技园：从“云计算”到“云服务”（新华网）

新华网山东频道5月14日电（记者 叶 婧 李志强）“云计算”应用在生活中能带来哪些改变？13日下午，“科学发展新山东——第八届中国网络媒体山东行”采访团来到浪潮科技园，记者亲身体验了卫生云、媒体云等多种云计算应用给生活带来的方便。在浪潮云计算创新中心，这些看得见、摸得着的“云”让许多记者感叹科技创新的独特魅力。

走进浪潮云计算创新中心，中国第一台32路高端容错计算机醒目地矗立在入口处，许多媒体记者都对“云计算”的概念模糊不清，对此浪潮集团品牌总监左佰臣解释说：“就像是把过去物理概念上的服务器、机房、数据中心‘融化’成为一个运算能力，通过合理分配使这个运算能力得到最大化的应用，就像云一样，是突破了物理边界的，是漫无边际的。”

在浪潮云计算创新成果展示区，来自全国各地的网络媒体都亲身体验了一回“云计算”的神奇，从政务云到卫生云再到媒体云，大家对云计算将来应用到生活中带来的改变惊叹不已。

据了解，浪潮立足中国云计算应用，率先提出“行业云”这一概念，推出了包括政务云、工商云、卫生云、药监云、食品安全云、烟草云、水利云、民政云、交通云、媒体云、企业云、文化云等涵盖十余个行业的云应用。

浪潮作为中国云计算的领导厂商，在其60余年的发展历程中，始终以超前的技术和独特的软硬件综合实力，在中国IT品牌中独树一帜。前不久，浪潮集团有限公司董事长兼CEO孙丕恕在接受新华网专访时透露，浪潮投资7.74亿的高端容错，2012年即将通过国家的验收。

中国日报网 2012-7-11 星期三

CHINADAILY.com.cn

中国在线 chinadaily.com.cn/dfpd/

中国在线 > 华东地区

浪潮：自主研发高性能海量存储系统获得成功

2012-05-14 13:22:06 来源：中国日报山东记者站

浪潮

济南云计算中心

贾庆林视察浪潮

近日，浪潮自主研发的PB（1PB=1000TB，1TB=1000GB）级高性能海量存储系统通过国家验收，这标志中国成为继美、日之后世界第三个掌握高端存储核心关键技术的国家。浪潮也成为继EMC、IBM、日立之后，第四个能够自主研制海量存储系统的公司。

浪潮海量存储系统数据管理规模高达32PB，系统数据传输带宽达到每秒64兆。该系统在国内首创8控系统体系架构，通过完全自主知识产权的算法，解决了多控协调调度、全局共享缓存等关键技术难题，实现了多个存储控制器的全交换、全连通，与传统的双控存储系统相比，系统可靠性达到99.999%，性能提升30倍以上。

浪潮PB级高性能海量存储系统是“十一五”863计划“海量存储系统关键技术”重大项目的研究成果。这一创新成果打破了国外厂商长期以来在高端存储系统方面的市场垄断和技术垄断地位，对保障国家信息数据安全有着重要的意义。

目前，该系统已在中国资源卫星应用中心和国家超级计算济南中心得到应用。中国资源卫星应用中心业务系统承载7个卫星的数据接收和处理，每天处理6TB，年数据量在2PB；在济南超算中心的全国产化千万亿次超级计算机“神威蓝光”上，部署了2.3PB浪潮海量存储系统，其每秒带宽达到200GB，有效地解决了高性能计算后端存储瓶颈。

来源：中国日报山东记者站（记者 徐振丽 ）编辑：马原

中国日报网报道截屏

浪潮“云计算”给人们生活带来神奇改变（国际在线）

国际在线消息 （记者 李瑛） 虽然很多人都知道“云计算”这个名词，但是它具体是怎么回事，大部分人并不清楚，2012年5月13日下午，“科学发展新山东——第八届中国网络媒体山东行”采访团一行来到了济南市浪潮云计算创新中心，近距离观摩信息领域最新的创新成果，亲身体验卫生云、媒体云等多种云计算应用给人们生活带来的神奇改变，感受看得见、摸得着的云计算。

浪潮云计算创新中心位于济南经十东路浪潮科技园，集中了中国目前最先进的云计算核心装备和十余个行业的云计算应用体验，通过多种方式展现了云计算对社会生活各个方面的改变。

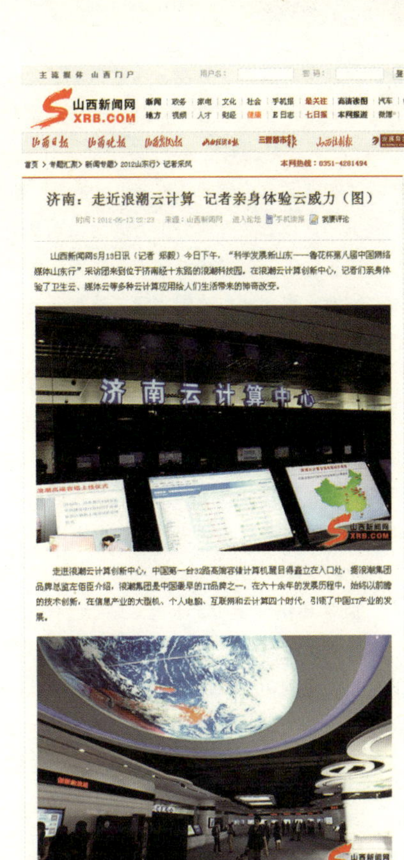

济南：走近浪潮云计算 记者亲身体验云威力（图）

时间：2012-05-13 22:23 来源：山西新闻网

山西新闻网5月13日讯（记者 郑毅）今日下午，“科学发展新山东——鲁花杯第八届中国网络媒体山东行”采访团来到位于济南经十东路的浪潮科技园。在浪潮云计算创新中心，记者们亲身体验了卫生云、媒体云等多种云计算应用给人们生活带来的神奇改变。

走进浪潮云计算创新中心，中国第一台32路高端容错计算机醒目得矗立在入口处，据浪潮集团品牌总监左佰臣介绍，浪潮集团是中国最早的IT品牌之一，在六十余年的发展历程中，始终以前瞻的技术创新，在信息产业的大型机、个人电脑、互联网和云计算四个时代，引领了中国IT产业的发展。

在大型机时代，浪潮研制出中国第一台磁芯自动测试仪，成为中国最早进入IT产业的企业之一；在个人电脑时代，浪潮研发出中国第一批个人电脑，与长城、东海并列为当时PC三大品牌，将中国IT产业带入一个蓬勃发展的阶段；在互联网时代，浪潮敏锐的察觉到网络时代的到来，于1993年研发出中国第一台拥有自主知识产权的服务器，打破了国外的垄断，开创了中国的服务器产业；在云计算时代，浪潮率先发布云计算战略，推出中国第一款云计算操作系统，向云计算全面转型，经过两年的发展，浪潮已经成为中国云计算的领导厂商。

据了解，以云计算服务的方式为山东省卫生信息化提供服务，成为国内首创；浪潮还承建了上海普浦电子政务、济南市肉菜追溯、威海水资源监控等国家级云计算示范、试点项目。

山西新闻网报道截屏

引领中国 IT 产业四个时代的发展

浪潮集团是中国最早的 IT 品牌之一，在六十余年的发展历程中，始终以前瞻的技术创新，在信息产业的大型机、个人电脑、互联网和云计算四个时代，引领了中国 IT 产业的发展。

在大型机时代，浪潮研制出中国第一台磁芯自动测试仪，成为中国最早进入 IT 产业的企业之一；在个人电脑时代，浪潮研发出中国第一批个人电脑，与长城、东海并列为当时 PC 三大品牌，将中国 IT 产业带入一个蓬勃发展的阶段；在互联网时代，浪潮敏锐地察觉到网络时代的到来，于 1993 年研发出中国第一台拥有自主知识产权的服务器，打破了国外的垄断，开创了中国的服务器产业；在云计算时代，浪潮率先发布云计算战略，推出中国第一款云计算操作系统，向云计算全面转型，经过两年的发展，浪潮已经成为中国云计算的领导厂商。

目前，浪潮集团拥有浪潮信息、浪潮软件、浪潮国际三家上市公司，员工一万一千多人，2011 年营业收入达到 366.8 亿元，综合实力位居中国 IT 产业前两位。集团现有计算机、软件、智能终端、移动通信、半导体五大产业群组。随着云计算时代的到来，浪潮凭借多年的经验积累和高端的技术突破，以及软硬件一体化的独特优势，已经成为中国领先的云计算厂商。

全面推进中国云计算建设

通过承担高端容错和海量存储两个国家 863 重大专项，浪潮目前在高端服务器和海量存储领域已经实现了一系列重大突破，不仅实现了高端服务器体系架构的自主设计，还在海量存储系统体系结构、系统设计、系统优化等方面取得了一批创新性成果，成功研发出中国第一款高端容错计算机和中国第一款海量存储，在云计算基础架构领域成为中国唯一一个具备国际水平的企业。为适应云计算发展，浪潮还研发出中国第一款高密度服务器、中国第一款移动式云计算数据中心等创新型的适用于云计算的产品，辅以中国首款自主的云计算操作系统，为构建中国自主、可控、安全的云计算基础架构平台打下了坚实基础。

基于对云计算技术和中国信息化建设的深刻认识，浪潮立足中国云计算应用，率先提出了“行业云”的概念，推出了包括政务云、工商云、卫生云、药监云、食品安全云、烟草云、水利云、民政云、交通云、媒体云、企业云、文化云等涵盖十余个行业的云应用。

目前，浪潮云计算综合实力和竞争力已经位居国内厂商首位，并与全国 22 个地市和行业签订了云计算战略合作协议，覆盖山东、浙江、江苏、安徽、甘肃、内蒙古、黑龙江、海南、山西等9省20多个地市，涉及卫生、广电、政务、水利、电力等行业；先后获得“云计算创新典范企业奖”、“云计算客户示范应用示范奖”以及“2011信息产业云计算突出贡献奖”等重要荣誉。

其中，以云计算服务的方式为山东省卫生信息化提供服务，成为国内首创；浪潮还承建了上海青浦电子政务、济南市肉菜追溯、威海水资源监控等国家级云计算示范、试点项目，云计算建设取得丰硕成果。

浪潮是中国领先的云计算整体解决方案供应商，已经形成涵盖IaaS、PaaS、SaaS三个层面的整体解决方案服务能力，凭借浪潮高端服务器、海量存储、云操作系统、信息安全技术为客户打造领先的云计算基础架构平台，基于浪潮政务、企业、行业信息化软件、终端产品和解决方案，全面支撑智慧政府、企业云、垂直行业云建设。

浪潮1945年诞生于上海，迄今已有67年的发展历史。

在大型机时代，浪潮研制的大功率三极管产品得到了毛主席的视察，并成功应用到东方红一号卫星上，同时研制出中国第一台磁芯自动测试仪。这是当年的磁盘机，虽然容量仅有64K，远不能和现在一个小小的U盘相比，但是在当时已经是非常先进的了。

在个人电脑时代，浪潮于1983年研制出第一台PC，和长城、东海并列为中国3大PC厂商之一，成为中国PC产业的领军品牌，并获得当时国家质量最高奖。

进入互联网时代后，浪潮研发出中国第一台自主知识产权的服务器SMP2000，打破了国外的垄断，开创了中国的服务器产业。这台服务器是在集团董事长孙丕恕带领下研发成功的，因此孙董也被称为“中国服务器之父”，浪潮服务器已连续十六年国产品牌市场占有率第一。

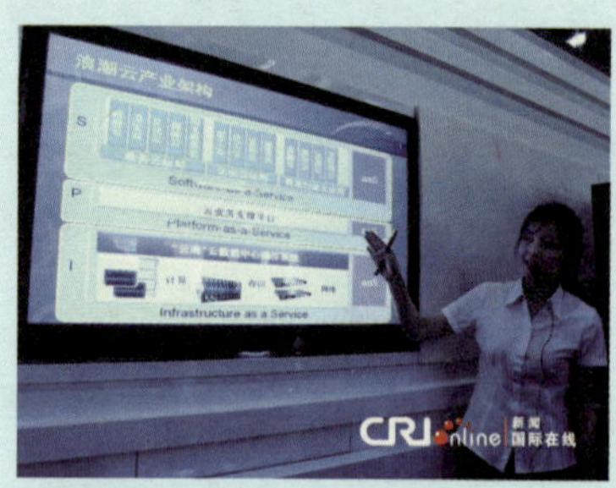

浪潮云产业架构

浪潮云计算中心展厅

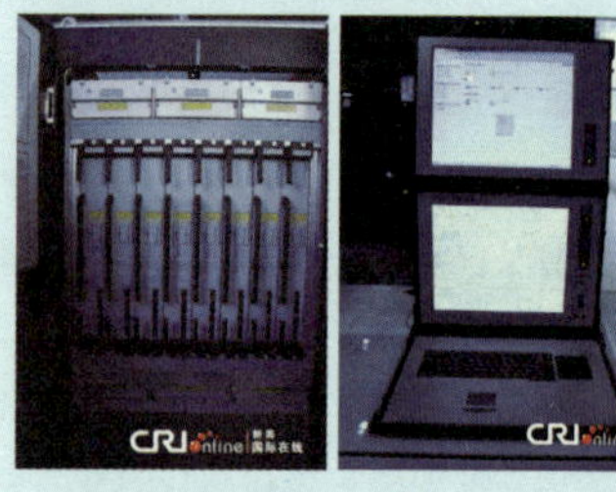

中国第一款海量存储器　双屏计算机

亲眼目睹，济南浪潮让“浮云”落地（千龙网）

千龙网　（记者　牛晓争）　对于大多公众而言，提起“云计算”“云服务”，第一感觉就是，那是“神马”“浮云”？

然而，在济南浪潮科技园，你会惊讶地看到“浮云”落地了。

13日下午，“科学发展新山东——鲁花杯第八届中国网络媒体山东行”采访团来到位于济南经十东路的浪潮科技园。在浪潮云计算创新中心，记者们亲身体验了卫生云、媒体云等多种云计算应用给人们生活带来的神奇改变，这些看得见、摸得着的

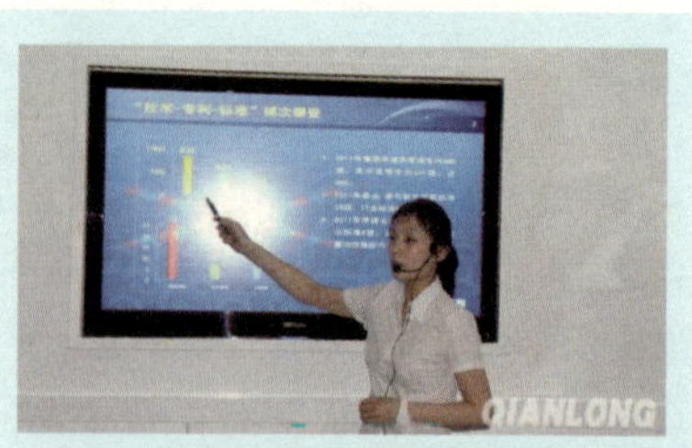

浪潮科技园工作人员为记者介绍浪潮发展史

采访团记者体验浪潮“金刚加固笔记本电脑”产品

“云”让许多记者感叹科技创新的独特魅力，而这种魅力，浪潮独享。

“浮云”的领导——浪潮

采访过程中，浪潮集团品牌总监左佰臣告诉记者，浪潮集团是中国最早的 IT 品牌之一，在六十余年的发展历程中，始终以前瞻的技术创新，在信息产业的大型机、个人电脑、互联网和云计算四个时代，引领了中国 IT 产业的发展。

在大型机时代，浪潮研制出中国第一台磁芯自动测试仪，成为中国最早进入 IT 产业的企业之一；在个人电脑时代，浪潮研发出中国第一批个人电脑，与长城、东海并列为当时 PC 三大品牌，将中国 IT 产业带入一个蓬勃发展的阶段；在互联网时代，浪潮敏锐的察觉到网络时代的到来，于 1993 年研发出中国第一台拥有自主知识产权的服务器，打破了国外的垄断，开创了中国的服务器产业；在云计算时代，浪潮率先发布云计算战略，推出中国第一款云计算操作系统，向云计算全面转型，经过两年的发展，浪潮已经成为中国云计算的领导厂商。

7月11日 星期三　河南省政府门户网 - 手机报 - 大河邦邦网 - 大河健康网

大河网 dahe.cn

当前位置：新闻中心 » 国内新闻 » 正文

济南：亲身体验“云”计算 走进浪潮看发展

2012年05月13日23:40　来源:大河网

1945-1980大型机时代　1980-1993个人电脑时代　1993-2010互联网时代　2010--云计算时代

浪潮集团发展历程（部分）

浪潮云海操作系统

大河网讯（记者 刘成）5月13日下午，“科学发展新山东——鲁花杯第八届中国网络媒体山东行”采访团来到位于济南市的浪潮科技园。在浪潮云计算创新中心，通过从中国第一台32路高端容错计算机开始，到媒体云等十几个云计算应用体验，网络媒体的记者们共同体验了云计算应用给人们生活带来的巨大改变，让原本一个抽象的“云”，变得如此鲜活、真实。

走进浪潮云计算创新中心，中国第一台32路高端容错计算机醒目得矗立在入口处，据浪潮集团品牌总监左佰臣介绍，浪潮集团是中国最早的IT品牌之一，在六十余年的发展历程中，始终以前瞻的技术创新，在信息产业的大型机、个人电脑、互联网和云计算四个时代，引领了中国IT产业的发展。

左佰臣说，浪潮立足中国云计算应用，率先提出了“行业云”的概念，推出了包括政务云、工商云、卫生云、药监云、食品安全云、烟草云、水利云、民政云、交通云、媒体云、企业云、文化云等涵盖十余个行业的云应用。

目前，浪潮致力于构建自主可控的“中国云”，其云计算综合实力和竞争力已经位居国内厂商首位，并与全国22个地市和行业签订了云计算战略合作协议，覆盖山东、浙江、江苏、安徽、甘肃、内蒙古、黑龙江、海南、山西等9省20多个地市，涉及卫生、广电、政务、水利、电力等行业。

责任编辑：吴勇

大河网报道截屏

浪潮管辖下的“好多云”

在了解了我国 IT 产业发展的过去后，采访团来到了浪潮云计算创新成果展示区，亲身体验“中国云”的神奇，从政务云到卫生云再到媒体云，大家对云计算将来应用到生活中带来的改变惊叹不已。

左佰臣说，浪潮是率先提出“行业云”概念的企业，先后推出了包括政务云、工商云、卫生云、药监云、食品安全云、烟草云、水利云、民政云、交通云、媒体云、企业云、文化云等涵盖十余个行业的云应用。

目前，浪潮致力于构建自主可控的“中国云”，其云计算综合实力和竞争力已经位居国内厂商首位，并与全国 22 个地市和行业签订了云计算战略合作协议，覆盖山东、浙江、江苏、安徽、甘肃、内蒙古、黑龙江、海南、山西等 9 省 20 多个地市，涉及卫生、广电、政务、水利、电力等行业。

其中，以云计算服务的方式为山东省卫生信息化提供服务，成为国内首创；浪潮还承建了上海青浦电子政务、济南市肉菜追溯、威海水资源监控等国家级云计算示范、试点项目。近日，浪潮集团再掀云计算浪潮，发布两款企业云产品：CSP 云服务支撑平台和 CEPP 电子采购云平台，进一步强化了其作为中国最具实力的“云计算整体解决方案”自主品牌供应商的形象。

迈进云端
——走进浪潮云计算创新中心

（中国江苏网）

中国江苏网5月13日讯 13日下午，“科学发展新山东——鲁花杯第八届中国网络媒体山东行”采访团来到位于济南经十东路的浪潮云计算创新中心。这里集中了中国目前最先进的云计算核心装备和十余个行业的云计算应用体验，通过多种方式展现了云计算对社会生活各个方面的改变。

浪潮作为中国唯一打破国外品牌长期垄断，实现在金融电信等高端关键领域国产替代的厂商，已跻身世界三大高端容错计算机厂商之列，其研发的32路高端容错计算机是中国第一款高端容错计算机，可用性达到99.999%的32路高端容错计算机拥有32颗高速CPU，每分钟事务处理能力高达400万次，可靠性达到99.999%，完全可以在金融、电信等关键领域实现对国外品牌的替代，是浪潮云计算关键业务系统。

浪潮研发的海量存储是中国第一款海量存储，具有超大容量、低功耗、高速传输的特点，存储量能够达到32PB，可支持海量异构数据的存储管理，单一文件系统支持十亿量级文件数量，支持单个目录下文件数量千万量级，适合于云计算平台的核心数据存储，完全适用于云计算时代海量的存储需求，性能指标排名世界第二，是浪潮云存储的核心硬件。

这是中国第一款移动式云计算数据中心，它实现了数据中心IT设备、制冷、供电等功能单元的高度集成和产品化，打破了传统数据中心从选址建设、设备采购到部署安装的传统工程模式限制，以标准化的产品形态实现一体化交付，将长达几年的数据中心工程建设与系统集成过程，简化成一站式、可移动的产品部署，实现即到即用、即插即用。此外，浪潮推出的云海数据中心具有高效、易管理的特征，能够有效提高业务保障，降低后期运维投入，这为面向云计算的数据中心提供了全新的建设与运维模式。

基于多年来在IT产业深厚的积累，浪潮紧紧抓住这一机遇，凭借软硬件一体化的优势，依托自主创新，重点发展云基础核心装备、云操作系统和面向行业的云应用系统，全面向云计算转型，目前浪潮已经具备了涵盖iaas、paas、saas三个层面的云计算整体解决方案服务能力，率先领跑于中国云计算产业。

云海OS是中国第一款云计算操作系统。作为整个云数据中心中最为底层和核心的基础性软件和统一指挥调度系统，浪潮云海OS的主要作用就是资源调度，使云中心的资源配置达到最优。目前，

你的位置：主页 > 山東新聞 >

浪潮：濟南雲計算中心

2012-05-14 00:56 未知

图为浪潮集团有限公司品牌总监左佰臣(左)在接受媒体采访

【香港商報訊】記者劉慶春李智林圖文報導：5月13日下午，“科學發展新山東——魯花杯第八屆中國網絡媒體山東行”採訪團參觀了位於濟南經十東路浪潮科技園的雲計算創新中心。濟南雲計算中心吸引了媒體的關注。圖爲浪潮集團有限公司品牌總監左佰臣在接受媒體採訪。

左佰臣向本報記者稱，浪潮濟南雲計算中心世界一流，是浪潮與濟南市政府共同建設。另有浪潮醫療衛生雲系統，通過這個系統，插入卡之後，就能夠看到這個人的所有健康相關信息，比如隨時查看居民何時何地就醫、診斷結果等。目前，浪潮在山東已構建電子病歷：城市人口已達70%左右，農村人口亦達50%左右。

濟南雲計算中心承擔濟南市政府的基礎地理信息、物聯網公共服務平台、人口信息管理平台、法人信息管理平台、醫療衛生管理平台、電子商務等六大系統的應用，山東省衛生廳信息化系統、中國煙草新商盟電子商務平台、濟南中小企業軟件測試平台都建立在這個雲中心裡面。

濟南雲計算中心的建立爲我們樹立了很好的示範和样板，有利的推動了浪潮雲計算在全國的拓展，目前已與全國22個地市和行業簽訂了雲計算戰略合作協議，並協助當地承建雲計算中心。通過雲計算技術可以融合計算、存儲、網絡三大物理資源成爲一個有機的整體，進行統一、智能、靈活地管理、分配和調度。

另悉，浪潮科技園的雲計算創新中心，集中了中國目前最先進的雲計算核心裝備和十餘個行業的雲計算應用體驗，通過多種方式展現了雲計算對社會生活各個方面的改變。

創新中心的主要內容包括：浪潮創新發展歷程；中國第一台32路高端容錯計算機、第一台PB級海量存儲、第一款雲計算操作系統；濟南市雲計算中心；軍隊信息化產品；智慧政府、衛生雲、食品安全雲、媒體雲、企業雲等十幾個雲計算應用體驗；LED產品演示；集成電路產業介紹；浪潮國際化發展情況等。

在這裡，可以詳細了解到浪潮同中國IT產業共同發展的歷史進程，觀摩信息領域最新的創新成果，還可以親身體驗衛生雲、媒體雲等多種雲計算應用給人們生活帶來的神奇改變，讓你感受看得見、摸得著的雲計算。

责任编辑：admin

香港商报报道截屏

浪潮云海OS操作系统的性能指标达到国际先进水平，部分性能超越国外厂商，可实现实时的在线计算资源申请和计费，能同时管理5000台以上的计算机设备和50000TB以上的存储空间，并可节能最高达70%，资源利用率可提高3倍以上。

浪潮立足中国云计算应用，率先提出了“行业云”的概念，推出了包括政务云、工商云、卫生云、药监云、食品安全云、烟草云、水利云、民政云、交通云、媒体云、企业云、文化云等涵盖十余个行业的云应用。

目前，浪潮致力于构建自主可控的“中国云”，其云计算综合实力和竞争力已经位居国内厂商首位，并与全国22个地市和行业签订了云计算战略合作协议，覆盖山东、浙江、江苏、安徽、甘肃、内蒙古、黑龙江、海南、山西等9省20多个地市，涉及卫生、广电、政务、水利、电力等行业。

其中，以云计算服务的方式为山东省卫生信息化提供服务，成为国内首创；浪潮还承建了上海青浦电子政务、济南市肉菜追溯、威海水资源监控等国家级云计算示范、试点项目。近日，浪潮集团再掀云计算浪潮，发布两款企业云产品：CSP云服务支撑平台和CEPP电子采购云平台，进一步强化了其作为中国最具实力的“云计算整体解决方案”自主品牌供应商的形象。

13日下午，“科学发展新山东——第八届网络媒体山东行”采访团一行来到山东省博物馆。（盛堃　摄影）

山东博物馆馆长鲁文生向采访团介绍山东省文化惠民工作情况。（盛堃　摄影）

数十件依次排开的战国时期铜餐具吸引了记者们的关注。（盛堃　摄影）

山东博物馆内景。（盛堃　摄影）

济南：“探营”十艺节主场馆 尽享“岱青海蓝”齐鲁魅力

（大众网）

大众网济南5月13日讯（记者　王磊）13日下午，“科学发展新山东——第八届中国网络媒体山东行”采访团来到山东省博物馆。在这里，“十艺节”筹委会相关负责人介绍了“十艺节”筹备情况，其中“十艺节”主会场“岱青海蓝”的设计理念，让记者们感受到了齐鲁文化的独特魅力。据介绍，第十届中国艺术节将于2013年10月在山东举办，省会文化艺术中心作为“十艺节”的主会场将于明年8月开门纳客。

省会文化艺术中心投资56.5亿 将成标志性建筑

13日下午，省博物馆一楼大厅金碧辉煌，山东省博物馆馆长鲁文生首先向媒体记者们介绍了山东省博物馆推出的文化惠民措施。随后，“十艺节”筹委会办公室主任助理柳延春介绍了“十艺节”目前的筹备情况。柳延春说，“十艺节”的主会场设在济南省会文化艺术中心，主要包括大剧院、图书馆、美术馆、群众艺术馆以及剧团、书城、影城等文化事业和文化产业配套项目。在规划设计上，突出齐鲁文化特色，建成后将成为具有浓厚山东文化气息、充分展示济南省会形象的标志性建筑。同时，通过科学设置服务功能和运营机制，使各场馆既满足“十艺节”要求，又长期服务群众，实现长远效益。

据了解，省会文化艺术中心工程位于济南西客站片区核心区内，东起腊山河东路，西至腊山河西路，南起站前路，北至济西东路，距京沪高铁济南西客站主站房约 1.3 公里，项目占地面积 480 亩，总建筑面积 62.5 万平方米，总投资约 56.5 亿元。

大剧院堪称“世界级” 展现“岱青海蓝”理念

省会文化艺术中心的场馆群中，大剧院作为主场馆是重中之重。据介绍，大剧院采用“岱青海蓝”的设计理念，明确地勾勒出山东靠山近水的地理景观及孔孟之乡的文化环境。“岱青”取意泰山，代表了齐鲁人民自强不息、厚德载物、勤谨睿智的优秀精神。“海蓝”象征着山东充分利用沿海地理位置，大力发展经济，努力打造山东半岛蓝色经济区的美好畅想。

目前，大剧院已按期完成主体结构、钢结构工程施工，地下室工程已完成验收，主体结构通过质安站初验，累计完成投资约 10 亿元，计划 2013 年 8 月 20 日竣工交付使用。

“三馆”寓意“泺蕴泉涌” 立面将现“佛山倒影”

“三馆”项目位于西部新城城市功能主轴北侧，紧靠腊山河，东临会展中心、南邻省会文化艺术中心大剧院，地理位置极为优越，主要包括图书馆、美术馆和群众艺术馆，是第十届中国艺术节的主要配套设施。建筑形体以“泺蕴泉涌”为设计概念，建筑立面以济南“佛山倒影”的自然奇观为设计灵感，充分体现省会泉城深厚的历史底蕴和文化内涵。

除“一院三馆”外，配套高层、场站一体化工程及岱青海蓝广场的建设进度也将加快。场站一体化工程包括南北综合体、地下商场、地下停车库、礼乐广场等。其中，南北综合体要求今年年底竣工，其他三部分在 9 月 30 日竣工。岱青海蓝广场及市政配套将在明年 8 月底竣工投入使用。在济南西站北侧，济南荣宝斋文化艺术广场项目也已经落地。

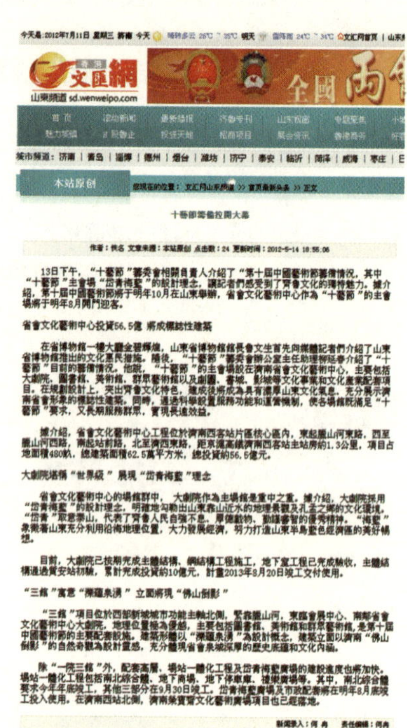

十藝節籌備拉開大幕

作者：佚名 文章來源：本站原創 點擊數：24 更新時間：2012-5-14 18:55:06

13日下午，“十藝節”籌委會相關負責人介紹了“第十屆中國藝術節籌備情況，其中“十藝節”主會場“岱青海藍”的設計理念，讓記者們感受到了齊魯文化的獨特魅力。據介紹，第十屆中國藝術節將于明年10月在山東舉辦，省會文化藝術中心作為“十藝節”的主會場將于明年8月開門迎客。

省會文化藝術中心投資56.5億 將成標誌性建築

在省博物館一樓大廳金碧輝煌，山東省博物館館長魯文生首先向媒體記者們介紹了山東省博物館推出的文化惠民措施。隨後，“十藝節”籌委會辦公室主任助理柳廷春介紹了“十藝節”目前的籌備情況。他說，“十藝節”的主會場設在濟南省會文化藝術中心，主要包括大劇院、圖書館、美術館、群眾藝術館以及劇團、書城、影城等文化事業和文化產業配套項目。在規劃設計上，突出齊魯文化特色，建成後將成為具有濃厚山東文化氣息、充分展示濟南省會形象的標誌性建築。同時，通過科學設置服務功能和運營機制，使各場館既滿足“十藝節”要求，又長期服務群眾，實現長遠效益。

據介紹，省會文化藝術中心工程位於濟南西客站片區核心區內，東起臘山河東路，西至臘山河西路，南起站前路，北至濟西東路，距京滬高鐵濟南西客站主站房約1.3公里，項目占地面積480畝，總建築面積62.5萬平方米，總投資約56.5億元。

大劇院堪稱“世界級” 展現“岱青海藍”理念

省會文化藝術中心的場館群中，大劇院作為主場館是重中之重。據介紹，大劇院採用“岱青海藍”的設計理念，明確地勾勒出山東靠山近水的地理景觀及孔孟之鄉的文化環境。“岱青”取意泰山，代表了齊魯人民自強不息、厚德載物、勤謹睿智的優秀精神。“海藍”象徵著山東充分利用沿海地理位置，大力發展經濟，努力打造山東半島藍色經濟區的美好暢想。

目前，大劇院已按期完成主體結構、鋼結構工程施工，地下室工程已完成驗收，主體結構通過質安站初驗，累計完成投資約10億元，計劃2013年8月20日竣工交付使用。

“三館”寓意“濼蘊泉湧” 立面將現“佛山倒影”

“三館”項目位於西部新城城市功能主軸北側，緊靠臘山河，東臨會展中心、南鄰省會文化藝術中心大劇院，地理位置極為優越，主要包括圖書館、美術館和群眾藝術館，是第十屆中國藝術節的主要配套設施。建築形體以“濼蘊泉湧”為設計概念，建築立面以濟南“佛山倒影”的自然奇觀為設計靈感，充分體現省會泉城深厚的歷史底蘊和文化內涵。

除“一院三館”外，配套高層、場站一體化工程及岱青海藍廣場的建設進度也將加快。場站一體化工程包括南北綜合體、地下商場、地下停車庫、禮樂廣場等。其中，南北綜合體要求今年年底竣工，其他三部分在9月30日竣工。岱青海藍廣場及市政配套將在明年8月底竣工投入使用。在濟南西站北側，濟南榮寶齋文化藝術廣場項目也已經落地。

新聞錄入：何冉 責任編輯：何冉

香港文汇报报道截屏

汇聚齐鲁千年瑰宝 全国网媒记者探访山东博物馆

（胶东在线）

记者在山东博物馆采访

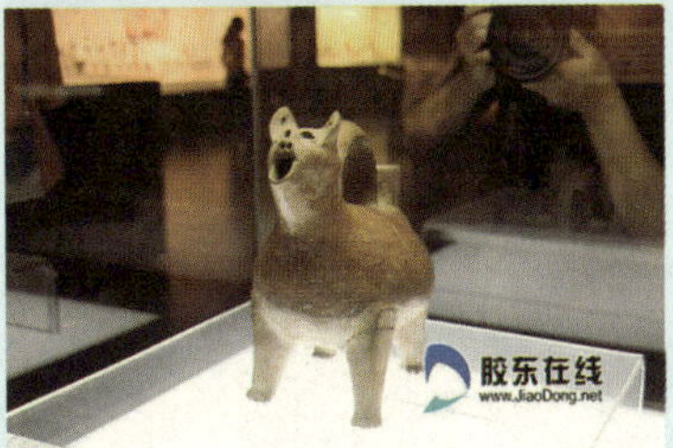

记者在山东博物馆采访

胶东在线网5月13日讯（特派记者 任淑云 魏琪）走进山东博物馆，给人的第一感觉就是建筑整体的浩大与庄重。作为中国最大的省级博物馆，山东博物馆里珍藏的“奇珍异宝”以及丰富灿烂的齐鲁历史文化资料不由让人大开眼界。13日，“科学发展新山东——第八届中国网络媒体山东行”采访团来到山东博物馆，争睹它的风采。

山东博物馆成立于1954年，以历史文物为主，史前部分有距今四五十万年的沂源猿人头盖骨和牙齿化石。新石器时代收藏有大汶口文化、龙山文化精美的彩陶、白陶和蛋壳黑陶。馆藏历史文物14万余件，其中，原始社会文物有著名的大汶口文化各种代表性器物；馆内十大“镇宝”之一的龙山文化“蛋壳陶”杯，陶质细腻，黑光发亮，胎壁薄如蛋壳，制作精细，造型美观，为国内仅有。

山东省博物馆馆内有5000余片商代甲骨文，是全国收藏甲骨文最多的省份之一。商代的亚丑铜钺、祖辛方鼎，西周的颂簋、启卣，春秋战国的公孙壶、国子鼎等青铜器，以器形、铭文为世人所瞩目。临沂银雀山出土的《孙子兵法》、《孙膑兵法》等西汉竹简，列入本世纪中国十大考古发现。明鲁荒王朱檀墓出土的近千件文物，以唐琴宋画、珠宝玉翠而最为著名。此外，古生物化石中的山旺山东鸟、巨型山东龙等化石标本，也是自然标本中的稀世珍品。

丰富的藏品，全新的建筑，现代化的陈列手段，使山东省博物馆以崭新的姿态，面向社会和观众，展示齐鲁文化的熠熠风采。

山东省博物馆馆长鲁文生向记者介绍省博情况

山东省博物馆馆长鲁文生向记者介绍省博情况

山东省博物馆正吸引更多的市民走进博物馆 感受齐鲁文化

科学发展新山东：网媒记者走进山东省博 感受齐鲁文化

（中国山东网）

中国山东网5月13日讯（记者 陈振国）13日下午，“科学发展新山东——第八届中国网络媒体山东行”采访团共同采访了山东省博物馆，来自全国各个省市的记者在省博气势恢弘的场馆内，领略了齐鲁文化博大精深的魅力。山东省博物馆馆长鲁文生向媒体记者们介绍了山东省博物馆的基本建设情况，并就博物馆推出的文化惠民措施回答了记者的提问。

2006年，山东省委省政府提出了建设山东文化强省的战略目标，山东省博物馆新馆建设又一次提上日程，成为省委省政府贯彻落实科学发展观，繁荣发展山东文化事业、促进文化资源大省向文化强省跨越的一项重大决策。新馆选址在济南市区主干道经十路东段，2007年12月29日举行奠基，2010年6月圆满竣工，2010年11月16日正式向社会开放，山东省博物馆至此更名山东博物馆，开启了山东省文博事业的新篇章。

省博物馆馆长鲁文生在接受中国山东网记者采访时谈到，开馆1年多的时间里，省博正在被越来越多的市民所关注，博物馆接待观众的数量不断创造新高，2011年5月30日即迎来了开馆之后的第一百万名观众。此外，山东省博物馆积极联络兄弟省市博物馆，为泉城市民带来了不同地域文化的历史博物。目前在山东省博物馆展出的日本山口县萩烧展及新疆少数民族服饰展览，就是山东省博物馆开创办馆思路的体现。

5月18日，山东省博物馆也即将迎来新馆开馆之后的第二个世界博物馆日，届时，包括“广场文物鉴宝”等活动在内的一系列博物馆日活动，将与市民见面。

济南：山大华天振兴民族软件产业，为中国航天“添翼”

（山西新闻网）

山西新闻网5月13日讯 （记者 郑毅） 今日下午，“科学发展新山东——第八届中国网络媒体山东行”采访团来到济南市高新区采访。在山大华天软件，记者了解到，这家以振兴民族软件产业为己任的制造企业，通过持续实施自主创新战略，为中国汽车和航天产业搭建了由制造到创造的桥梁。

据了解，华天软件已具有成熟的软件研发体系和丰富的全线高端软件产品的实施服务能力，尤其在PLM领域具有前沿技术的科研能力，历年来承担十多项国家级课题，并多次得到部委及山东省政府表彰。

2010年，神舟软件在注资华天软件的同时，决定依托山东省强大的装备制造业产业基础和华天软件三维CAD的技术优势，在地方政府的大力扶持下，建设济南“航天工业软件研发基地”。航天软件园将以国家制造业信息化建设为契机，致力于工业软件

网易网报道截屏

的研发及工程管理信息化支撑环境的建设，以促进科研生产信息化产品研发、升级及产业化，促进工业管理模式、建设模式、生产模式、科技发展、增长方式的转型升级，为工业企业提供“全周期、全流程、全层次”信息化服务和整体解决方案，进一步促进国家及省市工业信息化建设。

济南市 6.8 万户居民告别“城中村”（中国吉林网）

5 月 13 日下午，“科学发展新山东——第八届中国网络媒体山东行”采访团记者采访了济南棚户区改造情况。从顺河新区到济安新区，从顺祥新区到振兴花园，济南市通过政府主导、市场化运作，探索安居工程走出城乡统筹的新路子，让在场的记者们称赞不已。据济南旧城开发投资集团相关负责人介绍，目前这一棚改工程已惠及 18 余万困难群众，让 6.8 万户低收入居民真正住得上、住得好、住得起。

采访团先后来到济南市顺河新区等棚户区改造现场采访，沿途采访中，从“城中村”华丽转身“城中城”的喜悦，让每个接受采访的回迁户居民脸上写满了笑容。济南旧城开发投资集团相关负责人说，济南市旧城区有 38 个集中连片棚户区和 66 个零星片区，居民约 6.8 万户、18.6 万人，建筑总面积约 460 万平方米，分别占二环路以内总户数的 10.6%、常住人口总数的 10.7% 和房屋建筑总面积的 6.3%，区域内房屋破旧，居住拥挤，居住条件亟待改善。为此，济南启动了“棚改”工程，采取政府主导、市场化运作相辅的创新运作模式，由政府主导规划策划，实行集中连片改造。目前，已有顺河新区、济安新区、顺祥新区、发祥巷、文华园、振兴花园、燕山立交西等 15 个片区竣工，共有 20 个集中连片棚户区约 2.4 万户居民陆续入住新居。

在棚改过程中，济南市坚持政府主导，充分尊重群众意愿，拆迁安置方式多元，棚户区改造以就地安置为主，货币补偿、异地安置为辅，不把群众安置在城市的边边角角。住房困难家庭实行特殊政策，对只有一套住宅，且该房屋面积低于国家强制标准规定的住宅设计最低套型面积的拆迁户，按照最低套型面积标准安置或者换算成建筑面积 43 平方米给予补偿。同时，坚持让老百姓自己说话，对回迁安置分配方案、评估机构、拆迁单位选择等重大事项，由居民投票决定。对项目规划、安置房户型、安置补偿等方案进行公示，邀请监察、审计和公证等部门参与监督。

通过棚户区改造，不仅改善了居民居住条件，而且拓展了城市发展空间。据初步统计，济南改造前棚户区居民户均居住面积

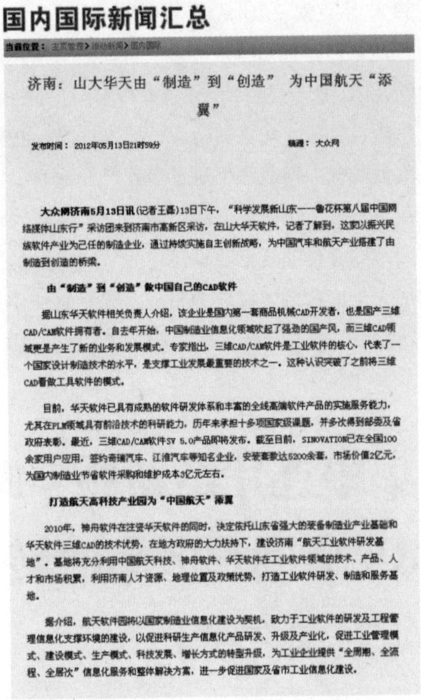

国内国际新闻汇总

当前位置：

济南：山大华天由“制造”到“创造” 为中国航天“添翼”

发布时间：2012年05月13日21时59分　　稿源：大众网

大众网济南5月13日讯（记者王霖）13日下午，“科学发展新山东——鲁花杯第八届中国网络媒体山东行”采访团来到济南市高新区采访，在山大华天软件，记者了解到，这家以振兴民族软件产业为己任的制造企业，通过持续实施自主创新战略，为中国汽车和航天产业搭建了由制造到创造的桥梁。

由“制造”到“创造”做中国自己的CAD软件

据山东华天软件相关负责人介绍，该企业是国内第一套商品机械CAD开发者，也是国产三维CAD/CAM软件拥有者。自去年开始，中国制造业信息化领域吹起了强劲的国产风，而三维CAD领域更是产生了新的业务和发展模式。专家指出，三维CAD/CAM软件是工业软件的核心，代表了一个国家设计制造技术的水平，是支撑工业发展最重要的技术之一。这种认识突破了之前将三维CAD看做工具软件的模式。

目前，华天软件已具有成熟的软件研发体系和丰富的全线高端软件产品的实施服务能力，尤其在PLM领域具有前沿技术的科研能力，历年来承担十多项国家级课题，并多次得到部委及省政府表彰。最近，三维CAD/CAM软件SV 5.0产品即将发布。截至目前，SINOVATION已在全国100余家用户应用，签约奇瑞汽车、江淮汽车等知名企业，安装套数达5200余套，市场价值2亿元，为国内制造业节省软件采购和维护成本3亿元左右。

打造航天高科技产业园为“中国航天”添翼

2010年，神舟软件在注资华天软件的同时，决定依托山东省强大的装备制造业产业基础和华天软件三维CAD的技术优势，在地方政府的大力扶持下，建设济南“航天工业软件研发基地”。基地将充分利用中国航天科技、神舟软件、华天软件在工业软件领域的技术、产品、人才和市场积累，利用济南人才资源、地理位置及政策优势，打造工业软件研发、制造和服务基地。

据介绍，航天软件园将以国家制造业信息化建设为契机，致力于工业软件的研发及工程管理信息化支撑环境的建设，以促进科研生产信息化产品研发、升级及产业化，促进工业管理模式、建设模式、生产模式、科技发展、增长方式的转型升级，为工业企业提供“全周期、全流程、全层次”信息化服务和整体解决方案，进一步促进国家及省市工业信息化建设。

中安在线报道截屏

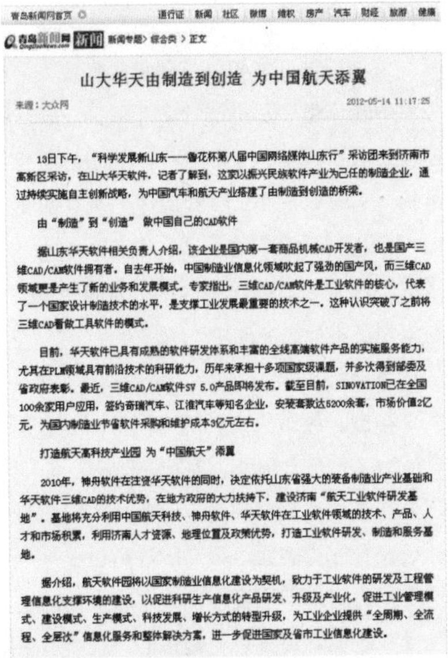

青岛新闻网首页　通行证 新闻 社区 微博 维权 房产 汽车 财经 旅游 健康

青岛新闻网 新闻 新闻专题 > 综合类 > 正文

山大华天由制造到创造 为中国航天添翼

来源：大众网　2012-05-14 11:17:25

13日下午，“科学发展新山东——鲁花杯第八届中国网络媒体山东行”采访团来到济南市高新区采访，在山大华天软件，记者了解到，这家以振兴民族软件产业为己任的制造企业，通过持续实施自主创新战略，为中国汽车和航天产业搭建了由制造到创造的桥梁。

由“制造”到“创造” 做中国自己的CAD软件

据山东华天软件相关负责人介绍，该企业是国内第一套商品机械CAD开发者，也是国产三维CAD/CAM软件拥有者。自去年开始，中国制造业信息化领域吹起了强劲的国产风，而三维CAD领域更是产生了新的业务和发展模式。专家指出，三维CAD/CAM软件是工业软件的核心，代表了一个国家设计制造技术的水平，是支撑工业发展最重要的技术之一。这种认识突破了之前将三维CAD看做工具软件的模式。

目前，华天软件已具有成熟的软件研发体系和丰富的全线高端软件产品的实施服务能力，尤其在PLM领域具有前沿技术的科研能力，历年来承担十多项国家级课题，并多次得到部委及省政府表彰。最近，三维CAD/CAM软件SV 5.0产品即将发布。截至目前，SINOVATION已在全国100余家用户应用，签约奇瑞汽车、江淮汽车等知名企业，安装套数达5200余套，市场价值2亿元，为国内制造业节省软件采购和维护成本3亿元左右。

打造航天高科技产业园 为“中国航天”添翼

2010年，神舟软件在注资华天软件的同时，决定依托山东省强大的装备制造业产业基础和华天软件三维CAD的技术优势，在地方政府的大力扶持下，建设济南“航天工业软件研发基地”。基地将充分利用中国航天科技、神舟软件、华天软件在工业软件领域的技术、产品、人才和市场积累，利用济南人才资源、地理位置及政策优势，打造工业软件研发、制造和服务基地。

据介绍，航天软件园将以国家制造业信息化建设为契机，致力于工业软件的研发及工程管理信息化支撑环境的建设，以促进科研生产信息化产品研发、升级及产业化，促进工业管理模式、建设模式、生产模式、科技发展、增长方式的转型升级，为工业企业提供“全周期、全流程、全层次”信息化服务和整体解决方案，进一步促进国家及省市工业信息化建设。

青岛新闻网报道截屏

约 32 平方米，改造后户均居住面积可达到 62 平方米。

同时，拆除棚户区及乱搭乱建房屋，新改扩建了一批学校、幼儿园、社区办公、公共服务和现代商业等设施，配套建设供排水、供暖、供气、垃圾转运、公厕等设施，从根本上改变了棚户区的落后状况，而且还促进了现代产业建设发展。比如，振兴街银座商贸中心、魏家庄万达广场、山大路解放路济南华强广场等一批城市综合体的规划建设，使区域结构得到优化提升，功能特色更加突出，有力地促进了相关区域商业、金融、三产等现代服务业的发展，形成一批新的经济增长点和长期税源。

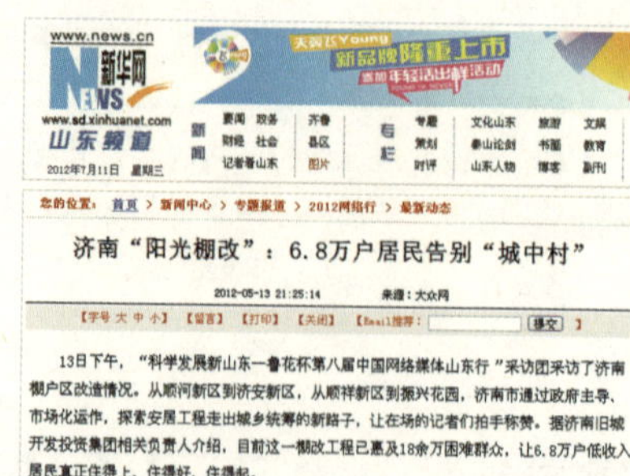

www.news.cn 新华网 NEWS

www.sd.xinhuanet.com 山东频道

2012年7月11日 星期三

新闻 要闻 政务 财经 社会 记者看山东 齐鲁 县区 图片 专栏 专题 策划 时评 文化山东 泰山论剑 山东人物 旅游 书画 博客 文娱 教育 副刊

您的位置：首页 > 新闻中心 > 专题报道 > 2012网络行 > 最新动态

济南“阳光棚改”：6.8万户居民告别“城中村”

2012-05-13 21:25:14 来源：大众网

【字号 大 中 小】【留言】【打印】【关闭】【Email推荐： 提交 】

13日下午，“科学发展新山东一鲁花杯第八届中国网络媒体山东行”采访团采访了济南棚户区改造情况。从顺河新区到济安新区，从顺祥新区到振兴花园，济南市通过政府主导、市场化运作，探索安居工程走出城乡统筹的新路子，让在场的记者们拍手称赞。据济南旧城开发投资集团相关负责人介绍，目前这一棚改工程已惠及18余万困难群众，让6.8万户低收入居民真正住得上、住得好、住得起。

“城中村”华丽转身“城中城”

13日下午，采访团先后来到济南市顺河新区等棚户区改造现场采访，沿途采访中，从“城中村”华丽转身“城中城”的喜悦，让每个接受采访的回迁户居民脸上写满了笑容。济南旧城开发投资集团相关负责人说，济南市旧城区有38个集中连片棚户区和66个零星片区，居民约6.8万户、18.6万人，建筑总面积约460万平方米，分别占二环路以内总户数的10.6%、常住人口总数的10.7%和房屋建筑总面积的6.3%，区域内房屋破旧，居住拥挤，居住条件亟待改善。为此，济南启动了“棚改”工程，采取政府主导、市场化运作相辅的创新运作模式，由政府主导规划策划，实行集中连片改造。

目前，已有顺河新区、济安新区、顺祥新区、发祥巷、文华园、振兴花园、燕山立交西等15个片区竣工，共有20个集中连片棚户区约2.4万户居民陆续入住新居。

全程决策让老百姓自己说话

在棚改过程中，济南市坚持政府主导，充分尊重群众意愿，拆迁安置方式多元，棚户区改造以就地安置为主，货币补偿、异地安置为辅，不把群众安置在城市的边边角角。住房困难家庭实行特殊政策，对只有一套住宅，且该房屋面积低于国家强制标准规定的住宅设计最低套型面积的拆迁户，按照最低套型面积标准安置或者换算成建筑面积43平方米给予补偿。同时，坚持让老百姓自己说话，对回迁安置分配方案、评估机构、拆迁单位选择等重大事项，由居民投票决定。对项目规划、安置房户型、安置补偿等方案进行公示，邀请监察、审计和公证等部门参与监督。

让老百姓住得上、住得好、住得起

通过棚户区改造，不仅改善了居民居住条件，而且拓展了城市发展空间。据初步统计，济南改造前棚户区居民户均居住面积约32平方米，改造后户均居住面积可达到62平方米。同时，拆除棚户区及乱搭乱建房屋，新改扩建了一批学校、幼儿园、社区办公、公共服务和现代商业等设施，配套建设供排水、供暖、供气、垃圾转运、公厕等设施，从根本上改变了棚户区的落后状况，而且还促进了现代产业建设发展。比如，振兴街银座商贸中心、魏家庄万达广场、山大路解放路济南华强广场等一批城市综合体的规划建设，使区域结构得到优化提升，功能特色更加突出，有力地促进了相关区域商业、金融、三产等现代服务业的发展，形成一批新的经济增长点和长期税源。（王磊 盛堃 马鑫）

新华网报道截屏

集中连片造新城　山东济南 38 个棚户区华丽转身

（胶东在线）

胶东在线网济南 5 月 13 日讯（特派记者　任淑云　魏琪）如果没有济南当地人的介绍，很难相信这批坐落在济南市中心的漂亮建筑就是原先的棚户区。13 日下午，“科学发展新山东——第八届中国网络媒体山东行”采访团采访了济南棚户区改造情况。

从顺河新区到济安新区，从顺祥新区到振兴花园，济南市通过政府主导、市场化运作，探索安居工程走出城乡统筹的新路子，让在场的记者们拍手称赞。

济南旧城开发投资集团相关负责人介绍，济南市旧城区有 38 个集中连片棚户区和 66 个零星片区，居民约 6.8 万户、18.6 万人，建筑总面积约 460 万平方米，分别占二环路以内总户数的 10.6%、常住人口总数的 10.7% 和房屋建筑总面积的 6.3%，区域内房屋破旧，居住拥挤，居住条件亟待改善。为此，济南启动了“棚改”工程，采取政府主导、市场化运作相辅的创新运作模式，由政府主导规划策划，实行集中连片改造。

目前，已有顺河新区、济安新区、顺祥新区、发祥巷、文华园、振兴花园、燕山立交西等 15 个片区竣工，共有 20 个集中连片棚户区约 2.4 万户居民陆续入住新居

在棚改过程中，济南市坚持政府主导，充分尊重群众意愿，拆迁安置方式多元，棚户区改造以就地安置为主，货币补偿、异地安置为辅，不把群众安置在城市的边边角角。住房困难家庭实行特殊政策，对只有一套住宅，且该房屋面积低于国家强制标准规定的住宅设计最低套型面积的拆迁户，按照最低套型面积标准安置或者换算成建筑面积 43 平方米给予补偿。

通过棚户区改造，不仅改善了居民居住条件，而且拓展了城

济安新区（原经一顺河三角地棚改项目）旧貌。

济安新区（原经一顺河三角地棚改项目）新貌。

市发展空间。据初步统计，济南改造前棚户区居民户均居住面积约32平方米，改造后户均居住面积可达到62平方米。

同时，拆除棚户区及乱搭乱建房屋，新改扩建了一批学校、幼儿园、社区办公、公共服务和现代商业等设施，配套建设供排水、供暖、供气、垃圾转运、公厕等设施，从根本上改变了棚户区的落后状况，而且还促进了现代产业建设发展。目前，这一棚改工程已惠及18余万困难群众，让6.8万户低收入居民真正住得上、住得好、住得起。

山东济南推行文化惠民 吸引多明星来泉城商演

（胶东在线）

13日下午，“科学发展新山东——第八届中国网络媒体山东行”采访团来到济南，济南市即将推出的“城乡公共文化服务圈”，成为记者们关注的焦点。据相关部门负责人介绍，在“十艺节”前，济南将通过打造城市“10分钟文化圈”、农村“十里文化圈”及行政村文化大院全覆盖等文化惠民措施，促进城乡公共文化均等化。

据介绍，在文化发展中，济南一直把惠民当做根本，初步建立起市、县（市）区、乡镇（街道）、农村（社区）四级文化服务体系，到2013年“第十届中国艺术节”举办前，全市基本实现城乡公共文化基础设施全覆盖，建成城市“10分钟文化圈”、农村“十里文化圈”及行政村文化大院全覆盖。

文化济南也吸引了众多大腕前来进行商演。据介绍，2011年济南市属艺术院团共完成各类演出1571场，收入1011.5万元。市杂技团积极开拓国内国际演出市场，国外演出收入153.5万元，实现经济社会效益共荣共赢。其中《粉墨》创造了同一剧目在同个城市展演时间最长、场次最多、观众人次最多的全国纪录。西部酒城、金海岸顺风演艺大舞台等民营演出娱乐场所空前活跃，2011年实现演出收入1500多万元。

2011年，白俄罗斯芭蕾舞剧《天鹅湖》、俄罗斯大马戏、周杰伦超时代演唱会、王力宏演唱会等大型商业演出活动纷纷上演，票房收入约6000万元，济南成为覆盖周边，辐射全省的大型演出活动集聚中心。

此外，2011年济南电影市场实现票房收入1.5亿元以上，占据全省电影票房收入的三分之一以上。艺术品交易市场持续快速发展。济南文化艺术品交易额2011年达200亿元，成为辐射全省，在全国有重要影响的艺术品交易集散中心。

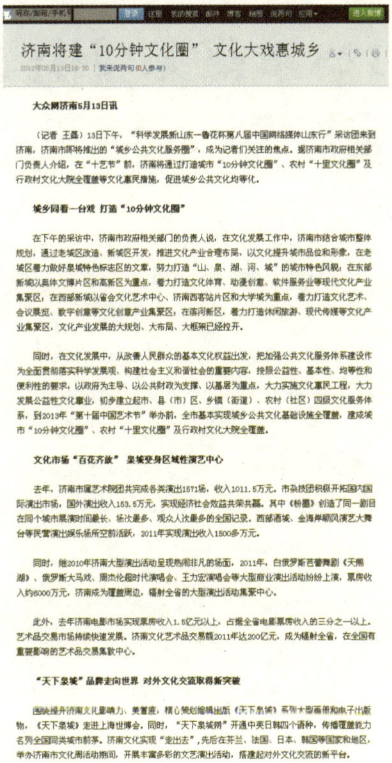

济南将建“10分钟文化圈” 文化大戏惠城乡

大众网济南5月13日讯

（记者 王磊）13日下午，“科学发展新山东—鲁花杯第八届中国网络媒体山东行”采访团来到济南，济南市即将推出的“城乡公共文化服务圈”，成为记者们关注的焦点。据济南市政府相关部门负责人介绍，在“十艺节”前，济南将通过打造城市“10分钟文化圈”、农村“十里文化圈”及行政村文化大院全覆盖等文化惠民措施，促进城乡公共文化均等化。

城乡同看一台戏 打造“10分钟文化圈”

在下午的采访中，济南市政府相关部门的负责人说，在文化发展工作中，济南市结合城市整体规划，通过老城区改造、新城区开发，推进文化产业合理布局，以文化提升城市品位和形象，在老城区着力做好泉城特色标志区的文章，努力打造“山、泉、湖、河、城”的城市特色风貌；在东部新城以奥体文博片区和高新区为重点，着力打造文化体育、动漫创意、软件服务业等现代文化产业集聚区；在西部新城以省会文化艺术中心、济南西客站片区和大学城为重点，着力打造文化艺术、会议展览、数字创意等文化创意产业集聚区；在滨河新区，着力打造休闲旅游、现代传媒等文化产业集聚区，文化产业发展的大规划、大布局、大框架已经拉开。

同时，在文化发展中，从改善人民群众的基本文化权益出发，把加强公共文化服务体系建设作为全面贯彻落实科学发展观、构建社会主义和谐社会的重要内容，按照公益性、基本性、均等性和便利性的要求，以政府为主导、以公共财政为支撑、以基层为重点，大力实施文化惠民工程，大力发展公益性文化事业，初步建立起市、县（市）区、乡镇（街道）、农村（社区）四级文化服务体系，到2013年“第十届中国艺术节”举办前，全市基本实现城乡公共文化基础设施全覆盖，建成城市“10分钟文化圈”、农村“十里文化圈”及行政村文化大院全覆盖。

文化市场“百花齐放” 泉城变身区域性演艺中心

去年，济南市属艺术院团共完成各类演出1571场，收入1011.5万元。市杂技团积极开拓国内国际演出市场，国外演出收入153.5万元，实现经济社会效益共荣共赢。其中《粉墨》创造了同一剧目在同个城市展演时间最长、场次最多、观众人次最多的全国记录。西部酒城、金海岸顺风演艺大舞台等民营演出娱乐场所空前活跃，2011年实现演出收入1500多万元。

同时，继2010年济南大型演出活动呈现热闹非凡的场面，2011年，白俄罗斯芭蕾舞剧《天鹅湖》、俄罗斯大马戏、周杰伦超时代演唱会、王力宏演唱会等大型商业演出活动纷纷上演，票房收入约6000万元，济南成为覆盖周边，辐射全省的大型演出活动集聚中心。

此外，去年济南电影市场实现票房收入1.5亿元以上，占据全省电影票房收入的三分之一以上。艺术品交易市场持续快速发展。济南文化艺术品交易额2011年达200亿元，成为辐射全省，在全国有重要影响的艺术品交易集散中心。

“天下泉城”品牌走向世界 对外文化交流取得新突破

围绕提升济南文化影响力、美誉度，精心策划编辑出版《天下泉城》系列大型画册和电子出版物，《天下泉城》走进上海世博会。同时，“天下泉城网”开通中英日韩四个语种，传播覆盖能力名列全国同类城市前茅。济南文化实现“走出去”，先后在芬兰、法国、日本、韩国等国家和地区，举办济南市文化周活动期间，开展丰富多彩的文艺演出活动，搭建起对外文化交流的新平台。

搜狐网报道截屏

精心策划编辑出版《天下泉城》曾走进上海世博会。同时，“天下泉城网”开通中英日韩四个语种，传播覆盖能力名列全国同类城市前茅。先后在芬兰、法国、日本、韩国等国家和地区举办济南市文化周活动期间，让世界了解济南。

12345热线：问计于民的“济南模式”（人民网）

人民网济南5月14日电 （记者 聂俊穹） “在济南，市民都知道12345服务找政府，事事有回音，件件有答复。”13日下午，“科学发展新山东——第八届网络媒体山东行”采访团来到济南市12345市民服务热线采访，在过去的三年里，这个政府24小时在线的市民服务热线，用98%的办结率、100%的回复率，在社会管理创新上探索出一条政府问计于民的“济南模式”。

13日下午，在济南12345市民服务热线大厅，刚接完市民电话的受理员刘菊告诉记者，目前12345热线有近200名工作人员，每天60个人工座席同时在线，市民可通过电话、短信和网络三种途径反映问题，工作人员受理后将第一时间把问题交给政府相关部门予以答复。

除了解决市民难题，12345热线还是社会动态的监测仪，济南市政府副秘书长、督查室（热线办）主任张鲁军告诉记者，2011年3月，日本大地震引发碘盐抢购恐慌，当天2万多群众拨打电话反映，12345热线及时将情况上报并与相关部门研究应对措施，正面引导消除市民恐慌情绪，使事件得以平息。

据统计，三年来，该热线共受理市民来电、短信、济南政府网（省长、市长信箱）396万件，尤其是进入2011年10月份后，日均突破5000件，高峰时达到2万余件，办结率98%、回复率100%，充分发挥了“民生直通车、发展助推器、行风监测仪、决策信息源、形象代言人”五大作用。

张鲁军向采访团介绍“12345”热线情况（聂俊穹 摄）

工作人员介绍“12345”市民服务热线工作情况（聂俊穹 摄）

工作人员正在接听“12345”市民服务热线（聂俊穹 摄）

办公室挂满了市民送来的感谢旌旗（聂俊穹 摄）

“12345”市民服务热线成泉城新名片（中国日报网）

“12345，服务找政府”，经过3年多发展，这一市民服务热线已成为济南市家喻户晓的政府公益服务品牌。13日下午，

济南市“12345”市民服务热线

“第八届网络媒体山东行”采访团来到济南市市民服务热线采访。

“12345 市民服务热线”是济南市打造的广泛征集社情民意、迅速解决百姓诉求的重要服务平台，它集电话、互联网和手机短信于一体，24 小时受理群众诉求，提供服务。

济南市民服务热线设置 60 个座席，200 名话务员轮流值守。2008 年 9 月开通至今，共受理市民诉求 382.4 万件，接听电话时长 18 万余小时，日均接听 140 小时，日均受理量突破 5000 件，办结率和群众满意率分别达到 97% 和 98%、回复率 100%。

服务热线对从受理到办理、反馈的各环节流程进行规范，已建立“一号受理、各级联动、方便市民、服务决策”的运行机制。热线对全市 38 条热线资源进行整合，一个号码，就可以寻求政府所有服务。在政府内部各级、各职能部门，通过转交工单形成一个系统，市民反映的每一个问题，都能在这个系统里得到很快的解决。热线与纪检监察、人大代表政协委员、新闻媒体、市民群众建立“四个联动”，动员各方面力量参与到热线以及政府工作的监督中，实现全民参与社会管理。

浙江微博

济南：12345热线 问计于民的“济南模式”

政府24小时在线热线每天受理5000件市民问题

浙江在线网报道截屏

济南市民服务热线实行政企合作、服务外包。政府将技术平台、软件开发、人员聘用管理等外包给联通公司。济南联通作为“12345 市民热线”的服务承包方，对热线话务运营实行了精细化管理，针对座席接听热线态度、处理问题能力等进行综合的管理、监督和考核，促进热线坐席人员找出自身存在的问题，更优质的服务于济南市民。政府和企业通过合作实现双赢，不仅节省了很大费用，而且服务更专业、更优质。

三年来，热线先后收到锦旗 876 面，接到感谢电话、感谢信近 6 万个（件），先后获得全国巾帼文明岗、全国“工人先锋号”等荣誉。

多地政府部门到济南学习 12345 热线的管理模式、平台系统和运营经验。目前，山东多个地市政府已与当地联通公司合作共建 12345 热线平台，平台全部采用济南模式和济南业务平台。

国务院研究室等单位多次对济南 12345 热线经验进行调研，国家标准委将把济南市 12345 热线选定为“全民参与社会管理”国家标准化试点。

在济南市人大和法制办的积极支持下，热线立法工作已进入调研阶段，争取出台政府规章或地方法规，将热线工作以立法的形式加以规范，确保热线长效可持续发展。

"12345" 热线：助力泉城百姓排忧解难的一汪清泉（中国网络电视台）

中国网络电视台消息（记者 张冀文）2012年5月13日下午，"科学发展新山东——第八届网络媒体山东行"采访团来到济南市12345市民服务热线采访。本次采访过程中，济南市政府副秘书长、督查室（热线办）主任张鲁军首先向采访团介绍了"12345"热线的有关情况；接下来，采访团记者听取了相关工作人员介绍市民服务热线工作的具体情况。最后，采访团一行实地参观了市民服务热线的工作环境，对"12345"热线有了全面深入的了解。

2008年7月30日，市政府第8次市政府常务会决定对原市长公开电话进行全面扩容升级，按照"一号受理、各级联动、方便市民、服务决策"的思路，对县（市）区政府和市政府部门原有的38条热线进行整合，由市政府办公厅负责此项工作。9月26日，正式开通了12345市民服务热线。目前，热线共有坐席60个，工作人员近200名，与济南联通公司进行合作，市民可通过电话、短信和网络三种途径反映问题，工作人员受理后将第一时间把问题交给政府相关部门予以答复。

据相关工作人介绍，"12345"热线与市政府70多个职能部门联动，与章丘、平阴、济阳、商河、长清、历城、历下、市中、天桥、槐荫等10个县（市）、区政府联动，还与15个社会单位联动。一条信息化的热线把济南市政府部门、各县（市）区政府及相关社会单位串联起来。在此基础上，12345热线又与市政府审批中心、市资源交易中心全面联动，进一步扩容了12345热线，方便了市民，方便了企事业单位，促进城市发展。

"12345"热线在领导方面，不仅市长张建国总负责，而且从市委书记焉荣竹到常务书记、常务市长、分管市长，都倾心关注热线发展，认真指导热线建设，领导批示多达628件。与此同时，建立了领导接听日，先后有200多个领导接听市民来电。热线开通的第一个电话就是由张建国市长接听的。另外，市民服务热线还包括乡镇街道热线和社区热线工作点，直接面向基层，面向群众，不仅与便民中心合署办公，还与派驻街道的城管、市政、环卫、派出所等部门联动，提高承办质量和速度，很多社区建立了居民自愿参加的"12345"巡查队。

据了解，在过去的三年里，这个政府24小时在线的市民服务热线产生了良好的社会效应。98%的办结率、100%的回复率，不仅让公共服务政府的形象树立起来，而且创新了社会管理，初步探索出"以市民服务热线为联系纽带的'党委领导、政府负责、

首页 - 新闻 - 长镜头 - 河北 - 文化 - 娱乐 - 女性 - 汽车 - 房产 - 健康 - 电波 - 面对面 - 俱乐部

您当前的位置：长城网>>长城原创

济南：12345热线：感受执政为民"一线牵"

http://www.hebei.com.cn 2012-05-14 22:01 长城网

长城网5月14日讯(李书军 邓光韬)"12345，服务找政府。"在济南，市民或外地游客如果遇到急事情，往往打了110或120，再打个"12345"。13日下午，"科学发展新山东-第八届网络媒体山东行"采访团走进济南市12345市民服务热线，近距离的感受这条执政为民"一线牵"的民生热线。

"在济南，市民都知道12345服务找政府，事事有回音，件件有答复。"13日下午，在济南12345市民服务热线大厅，刚接完市民电话的受理员刘菊告诉记者，目前12345热线有近200名工作人员，每天60个人工座席同时在线，市民可通过电话、短信和网络三种途径反映问题，工作人员受理后将第一时间把问题交给政府相关部门予以答复。

除了解决市民难题，12345热线还是社会动态的监测仪，济南市政府副秘书长、督查室(热线办)主任张鲁军告诉记者，去年3月，日本大地震引发碘盐抢购恐慌，当天2万多群众拨打电话反映，12345热线及时将情况报告市领导，并根据市长的批示要求，迅速协调市商务局、物价局、工商局、盐务局等相关部门研究应对措施，劝告市民不要听信谣言，正面引导消除恐慌情绪，使事件得以平息。据统计，三年来，该热线共受理市民来电、短信、济南政府网(省长、市长信箱)396万件，尤其是进入2011年10月份后，日均突破5000件，高峰时达到2万余件，办结率98%，回复率100%，充分发挥了"民生直通车、发展助推器、行风监测仪、决策信息源、形象代言人"五大作用。

关键词：民生热线，服务

长城网报道截屏

首页 > 新闻 > 山东新闻 > 山东要闻

济南：12345政务热线 让市民"聆听微笑"的民生热线

来源：齐鲁网 2012-05-13 22:12

关键词：2012山东行最新报道 济南 12345

[提要]"在济南，市民都知道12345服务找政府，事事有回音，件件有答复。"济南12345市民服务热线一位负责人告诉记者，目前12345热线有近200名工作人员，每天60个人工座席同时在线……

受理大厅内一面面的锦旗是对12345热线服务的最好诠释

齐鲁网济南5月13日讯（记者 谭文宝）"12345，服务找政府。"这句话，如今在济南家喻户晓。该热线的"一号通受理"模式，让市民拨打一个电话便可寻求到政府的所有服务。

13日下午，"科学发展新山东-第八届网络媒体山东行"采访团走进济南市12345市民服务热线，近距离的感受这条执政为民"一线牵"的民生热线。

在12345服务热线受理大厅，受理员正在忙碌着接听电话。"让市民聆听你的微笑"，在热线受理中心记者发现，每个工作人员面前都有一面小镜子。"镜子不是用来打扮的，这面镜子就是让受理员能够看到自己的表情，调整自己的情绪，一直保持微笑接听。"服务热线的一位负责人向记者"揭开了"小镜子的"秘密"。

"在济南，市民都知道12345服务找政府，事事有回音，件件有答复。"济南12345市民服务热线一位负责人告诉记者，目前12345热线有近200名工作人员，每天60个人工座席同时在线，市民可通过电话、短信和网络三种途径反映问题，工作人员受理后将第一时间把问题交给政府相关部门予以答复。

除了解决市民难题，12345热线还是社会动态的监测仪，济南市政府副秘书长、督查室（热线办）主任张鲁军告诉记者，去年3月，日本大地震引发碘盐抢购恐慌，当天2万多群众拨打电话反映，12345热线及时将情况报告市领导，并根据市长的批示要求，迅速协调市商务局、物价局、工商局、盐务局等相关部门研究应对措施，劝告市民不要听信谣言，正面引导消除恐慌情绪，使事件得以平息。

据统计，三年来，该热线共受理市民来电、短信、济南政府网（省长、市长信箱）396万件，尤其是进入2011年10月份后，日均突破5000件，高峰时达到2万余件，办结率98%、回复率100%，充分发挥了"民生直通车、发展助推器、行风监测仪、决策信息源、形象代言人"五大作用。

济南：12345热线 让市民"聆听微笑"的民生热线（齐鲁网）

群众参与、社会协同’”的城市社会管理模式，问计于民。

据统计，三年来，该热线共受理市民来电、短信、济南政府网（省长、市长信箱）396万件，尤其是进入2011年10月份后，日均突破5000件，高峰时达到2万余件，办结率98%、回复率100%，充分发挥了“民生直通车、发展助推器、行风监测仪、决策信息源、形象代言人”五大作用。

2011年10月份，济南市12345热线被国家标准委确定为全民参与社会管理全国试点单位；中纪委副书记张惠新、干以胜，国家信访局副局长徐强，省委常委、省纪委书记李法泉等各级领导先后莅临热线视察，给予高度评价；北京、上海、杭州、太原等117个国内城市和美国、德国、日本等12个国外考察团前来参观，提升了我市政府和城市形象。热线先后获得十一运组织工作先进集体、全国巾帼文明岗、山东省青年文明号、山东省五一劳动奖状等多项荣誉，被省纪委确定为廉政文化示范点。

济南12345市民服务热线见闻：倾听与服务赢口碑（中新网）

中新网济南5月13日电（记者 吉翔 梁犇）“金杯银杯不如群众的口碑”，这是记者在济南市12345市民服务热线采访时听到工作人员介绍的一句话。13日下午，第八届网络媒体山东行采访团一行走访了济南市民12345服务热线，在这里近距离感受市民与政府之间的这座互通“桥梁”。

走近济南12345市民服务热线办公楼，楼前树立着一圈展示栏，济南市各个区及各相关政府部门有关人员耐心地向记者介绍了各自领域内的市民服务热线情况。

通过介绍，记者了解到，这条热线是于2008年9月在原有市长公开电话的基础上进行全面升级改造，整合了城管、市政、工商、供电等38条政务类公共服务热线而成。开通以来，认真受理各界诉求，妥善处置市民困难，在市民与政府之间搭建起一座沟通的桥梁，被群众誉为“24小时不下班的服务型政府”。

截至目前共受理市民诉求396万件，接听电话387.4万个，省（市）长信箱4.4万件，短信4.2万条，直办295万件，转办87万件；外呼电话195万个，其中拨打回访电话73.2万个，时长10934小时，日均回访电话615个，日均时长10.2小时。尤其是进入2011年10月份后，日均受理量突破5000件，高峰时达到2万余件，办结率97%，回复率100%。

走进12345市民服务热线接线办公区域，一间不大的房间里，有着工工整整的8列7行工位，最前排亦设置有4名工作人员，

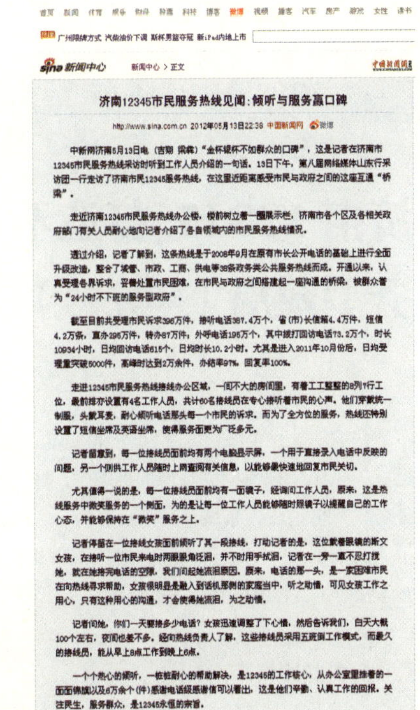

济南12345市民服务热线见闻：倾听与服务赢口碑

http://www.sina.com.cn 2012年05月13日22:36 中国新闻网 微博

中新网济南5月13日电（吉翔 梁犇）“金杯银杯不如群众的口碑”，这是记者在济南市12345市民服务热线采访时听到工作人员介绍的一句话。13日下午，第八届网络媒体山东行采访团一行走访了济南市民12345服务热线，在这里近距离感受市民与政府之间的这座互通“桥梁”。

走近济南12345市民服务热线办公楼，楼前树立着一圈展示栏，济南市各个区及各相关政府部门有关人员耐心地向记者介绍了各自领域内的市民服务热线情况。

通过介绍，记者了解到，这条热线是于2008年9月在原有市长公开电话的基础上进行全面升级改造，整合了城管、市政、工商、供电等38条政务类公共服务热线而成。开通以来，认真受理各界诉求，妥善处置市民困难，在市民与政府之间搭建起一座沟通的桥梁，被群众誉为“24小时不下班的服务型政府”。

截至目前共受理市民诉求396万件，接听电话387.4万个，省(市)长信箱4.4万件，短信4.2万条，直办295万件，转办87万件；外呼电话195万个，其中拨打回访电话73.2万个，时长10934小时，日均回访电话615个，日均时长10.2小时。尤其是进入2011年10月份后，日均受理量突破5000件，高峰时达到2万余件，办结率97%，回复率100%。

走进12345市民服务热线接线办公区域，一间不大的房间里，有着工工整整的8列7行工位，最前排亦设置有4名工作人员，共计60名接线员在专心接听着市民的心声。他们穿戴统一制服，头戴耳麦，耐心倾听电话那头每一个市民的诉求。而为了全方位的服务，热线还特别设置了短信坐席及英语坐席，使得服务面更为广泛多元。

记者留意到，每一位接线员面前均有两个电脑显示屏，一个用于直接录入电话中反映的问题，另一个则供工作人员随时上网查阅有关信息，以能够最快速地回复市民关切。

尤其值得一说的是，每一位接线员面前均有一面镜子，经询问工作人员，原来，这是热线服务中微笑服务的一个侧面，为的是让每一位工作人员能够随时照镜子以提醒自己的工作心态，并能够保持在“微笑”服务之上。

记者停留在一位接线女孩面前倾听了其一段接线，打动记者的是，这位戴着眼镜的斯文女孩，在接听一位市民来电时两眼眼角泛泪，并不时用手拭泪，记者在一旁一直不忍打扰她，就在她接完电话的空隙，我们问起她流泪原因。原来，电话的那一头，是一家困难市民在向热线寻求帮助，女孩很明显是融入到话机那侧的家庭当中，听之动情，可见女孩工作之用心，只有这种用心的沟通，才会使得她流泪，为之动情。

记者问她，你们一天要接多少电话？女孩迅速调整了下心情，然后告诉我们，白天大概100个左右，夜间也差不多。经向热线负责人了解，这些接线员采用五班倒工作模式，而最久的接线员，能从早上8点工作到晚上6点。

一个个热心的倾听，一桩桩耐心的帮助解决，是12345的工作核心，从办公室里挂着的一面面锦旗以及6万余个(件)感谢电话级感谢信可以看出，这是他们辛勤、认真工作的回报。关注民生，服务群众，是12345永恒的宗旨。

新浪网报道截屏

共计 60 名接线员在专心接听着市民的心声。他们穿戴统一制服，头戴耳麦，耐心倾听电话那头每一个市民的诉求。而为了全方位的服务，热线还特别设置了短信坐席及英语坐席，使得服务面更为广泛多元。

记者留意到，每一位接线员面前均有两个电脑显示屏，一个用于直接录入电话中反映的问题，另一个则供工作人员随时上网查阅有关信息，以能够最快速地回复市民关切。

尤其值得一说的是，每一位接线员面前均有一面镜子，经询问工作人员，原来，这是热线服务中微笑服务的一个侧面，为的是让每一位工作人员能够随时照镜子以提醒自己的工作心态，并能够保持在“微笑”服务之上。

记者停留在一位接线女孩面前倾听了其一段接线，打动记者的是，这位戴着眼镜的斯文女孩，在接听一位市民来电时两眼眼角泛泪，并不时用手拭泪，记者在一旁一直不忍打搅她，就在她接完电话的空隙，我们问起她流泪原因。原来，电话的那一头，是一家困难市民在向热线寻求帮助，女孩很明显是融入到话机那侧的家庭当中，听之动情，可见女孩工作之用心，只有这种用心的沟通，才会使得她流泪，为之动情。

记者问她，你们一天要接多少电话？女孩迅速调整了下心情，然后告诉我们，白天大概 100 个左右，夜间也差不多。经向热线负责人了解，这些接线员采用五班倒工作模式，而最久的接线员，能从早上 8 点工作到晚上 6 点。

一个个热心的倾听，一桩桩耐心的帮助解决，是 12345 的工作核心，从办公室里挂着的一面面锦旗以及 6 万余个（件）感谢电话级感谢信可以看出，这是他们辛勤、认真工作的回报。关注民生，服务群众，是 12345 永恒的宗旨。

济南 12345：打造不下班的服务型政府（华龙网）

华龙网 5 月 13 日 22 时 30 分讯 （记者 樊国生） “12345 市民服务热线：24 小时受理您的诉求”，成为济南市人民政府的一张名片，也正成为泉城市民幸福感的一大来源。市民在日常生活中遇到难事儿，24 小时内随时拨打 “12345” 市民服务热线，都有人接听，且能得到满意的答复。

一条热线情牵两头

今天下午，“科学发展新山东——第八届网络媒体山东行”采访团来到济南市“12345”服务热线受理大厅。

网络媒体记者关注济南市 12345 市民服务热线。记者 樊国生 摄

济南市“12345”服务热线受理大厅内，工作人员紧张工作中。记者 樊国生 摄

“您好，这里是12345市民热线，请问有什么可以帮您？”

“12345”服务热线受理大厅里，60个工位座席热线此起彼伏，接线员紧张地接听热线里各种各样的咨询、求助、建议、投诉和举报信息，记者、处理，能够自行处理的，就及时回复，不能处理的，“转办”给相关部门。

“对转办的问题，我们将督促相关部门办理，并对其办理回复情况进行回访，给市民一个满意的答复。我们有严格的机制确保这些问题必须回复。”工作人员介绍说。

正是这样一条热线，一头牵着市民、一头连着市委、市政府。“60个工位热线，就代表着60个‘书记’、‘市长’”，当地媒体这样评价说。而每天，每位接线员将接听80-100个这样的电话。

新浪网报道截屏

电话、短信、网络三位一体的“热线”

实际上，为创新社会管理、畅通群众诉求渠道，济南于2008年对原有市长公开电话进行升级改造，同年9月开通12345市民服务热线。“从‘市长’到‘市民’，这一字之差，体现了执政为民的理念创新。”

目前，12345还不仅是一条热线电话，已实行电话（12345）、短信（106-3531-12345）、网络（市长信箱）三位一体化运行，24小时受理市民诉求，通过渠道的整合，使覆盖面更广、热线更“热”。

同时，12345热线还整合了该市38条政府类热线资源，构建起上下贯通、互联互动的市领导、市、县（市）区、街道办、村（居）五级办理体系，实现“一号受理、各级联动、方便市民、服务决策”，通过严格的管理和监督机制，使之成为泉城群众联系党委、政府“最重要、最畅通、最便捷、最信任”的渠道，打造起一条济南特色、全国领先的政府公共服务热线。

据悉，三年来，该热线共受理市民来电、市长信箱、短信320余万个。2011年后，日均受理量突破4000件，高峰时达到2万余件，办结率97%、回复率100%、群众满意达98%。济南热线也因此连续三年在全国“12345”年会上做典型发言，并成为2012年全国年会的主办城市。

济南“12345”市民服务热线架起政府与群众沟通新桥梁

（红网）

红网济南5月15日讯 （特派记者 张泉森） “12345，服务找政府。”在济南，如果你遇到紧急事情或者解决不了的困难，再也不用感到手足无措，你只要拿起电话，拨通“12345”这组数字，就可以直接找到政府相关部门，得到帮助。3 年多来，这一市民服务热线已成为济南市家喻户晓的政府公益服务品牌。

5 月 13 日下午，“第八届网络媒体山东行”采访团来到济南市市民服务热线采访，近距离感受了这个“让政府 24 小时不下班”的市民服务热线。

济南市 12345 市民服务热线是在原有市长公开电话的基础上，进行全面扩容升级改造，整合了 38 条政务类公共服务热线，于 2008 年 9 月 26 日正式开通。目前，12345 热线拥有人工座席 60 个、工作人员近 200 名，设立了转办中心、回访民调中心和质检中心等，配备了目前世界领先水平的硬件设备，采用 AVAYA 多媒体服务器，拥有 120 条中继线路，开发了高度信息化、智能化的办公系统，配备大容量知识库，录入法律法规、部门规定、办事流程、交通路况等信息 1.2 万余条、600 余万字，实行电话（12345）、短信（106-3531-12345）、网络（市长信箱）三位一体运行，24 小时受理市民诉求。

据 12345 热线的负责人介绍，目前拨打 12345 热线咨询和反映问题，其中有 75% 的问题可以由热线员通过信息系统查阅后直接作出解答，不能立刻解答或者解决的，将联动其他部门进行咨询办理。

济南 12345 服务热线对从受理到办理、反馈的各环节流程进行规范，已建立“一号受理、各级联动、方便市民、服务决策”的运行机制。热线对全市 38 条热线资源进行整合，一个号码，就可以寻求政府所有服务。在政府内部各级、各职能部门，通过转交工单形成一个系统，市民反映的每一个问题，都能在这个系统里得到很快的解决。热线与纪检监察、人大代表政协委员、新闻媒体、市民群众建立“四个联动”，动员各方面力量参与到热线以及政府工作的监督中，实现全民参与社会管理。

另外，济南市民服务热线还实行了政企合作、服务外包等模式。政府将技术平台、软件开发、人员聘用管理等外包给联通公司。济南联通作为“12345 市民热线”的服务承包方，对热线话务运营实行了精细化管理，针对座席接听热线态度、处理问题能力等进行综合的管理、监督和考核，促进热线座席人员找出自身存在的问题，更优质地服务于济南市民。政府和企业通过合作实现双赢，不仅节省了很大费用，而且服务更专业、更优质。

据统计，三年来，该热线共受理市民来电、短信、济南政府网（省长、市长信箱）396 万件，尤其是进入 2011 年 10 月份后，日均突破 5000 件，高峰时达到 2 万余件，办结率 98%、回复率 100%。热线先后收到锦旗 876 面，接到感谢电话、感谢信近 6 万个（件），先后获得全国巾帼文明岗、全国“工人先锋号”等荣誉，充分发挥了“民生直通车、发展助推器、行风监测仪、决策信息源、形象代言人”五大作用，成为了新时期融洽党群、干群关系的新通道，架起党委政府与群众沟通的新桥梁。

新闻频道 > 滚动快讯 > 正文

济南"12345热线" 政府问计于民的新模式

http://www.cnwest.com 时间:2012-05-14 00:53:19 进入论坛 字体设置: 大 中 小

“科学发展新山东-第八届网络媒体山东行”采访团来到济南市12345市民服务热线采访

目前12345热线有近200名工作人员，每天60个人工座席同时在线

12345服务热线工作流程

西部网讯 “12345，服务找政府。”在济南，市民或外地游客如果遇到急事情，往往打了110或120，再打个“12345”。13日下午，“科学发展新山东-第八届网络媒体山东行”采访团来到济南市12345市民服务热线采访，在过去的三年里，这个政府24小时在线的市民服务热线，用98%的办结率、100%的回复率，在社会管理创新上探索出一条政府问计于民的新模式。

目前12345热线有近200名工作人员，每天60个人工座席同时在线，市民可通过电话、短信和网络三种途径反映问题，工作人员受理后将第一时间把问题交给政府相关部门予以答复。

除了解决市民难题，12345热线还是社会动态的监测仪，济南市政府副秘书长、督查室（热线办）主任张鲁军告诉记者，去年3月，日本大地震引发碘盐抢购恐慌，当天2万多群众拨打电话反映，12345热线及时将情况报告市领导，并根据市长的批示要求，迅速协调市商务局、物价局、工商局、盐务局等相关部门研究应对措施，劝告市民不要听信谣言，正面引导消除恐慌情绪，使事件得以平息。

据统计，三年来，该热线共受理市民来电、短信、济南政府网（省长、市长信箱）396万件，尤其是进入2011年10月份后，日均突破5000件，高峰时达到2万余件，办结率98%、回复率100%，充分发挥了“民生直通车、发展助推器、行风监测仪、决策信息源、形象代言人”五大作用。

西部网报道截屏

12345 为济南人解决难题的热线（四川在线）

四川在线消息 （四川在线记者 简晓旭 济南报道） “在济南，市民都知道12345服务找政府，事事有回音，件件有答复。”13日下午，“科学发展新山东——第八届网络媒体山东行”采访团来到济南市12345市民服务热线采访。在过去的三年里，这个政府24小时在线的市民服务热线，用98%的办结率、100%的回复率，为市民与政府架起了一条畅通的民声通道。

12345 市民的贴心热线

三年来，12345热线共受理市民来电、短信、济南政府网（省长、市长信箱）396万件，尤其是进入2011年10月份后，日均突破5000件，高峰时达到2万余件，办结率98%、回复率100%。

在热线受理大厅里，挂满了市民送来的锦旗。3年来，12345热线共收到876面锦旗，感谢信、感谢电话6万多个（次）。

12345 政府“一号对外”

为满足信息时代广大群众多种方式的诉求，2010年开通了12345手机短信和市长信箱，实现了热线电话、手机短信、政府网“市长信箱”三位一体的受理。从而建起了全城一号对外的服务大热线。

另外，通过资源整合，12345热线与济南市审批中心、信息中心和资源交易中心无缝对接、全面联动，实现了群众诉求“一话通”、行政审批“一门通”、政府网站“一网通”、资源交易“一场通”。这“四通”昼夜连通，方便了群众，服务了企业，打造了24小时不下班的服务政府。

12345 让市民能听到你的微笑

目前12345热线有近200名工作人员，每天60个人工座席同时在线，市民可通过电话、短信和网络三种途径反映问题，为满足国际友人需求，还有1个英语坐席。工作人员受理后将第一时间把问题交给政府相关部门予以答复。为达到全天候服务，受理员按五班配置。

这里的每个热线受理台上都有一面镜子，据介绍，这面镜子并不是为了“打扮”，而是另有妙用。受理员平均每天接80到100个电话，容易听觉疲劳，这面镜子就是让受理员能够看到自己的表情，及时调整情绪，一直保持微笑接听。

12345热线，创新管理的“济南模式”

“12345，服务找政府。”在济南，这句话早已家喻户晓，成为一个畅通民意、服务民生的品牌。12345热线以98%的办结率、100%的回复率，在社会管理创新上探索出了一条独具特色的“济南模式”。

5月13日，“第八届中国网络媒体山东行”采访团在济南市12345市民服务热线采访时，记者了解到，济南市12345服务热线是在济南市市长公开电话的基础上发展而来的。有别于部分城市的市长公开电话咨询建设，济南市12345服务热线自开通三年多来，累计接听电话、短信396万件，回复率100%。“现在一天能接到热线电话5000余个，高峰期还要多，”一名工作人员说。

热线“热不热”关键在于管用不管用，能不能赢得老百姓的信赖是热线的生命力所在。“我们安装了政策咨询系统知识库，每天受理的热线电话中，有75%可以直接为市民提供咨询解决，剩余不能解答的25%则依靠三方连线或转成工单送达相应部门热线，”热线办工作人员告诉记者。

在监督问责方面，济南市政府实行了“首问责任制”“目标责任制”“限时办结制”“责任追究制”等一系列制度措施，建立人大、政协、纪检、新闻媒体共同参与的监督机制。“从投诉到服务，两字之差，却意味着从管理型政府向服务型政府的转变，是社会管理在观念上的一大创新，”湖南红网资深编辑张泉森对此由衷感叹道。

本报记者 和树玲

科学发展新山东

“鲁花杯”第八届中国网络媒体山东行

复耕之后 花香遍地

▶5月17日，郯城县马头镇黄会村农民在采摘今年的“复耕花茶”。

近日，郯城县2000多亩曾被非法占用的耕地复耕之后种植的金银花茶喜获丰收。近年来，郯城县加大对非法占用耕地的清查力度，依法拆除砖窑、厂矿百余家，复耕土地4400亩。

（房德华 摄）

农村大众网报道截屏

图为工作人员正在接听“12345”市民服务热线。

济南将打造“天下第一泉景区”

（天山网）

天山网济南讯 （记者 尹树娥 摄影报道） 5月14日，“科学发展新山东——第八届中国网络媒体山东行”记者采访团来到济南趵突泉，持续喷涌8年的趵突泉依然泉涌如注，令采访团的记者们不时发出赞叹。

趵突泉公园位于济南市中心繁华地段，南倚千佛山，北靠大明湖，东与泉城广场连接，是以泉水、人文景观为主的文化名园。1956年，趵突泉被整修辟为公园，历经几次扩建，逐渐建成以泉为主、小巧玲珑、步移景异的泉石园，面积从不足3.4公顷，扩至10.5公顷。趵突泉又名槛泉，为泺水之源，至今已有二千七百年的历史。趵突泉，三窟并发，声如隐雷，“泉源上奋，水涌若轮”。泉水一年四季恒定在摄氏18度左右。

在园区内，记者们一边赏景，一边听景区工作人员讲解“泉城”历史。济南素以“泉城”闻名，城内有七十二名泉，趵突泉居其首。为众泉之冠，自古吸引了不少文人墨客驻足，就连昔日皇家也在此题咏。园内一块“双御碑”尤其令人称绝，这块碑石的正面是康熙皇帝于1684年南巡途经济南游览趵突泉时写下的“激湍”二字，背面则是乾隆皇帝在1748年游览趵突泉时写下的《再游趵突泉作》，两位皇帝手书于一碑的情况在国内十分罕见。园内同时还有一代才女李清照的纪念馆，其词集《漱玉词》即得名于漱玉泉。

据济南市园林部门相关负责人介绍，2013年济南将结合十艺节举办泉水文化节，借机将泉水推介出去。同时，济南还将整合三大名胜、四大泉群、河、湖、城等资源，未来有望形成“天下第一泉景区”。

登录 注册 | 设为首页 云报邮箱 网站邮件 全媒体报道平台

云南网 云南 | 新闻 | 民声 读图 | 社会 | 评论 娱乐 | 食品 | 教育 3G | 健康 | 专题 金碧坊 | 草根 | 村官网 全媒体 | 汽车 | 云微博

当前位置：网站专题-->第八届网络媒体山东行-->最新动态-->正文

泉水申遗 济南将打造“天下第一泉景区”

http://www.yunnan.cn 发布时间 2012-05-14 14:49:22 星期一 来源：大众网 大 中 小

订阅《春城手机报》：综合版发送CCZH到10658000（5元/月） 娱乐版发送CCTL到10658000（3元/月）

趵突泉如今已实现连续多年喷涌。（马鑫 摄）

三个泉眼持续喷涌的趵突泉。（马鑫 摄）

大众网济南5月14日讯（记者 王磊）14日上午，“科学发展新山东——鲁花杯第八届中国网络媒体山东行”采访团来到济南趵突泉，持续喷涌8年的趵突泉依然泉涌如注，令采访团的记者们不时发出赞叹。济南市园林部门的相关负责人表示，在泉水申遗后，未来济南还将整合三大名胜、四大泉群、河、湖、城等资源，形成“天下第一泉景区”。

14日上午，持续喷涌8年的趵突泉依然泉涌如注，三眼齐涌、银涛如沸的胜景成为记者们最佳的摄影选择。今天的趵突泉公园，不仅趵突泉一枝独秀，在阳光映照下，公园内的金线泉、漱玉泉、马跑泉等其他27处泉眼也都清澈见底，波光涌动，别有一番韵味。

在园区内，记者们一边赏景，一边听景区工作人员讲解“泉城”历史。济南素以“泉城”闻名，城内有七十二名泉，趵突泉居其首。为众泉之冠，自古吸引了不少文人墨客驻足，就连昔日皇家也在此题咏。园内一块“双御碑”尤其令人称绝，这块碑石的正面是康熙皇帝于1684年南巡途经济南游览趵突泉时写下的“激湍”二字，背面则是乾隆皇帝在1748年游览趵突泉时写下的《再游趵突泉作》，两位皇帝手书于一碑的情况在国内十分罕见。园内同时还有一代才女李清照的纪念馆，其词集《漱玉词》即得名于漱玉泉。

据济南市园林部门相关负责人介绍，随着泉水申遗进入国家预备名录，2013年济南将结合十艺节举办泉水文化节，借机将泉水推介出去。同时，济南还将整合三大名胜、四大泉群、河、湖、城等资源，未来有望形成“天下第一泉景区”。截至目前，护城河已全线通航，大明湖景区新区开放后，整体环境大幅提升，基础设施也有了显著改善，趵突泉公园和千佛山风景区的基础设施也进行了提升。

出趵突泉公园北行不远，就是著名的大明湖。大明湖畔的夏雨荷已芳踪杳杳，但明湖居里黑妞白妞的歌喉，却未成绝响。

云南网报道截屏

网媒记者走进“天下第一泉景区”探寻“泉城”历史

（齐鲁网）

与这座城市命脉相连奔流不息的泉水留下了多少人无尽的眷恋和思念

齐鲁网济南5月14日讯 14日上午，“科学发展新山东——第八届中国网络媒体山东行”采访团来到济南趵突泉，持续喷涌8年的趵突泉依然泉涌如注，令采访团的记者们不时发出赞叹。济南市园林部门的相关负责人表示，在泉水申遗后，未来济南还将整合三大名胜、四大泉群、河、湖、城等资源，形成“天下第一泉景区”。

14 日上午，持续喷涌 8 年的趵突泉依然泉涌如注，三眼齐涌、银涛如沸的胜景成为记者们最佳的摄影选择。今天的趵突泉公园，不仅趵突泉一枝独秀，在阳光映照下，公园内的金线泉、漱玉泉、马跑泉等其他 27 处泉眼也都清澈见底，波光涌动，别有一番韵味。

在园区内，记者们一边赏景，一边听景区工作人员讲解“泉城”历史。济南素以“泉城”闻名，城内有七十二名泉，趵突泉居其首。为众泉之冠，自古吸引了不少文人墨客驻足，就连昔日皇家也在此题咏。园内一块“双御碑”尤其令人称绝，这块碑石的正面是康熙皇帝于 1684 年南巡途经济南游览趵突泉时写下的“激湍”二字，背面则是乾隆皇帝在 1748 年游览趵突泉时写下的《再游趵突泉作》，两位皇帝手书于一碑的情况在国内十分罕见。园内同时还有一代才女李清照的纪念馆，其词集《漱玉词》即得名于漱玉泉。

据济南市园林部门相关负责人介绍，随着泉水申遗进入国家预备名录，2013 年济南将结合十艺节举办泉水文化节，借机将泉水推介出去。同时，济南还将整合三大名胜、四大泉群、河、湖、城等资源，未来有望形成“天下第一泉景区”。截至目前，护城河已全线通航，大明湖景区新区开放后，整体环境大幅提升，基础设施也有了显著改善，趵突泉公园和千佛山风景区的基础设施也进行了提升。

出趵突泉公园北行不远，就是著名的大明湖。大明湖畔的夏雨荷已芳踪杳杳，但明湖居里黑妞白妞的歌喉，却未成绝响。

大明湖畔感受新泉城魅力 超然楼内看老济南文化

（广西新闻网）

广西新闻网 5 月 14 日济南讯 （记者 王莹） 5 月 14 日上午，“科学发展新山东——第八届中国网络媒体山东行”采访团来到济南大明湖。还珠格格里那句“你还记得大明湖畔的夏雨荷吗？”久久铭刻在众多琼瑶迷心里，烟雨朦胧大明湖畔那段乾隆的浪漫爱情传说让大明湖成了济南游客不可错过的景点。大明湖畔杨柳荫浓，繁花似锦，游人如织。绿柳碧水间，点缀着各色亭、台、楼、阁，远山近水与晴空融为一色，犹如一幅巨大的彩色画卷。

14 日上午，大明湖边依旧绿柳成荫，微风清徐。采访团进入大名湖公园后，先观超然楼，后览湖面美景。翠柳红花、青山碧水、矮亭铜楼让采访团的记者们激动不已，纷纷举起手中相机捕捉每

泉水申遗 济南将打造“天下第一泉景区”

中青在线报道截屏

一处动人美景。如今，改扩建成后的大明湖已由“园中湖”变为“城中湖”，除了老景区依然收费，新建湖区全部对市民和游客免费开放。

据济南市园林局的相关负责人介绍，游览今日明湖，可观“一路、两湖、多岛、十六景”。其中，“一路”指环大明湖游览路，“两湖”指大明湖和小东湖，“多岛”指小东湖上新建的多个岛屿，“十六景”指大明湖新建八景和老八景。景区内，记者们一边听讲解员介绍大明湖的历史及传说，一边漫步湖边感受大明湖的处处美景。大明湖水色澄碧，堤柳夹岸，莲荷叠翠，亭榭点缀其间，南面千佛山倒映湖中，形成一幅天然画卷。

采访团记者们登上坐落在宽大的汉白玉基上号称“江北第一楼”的超然楼，远眺大明湖美景。超然楼顶覆铜瓦，楼高51.7米，上下共分七层，气势非常宏伟。超然楼是大明湖扩建改造工程的主要内容，主要以展现济南泉城文化，城市园林文化及老济南的民族文化为主。步入超然楼二楼展厅，近观楼内木雕、根雕作品，亲触“老济南”陶艺的街头巷里及家长里短，精湛的艺术工艺让记者们惊叹不已。

你还记得大明湖畔的夏雨荷吗？游济南，漫步大明湖感受亭台楼阁雅致魅力，亲触微风绿柳的自然清新，大明湖一定不容错过。

济南市“新明湖”还景于民 开放水上“大客厅”（天山网）

天山网济南讯 （记者 尹树娥 摄影报道） 5月14日，“科学发展新山东——第八届中国网络媒体山东行”采访团来到济南市改建一新的大明湖参观采访，经过扩建改造的大明湖，新老景区相互交融，开放后的大明湖新区，以免费、开放、亲水等特点，把游玩、访古、健身等功能融为一体，探索出了一条文化惠民的新模式。

进入大名湖公园后，采访团先观超然楼，后览湖面美景。清水依依、荷叶颤颤，如今，改扩建成后的大明湖已由“园中湖”变为“城中湖”，除了老景区依然收费，新建湖区全部对市民和游客免费开放。

大明湖位于济南市区中心、旧城区北部，与趵突泉、千佛山并称济南三名胜。济南号称“泉城”，有泉水百余处，其中名泉七十二处。明湖即是由众泉汇流而成的天然湖泊。泉水由南岸流入，水满时从宋代修建于北岸的北水门流出，湖底由不透水的火成岩构成，因而湖水“恒雨不涨，久旱不涸”，常年保持较固定的水位。

第八届中国网络媒体山东行——趵突泉之行

“天下第一泉”——趵突泉

采访团成员趵突泉公园参观

李清照纪念馆

东北网报道截屏

大明湖一角

老济南汉方陶艺

木雕之一

远观大明湖畔超然楼
广西新闻网记者 王莹 摄

超然楼上远眺大明湖美景
广西新闻网记者 王莹 摄

超然楼内木雕作品
广西新闻网记者 王莹 摄

超然楼“镇楼之宝”鲲鹏展翅
广西新闻网记者 王莹 摄

“老济南”陶艺
广西新闻网记者 王莹 摄

“老济南”陶艺
广西新闻网记者 王莹 摄

大明公园面积 86 公顷，其中湖面 46 公顷。湖上有历下亭、汇泉堂、湖心岛等大小岛屿六处，公园自然景观优美宜人。湖水波光粼粼，鸢飞鱼跃，游船穿行。大明湖自古遍生荷莲，湖畔垂柳依依，花木扶疏，“四面荷花三面柳，一城山色半城湖”是其风景的最好写照。

大明公园的人文景观十分丰富，主要游览点有牌坊、遐园、稼轩祠、铁公祠、历下亭、北极庙、南丰祠、汇波楼、明昌钟亭、明湖宝鼎、曾公画壁、湖心百米大型喷泉等三十余处名胜古迹掩映于绿树繁花之间。

据了解，大明湖水源充足，湖水来源于珍珠泉、趵突泉、五龙潭等诸泉，有“众泉汇流，平吞济泺”之说。因湖底为不透水

齐鲁网 iqilu.com

胜却人间无数

首页 > 新闻 > 山东新闻 > 17城

泉城明珠大明湖 新变化带来新气象

来源：齐鲁网 2012-05-14 22:29

关键词：2012山东行最新报道 大明湖 泉城 新气象

[提要]14日上午，第八届中国网络媒体山东行采访团来到改造一新的大明湖参观采访，经过扩建改造的大明湖，新老景区相互交融，开放后的大明湖新区，以免费、开放、亲水等特点，把游玩、访古、健身等功能...

济南风貌

大明湖泛舟

超然楼内的非物质文化遗产展示吸引了记者们的浓厚兴趣

齐鲁网5月14日讯 济南是山东省省会，位于鲁中西部，是我国环渤海地区南翼和黄河中下游地区的中心城市，是国家批准的沿海开放城市和十五个副省级城市之一，是国务院公布的国家历史文化名城、中国软件名城、国家创新型城市之一。济南是山东的政治、经济、科技、文化、教育、旅游中心，区域性金融中心，北连京津，南接沪宁，东西连通山东半岛与华中地区，是环渤海经济区和京沪经济发展轴上的重要交汇点。

14日上午，第八届中国网络媒体山东行采访团来到改造一新的大明湖参观采访，经过扩建改造的大明湖，新老景区相互交融，开放后的大明湖新区，以免费、开放、亲水等特点，把游玩、访古、健身等功能融为一体，探索出了一条文化惠民的新模式。

14日上午，进入大名湖公园后，采访团先观超然楼，后览湖面美景。湖水依依、荷叶翩翩。如今，改扩建成后的大明湖已由“园中湖”变为“城中湖”，除了老景区依然收费，新建湖区全部对市民和游客免费开放。

据济南市园林局的相关负责人介绍，游览今日明湖，可观“一路、两湖、多岛、十六景”。其中，“一路”指环大明湖游览路，“两湖”指大明湖和小东湖，“多岛”指小东湖上新建的多个岛屿，“十六景”指大明湖新建八景和老八景。

七桥风月、秋柳含烟、明昌晨钟、稼轩悠韵、竹港清风、超然致远、曾堤萦水、鸟啼绿荫，大明湖已成为一处集名胜古迹、人文景观、休闲健身、文化娱乐和游览、观赏、购物为一体的特色风景名胜区。除了明湖八景让人流连忘返，新区内的雕塑也可谓别具一格。在超然楼西侧的一处小广场上，一组铜制的“七童子”雕塑引来许多市民观赏并拍照留念。

据了解，大明湖水源充足，湖水来源于珍珠泉、趵突泉、五龙潭等诸泉，有“众泉汇流，平吞济泺”之说。因湖底为不透水火成岩，且排水便利，故有“雨不涨，久旱不涸”之特点。景区交通便利，服务周到，每年都举办春节庙会、荷花艺术节、龙舟赛、荷灯会、焰火晚会、民俗婚礼等丰富多彩的传统游园活动，年客流量约为200万人次。

齐鲁网报道截屏

火成岩，且排水便利，故有“霪雨不涨，久旱不涸”之特点。景区交通便利，服务周到，每年都举办春节庙会、荷花艺术节、龙舟赛、荷灯会、焰火晚会、民俗婚礼等丰富多彩的传统游园活动，年客流量约为 200 万人次。

谭延伟：加快科学发展，建设美丽泉城（大众网）

大众网济南 5 月 13 日讯 （记者 王磊 盛堃 马鑫） 13 日晚，“科学发展新山东——第八届中国网络媒体山东行”济南站举行新闻发布会，中共济南市委常委、宣传部部长谭延伟在致辞中表示，济南将以加快科学发展为统领，优化发展环境，发展实体经济，建设“美丽泉城”，济南市还将深化社会管理创新模式，积极回应群众期待。

“一城三区”建设全面推进

谭延伟说，第十次党代会以来，济南提出“率先建成更高水平小康社会，奋力开启现代化建设新征程”的奋斗目标，成立了由四大班子领导挂帅的“发展实体经济、建设美丽泉城、优化发展环境、创新社会管理”领导小组，进一步在全市形成了干事创业、科学发展的生动局面，掀开了“实力济南、活力济南、魅力济南”建设的新篇章。

在城市规划体系方面，目前“一城三区”开发建设全面推进，老城区面貌日新月异，东部新区、西部新区、滨河新区加速崛起；小清河综合治理、二环东路高架、奥体场馆、京沪高铁济南西站等一批重点工程相继建成，大明湖扩建改造、护城河通航工程全面完工；省会文化艺术中心正紧锣密鼓建设之中。

“现代产业体系”全力构建

谭延伟说，济南将承办 2013 年第十届中国艺术节，2015 年还将承办第 22 届国际历史科学大会，这些大事盛事必将给济南的发展带来新的机遇、注入新的活力、增添新的亮点。未来 5 年，济南将大力实施新型城市化、新型工业化、创新驱动、富民惠民战略，扎实推进“项目建设三年行动计划”，围绕增强城市功能、现代服务业、金融、旅游、娱乐、城市综合体、汽车、电子信息、高端装备制造、生物医药等现代产业，积极发展一批带动力强、规模大、效益好的大项目、好项目，不断形成新的经济增长点，为可持续发展积累后劲。

据介绍，近年来，济南市委、市政府团结带领广大干部群众，

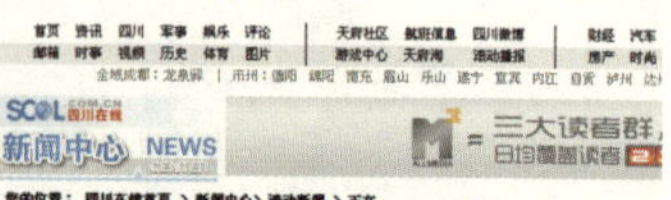

您的位置： 四川在线首页 > 新闻中心 > 滚动新闻 > 正文

济南“新大明湖”免费对游客开放

（2012-05-14 22:05:28） 来源：四川在线 评论共 0条

分享到：腾讯微博 QQ空间 新浪微博 人人网 更多

采访团前往大名湖超然楼

四川在线消息（全媒体中心记者简晓旭济南报道）“四面荷花三面柳，一城山色半城湖”，14日上午，“科学发展新山东——鲁花杯第八届中国网络媒体山东行”采访团来到改建一新的大明湖参观采访，经过扩建改造的大明湖，新老景区相互交融，并且免费对游客开放。

改扩建后的大名湖景区

济南陶艺

据济南市园林局的相关负责人介绍，现在的大明湖，可观“一路、两湖、多岛、十六景”。其中，“一路”指环大明湖游览路，“两湖”指大明湖和小东湖，“多岛”指小东湖上新建的多个岛屿，“十六景”指大明湖新建八景和老八景。

大明湖水源充足，湖水来源于珍珠泉、趵突泉、五龙潭等诸泉，有“众泉汇流，平吞济泺”之说。因湖底为不透水火成岩，且排水便利，故有“霪雨不涨，久旱不涸”之特点。景区交通便利，服务周到，每年都举办春节庙会、荷花艺术节、龙舟赛、荷灯会、焰火晚会、民俗婚礼等丰富多彩的传统游园活动，年客流量约为200万人次。

四川在线报道截屏

按照中央和省委的决策部署，认真贯彻落实科学发展观，2006至2011年，全市生产总值由2161.5亿元增加到4406.3亿元，地方财政一般预算收入由128.4亿元增加到325.4亿元，现代服务业增加值占服务业增加值的比重达到46.9%，高新技术产业产值占规模以上工业总产值的比重达到38.7%。

济南市委常委、宣传部长谭延伟出席“科学发展新山东鲁花杯第八届中国网络媒体山东行”济南市新闻发布会并致欢迎辞。（盛堃　摄影）

“以人为本”做事全心付出

“以群众为根本，以实践为标准，积极回应群众期待。”谭延伟说，按照济南市第十次党代会和市“两会”作出的部署，济南更加注重以人为本，更加注重全面协调可持续，统筹兼顾，按照中共济南市委书记王敏提出的“咬住目标，埋头苦干”的要求，紧紧围绕广大人民群众翘首期待的事情，实实在在解决具体问题。

据谭延伟介绍，“十一五”期间全市财政用于社会事业和民生领域的支出达到734.7亿元，占全部公共财政支出的52.7%城乡就业保持稳定，各级各类教育发展比较均衡，医疗卫生服务水平稳步提升，保障性住房建设步伐加快，城乡低保和困难群体救助标准不断提高，社会保障能力明显增强，文化、科技、人口计生、民族宗教等各项社会事业都取得新的进步。

另外，在社会主义核心价值体系建设方面，近年来济南涌现出了济南交警、济南工行、济南民政、泉城义工等一大批在全国有较大影响的先进典型，培育形成了“诚信、创新、和谐”的济南城市精神，市民整体素质和城市文明程度不断提高。

相关链接：

济南，又称“泉城”，是我国东部沿海经济文化大省——山东省省会，政治、经济、文化、科教、信息和金融中心。辖六区三县一市，常住人口688万人，市区面积3300平方公里。济南历史悠久，文化灿烂，拥有近9000年的人类文明史和2600年的建城史，是中华古代文明——龙山文化的发祥地，是国务院公布的历史文化名城、沿海经济开放城市和副省级城市，也是国家创新型城市、中国软件名城、国家服务业综合改革试点城市和国家综合性高新技术产业基地，还是第十一届全运会的举办城市。

实力、活力、魅力　给力济南新五年再出发

（大众网）

大众网济南5月13日讯　（记者　王磊）　13日下午，科学发展新山东——第八届中国网络媒体山东行采访团首站抵达泉城济南采访。在“12345市民服务热线”，社会管理创新的“济南模式”令人倍感亲切温暖；在“阳光棚改”区，崛起的“城中城”让人感受舒适贴心；在浪潮、山大华天、大陆机电，科技创新驱动带给人震撼；在山东省博物馆，以“十艺节”为契机带来的系列文化惠民、公共服务均等化，使人感受文化在济南的软实力。泉城济南，正以加快科学发展为统领，充分发挥省会优势，未来五年，全力打造“实力济南、活力济南、魅力济南”。

实力济南：强化创新驱动 提高省会经济圈首位度

13日下午，科学发展新山东——“鲁花杯”第八届中国网络媒体山东行采访团开始了济南的采访行程，在浪

潮云计算创新中心，记者们亲身体验了卫生云、媒体云等多种云计算应用给生活带来的神奇改变。这些看得见、摸得着的“云”，让大家实实在在地感受到了科技创新的魅力。同样是在高新区，山大华天以振兴民族软件产业为己任，为中国汽车和航天产业搭建了由制造到创造的桥梁，大陆机电通过自主创新，开辟出信息自动化产业的一块新大陆。

工作人员正在接听“12345”市民服务热线

十艺节“三馆”效果图

省会文化艺术中心大剧院效果图

济安新区（原经一顺河三角地棚改项目）旧貌　盛堃　摄影

济安新区（原经一顺河三角地棚改项目）新貌　盛堃　摄影

发挥省会优势，强化创新驱动，做大做强实体经济，未来五年，像山大华天、大陆机电这样的本土“原创”的科技企业，将如雨后春笋般破土而出。未来五年，济南市将大力推进金融、信息服务、商贸物流、文化旅游和商务会展五大区域性服务业中心建设，围绕传统优势产业和战略性新兴产业发展，加快培育汽车、信息、机械装备、新能源及节能环保、石化及新材料、食品医药、轨道交通装备等七个千亿级产业集群，着力打造一批过百亿企业，增创发展新优势。

未来五年，济南市力争实现全市生产总值年均增长 11%，地方财政一般预算收入年均增长 13%，固定资产投资年均增长 18% 以上，主要发展指标在全国同类城市位次前移，提高济南在省会城市群经济圈中的首位度，率先建成国家创新型城市。

活力济南：创新社会管理 实现城乡公共服务均等化

“12345，服务找政府”、“为人民管理城市”……在济南，“12345 市民服务热线”用 98% 的办结率和 100% 的回复率，探索出了一条政府问计于民的“济南模式”。同样，济南城管通过“为人民管理城市，还是为城市管理人民”的大讨论，创立了济南“人民城管”服务品牌。

除了发展实体经济，济南市还将创新社会管理列为未来五年的十大核心工作。“以群众为根本，以实践为标准”，按照济南市第十次党代会和市“两会”作出的部署，济南更加注重以人为本，更加注重全面协调可持续，统筹兼顾。中共济南市委书记王敏提出，要“咬住目标，埋头苦干”，紧紧围绕广大人民群众翘首期待的事情，实实在在解决具体问题。

同时，济南还将以第十届中国艺术节为契机，建设一批市级公共文化设施和基层文化基础设施，加快构建覆盖城乡的四级公共文化服务网络，强化公益性、均等性文化服务，推动公共文化资源更多地向社区和农村倾斜。采取市场化办法，动员社会力量建设100所不同门类、各具特色的博物馆，培育“诚信、创新、和谐”的济南城市精神，争取跻身全国文明城市行列。

魅力济南：优化发展环境 “一城三区”构筑美丽泉城

13日，穿行在济南市的馆驿街、魏家庄和经八纬一棚户区改造片区，整齐划一的高楼大厦拔地而起，生活在这里的居民怡然自得。然而就在五年前，这些地方还是济南“有名”的低洼带、落后“村”。阳光棚改让18万余群众，让6.8万户低收入家庭住上了高层小楼。得知这些变化，采访团的记者不禁感叹济南市改善民生的大力度。

从“城中村”到“城中城”，改善民生、保障住房，只是济南市委、市政府建设美丽泉城诸多举措之一。目前，济南市正加快“一城三区”开发建设，五年后城镇化率达到70%左右。其中，老城区将继续推进棚户区、城中村和危旧楼群改造，促进传统工业企业有序外迁、转型升级，改造提升低档次物流和专业批发市场，基本建成东部新区、西部新区核心区、滨河新区核心区和重点功能区。积极推进北跨战略，加大规划建设力度，以交通设施、产业园区、生态旅游、强镇建设为依托，加快形成北跨区域发展新格局。实施积极的南部山区保护与发展战略，科学有序地发展南部经济，优化生态环境，提高当地居民生活水平。完善功能互补、布局合理的城镇体系，章丘、济阳、平阴、商河要以建设济南次中心城市为目标，高起点规划建设。

为了优化发展环境，济南市大力加强城市基础设施建设，重点抓好城市道路和公共停车场建设，优化路网结构和交通体系，加快城市轨道交通和城际铁路规划建设，优先发展公共交通，率先建成了“公交都市”，提高交通管理科学化水平，有效缓解了城市交通拥堵状况。

此外，济南还将提高城市净化、绿化、亮化、美化水平，改善城市景观形象；提高供水、供电、供气、供热保障水平，方便人民群众生活；提高城市污水处理、垃圾处理和大气治理水平，创造宜人居住环境；提高消防、人防、防震、防洪、气象设施水平，确保城市防灾安全。经过五年努力，济南市的城市功能和现代化水平将显著提高，基本建成国家生态城市和国家森林城市。

影·像 济南

天下第一泉——趵突泉

济南大明湖风景名胜区——超然致远

长城网：
走近趵突泉　感受天下第一泉的魅力

护城河通航

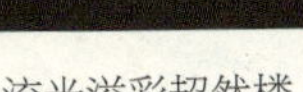

流光溢彩超然楼

济南大明湖风景名胜区新区

环城公园夜景

五龙潭新貌

天山网：济南将打造“天下第一泉景区”

趵突泉如今已实现连续多年喷涌

趵突泉公园南面一角

双龟相抱

趵突泉公园南面一角

山东博物馆内景

“第八届中国网络媒体山东行”采访团参观山东博物馆

博物馆内展品

莱芜篇

郭家沟：免费养老的幸福村

（中国日报网）

5月14日，“科学发展新山东——第八届中国网络媒体山东行”采访团来到莱芜市“全国文明村”郭家沟村。

村长徐祥新向记者介绍了郭家沟这几年的新变化。郭家沟地处莱芜的一个山沟沟里，总面积7.4平方公里，耕地8000多亩，共有384户、987口人。近年来，郭家沟的新农村建设卓有成效，开展农村社区化建设，先后获得“全国绿化示范村”、“全国先进基层党组织”等称号。2011年全村农民人均纯收入1.5万元。

“在我们这村，村民住小楼、做股东，老年人免费养老。”村长徐祥新自豪地说。

郭家沟村建立起了新型农村经济合作组织，对村里的土地确权登记，明确权益所属人，将全村的4684亩土地承包权折算为1171股（每四亩为一股）个人股，将集体经济林地折算为323股集体股，成立专业合作社实行企业化经营，发展特色种植和高效林果业，建立了花生、黄烟、扁桃、板栗4个种植园区和无公害蔬菜、冬枣、金银花3个种植基地，2011年还投资200万元建设了8个高标准的有机蔬菜温室大棚。

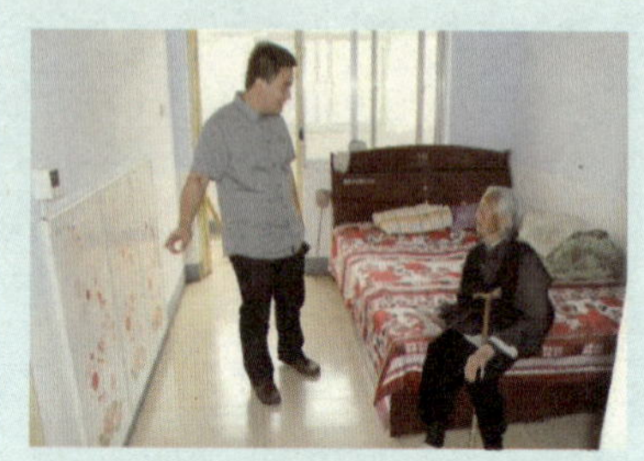

每间老年公寓都配有暖气片

村民的车辆

郭家沟村的楼房

通过推行“股权化”，农民可以凭股权获得每股1200元的保底收益，年底参与合作社分红，农民在农场打工每年平均获得1.5万元的工资收入，户均收入是原来的3倍多。

为改变郭家沟村的旧村面貌，这个村两年时间实行改造，目前，全村384户村民都住进了“小康楼”；投资280万元建起了两千平方米的文体广场，内设篮球场、乒乓球室、老年健身房、宣传栏、图书室等，各种公共服务设施俱全；规划建设了老年公寓，全村65周岁以上的老人实行免费集中供养，独自享受一室一厅一卫一厨房的套间，统一配备家具生活用品，统一到食堂就餐，统一由保洁员做家务，成为了全省为数不多的全部实现对老年人集中供养的村之一。

郭家沟村治山治水、造林绿化，先后硬化道路13公里，街道全部硬化、绿化、美化，绿化荒山2700亩，建成占地100亩的园林绿化育苗基地，栽植黑松2万余株，新增绿化面积300亩，绿化覆盖率达到45%，建设小型水库11座，治理河道2600米，安装路灯40盏，极大改变村民的居住环境。投资79万元建起了生物集成处理设施，把全村的生活污水全部集中到一起，利用微生物降解原理进行截流、吸附和分解，每方水的处理成本仅为0.16元，而且设备排出的水可回用于花草树木的灌溉，收到了良好的经济效益和生态效益。

山东莱芜郭家沟村：生态文明铺就幸福之路

（中新网）

中新网莱芜5月14日电（记者 吉翔）“科学发展新山东—第八届中国网络媒体山东行”采访团一行成员14日下午来到莱芜高新区鹏泉街道郭家沟村。走进该村，记者感悟到的是一幅生态文明铺就的幸福之路。

郭家沟村是莱芜高新区鹏泉街道的一个山区村，总面积7.4平方公里，耕地面积8000多亩；共有384户、921口人。近年来，该村紧紧抓住全市统筹城乡发展的机遇，以新农村建设“二十字方针”为指导，着力开展农村社区化建设，全力争创生态文明先进村，形成了以布局优化、环境美化、生态文明为主要特色的新农村。先后荣获“山东省尊老敬老先进单位”、“全国绿化示范村”、“全国先进基层党组织”和“全国文明村”等荣誉称号。2011年全村实现集体收入1000万元、农民人均纯收入1.5万元。

加大生态农业建设，带领群众共同致富

郭家沟村按照统筹城乡经济一体化发展的思路，积极推进土地承包经营股权化，建立新型农村经济合作组织，对村里的土地确权登记，明确权益所属人。在村民自愿的前提下，按照每4亩地为1股的标准，将4684亩地折算成1171股，入股土地全部交给郭家沟生态农林开发公司经营，所得收益由合作社和公司按六四分成，社员每股每年保底收益1200元。通过入股流转土地，建立了花生、黄烟、扁桃、板栗4个种植园区和无公害蔬菜、冬枣、金银花3个种植基地，2011年又投资200万元建设了8个高标准的有机蔬菜温室大棚，村民到公司打工每年工资收入8000多元，收入水平成倍提高。

不断完善基础设施，改善村民生活环境

郭家沟村积极进行旧村拆迁改造，高标准建设居民楼50栋，仅用两年时间全村384户村民都住进了“小康楼”；投资280万元建起了2000平方米的文体广场1个，内设篮球场、乒乓球室、老年健身房、大型舞台、宣传栏、文化长廊、图书室等，各种公共服务设施一应俱全，成为村民休闲、健身、娱乐、学习的理想去处，村民的生活质量、幸福感大幅提高；关注民生，从群众最关心的事做起，高起点规划建设了老年公寓，全村65周岁以上的老人实行免费集中供养，统一配备家具生活用品，统一到食堂就餐，统一由保洁员做家务，成为了全省为数不多的全部实现对老年人

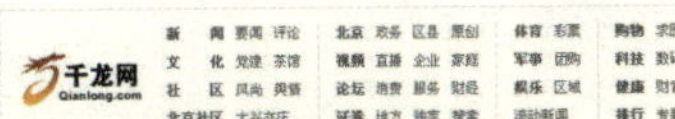

千龙城市 >> 新闻 >> 莱芜郭家沟 生态文明幸福村

莱芜郭家沟 生态文明幸福村

http://www.qianlong.com/ 2012-05-14 千龙网

村领导为采访团介绍郭家沟村概况

80多岁高龄的徐奶奶在村里养老院免费住单间、免费吃食堂

村民展示参与村内培训评优活动获奖证书

郭家沟村"新"貌

千龙网5月14日讯（记者 牛晓争）新农村建设可以做到本村65岁以上的老人管吃管住、孩子上学免费接送、养老保险村里代付，这是一个多么理想的目标、多少村里人的梦想。而这一切，正在莱芜高新区鹏泉街道郭家沟村真实的上演着。

走进郭家沟，采访团的记者们都觉得很是不可思议。村民，不交物业费，还有补贴；很多老年人，独居老年公寓大房子；384户人家，竟然出了六位博士，是有名的状元村；还有自建的日处理污水一百立方的污水处理站。在郭家沟，记者们终于体会到了什么才叫新农村建设样板。

走访中，记者了解到，郭家沟村是莱芜高新区鹏泉街道的一个山区村，总面积7.4平方公里，耕地面积8000多亩；共有384户、921口人。近年来，该村紧紧抓住全市统筹城乡发展的机遇，以新农村建设"二十字方针"为指导，着力开展农村社区化建设，全力争创生态文明先进村，形成了以布局优化、环境美化、生态文明为主要特色的新农村。先后荣获"山东省尊老敬老先进单位"、"全国绿化示范村"、"全国先进基层党组织"和"全国文明村"等荣誉称号。

据村领导介绍，郭家沟农村改造的成功经验关键之处在于，土地"股权化"改造，农民凭股权获得保底收入或基本保障，还可以获得打工、分红等多项收入，发展了农业规模经营。据统计，郭家沟村将全村土地折算为1171股，成立合作社，发展特色种植和高效林果业，每股1200元保底收益，人均打工收入1.5万元。好一条提高农民收入的创新之路。

千龙网报道截屏

集中供养的村之一。

大力实施绿化美化工程，改善村内生态环境

郭家沟村加大治山治水、造林绿化等力度，先后硬化道路 13 公里，绿化荒山 2700 亩，建成占地 100 亩的园林绿化育苗基地，栽植黑松 2 万余株，新增绿化面积 300 亩，绿化覆盖率达到 45%，建设小型水库 11 座，治理河道 2600 米，安装路灯 40 盏，街道全部硬化、绿化、美化，极大改变村民的居住环境。投资 79 万元建起了生物集成处理设施，把全村的生活污水全部集中到一起，利用微生物降解原理进行截流、吸附和分解，每方水的处理成本仅为 0.16 元，而且设备排出的水达到国家一级 B 类标准，可回用于花草树木的灌溉，收到了良好的经济效益和生态效益，形成了整洁的村容村貌、优美的生态环境。2011 年 5 月份，为全省生态文明乡村建设现场会议提供了观摩现场。

不断提升文化品位，共创和美新村

郭家沟村每年都举办好婆婆、好媳妇、卫生之家等评先树优活动，定期开展扇子舞、健身舞、乒乓球比赛、农民趣味运动会等丰富多彩的文体活动，在春节、“七一”等节日，组织村民演出自编自演的节目，用身边的人演身边的事，使村民在娱乐中陶冶情操，促进了村庄文明和谐发展。同时开展了“齐照全家福、共创好家庭”活动，村里出钱为和谐家庭拍摄全家照，促进了家庭关系、邻里关系和谐融洽，形成了家家高挂“全家福”，户户吹送“和谐风”的喜人局面。

齐鲁E家 账号： 密码： 登录 注册 首页 新闻 山东 微博

齐鲁网 iqilu.com 山东网络广播电视台

胜却人间无数 國藴 藏

首页 > 新闻 > 山东新闻 > 山东要闻

走进莱芜乡村 感受科学发展铺就的农民幸福之路

来源：齐鲁网 2012-05-14 22:00

我来说说(0) 复制链接

关键词：莱芜 2012山东行最新报道

[提要]14日，“科学发展新山东——鲁花杯第八届中国网络媒体山东行”采访团来到莱芜，走入莱芜的乡村，进一步感受坚持科学发展给莱芜乡村带来的巨变。

科学发展铺就了莱芜乡村农民的幸福之路

齐鲁网莱芜5月14日讯 14日，“科学发展新山东——鲁花杯第八届中国网络媒体山东行”采访团来到莱芜，走入莱芜的乡村，进一步感受坚持科学发展给莱芜乡村带来的巨变。

郭家沟村是莱芜高新区鹏泉街道的一个山区村，总面积7.4平方公里，耕地面积8000多亩，共有384户、921口人。近年来，该村紧紧抓住全市统筹城乡发展的机遇，以新农村建设“二十字方针”为指导，着力开展农村社区化建设，全力争创生态文明先进村，形成了以布局优化、环境美化、生态文明为主要特色的新农村，先后荣获“山东省尊老敬老先进单位”、“全国绿化示范村”、“全国先进基层党组织”和“全国文明村”等荣誉称号。2011年全村实现集体收入1000万元、农民人均纯收入1.5万元。

加大生态农业建设，带领群众共同致富

按照统筹城乡经济一体化发展的思路，积极推进土地承包经营股权化，建立新型农村经济合作组织，对村里的土地确权登记，明确权益所属人，在村民自愿的前提下，按照每4亩地为1股的标准，将4684亩地折算成1171股，入股土地全部交给郭家沟生态农林开发公司经营，所得收益由合作社和公司按六四分成，社员每股每年保底收益1200元。通过入股流转土地，建立了花生、黄烟、桑桃、板栗4个种植园区和无公害蔬菜、冬枣、金银花3个种植基地，2011年又投资200万元建设了8个高标准的有机蔬菜温室大棚，村民到公司打工每年工资收入8000多元，收入水平成倍提高。

不断完善基础设施，改善村民生活环境

积极进行旧村拆迁改造，高标准建设居民楼50栋，仅用两年时间全村384户村民都住进了“小康楼”，投资280万元建起了2000平方米的文体广场1个，内设篮球场、乒乓球室、老年健身房、大型舞台、宣传栏、文化长廊、图书室等，各种公共服务设施一应俱全，成为村民休闲、健身、娱乐、学习的理想去处，村民的生活质量、幸福感大幅提高，关注民生，从群众最关心的事做起，高起点规划建设了老年公寓，全村65周岁以上的老人实行免费集中供养，统一配备家具生活用品，统一到食堂就餐，统一由保洁员做家务，成为了全省为数不多的全部实现对老年人集中供养的村之一。

大力实施绿化美化工程，改善村内生态环境

加大治山治水、造林绿化等力度，先后硬化道路13公里，绿化荒山2700亩，建成占地100亩的园林绿化育苗基地，栽植黑松2万余株，新增绿化面积300亩，绿化覆盖率达到45%，建设小型水库11座，治理河道2600米，安装路灯40盏，街道全部硬化、绿化、美化，极大改变村民的居住环境。投资79万元建起了生物集成处理设施，把全村的生活污水全部集中到一起，利用微生物降解原理进行截流、吸附和分解，每方水的处理成本仅为0.16元，而且设备排出的水达到国家一级B类标准，可回用于花草树木的灌溉，收到了良好的经济效益和生态效益，形成了整洁的村容村貌、优美的生态环境。2011年5月份，为全省生态文明乡村建设现场会议提供了观摩现场。

不断提升文化品味，共创和美新村

每年都举办好婆婆、好媳妇、卫生之家等评先树优活动，定期开展扇子舞、健身舞、乒乓球比赛、农民趣味运动会等丰富多彩的文体活动，在春节、七一等节日，组织村民演出自编自演的节目，用身边的人演身边的事，使村民在娱乐中陶冶情操，促进了村庄文明和谐发展。同时开展了“齐照全家福、共创好家庭”活动，村里出钱为和谐家庭拍摄全家照，促进了家庭关系、邻里关系和谐融洽，形成了家家高挂“全家福”，户户吹送“和谐风”的喜人局面。

齐鲁网报道截屏

莱芜市郭家沟村：村民“土地入股”带来共同致富（天山网）

天山网济南讯（记者 尹树娥 摄影报道）5 月 14 日下午，“科学发展新山东——第八届中国网络媒体山东行”采访团来到莱芜市“全国文明村镇”郭家沟村，成排的别墅让人很难想到这里竟是农村，而这富裕的表面背后，是郭家沟村统筹城乡一体化，村民以土地入股大力发展生态农业的结果。

郭家沟村村支部书记徐祥新告诉记者，这就是村里的“小康楼”，每栋面积有 218 平方米，村民只交 5 万块钱就可以住上这样的高级别墅，其余的费用由村里来统筹解决。除了这些“小康楼”，村里还建有 50 幢高标准居民楼，村民只交 1.8 万元就可居住。

徐祥新说，郭家沟村集体每年拿出 3 万多元，为村民支付新农合和新农保费用，参保率均达到 100%；65 周岁以上老人全部实行集中统一供养，在村食堂里免费就餐；对在校小学生免费专车接送；对困难户、低保户等弱势群体及时救助。为年轻人腾出时间创造更大价值。

郭家沟村最典型的就是高起点规划建设了老年公寓，对全村 65 周岁以上老人实行免费集中供养，统一配备家具生活用品，统一到食堂就餐，统一由保洁员做家务，郭家沟村成了山东省为数不多的全部实现对老年人集中供养的村之一。

村民何桂英今年 81 岁了，除了有些耳背，身体硬朗，还能做些家务活。何桂英拉着记者到她居住的老年公寓参观。她居住的房子打扫得十分干净，有独立的卫生间、卧室和客厅。何桂英说“住在老年公寓特别好，每天早晨都吃鸡蛋，每顿饭都是换着花样吃，还有专门的人来打扫卫生。住这可好呢！外村的老年人都羡慕我们，我们现在的生活比原来好太多太多了！”

村民朱海燕说：“原来的郭家沟可不是现在这个样子，不但穷，环境也不好，村口的河里飘着垃圾，村子的周围有很多荒山，一到刮风的时候就都是沙土。现在不但富裕了，环境越来越好，村子里还组织我们学知识，让我们的生活水平再上新台阶。”

据了解，郭家沟村积极推进土地承包经营股权化，建立新型农村经济合作组织，对村里的土地确权登记，明确权益所属人。在村民自愿的前提下，按照每 4 亩地为 1 股的标准，将 4684 亩地折算成 1171 股，入股土地全部交给郭家沟生态农林开发公司经营，所得收益由合作社和公司按六四分成，社员每股每年保底收益 1200 元。通过入股流转土地，建立了花生、黄烟、扁桃、板栗 4 个种植园区和无公害蔬菜、冬枣、金银花 3 个种植基地，2011 年又投资 200 万元建设了 8 个高标准的有机蔬菜温室大棚，村民到公司打工每年工资收入 8000 多元，收入水平成倍提高。

记者走访莱芜郭家沟村感受文明幸福路（广西新闻网）

广西新闻网 5 月 14 日济南讯 （记者 王莹） 5 月 14 日下午，“科学发展新山东——第八届中国网络媒体山东行”采访团顶着日头来到莱芜市“全国文明村镇”郭家沟村采访，还未到跟前，成排的漂亮别墅就把大家“震撼”了。郭家沟村村支部书记徐祥新告诉记者，这就是村里的“小康楼”，每栋面积有 218 平方米，村民只交 5 万块钱就可以住上这样的高级别墅，其余的费用由村里来统筹解决。除了这些“小康楼”，村里还建有 50 幢高标准居

HKCD香港商報 山東網 www.sdbhkcd.com

你的位置：主页 > 山東新聞 >

郭家溝村：土地自願入股宅基統建小樓

2012-05-15 02:18 未知

村民介紹讀書情況

【香港商報訊】記者劉慶春報導：14日中午，“科學發展新山東——魯花杯第八屆中國網絡媒體山東行”採訪團在萊蕪市委宣傳部部長畢玉惠的陪同下，來到了山東省萊蕪市高新區鵬泉街道郭家溝村。

該村是一個山區村，總面積7.4平方公里，耕地面積8000多畝；共有384戶、921口人。近年來，該村緊緊抓住全市統籌城鄉發展的機遇，著力開展農村社區化建設，全力爭創生態文明先進村，形成了以佈局優化、環境美化、生態文明為主要特色的新農村。

加大生態農業建設帶領群眾共同致富

按照統籌城鄉經濟一體化發展的思路，積極推進土地承包經營股權化，建立新型農村經濟合作組織，對村里的土地確權登記，明確權益所屬人。在村民自願的前提下，按照每4畝地為1股的標準，將4684畝地折算成1171股，入股土地全部交給郭家溝生態農林開發公司經營，所得收益由合作社和公司按六四分成，社員每股每年保底收益1200元。通過入股流轉土地，建立了花生、黃煙、扁桃、板栗4個種植園區和無公害蔬菜、冬棗、金銀花3個種植基地，2011年又投資200萬元建設了8個高標準的有機蔬菜溫室大棚，村民到公司打工每年工資收入8000多元，收入水平成倍提高。

不斷完善基礎設施 改善村民生活環境

積極進行舊村拆遷改造，高標準建設居民樓50棟，僅用兩年時間全村384戶村民都住進了“小康樓”；投資280萬元建起了2000平方米的文體廣場1個，內設籃球場、乒乓球室、老年健身房、大型舞台、宣傳欄、文化長廊、圖書室等，各種公共服務設施一應俱全，成為村民休閒、健身、娛樂、學習的理想去處，村民的生活質量、幸福感大幅提高；關注民生，從群眾最關心的事做起，高起點規劃建設了老年公寓，全村65周歲以上的老人實行免費集中供養，統一配備家俱生活用品，統一到食堂就餐，統一由保潔員做家務，成為了全省為數不多的全部實現對老年人集中供養的村之一。

大力實施綠化美化工程改善村內生態環境

加大治山治水、造林綠化等力度，先後硬化道路13公里，綠化荒山2700畝，建成佔地100畝的園林綠化育苗基地，栽植黑松2萬餘株，新增綠化面積300畝，綠化覆蓋率達到45%，建設小型水庫11座，治理河道2600米，安裝路燈40盞，街道全部硬化、綠化、美化，極大改變村民的居住環境。投資79萬元建起了生物集成處理設施，把全村的生活污水全部集中到一起，利用微生物降解原理進行截流、吸附和分解，每方水的處理成本僅為0.16元，而且設備排出的水達到國家一級B類標準，可回用於花草樹木的灌溉，收到了良好的經濟效益和生態效益，形成了整潔的村容村貌、優美的生態環境。2011年5月份，為全省生態文明鄉村建設現場會議提供了觀摩現場。

不斷提昇文化品味 共創和美新村

年年都舉辦好婆婆、好媳婦、衛生之家等評先樹優活動，定期開展扇子舞、健身舞、乒乓球比賽、農民趣味運動會等豐富多彩的文體活動，在春節、七一等節日，組織村民演出自編自演的節目，用身邊的人演身邊的事，使村民在娛樂中陶冶情操，促進了村莊文明和諧發展。同時開展了“齊照全家福、共創好家庭”活動，村里出錢為和諧家庭拍攝全家照，促進了家庭關係、鄰里關係和諧融洽，形成了家家高掛“全家福”，戶戶吹送“和諧風”的喜人局面。

郭家溝村先後榮獲“山東省尊老敬老先進單位”、“全國綠化示範村”、“全國先進基層黨組織”和“全國文明村”等榮譽稱號。2011年全村實現集體收入1000萬元、農民人均純收入1.5萬元。

责任编辑：admin

香港商报报道截屏

民楼，村民只交 1.8 万元就可居住。

郭家沟村是莱芜高新区鹏泉街道的一个山区村，总面积 7.4 平方公里，耕地面积 8000 多亩；共有 384 户、921 口人。近年来，该村紧紧抓住全市统筹城乡发展的机遇，以新农村建设“二十字方针”为指导，着力开展农村社区化建设，全力争创生态文明先进村，形成了以布局优化、环境美化、生态文明为主要特色的新农村。先后荣获“山东省尊老敬老先进单位”、“全国绿化示范村”、“全国先进基层党组织”和“全国文明村”等荣誉称号。2011 年全村实现集体收入 1000 万元、农民人均纯收入 1.5 万元。

据了解，全村按照统筹城乡经济一体化发展的思路，积极推进土地承包经营股权化，建立新型农村经济合作组织，对村里的土地确权登记，明确权益所属人。在村民自愿的前提下，按照每 4 亩地为 1 股的标准，将 4684 亩地折算成 1171 股，入股土地全部交给郭家沟生态农林开发公司经营，所得收益由合作社和公司按六四分成，社员每股每年保底收益 1200 元。

记者了解到，郭家沟村积极进行旧村拆迁改造，高标准建设居民楼 50 栋，仅用两年时间全村 384 户村民都住进了“小康楼”。全村 65 周岁以上的老人实行免费集中供养，统一配备家具生活用品，统一到食堂就餐，统一由保洁员做家务。每年村子都举办好婆婆、好媳妇、卫生之家等评先树优活动，定期开展扇子舞、健身舞、乒乓球比赛、农民趣味运动会等丰富多彩的文体活动，在春节、“七一”等节日，组织村民演出自编自演的节目，用身边的人演身边的事，使村民在娱乐中陶冶情操，促进了村庄文明和谐发展。

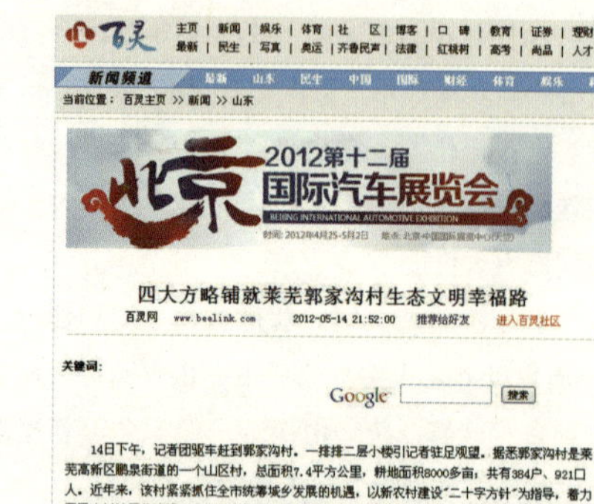

四大方略铺就莱芜郭家沟村生态文明幸福路

百灵网 www.beelink.com 2012-05-14 21:52:00 推荐给好友 进入百灵社区

关键词：

14日下午，记者团驱车赶到郭家沟村。一排排二层小楼引记者驻足观望。据悉郭家沟村是莱芜高新区鹏泉街道的一个山区村，总面积7.4平方公里，耕地面积8000多亩；共有384户、921口人。近年来，该村紧紧抓住全市统筹城乡发展的机遇，以新农村建设“二十字方针”为指导，着力开展农村社区化建设，全力争创生态文明先进村，形成了以布局优化、环境美化、生态文明为主要特色的新农村。先后荣获“山东省尊老敬老先进单位”、“全国绿化示范村”、“全国先进基层党组织”和“全国文明村”等荣誉称号。2011年全村实现集体收入1000万元、农民人均纯收入1.5万元。

一是加大生态农业建设，带领群众共同致富。按照统筹城乡经济一体化发展的思路，积极推进土地承包经营股权化，建立新型农村经济合作组织，对村里的土地确权登记，明确权益所属人。在村民自愿的前提下，按照每4亩地为1股的标准，将4684亩地折算成1171股，入股土地全部交给郭家沟生态农林开发公司经营，所得收益由合作社和公司按六四分成，社员每股每年保底收益1200元。通过入股流转土地，建立了花生、黄烟、扁桃、板栗4个种植园区和无公害蔬菜、冬枣、金银花3个种植基地，2011年又投资200万元建设了8个高标准的有机蔬菜温室大棚，村民到公司打工每年工资收入8000多元，收入水平成倍提高。

二是不断完善基础设施，改善村民生活环境。积极进行旧村拆迁改造，高标准建设居民楼50栋，仅用两年时间全村384户村民都住进了“小康楼”；投资280万元建起了2000平方米的文体广场1个，内设篮球场、乒乓球室、老年健身房、大型舞台、宣传栏、文化长廊、图书室等，各种公共服务设施一应俱全，成为村民休闲、健身、娱乐、学习的理想去处，村民的生活质量、幸福感大幅提高；关注民生，从群众最关心的事做起，高起点规划建设了老年公寓，全村65周岁以上的老人实行免费集中供养，统一配备家具生活用品，统一到食堂就餐，统一由保洁员做家务，成为了全省为数不多的全部实现对老年人集中供养的村之一。

三是大力实施绿化美化工程，改善村内生态环境。加大治山治水、造林绿化等力度，先后硬化道路13公里，绿化荒山2700亩，建成占地100亩的园林绿化育苗基地，栽植黑松2万余株，新增绿化面积300亩，绿化覆盖率达到45%，建设小型水库11座，治理河道2600米，安装路灯40盏，街道全部硬化、绿化、美化，极大改变村民的居住环境。投资79万元建起了生物集成处理设施，把全村的生活污水全部集中到一起，利用微生物降解原理进行截流、吸附和分解，每方水的处理成本仅为0.16元，而且设备排出的水达到国家一级B类标准，可回用于花草树木的灌溉，收到了良好的经济效益和生态效益，形成了整洁的村容村貌、优美的生态环境。2011年5月份，为全省生态文明乡村建设现场会议提供了观摩现场。

四是不断提升文化品味，共创和美新村。每年都举办好婆婆、好媳妇、卫生之家等评先树优活动，定期开展扇子舞、健身舞、乒乓球比赛、农民趣味运动会等丰富多彩的文体活动，在春节、七一等节日，组织村民演出自编自演的节目，用身边的人演身边的事，使村民在娱乐中陶冶情操，促进了村庄文明和谐发展。同时开展了“齐照全家福、共创好家庭”活动，村里出钱为和谐家庭拍摄全家照，促进了家庭关系、邻里关系和谐融洽，形成了家家高挂“全家福”，户户吹送“和谐风”的喜人局面。

百灵网报道截屏

半岛都市报：
交 5 万元，农民家家住别墅

（半岛都市报）

本报 5 月 14 日讯（记者 杨洪星）如何才能将农村的土地盘活，给村民带来最高的利益，真正造福于民？5 月 14 日下午，记者跟随“科学发展新山东——第八届中国网络媒体山东行”的采访团对郭家沟村进行了探访，发现这里将农民的土地全部实现股权化，农民的土地全部入股公司按收益在年底分红，通过土地股权化，这里的农民家家住别墅，65 岁以上的老人免费住进养老院，农民人均年收入达 1.5 万元。

14 日下午，一进入莱芜市高新区郭家沟村，记者就看到，一栋栋米黄色二层小楼有序地排列在山坡上。“这些小楼都是我们村村民自己家的，每户200多平方米，只需交5万元钱就可以入住。”郭家沟村党支部书记徐祥新告诉记者。

据介绍，郭家沟村以前是一个穷山村。2007年开始，郭家沟村积极推进土地承包经营股权化，建立新型农村经济合作组织。通过入股流转土地，建立了花生、黄烟、扁桃、板栗4个种植园区和无公害蔬菜、冬枣、金银花3个种植基地，2011年又投资200万元建设了8个高标准的有机蔬菜温室大棚，村民到公司打工每年工资收入8000多元，收入水平成倍提高，每位农民人均纯收入达到1.5万元。

党建助力企业发展——访山东呈瑞新能源科技有限公司（千龙网）

千龙网5月14日讯 （记者 牛晓争） 今天下午，科学发展新山东——第八届中国网络媒体山东行记者采访团一行人来到了山东呈瑞新能源科技有限公司采访考察。

据了解，山东呈瑞新能源科技有限公司由中国新大洋机电集团有限公司和山东呈瑞粉末冶金有限公司共同投资建设，主要研发生产新能源汽车电机及其关键零部件。项目总投资6亿元，规划总建筑面积10万平方米，建成后年产新能源汽车电机5万套、铁芯转子2000万件，年销售收入30亿元，利税3亿元。目前，已有8条定转子生产线投入生产；新引进电机组装线2条、冷室铝锌镁压铸等生产设备70台（套），正在进行安装调试。力争“十二五”末，形成年产新能源汽车电机20万台，粉末冶金制品1.5万吨，高性能铝锌镁合金制品10万吨，高精密冲件10万吨的规模，年销售收入突破100亿元，利税12亿元。

公司高度重视企业党建工作。坚持以党建引领企业文化，以党建促进企业发展。自去年以来在创先争优活动中，深入开展了“五争五创”活动，强化宣传引导、营造浓厚氛围，丰富党建活动、激发党员活力，发挥模范作用、促进科学发展。通过成立“党员科技攻关小组”，充分发挥了党支部的战斗堡垒作用和党员的先锋模范作用，攻克技术难题，先后荣获发明专利4项，实用新型专利11项，95%以上的研发项目由党员完成，有效地提升了企业自主创新能力和核心竞争力，为公司十二五目标的顺利实现提供了有力保障。

首页 共产党 要闻 时政 | 国际 军事 台港澳 教育 | 社会 图片 观点 地方 | 经济 汽车 房产 | 体育 娱乐 文化

人民网 >> 山东频道 >> 专题 >> 网络媒体山东行

呈瑞：党员大讨论“碰撞”企业发展魂

2012年05月15日08:46　来源：人民网-山东频道　手机看新闻

打印 网摘 纠错 商城 关注 77.5万 分享 推荐 字号

党员职工接受记者采访（聂俊写 摄）

人民网莱芜5月15日电 （记者 聂俊写）14日，科学发展新山东——“鲁花杯”第八届中国网络媒体山东行采访团来到了位于莱芜的山东呈瑞新能源科技有限公司，自2008年12月成立党支部以来，公司始终坚持以党建引领企业文化，开展的“五争五创”活动，充分发挥了党支部的战斗堡垒作用和党员的先锋模范作用。

走进厂区，12块党员公开承诺、“五争五创”活动纪实等内容的固定宣传版面摆放在了显眼的位置，每个车间也都设置了党员示范岗、党员机台，设立了“创先争优”学习交流专栏。

党员鞠强说，公司特别重视发展党员，因为党支部建设的好，能让人感受到党员的先锋模范作用，所以每年都会有很多人递交入党申请书。在平时的工作中，公司也特别重视党员的作用，会定期组织党员进行交流和讨论。

山东呈瑞新能源科技有限公司，在党员队伍中开展了大讨论活动，确立了“一业为主、多元发展”的思路，即重点发展新能源汽车电机“这一主业”，配套发展粉末冶金制品、高精密冲件、高性能铝锌镁合金、大型模具和产品物流“五大项目”，力争“十二五”末，形成年产新能源汽车电机20万台，粉末冶金制品1.5万吨，高性能铝锌镁合金制品10万吨，高精密冲件10万吨的规模。

呈瑞新能源科技有限公司成立了“党员科技攻关小组”，先后荣获发明专利4项，实用新型专利11项，95%以上的研发项目由党员完成。

据了解，自2008年12月成立党支部以来，始终坚持以党建引领企业文化，以党建促进企业发展。特别是自去年以来在创先争优活动中，深入开展了“五争五创”活动，充分发挥了党支部的战斗堡垒作用和党员的先锋模范作用，有力地促进了企业快速健康发展。

生产车间（聂俊写 摄）

员工正在仔细检查产品是否合格（聂俊写 摄）

（责任编辑：仝志强）

人民网报道截屏

莱芜：呈瑞新能源党员“五争五创”促发展

（山西新闻网）

呈瑞：党员大讨论“碰撞”企业发展魂

记者们现场采访党员技术带头人

许多设配上都被贴上了党员机台的标签

走进厂区，12块党员公开承诺、“五争五创”活动纪实等内容的固定宣传版面摆放在了显眼的位置，每个车间也都设置了党员示范岗、党员机台，设立了“创先争优”学习交流专栏。

浙江在线报道截屏

山西新闻网5月14日讯　（记者　郑毅）　今天，科学发展新山东——第八届中国网络媒体山东行采访团来到了位于莱芜的山东呈瑞新能源科技有限公司。

走进厂区，12块党员公开承诺、“五争五创”活动纪实等内容的固定宣传版面摆放在了显眼的位置，每个车间也都设置了党员示范岗、党员机台，设立了“创先争优”学习交流专栏。

呈瑞新能源科技有限公司成立了“党员科技攻关小组”，攻克技术难题，先后荣获发明专利4项，实用新型专利11项，95%以上的研发项目由党员完成，提升了企业自主创新能力和核心竞争力。

据了解，自2008年12月成立党支部以来，始终坚持以党建引领企业文化，以党建促进企业发展。特别是自去年以来在创先争优活动中，深入开展了“五争五创”活动，充分发挥了党支部的战斗堡垒作用和党员的先锋模范作用，有力地促进了企业快速健康发展。

山东力创：自主创新展新翼

（千龙网）

千龙网5月14日讯　（记者　牛晓争）　今天下午，科学发展新山东——第八届中国网络媒体山东行的采访团来到了山东力创科技有限公司。该公司是由山东省有突出贡献中青年专家郝振刚领办的国家级重点高科技企业，主要研发生产集成电路芯片以及以自主芯片产品为基础的能源监测与节能计量产品。

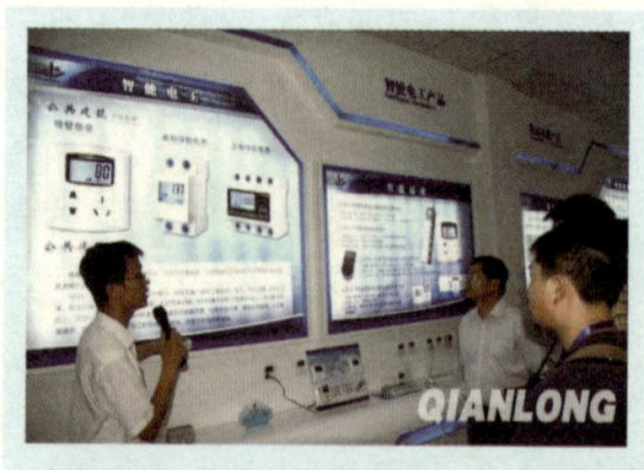

采访团在山东力创采访观摩

近年来，山东力创科技有限公司始终坚持走自主创新之路，积极引进人才，目前已外聘研究员及高级工程师20名，研究生25名，大学本科以上学历人员占70%以上，形成了130人的研发团队。同时不断完善导师制、培训晋级制、项目研发揭榜制等激励机制，目前建有博士后科研工作站、省级企业技术中心、中美集成电路合作研究中心等国家和省级科研平台，积极加强与中国台湾翊杰、英国ARM等国际知名企业的合作，先后承担国家创新基金等省级以上科技计划23项，拥有专利核心技术40余项；公司核心产品集成电路芯片（SOC芯片），已有5款通过省科技成果鉴定，其中3款达到国际先进、国内领先水平，产品填补了国内空白，成功应用于北京鸟巢、首都机场和动车组的用电监控系统。为进一步推进产业链延伸和产品线拓宽，公司2011年投资4000万元，新建现代化车间1万平方米，引进SMT等自动化生产线8条，主要生产集成电路SOC芯片及相关产品，日产达到1000台（套），生产能力扩大到原来的10倍。

2012年，公司按照市委、市政府“奋起赶超、科学跨越”的要求，立足自身实际，新上电子车间二期工程，项目总投资2.5亿元，规划建设3万平方米电子车间。目前项目进展顺利，车间框架主体基本完工，计划9月份建成投产。建成投产后，公司生产规模可达到年产芯片600万片、热计量产品100万只、智能电工150万只、电测控产品100万只，公司年销售收入可达到30亿元，利税9亿元，成为高新区“百亿电子信息产业园”的领军企业。

自主创新展新翼
——访山东力创科技有限公司
（鲁网）

鲁网5月14日讯（记者 刘梅婷）今天下午，记者随“科学发展新山东——第八届中国网络媒体山东行”采访团一行来到了位于莱芜的山东力创科技有限公司。该公司主要研发生产集成电路芯片以及以自主芯片产品为基础的能源监测与节能计量产品。

近年来，公司始终坚持走自主创新之路，积极引进人才，目前已外聘研究员及高级工程师20名，研究生25名，大学本科以上学历人员占70%以上，形成了130人的研发团队。同时不断完善导师制、培训晋级制、项目研发揭榜制等激励机制，目前建有博士后科研工作站、省级企业技术中心、中美集成电路合作研究中心等国家和省级科研平台，积极加强与台湾翊杰、英国ARM等国际知名企业的合作，先后承担国家创新基金等省级以上科技计划23项，拥有专利核心技术40余项；公司核心产品集成电路芯片（SOC芯片），已有5款通过省科技成果鉴定，其中3款达到国际先进、国内领先水平，产品填补了国内空白，成功应用于北京鸟巢、首都机场和动车组的用电监控系统。为进一步推进产业链延伸和产品线拓宽，公司2011年投资4000万元，新建现代化车

新闻首页 辽宁 东北 天下 社会 文娱 时尚 体育 财经 健康 教育 房产

东北新闻网>>国内国际首页>>

点击进入 视界精品

莱芜市呈瑞新能源的“内动力”

http://news.nen.com.cn 2012-06-15 00:35 东北新闻网

订阅东北新闻报，移动发1到10658303 联通发DBXW至10655800 电信发DBXWB至1065928080

十指连“新”“掌”握精彩一掌上资讯频道 东北新闻网手机版 3g.nen.com.cn

5月14日，第八届中国网络媒体山东行东线记者来到山东呈瑞新能源科技有限公司采访报道。

山东呈瑞新能源科技有限公司车间。

车加工车间工人正在进行生产作业。

山东呈瑞新能源科技有限公司由中国新大洋机电集团有限公司和山东呈瑞粉末冶金有限公司共同投资建设，主要研发生产新能源汽车电机及其关键零部件。项目总投资6亿元，规划总建筑面积10万平方米，建成后年产新能源汽车电机5万套、铁芯转子2000万件，年销售收入30亿元，利税3亿元。目前，已有8条定转子生产线投入生产，新引进电机组装线2条、冷室铝锌镁压铸等生产设备70台（套），正在进行安装调试。

公司高度重视企业党建工作，自2008年12月成立党支部以来，始终坚持以党建引领企业文化，以党建促进企业发展。特别是自去年以来在创先争优活动中，深入开展了“五争五创”活动，充分发挥了党支部的战斗堡垒作用和党员的先锋模范作用，有力地促进了企业快速健康发展。一是强化宣传引导，营造浓厚氛围。在厂区，设置了党员公开承诺、“五争五创”活动纪实等内容的固定宣传版面12块；在办公区，张贴企业愿景、优秀员工标准等版面8块；在车间，设置了党员示范岗、党员机台，设立了“创先争优”学习交流专栏。二是丰富党建活动，激发党员活力。深入开展“提合理化建议”、技术比武、“庆七一演唱会”等活动，成立“呈瑞爱心社”，开展了“关爱员工行动”，结成帮扶对子42个，先后帮助职工解决子女就业等难题20余人次。三是发挥模范作用，促进科学发展。成立了“党员科技攻关小组”，攻克技术难题，先后荣获发明专利4项，实用新型专利11项，95%以上的研发项目由党员完成，提升了企业自主创新能力和核心竞争力。围绕公司发展方向，在党员队伍中开展了大讨论活动，确立了“一业为主、多元发展”的思路，即重点发展新能源汽车电机“这一主业”，配套发展粉末冶金制品、高精密冲件、高性能铝锌镁合金、大型模具和产品物流“五大项目”，力争“十二五”末，形成年产新能源汽车电机20万台，粉末冶金制品1.5万吨，高性能铝锌镁合金制品10万吨，高精密冲件10万吨的规模，年销售收入突破100亿元，利税12亿元。

点击此处进入下一页

东北新闻网报道截屏

间1万平方米，引进SMT等自动化生产线8条，主要生产集成电路SOC芯片及相关产品，日产达到1000台（套），生产能力扩大到原来的10倍。

2012年，公司按照市委、市政府“奋起赶超、科学跨越”的要求，立足自身实际，新上电子车间二期工程，项目总投资2.5亿元，规划建设3万平方米电子车间。目前项目进展顺利，车间框架主体基本完工，计划9月份建成投产。建成投产后，公司生产规模可达到年产芯片600万片、热计量产品100万只、智能电工150万只、电测控产品100万只，公司年销售收入可达到30亿元，利税9亿元，成为高新区“百亿电子信息产业园”的领军企业。

网易首页 · 新闻 · 体育 · NBA · 娱乐 · 财经 · 股票 · 汽车 · 科技 · 手机 · 女人 · 论坛 · 视频 · 健康 · 房产 · 家居 · 教育

网易新闻 网易 > 新闻中心 > 滚动新闻 > 正文　请输入关键词 新闻 搜索

走进山东力创 感受创新为企业带来“芯”活力

2012-05-15 10:29:07 来源：长城网(石家庄) 有0人参与 手机看新闻 转发到微博 (0)

长城网5月15日讯（李书军 邓光娟）14日下午，“科学发展新山东鲁花杯第八届中国网络媒体山东行”采访团来到了位于莱芜的山东力创科技有限公司，记者们通过一个小小的芯片看到了自主创新给企业带来的“芯”活力。

山东力创科技有限公司是主要研发生产集成电路芯片以及以自主芯片产品为基础的能源监测与节能计量产品，依赖于自主科技创新和先进技术的引进、吸收、再创新，目前已外聘研究员及高级工程师20名，研究生25名，大学本科以上学历人员占70%以上，形成了130人的研发团队，建有博士后科研工作站、省级企业技术中心、中美集成电路合作研究中心等国家和省级科研平台。

没有科技创新就不可能实现产业做大做强，更不可能有力创现在的发展。在力创科技的展示室里，到处都可以看到创新给力创人的动力，各种自主研发的产品让采访团的成员们应接不暇，大家拿起产品仔细端详，认真地研究着这些看似小产品中的高科技含量。

最令力创人感到骄傲的是，该公司核心产品集成电路芯片（SOC芯片），已有5款通过省科技成果鉴定，其中3款达到国际先进、国内领先水平，产品填补了国内空白，成功应用于北京鸟巢、首都机场和动车组的用电监控系统。

据了解，2012年，公司投资2.5亿元新上电子车间二期工程，建成投产后，公司生产规模可达到年产芯片600万片、热计量产品100万只、智能电工150万只、电测控产品100万只，公司年销售收入可达到30亿元，利税9亿元。

网易网报道截屏

走进莱芜雍和园社区：让农民过上和市民一样的生活

（中新网）

中新网莱芜5月14日电（记者 吉翔）“科学发展新山东—第八届中国网络媒体山东行”采访团一行成员14日中午来到莱城区口镇雍和园社区，在这里，记者感受到的是一个和谐的社区，在这里，农民过上了和普通市民一样的生活。

雍和园社区是口镇规划建设的9个农村社区之一，居民涉及南街、西街、东街、北街、赵家村、田庄、冶庄等7个村，全部建成后可节约土地1300亩，增容3万人。目前，已建成楼房83栋，入住2000多户、8000余人。近年来，该社区积极创新发展机制，强力推进合村并居实施社区化管理，取得了阶段性成果。社区内基础设施建设不断完善，社区综合服务功能不断增强，群众生产、生活环境不断改善，群众幸福指数不断提升，成为莱芜市统筹城乡一体化发展的典范。

积极创新机制体制，合村并居实现融合发展

为探索新形势下合村并居社区化管理的新机制，雍和园社区将西街、东街、南街、北街、赵家村、田庄、冶庄等7个行政村纳入雍和园社区，组建社区党委和社区居委会。同时，依法撤销所辖各村行政村建制，各村设立党组织，不再设立村民委员会，统一在社区党委和社区居委会的领导下开展工作。原村委会撤销后，为积极稳妥地搞好集体资产改制，各村成立资产管理委员会。按照“三分开、三不变”的原则，即分开建账、分开核算、分开管理，原行政村的土地权属和承包关系不变，原村级管理岗位的待遇和

凤凰网首页 手机凤凰网 2012-07-11 星期三 农历五月廿三

资讯 | 财经 | 娱乐 | 体育 | 时尚 | 健康 | 亲子 | 汽车 | 房产 | 科技 | 旅游 | 读书 | 教育 | 文化 | 历史 | 军事 | 视

中国保钓将施现字诀？ 日本夺岛步伐趋紧，中国钓鱼岛策略悄然转变，不排除武力解决争端。

给《大卫》打码是庸人自扰 给《大卫》打码如同夏日里的冷笑话，背后又是何种心态作祟？

凤凰网 资讯 news.ifeng.com 凤凰网资讯 > 滚动新闻 > 正文

走进莱芜雍和园社区：让农民过上和市民一样的生活

2012年05月14日 23:54

来源：中国新闻网　0人参与 0条评论 打印 转发 字号：T T

中新网莱芜5月14日电（记者 吉翔）“科学发展新山东一第八届中国网络媒体山东行”采访团一行成员14日中午来到莱城区口镇雍和园社区，在这里，记者感受到的是一个和谐的社区，在这里，农民过上了和普通市民一样的生活。

雍和园社区是口镇规划建设的9个农村社区之一，居民涉及南街、西街、东街、北街、赵家村、田庄、冶庄等7个村，全部建成后可节约土地1300亩，增容3万人。目前，已建成楼房83栋，入住2000多户、8000余人。近年来，该社区积极创新发展机制，强力推进合村并居实施社区化管理，取得了阶段性成果。社区内基础设施建设不断完善，社区综合服务功能不断增强，群众生产、生活环境不断改善，群众幸福指数不断提升，成为莱芜市统筹城乡一体化发展的典范。

积极创新机制体制，合村并居实现融合发展

为探索新形势下合村并居社区化管理的新机制，雍和园社区将西街、东街、南街、北街、赵家村、田庄、冶庄等7个行政村纳入雍和园社区，组建社区党委和社区居委会。同时，依法撤销所辖各村行政村建制，各村设立党组织，不再设立村民委员会，统一在社区党委和社区居委会的领导下开展工作。原村委会撤销后，为积极稳妥地搞好集体资产改制，各村成立资产管理委员会。按照“三分开、三不变”的原则，即分开建账、分开核算、分开管理，原行政村的土地权属和承包关系不变，原村级管理岗位的待遇和村民福利不变，对各村原集体土地、集体设施等资产、资源和债权债务进行清产核资。在此基础上，对有条件的村，按照“两股两建”的要求，进行集体资产股份制改造。

强化基础设施建设，提高社区综合服务功能

雍和园社区投资650万元规划建设了总建筑面积4000平方米社区服务中心，设立了服务大厅、党员活动室、图书室、超市、卫生室、计划生育服务站等“五室四站一厅”，建立起集便民服务、党员教育、社区警务、卫生保健等功能于一体的综合性服务大楼。推行了原村级党组织集中办公和“一站式”全程代理服务，做到服务内容公开、办事程序公开、申报材料公开、收费标准公开、承诺时限公开等“五公开”，落实首问负责制、申报登记制、一次性告知制、一般事项限时办结制、特殊事项承诺办理制、重大事项联合办理制、控制事项明确答复制等“七项制度”，切实为群众提供高效便捷的服务，方便了群众生产生活。

优化社区生活环境，提高农民幸福指数

雍和园社区积极在环境优美、生态文明上做文章，社区居民生产、生活环境日新月异，幸福指数不断提高。目前，社区内每个居民楼都安装了天燃气管道和暖气管道，配置了完善的垃圾和污水处理设施，每座居民楼都有两个垃圾箱，社区有专门车辆将垃圾运送到垃圾处理厂。社区自建污水处理中心，所有居民生活产生的污水进入该系统处理，净化处理后的水可以种菜浇花。这些措施彻底解决了社区环境卫生问题。围绕丰富群众的业余文体生活，社区舍得在文体娱乐设施建设上加大投入力度，先后为所有农户安装了有线电视、宽带等文化娱乐设施，建成了大型社区健身广场和深受社区群众欢迎的200平方米农家书屋。农家书屋在坚持每天全天候开放的同时，还广泛开展集中读书、送书入户等活动，利用附近村庄村民每天到雍和园社区文体广场游玩的机会，社区采取“请进来”的形式邀请村民进入农家书屋阅读书籍，提高农家书屋的知名度。2010年，农家书屋工作人员利用休息时间为周边居民送书达200册，这些活动的广泛开展，进一步激发了周边居民读书的主动性、积极性。现在许多居民到雍和园社区农家书屋看书、借书学习，交流经验，共同提高。通过读书、学习、娱乐，使书屋成了“村民的理论学习站、信息交流站、技术推广站、文化娱乐站、知识加油站和文明传播站”，已成为居民生活中离不开的重要场所。

凤凰网报道截屏

村民福利不变，对各村原集体土地、集体设施等资产、资源和债权债务进行清产核资。在此基础上，对有条件的村，按照“两股两建”的要求，进行集体资产股份制改造。

强化基础设施建设，提高社区综合服务功能

雍和园社区投资650万元规划建设了总建筑面积4000平方米社区服务中心，设立了服务大厅、党员活动室、图书室、超市、卫生室、计划生育服务站等“五室四站一厅”，建立起集便民服务、党员教育、社区警务、卫生保健等功能于一体的综合性服务大楼。推行了原村级党组织集中办公和“一站式”全程代理服务，做到服务内容公开、办事程序公开、申报材料公开、收费标准公开、承诺时限公开等“五公开”。落实首问负责制、申报登记制、一次性告知制、一般事项限时办结制、特殊事项承诺办理制、重大事项联合办理制、控制事项明确答复制等“七项制度”，切实为群众提供高效便捷的服务，方便了群众生产生活。

优化社区生活环境，提高农民幸福指数

雍和园社区积极在环境优美、生态文明上做文章，社区居民生产、生活环境日新月异，幸福指数不断提高。目前，社区内每个居民楼都安装了天然气管道和暖气管道，配置了完善的垃圾和污水处理设施，每座居民楼都有两个垃圾箱，社区有专门车辆将垃圾运送到垃圾处理厂。社区自建污水处理中心，所有居民生活产生的污水进入该系统处理，净化处理后的水可以种菜浇花。这些措施彻底解决了社区环境卫生问题。围绕丰富群众的业余文体生活，社区舍得在文体娱乐设施建设上加大投入力度，先后为所有农户安装了有线电视、宽带等文化娱乐设施，建成了大型社区健身广场和深受社区群众欢迎的200平方米农家书屋。农家书屋在坚持每天全天候开放的同时，还广泛开展集中读书、送书入户等活动，利用附近村庄村民每天到雍和园社区文体广场游玩的机会，社区采取“请进来”的形式邀请村民进入农家书屋阅读书籍，提高农家书屋的知名度。2010年，农家书屋工作人员利用休息时间为周边居民送书达200册，这些活动的广泛开展，进一步激发了周边居民读书的主动性、积极性。现在许多居民到雍和园社区农家书屋看书、借书学习，交流经验，共同提高。通过读书、学习、娱乐，使书屋成了“村民的理论学习站、信息交流站、技术推广站、文化娱乐站、知识加油站和文明传播站”，已成为居民生活中离不开的重要场所。

网媒莱芜见闻：“五星级”农村社区居民的幸福生活（齐鲁网）

齐鲁网莱芜5月14日讯　莱芜雍和园社区是莱芜口镇规划建设的9个农村社区之一，14日，“科学发展新山东——第八届网络媒体山东行”采访团来到这个莱芜市统筹城乡一体化发展典范的农村社区，了解新型农村社区建设给村民带来的变化。

走进雍和园社区，4000平方米社区服务中心里党员活动室、图书室、超市、卫生室一应俱全，原村级党组织集中办公和“一站式”全程代理服务，做到了服务内容公开、办事程序公开、申报材料公开、收费标准公开、承诺时限公开等“五公开”。一系列的服务让人感觉不到这是在农村，这个社区的很多功能甚至比城里的社区还要全面。

在推进新型农村社区建设中，雍和园社区除了建设了服务中心，在硬件上保障居民的生产生活之外，更是在环境优美、生态文明上做文章，社区居民生产、生活环境日新月异。

社区内每个居民楼都安装了天然气管道和暖气管道，配置了完善的垃圾和污水处理设施，每座居民楼都有两个垃圾箱，社区有专门车辆将垃圾运送到垃圾处理厂。社区自建污水处理中心，所有居民生活产生的污水进入该系统处理，净化处理后的水可以种菜浇花。

围绕丰富群众的业余文体生活，社区还在文体娱乐设施建设上加大投入力度，先后为所有农户安装了有线电视、

宽带等文化娱乐设施，建成了大型社区健身广场和深受社区群众欢迎的200平方米农家书屋。

在雍和社区，各种基础设施和丰富的文化生活让幸福在雍和园居民的生活里变成真实可感的现实。一位居民在接受齐鲁网记者采访时表示，俺这个农村社区不比城里的社区差，如果拿来比比俺感觉俺这个社区应该算是个“五星级”。

农家书屋在坚持每天全天候开放的同时，还广泛开展集中读书、送书入户等活动，利用附近村庄村民每天到雍和园社区文体广场游玩的机会，社区采取“请进来”的形式邀请村民进入农家书屋阅读书籍，提高农家书屋的知名度。

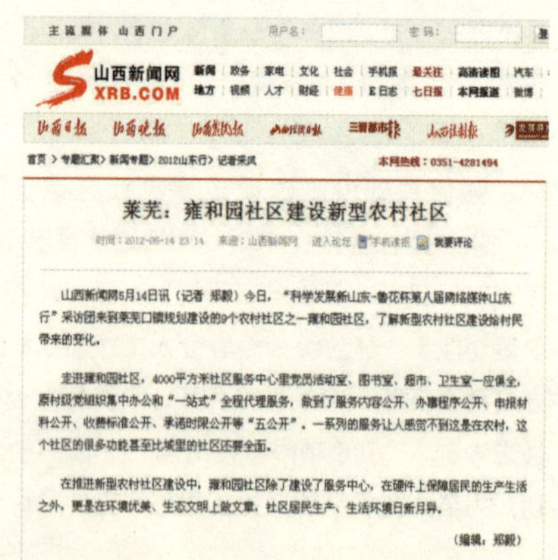

莱芜：雍和园社区建设新型农村社区

时间：2012-05-14 23:14　来源：山西新闻网

山西新闻网5月14日讯（记者 郑毅）今日，“科学发展新山东-鲁花杯第八届网络媒体山东行”采访团来到莱芜口镇规划建设的9个农村社区之一雍和园社区，了解新型农村社区建设给村民带来的变化。

走进雍和园社区，4000平方米社区服务中心里党员活动室、图书室、超市、卫生室一应俱全，原村级党组织集中办公和“一站式”全程代理服务，做到了服务内容公开、办事程序公开、申报材料公开、收费标准公开、承诺时限公开等“五公开”。一系列的服务让人感觉不到这是在农村，这个社区的很多功能甚至比城里的社区还要全面。

在推进新型农村社区建设中，雍和园社区除了建设了服务中心，在硬件上保障居民的生产生活之外，更是在环境优美、生态文明上做文章，社区居民生产、生活环境日新月异。

（编辑：郑毅）

山西新闻网报道截屏

莱芜市统筹城乡一体化发展树典范（百灵网）

14日下午，媒体行记者团一行来到莱芜市雍和园社区。据当地领导介绍雍和园社区是口镇规划建设的9个农村社区之一，居民涉及南街、西街、东街、北街、赵家村、田庄、冶庄等7个村，全部建成后可节约土地1300亩，增容3万人。目前，已建成楼房83栋，入住2000多户、8000余人。近年来，该社区积极创新发展机制，强力推进合村并居实施社区化管理，取得了阶段性成果。社区内基础设施建设不断完善，社区综合服务功能不断增强，群众生产、生活环境不断改善，群众幸福指数不断提升，成为莱芜市统筹城乡一体化发展的典范。

积极创新机制体制，合村并居实现融合发展。为探索新形势下合村并居社区化管理的新机制，社区将西街、东街、南街、北街、赵家村、田庄、冶庄等7个行政村纳入雍和园社区，组建社区党委和社区居委会。同时，依法撤销所辖各村行政村建制，各村设立党组织，不再设立村民委员会，统一在社区党委和社区居委会的领导下开展工作。原村委会撤销后，为积极稳妥地搞好集体资产改制，各村成立资产管理委员会。按照“三分开、三不变”的原则，即分开建账、分开核算、分开管理，原行政村的土地权属和承包关系不变，原村级管理岗位的待遇和村民福利不变，对各村原集体土地、集体设施等资产、资源和债权债务进行清产核资。在此基础上，对有条件的村，按照“两股两建”的要求，进行集体资产股份制改造。

强化基础设施建设，提高社区综合服务功能。投资650万元规划建设了总建筑面积4000平方米社区服务中心，设立了服务大厅、党员活动室、图书室、超市、卫生室、计划生育服务站等“五室四站一厅”，建立起集便民服务、党员教育、社区警务、卫生保健等功能于一体的综合性服务大楼。推行了原村级党组织集中办公和“一站式”全程代理服务，做到服务内容公开、办事程序公开、申报材料公开、收费标准公开、承诺时限公开等“五公开”。落实首问负责制、申报登记制、一次性告知制、一般事项限时办结制、特殊事项承诺办理制、重大事项联合办理制、控制事项明确答复制等“七项制度”，切实为群众提供高效便捷的服务，方便了群众生产生活。

记者看到，雍和园社区积极在环境优美、生态文明上做文章，社区居民生产、生活环境日新月异，幸福指数不断提高。目前，社区内每个居民楼都安装了天然气管道和暖气管道，配置了完善的垃圾和污水处理设施，每座居民楼都有两个垃圾箱，社区有专门车辆将垃圾运送到垃圾处理厂。社区自建污水处理中心，所有居民生活产生的污水进入该系统处理，净化处理后的水可以种菜浇花。这些措施彻底解决了社区环境卫生问题。围绕丰富群众的业余文体生活，社区舍得在文体娱乐设施建设上加大投入力度，先后为所有农户安装了有线电视、宽带等文化娱乐设施，建成了大型社区健身广场和深受社区群众欢迎的 200 平方米农家书屋。农家书屋在坚持每天全天候开放的同时，还广泛开展集中读书、送书入户等活动，利用附近村庄村民每天到雍和园社区文体广场游玩的机会，社区采取“请进来”的形式邀请村民进入农家书屋阅读书籍，提高农家书屋的知名度。2010 年，农家书屋工作人员利用休息时间为周边居民送书达 200 册，这些活动的广泛开展，进一步激发了周边居民读书的主动性、积极性。现在许多居民到雍和园社区农家书屋看书、借书学习，交流经验，共同提高。通过读书、学习、娱乐，使书屋成了“村民的理论学习站、信息交流站、技术推广站、文化娱乐站、知识加油站和文明传播站”，已成为居民生活中离不开的重要场所。

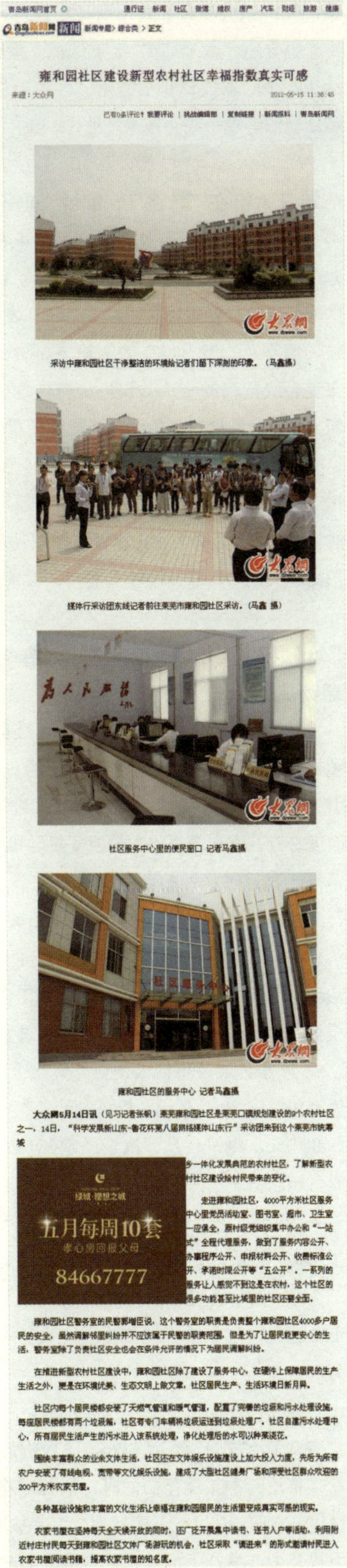

青岛新闻网首页 通行证 新闻 社区 微博 维权 房产 汽车 财经 旅游 健康

新闻专题 > 综合类 > 正文

雍和园社区建设新型农村社区幸福指数真实可感

来源：大众网 2012-05-15 11:36:45

已有0条评论 我要评论 | 挑战编辑部 | 复制链接 | 新闻报料 | 青岛新闻网

采访中雍和园社区干净整洁的环境给记者们留下深刻的印象。（马鑫摄）

媒体行采访团东线记者前往莱芜市雍和园社区采访。（马鑫 摄）

社区服务中心里的便民窗口 记者马鑫摄

雍和园社区的服务中心 记者马鑫摄

大众网5月14日讯（见习记者张帆）莱芜雍和园社区是莱芜口镇规划建设的9个农村社区之一。14日，“科学发展新山东-鲁花杯第八届网络媒体山东行”采访团来到这个莱芜市统筹城乡一体化发展典范的农村社区，了解新型农村社区建设给村民带来的变化。

走进雍和园社区，4000平方米社区服务中心里党员活动室、图书室、超市、卫生室一应俱全，原村级党组织集中办公和“一站式”全程代理服务，做到了服务内容公开、办事程序公开、申报材料公开、收费标准公开、承诺时限公开等“五公开”。一系列的服务让人感觉不到这是在农村，这个社区的很多功能甚至比城里的社区还要全面。

雍和园社区警务室的民警郭增臣说，这个警务室的职责是负责整个雍和园社区4000多户居民的安全，虽然调解邻里纠纷并不应该属于民警的职责范围，但是为了让居民能更安心的生活，警务室除了负责社区安全也会在条件允许的情况下为居民调解纠纷。

在推进新型农村社区建设中，雍和园社区除了建设了服务中心，在硬件上保障居民的生产生活之外，更是在环境优美、生态文明上做文章，社区居民生产、生活环境日新月异。

社区内每个居民楼都安装了天然气管道和暖气管道，配置了完善的垃圾和污水处理设施，每座居民楼都有两个垃圾箱，社区有专门车辆将垃圾运送到垃圾处理厂。社区自建污水处理中心，所有居民生活产生的污水进入该系统处理，净化处理后的水可以种菜浇花。

围绕丰富群众的业余文体生活，社区还在文体娱乐设施建设上加大投入力度，先后为所有农户安装了有线电视、宽带等文化娱乐设施，建成了大型社区健身广场和深受社区群众欢迎的200平方米农家书屋。

各种基础设施和丰富的文化生活让幸福在雍和园居民的生活里变成真实可感的现实。

农家书屋在坚持每天全天候开放的同时，还广泛开展集中读书、送书入户等活动，利用附近村庄村民每天到雍和园社区文体广场游玩的机会，社区采取“请进来”的形式邀请村民进入农家书屋阅读书籍，提高农家书屋的知名度。

青岛新闻网报道截屏

刘士合：双轮驱动促转调，“钢城”蓄势华丽转身

（百灵网）

大众网莱芜 5 月 14 日讯 （记者 王磊 刘国栋 张丽 马鑫） 14 日下午，科学发展新山东——第八届网络媒体山东行采访团到达“钢城”莱芜，莱芜市举行新闻发布会，介绍了该市落实科学发展观的有关情况，会后，莱芜市委书记刘士合接受了大众网记者专访。刘士合介绍说，莱芜将坚持以科学发展观为统领，突出加快转方式调结构这条主线，坚持实施工业化和城镇化双轮驱动

战略，突出抓大项目、大招商、大投入，靠发展壮大实力、改善民生。据介绍，截至2012年4月底，莱芜开工建设过亿元的项目已达162个，总投资919亿元，这些项目涉及钢铁深加工、新材料和新能源等多个高新技术产业。

转危为机在“转调”，钢城“坐不住、等不起、慢不得”

“原来说‘东方不亮西方亮’，现在东方不亮了，西方也亮不起来。”刘士合说，莱芜因钢兴市，钢铁“一业独大”，近年来由于受国际金融危机影响，莱芜经济发展受到了较大冲击，“坐不住、等不及、慢不得”的紧迫感、责任感、危机感，目前已成为莱芜各级部门的一致共识。如何转危为机，在刘士合看来，抓住转方式、调结构这条主线，是莱芜最重大的也是最紧迫的任务。

刘士合说，在“转调”的过程中，莱芜将突出重点抓工业，通过工业的带动加快城市化的进程，通过工业的加快推进带动结构的调整，坚持实施工业化和城镇化双轮驱动战略，突出抓大项目、大招商、大投入，靠发展壮大实力、改善民生。

大项目、大招商、大投入，打造“大莱芜”、“强莱芜”、“新莱芜”

“把大项目建设作为区域经济发展的牛鼻子，一个项目、一个领导、一个班子、一抓到底。”刘士合说，2012年既是莱芜的“招商引资攻坚年”，又是“大项目建设推进年”，通过“周通报进度、月调度督查、季观摩评比”的调度督导机制，截至2012年4月底，莱芜开工建设过亿元的项目已达162个，总投资919亿元，这些项目涉及钢铁深加工、新材料和新能源等多个高新技术产业项目。

同时，记者还了解到，莱芜还实施了“1255大企业培植计划”，推动现有骨干企业做大做强，力争五年内新发展销售收入过千亿元企业1家、过五百亿元企业2家、过百亿元企业5家、过十亿元企业50家。通过培植大企业，集聚大产业，3-5年内钢铁产业产值有望突破2000亿元，机械制造、新材料两大产业产值有望达到500亿元，电子信息、汽车及零部件、化工、能源等8个产业产值可超过100亿元。

刘士合说，五年后，莱芜将实现全市GDP确保达到1200亿元、力争1500亿元，规模以上工业主营业务收入确保达到3500亿元、力争4000亿元，地方财政收入确保达到80亿元、力争突破100亿元，加快建设经济上的“大莱芜”、“强莱芜”、“新莱芜”。

三年后城市化率达59%，打造优美宜居新莱芜

在推进新型工业化的同时，莱芜还将加快新型城镇化步伐，建设优美宜居城市。记者了解到，莱芜按照“全域莱芜”的理念，着力构建中心城、卫星城、重点镇、农村新社区梯次分明、发展有序的新型城镇体系；着力做大做强莱城主城区，加快钢城、口

莱芜市委书记刘士合出席新闻发布会并致辞

莱芜市委书记刘士合接受大众网记者专访。（马鑫　摄）

莱芜市委书记刘士合介绍了“钢城”莱芜在转方式调结构方面取得的一些经验。（马鑫　摄）

镇、雪野城市组团建设，扩大城区规模，拉开城市框架，力争到2014年，全市城市建成区面积达到130平方公里，城市人口达到55万人，城市化率达到59%。

2012年莱芜计划投资200亿元，重点抓好图书馆、科技馆、工人文化宫等公用设施以及重点道路改造等基础设施建设。未来三年，莱芜将投入800亿元左右，实施公共服务、环境提升、功能完善、安居建设等各类工程300多项，规划建设一批城市重要基础设施和标志性建筑，建设精品城市。

相关链接：

莱芜是一个新兴工业城市，面积2246平方公里，人口130万，辖莱城区、钢城区和五个省级园区。莱芜区位优越，交通便利。地处鲁中，属济南都市圈，距济南机场1小时车程，距青岛港2小时车程。莱芜资源丰富，产业基础较好。有“绿色钢城”之称，是国家新材料产业化基地，钢铁产能2000多万吨，人均10吨多；是“中国生姜之乡”，年产姜蒜50万吨，户均1吨多；煤、铁储量丰富，是华东地区重要的煤炭和铁矿石生产基地。

莱芜文化底蕴深厚，人文优势明显。莱芜是嬴秦文化的发源地，历史上处于齐、鲁交界，齐文化的崇实尚新、开放包容和鲁文化的尊礼尚德、重义守信在这里相互交融，形成了“崇德尚实、重工厚商”的地域文化风尚；有两千多年的冶铁史，是历史上重要的冶铁中心；春秋时期发生过著名的长勺之战，成语“一鼓作气”即来源于此；解放战争时期发生过著名的莱芜战役。莱芜人民勤劳朴实、真诚实干，富有包容、开放精神。

莱芜加快经济转型，注重高新产业及科技强企业（中新网）

中新网莱芜5月14日电（记者 吉翔）科学发展新山东——第八届网络媒体山东行记者团一行14日下午就莱芜市工业发展道路进行专题采访。莱芜是一个新兴工业城市，产业以钢铁、能源、机械加工等产业为主，通过走访高新技术开发区及两家公司，记者实地看到了莱芜市坚持新型工业化，加快工业经济转型的新成就。

莱芜在该市第十三次党代会发出了“奋起赶超、科学跨越”的号召，争取通过3-5年的努力，全市生产总值确保达到1200亿元、力争1500亿元，地方财政收入达到80亿元、力争突破100亿元。要实现这个目标，关键是做大工业规模，确保规模以上工业主营业务收入达到3500亿元、力争4000亿元。

工业是莱芜经济发展支柱，要实现跨越赶超，加快发展，不可能离开工业。必须把推进工业经济转型发展作为转变发展方式，调整产业结构，壮大全市经济的重中之重，不断提高工业发展的质量和效益。该市从如下四个方面着手：一是工作指导科学化；二是传统产业高端化；三是新兴产业高新化；四是优势产业集群化。

莱芜高新技术开发区是山东省政府2002年9月批准的省级高新区，是莱芜市委、市政府重点发展的高新技术产业集聚区和现代化新城区，总规划控制面积100平方公里，辖1个街道、62个村（居），总人口10.5万人。

近年来，全区坚持以科学发展观统领全局，按照“奋起赶超、科学跨越”的要求，紧紧围绕“二次创业、跨越发展”这个主题，牢牢把握“一二三四”总体工作思路（以争创国家级高新区为目标，大力实施大项目立区、高科技兴区“两大战略”，突出打好招商引资、产业升级、城市建设“三个硬仗”，着力提升产业集聚、科技引领、新城带动、创新示范“四个功能”），解放思想，真抓实干，全区经济社会实现了又好又快发展，2011年全区实现生产总值80亿元，增长20%；完成固定资产投资60亿元，增长50%；地方财政收入49466万元，增长23%。

该区坚定不移狠抓大项目，重点攻关世界500强、国内500强、行业50强的“三五”企业和在全国有影响的“中字号”、“民字号”大企业，重点瞄准与莱芜产业优势紧密相连、带动力强的产业延伸升级项目，重点突破新材料、电子信息、新能源等科技含量高的新兴产业项目，引进了一批大项目、好项目。

开发区坚定不移培育大企业，着力实施“两个计划”，对主营业务收入5000万元以上、装备水平较高、发展前景好的企业，实施“培优扶强”计划；对主营业务收入5000万元以下、500万元以上企业，实施“中小企业成长计划”。而坚定不移发展高科技以及坚定不移促进大和谐亦成为开发区工作的着力点。

采访团走访了山东力创科技有限公司，在这家主要研发生产集成电路芯片以及以自主芯片产品为基础的能源监测与节能计量产品的国家级重点高科技企业，记者看到的是该公司坚持走自主创新之路，积极引进人才的发展道路，人才为本科技强企以及自主创新让这家公司展开新翼快速发展。

而在呈瑞新能源科技有限公司，记者着重了解了党的建设助力企业发展的成功之路。这是一家主要研发生产新能源汽车电机及其关键零部件的公司，公司高度重视企业党建工作。自2008年12月成立党支部以来，始终坚持以党建引领企业文化，以党建促进企业发展。特别是自2011年以来在创先争优活动中，深入开展了“五争五创”活动，充分发挥了党支部的战斗堡垒作用和党员的先锋模范作用，有力地促进了企业快速健康发展。

莱芜：城乡统筹分好“蛋糕”，共享融合新探索（中新网）

大众网济南5月14日讯 （记者 王磊 见习记者 张帆）14日上午，科学发展新山东——第八届中国网络媒体山东行东线采访团抵达莱芜市采访。在口镇的雍和园社区，记者们看到了一个功能齐全、设施先进堪比城市的农村社区；在郭家沟村，一排排别墅见证了城乡统筹发展给农民带来的真正实惠；在经济开发区，力创科技、呈瑞能源，让媒体记者们感受到了科技创新的力量。在城乡统筹的探索中，莱芜以科学发展观为统领，既注重把社会财富“蛋糕”做大，更注重把“蛋糕”分好，加快公共服务向农村强化、公共资源向农村配置、社会保障向农村覆盖，实现城乡共享融合发展。

雍和园社区的服务中心（马鑫 摄）

记者们现场体验供热计量与温控一体化智能系统。（马鑫 摄）

关键词1：共享

农村居民过上城里人一样的生活

在雍和园社区，完善的社区服务让采访团成员们感觉来到了大城市，记者们发现，在雍和园社区4000平方米的服务中心，警务室、卫生室、计划生育服务中心一应俱全，居住在雍和园社区的村民们可以足不出户享受到全方位的社区服务。莱芜市委常委、宣传部长毕玉惠告诉记者，按照“全域莱芜”的理念，莱芜把城乡看作一个整体，实施了“两新（新城镇、新社区）工程”，新城镇按小城市的标准规划建设农村区域经济、文化中心；新社区依托小城镇规划建设新型农村居民集中居住区。

记者了解到，从2010年开始，市、区财政分别安排1000万元的专项补助资金，每年选择100个村庄，予以重点扶持。建立村庄综合整治部门单位结对帮扶制度，选择60个市直部门、40个区直部门，对确定的100个重点整治村开展“一对一”帮扶，目前，100个重点整治村已硬化道路46万平方米，绿化16万平方米，改厕改厨2.9万户，清理“三大堆”2万多处。

同时，莱芜通过加快城市公交、供水、供电、供暖等基础设施向农村延伸覆盖，实现基础设施城乡共建、城乡联网、城乡共享。如率先推行城乡公交一体化，健全完善了市区公交网、城镇公交网和村镇公交网“三网”融合衔接、城乡一体化的大公交网络，实现了全市市区、镇、村公交全覆盖，农民由村到镇只要1元钱，从镇到市最多3元钱，农村居民和城市居民一样享受到了安全便捷、质优价廉的公交服务。

关键词2：流动

农民“土地入股” 城乡资源要素配置一体化

384户村民住进“小康楼”，65周岁以上的老人全部免费供养……在莱芜郭家沟村，村里的每栋218平方米的“小康楼”，村民只交5万块钱就可以住上这样的高级别墅，其余的费用由村里来统筹解决；全村65周岁以上的老人实行免费集中供养，统一配备家具生活用品，统一到食堂就餐，统一由保洁员做家务。这一切看似不可思议的事情，源于“土地入股”政策把村民带入共同致富路。

据莱芜市政府相关负责人介绍，莱芜通过引导土地承包经营权流转，大力发展农村新型经济组织，促进土地向规模经营集中，特别是采取承包经营权股权化的办法，将农村的土地承包经营权量化为股权，农民可以用股权来参与农村新型合作经济组织，从而实现土地承包经营权的价值化和有偿化。

目前莱芜已完成土地股权化改造8.6万亩，占土地流转面积的37%。如鹏泉街道郭家沟村，将全村的4684亩土地承包权折算为1171股个人股，将集体经济林地折算为323股集体股，成立专业合作社实行企业化经营，发展特色种植和高效林果业，每股有1200元的保底收益，年底还可参与合作社分红，农民在农场打工每年平均获得1.5万元的工资收入，户均收入是原来的3倍多。

关键词3：同步

发展新兴产业 “三化”同步推进经济转型

14日下午，东线采访团来到莱芜力创科技产业园，在力创科技的展示室里，从智能开关到热计量器，再到填补国内空白的集成电路芯片（SOC芯片），科技创新给人民生活带来的改变随处可见。据莱芜市委宣传部的工作人员介绍，力创科技只是莱芜通过科技创新实现“转调”的一个缩影。

目前，莱芜高新技术开发区已初步形成了汽车及零部件、电子信息、新材料、精密装备制造、纺织服装、食品饮料六大支柱产业。同时，还建成省市级工程技术研究中心、企业技术中心、博士后科研工作站等创新平台32个，共获授权专利229项，鉴定省级以上科技成果25项，认定“国家重点新产品”25项，“省自主创新产品”4项，培育省级以上高新技术企业27家（其中国家级4家），被命名为“山东省知识产权园区”。莱芜市委书记刘士合告诉记者，目前莱芜市自主创新能力进一步增强，实施省以上科技项目157个，高新技术产业产值年均增长30%以上，莱芜市荣获“全国科技进步先进市”。

按照“发展新型工业、强化现代农业、做大现代服务业”的总体思路，除了发展高新技术产业，因钢兴市的莱芜还将加快钢铁和能源等传统产业的转型，用先进技术改造传统产业，坚持走高端高质高效之路。将重点抓好钢铁精深加工产业园建设，发展装备制造、汽车配件等深加工产业，做好钢铁产业延伸发展文章。

同时，在服务业同步繁荣方面，把发展服务业作为广泛聚集人流、物流、资金流、信息流的载体和平台。一方面，实施重点区域带动，重点发挥省级旅游度假区雪野生态环境优美、市场前景广阔的优势，加快开发建设。目前恒大集团、居易国际、华和信、山东高速等一批大企业、大集团落户雪野；另一方面，实施大项目、大企业带动。从2009年起，我们在省委、省政府和国家体育总局的支持下，把航空体育项目作为支撑雪野开发、带动旅游业发展的重点。

此外，在农业现代化方面，通过加快发展高端高质高效的现代农业，“莱芜生姜”、“莱芜黑猪”等特色农业品牌越来越靓，目前全市60%以上的农产品加工企业建起了自属标准化基地，30%以上的农产品达到绿色或有机食品标准，70%以上的姜蒜产品出口到欧美、日本等国际高端市场。

莱芜：科学发展谋跨越，景秀人勤创和谐（舜网）

——“第八届中国网络媒体山东行”莱芜站侧记

从美丽的章丘乘车沿省道二四二线南下，穿越古“广宗县”（今文祖镇）遗址，再向南十公里，在文祖镇三槐树村与上游镇娘娘庙村之间的章丘、莱芜边界上，一座雄伟宏观的古建筑巍然屹立，这便是齐国要塞“锦阳关”。莱芜作为嬴秦文化的发源地，历史上处于齐、鲁交界，齐文化的崇实尚新、开放包容和鲁文化的尊礼尚德、重义守信在这里相互交融，形成了“崇德尚实、重工厚商”的地域文化风尚。如今，这种文化在莱芜城市发展中得到了怎样的传承和体现？带着这样的疑问，我随第八届中国网络媒体山东行采风团走进了嬴牟大地。

提高百姓生活水平 探寻城镇化新模式

美丽的龙马河公园湖畔，赵大爷悠然地钓着鱼，旁边的小孙子目不转睛地盯着水里的鱼饵，俨然一副黄发垂髫、怡然自乐的场景。从湖畔往西望去，不远处坐落着一片居民楼，那便是莱城区口镇雍和园社区。

雍和园社区是口镇规划建设的9个农村社区之一，居民涉及南街、北街、赵家村等7个村，全部建成后可节约土地1300亩，增容3万人。目前已建成楼房83栋，入住2000多户、8000余人。该社区还投资650万建设了总建筑面积4000平方米的社区服务中心，图书室、超市、卫生室等服务设施一应俱全。切实地改善了农民生活环境，提高了农民幸福指数。

当问及赵大爷对现在生活怎么看时，赵大爷猛地一拉鱼竿，一尾大鱼上钩了。赵大爷一边抓着活蹦乱跳的鱼儿，一边说：“以前都羡慕城里人的生活，俺现在觉得俺已经过上城里人的生活了，甚至比他们还舒服呢。”

在整个莱芜，目前已经开工建设的农村社区76个，总规划建筑面积868万平方米，可安置25万农民集中居住。社区的建设将按照四通（通气、通暖、通客车、通网络）、四化（硬化、绿化、亮化、美化）、四配套（社区服务中心、商贸市场等经营性服务设施、垃圾和污水集中处理设施、集中供热供气设施配套）”的标准。

解放发展农村生产力 切实增加农民收入

花五万块钱就能住上两百平米的房子？这似乎是痴人说梦。但在鹏泉街道郭家沟村，梦想走进了现实。郭家沟村幸福路10号，住着朱海燕大姐一家。她本人学历水平不高，平常也就在超市打个零工，丈夫在外面做点小生意，上有公婆，下有女儿。她们家却住着两百多平方米的房子，而且只花了五万元。

究其原因，原来郭家沟村按照统筹城乡经济一体化发展的思路，积极推进土地承包经营股权化，建立新型农村经济合作组织，对村里的土地确权登记，明确权益所属人。在村民自愿的前提下，按照每4亩地为1股的标准，将4684亩地折算成1171股，入股土地全部交给郭家沟生态农林开发公司经营，所得收益由合作社和公司按六四分成，社员每股每年保底收益1200元。通过入股流转土地，建立了花生、黄烟、扁桃、板栗4个种植园区和无公害蔬菜、冬枣、金银花3个种植基地，2011年又投资200万元建设了8个高标准的有机蔬菜温室大棚，村民到公司打工每年工资收入8000多元，收入水平成倍提高。通过对全村土地资源的合理配置，农民又得以以较低价格买到房子。而且郭家沟村还规划建设了老年公寓，全村65周岁以上的老人实行免费集中供养，统一配备家具生活用品，统一到食堂就餐，统一由保洁员做家务，成为了全省为数不多的全部实现对老年人集中供养的村之一。

郭家沟的这种创新做法，正是基于莱芜市大力倡导土地承包经营权流转，促进土地向规模经营集中。资源只有进入市场才能变为资本，资本只有流动起来才能产生效益。用改革的办法、市场的手段和创新的机制优化资源配置，促进各类生产要素在城乡之间顺畅流动，极大地解放了生产力，增强了发展活力，有效破解了转变发展方式面临的项目、资金、人才、市场等制约问题。

大力发展高新产业 调整产业结构

很长一段时间以来，外界对莱芜的第一印象就是“莱钢集团”，而长久以来，莱芜也没能突破“一钢独大”的单一产业结构。在高新区的走访中，我们不难发现，当地政府已经意识到了这种现状，并且令人欣慰的是，情况已经悄然出现了变化。

山东力创科技有限公司是一家以研发生产集成电路芯片以及能源监测与节能计量产品的国家重点高科技企业。遑论它贡献了多少 GDP，但它的几个公司特质却让我隐隐感觉到了蓬勃生机。本科学历人员占 70% 以上，先后承担国家创新基金等省级以上科技计划 23 项，拥有专利核心技术 40 余项。

2012 年，莱芜市科学规划，结合本市产业基础和发展现状，突出抓好新材料、新能源、电子信息、精细化工等产业培育，重点推进高性能粉末冶金、高分子特种纤维、电子 PI 膜、超薄挠性覆铜板、变频控制模块、10 万吨无水氟化氢、莱钢 30 万吨煤焦油深加工等重点项目建设，打造新的经济增长点。争取 5 年左右的时间，初步形成规模，做大做强，成为全市经济发展的新支柱。

党的建设助力民营企业发展

党建工作一般多在机关事业单位或国企受到重视，但在莱芜，我们看到民营企业充分重视并利用好了党建工作。

“我们企业是私企，而私企就很难避免家族式管理，为了避免家族式管理的种种弊端，我们高度重视党建工作，以党建引领企业文化，以党建促进企业发展。”山东呈瑞新能源科技有限公司的负责人说道。

呈瑞公司自 2008 年 12 月成立党支部以来，始终坚持以党建引领企业文化，以党建促进企业发展。特别是自去年以来在创先争优活动中，深入开展了“五争五创”活动，充分发挥了党支部的战斗堡垒作用和党员的先锋模范作用，有力地促进了企业快速健康发展。

见微知著。透过以上种种，我们不难推测到，现在莱芜市从上到下，从官方到民间，凝心聚力，都在积极践行科学发展观，朝着“奋起赶超、科学跨越”的目标不断前进。

朱海燕展示村里发放的培训资料
（舜网记者　房龙飞　摄）

朱海燕展示自己的荣誉证书
（舜网记者　房龙飞　摄）

朱海燕家人
（舜网记者　房龙飞　摄）

力创科技
（舜网记者　房龙飞　摄）

呈瑞车间
（舜网记者　房龙飞　摄）

影·像
莱芜

莱芜：科学发展谋跨越 景秀人勤创和谐

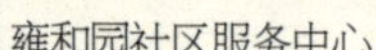
雍和园社区服务中心

郭家沟村

齐鲁大地上的园林式农村

整齐漂亮的农民公寓

郭家沟村村容

呈瑞厂貌

力创科技

力创科技展馆

郭家沟村老年公寓

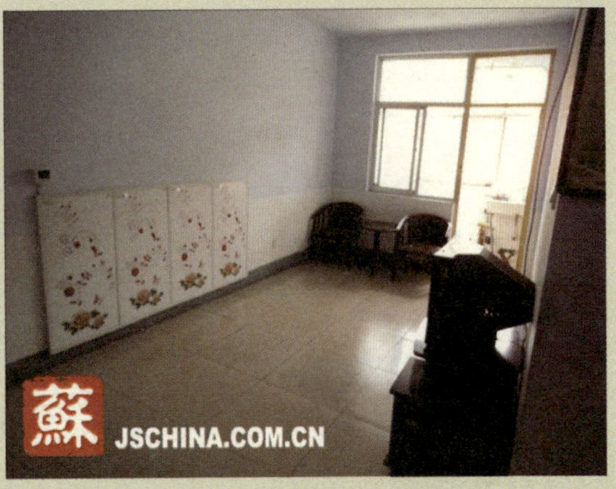

老年公寓的内部设施

科学发展新山东

第八届中国网络媒体山东行新闻报道集

聊城篇

走进中通客车，近距离接触“大鼻子”校车

（国际在线）

国际在线消息 （记者 李瑛） 中通客车位于山东聊城，建于1958年，是以经营客车、专用车为主业的大型国有独资企业，经过50多年的发展，目前公司拥有总资产35亿，净资产10亿元，员工4000余人，它是中国最早上市客车企业之一；是客车业唯一一家同时拥有国家级技术中心、实验室和博士后工作站的客车企业；也是客车业唯一承担三项国家“863”重大科技专项的客车企业。

首页 | 新闻 | 体育 | 娱乐 | 财经 | 股票 | 科技 | 博客 | 微博 | 视频 | 播客 | 汽车 | 房产 | 游戏 | 女性 | 读书

刘翔身体隐忧 百羊遭雷击死 今麦郎酸价超标 重庆选美争议

sina 新闻中心　新闻中心 > 正文　CRIonline 国际在线

走进中通客车 近距离接触“大鼻子”校车

http://www.sina.com.cn 2012年05月15日21:38 国际在线 微博

中通客车生产的“大鼻子”校车

国际在线消息（记者 李瑛）：中通客车位于山东聊城，建于1958年，是以经营客车、专用车为主业的大型国有独资企业，经过50多年的发展，目前公司拥有总资产35亿，净资产10亿元，员工4000余人，它是中国最早上市客车企业之一；是客车业唯一一家同时拥有国家级技术中心、实验室和博士后工作站的客车企业；也是客车业唯一承担三项国家“863”重大科技专项的客车企业。

2012年5月14日，“第八届中国网络媒体山东行”一行记者来到了中通客车实地采访，一进公司，几辆鲜艳的大鼻子校车便吸引了众多记者的关注，它典型的大鼻子造型，可爱美观，据悉这样的设计可以有效提高发生碰撞时车内人员的安全系数，减少风阻能耗，“大鼻子”校车暖黄色的面漆温馨、醒目、警示，加之车身和后尾反光板、LED灯、停车指示装置，时时处处提醒大家对学童多一点关爱。

2011年11月16日早晨，甘肃发生特大校车交通事故，19名幼儿瞬间死亡，42名幼儿受伤，校车安全问题，成了国人之痛，事故发生后两天，2011年11月18日，中国客车行业“安全校车倡议书”在中通客车发布，12月9日，中通顺利通过校车侧翻及侧倾稳定性试验，12月13日，“万辆校车进校园”活动在中通客车启动，凭借四十年专业研发和生产客车的深厚积淀，借鉴美国校车设计思想，中通倾注巨资和心血潜心研发出中通专用校车，其各项性能完全达到或优于国家标准，截至目前，中通已拥有14款专用校车，涵盖5.5到10米各个长度系列，今年以来，中通校车已陆续在山东、江苏、广东、东北等地销售600多台。

接待人员告诉记者：“中通校车选装‘中联智通’运营管理系统，可以实现全程视频监控，管理部门可以随时掌握每辆车的实时运行信息，监控驾驶员、车内、乘客门、车前门和车的位置、车速、车是否有故障，选装驾驶员疲劳驾驶预警系统，可以监控驾驶员的精神状态，避免疲劳驾驶。车门处还可以安装校车刷卡系统，孩子上下车刷卡后，家长可以第一时间接收到孩子上下车信息。”

相对于以往的校车，中通“大鼻子”校车具有6大优势，它的车身骨架经过特殊强化，骨架更结实，周围加设防侧翻钢梁，前后设置防撞梁，通过装配整车探测防撞系统，方向角转角控制系统，驾驶员疲劳检测装置，轮胎气压自动检测仪等保障行车安全，增加9种消除火灾隐患的设计，4种延缓燃烧的措施以及6种安全逃生途径，构成了预防火灾的完整体系，在保证安全性的同时，对空间进行科学布局，采用三级踏步，学童专用座椅，实现了地盘高度、座位数、和通过性的最佳组合，保障了安全舒适和盈利。全软化车内护栏，每个座位都配安全带，给学童更多贴心的呵护。

新浪网报道截屏

2012年5月14日，“第八届中国网络媒体山东行”一行记者来到了中通客车实地采访，一进公司，几辆鲜艳的大鼻子校车便吸引了众多记者的关注，它典型的大鼻子造型，可爱美观，据悉这样的设计可以有效提高发生碰撞时车内人员的安全系数，减少风阻能耗，“大鼻子”校车暖黄色的面漆温馨、醒目、警示，加之车身和后尾反光板、LED灯、停车指示装置，时时处处提醒大家对学童多一点关爱。

2011年11月16日早晨，甘肃发生特大校车交通事故，19名幼儿瞬间死亡，42名幼儿受伤，校车安全问题，成了国人之痛，事故发生两天后，2011年11月18日，中国客车行业“安全校车倡议书”在中通客车发布，12月9日，中通顺利通过校车侧翻及侧倾稳定性试验，12月13日，“万辆校车进校园”活动在中通客车启动，凭借四十年专业研发和生产客车的深厚积淀，借鉴美国校车设计思想，中通倾注巨资和心血潜心研发出中通专用校车，其各项性能完全达到或优于国家标准，截至目前，中通已拥有14款专用校车，涵盖5.5到10米各个长度系列，2012年，中通校车已陆续在山东、江苏、广东、东北等地销售600多台。

接待人员告诉记者：“中通校车选装‘中联智通’运营管理系统，可以实现全程视频监控，管理部门可以随时掌握每辆车的实时运行信息，监控驾驶员、车内、乘客门、车前门和车的位置、车速、车是否有故障；选装驾驶员疲劳驾驶预警系统，可以监控驾驶员的精神状态，避免疲劳驾驶。车门处还可以安装校车刷卡系统，孩子上下车刷卡后，家长可以第一时间接收到孩子上下车信息。”

相对于以往的校车，中通“大鼻子”校车具有6大优势，它的车身骨架经过特殊强化，骨架更结实；周围加设防侧翻钢梁，前后设置防撞梁，通过装配整车探测防撞系统，方向角转角控制系统，驾驶员疲劳检测装置，轮胎气压自动检测仪等保障行车安全；增加9种消除火灾隐患的设计，4种延缓燃烧的措施以及6种安全逃生途径，构成了预防火灾的完整体系；在保证安

全性的同时，对空间进行科学布局，采用三级踏步，学童专用座椅，实现了底盘高度、座位数、和通过性的最佳组合，保障了安全舒适；全软化车内护栏，每个座位都配安全带，给学童更多贴心的呵护。

第八届中国网媒山东行：中通“大鼻子”校车受瞩目

（中国经济网）

中国经济网山东频道5月14日讯（记者 徐婷）14日上午，“科学发展新山东——第八届中国网络媒体山东行”采访团来到聊城参观中通客车。中通客车已有近四十年专业生产大中型客车的历史，于2000年1月13日在深圳证券交易所成功上市，是我国客车行业最早的上市公司之一。

记者们走进中通客运，各种不同的客车呈现在记者面前，其中包括校车、新能源汽车、救护车等等，其中“大鼻子”校车备受采访团的关注。

校车无疑是近两年的热点词汇，据介绍中通客车于2009年投入专用校车的研发并在行业内率先推出8米“晶采”系列长头专用校车。校车以安全设计为第一准则，伴随着样车侧翻试验一次性通过以及中联智通运营管理系统的集成推出；通过校车的18项校车安全设计到安全校车倡议、践行，中通校车已经成为了行业领先的安全校车品牌。

据介绍中通公司长头专用校车产品涵盖5.5-10米的十几款产品。今年4月，中通客车60辆长鼻子校车交付青岛交运，开始为青岛市中小学、幼儿园学生“保驾护航”。

中通客车生产的“大鼻子”校车

中通客车生产的“大鼻子”校车

记者在中通客车采访

儿童专用座椅

记者体验中通“大鼻子”校车

中通：保障学童安全是中通校车最高使命

（浙江在线）

浙江在线聊城5月14日讯（记者 张正华）频频发生的校车安全事故让校车安全这一问题成为民众普遍关心的焦点问题，校车安全事故也让国内的校车生产厂家面临前所未有的巨大压力。面对民众对于校车安全投来的焦虑目光，以及对于国内生产校车专业能力和企业良心的质疑，今天，面对走进山东聊城中通汽车客车控股股份有限公司校车生产车间的记者，中通校车用科学严谨的数据及让记者能够切身感受到校车细节设计给予了坚定的回应。

记者在现场看到了中通汽车展示的最新型的校车，这种黄色的大鼻子校车是借鉴美国、结合中国实情而有针对性专门设计的一款高性能校车，现场展示的只是其中一部分。据了解，中通客车目前已经拥有 14 款专用校车，涵盖 5.5 米——10 米各个长度系列，以满足不同区域、不同层次的校车需求。

据中通客车的工作人员介绍，中通校车相较于国内同类校车具有科学设计、骨架更为结实，控制技术更加智能化、行车更安全、防范更全面、被动安全更有保障等几大优势。记者亲自登上车亲身感受车子的安全状况。车子内部使用全软化车内护栏，每个座位都配备安全带，确保车子在发生意外时，学童不会因为受到硬物撞击而遭受重大伤亡。车子后面的逃生窗口是保障车子在发生翻车、着火等意外时逃生的最重要的设计，车辆监管教师在面对紧急情况时，只需按下红色开关按钮，一只手按住开关阀，另外一只手推下把手，逃生门就可以打开，按照工作人员的指导，记者亲自操作了一遍应急窗口的打开以及逃生流程，简单而快捷。

为了验证校车的安全程度，记者特意俯身趴在车子下面近距离观察车子底盘的设计以及防撞钢梁的使用程度，中通校车的底盘采用工字梁锻钢和整体冲压焊接技术，不但前后设置防撞钢梁，车子周边也加设了防侧翻钢梁，横向的钢梁采用坚固的三角钢梁并斜向增加一条钢梁，形成稳固的三角构造，最大程度地防止校车在遭受侧面冲击时过度变形，危及学童生命安全的状况发生。

中通的相关工作人员表示：致力于制造最好、最安全的校车，为学童营造安全、舒适的上学环境，让父母安心、学校老师安心是中通的责任，中通将肩负起这份责任，潜心研发最好的校车，完成保障学童安全的最高使命。

中国山东网 > 中国山东网新闻 > 山东新闻 > 科学发展新山东——第八届中国网络媒体山东行 > 正文

科技助力中通：大鼻子校车到600万方舟医疗车的跨越

www.sdchina.com 来源：中国山东网 作者：陈振国 2012-5-14 22:53:54

这台造价600万元的医疗用车可以满足多种医疗需求

中通汽车工作人员介绍中通 身后为大鼻子校车

中国山东网5月14日讯（记者 陈振国）2008年北京奥运会奥组委使用的会务用车、2009年济南全运会使用的节能公交车、2010年全省各地市使用的健康医疗用车、2011年青岛市购买的大鼻子校车……当终于有机会与第八届网络媒体山东行的记者一起走进这家汽车生产企业时，才真正得以体会中通客车为何取得这样骄人的成绩。致力于创新和发展，让中通客车畅销国内市场，远销海外五十多个国家和地区。

作为国家863计划和CIMS项目示范企业，成立于2000年的中通客车拥有客车业界首个国家级实验室、国家认定企业技术中心和博士后科研工作站，率先通过了ISO9001标准质量体系认证和“3C”认证。作为“国家级高新技术企业”、“国家火炬计划重点高新技术企业”、“国家汽车整车出口基地企业”，中通客车先后被授予“中国名牌产品”、“中国机械行业500强”、“中国客车60年十佳品牌”、“中国绿色客车奖”、“全球节能产品奖”和“中国信息化建设500强”等荣誉称号。现有员工3000多人，总占地面积88万平方米，拥有荷兰BOVA公司完整的制造技术和具有国际先进水平的生产线，使中通具有年产万台以上中高档豪华大客车的生产能力。

在中通客车的院内，包括节能公交车、大鼻子校车、医用救护车、垃圾清运车和方舟健康医疗车等近十个种类的车整齐排列，集中展示了中通客车在不同种类汽车领域所取得的成就。刘成斌是方舟健康医疗车的研发者之一，毕业于山东科技大学的他在中通工作已有6年的时间。刘成斌告诉记者，目前中通活跃在技术研究一线的研发人员有90多人，其中有很大一部分都是研究生毕业。正是这样的学历水平让中通在科学发展的道路上走的更远。刘成斌研发的方舟健康医疗用车造价高达600万元，这辆从外观看起来只是一台豪华客车的医疗用车里面却是别有洞天，牙科、胸透、视力测试、手术台等各种医用器材应有尽有，一座流动的医院让健康走进更多的企业和边远地区。“这台车是医疗用车里面最贵的，含有了所有可以涉及的器材，便宜一些的也有，最近几年这种车正受到更多的认可。”

致力于创新和发展让中通客车在前行的道路上大步向前，引进欧洲先进的客车生产技术，并自主开发出一系列领先于国内同行业先进水平的客车产品，结构体系完备，涵盖了从6米至18米的公路客车、城市公交客车、旅游客车和团体客车等各种类别和档次，共有10大系列115个品种，均具有很高的市场信誉和极强的竞争力，畅销国内市场，并已远销到海外五十多个国家和地区。

凭借良好的产品品质和企业实力，中通客车先后被指定为“第53届世界小姐总决赛”、“第三届APEC中小企业技术交流会”、“第19届世界诗人大会”、“2006全球自然生态与人居环境论坛”、“2008年北京奥运会”和“2009年第十一届全运会”等一些具有国际影响活动的会务用车，并凭借优良的品质和出色的表现，先后荣获了包括“Baav年度最佳客车制造商”、“Baav年度最佳造型奖”、“全国公路客车金奖”、“全国城市客车金奖”、“最佳公路客车奖”、“最佳公交客车奖”、“最佳新能源客车奖”，和“中国客车节油大赛大型高级公路客车节油大奖”在内的三十多项大奖，成为国内最具实力和竞争力的客车生产企业之一。

中国山东网报道截屏

“大鼻子校车”聊城造，科技铸就校车安全（鲁网）

鲁网 5 月 14 日讯（记者 高太明）中通客车控股股份有限公司，这个位于聊城市的汽车制造公司，在许多领域已经处于同行业领先位置。其中，“大鼻子校车”更是在全国颇受欢迎。

14 日下午，采访团记者们刚刚来到中通客车控股股份有限公司，便被一排排暖黄色的校车所吸引。据了解，每一辆校车都是“用高新技术武装起来的”，而且前后都安装了高强度的防撞梁，两侧也都安装了侧翻梁，还有汽车内部有中联智通3G监督系统，可以对司机、孩子的举动进行全程监控，随时调取。中通汽车工业集团校车项目组的项目经理张跃进告诉记者，作为客车行业的大企业，中通客车凭借40年专业研发和生产客车的深厚积淀，借鉴美国校车设计理念，每一辆通向市场的校车都经过了严格的测试，各项性能完全达到或者优于国家标准。

在中通客车控股股份有限公司，除了令人赞不绝口的高性能校车，还停靠着各种型号、各种用途的新产品，有垃圾处理车、军用体检车、多功能急救车、新能源公交车……在众多新型产品中，有一辆被称作“流动医院”的汽车引起了记者的注意。从外面看，它与普通的长途客车并无差别，但进入车厢内映入记者眼帘的则是牙科床、胸透室、听力检测室、血液检测和尿液检测设备等等医疗器械。

“有了这辆车，拉上一位专家就能当医院了。” 中通汽车工业集团技术中心刘成斌告诉记者，这辆汽车采用新能源动力驱动，可供所有设备同事运转。目前这样的“流动医院”已经遍布全国多个省份。

中国新闻网 首页 → 新闻中心 → 教育新闻

山东企业生产的“大鼻子”校车走进学生的生活

2012年05月15日 23:01 来源：中国新闻网 参与互动(0)

中新网聊城5月14日电(梁犇)特殊的“大鼻子”造型、麻黄色醒目面漆、无盲区设计、宽敞的后置安全门。2月14日，“科学发展新山东——鲁花杯第八届中国网络媒体山东行”采访团来到聊城参观中通客车。走进中通客运，各种不同的客车呈现在记者面前，其中包括校车、新能源汽车、救护车等等，其中“大鼻子”校车备受采访团的关注。

校车无疑是近两年的热点词汇。据介绍中通客车于2009年投入专用校车的研发并在行业内率先推出8米“晶采”系列长头专用校车。校车以安全设计为第一准则，伴随着样车侧翻试验一次性通过以及中联智通运营管理系统的集成推出，通过校车的18项校车安全设计到安全校车倡议、践行，中通校车已经成为了行业领先的安全校车品牌。

近年来，中国校车安全事故频发，悲痛之余，客车行业也认真思索，力求打造出能够代表中国实力的高标准校车，为孩子们求学保驾护航。

中新网报道截屏

“燎原”伴靓聊城，带动开发区新兴产业集群发展（中国经济网）

中国经济网山东频道5月14日讯 （记者 徐婷） 14日下午，“科学发展新山东——第八届中国网络媒体山东行”采访团来到东线第一站聊城，参观了位于山东聊城经济开发区的山东燎原光电产业园。

“2012年显示屏做到亚洲最大生产基地；2014年企业实现上市；2015年LED封装成为全球最大生产基地”，工作人员向记者们介绍了燎原光电企业发展规划。记者随同工作人员参观了燎原光电产业园生产车间流水线，详细地了解了企业产品品种和生产加工流程。

据悉“山东燎原光电产业园”项目，前期投资4.8亿元，项目占地1000余亩，整个园区分LED应用、LED封装、LED芯片三期建设。目前一期、二期已经建成投产，每年可产各类LED灯珠24.6亿颗、100万平方米LED显示屏幕组、20万平方米LED显示屏、200万套LED照明灯具，产能和技术均居国内先进水平。

每日甘肃

甘肃手机报 编辑短信：MRGS 移动 10658000 联通 106231299 电信 10621155

您当前的位置：每日甘肃 > 国内 正文

聊城，燎原光伏产业园3年内打造亚洲最大LED显示屏研发基地

编辑：每日甘肃网 2012-05-15 21:31

上图为网媒记者走进燎原光伏产业园。

上图为网媒记者走进燎原光伏产业园。

每日甘肃网聊城5月14日讯(记者嘉鹏)5月14日下午，科学发展新山东——“鲁花杯”第八届中国网络媒体山东行西线采访团来到聊城燎原光伏产业园。记者在现场了解到，昔日晦涩难懂、很难接触到的新科技、新能源、新材料如今已经变成家用电器、日用百货，“飞入”了寻常百姓家，让人触手可及。

工作人员表示，燎原光伏产业园由山东燎原发光科技有限公司前期投资4.8亿元启动建设，项目占地1000余亩，整个园区分LED应用、LED封装、LED芯片三期建设。目前一期、二期已经建成投产，每年可产各类LED灯珠24.6亿颗、100万平方米LED显示屏模组、20万平方米LED显示屏、200万套LED照明灯具，产能和技术均居国内先进水平。

据介绍，燎原发光科技有限公司的近期目标，3年内的打造亚洲最大LED显示屏研发基地。除了这个，我们还要争取在2015年上市，在2016年成为全球最大的LED封装研发生产基地。

每日甘肃网报道截屏

燎原发光：带动光电产业集群发展

（齐鲁网）

齐鲁网5月14日讯 （记者 户延明） LED隧道灯、LED日光灯管、LED球泡灯、LED天花灯……各种LED灯让参加科学发展新山东第八届中国网络媒体山东行的记者们眼花缭乱，14日下午，采访团一行来到山东燎原发光科技有限公司，见证了这家高科技公司的科技发展新成果。

山东燎原发光科技有限公司位于享有“中国江北水城”盛誉的山东聊城经济开发区，注册资本为6690万元，是集LED照明（LED路灯、LED隧道灯、LED日光灯管、LED球泡灯、LED天花灯、LED射灯、LED工矿灯）、LED显示屏（LED户外显示屏、LED室内显示屏）、LED封装、LED配套生产、研发、销售为一体的高新技术企业。公司拥有强大的技术研发团队，并与多家著名院校和科研单位进行技术合作，现已拥有多项研究成果和技术专利。

现在公司启动的“山东燎原光电产业园”项目，前期投资4.8亿元，项目占地1000余亩，整个园区分LED应用、LED封装、LED芯片三期建设。目前一期、二期已经建成投产，每年可产各类LED灯珠24.6亿颗、100万平方米LED显示屏模组、20万平方米LED显示屏、200万套LED照明灯具，产能和技术均居国内先进水平。

山东燎原发光科技有限公司致力于延长光电产业链条，带动光电产业集群的发展，努力践行“产业报国、造福社会”的历史使命。

燎原光电产业园生产车间

山东燎原发光科技有限公司组装车间

聊城山陕会馆“陕西味”浓 钟楼鼓楼碑林一应俱全

（西部网）

西部网讯 （记者 李婷） 5月14日，“全国网络媒体山东行”媒体采访团来到聊城山陕会馆，会馆始建于清乾隆八年（1743年），是山西、陕西的商人为“祀神明而联桑梓”集资兴建的，是距今269年前的陕西、山西驻聊城办事处。它集精巧的建筑结构和精

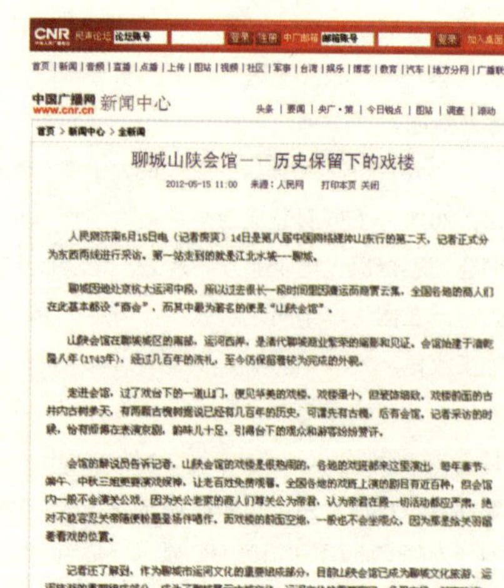
CNR 民声论坛 论坛账号 登录 注册 中广邮箱 邮箱账号 登录 加入桌面

首页 | 新闻 | 音频 | 直播 | 点播 | 上传 | 图站 | 视频 | 社区 | 军事 | 台湾 | 娱乐 | 博客 | 教育 | 汽车 | 地方分网 | 广播联盟

中国广播网 www.cnr.cn 新闻中心　头条 | 要闻 | 央广·策 | 今日锐点 | 图站 | 调查 | 滚动

首页 > 新闻中心 > 全新闻

聊城山陕会馆——历史保留下的戏楼

2012-05-15 11:00　来源：人民网　打印本页 关闭

人民网济南5月15日电（记者苗页）14日是第八届中国网络媒体山东行的第二天，记者正式分为东西两线进行采访。第一站走到的就是江北水城——聊城。

聊城因地处京杭大运河中段，所以过去很长一段时间里因漕运而商贾云集，全国各地的商人们在此基本都设“商会”，而其中最为著名的便是“山陕会馆”。

山陕会馆在聊城城区的南部，运河西岸，是清代聊城商业繁荣的缩影和见证。会馆始建于清乾隆八年（1743年），经过几百年的洗礼，至今仍保留着较为完成的外貌。

走进会馆，过了戏台下的一道山门，便见华美的戏楼。戏楼虽小，但装饰细致。戏楼前面的古井内古树参天，有两颗古槐树据说已经有几百年的历史，可谓先有古槐，后有会馆。记者采访的时候，恰有师傅在表演京剧，韵味儿十足，引得台下的观众和游客纷纷赞许。

会馆的解说员告诉记者，山陕会馆的戏楼是很热闹的，各地的戏班都来这里演出，每年春节、端午、中秋三期更要演戏娱神，让老百姓免费观看。全国各地的戏班上演的剧目有近百种，但会馆内一般不会演关公戏，因为关公老家的商人们尊关公为帝君，认为帝君在场一切活动都应严肃，绝对不能容忍关帝随便粉墨登场伴唱作。而戏楼的前面空地，一般也不会坐观众，因为那是给关羽留着看戏的位置。

记者还了解到，作为聊城市运河文化的重要组成部分，目前山陕会馆已成为聊城文化旅游、运河旅游的重要组成部分，成为了聊城展示古城文化、运河文化的重要窗口，备受市民、游客欢迎。

中广网报道截屏

湛的雕刻艺术于一身，充分显于了我国古代劳动人民的智慧与才能，是我国古代建筑的杰作。让西部网记者感到格外亲切的是，会馆内既有钟楼又有鼓楼，还有碑林，很有古城西安的味道。

“全国网络媒体山东行”媒体采访团来到聊城山陕会馆

戏楼墙上有演员“吐槽”诗句

走进会馆，过了戏台下的一道山门，便见华美的戏楼，戏楼坐东面西，与大殿对峙。戏楼后山墙中央有一条从戏台下穿过通往庭院的甬道，宽2.16米，高12.12米，入口处为砖雕垂花门罩。罩上方有石刻匾额“岑楼凝霞”四字。甬道左右各有一个石刻照壁，左刻丹顶鹤与苍松，右刻梅花鹿及花草，均高2.08米，宽1.15米。照壁下有精致的石刻插屏架，上有细腻的砖刻垂花壁罩，上饰琉璃制黄牡丹、绿麒麟和万年青等。戏楼的两侧是南北对称的夹楼，两侧小间的二楼都开有东向园窗。这里原为戏楼演戏时演员们的化妆室和休息室。

至今在其墙上还可以看到从清道光二十五年（1845）到民国八年（1919），山西、山东各地的戏曲班社和教育部的易俗社，各个时期的演员们所写下的对“戏东”、“班社主”不满的诗句以及京剧、山西梆子、河北梆子等剧种的120多个传统剧目，对于研究中国的戏剧史，有着极为重要的价值。

钟鼓楼钟楼、鼓楼南北对称，分列于夹楼外侧。均为筑于砖石方台之上的单间二层重檐歇山十字脊式建筑。二层各有12根檐柱承托着第一层屋檐。一层楼门西向。左为“钟楼”，二层楼门南向，门楣上有石刻“振聋”横额一方，两侧石柱上阴刻楹联一副：其声大而远，厥意深且长。右为“鼓楼”，二层楼门北向。门楣上有石刻“警聩”横额一方，两侧石柱上阴刻楹联一副：当知听思聪，岂可耳无闻。

维修所用木材多来自陕西终南山

聊城山陕会馆建成后，历史上先后进行过8次扩建和维修，维修所用木材多来自陕西终南山，工匠多来自山西汾阳府，建筑风格尽量体现其地方特色。据现存16通碑碣记载，其中第4次维修从嘉庆八年（1803）到嘉庆十四年（1809），历时7载，用银49643.43两。第5次维修在道光二十五年（1845），用银18028.78两。其建成后百余年间，每年春节、端午节、中秋节都演戏以娱神。

聊城山陕会馆是历史上聊城商业发达、经济繁荣的见证。它集中国传统文化之大成，融中国传统儒、道、佛三家思想于一体。整个建筑布局紧凑，错落有致，连接得体，装饰华丽，堪称中国古代建筑的杰作。它的石雕、木雕、砖雕和绘画工艺更是中国建筑艺术的精品，对于研究中国的古代建筑史、商贸史、戏剧史、运河文化史、书法、绘画、雕刻艺术史以及清代资本主义萌芽因素的产生具有极高的资料价值。

中国青年网 youth.cn

思想道德

新闻 评论 图片 娱乐 女性 情感 体育 美食 旅游

文化 道德 书画 教育 国学 就业 公益 健康 心理

校园 村官 人物 财经 民生 科技 微博 论坛 博客

第八届全国网络媒体山东行走进“江北水城”

http://www.youth.cn 2012-05-14 23:43:00 中国青年网

首页 | 上一页 | 下一页 | 尾页

中青微博

中国青年网报道截屏

聊城：
生态旅游助推水城发展
（每日甘肃网）

每日甘肃网聊城5月14日讯（记者 葛鹏）今天下午，科学发展新山东——第八届中国网络媒体山东行西线采访团的成员们便亲身游历了东昌湖。今日适逢天晴，在东昌湖，采访团成员们可见湖面波光潋滟、湖水清澈见底，而湖中的古城方方正正状如棋盘，白墙灰瓦边有流水人家。仅聊城这副人与自然的和谐景象，便无愧其“江北水城”的称号。记者发现，聊城并不吝啬于让市民分享东昌湖的美景，说它是生态湿地也好，说它是湖畔景区也罢，总之，东昌湖的美景是免费的。当地人把东昌湖当成了净化空气环境的“城市之肺”，也把东昌湖当成了愉悦心情的“精神寄托”。在湖畔，爷爷抱着孙子玩儿水、爸爸带着儿子放风筝、情侣有了最佳的约会地点、当地人有了招待各地宾朋的大客厅。东昌湖催热了聊城市中心的生态旅游，让市民在尽享城市繁华之余，找到了一片楼宇边的绿韵美景。

临近傍晚时，采访团的成员们感受着湖面上微风徐徐，沉浸在一份恬静其中。据介绍，东昌湖风景名胜区为国家AAAA级景区，是在原护城河的基础上经历代开挖而成，引黄河水为源，常年水深3—5米，无任何工业污染。东昌湖现有水域4.2平方公里，与西湖面积相当，驰名中外的京杭大运河穿风景区而过。作为聊城市生态旅游的重要组成部分，东昌湖风景名胜区以建于北宋时期的聊城古城为中心，以古城正中的光岳楼为中心，向四面辐射，形成东西南北四条古城区干道，其他大街小巷，也都是泾渭分明，垂直交叉，形成棋盘方格网状骨架。同时，以水面辽阔、风景秀丽、环绕于古城区四周的东昌湖为依托，集中体现了聊城“水、古、文”的特色，营造出聊城“水在城中，城在水中，水城一体，交相辉映”的独特风貌。

青岛新闻网首页 通行证 新闻 社区 微博 维权 房产 汽车 财经 旅游 健康

新闻专题> 综合类 > 正文

聊城城中湖牵手古城 生态游百姓欢乐亲水

来源：大众网 2012-05-15 11:02:43

已有0条评论！我要评论 | 挑战编辑部 | 复制链接 | 新闻报料 | 青岛新闻网

东昌湖在原护城河的基础上经历代开挖而成，现有水域4.2平方公里，为中国江北地区罕见的大型城内湖泊。（静洋 摄影）

聊城东昌湖集中体现了聊城“水、古、文”的特色，营造出聊城“水在城中，城在水中，水城一体，交相辉映”的独特风貌。（盛堃 摄影）

在东昌湖中央赏聊城古城的角楼。（盛堃 摄影）

大众网济南5月14日讯（记者 尹海洋）

聊城没有山，不靠海，但却打出了旅游城市的旗帜，靠的就是“水”。要知道，我国北方城市大多干旱缺水，而聊城却拥有中国北方最大的城市湖泊东昌湖，更令人称奇的是湖中环抱着一座面积1平方公里、方方正正、格局完好的宋代古城，历史上著名的京杭大运河、徒骇河穿城而过，靠的便是这座东昌湖的调节。可以说，聊城以水为“魂”，东昌湖则是聊城整个水系的灵魂。

今天下午，科学发展新山东——“鲁花杯”第八届中国网络媒体山东行西线采访团的成员们便亲身游历了东昌湖。今日适逢天晴，在东昌湖，采访团成员们可见湖面波光潋滟、湖水清澈见底，而湖中的古城方方正正状如棋盘，白墙灰瓦边有流水人家。仅聊城这副人与自然的和谐景，便无愧其“江北水城”的称号。记者发现，聊城并不吝啬于让市民分享东昌湖的美景，说它是生态湿地也好，说它是湖畔景区也罢，总之，东昌湖的美景是免费的。当地人把东昌湖当成了净化空气环境的“城市之肺”，也把东昌湖当成了愉悦心情的“精神寄托”。在湖畔，爷爷抱着孙子玩儿水、爸爸带着儿子放风筝、情侣有了最佳的约会地点、当地人有了招待各地宾朋的大客厅。东昌湖催热了聊城市中心的生态旅游，让市民在尽享城市繁华之余，找到了一片楼宇边的绿韵美景。

临近傍晚时，采访团的成员们感受着湖面上微风徐徐，沉浸在一份恬静其中。

据介绍，东昌湖风景名胜区为国家AAAA级景区，是在原护城河的基础上经历代开挖而成，引黄河水为源，常年水深3—5米，无任何工业污染。东昌湖现有水域4.2平方公里，与西湖面积相当，驰名中外的京杭大运河穿风景区而过。作为聊城市生态旅游的重要组成部分，东昌湖风景名胜区以建于北宋时期的聊城古城为中心，以古城正中的光岳楼为中心，向四面辐射，形成东西南北四条古城区干道，其它大街小巷，也都是经纬分明，垂直交叉，形成棋盘方格网状骨架。同时，以水面辽阔、风景秀丽、环绕于古城区四周的东昌湖为依托，集中体现了聊城“水、古、文”的特色，营造出聊城“水在城中，城在水中，水城一体，交相辉映”的独特风貌。

青岛新闻网报道截屏

运河博物馆：助推申遗的齐鲁文化特色新地标（大众网）

大众网聊城5月14日讯 （记者 尹海洋） 今天下午，科学发展新山东——第八届中国网络媒体山东行西线采访团的成员们来到聊城的中国运河文化博物馆，了解了这座“江北水城”曾经因运河而繁荣，如今因运河而复兴的过程，更能理解聊城为何努力建设生态文明。

中国运河文化博物馆东临古韵悠长的大运河，西依美丽的东昌湖，是聊城市近年来建设的最大的一处集文物收藏、保护、研究、陈列、宣传教育于一体的大型综合类博物馆，也是全国运河沿线为数不多的运河陈列专题馆。在博物馆外，记者们发现该馆馆名由我国著名人类学家、原全国人大常委会费孝通先生题写。

走进博物馆，发现这座博物馆不仅外观雄伟，而且更有“内涵”，建筑面积1.6万平方米，陈列面积近7000平方米，共五层，地下一层，地上四层，有十一个展厅，让人仿佛置身于一部立体的世界运河发展史中。

有记者感慨，聊城开设中国运河博物馆确实有先见之明。其实从北京到杭州的京杭大运河如此之长，沿岸的各地运河文化各有千秋，而唯独聊城建设了中国运河博物馆，把运河文化沉淀地如此讲科学、有魅力，抢占了弘扬中国运河文化的先机，实为不易。

据介绍，自2009年5月1日正式免费开放以来，中国运河博物馆便以“运河推动历史，运河改变生活”为陈列主题，全方位、多角度地收藏、保护和研究运河文化，反映和展示运河的古老历史、自然风貌和民俗风情。在坚持“公益、宣传、教育”的基础上，以气势恢宏的陈列设计、生动奇妙的高科技体验、体贴周到的全方位服务，给观众留下了深刻印象，并先后获得“山东省爱国主义教育基地”、“齐鲁文化特色新地标”等荣誉，受到社会各界的高度评价，成为聊城最具影响力的一张靓丽名片。

展馆内的“电子书”让采访团记者更直观了解聊城市的运河文化。（盛堃　摄影）

聊城市委常委、宣传部长赵庆忠（中），大众报业集团党委常委、副总编辑郝克远，大众网总编辑朱德泉一同参观中国运河文化博物馆。（盛堃　摄影）

中国运河博物馆外观。（盛堃　摄影）

中国运河博物馆一层的聊城城市规划沙盘。（盛堃　摄影）

采访团记者参观中国运河博物馆。（盛堃　摄影）

东阿阿胶：流传两千年的滋补圣品（国际在线）

国际在线消息（记者 李瑛）阿胶，又名阿胶珠。因产于东阿而得名。李时珍《本草纲目》记载“阿胶，本经上品。弘景曰：‘出东阿，故名阿胶’”。阿胶与人参、鹿茸并称“滋补三大宝”，滋阴补血，延年益寿，阿胶至今已有2500多年的历史。

2012年5月15日，“科学发展新山东——第八届中国网络媒体山东行”西线采访团来到中国阿胶博物馆。在了解阿胶制作流程、亲自体验熬膏的同时，记者还领略了东阿阿胶从工业企业向文化企业转型的“文化式成长”。

工作人员现场熬制阿胶

现场熬制好的阿胶

博物馆里看阿胶成长史 熬膏飘香让人忘回返

今天上午，采访团来到中国唯一一座阿胶主题博物馆——中国阿胶博物馆。银锅、金铲、铜瓢、道光阿胶、古代泥塑……各式各样带着锈迹的工具以及残缺不全、早已泛黄的史书古籍向来者展示着东阿阿胶的古老历史。据工作人员介绍，中国阿胶博物馆由东阿阿胶股份有限公司于2002年斥资4000余万元兴建，12个展厅所展出的1500余件展品中，包括了道光八年阿胶、阿胶工艺沙盘、东阿水文地质沙盘等，内容包含了阿胶业兴起、勃发、辉煌的历史全过程。

古人熬胶工艺

除了展出的文物古迹，引得众记者连连称赞的还有现场熬制的阿胶膏。现场熬制的阿胶吃起来香香甜甜的，比平时的冲剂味道要好一些，如果不是来到这里，很少有人能吃到这么香甜的阿胶。在工作人员的协助下，随行记者亲身体验了一把“熬膏”全过程，随着阿胶逐渐融化，浓郁的香气扑鼻而来。“平常里自己吃的都是冲剂或者即食产品，这现场熬制还这能感受到一种文化的气息。”现场记者纷纷赞叹道。“这也正是修建博物馆的意义所在，一来让人们熟悉阿胶的发展历程，一来让人们感受到中国阿胶的文化积淀。”工作人员介绍说。

道光阿胶

以师带徒传承了“好阿胶”基因 文化式成长让“工企”变“文企”

其实，盘点近6年的发展之路，不难看出东阿阿胶早已开始从文化营销向营销文化转变。在推动阿胶行业创新的同时，东阿阿胶也在推进着自身从单纯的工业企业向文化企业转变，留下了一个工业企业“文化式成长”的清晰痕迹。

晏子治阿

记者在现场了解到，2012年是山东东阿阿胶股份有限公司的文化年。作为流传了3000多年的滋补品，阿胶丰厚的文化曾一度被掩埋。2006年，山东东阿阿胶股份有限公司总裁秦玉峰带领全公司开始全面实施“文化营销”和“价值回归”工程。

东阿阿胶成立了专门研究机构，对历代本草学著作、中医名家论述进行研究，挖掘整理阿胶三大文化体系。隐去品牌推品类，是东阿阿胶“价值回归”工程的重要着力点。将3000年的阿胶文化植入公司战略，推进文化营销与价值回归工程，为东阿阿胶的“文化式成长”打下了基础。

为了挖掘阿胶的内在价值，作为阿胶行业唯一的代表性传承人的秦玉峰将阿胶行业传统的以师带徒制引入阿胶现代发展体系。传承与创新，是阿胶世家的双重责任，也是其实现“文化式”成长的方法和路径。新剂型、新工艺、新设备和新材料的应用，进入了“东阿阿胶式”产业革命的日程。他们联合华东理工大学、中国中医科学院等国内30余家知名科研院校，建立了合作研发机制，建立了国家级研发中心、技术中心。

在传承阿胶文化的基础上，不断推进阿胶产业革命，不仅让文化传承有了更坚实的载体，也让东阿阿胶的“文化式成长”有了更丰富的内涵。

聊城：东阿阿胶打造中药产业的“二次革命”

编辑：每日甘肃网 2012-05-15 22:17

第八届中国网络媒体山东行

上图为中国阿胶博物馆。

上图为中国阿胶博物馆陈列的阿胶。

每日甘肃网聊城5月15日讯（记者 葛鹏）今天上午，科学发展新山东——“鲁花杯”第八届中国网络媒体山东行西线采访团来到位于聊城市东阿县的中国阿胶博物馆。在了解阿胶制作流程、亲自体验熬膏的同时，采访团记者们还领略了东阿阿胶从工业企业向文化企业转型的“文化式成长”。

中国阿胶博物馆是中国唯一一座阿胶主题博物馆。据工作人员介绍，中国阿胶博物馆由东阿阿胶股份有限公司于2002年斥资4000余万元兴建，12个展厅所展出的1500余件展品中，包括了道光八年阿胶、阿胶工艺沙盘、东阿水文地质沙盘，还以泥塑的形式重现当年阿胶的制作工艺，讲述了东阿阿胶如何从古代帝王将相才用得起的奢侈品，一步步转变到现在寻常百姓都能享用的保健食品。内容丰富，形式多样，包含了阿胶业兴起、勃发、辉煌的历史全过程。

据介绍，2012年，依托于山东东阿阿胶股份有限公司的“国家胶类中药工程技术研究中心”正式列入国家工程中心组建项目计划。作为胶类中药行业首个工程技术研究中心，该中心获批在东阿阿胶组建，不仅是阿胶行业的一大福音，也是胶类中药产业的一个机遇。中心将推动胶类中药产业的工程技术创新，加快中药现代化国际化进程，将东阿阿胶持续领先行业20年的优势，通过国家级研究平台转化为胶类中药产业的“二次革命”。

每日甘肃网报道截屏

网络媒体山东行：从阿胶看工业企业向文化企业转型（中新网）

中新网聊城5月15日电 “阿胶一碗，芝麻一盏，白米红馅蜜饯。粉腮似羞，杏花春雨带笑看。”今天上午，“科学发展新山东——第八届中国网络媒体山东行”西线采访团来到中国阿胶博物馆。在了解阿胶制作流程、亲自体验熬膏的同时，采访团记者门还领略了东阿阿胶从工业企业向文化企业转型的“文化式成长”。

博物馆里看阿胶成长史 熬膏飘香让人忘回返

今天上午，采访团来到中国唯一一座阿胶主题博物馆——中国阿胶博物馆。银锅、金铲、铜瓢、道光阿胶、古代泥塑……各式各样带着锈迹的工具以及残缺不全、早已泛黄的史书古籍向来者展示着东阿阿胶的古老历史。据工作人员介绍，中国阿胶博物馆由东阿阿胶股份有限公司于2002年斥资4000余万元兴建，12个展厅所展出的1500余件展品中，包括了道光八年阿胶、阿胶工艺沙盘、东阿水文地质沙盘等，内容包含了阿胶业兴起、勃发、辉煌的历史全过程。

除了展出的文物古迹，引得众记者连连称赞的还有现场熬制

鲁网 全景山东

鲁网 >> 新闻频道 > 科学发展新山东——第八届中国网络媒体山东行 > 正文

东阿阿胶：传承优质基因 宁断货不掺假

2012-5-15 23:05:47 来源：鲁网 网友评论 0 条 进入论坛

鲁网5月15日讯（记者 高太明）今天上午，“科学发展新山东——第八届中国网络媒体山东行”西线采访团来到中国阿胶博物馆。在了解阿胶制作流程、亲自体验熬膏的同时，采访团记者门还领略了东阿阿胶从工业企业向文化企业转型的“文化式成长”。“宁断货，不掺假”让东阿阿胶口碑愈来愈佳。

今天上午，采访团来到中国唯一一座阿胶主题博物馆——中国阿胶博物馆。银锅、金铲、铜瓢、道光阿胶、古代泥塑……各式各样带着锈迹的工具以及残缺不全、早已泛黄的史书古籍向来者展示着东阿阿胶的古老历史。据工作人员介绍，中国阿胶博物馆由东阿阿胶股份有限公司于2002年斥资4000余万元兴建，12个展厅所展出的1500余件展品中，包括了道光八年阿胶、阿胶工艺沙盘、东阿水文地质沙盘等，内容包含了阿胶业兴起、勃发、辉煌的历史全过程。

除了展出的文物古迹，引得众记者连连称赞的还有现场熬制的阿胶膏。在工作人员的协助下，随行记者亲身体验了一把“熬膏”全过程，随着阿胶逐渐融化，浓郁的香气扑鼻而来。“平常自己吃的都是冲剂或者即食产品，这现场熬制还这能感受到一种文化的气息。”现场记者纷纷赞叹道。“这也正是修建博物馆的意义所在，一来让人们熟悉阿胶的发展历程，一来让人们感受到中国阿胶的文化积淀。”工作人员介绍说。

其实，盘点近6年的发展之路，不难看出东阿阿胶早已开始从文化营销向营销文化转型。在推动阿胶行业创新的同时，东阿阿胶也在推进着自身从单纯的工业企业向文化企业转变，留下了一个工业企业“文化式成长”的清晰痕迹。

记者在现场了解到，今年是山东东阿阿胶股份有限公司的文化年。作为流传了3000多年的滋补品，阿胶丰厚的文化曾一度被掩埋。2006年，山东东阿阿胶股份有限公司总裁秦玉峰带领全公司开始全面实施“文化营销”和“价值回归”工程。

东阿阿胶成立了专门研究机构，对历代本草学著作、中医名家论述进行研究，挖掘整理阿胶三大文化体系。隐去品牌推品类，是东阿阿胶“价值回归”工程的重要着力点。将3000年的阿胶文化植入公司战略，推进文化营销与价值回归工程，为东阿阿胶的“文化式成长”打下了基础。

为了挖掘阿胶的内在价值，作为阿胶行业唯一的代表性传承人的秦玉峰将阿胶行业传统的以师带徒制引入阿胶现代发展体系。传承与创新，是阿胶世家的双重责任，也是其实现“文化式”成长的方法和路径。新剂型、新工艺、新设备和新材料的应用，进入了“东阿阿胶式”产业革命的日程。他们联合华东理工大学、中国中医科学院等国内30余家知名科研院校，建立了合作研发机制，建立了国家级研发中心、技术中心。

在传承阿胶文化的基础上，不断推进阿胶产业革命，不仅让文化传承有了更坚实的载体，也让东阿阿胶的“文化式成长”有了更丰富的内涵。“目前，阿胶的市场需求，每年仍然以30%左右的速度增长，但受制于原材料，产量的提高比较慢。但我们始终秉持一个原则：宁断货、不掺假。因为，信誉才是企业最宝贵的财富。”东阿阿胶相关负责人告诉记者。

鲁网报道截屏

的阿胶膏。在工作人员的协助下，随行记者亲身体验了一把“熬膏”全过程，随着阿胶逐渐融化，浓郁的香气扑鼻而来。“平常里自己吃的都是冲剂或者即食产品，这现场熬制还这能感受到一种文化的气息。”现场记者纷纷赞叹道。“这也正是修建博物馆的意义所在，一来让人们熟悉阿胶的发展历程，一来让人们感受到中国阿胶的文化积淀。”工作人员介绍说。

以师带徒传承了“好阿胶”基因　文化式成长让“工企”变“文企”

其实，盘点近6年的发展之路，不难看出东阿阿胶早已开始从文化营销向营销文化转变。在推动阿胶行业创新的同时，东阿阿胶也在推进着自身从单纯的工业企业向文化企业转变，留下了一个工业企业“文化式成长”的清晰痕迹。

记者在现场了解到，2012年是山东东阿阿胶股份有限公司的文化年。作为流传了3000多年的滋补品，阿胶丰厚的文化曾一度被掩埋。2006年，山东东阿阿胶股份有限公司总裁秦玉峰带领全公司开始全面实施“文化营销”和“价值回归”工程。

东阿阿胶成立了专门研究机构，对历代本草学著作、中医名家论述进行研究，挖掘整理阿胶三大文化体系。隐去品牌推品类，是东阿阿胶“价值回归”工程的重要着力点。将3000年的阿胶文化植入公司战略，推进文化营销与价值回归工程，为东阿阿胶的“文化式成长”打下了基础。

为了挖掘阿胶的内在价值，作为阿胶行业唯一的代表性传承人的秦玉峰将阿胶行业传统的以师带徒制引入阿胶现代发展体系。传承与创新，是阿胶世家的双重责任，也是其实现“文化式”成长的方法和路径。新剂型、新工艺、新设备和新材料的应用，进入了“东阿阿胶式”产业革命的日程。他们联合华东理工大学、中国中医科学院等国内30余家知名科研院校，建立了合作研发机制，建立了国家级研发中心、技术中心。

在传承阿胶文化的基础上，不断推进阿胶产业革命，不仅让文化传承有了更坚实的载体，也让东阿阿胶的“文化式成长”有了更丰富的内涵。

以师带徒传承阿胶三千年文化，文化式成长“工企”变“文企”（中国经济网）

中国经济网山东频道5月16日讯　（记者　徐婷）　今天上午，“科学发展新山东——第八届中国网络媒体山东行”西线采访团来到中国阿胶博物馆。

博物馆里感受阿胶三千年文化

采访团来到中国唯一一座阿胶主题博物馆——中国阿胶博物馆。银锅、金铲、铜瓢、道光阿胶、古代泥塑……各式各样带着锈迹的工具以及残缺不全、早已泛黄的史书古籍向来者展示着东阿阿胶的古老历史。

“据史书记载，清咸丰年间，慈禧患‘血症’，御医长期治疗未见成效。后有户部侍郎陈宗妫建议用阿胶治疗，慈禧试服，没过多久，血症消失，并顺利产下同治皇帝。”今天上午，“科学发展新山东——第八届中国网络媒体山东行”西线采访团来到中国阿胶博物馆，其中一幅有一人多高的慈禧的画像吸引了记者们的目光，工作人介绍说是慈禧为褒奖进贡阿胶送给东阿县的。

据工作人员介绍，中国阿胶博物馆由东阿阿胶股份有限公司于2002年斥资4000余万元兴建，12个展厅所展出的1500余件展品中，包括了道光八年阿胶、阿胶工艺沙盘、东阿水文地质沙盘等，内容包含了阿胶业兴起、勃发、辉煌的历史全过程。

亲身体验“熬膏”里闻出文化味儿

记者除了展出的文物古迹，引得众记者连连称赞的还有现场熬制的阿胶膏。在工作人员的协助下，随行记者亲身体验了一把“熬膏”全过程，随着阿胶逐渐融化，浓郁的香气扑鼻而来。

“平常里自己吃的都是冲剂或者即食产品，这现场熬制还能感受到一种文化的气息。”现场记者纷纷赞叹道。“这也正是修建博物馆的意义所在，一来让人们熟悉阿胶的发展历程，一来让人们感受到中国阿胶的文化积淀。”工作人员介绍说。

以师带徒制引入阿胶现代发展体系

记者在现场了解到，2012年是山东东阿阿胶股份有限公司的文化年。作为流传了3000多年的滋补品，阿胶丰厚的文化曾一度被掩埋。2006年，山东东阿阿胶股份有限公司总裁秦玉峰带领全公司开始全面实施“文化营销”和“价值回归”工程。

为了挖掘阿胶的内在价值，作为阿胶行业唯一的代表性传承人的秦玉峰将阿胶行业传统的以师带徒制引入阿胶现代发展体系。

在传承阿胶文化的基础上，不断推进阿胶产业革命，不仅让文化传承有了更坚实的载体，也让东阿阿胶的“文化式成长”有了更丰富的内涵。

三千年阿胶的馨香之旅：东阿人续写新华章（胶东在线）

胶东在线网聊城5月15日讯（特派记者 任淑云）15日上午，“科学发展新山东——第八届中国网络媒体山东行”西线采访团来到中国阿胶博物馆。这座由全国最大阿胶生产企业山东东阿阿胶股份有限公司建成的博物馆详尽地展示了阿胶的古老历史，也展示了东阿阿胶企业在现代市场经济的发展下，大胆创新，与时俱进的企业文化。

今天上午，采访团来到中国唯一一座阿胶主题博物馆——中国阿胶博物馆。馆内残缺不全、泛黄的史书古籍向来者展示着阿胶的古老历史。

据工作人员介绍，中国阿胶博物馆由东阿阿胶股份有限公司于2002年斥资4000余万元兴建，12个展厅所展出的1500余件展品中，包括了道光八年阿胶、阿胶工艺沙盘、东阿水文地质沙盘等，内容包含了阿胶业兴起、勃发、辉煌的历史全过程。资料显示，古人将阿胶奉为“圣药”，清代时，阿胶就被当做贡品多次送达宫廷。馆内有一盒距今已有200多年的供品阿胶，至今还保持本来颜色，据工作人员介绍，这盒阿胶仍然可以食用。

在阿胶馆的另一个展室，则是对现代阿胶发展的介绍。通过

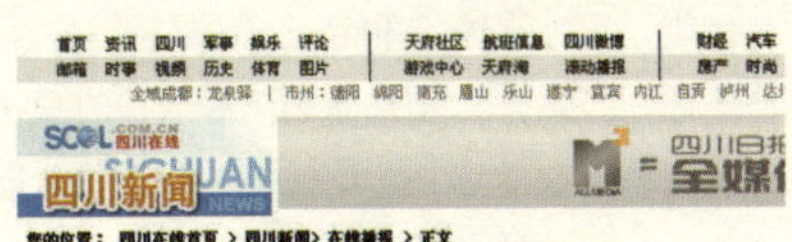

您的位置： 四川在线首页 > 四川新闻 > 在线播报 > 正文

东阿阿胶告诉你养生的秘密

http://www.scol.com.cn （2012-05-15 23:57:18） 来源：四川在线 评论共0条

分享到：腾讯微博 QQ空间 新浪微博 人人网 更多 1

阿胶养生苑里的仿古建筑群

阿胶养生苑背面的东阿药王山

四川在线消息（四川在线记者 简晓旭济南报道）15日上午，第八届中国网络媒体山东行西线采访团来到中国阿胶博物馆与东阿县阿胶养生苑。在了解阿胶制作流程、亲自体验熬膏的同时，大家还领略了一下以阿胶养生为主题的别样建筑风光。

中国阿胶博物馆是我国唯一一座阿胶主题博物馆。博物馆由东阿阿胶公司于2002年斥资4000余万元兴建，12个展厅所展出的1500余件展品中，包括了道光八年阿胶、阿胶工艺沙盘、东阿水文地质沙盘等，包含了阿胶业兴起、勃发、辉煌的历史全过程。

除了展出的文物古迹，现场熬制的阿胶膏更是让记者们兴趣大增，很多记者亲身体验了一把“熬膏”全过程，随着阿胶逐渐融化，浓郁的香气扑鼻而来。“平常里自己吃的都是冲剂或者即食产品，这现场熬制还这能感受到一种文化的气息。”大家纷纷赞叹道。“这也正是修建博物馆的意义所在，一来让人们熟悉阿胶的发展历程，一来让人们感受到中国阿胶的文化积淀。”工作人员介绍说。

而阿胶养生苑又别有一番滋味，青色的石板路，吊脚的老房子，还有民国时期的老商铺和特色招牌……这些仿古的建筑群接拍过很多电视剧。“《大宅门》、《鲁商传奇》、《杨乃武与小白菜》等影视剧都从这里取过景。”工作人员介绍说，阿胶养生苑是由著名电视剧美工——北京电影学院的毛怀清教授负责设计，共分A、B、C等14个区、北京四合院、济南水城门、东阿胶庄、东阿古城门城墙、药王庙等31个小项目，每个片区都各具特色，自建成后，养生苑已经得到过多位导演的“芳心”，目前仍有剧组准备到此取景。

除了可用于影视剧拍摄，阿胶养生苑最大的功能还是它的文化养生体验。“我们将通过招商引资，吸引商家入驻，到时候游客来到这里既能够品尝阿胶主题的美食，也可以体验阿胶养生之道，还可以寻医问诊。”

另外，养生苑的选址也较为考究，背面是苍翠葱郁的药王山，面前时碧波荡漾的洛神湖，两大景点与民国风格建筑的养生苑相互交融，又与湖对面的新城区互不影响，独特静谧的环境俨然称得上是江北的“桃花源”。

四川在线报道截屏

一张张照片、一份份荣誉证书，展示出了东阿人对于阿胶的传承与创新。在其中一面墙上，几十份荣誉证书展示了东阿阿胶近年来所取得的巨大成就。东阿人在创承千年阿胶文化的同时，也将这份文化不断地创新并发扬下去。

记者在现场了解到，2012年是山东东阿阿胶股份有限公司的文化年。作为流传了3000多年的滋补品，阿胶丰厚的文化曾一度被掩埋。2006年，山东东阿阿胶股份有限公司总裁秦玉峰带领全公司开始全面实施“文化营销”和“价值回归”工程。东阿阿胶成立了专门研究机构，对历代本草学著作、中医名家论述进行研究，挖掘整理阿胶三大文化体系。为了挖掘阿胶的内在价值，作为阿胶行业唯一的代表性传承人的秦玉峰将阿胶行业传统的以师带徒制引入阿胶现代发展体系。

传承与创新，是阿胶世家的双重责任，也是其实现“文化式”成长的方法和路径。新剂型、新工艺、新设备和新材料的应用，进入了“东阿阿胶式”产业革命的日程。他们联合华东理工大学、中国中医科学院等国内30余家知名科研院校，建立了合作研发机制，建立了国家级研发中心、技术中心。

在科技与创新的理念下，东阿人正在谱写着阿胶时代的新华章！

聊城：网媒记者采访团参观明珠大剧场（每日甘肃网）

每日甘肃网聊城5月14日讯（记者 葛鹏）今天下午，科学发展新山东——第八届中国网络媒体山东行西线采访团来到东昌湖畔的水城明珠大剧场。这个开启时犹如悉尼歌剧院、闭合时堪比国家大剧院的全国最大室内单体大剧场每周都上演着各种文艺节目，不仅满足了市民的文化需求，而且成为老百姓自娱自乐的舞台。

沿着波光粼粼的东昌湖南岸一路向东行进，下午17时左右，记者便来到了这个坐落湖南岸的水城明珠大剧场。和它的名字一样，远远望去，圆形的剧场像是一颗正要从湖水中升起来的明珠，让人误以为它一半在空中，一般在水里。

银色的外围、简约的设计，与周围的拱桥和古城不同，水城明珠大剧场展示出聊城时尚前卫的一面，两种风格的结合，不仅传承了中国传统的建筑风格，同时也传递了西方的建筑文化理念，是建筑与艺术的完美交融。据介绍，剧场占地面积9900平方米，高33米，直径86米，是我国目前最大的室内单体剧场。

青岛新闻网首页 通行证 新闻 社区 微博 维权 房产 汽车 财经 旅游 健康

新闻专题> 综合类 > 正文

聊城明珠大剧场演歌剧也唱戏 剧场成百姓舞台

来源：大众网 2012-05-15 10:43:50

已有0条评论！我要评论 | 挑战编辑部 | 复制链接 | 新闻报料 | 青岛新闻网

相关领导及采访团记者在明珠剧场内参观、采访。（盛蓥 摄影）

明珠剧场外观。（盛蓥 摄影）

大众网聊城5月14日讯（记者尹海洋）杂技、戏曲、歌剧、舞蹈、达人秀……今天下午，科学发展新山东——“鲁花杯”第八届中国网络媒体山东行西线采访团来到东昌湖畔的水城明珠大剧场。这个开启时犹如悉尼歌剧院、闭合时堪比国家大剧院的全国最大室内单体大剧场每周都上演着各种文艺节目，不仅满足了市民的文化需求，而且成为老百姓自娱自乐的舞台。

沿着波光粼粼的东昌湖南岸一路向东行进，下午17时左右，记者便来到了这个座落在湖南岸的水城明珠大剧场。和它的名字一样，远远望去，圆形的剧场像是一颗正要从湖水中升起来的明珠，让人误以为它一半在空中，一般在水里。

银色的外围、简约的设计，与周围的拱桥和古城不同，水城明珠大剧场展示出聊城时尚前卫的一面，两种风格的结合，不仅传承了中国传统的建筑风格，同时也传递了西方的建筑文化理念，是建筑与艺术的完美交融。据介绍，剧场占地面积9900平方米，高33米，直径86米，是我国目前最大的室内单体剧场。

剧场上部为框架式拱形钢结构，外观为一大一小半球形状，两个半球之间有过渡拱衔接，东面最大的半球（又称四号拱），可以向水平方向旋转180度，剧场开启时极具澳大利亚悉尼歌舞剧院之风采，闭合时则尽显国家大剧院之尊荣，可以使观众充分领略到露天剧场与封闭剧院两种效果的不同风采。剧场下部是整体性钢筋混凝土底座，具有抵抗七级地震的能力，里面一共有3636个新型座椅，也是到目前为止国内最大的室内单体剧场。

走进剧场内部，一张张海报吸引了记者的注意，杂技专场、戏曲晚会、综合文艺演出、水城达人选拔……，工作人员介绍说，这里每年有50多场演出，全国乃至世界的名家剧团很多都曾在这里演出。“有中国歌剧舞剧院、东方歌舞团、奥地利交响音乐会，还有咱们聊城当地的节目，比如《水城之星》选拔晚会。”近几年，剧场不断升级配套设施，提高承载能力，已经成为聊城市承办各种综艺、戏曲、歌舞、杂技等各种大型文艺演出的重要剧场，是集演出、观赏，纪念于一体的多功能场所，也是聊城高雅艺术的殿堂和文化惠民的窗口。

青岛新闻网报道截屏

剧场上部为框架式拱形钢结构，外观为一大一小半球形状，两个半球之间有过渡拱衔接，东面最大的半球（又称四号拱），可以向水平方向旋转180度，剧场开启时极具澳大利亚悉尼歌舞剧院之风采，闭合时则尽显国家大剧院之尊荣，可以使观众充分领略到露天剧场与封闭剧院两种效果的不同风采。剧场下部是整体性钢筋混凝土底座，具有抵抗七级地震的能力，里面一共有3636个新型座椅，也是到目前为止国内最大的室内单体剧场。

赵庆忠：以人为本开发古城，实现人与自然的和谐

（大众网）

大众网聊城5月14日讯 （记者 姜洋 韦辉） 聊城素以中国“江北水城·运河古都”著称，城市中围绕古运河以及古城楼打造的景区数不胜数。聊城是如何在发展中平衡古运河、古城开发与城市建设的呢？今天上午，聊城市委常委、宣传部长赵庆忠站在古运河边说：“建筑限高、城区改造以人为本等措施打造了如今人与自然相和谐的‘水城’。”

聊城市委常委、宣传部长赵庆忠接受采访团记者采访，并介绍了聊城市在“水城”建设方面所做的工作。（盛堃　摄影）

“聊城是著名的江北水城、运河古都，也是生态城市。”赵庆忠说，在聊城这几年的建设中，历届市委市政府认真地贯彻落实科学发展观，坚持以人为本，努力做到人与自然的和谐。从1956年古城区的规划开始之后，聊城就对古城的建设严格控制了高度要求。“因为明代光岳楼的高度是33米，我们当时限制的高度是12米。”

“整个古城得到了很好的保护，这应该得益于历届党委政府的努力，也得益于广大市民群众的共同关心和共同的维护。”赵庆忠介绍，近几年，聊城市陆续对京杭运河聊城段、特别是城区段进行了改造，“这一改造也是坚持了人与自然和谐的理念，努力把聊城江北水城的品牌打得更响，让聊城人民生活得更幸福、更美好，能够和自然时时刻刻地保留和保持着亲密地接触。”

说到下一步的发展，赵庆忠表示，聊城仍将坚持生态自然和谐的观点，坚持科学发展观，按照聊城市第十二次党代会的要求，建设生态型强市名城，创造聊城人民的幸福生活。

运河古都聊城：全面建设生态型强市名城

（华龙网）

华龙网 5 月 14 日 21 时山东聊城讯 （记者 樊国生） “既要金山银山，又要碧水青山。作为‘江北水城 运河古都’的聊城在推进推学发展的过程中，就是要全面建设生态型强市名城，创造聊城人民的幸福生活。”今晚，“科学发展新山东——第八届中国网络媒体山东行”聊城市新闻发布会上，聊城市委书记、市人大常委会主任宋远方向采访团成员作了解读。

首页 | 新闻 | 山东 | 要闻 | 政务 | 社会 | 艺术 | 文化 | 女性 | 论坛 | 美食 | 鲁雨

鲁网 全景山东 鲁网彩票频道上

要闻 | 独家 | 直击 | 帮办 | 访谈 | 区域 | 社会 | 文化 | 旅游 | 投诉 | 视频

鲁网 > > 新闻频道 > 科学发展新山东——第八届中国网络媒体山东行 > 正文

聊城：建生态型强市 要金山银山更要碧水蓝天

2012-5-14 23:12:11 来源：鲁网 网友评论 0 条 进入论坛

聊城市委书记宋远方在新闻发布会上发言

鲁网5月14日讯（记者 高太明）今天，第八届网络媒体山东行记者团来到了美丽的“江北水城”——聊城。在新闻发布会上，聊城市市委书记宋远方对记者团到来表示了热烈欢迎。同时，宋远方表示，聊城在经济发展、科技进步的同时，将更加重视城市生态建设，“要金山银山，更要碧水蓝天”。

聊城是山东西部的一个地级市，位于冀鲁豫三省的交界地区，全市下辖了8个县市区和一个省级经济技术开发区，总国土面积是8715平方公里，人口604万。在缺水的华北地区，6.5平方公里的东昌湖成了璀璨的江北明珠。而在东昌湖的中间，有一座1平方公里的宋代古城。城水一体，交相辉映。

聊城有着深厚的历史文化底蕴，如今的古城已经成为一个生态宜居的城市，各项产业都取得了长足进步。2011年，聊城全市的生产总值是1905.2亿元，比2006年的1.9倍，年均增长13.6%。作为一个传统的农业大市，聊城正在向一个现代农业和农产品深加工的城市转换。

宋远方告诉记者，聊城节能减排2007年底在全省17个市排第16位，而去年聊城的节能减排工作达到全省的第4位和第6位。同时，聊城市去年工业产值为5290亿元，在山东从第13位排到了第7位。在工业发展的同时，生态建设并打造“江北水城”的城市名片也在不断深化。科技发展存古韵，聊城市将发展经济与节能减排完美结合。节能减排、保护环境，并没有减少聊城市的工业产值。因此，国家环保部把“国家环保模范城市”称号授予聊城。

据了解，如今的聊城正在着手发展五大基地，即，有色金属及金属加工基地（以信发集团为代表），运输设备和零部件基地（以时风集团、中通客车为代表），基础化工及精细化工的制造基地（依托鲁西化工打造千亿产业园），轻纺造纸和食品医药（以东阿阿胶为代表），能源电力和节能设备基地（以foods发光、风力发电为代表）。

宋远方表示，聊城今后将全面建设生态型强市名城。“强市，经济实力要做强；名城，文化影响力要做大；生态型，环境保护要好。我们要金山银山，我们更要碧水蓝天，我们还要文明道德。这就是聊城发展总的目标。”宋远方说。

鲁网报道截屏

聊城：6 大国家级殊荣集一身的历史文化名城

聊城你也许没去过，但说起景阳冈、武松打虎，《金瓶梅》、《老残游记》、《聊斋志异》，您一定不会陌生；提到孙膑、岳飞、张自忠、傅斯年、季羡林、张海迪、孔繁森等，你一定耳熟能详……

京杭大运河与黄河交汇，从这里穿城而过，一座城中有水、水中有城、城水一体、交相辉映的城……

对，这就是聊城！一座头顶国家历史文化名城、中国优秀旅游城市、国家卫生城市、国家环保模范城市、国家园林城市、全国双拥模范城等 6 项国家级“光环”的千年历史文化名城。

聊城思考：经济欠发达 发展有潜力

聊城位于山东西部，冀鲁豫三省交界处，辖 8 个县（市区）和 1 个省级经济开发区，总面积 8715 平方公里，总人口 600 万。

近年来，聊城经济社会发展取得了令人瞩目的成绩。但聊城市委、市政府清醒地意识到，目前聊城仍是一个欠发达市，与沿海发达城市相比，尤其在人均指标方面，经济社会发展水平还有较大差距。

但同时，聊城又是一个发展潜力巨大、成长性很强的城市。具体表现为区位交通、资源环境、产业发展，和文化底蕴和城市品牌四个方面的比较优势。尤其近几年来，聊城倾力打造“江北水城·运河古都”的城市品牌，聊城的知名度、吸引力越来越大。

聊城“发力”：全面建设生态型强市名城

宋远方说，聊城市十二次党代会，提出了“全面建设生态型强市名城，创造聊城人民的幸福生活”的奋斗目标，“‘强市’，就是经济实力要强；‘名城’，文化影响力要大，‘生态型’是个定语，就是生态环境要好。最终形成经济发达、环境优美、民生改善的和谐局面，这是我们奋斗目标。”

为此，聊城确定了继续坚持“工业强市、三产兴市、三农稳市、城建靓市”的“四市”方针，将通过努力打造“一五二”产业基地，加快结构调整，强化节能减排，推进改革创新，坚持富民优先，促进文化繁荣，维护和谐稳定，加强党的建设，把聊城建设成为山东西部的新兴生态化工业城市、冀鲁豫交界地区的商贸物流中心城市、江北文化旅游和休闲度假目的地城市。

聊城争做山东西进中原桥头堡（香港大公报）

日前，山东省聊城市市委书记宋远方在接受记者采访时表示，聊城将力促三大产业一齐发力，全面建设生态型强市名城，打造山东“西进中原”的桥头堡，重塑“自豪、创业、包容、奋进”的聊城形象。

宋远方表示，“三产兴市”是建设生态型强市名城的重要举措。聊城目前正积极展开对东昌湖中央的古城片区改造工程，提出打造济南的西花园和周边京津唐大城市度假村的目标，积极打造休闲度假和文化旅游的目的地城市。建设商贸流通及现代物流基地是“三产兴市”的又一重要举措。宋远方说，随着交通运输的逐步完善，聊城将推进物流园区、农产品物流交易中心、商贸物流园区、鲁西化工现代物流园区等重点物流项目建设，尽快形成特色鲜明、优势突出、辐射力强的区域物流中心。

在宋远方看来，聊城位于山东的西部，周边200公里范围内有2亿多人口，对扩大内需来说有广阔的市场，而且随着交通基础设施的不断完善，聊城将成为联系山东和中西部地区的纽带和桥头堡。

此外，宋远方表示，聊城市将坚持“工业兴市”，着力打造金属和金属深加工基地、运输设备和零部件基地、基础化工及精细化工的制造基地等五大产业基地并在五年内建设完成三个千亿园区。他说，“目前我们正在打造一个运输设备与零部件的千亿工业产业园区，有色金属的两个千亿产业园，估计都能在‘十二五’计划中就能完成。”（记者 王志刚）

首页 | 新闻 | 体育 | 娱乐 | 财经 | 股票 | 科技 | 博客 | 微博 | 视频 | 播客 | 汽车 | 房产 | 游戏 | 女性 | 读书

刘翔身体隐忧 百羊遭雷击死 今麦郎酸价超标 重庆选美争议

sina新浪财经　新浪财经 > 农业 > 正文

聊城：打造生态型强市名城

http://www.sina.com.cn 2012年05月17日 11:20 农村大众

5月14日，聊城市委书记、市人大常委会主任宋远方在“第八届中国网络媒体山东行”新闻发布会上介绍说，强市即经济实力要强，名城，文化影响力要大，生态型，环境保护、生态环境要好，这是聊城市的奋斗目标。

宋远方指出，改革开放以来聊城市就是一个传统的农业大市，以去年而言，农业丰收，聊城已经是山东省4个粮食产量过百亿的城市之一。“我们的粮食产量去年是107亿斤，具体来说，聊城用全国1‰的耕地，生产了全国1%的粮食，粮食年产量占山东省的1/8。”宋远方补充说，“总的来说，聊城的农业，粮食连续九年增产，农业结构的调整力度在加大，农民的收入快速增长。下一步我们将会着力打造现代农业和农产品(5.42,0.27,5.24%)深加工基地，做大做强蔬菜、畜禽等优势产业，带动农民增收，实现三农稳市。”

“工业总产值方面，我们的排名从2006年的全省第14位上升到2011年的全省第7位，与此同时节能减排从2006年全省倒数第4位到正数第4位！”宋远方指出，聊城市已经在科学发展的道路上探索出了一条路径，即“经济要发展，环境要保护，两者并不冲突。”今后聊城市将围绕“工业强市”重点打造五大工业基地，即金属和金属深加工基地、运输设备和零部件基地、基础化工和精细化工基地、轻纺造纸和食品医药基地、能源电力和节能设备基地。

宋远方指出，聊城近几年的发展成绩很大一部分得益于“生态是借贷而不是继承”的发展理念，也是基于此，聊城市涌现出了全世界惟一一个可以处理赤泥的铝电企业——信发集团和全国环保草浆造纸的标准制定单位——泉林纸业。尽管如此，宋远方依旧表示“三产兴市”依旧是打造生态型强市名城的重要举措，今后聊城市还要着力打造商贸物流和现代物流基地，发挥聊城原来历史商贸集散地的优势，打造文化旅游和休闲度假基地。

宋远方说，“总体来说，要发展，我们要金山银山，同时还要碧水蓝天，这个生态是‘借贷’而不是继承。”

新浪网报道截屏

“科学发展新山东——第八届中国网络媒体山东行”聊城市新闻发布会现场。（记者樊国生　摄）

江北水城·运河古都——中国聊城

东昌湖景区鸟瞰

宋远方：重塑聊城形象 做山东西进中原桥头堡

（大众网）

大众网聊城5月14日讯 （记者 尹海洋） 对于科学发展，不同的城市有不同的目标和发展路径，5月14日，科学发展新山东——第八届中国网络媒体山东行西线采访团走进聊城，聊城市委书记宋远方在当晚召开的新闻发布会上介绍说，聊城将力促三大产业一齐发力，全面建设生态型强市名城，打造山东“西进中原”的桥头堡，重塑“自豪、创业、包容、奋进”的聊城形象，让每一个聊城人真正从心底做一个自豪的聊城人。

聊城市委书记宋远方在新闻发布会上介绍说聊城要打造山东“西进中原”的桥头堡，重塑“自豪、创业、包容、奋进”的聊城形象，让每一个聊城人真正从心底做一个自豪的聊城人。（盛堃 摄影）

聊城市委书记、市人大常委会主任宋远方出席科学发展新山东——第八届中国网络媒体山东行聊城市新闻发布会。（盛堃 摄影）

聊城市委常委、宣传部长赵庆忠主持新闻发布会。（盛堃 摄影）

谈家底：
聊城文化名城底蕴厚 城水一体华北独此一家

对于聊城，采访团的多位记者并不熟悉，但聊城市委书记宋远方在新闻发布会上介绍聊城时却是如数家珍：“大家都知道中国的北方缺水，华北地区缺水，唯独我们聊城城市中心有一个6.5平方公里的方方正正的东昌湖，在东昌湖的中间有一座方方正正的一平方公里的宋代古城，再加上徒骇河、马颊河、京杭大运河等纵贯城区，所以形成了一个城中有水，水中有城，城水一体，交相辉映这么一个独特的江北水城的风貌。水是我们聊城的一个魂，也是我们最大的比较优势。”

“河与湖带给聊城的不止是一个古城。”宋远方介绍说，在明清时代，聊城是大运河上最重要的商埠，非常繁华。据史籍记载，东昌湖所在地商户不下十万户，“所以史料称为‘漕挽之咽喉，江北一都会’，康熙皇帝6次到过聊城，乾隆下江南9次到聊城，住在聊城。”宋远方说，这些历史又让聊城有了“运河古都”的城市品牌。

对于聊城“文化名城”这一称号的由来，宋远方娓娓道来：全市境内现在有文物古迹400多处，其中有8处是国家重点保护文物。“比如山陕会馆、宋代铁塔、光岳楼、曹植墓、京杭运河聊城段等等。”对于历史名人，宋远方向记者们介绍说，抗日名将张自忠、国画大师李苦禅、国学大师季羡林、领导干部的楷模孔繁森都是聊城人，“聊城可谓是人杰地灵，底蕴深厚。”

谈现状：
聊城仍是欠发达城市 但发展潜力和成长性很好

说起聊城经济社会的发展情况，宋远方用三句话来概括：“第一句话：和全国、全省一样，改革开放以来聊城发生了翻天覆地的变化，这个变化之深大家有目共睹。”宋远方说，现在的聊城和曾经的聊城相比，在经济总量、居民生活、经济结构等方面都发生了巨大的变化。

“第二句话：虽然我们发生了很大的变化，但是聊城在山东仍然处于经济相对欠发达的地步，是山东西部经济相对欠发达的地区。”宋远方说，“欠发达”主要是说人均收入水平，是说聊城当前的产业结构，也包括对民生的欠账。

“第三句话：虽然我们目前仍然是山东西部相对欠发达的地区，但是聊城又是一个发展潜力和成长性非常好的地方。”宋远方介绍说，成长性好是由于聊城当前的内外环境所决定的，也是聊城发展阶段内部的积累所决定的。“中央也提出，我们的发展要更多地依靠内需，而我们聊城位于山东的西部，周边 200 公里范围内有 2 亿多人口，对扩大内需来说有广阔的市场，而且随着交通基础设施的不断完善，聊城将成为联系山东和中西部地区的纽带和桥头堡。”

谈农业：

三农稳市 打造现代农业和农产品深加工业

对于科学发展的目标和实施路径，宋远方有着独到的见解。“我们在努力把聊城打造成为山东西进中原的桥头堡城市，就是中西部地区能源资源进入山东和山东产品、服务业占领中西部市场的桥头堡。”而实现这一目标的路径，在宋远方看来是和“生态型强市名城”的建设路径相互吻合、相辅相成的，即都需要三大产业齐发力。

宋远方说的第一条发展途径是：三农稳市，打造现代农业和农产品深加工业。“大家知道聊城是一个传统的农业大市，我们现在正向一个现代农业和农产品深加工的城市转换。”宋远方说，2011 年聊城的农业在过去的基础上全面丰收，已经是山东省 4 个粮食过 100 亿斤的城市。“我们的粮食产量是 107 亿斤，说的具体一点就是，聊城用全国 0.1% 的耕地，生产了全国 1% 的粮食，生产了山东省 1/8 的粮食。”他补充说，去年聊城蔬菜总产量达到全省第一位，农畜和其他产品的加工也有了比较大的增长。“总的概括，聊城的农业，粮食连续九年增产，农业结构的调整力度在加大，农民的收入在快速增长。”

“接下来，我们依旧会打造现代农业和农产品深加工基地，做大做强蔬菜、畜禽等优势特色产业。这也被写入了聊城市‘一五二’产业基地的规划之中，即发展农产品深加工龙头企业，配置更多龙头企业，带动农民增收。”宋远方说。

谈工业：

打造五大产业基地 5 年内将完成 3 个千亿园区

“我们的工业排名从 2006 年全省第 13 位升到 2011 年全省第 7 位，节能减排已经从全省的倒数第四位到正数第六位！”宋远方

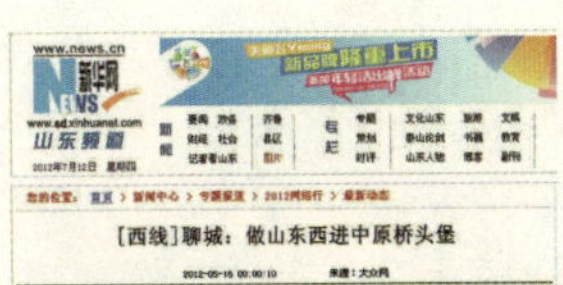

[西线]聊城：做山东西进中原桥头堡

新华网报道截屏

说，聊城市已经在科学发展的道路上探索出了自己的一条路径，那么在今后的发展中，聊城市依然坚持“工业兴市”，着力打造五大产业基地。

第一个是金属和金属深加工基地。宋远方介绍说，聊城电解铝、铜铝深加工在全国甚至是世界都很有名。“现在美国的铝业公司已经派人来我们这儿探讨合作，我们自主研发的氧化铝处理技术可以说破解了世界性的难题。”

第二个基地是运输设备和零部件基地，“比如聊城的中通客车、时风集团等众多高新技术企业。”

第三个基地是基础化工及精细化工的制造基地。宋远方介绍说，聊城依托鲁西化工打造基础化工和精细化工的千亿产业园，现在这个产业园已经占地5平方公里，初具规模。”

第四个是轻纺造纸和食品医药基地，这是聊城的传统工业。宋远方举例说，泉林集团就是轻纺造纸产业基地的代表企业。“大家都知道，草浆造纸是原来国家明令禁止的，泉林经过这么多年的努力，解决了草浆造纸的污染问题，而且把它的污染物变废为宝，除了造纸100万吨还有60万吨的有机肥，还有水的循环利用。”

第五个基地是能源电力和节能设备基地。“目前我们正在打造一个运输设备与零部件的千亿工业产业园区，有色金属的两个千亿产业园，估计都能在“十二五”计划中就能完成。

谈三产：

围绕湖水建济南西花园 构建京津唐的度假村

对于服务业的发展，聊城市近几年在“生态借贷”的理念下已经收获了不少的成绩。宋远方在新闻发布会现场介绍时，依旧表示，“三产兴市”是建设生态型强市名城的重要举措。

聊城将围绕湖水作文章，目前正积极展开对东昌湖中央的古城片区改造工程。“我们提出了打造济南的西花园和周边京津唐大城市的度假村，并且部署了一系列的发展文化旅游的项目，6平方公里的水上游和1平方公里的宋代古城的改造都在有序进行中，当然我们8个县市区各有自己的文化旅游资源，所以能够打造一个休闲度假和文化旅游的目的地城市。”

“三产兴市”的另一项重要举措是建设商贸流通及现代物流基地。宋远方说，随着交通运输的逐步完善，聊城将推进物流园区、农产品物流交易中心、商贸物流园区、鲁西化工现代物流园区等重点物流项目建设，尽快形成特色鲜明、优势突出、辐射力强的区域物流中心。

谈未来：

塑城市形象 做自豪、创业、包容、奋进的聊城人

2012年是聊城“争先进位主题年”，宋远方说，每年聊城都会确定一个发展主题。“2007年是‘解放思想谋划年’，2008年是‘真抓实干落实年’，2009年是‘项目突破年’，2010年我们提的是‘全面提升年’，2011年是‘继续提升年’，到了2012年就该是‘争先进位年’了。”

对于未来，宋远方充满自信：“应该说十二次党代会为聊城今后的发展描绘了一张蓝图，勾画了一个轮廓，但是要实现这个目标，要完成这些任务，我们必须要结合聊城的实际创新实干，我们必须要团结带领全市600万人民艰苦奋斗，共同奋斗。”宋远方说，只有这样，才能重塑“自豪、创业、包容、奋进”的城市形象，“让每一个聊城人真正从心底做一个自豪的聊城人！”

聊城打响“江北水城·运河古都”品牌，节能减排居首（中国网）

中国网5月15日聊城讯（记者 陈训迪）这是一个享有“江北水城、运河古都”美誉的小城，这里有与岳阳楼、黄鹤楼齐名，历经600多年沧桑风雨的光岳楼；这有见证中国古代运河文化往昔的山陕会馆，繁华400多年的京杭大运河穿城而过；北方最大城市湖泊东昌湖环绕古城，形成“水在城中，城在水中，水城一体，交相辉映”的独特风貌。

这里就是山东聊城。

打响“江北水城·运河古都”城市品牌

聊城市市委书记宋远方在2012年2月聊城市第十二次代表大会上作工作报告时，提出今后五年，要将“江北水城·运河古都”的城市品牌进一步打响，城市文化影响力显著增强。

宋远方告诉记者，“江北水城·运河古都”，是聊城近年来持续打造的城市品牌，定位于江北水城，目的是突出聊城的水城特色。

“而定位于运河古都，目的是彰显聊城深厚的历史文化底蕴。”宋远方介绍说。

明清时期，聊城是运河九大商埠之一，繁荣兴旺400多年，史称“漕挽之咽喉，天都之肘腋”、“江北一都会”。聊城历史上名人辈出，有抗日爱国将领张自忠、范筑先，国画大师李苦禅，著名学者傅斯年、季羡林，领导干部的楷模孔繁森等。中国古典名著《水浒传》、《金瓶梅》等书中的许多故事就发生在这里。

这样的城市定位，也让聊城在传承基础上的开发，以保护为出发点的建设，更让“给后人留遗产、不给后人留遗憾”的聊城人受益于生态城的打造。

聊城市在古城保护与改造工程完成基础设施投资15亿元，“中华水上古城”的独特风貌已具雏形；徒骇河世界运河（建筑）博览园等一批重点城建项目加快推进；全面启动“城中村”改造工程，40多万市民住上了新居；加强城市道路、供水、供热、供气、治污等基础设施建设，城市功能更加完善，城市品位不断提升。

也因此，“江北水城 运河古都”的影响力和知名度日益增强。

2012年的山东省政府工作报告中，首次明确提出了要对聊城市重点支持的决定，聊城被划入“省会城市群经济圈”发展范围。

置身于山东省文化、经济强省的发展中，聊城提出《关于加快建设“一五二”产业基地的意见》。

在服务业方面，聊城提出借助区位优势的商贸流通及现代物流基地以及依托厚重历史和现代“水”文化的旅游及休闲度假基地，将以“开放、沟通”的特点，为聊城人带来更多的口碑和更新的发展理念。

宋远方表示，置身于文化、经济强省建设的时代背景下，生态聊城，作为“一五二”产业发展的亮点，为聊城人积淀起憧憬未来的动力。

将节能减排摆在工业发展过程首位

在工业化发展过程中，节能减排和环境保护，是个又对立又

山东聊城市市委书记宋远方
（中国网　陈训迪　摄）

“江北水城 运河古都”聊城
（中国网　陈训迪　摄）

“江北水城 运河古都”聊城
（中国网　陈训迪　摄）

运河古都聊城
（中国网　陈训迪　摄）

京杭大运河河畔的山陕会馆
（中国网　陈训迪　摄）

统一的关系。处理不好可能发生对立，处理好了就完全实现统一。

“聊城原来在节能减排上还是压力比较大的。”对过去聊城工业发展和节能减排的关系，宋远方禁不住感叹，原来我们一度节能和减排，在山东省17个市的地位双双都是第16名，压力非常大。但是经过这些年的努力，聊城的节能减排打了一个翻身仗。”

“2007年的时候，聊城工业总量是山东省第12位，2009年是11位，2012年，我们提高到了第7位。但是我们的节能减排也到了第4位。”宋远方说。

企业生产，追逐效益。其他的群众是要生活，政府在这里边充当的角色就是要做好协调、平衡的工作。

“不管项目多么大，不管提供多少税收，只要环保有问题、不过关，我们是下决心关停。所以我们每年市里和各个县都有几十亿项目，都坚决不上。”宋远方向记者明确表示说。

“这个问题，就是要各级政府监管部门要切实负起责任。另外企业既是生产主体，也有社会责任，这是必须做到的。”宋远方指出聊城节能减排的关键所在。

聊城：江北水城用活水，运河边崛起生态强市（大众网）

大众网济南5月15日讯 （记者 尹海洋） 科学发展新山东——第八届中国网络媒体山东行西线采访团在有“江北水城”之称的聊城市采访时，记者了解到，今后5年，聊城市将以科学发展为主题，以加快转变经济发展方式为主线，着力打造中国“江北水城·运河古都”的城市品牌，按照工业强市、三产兴市、三农稳市、城建靓市的方针，加快建设“一五二”产业基地，把聊城建设成为山东西部的新兴生态化工业城市、冀鲁豫交界地区的商贸物流中心城市、江北文化旅游和休闲度假目的地城市。

蓝图聊城：

依托城水一体历史厚重，建设生态型强市名城

据聊城市委书记宋远方介绍，聊城的城市特色在于水，历史悠久的京杭大运河和徒骇河纵贯市区，中国北方最大的城市湖泊东昌湖环抱古城，形成了“城中有水、水中有城、城水一体、交相辉映”的独特城市风貌，聊城将以此为依托，着力打造中国“江北水城·运河古都”的城市品牌。

同时，聊城也是黄河文化和运河文化共同孕育的一座古城，保留下来的文物古迹有400多处，明代光岳楼、清代山陕会馆、魏晋时期曹植墓、新石器时代景阳冈遗址和教场铺遗址、明代临

古都聊城：山东镶嵌在京杭大运河上的明珠

2012年5月15日 02:30

来源：东方网 作者：唐湧薇 选稿：刘沅

江北水城 运河古都——聊城美景

临清运河文化遗存众多，现存文物古迹85处，拥有运河钞关、鳌头矶、清真寺、舍利塔等文物

聊城美景，全国重点文物保护单位——曹植墓

点击进入组图：聊城美景

东方网记者唐湧薇5月14日报道：素有中国“江北水城”美誉的聊城位于冀鲁豫三省交界之处，风光秀丽，气候宜人，就像一块绿色的水玉镶嵌在山东省西部的版图上。今天，第八届中国网络媒体山东行采访团抵达聊城，赶在老城景区完全修复改建完工之前，一窥其“运河古都”的厚重。

在历史上，作为运河重镇，无论在枢纽亦或是通商、军事或是民生方面，聊城都具有重要意义。自古以来，关于这座走出过岳飞等名人古城的传说从未间断，根据史书记载，聊城是受惠京杭大运河最早的地区之一，随着大运河的不断开拓发展，在元代，会通河纵贯聊城腹地，到了明清时期，聊城已是运河九大商埠之一，繁荣兴旺400多年，成为全国漕运税收四分之一的顶梁大城，被誉为“挽漕之襟喉，天府之肘腋”的“江北一都会”。

虽历经风雨沧桑，聊城仍在历史的大河中屹立不倒。东方网记者在聊城了解到，今天的聊城在旧城基础上，已经发展成为辖8个县（市区）和1个省级经济开发区，总面积8715平方公里，总人口600万的一座国家历史文化名城、中国优秀旅游城市，同时也是国家卫生城市、环保模范城市、园林城市、全国双拥模范城和省级文明城市。聊城正逐渐从昔日的繁忙中蜕脱出来，试图在循本溯真的过程中向着江北第一生态养生古城迈进。

今天的山东省聊城市境内拥有中国北方最大的城市湖泊东昌湖，水质清澈，面积达6.3平方公里，与杭州西湖相当，京杭大运河、徒骇河穿城而过，据介绍，湖中环抱着的面积1平方公里的宋代古城最快将于明年完成还城于民、修旧如旧改造，成为与平遥、丽江等古城一样“活着的历史”。

今天，人们可以通过保存完好的山陕会馆雕梁画柱上的斑驳彩绘、东昌湖上刻录了《水浒传》全集的汉白玉新桥、收藏最全中国运河发展史的博物馆亲近古城墙的历史，也可以在感受造出北京奥运专用绿色节能巴士、能融配国内最多LED灯组的车床感受古城人的智慧。短期内，聊城市将在扩大就业、保障社会体系、医疗卫生等民生实事方面改革创新，而在旧城区完成改建后，聊城这颗片美玉，将重现其令世人难忘的光彩。

东方网报道截屏

清运河钞关、宋代隆兴寺铁塔、京杭大运河聊城段等，都是全国重点文物保护单位。中国古典名著《水浒传》等书中的许多故事就发生在这里。聊城历史上名人辈出，仅近代以来，就有抗日爱国将领张自忠、范筑先，国画大师李苦禅，著名学者傅斯年、季羡林，领导干部的楷模孔繁森等。聊城是革命老区，邓小平、刘伯承、万里、宋任穷、杨得志、王任重、杨勇、任仲夷、段君毅、赵健民等领导同志都曾在这里战斗过。

2011年，聊城全市生产总值达到1905.19亿元，是2006年的1.9倍，年均增长13.6%；城镇居民人均可支配收入达到20649元，是2006年的1.97倍。在平县连续两年跻身全国百强，实现了我省西部欠发达地区县市跨入全国百强县零的突破。

据介绍，在2012年2月份召开的聊城市第十二次党代会上，确定了今后5年“全面建设生态型强市名城，创造聊城人民的幸福生活”的奋斗目标，提出了今后5年将以科学发展为主题，以加快转变经济发展方式为主线，积极作为，科学务实，争先进位，继续坚持工业强市、三产兴市、三农稳市、城建靓市方针，努力打造“一五二”产业基地，加快结构调整，强化节能减排，推进改革创新，坚持富民优先，促进文化繁荣，维护和谐稳定，加强党的建设，把聊城建设成为山东西部的新兴生态化工业城市、冀鲁豫交界地区的商贸物流中心城市、江北文化旅游和休闲度假目的地城市，为全面建设生态型强市名城实现新跨越，为创造聊城人民的幸福生活打下更为坚实的基础。

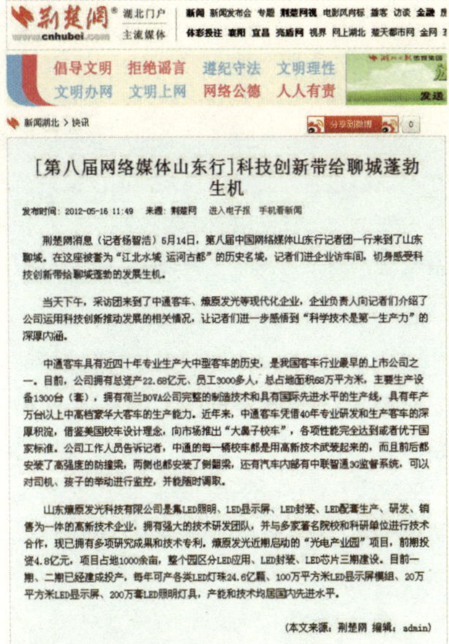

[第八届网络媒体山东行]科技创新带给聊城蓬勃生机

发布时间：2012-05-16 11:49 来源：荆楚网 进入电子报 手机看新闻

荆楚网消息（记者杨智浩）5月14日，第八届中国网络媒体山东行记者团一行来到了山东聊城。在这座被誉为“江北水城 运河古都”的历史名城，记者们进企业访车间，切身感受科技创新带给聊城蓬勃的发展生机。

当天下午，采访团来到了中通客车、燎原发光等现代化企业，企业负责人向记者们介绍了公司运用科技创新推动发展的相关情况，让记者们进一步感悟到“科学技术是第一生产力”的深厚内涵。

中通客车具有近四十年专业生产大中型客车的历史，是我国客车行业最早的上市公司之一。目前，公司拥有总资产22.68亿元、员工3000多人，总占地面积68万平方米，主要生产设备1300台（套），拥有荷兰BOVA公司完整的制造技术和具有国际先进水平的生产线，具有年产万台以上中高档豪华大客车的生产能力。近年来，中通客车凭借40年专业研发和生产客车的深厚积淀，借鉴美国校车设计理念，向市场推出“大鼻子校车”，各项性能完全达到或者优于国家标准。公司工作人员告诉记者，中通的每一辆校车都是用高新技术武装起来的，而且前后都安装了高强度的防撞梁，两侧也都安装了侧翻梁，还有汽车内部有中联智通3G监督系统，可以对司机、孩子的举动进行监控，并能随时调取。

山东燎原发光科技有限公司是集LED照明、LED显示屏、LED封装、LED配套生产、研发、销售为一体的高新技术企业，拥有强大的技术研发团队，并与多家著名院校和科研单位进行技术合作，现已拥有多项研究成果和技术专利。燎原发光近期启动的“光电产业园”项目，前期投资4.8亿元，项目占地1000余亩，整个园区分LED应用、LED封装、LED芯片三期建设。目前一期、二期已经建成投产，每年可产各类LED灯珠24.6亿颗、100万平方米LED显示屏模组、20万平方米LED显示屏、200万套LED照明灯具，产能和技术均居国内先进水平。

（本文来源：荆楚网 编辑：admin）

荆楚网报道截屏

实力聊城：

转调培育八大产业基地，规划建设“世界运河之窗”

按照战略目标，聊城市坚持在总量扩张中加快转方式、调结构，第一条举措就是培育大产业。比如“一五二”产业基地的战略目标，即在一产方面，建设生态农业及农产品深加工基地；在二产方面，建设有色金属及金属加工、运输设备及零部件、基础化工及精细化工、轻纺造纸及食品医药、能源电力及节能设备五个基地；在三产方面，建设商贸流通及现代物流基地和文化旅游及休闲度假基地。2011年，全市规模以上工业主营业务收入达到5294.08亿元，由2006年全省第13位上升至第7位。

第二条举措是突破大项目，即每年抓好一批符合国家产业政策、科技含量高、财税贡献大、节能环保的重点项目。在交通基础设施方面，邯济铁路扩能改造、德商高速、临高高速、济聊一级公路、火车站扩建工程等一批项目加快推进；在工业方面，已建成和正在实施祥光铜业年产60万吨阴极铜、泉林纸业150万吨秸秆综合利用、奥博特铜铝业20万吨铜精深加工、中盐华祥230万吨盐化工等一批支柱项目；在服务业方面，规划建设了1.5平方公里的中华水上古城、9平方公里的聊城物流园区、10平方公里的马颊河“世界运河之窗”生态旅游度假区、徒骇河两岸10公里的世界运河（建筑）博览园等一批龙头项目；在农业方面，重

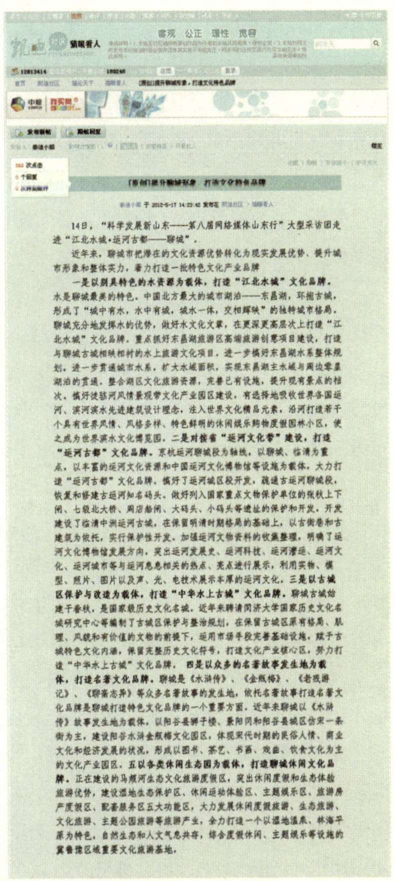

[原创]提升聊城形象 打造文化特色品牌

于 2012-5-17 14:23:42 发布在 凯迪社区 > 猫眼看人

14日，“科学发展新山东——第八届网络媒体山东行”大型采访团走进“江北水城·运河古都——聊城”。

近年来，聊城市把潜在的文化资源优势转化为现实发展优势、提升城市形象和整体实力，着力打造一批特色文化产业品牌

一是以别具特色的水资源为载体，打造“江北水城”文化品牌。水是聊城最美的特色。中国北方最大的城市湖泊——东昌湖，环抱古城，形成了“城中有水，水中有城，城水一体，交相辉映”的独特城市格局。聊城充分地发挥水的优势，做好水文化文章，在更深更高层次上打造“江北水城”文化品牌。重点抓好东昌湖旅游区高端旅游创意项目建设，打造与聊城古城相映相衬的水上旅游文化项目。进一步搞好东昌湖水系整体规划，进一步贯通城市水系，扩大水域面积，实现东昌湖主水域与周边零星湖泊的贯通。整合湖区文化旅游资源，完善已有设施，提升现有景点的档次。搞好徒骇河风情景观带文化产业园区建设，有选择地吸收世界各国运河、滨河滨水先进建筑设计理念，注入世界文化精品元素，沿河打造若干个具有世界风情、风格多样、特色鲜明的休闲娱乐购物度假园林小区，使之成为世界滨水文化博览园。**二是对接省“运河文化带”建设，打造“运河古都”文化品牌。**京杭运河聊城段为轴线，以聊城、临清为重点，以丰富的运河文化资源和中国运河文化博物馆等设施为载体，大力打造“运河古都”文化品牌。搞好了运河城区段开发，疏通古运河聊城段，恢复和修建古运河知名码头。做好列入国家重点文物保护单位的张秋上下闸、七级北大桥、周店船闸、大码头、小码头等遗址的保护和开发。开发建设了临清中洲运河古城，在保留明清时期格局的基础上，以古街巷和古建筑为依托，实行保护性开发。加强运河文物资料的收集整理，明确了运河文化博物馆发展方向，突出运河发展史、运河科技、运河漕运、运河文化、运河城市等与运河息息相关的热点、亮点进行展示，利用实物、模型、照片、图片以及声、光、电技术展示丰厚的运河文化。**三是以古城区保护与改造为载体，打造“中华水上古城”文化品牌。**聊城古城始建于春秋，是国家级历史文化名城。近年来聘请同济大学国家历史文化名城研究中心等编制了古城区保护与整治规划，在保留古城区原有格局、肌理、风貌和有价值的文物的前提下，运用市场手段完善基础设施，赋予古城特色文化内涵，保留完整历史文化符号，打造文化产业核心区，努力打造“中华水上古城”文化品牌。**四是以众多的名著故事发生地为载体，打造名著文化品牌。**聊城是《水浒传》、《金瓶梅》、《老残游记》、《聊斋志异》等众多名著故事的发生地，依托名著故事打造名著文化品牌是聊城打造特色文化品牌的一个重要方面。近年来聊城以《水浒传》故事发生地为载体，以阳谷县狮子楼、景阳冈和阳谷县城区仿宋一条街为主，建设阳谷水浒金瓶梅文化园区，体现宋代时期的民俗人情、商业文化和经济发展的状况，形成以图书、茶艺、书画、戏曲、饮食文化为主的文化产业园区。**五以各类休闲生态园为载体，打造聊城休闲文化品牌。**正在建设的马颊河生态文化旅游度假区，突出休闲度假和生态体验旅游优势，建设湿地生态保护区、休闲运动体验区、主题娱乐区、旅游房产度假区、配套服务区五大功能区，大力发展休闲度假旅游、生态旅游、文化旅游、主题公园旅游等旅游产业，全力打造一个以湿地温泉、林海平原为特色，自然生态和人文气息共存，综合度假休闲、主题娱乐等设施的冀鲁豫区域重要文化旅游基地。

凯迪网报道截屏

点推进全国新增千亿斤粮食产能规划聊城项目区、面积4800亩的农产品物流交易中心及一批农产品深加工项目建设。

第三条举措是建设大园区，重点抓好铝、铜、化工和新能源汽车四个销售收入过千亿元的产业园区。目前，信发循环经济千亿产业园已发展起金属粉末、铝板带箔、汽车配件等铝深加工企业100多家；祥光铜业生态工业千亿产业园创建为国家级生态工业示范园区；鲁西化工产业园的精细化工产品比例达到55%；中通客车集团形成年产3万辆新能源和节能型客车生产能力；时风集团形成年产20万辆低速电动汽车生产能力。

第四条举措是推动大开放，即每年都开展不同形式的集中招商引资活动，目前，已与华润、中色、中冶、中盐等多家央企成功实现合资合作；鼓励重点企业走出去，加强“海外聊城”建设，目前在境外投资企业达到41家。

幸福聊城：

去年113亿问计民生，新增财力大部分用在民生上面

在保障和改善民生方面，在聊城市，每年民生财政投入均高于当年经常性财政收入增幅。“2011年，全市一般预算中各项民生支出达到113亿元，占财政支出的比重达到65%，比上年提高8.1个百分点，新增财力大部分用在民生上面。”

发展为了人民，发展成果由人民共享，把保障和改善民生放在更加突出的位置，这是聊城市科学发展的根本宗旨，换句话说，就是在成果共享中优先保障和改善民生。除了持续加大民生投入，使新增财力大部分用在民生上面，同时聊城市还全力发展民生事业，实施积极的就业政策，投资1.2亿元建设了9处人力资源市场，城镇登记失业率保持在3.3%以下，低于全省平均水平。

目前，聊城市已经建立健全了覆盖城乡的社会保障体系，高标准建设了55处农村中心敬老院，农村“五保”对象愿进能进率达100%。同时，为切实加强教育工作，将市直11所中等职业学校整合为2所高级职业学校，提升了职业教育的层次和规模；在市区新增小学教学班122个，有效缓解了市区小学班额大、入学难的问题。

此外，积极改善城乡群众医疗条件，启用了建筑面积达11万平方米的市级医疗保健中心大楼，全面完成乡镇卫生院改扩建任务，新建1500所农村中心卫生室和110所城市社区卫生机构，全市政府办基层医疗卫生机构全部实施国家基本药物制度；丰富群众文化生活，投资4.5亿元建设了市民文化活动中心，投资6.1亿元建设了市体育公园，基层文化基础设施进一步完善。

在加快城乡一体化进程方面，2011年完成城乡建设投资120多亿元，重点抓好古城保护性改造等20项城区重点建设项目，切实加大农村新居建设和危房改造力度。全市共启动千户社区86个、实施城中村改造81个、启动整村改造300个，合并村庄129个，累计完成投资237.4亿元，形成了一批配套较为完善的农村新型

新闻中心 教育 培训 健康 图库 | 房产 家居 汽车 旅游 酒店 | 舜网团
济南社区 访谈 微博 博客 评论 | 财经 商业 女性 婚嫁 亲子 | 一网通

新闻中心 济南 山东 国内 国际 社会 体育 娱乐

首页 - 科学发展新山东 - 行访城市 - 聊城 - 正文

第八届中国网络媒体山东行之聊城：魅力水城

http://www.e23.cn 2012-05-15 舜网

摘要：14日上午，告别了美丽的泉城济南，我们来到了山东行西线的第二站，素有中国“江北之城运河古都”之称的聊城。历史悠久的的京杭大运河和徒骇河纵贯市区，中国北方最大的城市湖泊东昌湖环抱古城，形成了“城中有水、水中有城、城水一体、交相辉映”的独特城市风貌。

14日上午，告别了美丽的泉城济南，我们来到了山东行西线的第二站，素有中国“江北之城 运河古都”之称的聊城。历史悠久的的京杭大运河和徒骇河纵贯市区，中国北方最大的城市湖泊东昌湖环抱古城，形成了“城中有水、水中有城、城水一体、交相辉映”的独特城市风貌。

东昌湖风景区（舜网记者 冯琳琳/摄）

美丽的聊城市文化灿烂，是黄河文化和运河文化共同孕育的一座古城。保留下来的文物古迹又400多处，明代光岳楼、清代山陕会馆、魏晋时期曹植墓、新石器时代景阳山遗址和校场铺遗址、京杭大运河聊城段等，都是全国重点文物保护单位。因此，聊城也获得过很多荣誉称号，比如是国家历史文化名城、中国优秀旅游城市、国家环保模范城市、国家卫生城市、国家园林城市等称号。近年来，聊城各级坚持以科学发展观为统领，认真贯彻落实中央和省委省政府的重大决策部署，积极作为、科学务实、创新实干，在经济、社会、文化等各方面都实现了又好又快的发展。

明珠剧场 （舜网记者 冯琳琳/摄）

说起聊城的文化建设，比较有代表性的有水城明珠大剧场、山陕会馆、中国运河博物馆等。据介绍，东昌湖西岸的水城明珠大剧场，占地面积9900平方米，高33米，直径86米，是根据澳大利亚悉尼歌舞剧院由北京清华大学设计建造而成的，全国唯一一个具有开启闭合功能的歌舞剧院，剧场开启时极具奥大利亚悉尼歌舞剧院之风采，闭合时则尽显的国家大剧院之尊荣。里面一共有3636个新型的座椅。它也是目前为止国内最大的室内单体剧场。

从大剧院出发乘船前往山陕会馆，途中碧波荡漾、清风拂面，再次感受到聊城作为江北水城的的魅力，不愧是自古就有“南有苏杭，北有临张”的美誉。始建于清乾隆八年的山陕会馆顾名思义是山西、陕西客商集资合建的一处神庙与会馆相结合的古建筑群，系全国重点文物保护单位。山陕会馆的布局紧凑、错落有致、富丽堂皇、连接得体，对于研究我国古代的商业史、经济史、建筑史以及运河文化具有极高的史料价值。

中国运河博物馆（舜网记者 冯琳琳/摄）

再接下来，就到了凝聚人类智慧结晶的中国运河文化博物馆，该博物馆是一处集文物收藏、保护、研究、陈列、宣传教育于一体的大型综合类博物馆，也是全国运河沿线为数不多的运河陈列专题馆。本着“公益、宣传、教育”的建馆原则，充分发挥爱国主义教育基地和文明窗口作用，坚持用丰富的展览打动人，用全方位的服务吸引人，以气势恢宏的陈列设计、生动感人的高科技体验、体贴周到的全方位服务，给观众留下了深刻印象，受到聊城市民和外地游客的高度评价。

目前，聊城的古城建设正在如火如荼的进行中，我们相信，在大家的共同努力下，明天的江北水城将会建设的更加美好！

舜网报道截屏

社区。完善村镇基础设施，实现了100%行政村通油路、100%行政村通客车和100%乡镇建有交通运输所的目标，群众生活条件不断改善。

生态聊城：

以水为魂以文为脉以绿为韵，持续打造“江北水城”品牌

在节能减排、生态环境保护方面，“十一五”以来，聊城市淘汰关闭50余家落后产能企业，对60余家高耗能企业实行节能预警调控，在60余家重点工业污染源建设了污水治理“再提高”或深度处理工程，圆满完成2011年节能减排任务。全市8个县（市区）全部成为国家或省级生态示范区。城市污水集中处理率达到95%，全市重点河流均实现“有水就有鱼”的水质改善目标。

“生态是借贷而不是继承”，这句话已经成为聊城市在科学发展形成的共识，2011年该市成功创建为国家环保模范城市，成为环保部成立后按新标准验收通过的全国第一个地级市。其间，节能减排是工作重点，聊城2007年节能和减排两项指标在全省双双位列第16名，通过3年努力，超额完成“十一五”任务，2010年节能和减排综合排名分别升至全省第4位和第6位。

倾力保护生态环境已成全市的发展理念之一，全市8个县（市区）全部成为国家或省级生态示范区。城市污水集中处理率达到95%，全市重点河流均实现“有水就有鱼”的水质改善目标，2009年代表全省在国家海河流域水污染防治工作核查中获得第一名。同时，发展循环经济，信发铝业自主研发建设了200万吨赤泥综合处理项目，成为世界上第一家拥有将赤泥“吃干榨净”技术的铝冶炼企业；祥光铜业阴极铜项目荣获“国家环境友好十大工程”称号，被国家确定为第一批“资源节约型、环境友好型试点企业”；泉林纸业150万吨秸秆综合利用项目通过审批，其循环发展模式得到国家环保部高度评价。

“江北水城·运河古都”是聊城多年来持续打造的靓丽品牌。今后5年，聊城市将在生态建设上突出城市特色，以“水”为魂，改造提升滨湖滨河景区，搞好徒骇河市区段世界运河（建筑）博览园的开发建设，贯通大水系、形成大景观；以“文”为脉，加快建设一批文化旅游项目，彰显聊城深厚的历史文化底蕴；以“绿”为韵，提升品位，下工夫提升城市品位，科学管理城市，不断提升城市管理水平。

影·像
聊城

通往聊城古城的 21 孔桥，象征 21 世纪

网络媒体山东行：见证水城魅力，印象聊城

水城明珠剧场

聊城唯一的一座廊桥，
它跨越在大运河上

已保存千年的山陕会馆

山陕会馆中精湛的木雕工艺

坐落在水中央的
聊城古城

明朝宏伟建筑光岳楼，它是聊城的象征

古城一角

山陕会馆

水城明珠剧场夜景

中国运河博物馆

山陕会馆

中通校车

科学发展新山东

第八届中国网络媒体
山东行新闻报道集

东营篇

渔业示范区昔日盐碱滩变“聚宝盆”（大众网）

人民网东营5月16日电 （记者 聂俊穹） 15日上午，科学发展新山东——第八届网络媒体山东行东线采访团来到东营现代生态渔业示范区进行采访。大片的养殖区连绵不绝，肥肥的海参随处可见……随着“蓝黄”开发战略的实施，这片昔日的盐碱滩变成了蓝色的“海上牧场”，成为东营蓝色经济的“聚宝盆”。

据了解，整个东营市现代生态渔业示范区规划总面积是30万亩，其中淡水养殖区10万亩，海水养殖区20万亩。以黄河口大闸蟹为主体的10万亩淡水区已建成，黄河口大闸蟹被列为“山东省十大渔业品牌”之一，并成功入选“中国十大名蟹”。20万亩海水养殖区已开发完成，建成海珍品养殖区10万亩、海参养殖池塘10万亩，全部海参池塘投入使用后，预计年可出产海参1万吨，实现产值20亿元，不仅攻克“东参西养”的养殖难题，还一举成为全国规模最大的单片滩涂养殖区。

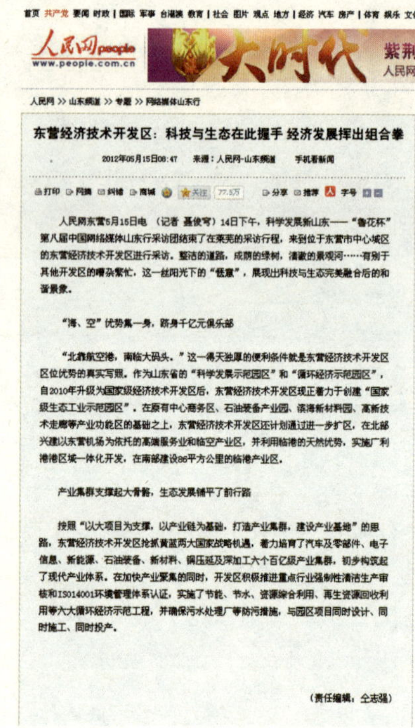

首页 共产党 要闻 时政 | 国际 军事 台港澳 教育 | 社会 图片 观点 地方 | 经济 汽车 房产 | 体育 娱乐 文化

人民网 people www.people.com.cn

人民网 >> 山东频道 >> 专题 >> 网络媒体山东行

东营经济技术开发区：科技与生态在此握手 经济发展挥出组合拳

2012年05月15日08:47 来源：人民网-山东频道 手机看新闻

打印 网摘 纠错 商城 关注 77.5万 分享 推荐 字号

人民网东营5月15日电 （记者 聂俊穹）14日下午，科学发展新山东——“鲁花杯”第八届中国网络媒体山东行采访团结束了在莱芜的采访行程，来到位于东营市中心城区的东营经济技术开发区进行采访。整洁的道路，成荫的绿树，清澈的景观河……有别于其他开发区的嘈杂繁忙，这一丝阳光下的“惬意”，展现出科技与生态完美融合后的和谐景象。

“海、空”优势集一身，跻身千亿元俱乐部

“北靠航空港，南临大码头。”这一得天独厚的便利条件就是东营经济技术开发区区位优势的真实写照。作为山东省的“科学发展示范园区”和“循环经济示范园区”，自2010年升级为国家级经济技术开发区后，东营经济技术开发区现正着力于创建“国家级生态工业示范园区”。在原有中心商务区、石油装备产业园、滨海新材料园、高新技术走廊等产业功能区的基础之上，东营经济技术开发区还计划通过进一步扩区，在北部兴建以东营机场为依托的高端服务业和临空产业区，并利用临港的天然优势，实施广利港港区城一体化开发，在南部建设86平方公里的临港产业区。

产业集群支撑起大骨骼，生态发展铺平了前行路

按照“以大项目为支撑，以产业链为基础，打造产业集群，建设产业基地”的思路，东营经济技术开发区抢抓黄蓝两大国家战略机遇，着力培育了汽车及零部件、电子信息、新能源、石油装备、新材料、铜压延及深加工六个百亿级产业集群，初步构筑起了现代产业体系。在加快产业聚集的同时，开发区积极推进重点行业强制性清洁生产审核和ISO14001环境管理体系认证，实施了节能、节水、资源综合利用、再生资源回收利用等六大循环经济示范工程，并确保污水处理厂等防污措施，与园区项目同时设计、同时施工、同时投产。

（责任编辑：仝志强）

人民网报道截屏

姜士忠告诉记者，一个标准海参池的成本大约是100万，低密度养殖每年的产出是200斤左右。“现市场价在是100块钱上下，高的时候每斤涨到140多块钱。”

“东营这个地方的海水微生物特别丰富，像低密度养殖的海参池几乎不用投饲料，光水里的微生物海参都吃不完。”海宏实业集团的董事长宁超峰告诉记者。为改善生态环境，提升综合竞争力，示范区海水养殖区坚持灌排分设，进区海水经过沉淀、净化后进入海参养殖池塘，而后养殖虾蟹、卤虫，养殖尾水制取原盐，循环利用，既实现了零排放零污染，又实现了海水综合利用及效益最大化。此外，示范区还借鉴“三网”绿化中的盲沟改碱、暗管排碱、生物改碱等成功做法，对区内骨干道路进行绿化，建设沿海基干防护林带，改善示范区生态环境，形成开发、养殖、绿化并重的格局。

目前，示范区正全面推动“科技兴渔、人才强区”的战略决策，与高校、研究所实现多领域、多层次合作，先后与烟台大学、青岛农业大学的高等院校签订协议，依托大学的学科优势和示范区研究实践资源优势，共建现代渔业研发中心和实验基地，搭建科研服务平台，开展技术攻关，向养殖企业和养殖户及时推广新技术、新品种，并大力开展水产品病害防治、水环境和水产品质量安全检测，有效规避养殖风险。

在抓好“水产养殖”龙头带动作用的同时，示范区充分发挥区位和资源优势，合理开发风电、地热等清洁能源，形成地上有风电、地表有养殖、地下温泉开采三位一体的立体开发模式，最

大限度地利用好自然资源，努力形成各类资源综合开发、综合利用的示范带动效应，实现永续发展的目标。并实施渔民上岸居住工程，建设亲水娱乐、温泉度假设施，打造滨海旅游景观、景点，形成一、二、三产业协调发展的生动局面。

为进一步发展循环经济，拉长养殖产业链条，提高养殖尾水利用率，示范区鼓励发展盐及盐化工产业，在增加盐业附加值的同时，实现了养殖尾水的“零排放、零污染”。计划在海珍品养殖区西侧建设盐及盐化工项目，通过制取原盐，提取溴素，改善当地经济结构，解决群众就业，增加群众收入。目前，正在探索建立盐业股份有限公司，规划建设的一期制盐项目预计总投资5000万元，占地面积5000亩，并力争2012年年底前投产使用并产生效益。

东营现代生态渔业示范区：注重突出生态高效（中新网）

中新网东营5月15日电（记者 吉翔）15日上午，科学发展新山东——第八届网络媒体山东行东线采访团来到东营现代生态渔业示范区进行采访。记者在现场看到成片的养殖区一眼望不到尽头，鲜活的养殖海参展现在记者面前。这个占地1.1万亩的蓝色经典小镇建设正在加快推进，初步搭起了滨海城镇大开发、大发展的框架。

东营现代生态渔业示范区是当地落实关于“转方式、调结构”的要求，全面推进黄河三角洲高效生态经济区和山东半岛蓝色经济区建设而规划的主体产业区之一。规划总面积200平方公里，合30万亩。其中淡水养殖区10万亩，以养殖黄河口大闸蟹为主。20万亩海水养殖区已开发完成，累计完成投资18亿元，建成海珍品养殖区10万亩、海参养殖池塘10万亩（全部海参池塘投入使用后，预计年可出产海参1万吨，实现产值20亿元），成功攻克“东参西养”的养殖难题，并一举成为全国规模最大的单片滩涂养殖区。占地1.1万亩的蓝色经典小镇建设正在加快推进，初步搭起了滨海城镇大开发、大发展的框架。

这里瞄准建设全国一流精品渔业示范区、样板区的目标，奋发有为，乘势而上，经过3-5年的艰苦努力，将示范区打造成为集养殖、加工、商贸、科研、观光、旅游、居住于一体的独具特色、富有魅力的现代化蓝色滨海城镇。

记者了解到这里注重突出生态高效。养殖区坚持灌排分设，进区海水经过沉淀、净化后进入海参养殖池塘，而后养殖虾蟹、卤虫，养殖尾水制取原盐，循环利用，实现零排放零污染；借鉴“三

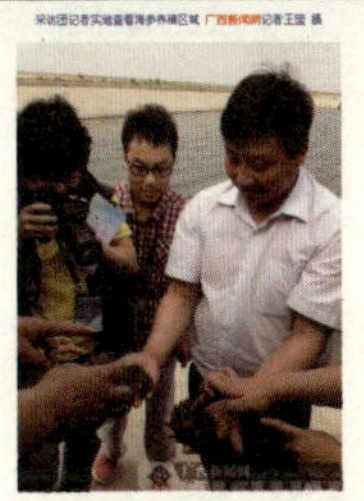

广西新闻网报道截屏

网”绿化盲沟改碱、暗管排碱、生物改碱等成功做法，对区内骨干道路进行绿化，建设沿海基干防护林带，改善示范区生态环境，形成开发、养殖、绿化并重的格局。

“一个养殖池是10亩，我一次性承包了24个。”海参养殖合作社社长姜士忠从养殖池里捞出了三只大海参为记者讲解他的养殖经。“这就是咱平时吃的刺参，养了两年了才长得这么大。”据其介绍，一个标准海参池的成本大约是100万，低密度养殖每年的产出是200斤左右。“现市场价在是100块钱上下，高的时候每斤涨到140多块钱。”

“海产品规模养殖可以说风险要小得多，成本也低，就拿海参来说吧，一年挣2亿也是它，3亿也是它，虽然挣多挣少要看市场，但是绝对都是稳赚。”海宏实业集团的董事长宁超峰笑着对记者说。伴随着蓝黄战略在东营的稳步推进，现代渔业示范区正迎来了全新的发展机遇。昔日的盐碱滩成了如今的“聚宝盆”，一望无边的养殖池已变为群众致富的钱袋子，一座座现代化的蓝色滨海城镇正从茫茫的渤海边拔地而起。

工作人员正在介绍东营市现代渔业示范区发展蓝图。（记者　樊玲　摄）

海参养殖成为东营的主要经济支柱。（记者　樊玲　摄）

东营：打造蓝色高效生态样板（宁夏新闻网）

宁夏新闻网　（记者　樊玲）　5月15日，第八届网络媒体山东行的记者们来到了山东省东营市现代渔业示范区采访。海参养殖国家级农业标准化示范区项目近日已经在该示范区启动。

据了解，该项目计划总投资5亿元，规划建设2.7万亩海参养殖基地，主要建设内容包括海参精养池、水库、泵站、海参育苗车间以及其他生产附属设施，整个项目计划2012年10月全部完工，项目达产后，可实现年产鲜活海参400万斤，年对外销售优质海参苗30万斤，年产值3.2亿元，利税1.5亿元。随着黄河三角洲开发建设和山东半岛蓝色经济区发展相继上升为国家战略，在昔日盐碱滩上建起的东营市现代渔业示范区，已成为当地蓝色经济的“聚宝盆”。示范区规划面积30万亩，目前已累计投入资金15亿元，开发海参养殖区9万亩，是全国规模最大的单片滩涂养殖区，年可实现收入12亿元。

刚刚捕捞上来的海参还要送到加工厂进行进一步加工。（聂俊穹　摄）

在黄河口现代渔业区，提高的不仅仅是经济效益，还有生态效益。这里的标准养殖区实行灌排分设，海水通过自然潮汐被引入防潮大堤内的条形蓄水库，再提灌到沉淀泥沙、净化水质的专用池塘，然后，通过独立输水灌渠沿途进行分流，导入一座座百亩成方的海参养殖池塘，进行海参养殖；随着淡水的逐渐蒸发，海参池内的海水卤度逐步提升，而后被置换排放出来，再被引入

工作人员正在给记者们介绍海参的特性。（记者　樊玲　摄）

虾蟹、卤虫养殖池塘；随着海水卤度的进一步提升，养殖尾水进入原盐生产区晒取原盐，提取溴素，全部实现了高效利用，没有污水流入海洋。

东营造就千亿经济开发区

（中国日报网）

地处黄河三角洲核心地区的东营经济开发区推动高端产业聚集，跻身千亿元开发区行列，2012 年前 4 个月依然实现高速增长。

据东营经济技术开发区党工委书记张润国介绍，2011 年，这个开发区实现生产总值 246 亿元，增长 19%；实现规模以上工业总产值 1078.7 亿元、利税 109.7 亿元、利润 66.7 亿元，分别增长 43.3%、44.1% 和 49.1%；实现地方预算内财政收入 10.8 亿元，增长 49%；实现进出口总额 32.2 亿美元，增长 9.7%。“黄河三角洲高效生态经济区和山东半岛蓝色经济区两大国家区域发展战略同时涵盖东营经济技术开发区，这为开发区发展带来难得机遇。”东营经济技术开发区党工委书记张润国说。

近年来，东营经济技术开发区培育了六个百亿级产业集群。汽车及零部件产业集群已经建设了广汽吉奥、俊通五菱、东方曼三个整车项目，同时带来了一大批汽车零部件项目。

电子信息产业集群则涵盖了 8 英寸大规模集成电路芯片、3D 电视、平板电脑、LED 背光模组等项目。这里被评为全省电子信息产业示范园区和国际服务外包基地。

新能源产业集群高速增长，形成了风电、太阳能电池、多晶硅等项目，形成了比较完整的新能源产业链。

石油装备产业集群已聚集石油装备制造企业 28 家，产值占全国 1/5。

开发区销售收入过亿元的企业达到 53 家，过 10 亿元的达到 8 家，过 50 亿元的达到 4 家，过百亿元的达到 3 家。

为推动开发区高速发展，这里还构建了科技、人才、投融资、物流、基础设施五个支撑平台。

中青在线 中国青年报 新闻 教育 生活 汽车 法治 经济 舆情 旅游 数码 共青团 视频 社区 论坛

中青在线 新闻 2012年7月12日

首页 ->> 新闻频道 ->> 见闻“新”山东 ->> 正文

打印 字号：大 小 分享到：

东营经济技术开发区：

科技与生态在此握手 经济发展挥出组合拳

http://www.cyol.net 马鑫 2012-05-14 23:55 中青报订阅 收藏本页

开发区云集了新能源、新材料、精密制造等一批高精尖技术产业。（马鑫 摄影）

坐落于经济技术开发区内的吉奥汽车东营制造基地。（马鑫摄影）

东营市雄厚的人才优势为开发区企业进行技术攻关提供了重要支持。（马鑫 摄影）

大众网5月14日东营讯（记者马鑫） 14日下午，科学发展新山东——“鲁花杯”第八届中国网络媒体山东行采访团结束了在莱芜的采访行程，来到位于东营市中心城区的东营经济技术开发区进行采访。整洁的道路，成荫的绿树，清澈的景观河……有别于其他开发区的嘈杂繁忙，这一丝阳光下的“惬意”，展现出科技与生态完美融合后的和谐景象。

“海、空”优势集一身，跻身千亿元俱乐部

“北靠航空港，南临大码头。”这一得天独厚的便利条件就是东营经济技术开发区区位优势的真实写照。作为山东省的“科学发展示范园区”和“循环经济示范园区”，自2010年升级为国家级经济技术开发区后，东营经济技术开发区现正着力于创建“国家级生态工业示范园区”。在原有中心商务区、石油装备产业园、滨海新材料园、高新技术走廊等产业功能区的基础之上，东营经济技术开发区还计划通过进一步扩区，在北部兴建以东营机场为依托的高端服务业和临空产业区，并利于临港的天然优势，实施广利港港区城一体化开发，在南部建设86平方公里的临港产业区

经过园区的不断发展，2011年，发区实现生产总值246亿元，比上年增长19%；实现规模以上工业总产值1078.7亿元、地方预算内财政收入10.8亿元、进出口总额32.2亿美元，分别增长43.3%、49%、9.7%。在商务部国家级经济技术开发区投资环境综合评价中排名第40位。开发区成功跻身千亿元开发区行列，并纳入商务部重点调度范围。

产业集群支撑起大骨骼，生态发展铺平了前行路

按照“以大项目为支撑，以产业链为基础，打造产业集群，建设产业基地”的思路，东营经济技术开发区抢抓黄蓝两大国家战略机遇，着力培育了汽车及零部件、电子信息、新能源、石油装备、新材料、铜压延及深加工六个百亿级产业集群，初步构筑起了现代产业体系。高端产业如汽车及零部件产业和电子信息产业从零起步飞速发展，先后实施了广汽吉奥等三个整车项目以及科崊电动汽车动力系统项目，并被评为全省电子信息产业示范园区和国际服务外包基地。此外新能源、新材料等项目也已形成了比较完整的产业链。现阶段，全区销售收入过亿元的企业达到53家，过10亿元的达到8家，过50亿元的达到4家，过百亿元的达到3家。

在加快产业聚集的同时，开发区积极推进重点行业强制性清洁生产审核和ISO14001环境管理体系认证，实施了节能、节水、资源综合利用、再生资源回收利用等六大循环经济示范工程，并确保污水处理厂等防污措施，与园区项目同时设计、同时施工、同时投产。此外，还组织开展了污染源普查清查，建立了环境监测站和大气监测中心，实现了区域环评全覆盖，并制定了工业项目分类供地管理办法，新增绿化面积175.8万平方米。

【责任编辑：何欣】

中青在线报道截屏

黄三角自然保护区：绿植“铺满”黄河口（北方网）

绿绿的芦苇随风荡漾，野鸭、天鹅在水中自由的觅食。15日上午，科学发展新山东——第八届网络媒体山东行东线采访团来到万里黄河的入海口——黄河三角洲国家级自然保护区。随着夏季的到来，保护区内“草长莺飞”的灵动景象让在场的记者们无不赞叹，大家深切感受到生态建设给三角洲环境带来的巨大改善。

美景引来“外来客”，候鸟如今变留鸟

除了美丽的自然景观，独特的水文地理条件还时的湿地成为众多野生动物的天堂，保护区内单是鸟类就有296种，其中，国家一级重点保护鸟类有丹顶鹤、白头鹤、白鹤、大鸨、东方白鹳、金雕、等10种，国家二级保护鸟类更多达49种。

陪同采访团的解说员徐艺菡告诉记者，由于环境保护措施得力，饵料充足，如今黄河三角洲国家级自然保护区已经成为东北亚内陆和环西太平洋鸟类迁徙路线上重要的中转站、栖息地和繁殖地。每年都有众多的珍贵鸟类远道而来。在《中日保护候鸟及其栖息环境协定》所列227种鸟类中，保护区内就有155种，占68.3%，而在《中澳保护候鸟及其栖息环境协定》所列81种鸟类中，保护区也拥有53种，占65.4%。

在保护区的道路两侧，竖立着一排排十几米高的电线杆。几乎每个杆子的顶端，都筑有一个用树枝搭建的鸟巢。就在鸟巢的上空，几只白色的大鸟正扇动着翅膀盘旋滑翔，舞姿蹁跹，形态优美。工作人员告诉记者，这就是国家一级重点保护鸟类——东方白鹳。

徐艺菡介绍说，东方白鹳以往每年3月份从南方飞来，在此停留20多天再继续北飞。可如今，有几十只白鹳因为“留恋”三角洲的惬意生活，不再进行季节性的迁徙，从候鸟变成留鸟。而因为东方白鹳对生活环境要求极为苛刻的，它们通常也被当作湿地生态环境的“指示物种”，如今东方白鹳的到来，也被看做是黄河三角洲湿地环境质量优秀的一个标志。

万里黄河重入海，百种绿植满滩头

滔滔黄河入海口，河海交汇，泾渭分明，使人们无不感叹于天地造化的神奇。以保护黄河口湿地生态系统和珍稀濒危鸟类为主体的自然保护区——黄河三角洲国家级自然保护区就坐落于此。现今，它已成为我国暖温带保存最完整、最广阔、最年轻的湿地生态系统。可是谁又能想到，就在几年前，这里还是一块河道干枯，

中青在线 | 新闻

2012年7月12日

首页 ->> 新闻频道 ->> 见闻“新”山东 ->> 正文

打印 字号：大 小 分享到：

黄河三角洲自然保护区：绿植“铺满”黄河口 候鸟湿地把家安

http://www.cyol.net 马鑫 2012-06-16 00:20 中青报订阅 收藏本页

15日上午，科学发展新山东——“鲁花杯”第八届网络媒体山东行采访团来到万里黄河的入海口——黄河三角洲国家级自然保护区采访参观。（马鑫摄）

从国外迁徙而来的黑天鹅如今已在保护区安家。（马鑫 摄）

几只国家一级保护鸟类东方白鹳时不时的盘旋在采访团上空。（马鑫摄）

湿地里的芦苇如今已疯长到近一人高。（马鑫 摄）

黄河三角洲国家级自然保护区，绿植“铺满”黄河口 候鸟湿地把家安

大众网东营6月15日讯（记者马鑫）绿绿的芦苇随风荡漾，野鸭、天鹅在水中自由的觅食。15日上午，科学发展新山东——“鲁花杯”第八届网络媒体山东行东线采访团来到万里黄河的入海口——黄河三角洲国家级自然保护区。随着夏季的到来，保护区内“草长莺飞”的灵动景像让在场的记者们无不赞叹，大家深切感受到生态建设给三角洲环境带来的巨大改善。

美景引来“外来客”，候鸟如今变留鸟

除了美丽的自然景观，独特的水文地理条件还时的湿地成为众多野生动物的天堂，保护区内单是鸟类就有296种，其中，国家一级重点保护鸟类有丹顶鹤、白头鹤、白鹤、大鸨、东方白鹳、金雕、等10种，国家二级保护鸟类更多达49种。

陪同采访团的解说员徐艺菡告诉记者，由于环境保护措施得力，饵料充足，如今黄河三角洲国家级自然保护区已经成为东北亚内陆和环西太平洋鸟类迁徙路线上重要的中转站、栖息地和繁殖地。每年都有众多的珍贵鸟类远道而来。在《中日保护候鸟及其栖息环境协定》所列227种鸟类中，保护区内就有155种，占68.3%，而在《中澳保护候鸟及其栖息环境协定》所列81种鸟类中，保护区也拥有53种，占65.4%。

在保护区的道路两侧，竖立着一排排十几米高的电线杆，几乎每个杆子的顶端，都筑有一个用树枝搭建的鸟巢，就在鸟巢的上空，几只白色的大鸟正扇动着翅膀盘旋滑翔，舞姿蹁跹，形态优美。工作人员告诉记者，这就是国家一级重点保护鸟类——东方白鹳。

徐艺菡介绍说，东方白鹳以往每年3月份从南方飞来，在此停留20多天再继续北飞。可如今，有几十只白鹳因为“留恋”三角洲的惬意生活，不再进行季节性的迁徙，从候鸟变成留鸟。而因为东方白鹳对生活环境要求极为苛刻的，它们通常也被当作湿地生态环境的“指示物种”，如今东方白鹳的到来，也被看作是黄河三角洲湿地环境质量优秀的一个标志。

万里黄河重入海，百种绿植满滩头

滔滔黄河入海口，河海交汇，泾渭分明，使人们无不感叹于天地造化的神奇。以保护黄河口湿地生态系统和珍稀濒危鸟类为主体的自然保护区——黄河三角洲国家级自然保护区就坐落于此。现今，它已成为我国暖温带保存最完整、最广阔、最年轻的湿地生态系统。可是谁又能想到，就在几年前，这里还是一块河道干枯，盐碱化严重的不毛之地。

“1991年至1996年这段时间黄河断流比较密集，最长断流时间达到200多天，严重影响了河口三角洲地区的自然生态。”保护区的负责人告诉记者，通过对黄河水量实施全流域统一调控，特别是近年来实施的生态补水工程，以及刁口河流路生态调水工程，使得黄河故道在断流34年后，重新实现全线恢复过水。

有了源源不断的生命水，原来的黄泥滩如今已被各种植物覆盖，葱绿的芦苇更是窜到了近一人高。据了解，保护区内现共有种子植物393种，其中野生种子植物116种，具有代表性的是刺槐、旱柳和芦苇。此外还拥有国家二级重点保护植物野大豆0.4万公顷，天然芦苇2.7万公顷，天然草地1.2万公顷。如今的黄河口已经成为中国沿海最大的新生湿地自然植被区。

【责任编辑：何欣】

1 2 下一页

中青在线报道截屏

盐碱化严重的不毛之地。

“1991年至1998年这段时间黄河断流比较密集，最长断流时间达到200多天，严重影响了河口三角洲地区的自然生态。”保护区的负责人告诉记者，通过对黄河水量实施全流域统一调控，特别是近年来实施的生态补水工程，以及刁口河流路生态调水工程，使得黄河故道在断流34年后，重新实现全线恢复过水。

有了源源不断的生命水，原来的黄泥滩如今已被各种植物覆盖，翠绿的芦苇更是窜到了近一人高。据了解，保护区内现共有种子植物393种，其中野生种子植物116种。具有代表性当属刺槐、旱柳和芦苇。此外还拥有国家二级重点保护植物野大豆0.4万公顷，天然芦苇2.7万公顷，天然草地1.2万公顷。如今的黄河口已经成为中国沿海最大的新生湿地自然植被区。

东营市委宣传部副部长、东营日报社党委书记、社长杨树行为记者讲解天鹅生活习性
（广西新闻网记者　王莹　摄）

采访团记者一行走访黄河三角洲景区“天鹅岛”
（广西新闻网记者　王莹　摄）

黑天鹅一家
（广西新闻网记者　王莹　摄）

采访团记者拍摄黄河三角洲景区野鸭
（广西新闻网记者　王莹　摄）

景区为野鸭修建的孵卵管道
（广西新闻网记者　王莹　摄）

亲触黄河口鸟类天堂 惊叹景区湿地保护规划

（广西新闻网）

广西新闻网5月15日东营讯（记者　王莹）黄河与大海美丽邂逅，催生了山东东营这片中国最年轻的土地——黄河三角洲。这里有河海交汇的壮阔，有百鸟翔集的神奇，有芦花飞雪的秀美……大自然的杰作，原生态的奇观，令无数游人魂牵梦萦，心旷神怡。5月15日上午，“科学发展新山东——第八届中国网络媒体山东行”采访团一行来到了美丽的黄河三角洲国家级自然保护区。

据了解，黄河三角洲国家级自然保护区位于山东省东营市东北部黄河入海口处，是以保护黄河口湿地生态系统和珍稀濒危鸟类为主体的湿地类型自然保护区，是我国暖温带保存最完整、最广阔、最年轻的湿地生态系统，是东北亚内陆和环西太平洋鸟类迁徙路线上重要的中转站、栖息地和繁殖地。总面积15.3万公顷，其中核心区5.8万公顷，缓冲区1.3万公顷，实验区8.2万公顷。区内共有野生动物1555种，其中鸟类296种。

行走在黄河口，不时有一只只、一群群水鸟从眼前掠过，舞姿蹁跹，形态优美，在带给记者朋友们片片惊呼声的同时，也带走了人们无限的遐思。据统计，黄河口景区现有野生动物1555种，其中鸟类296种。国家一级重点保护鸟类有丹顶鹤、白头鹤、白鹤、大鸨、东方白鹳、黑鹳、金雕、白尾海雕、中华秋沙鸭、遗鸥10种，国家二级保护鸟类有灰鹤、大天鹅、鸳鸯等49种。

五月的黄河口，野生柳林郁郁葱葱，绿油油的芦苇成片成丛，辽阔的水面一望无际，各类水鸟成群结队，自由翱翔。在这里，游人可以泛舟苇荡，畅游湿地，充分领略生态旅游的风情。沿着景区内的蜿蜒走道，记者近距离探访了“野鸭岛”，成片鸭群在水面上嬉戏玩闹，不时和记者朋友们一展脆亮歌喉。惜别“野鸭岛”，采访团一行与黑白天鹅们相约迷人“天鹅岛”。“快看！那实在是太美了！”指着水面上引吭高歌的黑天鹅一家，一个记者朋友激动地喊道。

湿地，是自然界最富生物多样性的生态景观和人类最重要的生存环境之一，素有“地球之肾”的称谓。然而，自上世纪九十年代以来，由于受黄河下泻水量的减少以及干旱少雨、海水倒灌等因素影响，黄河口湿地大面积退化萎缩，部分岸段出现了严重的蚀退现象，生态环境恶化，湿地质量和生态功能降低，湿地生态系统的原始性和完整性受到不同程度破坏。

为恢复和扩大湿地资源，提高湿地质量，保护生物多样性，2002年至2006年，东营市投资2500万元先后实施了两期湿地恢复工程，恢复湿地20万亩。湿地恢复和补水工程实施以来，自然保护区生态环境得到明显改善，生态功能得到较好恢复，区内鸟类种类和数量明显增加。今天，走访黄河三角洲国家级自然保护区，亲触景区内可爱动人的各式珍惜鸟类，记者们不得不为景区湿地保护工作的成功赞叹不已。

作为开发建设的前沿，作为生态文明的典范，黄河口生态旅游区建设正如火如荼。秉承开发与保护相统一的理念，黄河口正昂首步入一个新的发展阶段，伸出双臂热情拥抱更加美好的明天。

走进魅力独具黄河口 亲身体验“鸟类国际机场”

（齐鲁网）

齐鲁网东营5月15日讯 （记者 谭文宝 葛铸聪 刘剑）黄河与大海的美丽邂逅，催生了共和国历史上这片最年轻的土地——黄河三角洲。

这里有河海交汇的壮阔，有百鸟翔集的神奇，有芦花飞雪的秀美……大自然的杰作，原生态的奇观，曾令无数游人魂牵梦萦，心旷神怡。

新生地，生机正勃发。如今，伴随着黄蓝两大国家战略的实施，这片长久以来“锁在深闺人未知”的土地，正慢慢褪去神秘的面纱，吸引着世人越来越多关注的目光。

这里有河海交汇的壮阔，有百鸟翔集的神奇

“水上芭蕾”在此竞相上演

黄河入海口是一篇天地和谐的童话。原始沉积的宝藏和原始生态的湿地，一同展示在人们面前，诉说着这片土地上曾经发生的和正在演绎的一个个传说和故事，而这些故事，成了这片土地最诱人的传奇，成了黄河三角洲特色独具的旅游卖点。

黄河入海口，形似一个翘首的龙头，身后蜿蜒着伸向大陆腹地的中华血脉，背负着一个民族五千年文明的图腾与变迁……寻根情节牵引着黄河的子孙，朝觐者纷纷涌向这里，来寻找炎黄子孙繁衍生息的根。

著名作家余秋雨称黄河三角洲是“千古母亲河伟大的归结之处”，是“中国地图上一个极响亮的点”。他说，很多伟大的地方去了之后会让人感到很激动，黄河入海口就是这样一个让人激动的地方。

随着黄河入海口旅游拨开神秘的面纱，一个个旅游文化资源竞相绽放出无穷的魅力，“黄河口、大油田、大湿地、孙武故里”，古老的、原始的、现代的……世界上没有第二个地方如此和谐地包容古今，历史文化与现代科技文化在这里碰撞交融，共生共存。

走进黄河三角洲，放眼这片美丽富饶的土地，天苍苍，野茫茫，苇荡丛生，海天一色，这里有大西北才有的壮观辽阔，同落日下林立的“采油树”，“黄龙入海”、“长河日出”、“河海交汇”的景观共同描绘出东营旅游经典的画面。这里有独特的人文文化积淀：黄河文化、石油工业文化、移民文化、农垦文化、红色革命文化、古齐文化，六种文化交融并存。

“黄河入海流啊黄河入海流，流出中华新美景，盛世春古秋，黄河入海流啊黄河入海流，流向大海竞风流，世界就在家门口。”阎维文的激情演唱，唱出了黄河口的磅礴大气和黄河口独有的风流。黄河入海口景观是独一无二的，“黄河入海流”是具有世界影响力的垄断性资源，黄河口湿地的原生生态具有突出的独特性，非常适宜开展生态旅游。同时，黄河口又是自然与人文融合为一体。

黄河口湿地生态旅游区位于黄河入海口处，在山东八号旅游区——黄河口旅游区内，是山东省建设的第六条旅游线路，是东营市重点建设的三大旅游首位。该旅游区位于黄河三角洲国家自然保护区和国家级森林公园内，距东营机场大约 40 公里，有专车可直达，所处河口区公路密度为 75 公里 / 百平方公里，交通十分便利，以独有的黄河口湿地生态景观而闻名。

黄河口地处渤海与莱州湾的交汇处，黄河千年的流淌与沉淀，在它的入海口成就了中国最广阔、最年轻的湿地生态系统，这就是黄河口湿地生态园，属于高度特异性旅游资源，有很强的观赏性。因其独特的湿地生态环境，得天独厚的自然条件，园内的生物资源非常丰富，有刺槐林 1.2 万公顷，各种生物 1917 种，其中水生动物 641 种，属于国家一级保护的有达氏鲟、白鲟两种；这里也是鸟类的栖息地，鸟类主要有丹顶鹤、白头鹤、白鹳、中华秋沙鸭、

青岛新闻网首页 通行证 新闻 社区 微博 维权 房产 汽车 财经 旅游 健康

青岛新闻网 新闻 新闻专题 > 综合类 > 正文

原创：记者参观黄河三角洲保护区 流连忘返

来源：青岛新闻网 已有0条评论 2012-05-16 11:30:39 字号：T T

青岛新闻网5月16日讯 昨天上午，“第八届中国网络媒体山东行”采访团来到山东黄河三角洲国家级保护区，是以保护黄河口湿地生态系统和珍稀濒危鸟类为主体的湿地类型自然保护区。百鸟翔集的神奇，有芦花飞雪的秀美，河海交汇的壮阔，这些大自然的杰作让采访团的记者们流连忘返，赞叹不已。（青岛新闻网记者 孙晓晓 摄影报道）

该自然保护区是我国暖温带保存最完整、最广阔、最年轻的湿地生态系统，是东北亚内陆和环西太平洋鸟类迁徙路线上重要的中转站、栖息地和繁殖地。

总面积15.3万公顷，其中核心区5.8万公顷，缓冲区1.3万公顷，实验区8.2万公顷。

1 2 下一页

青岛新闻网报道截屏

金雕、白尾海雕等多种一级重点保护鸟类，国家二级保护的鸟类30多种，而且随着我们进一步对湿地的恢复和保护，将会有越来越多的鸟类停留在这里，成为鸟类生活的乐园。

世界上独一无二的黄河入海口，在这里你可以在这看到中华民族母亲河入海的样子，观赏河海交汇的景观，还有一望无际的芦苇湿地景观，向社会开放后，每年都会吸引大批的游客。由于其特殊的背景，这里已经成为保护母亲河生态教育基地。每年的五月份都会举办赏槐节，闻槐花万里飘香，品槐花独特美食，游人如织。每年的十月芦花飞雪之时，举办品蟹节，黄河口独有的野生蟹，味道独一无二，每年都会吸引很多的游人。主要景点有：黄河入海，湿地之窗，观鸟塔，芦花飞雪，红地毯。除此之外，为了体现黄河口湿地生态园的原生态美，特别推出了纯手工纺织的黄河口品牌的老粗布旅游纪念品，非常有特色。

不管是游者还是朝觐者，黄河口旅游正在散发着他无可替代的魅力，吸引着越来越多的游客前来观光。据东营市旅游局统计，近5年来，每年黄河口旅游人数和旅游收入分别以24.1%和23.9%的增长速度递增。

在实施黄蓝国家战略、建设生态文明典范城市新征程上，黄河口站在了一个新的起点之上。作为开发建设的前沿，黄河口生态旅游区建设正如火如荼；作为生态文明之典范，保护区又是不可或缺的一道屏障。秉承开发与保护相统一的理念，黄河口正昂首步入一个新的发展阶段，伸出双臂热情拥抱更加美好的明天。

杨梦斌：
环境立市、生态优先
打造三角洲生态文明典范城

（大众网）

东营市人民政府副市长杨梦斌出席东营市新闻发布会并致辞。

东营市人民政府副市长杨梦斌详细介绍了东营市着力建设生态文明典范城市的有关情况。

大众网东营5月14日讯 （记者 马鑫） 14日晚，科学发展新山东——第八届中国网络媒体山东行东营站举行了新闻发布会。东营市人民政府副市长杨梦斌在致辞中表示，今后东营市将加大在生态保护、经济转型、生态经济、城市建设等方面的投入，把东营打造成一个经济繁荣发达、城市秀美宜居、社会文明和谐、人民富裕幸福的生态文明典范城。

发布会上，杨梦斌首先总结了近年来东营市所取得的发展成果。其中，2011年东营实现生产总值2676.4亿元，年均增长13%，固定资产投资达1574.4亿元，地方财政收入135.3亿元，年均增长29.3%。此外，东营市城镇居民人均可支配收入增长为27343元，农民人均纯收入为10025元，年均增长17%。

生态建设为核心，打造秀美宜居城市

杨梦斌表示，2012年东营将突出抓好30个重点城市建设和基础设施建设项目，并坚持环境立市、生态优先的理念，实施生态绿化、湿地修复、海洋生态保护等工程，突出抓好生态林场和城市湿地公园建设，构筑森林环抱、水系环绕、湿地相间、绿茵棋布的生态系统。

此外，在现有经济的发展基础上，东营将大力发展循环经济，创出绿色低碳发展模式。并抓好城市旧区改造和公园建设，加快建设滨海新城，创建国家生态园林城市。同时还将加快港口、铁路、高速公路等重大交通设施建设，把东营与胶东半岛、济南都市圈、环渤海城市密切联系起来，显著改善东营的交通条件。

生态产业为支撑，推动经济转型升级

作为农业部确立的现代农业示范区，近年来，东营大力推行生态养殖、绿色种植，并扶持发展农业龙头企业，使得农业的规模化、产业化、标准化水平明显提高。在此基础上，东营今后还将进一步引进更多的大型农业企业，建设规模化、现代化农业基地，推进国家级现代农业示范区建设，将东营打造成为全国知名、特色鲜明的北方鱼米之乡。

工业方面，作为全国闻名的"石油之城"，东营将着力推动传统产业向高端提升和先进制造业和战略性新兴产业高质高效发展。杨梦斌表示，东营将充分落实好《关于加快石油装备产业发展的意见》，推动石油装备制造业整合提升，打造全国重要的石油装备制造业基地。服务业发展发面则要加快发展生态旅游、现代物流、服务外包等现代服务业，推动服务业实现跨越发展。

特色板块为载体，打造高效生态经济隆起带

杨梦斌表示在市属经济的发展上，将重点打造中心城区、东营经济技术开发区、东营港经济开发区三个增长极。其中，中心城区将推进一批重点项目，开发建设一批城市综合体，发展楼宇经济、总部经济，打造现代服务业聚集区。东营经济技术开发区，则加快培育汽车及零部件、电子信息、新能源等高端产业集群，尽快跻身国家级开发区第一方阵。东营港经济开发区的建设发展，要按照港区城一体发展的思路，发展临港经济，打造重要的现代生态化工基地和国际物流港。

此外，在加快县域经济发展方面，突出以园区为载体培植支柱产业，对县区充分放手放权，支持探索创新。并落实好《关于加快试点强镇建设的意见》，支持强镇发展，培育一批突破跨越的典型，着重加快中日生态城、中美新能源合作示范产业园区建设，构筑一批项目平台。

生态文化建设为抓手，建设生态社会

在谈到城市文化建设时，杨梦斌介绍说，东营今后将加强生态文明宣传教育，培养市民生态伦理道德，提高生态文明素养，并在全社会开发应用节能环保技术，推广使用节能环保产品。

"推进生态市、生态县区、生态乡镇建设，开展绿色机关、绿色园区、绿色企业、绿色社区创建活动，在全社会形成低碳生产生活方式和绿色消费模式。"杨梦斌指出，在城市的建设上，东营未来将会更严格的执行建筑节能标准，加快建筑生态化改造，并大力发展绿色建筑。同时，还将优先发展公共交通，鼓励使用新能源汽车，向全社会积极倡导绿色出行。

山东东营：科学发展谱写生态建设新篇章（大河网）

大河网讯 （记者 刘成） 5月14—15日，科学发展新山东——第八届中国网络媒体山东行东线采访团到达有着“油城、东方湿地之城、黄河水城”之称的东营市。从东营市经济技术开发区到现代渔业示范区，再到黄河三角洲国家级自然保护区，东营市近年来取得的变化着实让采访团一行惊讶不已。

采访团一行深入黄河三角洲自然保护区

经济增长迅速

2011年生产总值达2676亿元

记者从东营市新闻发布上获悉，2011年，东营市实现生产总值2676.4亿元，年均增长13%；固定资产投资1574.4亿元，年均增长23.5%；地方财政收入135.3亿元，年均增长29.3%；城镇居民人均可支配收入27343元，年均增长13.3%，农民人均纯收入10025元，年均增长17%。

2012年一季度，全市实现生产总值720.7亿元，同比增长12%；固定资产投资243.98亿元，增长24.6%；地方财政收入37.3亿元，增长20.3%；城镇居民人均可支配收入7547元，增长15.2%，农民人均现金收入3293元，增长18.8%。

生态渔业示范区

打造蓝色高效生态样板

随着黄河三角洲开发建设和山东半岛蓝色经济区发展相继上升为国家战略，在采访中记者发现，在昔日盐碱滩上建起的东营市现代渔业示范区，已成为当地蓝色经济的“聚宝盆”。示范区规划面积30万亩，目前已累计投入资金15亿元，开发海参养殖区9万亩，是全国规模最大的单片滩涂养殖区，年可实现收入12亿元。

据了解，海参养殖国家级农业标准化示范区项目已经启动。该项目计划总投资5亿元，整个项目计划2012年10月全部完工，项目达产后，可实现年产鲜活海参400万斤，年对外销售优质海参苗30万斤，年产值3.2亿元，利税1.5亿元。

黄河三角洲自然保护区

科学发展促进生态环境大改善

行走在黄河口，不时有一只只、一群群水鸟从眼前掠过，舞姿蹁跹，形态优美，在带给人们片片惊呼声的同时，也带走了人们无限的遐思。记者发现，五月的黄河口，野生柳林郁郁葱葱，绿油油的芦苇成片成丛，辽阔的水面一望无际，各类水鸟成群结队，自由翱翔。在这里，游人可以泛舟苇荡，畅游湿地，充分领略生态旅游的风情。

据悉，湿地恢复和补水工程实施以来，自然保护区生态环境得到明显改善，生态功能得到较好恢复，区内鸟类种类和数量明显增加。

东营："黄蓝"融汇三角洲，石油、生态双崛起（大众网）

大众网东营5月15日讯 （记者 马鑫） 黄河三角洲自然保护区，碧野万顷，鸥鸟翔集；"海上牧场"的海参池富了渔民钱袋子，昔日的黄泥滩成了"聚宝盆"；经济技术开发区，跨进千亿元俱乐部，产业走上了生态路……这就是东营，黄龙入海之城，石油富饶之城，生态和谐之城。5月14日、15日两天，科学发展新山东——第八届网络媒体山东行东线采访团在东营市采访，"石油城"东营正紧抓黄蓝发展机遇，打造生态文明典范城市，迈出了一个个坚实的脚印。

东营市人民政府副市长杨梦斌出席东营市新闻发布会并致辞。（马鑫 摄）

海参养殖社社长姜士忠向记者们介绍池子里养殖的海参。（马鑫 摄）

采访团来到了黄河三角洲自然保护区。（马鑫 摄）

环境保护

黄河故道34年后重入海，获评现代林业建设示范市

5月15日上午，采访团来到了黄河三角洲自然保护区，在野鸭岛和天鹅岛，自由嬉戏的野鸭和黑天鹅与人和谐共处，天空不时有鸟儿飞过，芦苇荡随风吹拂。

保护区的湿地、野鸭，芦苇、天鹅，无不让人感受到生态建设的美好。作为唯一一个全部纳入黄蓝两大国家战略的城市，近年来，东营深入推进生态绿化工程，重点实施林网、路网、水网于一体的"三网"绿化和生态林场建设，两年完成绿化面积30万亩，成为国家现代林业建设示范市。

"绿植铺满黄河口，候鸟湿地把家安"生态的改善使得如今的黄河三角洲成了名副其实的"鸟类国际航空港"，单是鸟类就有296种。而这正是得益于东营市实施百万亩湿地修复工程和黄河刁口河流路生态调水工程，其中，黄河故道在断流34年后，重新实现全线恢复过水。两年里共修复湿地30多万亩，黄河口湿地生态明显改善，并建立起5处国家级海洋特别保护区。

在注重生态保护的同时，东营进一步加大在环境基础设施建设方面投入，新建改造污水处理厂7座、垃圾处理场4座，城市污水集中处理率、生活垃圾无害化处理率分别达到92%、100%。大气污染治理上，17家电厂完成脱硫改造任务，重点污染源达标率达到97%以上。与此同时，东营还积极推进资源集约节约利用，加强对土地管理和调控，两年改造中低产田 14.7 万亩，治理荒碱涝洼地 1 万亩，发展节水灌溉 3.5 万亩。大力推进节水型社会建设，规模以上工业用水重复率达到 79%，农业灌溉水有效利用系数达到 0.60。

生态建设的成果不仅体现在黄河三角洲自然保护区，在东营经济技术开发区，道路整洁，绿树成荫，东营市在经济求发展的同时，也更重视科技与生态相互融合。在节能减排方面，东营大力发展循环经济，两年建成重点循环经济项目 5 个，石油化工、造纸等 10 个循环经济产业链条不断完善，东营经济技术开发区等 5 个重点循环经济区建设顺利推进。通过加大工程减排、结构减排、管理减排力度，如今东营市万元生产总值能耗降至 0.76 吨标准煤，二氧化硫和化学需氧量排放量均实现了控制目标。

基础设施建设

港、空优势进一步提升，大项目托起三角洲中心城

15 日上午，采访团在东营海边广阔的滩涂上看到，一座座巨大的风力发电组正面朝大海，迎风旋转，一排排巨大的白色“风车”成了东营市另一道靓丽的风景线。大唐风电是近年来，东营为加强能源设施建设，大力发展太阳能发电、风力发电、生物质能发电的一个项目，诸如天信光伏 300 兆瓦晶体硅太阳能电池片垂直一体化等重点项目正顺利实施，矗立在漫长海岸线上的风力发电新增装机容量现已达 65 万千瓦。

“北有航空港，南有大码头”，得天独厚的交通优势为东营实施黄蓝战略插上了一对强壮的翅膀。近年来，东营加快推进基础设施建设，发展承载能力得到快速提升。交通发面，东营港一期扩建工程已全面完成，2 个 3 万吨级码头投入运营，总投资 16 亿元的八大业主码头建设全面展开，内港池、南港池改造进展顺利。东营胜利机场总投资 9.3 亿元的 4D 级改扩建工程全面完成，现正在积极增开航线航班。

漫步东营街头，绿地、湿地被景观河巧妙的编织进城区，一座座新颖的建筑拔地而起，这是留存在采访团成员们脑海中的东营城市印象。作为黄河三角洲的中心城市，两年来东营组织实施了 39 个重大城建项目，总投资 415 亿元的。其中新增绿地 300 万平方米，城市绿化覆盖率达到 39.7%，成为国家园林城市。城镇化率达到 60.97%。为健全水资源保障体系，东营两年内投资 7924 万元新建改造平原水库 4 座、治理骨干河道 82 公里，启动实施了南水北调东线配套工程。全市引提黄河水能力达到 514 立方米 / 秒，一次性蓄水能力达到 9 亿立方米。

结构调整

海参池成了钱袋子，老工业基地焕发新青春

5 月 15 日，采访团的很多记者在东营市现代生态渔业示范区第一次见到了活海参，昔日的黄泥滩变成了“海上牧场”，这些肥肥的刺参让放牧的渔民们收获着财富和喜悦。

紧抓黄河三角洲高效生态经济区建设的机遇，东营在稳定粮棉菜生产，着力发展渔业、畜牧业等优势主导产业的基础上，大力推行生态养殖、绿色种植，扶持发展农业龙头企业，农业的规模化、产业化、标准化水平明显提高。

黄泥滩变成了“聚宝盆”，一望无边的海参池成了群众致富的钱袋子，在东营市现代生态渔业示范区，记者了解到，近年来，东营黄河口大闸蟹、黄河口海参等名优品种养殖面积已达 185 万亩，成功克服了“东参西养”的养殖难题，一举成为全国规模最大的单片滩涂养殖区。此外，东营市还建成了山东省最大的工厂化高档食用菌生产基地，人均肉蛋奶占有量居山东省首位，被农业部列为国家现代农业示范区。

胜利油田坐落于东营，“石油之城”的名号也体现出东营雄厚的工业基础。在科学发展观的指引下，东营加快改造提升化工、造纸、轮胎等优势产业，传统产业 80% 以上的技术装备达到国内先进水平，地方炼油能力和新闻纸产能居全国首位，离子膜烧碱、轮胎子午胎、阴极铜产能居山东省首位。石油装备产业产值占全国同行业的三分之一，成为我国最大的石油装备制造基地。

此外，诸如电子信息、新能源、新材料、新医药等一批战略性新兴产业从无到有，渐成规模。现代服务业、文化旅游业、现代物流业也有声有色。其中，服务业增加值年均增长率更是达 13.5%，老工业基地在黄蓝战略的指引下正焕发出更大的青春活力。

民生改善

居民养老实现全覆盖，39.9 亿元助教育发展

扩大就业保民生之本。为完善就业，东营市统筹抓好各类群体就业工作，两年新增城镇就业 8.26 万人，农村劳动力转移就业 10.53 万人，城镇登记失业率控制在 2% 以内。社会保障体系建设方面，企业最低工资标准提高到每月 1240 元，城镇居民医保、新农合补助标准提高到 260 元以上，农村低保、五保集中供养标准分别提高到每年 2660 元、5000 元，比 2009 年分别提高 1240 元、1600 元，基础养老金、缴费补贴、特殊群体补助等财政补助标准位居全省前列，并实现了城乡居民养老保险的全覆盖。

此外，东营在加快发展的同时，还将教育事业摆在了优先发展的位置。两年来东营累计完成教育投入 39.9 亿元，基本实现城乡免费义务教育，实施了校舍安全改造、城乡中小学办学条件标准化建设等重点工程，新建改造幼儿园 185 所，市技师学院新校区建成投用，东营职业学院正在创建国家骨干高职院校。

在大力建设人才队伍的同时，东营又实现了人才与科技的握手，规划建设了可持续发展研究院、国家大学科技园及“生态谷”、山东大学东营研究院等创新平台，新组建了 3 个产业技术创新联盟，新增高新技术企业 41 家，创新孵化面积达到 50.2 万平方米，连续保持全国科技进步先进市称号，被评为全国知识产权工作示范城市。真正实现了人才强市，也为东营建设经济繁荣发达、城市秀美宜居、社会文明和谐、人民富裕幸福的生态文明典范城市提供了巨大的内在支撑。

水云相间

东营黄河三角洲国家自然保护区

黄河三角洲自然保护区风景

山东黄河三角洲国家级自然保护区的野鸭岛

嬉戏的黑天鹅

天山网：
黄河三角洲国家级自然保护区着力打造山东龙头景区

山东黄河三角洲国家级自然保护区一角

渔民看守山东黄河三角洲国家级自然保护区

自由飞翔的东方白鹳

保护区景色迷人

保护区成鸟类天堂

打特色牌走生态路
黄河口旅游将成唯一品牌

黄河入海口

科学发展新山东

第八届中国网络媒体山东行新闻报道集

菏泽篇

菏泽大剧院：牡丹之都新地标，文化娱乐大舞台（红网）

红网菏泽5月15日讯 （特派记者 张泉森） 今天下午，“科学发展新山东——第八届网络媒体山东行”采访团来位于菏泽城市核心区的菏泽大剧院。远远望去，它像一朵含苞待放的牡丹花，在阳光的照射下发出银白色的光，美轮美奂，雄伟壮观。

菏泽大剧院

“菏泽是著名的中国牡丹之都，大剧院的造型就体现了这一主题。”据介绍，菏泽还是戏曲之乡、书画之乡、武术之乡和民间艺术之乡，作为文化建设的重要载体，大剧院为广大市民提供了文化娱乐的大舞台。

采访中了解到，菏泽大剧院建筑面积为31141平方米，建筑主体为3层，局部5层，建筑高度34.65米。内部设有1528座的演播大厅，3个112座的小放映院、3个戏剧茶座和一个298座的多功能厅，另外还有化妆间、排练厅、琴房、服装间、各类设备间等辅助用房。剧院于2009年建成投入使用，并于2011年被评选为“齐鲁文化新地标”。其外观以绽放的牡丹花为总体造型，突出了“刚柔相济、牡丹盛开”设计理念，体现了中国牡丹之都的城市特色。

除此之外，大剧院还有一个重要的组成部分，就是各县区会议厅，举行“两会”时各县区代表在此开会、讨论。大剧院不仅能够满足戏剧、音乐、歌舞演出功能外，还可以用于大型会议、戏曲茶座、电影放映、文艺排练以及大型群众性文体活动。

菏泽大剧院建成以来，举办了大量国家级的文艺演出。国家京剧院、中央芭蕾舞团等重量级文化演出团体纷纷在这里亮相，让菏泽群众在家门口欣赏到以往在电视上才能看到精彩表演。

据介绍，一年四季中，大剧院前的广场都是菏泽市民休闲娱乐的重要场所。人们在这里放风筝、练太极、打陀螺……一派和谐景象，雄伟瑰丽的大剧院默默见证着中国牡丹之都的发展变化的每一天。

新巨龙灵敏“视听神经”保安全生产 科技领跑煤电化工基地建设（中国经济网）

中国经济网山东频道5月16日讯 （记者 徐婷） 今天上午，“科学发展新山东——第八届网络媒体山东行”采访团来到山东新巨龙能源有限责任公司。新巨龙能源公司龙固矿井是华东地区产量最大的现代化煤矿之一。据介绍，新巨龙设计生产能力600万吨/年，系统实际装备能力1000万吨/年，为目前山东省最大矿井。公司技术设备及管理方面融入了先进的科技因素，使其成为菏泽市煤电化工基地建设的排头兵。

记者在新巨龙公司安全生产指挥中心看到，集实时数据、音频、视频、自动控制为一体的全息数字化多维度监测监控系统，实现了在地面调度室对井下生产环境，井上、井下主要设备和系统全面动态监测监控，电子大屏上可以任意调取井下每台设备的设计性能指标和实时运行参数，任意获取每个人员、每台车辆所在位置和其在井下的行动轨迹，如同装上了高度灵敏的视听神经。

近年来，新巨龙累计获得国家专利授权 23 项，获 2 项国家科技进步二等奖、一项中煤协会特等奖、一项中煤协会一等奖、60 多项成果获省部级以上科技奖，矿井投产以来，科技成果转化率 85%，科技贡献率 52%。

山东第一矿跳跃科技音符

（齐鲁网）

齐鲁网 5 月 15 日讯 （记者 延明） 5 月 15 日，科学发展新山东第八届中国网络媒体山东行采访团抵达菏泽，记者们来到被称为“山东第一矿”的山东能源新矿集团新巨龙能源公司。进矿伊始，就被其宏伟的矿区、先进的装备和高效的管理所吸引。

新巨龙公司是国家“十五”重点建设项目、设计生产能力为 600 万吨 / 年的特大型矿井，系统实际装备能力 1000 万吨 / 年，为目前山东省最大矿井。2011 年完成煤炭产量 598 万吨，销售收入 59 亿元，上缴税费 17 亿元，创造了良好的经济和社会效益。

更重要的是，新巨龙公司在建井过程中，先后遇到特厚表土层、高地温、强地压、大涌水等一系列困难，依靠科技创新连创“四个世界第一”，即：穿过表土层厚度世界第一、钻井法施工井筒深度世界第一、冻结法施工井筒深度世界第一、井壁强度世界第一。他们实现用最短工期建成世界上最深的软土层矿井的突破，矿井及选煤厂项目获得中国建筑工程质量最高荣誉“鲁班奖”。

新巨龙公司用“前沿管理集优”汇聚起人力和管理优势资源的强大结合，建立科技进步连环体系和技术制胜机制，形成了国际先进的厚冲积层深立井千万吨工作面成套生产核心技术，填补了国内外深井安全高效开采技术相关空白，使我国的深部煤炭开采技术水平跨上一个新的台阶。

我国有大量的煤炭资源被埋藏在深厚的冲积层下，新巨龙公司成功的生产模式和技术经验可被借鉴用于这些资源的开采，具有广阔的推广与应用前景。

该公司在矿井各主力及辅助生产系统坚持大型化、重型化、智能化的超前配置理念，引进一系列高精尖装备。日产能力可达 3 万吨的综采放顶煤工作面装备的是从波兰进口的采高 4.3 米的电牵引采煤机，配备自重近 50 吨的全国最重数控液压支架，采煤机从 260 米的工作面一端运行到另一端，就可以生产 2300 吨原煤，相当于一列火车 40 节车皮的运量。

在新巨龙公司安全生产指挥中心，记者看到其集实时数据、音频、视频、自动控制为一体的全息数字化多维度监测监控系统，实现了在地面调度室对井下生产环境，井上、井下主要设备和系

用户名： 密码： 登陆 注册 忘记密码 | 广告 建站 地图 天气

胶东在线 WWW.JIAODONG.NET

首页 新闻 房产 考试 人才 健康 娱乐 旅游 财经 数码 政法
论坛 视频 汽车 教育 培训 评论 文化 美食 企业 游戏 政务

新闻中心 | News 您当前的位置 ：新闻中心 > 山东 > 各地新闻 正文

产学研一条龙 新巨龙连创四个世界第一

2012-05-15 22:44:53 来源：胶东在线 【大 中 小】

新巨龙的数字化多维度监测监控系统

胶东在线网聊城5月15日讯（特派记者 任淑云）今天上午，“科学发展新山东——第八届网络媒体山东行”采访团来到山东新巨龙能源有限责任公司。由于建立起科技进步连环体系和技术制胜机制，新巨龙曾连创四个世界第一，也使其成为菏泽市煤电化工基地建设的排头兵。

采访团在新巨龙公司安全生产指挥中心看到，集实时数据、音频、视频、自动控制为一体的全息数字化多维度监测监控系统，实现了在地面调度室对井下生产环境，井上、井下主要设备和系统全面动态监测监控，电子大屏上可以任意调取井下每台设备的设计性能指标和实时运行参数，任意获取每个人员、每台车辆所在位置和其在井下的行动轨迹。

在新巨龙，先进行的技术手段随处可见。而这一切，都是与新巨龙的创新精神分不开的。根据数据统计，近年来，新巨龙累计获得国家专利授权23项，获2项国家科技进步二等奖、一项中煤协会特等奖、一项中煤协会一等奖、60多项成果获省部级以上科技奖，矿井投产以来，科技成果转化率85%，科技贡献率52%。

目前，新巨龙能源公司龙固矿井是华东地区产量最大的现代化煤矿之一。龙固矿井井田面积约180平方公里，地质储量16.8亿吨，占巨野煤田地质储量的三分之一。据工作人员介绍，新巨龙设计生产能力600万吨/年，系统实际装备能力1000万吨/年，为目前山东省最大矿井。

而新巨龙在发展过程中，也不是没有碰到困难。据工作人员介绍，矿井建设伊始，巨厚表土层建井这个世界级技术难题一度成为新矿集团实现资源扩张、深部开采的最大的“拦路虎”。而龙固矿井依靠科技创新，连创“四个世界第一”，即穿过表土层厚度世界第一、钻井法施工井筒深度世界第一、冻结法施工井筒深度世界第一、井壁强度世界第一。其成功经验立即引起世界范围的广泛关注，让美、英、德、日、韩等16个国家的专家、学者在考察中竖起了大拇指。

目前，新巨龙公司用“前沿管理集优”汇聚起人力和管理优势资源的强大结合，建立科技进步连环体系和技术制胜机制。公司充分重用高技术专长人才，对连续三年评上“科技标兵”的人员特聘为“内部专家”，并纳入后备人才库，实行政治待遇、物质激励双倾斜，让不到30岁的“80后”副总工程师走向前台，162名大学生砺练在生产一线，人才集群效应蔚然呈现。

同时，新巨龙公司整合各方专家资源，围绕制约矿井安全高效的突出问题，实行“假日院士（专家）”计划，聘请来自德国鲁尔工业区、国内权威机构的4名高级人才为首席专家，联合对技术难题攻关，建立矿井自动化、冲击地压、制冷降温、防灭火四个课题的研究工作站，实现产学研一条龙，打造自主核心技术创造体系。，

产学研一体，以创新为魂，新巨龙正在科技创新的道路上越走越远！

胶东在线报道截屏

统全面动态监测监控，电子大屏上可以任意调取井下每台设备的设计性能指标和实时运行参数，任意获取每个人员、每台车辆所在位置和其在井下的行动轨迹，如同装上了高度灵敏的视听神经。

他们充分发挥“两站两基地一中心”（中国矿大研究生工作分站、教学实验基地和集团公司博士后工作分站、三级员工安全培训中心和实训基地）平台作用，推动重点专业人才技能晋位、学历升级。重用高技术专长人才，对连续三年评上“科技标兵”的人员特聘为“内部专家”，并纳入后备人才库，实行政治待遇、物质激励双倾斜，让不到26岁的“80后”副总工程师走向前台，162名大学生砺练在生产一线，人才集群效应蔚然呈现。

同时，新巨龙公司整合各方专家资源，围绕制约矿井安全高效的突出问题，实行“假日院士（专家）”计划，聘请来自德国鲁尔工业区、国内权威机构的4名高级人才为首席专家，联合对技术难题攻关，建立矿井自动化、冲击地压、制冷降温、防灭火四个课题的研究工作站，实现产学研一条龙，打造自主核心技术创造体系。

近年来，他们累计获得国家专利授权23项，获2项国家科技进步二等奖、一项中煤协会特等奖、一项中煤协会一等奖、60多项成果获省部级以上科技奖，矿井投产以来，科技成果转化率85%，科技贡献率52%.

硬岩综掘“奥钢联军团”

全息三维数字系统透视矿井

曹州牡丹园：花为牡丹最美丽（人民网）

人民网菏泽5月16日电 （记者 房爽） 15日下午，“科学发展新山东——第八届网络媒体山东行”采访团来到菏泽城东北部的曹州牡丹园。牡丹花期虽然已过，但在绿茵笼罩的园中，依旧能感受到牡丹园的秀美与大气。

处处牡丹香、处处有景观

牡丹，是菏泽最靓丽的名片。而与牡丹相辉映的，则是曹州牡丹园了。

记者在对讲解员的采访中了解到，2010年以来，菏泽市城市管理局按照菏泽市委、市政府决策部署，投入资金2.5亿元，按照5A风景区的标准对牡丹园进行改造。改造后的曹州牡丹园，面积增加近一倍，达1600余亩，牡丹品种增加到1100多个，成为世界上种植面积最大、品种最多、档次最高的牡丹园林。

改建后的曹州牡丹园完成了牡丹四季展览温室、国风园、水榭、碑林景区等工程，园内景点已由原来的4个扩展到40个。即便在

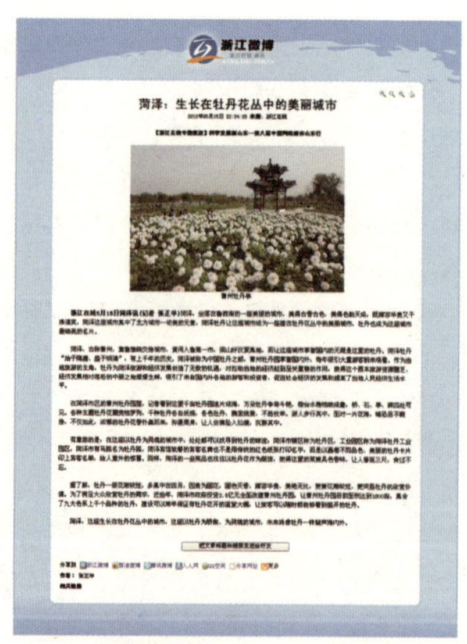
浙江微博

菏泽：生长在牡丹花丛中的美丽城市

浙江在线报道截屏

繁花似锦的时节，漫步园中，赏花之外更有景。在这里，既有风姿绰约的国花魂座雕塑，观花楼的仪态万方的观花楼，更有一番别样的福地洞天——迭水、花溪、花岛……游客置身其中，惬意无比。

花随人意开 四季有牡丹

牡丹的花期很短，大概只有25天，很多游客在错过花期的时候总会有少许的遗憾。但自从有了牡丹温室，即使在寒风凛冽的冬日，依旧能感受到牡丹的雍容华贵。

走进曹州牡丹园3700平米的展览温室，一阵阵沁人心脾的香气扑鼻而来，映入眼帘的是近400盆、30多个品种的牡丹花，它们或含苞待放，或灿然盛开，魏紫姚黄，争奇斗艳。

温室里展出的不仅是富贵牡丹花，更是菏泽牡丹栽培先进技术的科研成果。

牡丹温室中盛开的牡丹花（房爽　摄）

温室里正在盛开的牡丹

大片大片的金盏菊正在盛开

文化史柱和水景园情景交融

国花魂及广场

菏泽曹州牡丹园
——世界最大的牡丹园林

（国际在线）

国际在线消息　（记者　李瑛）　2012年5月15日，“科学发展新山东——第八届网络媒体山东行”采访团来到菏泽城东北部的曹州牡丹园。尽管牡丹花期已过，漫步在绿荫葱茏的园中，仍让人感受到曹州牡丹园的秀美与大气。

在此之前，记者只听说过洛阳牡丹甲天下，走进山东，才知道菏泽也是中国的牡丹之都，菏泽的曹州牡丹园面积有1600余亩，牡丹品种1100多个，是世界上种植面积最大、品种最多、档次最高的牡丹园林。

曹州牡丹园不但种植了大片大片的牡丹，同时也种植各种花卉，保证每个时节，都有鲜花盛开，园内建有牡丹四季展览温室、国风园、水榭、碑林等40多个景点，漫步园中，赏花之外更有景。在这里，既有风姿绰约的国花魂座雕塑，观花楼的仪态万方的观花楼，更有一番别样的福地洞天——迭水、花溪、花岛……，游客置身其中，惬意无比。

由于牡丹的花期短，人们仅在每年的谷雨时节才能欣赏到国花牡丹的魅力，曹州牡丹园作为世界最大的牡丹园林，总留有遗憾。为此，菏泽市委、市政府确定建造牡丹温室、碑林、国风园，让雍容华贵的国花牡丹四季开放，并将牡丹品赏与菏泽历史文化、古建庭院和谐地融为一体，打造了新的冬春旅游、休闲、观光基地，充分展示了菏泽独具特色的牡丹文化。

与此同时，曹州牡丹园技术人员利用现代催花技术，改变牡丹生长自然规律，不仅令牡丹冬季迎雪盛开，还可以在盛夏与百花争艳，真正实现了 “花随人意应时开”。

走进曹州牡丹园3700平米的展览温室，一阵阵沁人心脾的香气扑鼻而来，映入眼帘的是近400盆、30多个品种的牡丹花，它们或含苞待放，或灿然盛开，魏紫姚黄，争奇斗艳。

温室里展出的不仅是富贵牡丹花，更是菏泽牡丹栽培、生产、科研的先进技术成果。

曹州牡丹园：四季有花，扮靓菏泽（鲁网）

鲁网5月15日讯 （记者 高太明） 今天下午，“科学发展新山东——第八届网络媒体山东行”采访团来到菏泽城东北部的曹州牡丹园。尽管牡丹花期已过，漫步在绿荫葱茏的园中，仍让人感受到曹州牡丹园的秀美与大气。

牡丹，是菏泽最靓丽的名片。与“中国牡丹之都”相辉映的，则是曹州牡丹园了。记者在牡丹园工作人员的介绍中了解到，2010年以来，菏泽市城市管理局按照菏泽市委、市政府决策部署，投入资金2.5亿元，按照国家5A级景区标准对曹州牡丹园进行提升改造，改造后的曹州牡丹园，面积增加近一倍，达1600余亩，牡丹品种增加到1100多个，成为世界上种植面积最大、品种最多、档次最高的牡丹园林。

改建后的曹州牡丹园完成了牡丹四季展览温室、国风园、水榭、碑林景区等工程，园内景点已由原来的4个扩展到40个。即便在繁花似锦的时节，漫步园中，赏花之外更有景。在这里，既有风姿绰约的国花魂座雕塑，观花楼的仪态万方的观花楼，更有一番别样的福地洞天——迭水、花溪、花岛……，游客置身其中，惬意无比。

由于牡丹的花期短，人们仅在每年的谷雨时节才能欣赏到国花牡丹的魅力，曹州牡丹园作为世界最大的牡丹园林，总留有遗憾。为此，菏泽市委、市政府确定建造牡丹温室、碑林、国风园，让雍容华贵的国花牡丹四季开放，并将牡丹品赏与菏泽历史文化、古建庭院和谐地融为一体，打造了新的冬春旅游、休闲、观光基地，充分展示了菏泽独具特色的牡丹文化。

与此同时，曹州牡丹园技术人员利用现代催花技术，改变牡丹生长自然规律，不仅令牡丹冬季迎雪盛开，还可以在盛夏与百花争艳，真正实现了 “花随人意应时开”。

新闻中心 教育 培训 健康 图库 | 房产 家居 汽车 旅游 酒店 | 舜网团 济

济南社区 访谈 微博 博客 评论 | 财经 商业 女性 婚嫁 亲子 | 一服通 投

首页 - 科学发展新山东 - 行动城市 - 菏泽 - 正文

菏泽：曹州牡丹甲天下 国色天香冠群芳

http://www.e23.cn 2012-05-15 舜网

摘 要：菏泽古称曹州，地处鲁苏豫皖四省交界，辖八县一区和市经济开发区，面积1.22万平方公里。菏泽历史悠久，文化底蕴深厚，是著名的中国牡丹之都和书画之乡、戏曲之乡、武术之乡、民间艺术之乡。

菏泽古称曹州，地处鲁苏豫皖四省交界，辖八县一区和市经济开发区，面积1.22万平方公里。菏泽历史悠久，文化底蕴深厚，是著名的中国牡丹之都和书画之乡、戏曲之乡、武术之乡、民间艺术之乡，相传尧、舜、禹等著名氏族部落首领主要活动在这一地区，政治家伊尹、军事家孙膑、思想家庄周、经济学家刘晏、文学家温子升等大批先贤在此出生，范蠡经商、刘邦称帝、黄巢起义、宋江聚义等历史事件均发生在这里。菏泽是革命老区，刘邓大军在这里突破黄河天险、千里跃进大别山，万里、杨得志、段君毅等一大批老革命家曾在这里战斗生活过，江泽民同志亲笔题名的冀鲁豫边区革命纪念馆就建在这里。

曹州百花园 Caozhou Baihua Park

来到菏泽，牡丹就不得不提。牡丹雍容华贵，美轮美奂，一直被中国人视为富贵、吉祥、幸福、繁荣的象征。除有较高的观赏价值外，还有较高的经济价值和药用价值。“曹州牡丹甲天下，国色天香冠群芳”是对菏泽牡丹的精辟描绘。菏泽牡丹栽培历史悠久，史有 “曹州牡丹甲于海内”的志书记载。

牡丹亭（舜网记者 冯琳琳/摄）

菏泽是“中国牡丹城”，曹州牡丹园是菏泽最主要的牡丹观赏园林。2010年以来，菏泽市城市管理局按照菏泽市委、市政府决策部署，投入资金2.5亿元，按照国家5A级景区标准对曹州牡丹园进行提升改造，改造后的曹州牡丹园，面积增加近一倍，达1600余亩，牡丹品种增加到1100多个，完成牡丹四季展览温室、国风园、水榭、碑林景区等工程，园内景点已由原来的4个扩展到40个，成为世界上种植面积最大、品种最多、档次最高的牡丹园林。

温室牡丹（舜网记者 冯琳琳/摄）

文似看山不喜平。如今的曹州牡丹园，山环水绕，曲径通幽；磅礴大气而不失妩媚典雅，丘壑纵横而不失风骨峻峭；一山一水，尽显生态之美；一亭一榭，浸润人文之风。

在这里，且不说国花魂座雕塑的风姿绰约，不说观花楼的仪态万方，也不说牡丹宝鼎的气韵不凡，单说新建的湖山景区就是一番别样的福地洞天——迭水、花溪、花岛……为中外游客提供了丰富的亲水活动空间；岩石园的“迸珠溅玉”叠瀑勾勒出层次丰富的立体景观；野趣水景园让游人在水上迷宫中穿梭，花溪中戏水，体验大自然的野趣；牡丹传奇可以让游客的思绪在神话传说中尽情遨游；国花馆内十二花神彰显古典文化神韵；四季展览温室供游客四季观赏盛开的牡丹；室外栽植的秋发牡丹，即便是国庆节也能欣赏它的花容；多年树龄大棵牡丹，体现出文化的传承，历史的见证；还有世界国花展示区，在这里，俄罗斯的向日葵、美国的玫瑰、德国的鸢尾、荷兰的郁金香、日本的樱花等十几个国家的国花，烘托出中国国花牡丹的雍容华贵、国色天香。

——曹州牡丹园花期长、文艺活动精彩纷呈

今年，曹州牡丹园又提升改造观花楼，新建南大门，复新东大门，购置27辆无污染电动观光游览车，培训60余名讲解员，抽调400余名工作人员维护园区秩序，为游客安全方便地观赏牡丹提供坚实保障。

牡丹花期，曹州牡丹园内精心准备了丰富多彩的文艺活动。宾客在欣赏雍容华贵的牡丹花的同时，还能看到奇石艺术展、名家书画展、插花艺术展、剪纸艺术展、面塑艺术展、地方戏名家名段展演等；为让游客更好地了解牡丹，还推出牡丹茶艺展、牡丹药用价值展、牡丹标本展、牡丹食品展等活动。

牡丹花雍容华贵、国色天香，但花期较短。为了留住更多美丽，菏泽市城市管理局在曹州牡丹园增设塑料保温棚提早花期，增设遮阴棚延长花期，再加上今年气温较往年偏低，预计花期将延迟到五月十日左右。

高飞凭力数，巧啭任天姿。千娇百媚的菏泽曹州牡丹园正以她独有的魅力迎接四海宾朋。

目前菏泽牡丹栽培面积已达12万亩，大型牡丹苗木繁育基地30多处，反季节牡丹温室催花大棚200多个，获得国家质检总局原产地标记注册认证的有九大色系，十大花型，1237个品种。菏泽牡丹产业发展迅速。菏泽牡丹飘洋过海，远销日本、美国、韩国、俄罗斯、法国、荷兰、澳大利亚等30多个国家和地区。如今，在这些国家都有菏泽花农摹园传艺的专业牡丹园。菏泽也由此成为当今中国牡丹最大的出口基地，世界上最大的牡丹生产、繁育、科研、观赏基地。

改革开放以来，菏泽人民把牡丹作为菏泽对外宣传的名片，进行了

上一页 1 2 下一页

作者：冯琳琳 网络编辑：张鹏良

舜网报道截屏

走进曹州牡丹园 3700 平米的展览温室，一阵阵沁人心脾的香气扑鼻而来，映入眼帘的是近 400 盆、30 多个品种的牡丹花，它们或含苞待放，或灿然盛开，魏紫姚黄，争奇斗艳。

温室里展出的不仅是富贵牡丹花，更是菏泽牡丹栽培、生产、科研的先进技术成果。

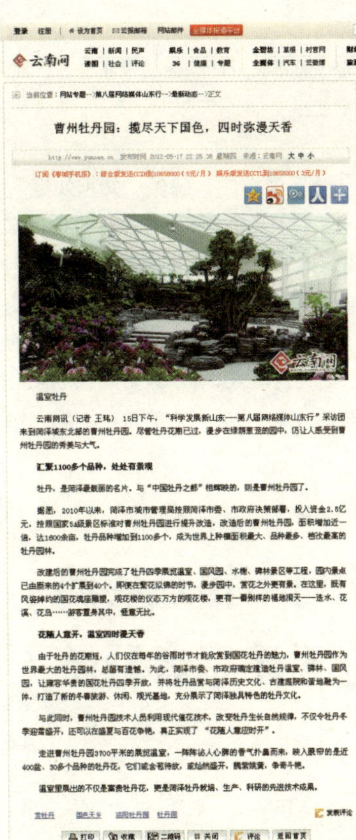

曹州牡丹园：揽尽天下国色，四时弥漫天香

温室牡丹

云南网讯（记者 王玮） 15日下午，“科学发展新山东——第八届网络媒体山东行”采访团来到菏泽城东北部的曹州牡丹园。尽管牡丹花期已过，漫步在绿荫葱茏的园中，仍让人感受到曹州牡丹园的秀美与大气。

汇聚1100多个品种，处处有景观

牡丹，是菏泽最靓丽的名片。与“中国牡丹之都”相辉映的，则是曹州牡丹园了。

据悉，2010年以来，菏泽市城市管理局按照菏泽市委、市政府决策部署，投入资金2.5亿元，按照国家5A级景区标准对曹州牡丹园进行提升改造，改造后的曹州牡丹园，面积增加近一倍，达1600余亩，牡丹品种增加到1100多个，成为世界上种植面积最大、品种最多、档次最高的牡丹园林。

改建后的曹州牡丹园完成了牡丹四季展览温室、国风园、水榭、碑林景区等工程，园内景点已由原来的4个扩展到40个。即使在繁花似锦的时节，漫步园中，赏花之外更有景。在这里，既有风姿绰约的国花魂座雕塑，观花楼的仪态万方的观花楼，更有一番别样的福地洞天——迭水、花溪、花岛……游客置身其中，惬意无比。

花随人意开，温室四时漫天香

由于牡丹的花期短，人们仅在每年的谷雨时节才能欣赏到国花牡丹的魅力，曹州牡丹园作为世界最大的牡丹园林，总留有遗憾。为此，菏泽市委、市政府确定建造牡丹温室、碑林、国风园，让雍容华贵的国花牡丹四季开放，并将牡丹品赏与菏泽历史文化、古建庭院和湿地融为一体，打造了新的冬春旅游、休闲、观光基地，充分展示了菏泽独具特色的牡丹文化。

与此同时，曹州牡丹园技术人员利用现代催花技术，改变牡丹生长自然规律，不仅令牡丹冬季迎雪盛开，还可以在盛夏与百花争艳，真正实现了“花随人意应时开”。

走进曹州牡丹园3700平米的展览温室，一阵阵沁人心脾的香气扑鼻而来，映入眼帘的是近400盆、30多个品种的牡丹花，它们或含苞待放，或灿然盛开，魏紫姚黄，争奇斗艳。

温室里展出的不仅是富贵牡丹花，更是菏泽牡丹栽培、生产、科研的先进技术成果。

责任编辑：余微

云南网报道截屏

步长制药“三强战略”抢占行业制高点（国际在线）

国际在线消息 （记者 李瑛） 由 2003 年投资 5000 万元建设的山东步长制药，发展到拥有山东神州、菏泽步长、山东正邦等四个制药企业、一个医药销售公司和一座毛主席像章珍藏馆的产业集团，步长制药在牡丹区的累计投资已超过 18 亿元，成为菏泽医药产业的领军企业。5 月 15 日下午，“科学发展新山东——第八届网络媒体山东行”采访团来到步长制药，了解了步长制药的跨越之路。

强产品科技，成就“单打冠军”

据悉，步长制药坚持以“中药为主线，立足中药现代化”的发展战略，着力打造科技制高点。公司每年以销售收入 10% 的资金用于科研和产品开发，并逐年加大资金投入，主打产品均为具有自主知识产权的创新产品。

步长制药自主研发的丹红注射液是我国第一个快速解决全身脏器供血不足和缺血梗塞性疾病的专利中成药，也是目前山东省唯一生产的中药注射液，获山东省科技进步一等奖、中国专利金奖，被列入省重大药物产值利税双倍增科技示范工程和国家“十二五”重大新药创制”科技重大专项。

2011 年，步长制药丹红注射液销售额达 40 亿元，居我国中药注射剂之首。在步长制药上市产品中，具有自主知识产权的国家新药近 50 个。

步长制药自主研发的丹红注射液是我国第一个快速解决全身脏器供血不足和缺血梗塞性疾病的专利中成药，也是目前山东省唯一生产的中药注射液。

强生产技术，推行“一品一厂”

步长制药实施“数字化”生产技术，对产品生产实行“一品一厂”管理。公司积极吸收国内外的渗透泵技术、结肠定位给药技术、透皮给药技术、胃漂浮筏技术等优秀成果，并对药品生产实行“一品一厂”管理，一个核心产品只在一座工厂生产，最大限度避免对生产质量产生影响。

丹红注射液引进国际一流的设备和工艺进行提取、制备，采用指纹图谱“数字技术”全程实现在线质量控制，生产过程应用

步长制药生产的头痛宁

的超高速离心分离与膜分离技术，是目前解决中药注射剂澄明度、稳定性及不良反应问题的最新分离、纯化与精制技术，增强了成品稳定性。

强医学推广，确保“知根知底”

步长制药始终重视产品的学术研究，为深入揭示产品的作用机理，产品上市后均进行了大量的作用机理研究，在为临床应用提供科学依据的同时，也为医学推广提供了强大学术支持。

在步长制药，每名新业务代表都要经受严格的系统培训，公司认为他们的工作不只是简单地推销一个产品，而是一种知识经验的传递、品质品牌的树立，可以提高用药终端的诊疗和用药水平。

宁可不挣这块钱，也不让患者冒险（大众日报）

5 月 15 日，记者随“中国网络媒体山东行”采访团来到菏泽步长制药，一看展柜里的第一种药品——脑心通胶囊，好几家媒体记者就问：“毒胶囊事件，你们没有问题吧？”

“这个大家尽管放心，我们的胶囊都是青海做的，全部用牛羊骨熬成。”步长制药副总裁刘鲁湘告诉记者。“这次全国抽查，我们没有一粒胶囊出问题。”

“19 年前脑心通上市时，我们在青海明诺公司做的这种胶囊价格要比普通胶囊贵 2 倍，公司内部也有争议，有便宜的干吗要用贵的？但就是为了实打实，对得起消费者，还是坚持下来了。”刘鲁湘说。

事实上，老实人也没吃亏。因为长期合作，且步长现在的胶囊用量已经占到了青海明诺产量的 70%，明诺还是以十几年前的价格给这个老伙伴。

类似的例子还有丹红注射液的小玻璃瓶，业内叫“安瓿瓶”。步长用的是德国肖特公司的瓶子，价格是国产瓶的 3 倍。而且，因为无法解决橡皮塞和药品的互溶问题，步长坚持不生产大剂型，宁可放弃可观的收益。

“注射液是直接进入血管的东西，容不得一丁点污染。在实验中，我们发现输液瓶的橡皮瓶塞有部分成分会溶入药液，造成污染；若用涤纶膜隔开，压膜的时候边缘又不能完全避免褶皱漏气，而空气中有杂质。”刘鲁湘说，“所以我们宁可不挣这块钱，也不能让患者冒险！”

记者了解到，实际上，步长的丹红注射液非常畅销，尽管现

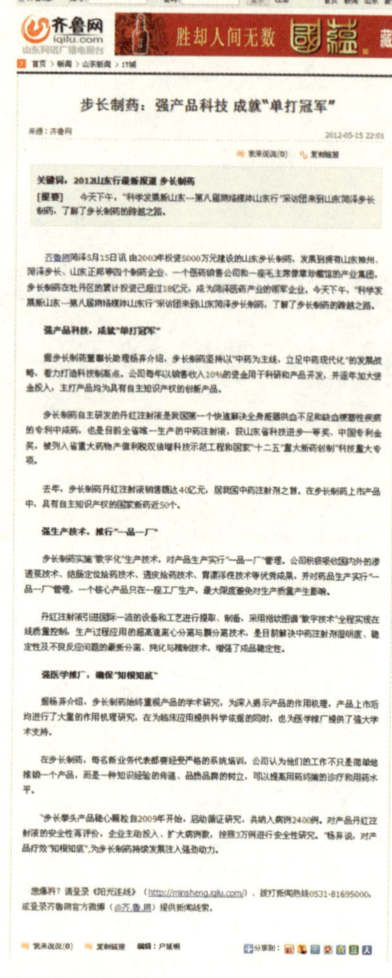
齐鲁网 账号 密码 登录 注册 首页 新闻 山东 微博

首页 > 新闻 > 山东新闻 > 17城

步长制药：强产品科技 成就“单打冠军”

来源：齐鲁网 2012-05-15 22:01

我来说说(0) 复制链接

关键词：2012山东行最新报道 步长制药

[提要] 今天下午，“科学发展新山东--第八届网络媒体山东行”采访团来到山东菏泽步长制药，了解了步长制药的跨越之路。

齐鲁网菏泽5月15日讯 由2003年投资5000万元建设的山东步长制药，发展到拥有山东神州、菏泽步长、山东正邦等四个制药企业、一个医药销售公司和一座毛主席像章珍藏馆的产业集团，步长制药在牡丹区的累计投资已超过18亿元，成为菏泽医药产业的领军企业。今天下午，“科学发展新山东--第八届网络媒体山东行”采访团来到山东菏泽步长制药，了解了步长制药的跨越之路。

强产品科技，成就“单打冠军”

据步长制药董事长助理杨弃介绍，步长制药坚持以“中药为主线，立足中药现代化”的发展战略，着力打造科技制高点。公司每年以销售收入10%的资金用于科研和产品开发，并逐年加大资金投入，主打产品均为具有自主知识产权的创新产品。

步长制药自主研发的丹红注射液是我国第一个快速解决全身脏器供血不足和缺血梗塞性疾病的专利中成药，也是目前全省唯一生产的中药注射液，获山东省科技进步一等奖、中国专利金奖，被列入省重大药物产值利税双倍增科技示范工程和国家“十二五”重大新药创制“科技重大专项。

去年，步长制药丹红注射液销售额达40亿元，居我国中药注射剂之首。在步长制药上市产品中，具有自主知识产权的国家新药近50个。

强生产技术，推行“一品一厂”

步长制药实施“数字化”生产技术，对产品生产实行“一品一厂”管理。公司积极吸收国内外的渗透泵技术、结肠定位给药技术、透皮给药技术、胃漂浮技术等优秀成果，并对药品生产实行“一品一厂”管理，一个核心产品只在一座工厂生产，最大限度避免对生产质量产生影响。

丹红注射液引进国际一流的设备和工艺进行提取、制备，采用指纹图谱“数字技术”全程实现在线质量控制，生产过程应用的超高速离心分离与膜分离技术，是目前解决中药注射剂澄明度、稳定性及不良反应问题的最新分离、纯化与精制技术，增强了成品稳定性。

强医学推广，确保“知根知底”

据杨弃介绍，步长制药始终重视产品的学术研究，为深入揭示产品的作用机理，产品上市后均进行了大量的作用机理研究，在为临床应用提供科学依据的同时，也为医学推广提供了强大学术支持。

在步长制药，每名新业务代表都要经受严格的系统培训，公司认为他们的工作不只是简单地推销一个产品，而是一种知识经验的传递、品质品牌的树立，可以提高用药终端的诊疗和用药水平。

“步长拳头产品稳心颗粒自2009年开始，启动循证研究，共纳入病例2400例。对产品丹红注射液的安全性再评价，企业主动投入、扩大病例数，按照3万例进行安全性研究。”杨弃说，对产品疗效“知根知底”，为步长制药持续发展注入强劲动力。

想爆料？请登录《阳光连线》（http://minsheng.iqilu.com/）、拨打新闻热线0531-81695000，或登录齐鲁网官方微博（@齐鲁网）提供新闻线索。

我来说说(0) 复制链接 编辑：户延明 分享到：

齐鲁网报道截屏

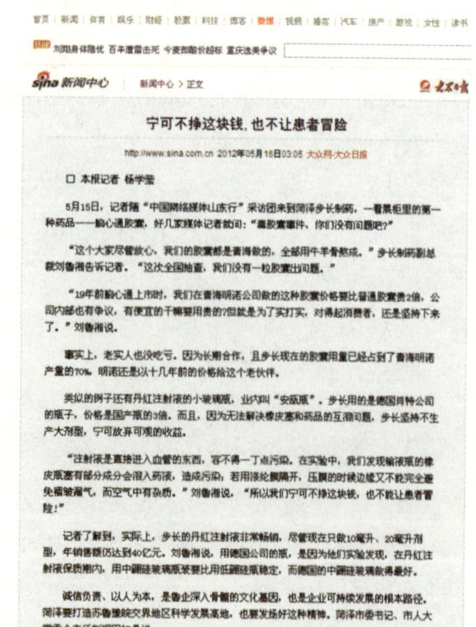
首页 | 新闻 | 体育 | 娱乐 | 财经 | 股票 | 科技 | 博客 | 微博 | 视频 | 播客 | 汽车 | 房产 | 游戏 | 女性 | 读书

刘翔身体隐忧 百羊遭雷击死 今麦郎酸价超标 重庆选美争议

sina 新闻中心 新闻中心 > 正文

宁可不挣这块钱，也不让患者冒险

http://www.sina.com.cn 2012年05月16日03:05 大众网-大众日报

□ 本报记者 杨学莹

5月15日，记者随“中国网络媒体山东行”采访团来到菏泽步长制药，一看展柜里的第一种药品——脑心通胶囊，好几家媒体记者就问：“毒胶囊事件，你们没有问题吧？”

“这个大家尽管放心，我们的胶囊都是青海做的，全部用牛羊骨熬成。”步长制药副总裁刘鲁湘告诉记者。“这次全国抽查，我们没有一粒胶囊出问题。”

“19年前脑心通上市时，我们在青海明诺公司做的这种胶囊价格要比普通胶囊贵2倍，公司内部也有争议，有便宜的干嘛要用贵的?但就是为了实打实，对得起消费者，还是坚持下来了。”刘鲁湘说。

事实上，老实人也没吃亏。因为长期合作，且步长现在的胶囊用量已经占到了青海明诺产量的70%，明诺还是以十几年前的价格给这个老伙伴。

类似的例子还有丹红注射液的小玻璃瓶，业内叫“安瓿瓶”。步长用的是德国肖特公司的瓶子，价格是国产瓶的3倍。而且，因为无法解决橡皮塞和药品的互溶问题，步长坚持不生产大剂型，宁可放弃可观的收益。

“注射液是直接进入血管的东西，容不得一丁点污染。在实验中，我们发现输液瓶的橡皮瓶塞有部分成分会溶入药液，造成污染；若用涤纶膜隔开，压膜的时候边缘又不能完全避免褶皱漏气，而空气中有杂质。”刘鲁湘说，“所以我们宁可不挣这块钱，也不能让患者冒险！”

记者了解到，实际上，步长的丹红注射液非常畅销，尽管现在只做10毫升、20毫升剂型，年销售额仍达到40亿元。刘鲁湘说，用德国公司的瓶，是因为他们实验发现，在丹红注射液保质期内，用中硼硅玻璃瓶装要比用低硼硅瓶稳定，而德国的中硼硅玻璃做得最好。

诚信负责、以人为本，是鲁企深入骨髓的文化基因，也是企业可持续发展的根本路径。菏泽要打造苏鲁豫皖交界地区科学发展高地，也要发扬好这种精神。菏泽市委书记、市人大常委会主任赵润田如是说。

新浪网报道截屏

在只做10毫升、20毫升剂型，年销售额仍达到40亿元。刘鲁湘说，用德国公司的瓶，是因为他们实验发现，在丹红注射液保质期内，用中硼硅玻璃瓶装要比用低硼硅瓶稳定，而德国的中硼硅玻璃做得最好。

“诚信负责、以人为本，是鲁企深入骨髓的文化基因，也是企业可持续发展的根本路径。菏泽要打造苏鲁豫皖交界地区科学发展高地，也要发扬好这种精神。”菏泽市委书记、市人大常委会主任赵润田如是说。

东明石化：环保背后换来经济效益（四川在线）

四川在线消息 （四川在线记者 简晓旭 济南报道） 每当提到石化企业，人们往往联想到高污染与高能耗。但是今天，当网络媒体山东行西线采访团来到菏泽的山东东明石化集团时，展现在采访团记者面前的却是另一番模样。东明石化用2万方干式气柜环保装置一项，一年不仅能够节约标准煤2万多吨，直接带来的效益也更是达到了7200多万元。

东明石化集团始建于1987年，现有总资产150亿元，员工近5000人，是一家集原油加工、石油化工、氯碱化工、精细化工及建筑安装、物流运输、进出口贸易、房地产开发等于一体的特大型企业集团。令记者感到好奇的是，在石化行业普遍不景气的大背景下，东明石化如何能够突出重围，实现经营业绩的不降反升。

东明石化的工作人员向记者道出了成功的秘诀，那就在节能减排上敢于投入资金。他介绍说，东明石化近几年在燃烧烟气治理等环保设备和技术上累计投资1.2亿元，技改投资5000余万元。高投入不仅换来了良好的环境收益，更带来了实实在在的经济效益。该公司投资2200万元建设了2万方干式气柜装置，年可回收炼厂干气1100多万方，节约燃料油1.5万吨，折标煤2.14万吨，可产生经济效益7200余万元。

“下一步，我们将努力使东明石化年产量突破1200亿吨。同时进一步拉长石化产业链条，将东明石化打造成为千亿元资产规模、千亿元销售收入的“双千亿”企业，为区域经济做出更大的贡献。”谈到东明石化的未来，东明县委副书记、县长朱瑞军这样描绘到。

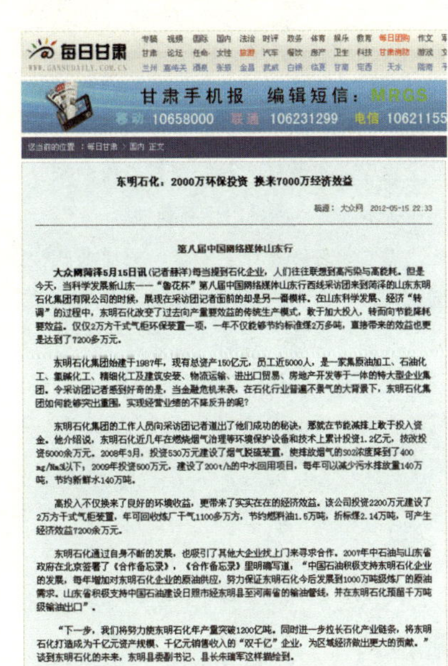

东明石化：2000万环保投资 换来7000万经济效益

稿源：大众网 2012-05-15 22:33

第八届中国网络媒体山东行

大众网菏泽5月15日讯（记者赫洋）每当提到石化企业，人们往往联想到高污染与高能耗。但是今天，当科学发展新山东——“鲁花杯”第八届中国网络媒体山东行西线采访团来到菏泽的山东东明石化集团有限公司的时候，展现在采访团记者面前的却是另一番模样。在山东科学发展、经济“转调”的过程中，东明石化改变了过去向产量要效益的传统生产模式，敢于加大投入，转而向节能降耗要效益。仅仅2万方干式气柜环保装置一项，一年不仅能够节约标准煤2万多吨，直接带来的效益也更是达到了7200多万元。

东明石化集团始建于1987年，现有总资产150亿元，员工近5000人，是一家集原油加工、石油化工、氯碱化工、精细化工及建筑安装、物流运输、进出口贸易、房地产开发等于一体的特大型企业集团。令采访团记者感到好奇的是，当金融危机来袭，在石化行业普遍不景气的大背景下，东明石化集团如何能够突出重围，实现经营业绩的不降反升的呢？

东明石化集团的工作人员向采访团记者道出了他们成功的秘诀，那就在节能减排上敢于投入资金。他介绍说，东明石化近几年在燃烧烟气治理等环境保护设备和技术上累计投资1.2亿元，技改投资5000余万元。2008年3月，投资530万元建设了烟气脱硫装置，使排放烟气的SO2浓度降到了400 mg/Nm3以下；2009年投资500万元，建设了200t/h的中水回用项目，每年可以减少污水排放量140万吨，节约新鲜水140万吨。

高投入不仅换来了良好的环境收益，更带来了实实在在的经济效益。该公司投资2200万元建设了2万方干式气柜装置，年可回收炼厂干气1100多万方，节约燃料油1.5万吨，折标煤2.14万吨，可产生经济效益7200余万元。

东明石化通过自身不断的发展，也吸引了其他大企业找上门来寻求合作。2007年中石油与山东省政府在北京签署了《合作备忘录》，《合作备忘录》里明确写道，“中国石油积极支持东明石化企业的发展，每年增加对东明石化企业的原油供应，努力保证东明石化今后发展到1000万吨级炼厂的原油需求。山东省积极支持中国石油建设日照市经东明县至河南省的输油管线，并在东明石化预留千万吨级输油出口”。

“下一步，我们将努力使东明石化年产量突破1200亿吨。同时进一步拉长石化产业链条，将东明石化打造成为千亿元资产规模、千亿元销售收入的“双千亿”企业，为区域经济做出更大的贡献。”谈到东明石化的未来，东明县委副书记、县长朱瑞军这样描绘到。

每日甘肃网报道截屏

演武楼：菏泽尚武文化的精神图腾（大众网）

大众网菏泽5月15日讯 （记者 赫洋） 菏泽是历史悠久的武术之乡、侠义之乡，仅清雍正至乾隆前期，菏泽取得武进士功名的就有13人。如今，这种尚武的侠客文化仍旧在菏泽生生不息，而高耸的菏泽演武楼便成为了菏泽人心中尚武文化的精神图腾。

今天下午，科学发展新山东——第八届中国网络媒体山东行西线采访团的记者们来到演武楼参观采访。据介绍，2009年，第十一届全国运动会在齐鲁大地举办，作为中国武术之乡的菏泽在全运会武术散打比赛的承办上自然是当仁不让。于是，菏泽演武楼于2007年10月开工建设，2009年6月在全运会开幕之前竣工。整个工程占地31947平方米，总建筑面积18781平方米，主体建筑高达31.4米，内设座位5006个。

采访团参观了菏泽市大剧院和演武楼，菏泽市规划局副局长尹茂林介绍情况（盛堃 摄影）

演武楼夜景（资料图）

演武楼的外形以“人”字为造型，体现了博大精深的中华武术精神，还充满了现代体育建筑“力与美”的建筑特征。除了满足全运会武术散打比赛的需要，还能举办篮球、排球、羽毛球、体操等多种体育项目的比赛和训练。

除了举办各种比赛项目，菏泽演武楼也成了菏泽市体育迷们的聚集地。每到周末，总有市民喜欢约上三五好友，到演武楼来健身休闲。此外，演武楼还经常举办各种类型的武术比赛，参赛选手既有享誉全球的国际拳王，也有草根出身的民间高手。各路好手在演武楼切磋技艺，以武会友，菏泽千年的尚武文化在此得到了传承，更得到了发展。而作为菏泽尚武文化精神图腾的演武楼，也必将见证菏泽大地上更多武林故事的诞生。

魅力、潜力、活力 生态菏泽打造科学发展高地（大众网）

大众网菏泽5月15日讯 （记者 赫洋 丁厚勤） 今天下午，科学发展新山东——第八届中国网络媒体山东行采访团来到菏泽采访。在菏泽市举行的新闻发布会上，菏泽市委副书记、市长孙爱军表示，作为一座生态宜居和资源丰富的希望之城，菏泽在5到8年内将打造成鲁苏豫皖交界地区科学发展高地，成为山东西部经济发展的重要增长极和向中原地区辐射的桥头堡。

生态魅力：森林覆盖率创平原城市之首，打造四省交界地区中心城市

孙爱军介绍说，菏泽是中华文明的重要发祥地，曾数度成为中原地区的政治、经济、文化中心，历史上著名的政治家伊尹，军事家孙膑、吴起，思想家庄周、鲁商始祖范蠡等大批先贤都出生或曾经生活在这里。菏泽是著名的中国牡丹城，也是中国优秀旅游城市，享有书画之乡、戏曲之乡、武术之乡、民间艺术之乡的美誉，拥有国家级非物质文化遗产数量居全国地级市第三位，展现了深厚的历史文化底蕴。

“菏泽是一座充满魅力的生态宜居城市！”孙爱军说，菏泽现在已初步形成以“花城、水邑、林海”为特色的平原森林城市。同时，菏泽水系发达，古有“四泽十水”，现有“五湖六河”正在开发，市区水域面积占建成区面积的16%，“湖河相连、城水相依、城河湖一体”的水邑特色日益凸显。

他说，菏泽是刚刚命名的中国牡丹之都和国家牡丹高新技术产业基地，牡丹栽培面积达10万多亩，分9大色系、1000多个品种。在牡丹的盛花期，各地游客纷至沓来，争相一睹万朵牡丹齐放的胜景。同时，菏泽城市绿化覆盖率达到40.3%，全市森林覆盖率达到33.6%，创全国平原地区之首。赵王河景观带为国家级水利风景区，菏泽大剧院也被评为“十大齐鲁文化新地标”。菏泽正在努力打造四省交界地区的中心城市。

资源潜力：巨野煤田目前华东地区储量最大，2016年原煤产量超4000万吨

“菏泽是一座拥有巨大开发潜力的新兴的资源和能源城市！”孙爱军表示，境内探测煤炭储量281亿吨，其中巨野煤田地质储量55.7亿吨，是目前华东地区面积最大、储量最多、煤质最好的一块整装煤田，彭庄矿井、龙堌矿井、赵楼矿井、郭屯矿井已正式投产，郓城矿井、万福矿井正在建设；单县煤田正在加紧开发；预测储量达30亿吨的曹县煤田正在详查勘探。预计到2016年，全市原煤产量可达4000万吨以上。菏泽是中原油田的重要组成部分，已探明石油储量5625万吨、天然气储量273亿立方米，年输送原油2000万吨的日东原油输送管道已全线贯通，菏泽已成为山东省重要的石油化工和煤电化工生产基地。

同时，菏泽是全国著名的优质农业、林业、畜牧业生产基地。2011年粮食总产586万吨、占山东省的八分之一；棉花总产23万吨，占山东省的三分之一；木材蓄积量2771万立方米，占全省的五分之一，是中国林产品交易会常设会址；菏泽淡水资源丰富，是黄河进入山东第一站，每年可引黄河水9亿多立方米；同时，还拥有丰富的人力和土地资源，是承接产业转移的好地方。

菏泽市委副书记、市长孙爱军介绍说：菏泽在5到8年内将打造成鲁苏豫皖交界地区科学发展高地，成为山东西部经济发展的重要增长极和向中原地区辐射的桥头堡。（盛堃　摄影）

菏泽市委副书记、市长孙爱军出席科学发展新山东——第八届中国网络媒体山东行菏泽市新闻发布会。（盛堃　摄影）

菏泽市委常委、宣传部长王永江主持新闻发布会。（盛堃　摄影）

发展活力：打造交界地区科学发展新高地，成为鲁西经济发展重要增长极

孙爱军介绍说，菏泽是国家重要的公路交通主枢纽城市。菏泽地处中原腹地，区位十分优越，史称“天下之中”，承东启西，引南联北。京九铁路与新兖石铁路在境内“十”字交汇；有6条国道和14条省道贯穿全境；境内6条高速，将形成以市区为中心的“米”字形高速公路网络，实现了与京沪、京港澳等多条国家高速网的直通；距济南、郑州两大国际机场均为200公里，距曲阜机场70公里；与京杭大运河贯通的洙水河航道已具备通航条件，已形成了菏泽四通八达的水陆空立体交通网络。

“菏泽是一座充满活力的希望之城！”孙爱军说，近年来，在山东省加快菏泽发展战略的强力推动下，市委、市政府大力实施工业化、城镇化“双轮驱动”战略，全力培育“五大基地一大产业”，经济社会快速发展，各项主要经济指标增幅连续保持全省领先。已初步形成了新能源、新材料、新医药等10大特色明显的产业集群，培育出了新巨龙能源、东明石化、玉皇化工、洪业化工、步长制药、山东达驰等一批知名企业，极大地增强了菏泽的发展后劲。2011年以来，省委、省政府审时度势，立足菏泽实际、着眼长远发展，做出了全省支持菏泽加快科学发展的重大战略决策，菏泽即将迎来又一个快速发展的新时期。

根据省委、省政府的部署要求，菏泽提出，未来五年内，全市主要经济指标增幅继续高于全省平均水平、领先周边各市，城乡面貌焕然一新，社会事业全面进步，人民生活水平显著提高。经过5到8年的努力，把菏泽打造成鲁苏豫皖交界地区科学发展新高地，成为山东西部经济发展的重要增长极和向中原地区辐射的桥头堡。

菏泽：文化强市科技创新，科学发展交出新答案（大众网）

大众网菏泽5月15日讯 （记者 赫洋） 今天，科学发展新山东——第八届网络媒体山东行西线采访团来到“牡丹之都”——菏泽。在这里，大剧院、演武楼和牡丹园不仅让采访团成员们感受到了菏泽推进文化强市建设的决心，新巨龙能源、东明石化和步长制药也让采访团成员们体会到了菏泽加快科技创新的魄力。而这两点，正是菏泽在新的历史机遇面前所给出的科学发展新答案。

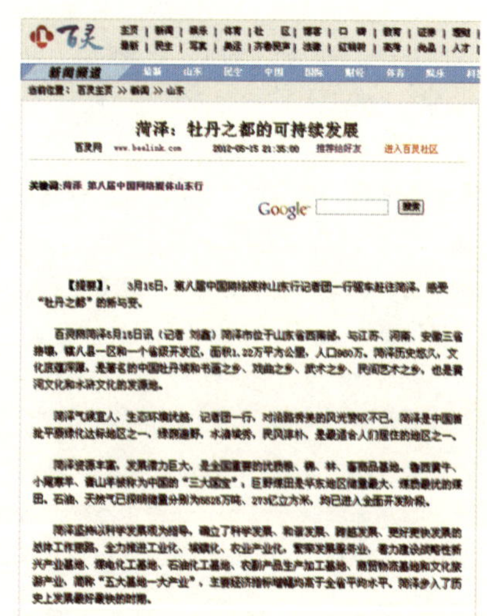

菏泽：牡丹之都的可持续发展

百灵网 www.beelink.com 2012-05-15 21:35:00 推荐给好友 进入百灵社区

关键词：菏泽 第八届中国网络媒体山东行

【提要】： 3月15日，第八届中国网络媒体山东行记者团一行驱车赶往菏泽，感受“牡丹之都”的新与变。

百灵网菏泽5月15日讯（记者 刘鑫）菏泽市位于山东省西南部，与江苏、河南、安徽三省接壤，辖八县一区和一个省级开发区，面积1.22万平方公里，人口960万。菏泽历史悠久，文化底蕴深厚，是著名的中国牡丹城和书画之乡、戏曲之乡、武术之乡、民间艺术之乡，也是黄河文化和水浒文化的发源地。

菏泽气候宜人，生态环境优越，记者团一行，对沿路秀美的风光赞叹不已。菏泽是中国首批平原绿化达标地区之一，绿荫遍野，水清城秀，民风淳朴，是最适合人们居住的地区之一。

菏泽资源丰富，发展潜力巨大，是全国重要的优质粮、棉、林、畜商品基地。鲁西黄牛、小尾寒羊、青山羊被称为中国的“三大国宝”，巨野煤田是华东地区储量最大、煤质最优的煤田。石油、天然气已探明储量分别为5526万吨、273亿立方米，均已进入全面开发阶段。

菏泽坚持以科学发展观为指导，确立了科学发展、和谐发展、跨越发展、更好更快发展的总体工作思路，全力推进工业化、城镇化、农业产业化，繁荣发展服务业，着力建设战略性新兴产业基地、煤电化工基地、石油化工基地、农副产品生产加工基地、商贸物流基地和文化旅游产业，简称“五大基地一大产业”，主要经济指标增幅均高于全省平均水平，菏泽步入了历史上发展最好最快的时期。

百灵网报道截屏

文化强市：既能惠及市民百姓，又能做大产业品牌

作为历史悠久的文化之乡，菏泽拥有着足以令其他城市羡慕的文化底蕴。在这片土地上，诞生过历史上著名的政治家伊尹，军事家孙膑、吴起，思想家庄周、鲁商始祖范蠡等大批先贤。既拥有牡丹万亩、“五湖六河”，又享有书画之乡、戏曲之乡、武术之乡、民间艺术之乡美誉的菏泽，如何能够使百姓享受到文化发展所带来的成果？菏泽给出的答案是：文化强市。

随着市民对业余文化需求的不断提高，建设城市大型综合文化设施便成为了城市发展的当务之急。为此，建筑面积为31141平方米的菏泽大剧院便应运而生：1528座的演播大厅、3个112座的小放映厅、化妆间、排练厅、琴房、服装间，这些设施让菏泽大剧院成为了市民文化休闲的好去处。市民不仅可以在这里唱唱歌、跳跳舞、看看电影，更能够从这里欣赏到国内外著名演出院团进行的专业演出。不仅如此，配套大剧院建设的文化广场也向市民开放，周末去那里放风筝，打太极，已经成为了菏泽市民的生活习惯。

尚武文化在菏泽传承千年，至今仍有不少百姓保留着习武的传统。2007年，为迎接全运会武术散打比赛，菏泽演武楼开始修建。从此之后，菏泽市民又多了一个切磋武艺，健身休闲的好地方。在这里，市民既可以以武会友，在擂台上分出个上下高低，篮球、排球、羽毛球场地，让市民在球场上玩儿个痛痛快快。不仅如此，凭借菏泽武术之乡的名气，演武楼也曾引来过“金凤凰”：国际拳王争霸赛就在演武楼举办过，菏泽市民在家门口见证了世界拳王的诞生。东方的武术文化与西方的竞技文化在演武楼交汇碰撞，所擦出的火花也让菏泽市民的文化生活更加多彩。

近年来，菏泽依托丰富的历史文化资源优势，打造“牡丹之都”旅游品牌，大力发展文化旅游产业。在菏泽曹州牡丹园，采访团记者们了解到，曹州牡丹园总面积现已达到1600亩，种植牡丹品种1100多个，是目前国内乃至世界牡丹品种最多、栽植面积最大、相关科研设施最齐备的牡丹主题公园。牡丹园工作人员告诉采访团记者，在牡丹的盛花期，整个牡丹园的最大日游客接待数量超过10万人。这让菏泽即做活了牡丹产业，又成功传播了牡丹文化。

目前，菏泽现有的“五湖六河”正在开发，市区水域面积占建成区面积的16%，“湖河相连、城水相依、城河湖一体”的水邑特色日益凸显。菏泽城市绿化覆盖率达到40.3%，全市森林覆盖率达到33.6%，创全国平原地区之首。赵王河景观带贯穿省市中心，并成为国家级水利风景区。一座充满魅力的生态宜居菏泽已经展现在世人面前。

科技创新：既能有效利用资源，又能使城市可持续发展

在菏泽1.2万平方公里的土地下，埋藏着丰富的自然资源。目前，菏泽境内探测煤炭储量281亿吨，其中巨野煤田地质储量55.7亿吨，是华东地区面积最大、储量最多、煤质最好的一块整

菏澤高新區打造科學發展四大高地

新浪网报道截屏

装煤田。不仅是煤，菏泽已探明石油储量5625万吨、天然气储量273亿立方米。“靠山吃山，靠水吃水”，这样依靠资源带动城市发展例子不胜枚举，而实践证明，如此单一的城市发展模式，已经远远不再适应科学发展的要求。如何既能利用好这些资源，又能够使城市可持续发展？菏泽给出的答案是：科技创新。

山东新巨龙能源有限公司，就守着巨野煤田这块“大蛋糕”。面对55亿吨的巨大煤炭储量，新巨龙的决策者们并没有被眼前巨大的经济效益冲昏头脑，他们清醒的认识到，只有进行科技创新，拉长煤炭工业产业链，才能让企业持续的发展。在矿井修建过程中，他们先后遇到特厚表土层、高地温、强地压、大涌水等一系列困难。面对这些，新巨龙人非但没有退缩，反而依靠自主科技创新，连创穿过表土层厚度、钻井法施工井筒深度、冻结法施工井筒深度、井壁强度四个“世界第一”。煤挖出来了，如何利用这个问题又摆在了新巨龙人的面前。为了摆脱依靠原煤外卖这条老路，他们先后上马了煤炭化工、矸石电厂、新型建材等项目，同时加大矿井废弃物的综合利用和采煤塌陷地综合治理，拉长了煤炭经济产业链。科技创新，转变观念，让新巨龙交出了销售收入59亿元，上缴税费17亿元的成绩单。

投资节能减排项目会拉低企业经营效益，这似乎是不少石化企业的共识，但是山东东明石化集团的管理者们却并不这样认为。他们不仅“大方”的投入资金，上马节能减排项目，更是通过自主创新技术，让节能减排项目生出了“真金白银”。东明石化负责人向采访团记者介绍说，他们近几年在燃烧烟气治理等环境保护设备和技术上累计投资1.2亿元，技改投资5000余万元。建设的2万方干式气柜装置，年可回收炼厂干气1100多万方，节约燃料油1.5万吨，折标煤2.14万吨，产生经济效益足足有7200余万元。像这样从环保科技创新上要效益的例子，在东明石化还有很多，也正是因为这样，东明石化才有底气喊出要发展成为千亿元资产规模、千亿元销售收入的“双千亿”企业这句响亮的口号。

中医中药是我国独有的瑰宝，如何能让有着千年历史的中医药焕发新的青春？山东步长制药给出的答案还是科技创新。他们每年以销售收入10%的资金用于科研和产品开发，主打产品均为具有自主知识产权的创新产品。自主研发的“丹红注射液”是我国第一个快速解决全身脏器供血不足和缺血梗塞性疾病的专利中成药，是目前山东省唯一生产的中药注射液，获山东省科技进步一等奖、中国专利金奖。

作为重要的公路交通主枢纽城市，菏泽也正利用它“承东启西，引南联北”的地理优势，发挥境内6条高速、6条省道和14条国道的作用，同时借助于京九铁路与新兖石铁路在境内“十”字交汇，以及距济南、郑州两大国际机场均为200公里、距曲阜机场70公里的便利条件，鼓励企业做大做强产业链，形成产业集群发展，使菏泽的经济发展再上新台阶。

用户名 密码 记住密码 登录 用QQ帐号登录 注册通行证

中国山东网 sdchina.com 山东各地 English | 한국어 | 日本語

首页 | 各地新闻 | 科教文卫 | 招商引资 | 平安山东 | 社会保障 | 交通城建 | 百姓生活 | 聚焦三

中国山东网 > 中国山东各地 > 各地新闻 > 科学发展新山东——第八届中国网络媒体山东行 > 正文

牡丹之都迎全国网络媒体 文化菏泽好戏唱给市民听

www.sdchina.com 来源：中国山东网 作者：陈振国 2012-5-15 23:41:09 论坛评论

菏泽市新建的文化中心成为市民休闲的好去处

每年牡丹的开花时节，都吸引了全国各地的游人

盛开在牡丹园内的芍药

菏泽市建成了世界第一座牡丹博物馆

中国山东网5月15日讯（记者 陈振国）今天下午，“科学发展新山东——第八届网络媒体山东行”采访团先后采访了菏泽曹州牡丹园和菏泽大剧院等惠民工程。曹州牡丹园秀美与大气的设计、菏泽文化中心精美的规划，都让记者感受到了菏泽文化产业发展的蓬勃之势。

菏泽市委、市政府从2010年以来组织开展一系列大型文化活动：演武楼内举办的全运会比赛，大剧院内举行的10多项活动，近30场高档次、高品位的艺术演出都成为菏泽群众的精神盛宴。文化需要载体，艺术需要舞台。2009年，菏泽市委、市政府从本不富裕的财政中挤出6亿元，建设菏泽大剧院、演武楼。气势恢宏的大剧院，如含苞待放的牡丹，与毗邻而建的演武楼一起，成为菏泽新地标。在记者采访期间，大剧院前广场上人头攒动，跳健美操的，跳交谊舞的，一簇挨一簇，大剧院不仅承办了多场大型演出，更成了当地市民休闲的好去处。

2012年，菏泽市图书馆举行了奠基仪式，填补了菏泽市没有国家一级图书馆的空白。市博物馆新馆正进行前期论证。去年鲁西南民俗博物馆实现了对外免费开放。建成147个乡镇综合文化站，投入使用率60%。2000个农家书屋，配备图书210余万册、电子音像制品20余万张。农村文化大院建成1215家，为村镇居民输送了理论知识和文化活动场地。今年计划新建农村文化大院300家。去年放映公益电影7.1万场，观众超过2000万人次，极大地丰富了农民生活。今年送戏下乡将不少于1000场，送电影下乡不少于7万场。文化惠民的菜单，正变得越来越丰富……

菏泽市近年来艺术生产不断实现新突破，《山东汉子》荣获国家舞台艺术精品提名奖，在第九届中国艺术节第十五届“群星奖”决赛上，获得“群星奖”两项，实现了菏泽市“群星奖”等的突破。通过对元代沉船进行抢救性发掘，清理出元代青花梅瓶等珍贵文物。

文化产业发展步伐不断加快的菏泽市今年确定了新建和续建项目58个，总投资达180亿元。今年全市力争文化旅游产业项目引资额超过10亿元。曹州牡丹园、赵王河提升改造等一批项目已完工。菏泽市积极参加深圳文博会和省文博会，在省文博会上菏泽展位以“中国牡丹城”为主题，充分展示“一城四乡”文化。“一城四乡”文化大为提升，成为菏泽对外交流的亮丽名片。

责任编辑：毕贞云

中国山东网报道截屏

东明石化集团厂区照片（盛堃　摄影）

演武楼夜景（资料图）

牡丹花娇艳欲滴（盛堃　摄影）

山东新巨龙能源有限责任公司厂区（盛堃　摄影）

山东步长制药有限公司内的企业展览馆（盛堃　摄影）

菏泽大剧院外观（盛堃　摄影）

影·像 菏泽

菏泽曹州牡丹园——世界最大的牡丹园林

温室里正在盛开的牡丹

国花魂及广场

菏泽大剧院外观

采访团记者走进曹州牡丹园的中国牡丹博物馆

文化史柱和水景园情景交融

温室里正在盛开的牡丹

大片大片的金盏菊正在盛开

曹州牡丹园：菏泽城市“文化名片”

以牡丹为主题的藏品

温室内，牡丹花娇艳欲滴。

科学发展新山东

第八届中国网络媒体
山东行新闻报道集

潍坊篇

第八届中国网媒山东行采访团探访盛瑞传动股份有限公司（新华网）

新华网潍坊5月17日电　（记者　李志强）　初夏的五月，气候宜人。5月16日上午，科学新发展——第八届中国网络媒体山东行大型采访活动东线采访团的编辑记者们来到了“世界风筝之都”——潍坊。采访团一行参观了位于潍坊市的盛瑞传动股份有限公司，了解了该公司自主研发的产品设备。

盛瑞传动股份有限公司有关负责人向记者们详细介绍了公司情况。据介绍，该公司是潍坊国家高新区的国家重点高新技术企业，旗下拥有三个全资子公司，是国内品种最全、实力最强的重型柴油机零部件综合制造商之一，重型柴油机连杆、活塞销、水泵等国内市场占有率超过20%，连续三年位居第一位，同时远销意大利、英国、法国、美国、加拿大、澳大利亚、斯洛文尼亚等10多个国家。

据了解，盛瑞传动股份有限公司高度重视自主创新和研发平台建设，拥有山东省动力传动工程技术研究中心、省级企业技术中心、山东省工业设计中心和山东省重点企业实验室四个省级研发机构，并在德国、英国、北航设立分中心，形成了“三国四地”的研发机构布局。为进一步提升企业核心竞争力，盛瑞传动股份有限公司在做强做大现有柴油零部件产业基础上，正在“以老养新”，整合全球资源开发世界首款前置前驱乘用车8挡自动变速器（8AT）。目前，该公司已完成三代样机的研制，并实现了在盛瑞、在中国的投产下线，形成了完整的研发生产体系和供应链体系，搭载的目标样车圆满完成了高温、高原和高寒试验，取得了我国汽车自动变速器科技领域的重大突破，站在了国际自动变速器研发制造技术的前沿，顺利进入产业化建设阶段。当介绍到该公司始终坚持自主创新，并连续实现高速增长，编辑记者们啧啧称赞，敬佩不已。

盛瑞传动股份有限公司先后通过ISO9001：2008质量管理体系认证和ISO/TS16949:2009汽车行业质量管理体系认证，先后荣获全国百家优秀汽车零部件供应商、中国内燃机零部件行业排头兵企业、中国机械管理进步示范企业、中国重型柴油机生产10强企业、山东省机械工业百强企业、山东省质量竞争力100强企业等荣誉称号。企业商标被认定为山东省著名商标、中国驰名商标。“盛瑞牌”连杆、水泵荣获“山东名牌”称号。

据悉，参加本次“网络媒体山东行采访”活动的来自国内近百家最知名网络媒体和传统媒体编辑记者们对济南、东营、潍坊、

CHINADAILY.com.cn

中国在线
chinadaily.com.cn/dfpd/

中国在线 > 华东地区

盛瑞：国内首款8AT投产下线

2012-05-17 10:38:44 来源：中国日报山东记者站

打印文章　发送给我好友　分享 0

中国在线　+加关注

第八届中国网络媒体山东行系列报道之九——

盛瑞：国内首款8AT投产下线

盛瑞8AT第一代样机

5月16日，科学发展新山东—第八届中国网络媒体山东行采访团来到潍坊盛瑞传动股份有限公司，公司自主研发的世界首款前置前驱8挡自动变速器(8AT)此前顺利投产下线，填补了我国6挡以上AT自动变速器研发和生产领域的空白，8AT专利被评为中国专利金奖。

在盛瑞传动的研发中心，该公司副总经理陈鹏介绍，8AT主要应用于城市越野车中，此前只有德国、日本等国家掌握该技术，长期对我国实行技术封锁，国内没有自主研制此类高端汽车自动变速器的能力，大量依赖进口。瞅准这一市场空白，公司成功研发出8AT，已完成三代样机的研制，形成了完整的研发生产体系和供应链体系，搭载的一汽、海马、长安汽车目标样车圆满完成了高温、高原和高寒试验。

据介绍，这家公司目前拥有山东省动力传动工程技术研究中心、省级企业技术中心、山东省工业设计中心和山东省重点企业实验室四个省级研发机构，并在德国、英国、北航设立分中心，形成了“三国四地”的研发平台。近三年，公司7个项目列入国家级计划，40余个项目列入省级计划，拥有有效专利110项，计算机软件著作权4项，8AT项目研发团队被科技部授予“十一五”国家科技计划执行优秀团队奖，公司被科技部认定为国际科技合作基地。

潍坊市高新区党工委副书记、管委会副主任张龙江说，自主研发的变速器令国际同行业的价格大大降低，相信在不久的将来，大家驾驶的奔驰、宝马也会用上盛瑞生产的变速器。

盛瑞传动是国内品种最全、实力最强的重型柴油机零部件综合制造商之一，重型柴油机连杆、活塞销、水泵等国内市场占有率超过20%，连续三年位居第一位，同时远销意大利、英国、法国、美国、加拿大、澳大利亚、斯洛文尼亚等10多个国家。

公司始终规划通过8AT项目的产业化、柴油机零部件产品的技改扩产及对上下游企业的整合，到2015年打造成“中国一流，世界接轨”的高端自动变速器及重型柴油机零部件研发生产基地。

来源：中国日报山东记者站(记者 徐振丽)编辑：马原

中国日报网报道截屏

5月16日上午，盛瑞传动股份有限公司有关负责人向记者们介绍公司概况。新华网　李志强　摄

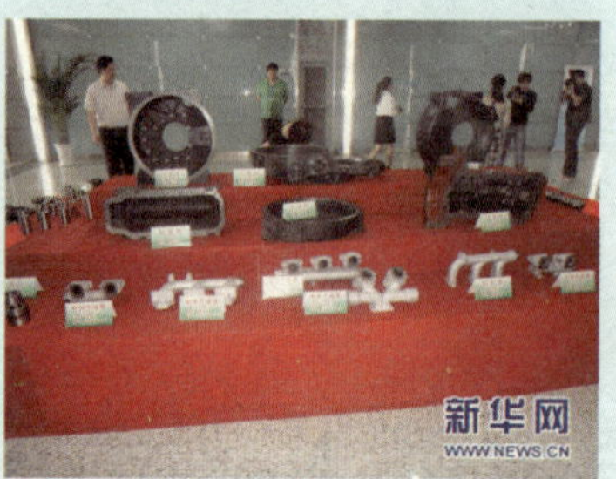

编辑记者们在参观盛瑞传动股份有限公司研发的产品。新华网　李志强　摄

菏泽、青岛等 11 个地市分东西两条线路进行采访考察，集中深入报道山东推进科学发展取得的突出成就。

整合全球资源搞科研 盛瑞传动铸就“变速”传奇（胶东在线）

胶东在线网潍坊 5 月 16 日讯（特派记者 魏琪）16 日，“科学发展新山东—第八届中国网络媒体山东行”采访团来到位于潍坊国家高新区的盛瑞传动股份有限公司。

盛瑞传动是国内品种最全、实力最强的重型柴油机零部件综合制造商之一，重型柴油机连杆、活塞销、水泵等国内市场占有率超过 20%，连续三年位居第一位，同时远销意大利、英国、法国、美国、加拿大、澳大利亚、斯洛文尼亚等 10 多个国家。

国产 8 速变速设备

盛瑞传动公司高度重视自主创新和研发平台建设，拥有山东省动力传动工程技术研究中心、省级企业技术中心、山东省工业设计中心和山东省重点企业实验室四个省级研发机构，并在德国、英国、北航设立分中心，形成了“三国四地”的研发机构布局。近三年，公司 7 个项目列入国家级计划，40 余个项目列入省级计划；拥有有效专利 110 项（其中发明专利 4 项，8AT 专利被评为中国专利金奖），计算机软件著作权 4 项；8AT 项目研发团队被科技部授予“十一五”国家科技计划执行优秀团队奖，公司被科技部认定为国际科技合作基地。

为进一步提升企业核心竞争力，在做强做大现有柴油零部件产业基础上，正在“以老养新”，整合全球资源开发世界首款前置前驱乘用车 8 挡自动变速器（8AT）。

目前，已完成三代样机的研制，并实现了在盛瑞、在中国的投产下线，形成了完整的研发生产体系和供应链体系，搭载的目标样车圆满完成了高温、高原和高寒试验，取得了我国汽车自动变速器科技领域的重大突破，站在了国际自动变速器研发制造技术的前沿，顺利进入产业化建设阶段。

盛瑞传动公司规划通过 8AT 项目的产业化、柴油机零部件产品的技改扩产及对上下游企业的整合，到 2015 年打造成“中国一流，世界接轨”的高端自动变速器及重型柴油机零部件研发生产基地。

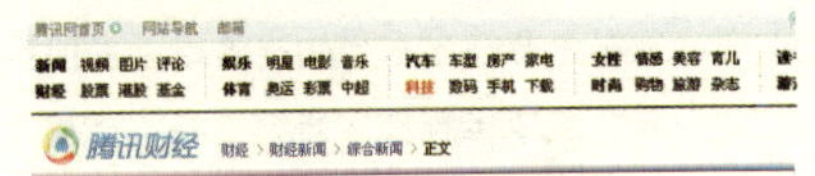

腾讯网首页 网站导航 邮箱

新闻 视频 图片 评论 娱乐 明星 电影 音乐 汽车 车型 房产 家电 女性 情感 美容 育儿
财经 股票 港股 基金 体育 奥运 彩票 中超 科技 数码 手机 下载 时尚 购物 旅游 杂志

腾讯财经 财经 > 财经新闻 > 综合新闻 > 正文

鲁企聚力驶入创新“蓝海”

2012年05月17日09:27 大众网[微博] 字号：T | T

本报潍坊5月16日讯记者今天随“中国网络媒体山东行”采访团在潍坊盛瑞传动股份有限公司了解到，公司自主开发的世界首款前置前驱8挡自动变速器（8AT）此前顺利投产下线，最近应用该变速器的汽车试驾成功。

“8AT目前应用在一汽、海马、长安汽车有关车体上，进行了高温、高寒测试后，最近又进行了高原测试，效果良好。”该公司副总经理陈鹏介绍，该系统主要应用于城市越野车中，此前只有德国、日本等发达国家掌握该技术，并长期对我国实行技术封锁，国内一直没有自主研制此类高端汽车自动变速器的能力，只得大量依赖进口。

瞅准这一市场空白，公司成功研发出8AT，“今年先是小批量生产，目标计划是1000台。”陈鹏说。

数日来，记者随采访团沿路采访发现，将自主创新作为企业发展的核心战略，深入研究国内乃至世界产业调整、科技创新、市场发展方向，聚合国内外、产学研各方力量，开拓出一片市场“蓝海”，正成为鲁企的共同追求。

5S纯物理压榨工艺是鲁花集团驰名省内外的一大独创技术，其中黄曲霉素去除技术更是突破花生油的生产瓶颈，填补国内外空白。记者今天来到位于烟台莱阳的鲁花集团发现，鲁花人并没有停下科技创新的脚步，目前正在研创花生蛋白生产加工技术，以提升竞争力。

“往常花生粕都是直接送饲料厂，利用率低，我们前期市场调研发现，花生粕充分利用每吨可增加1500—2000元的收益，于是我们和大学合作研发蛋白生产加工技术，成功后，可提升花生的附加值，延伸产业链。”鲁花集团科技部副部长李秋说。

（大众网-大众日报）

腾讯网报道截屏

走进潍柴：看“蓝擎”WP12引领全球的“自主范”

（人民网）

人民网潍坊5月17日电　（记者　聂俊穹）　5月16日，科学发展新山东——第八届中国网络媒体山东行东线采访团来到潍柴动力股份有限公司，潍柴动力作为国内汽车及装备制造集团中的佼佼者，走自主创新和内涵式发展的道路，连续实现高速增长，创造了令业内瞩目的成绩。潍柴动力名列2011年中国企业五百强第93位，中国制造业五百强第35位，中国工业百强第2位。荣获山东省首届“省长质量奖”和第二届中国工业大奖。

潍坊高新区党工委副书记、管委会副主任张龙江介绍说，潍柴动力具有强大的研发能力，现代化的“国家级技术中心”及国内一流水平的产品实验室，潍柴动力近年来始终坚持走自主创新和内涵式发展的道路，集团拥有现代化的“国家级企业技术中心”及国内一流水平的产品实验室，设有“博士后工作站”，在法国、奥地利、美国、潍坊、上海、重庆、杭州、西安等地建立了研发中心，确保企业技术水平始终紧跟世界前沿。2009年，国家商用车动力系统总成工程技术研究中心、商用车与工程机械新能源动力产业技术创新战略联盟先后通过国家科技部审批，落户潍柴，使企业科技创新支撑能力进一步增强。依托全球领先的研发平台，潍柴集团先后承担和参与了10个国家“863项目”和科技攻关项目，获得产品和技术授权专利469项。

据了解潍柴集团的“蓝擎”WP12发动机是中国首台拥有完全自主知识产权的大功率欧Ⅲ发动机，达到了国Ⅴ排放标准，在经济性、可靠性、环保性等方面均达到了国际领先水平。

齐鲁E家　账号：　密码：　登录　注册　首页　新闻　山东　微博

齐鲁网 iqilu.com 山东网络广播电视台

首页 > 新闻 > 山东新闻 > 科教社会

潍坊：走进动力“王国”感受潍柴动力

来源：齐鲁网　2012-05-16 22:30

我来说说(0)　复制链接

关键词：2012山东行最新报道 潍坊 潍柴

[提要]16日，科学发展新山东—“鲁花杯”第八届中国网络媒体山东行东线采访团来到潍柴动力股份有限公司，通过参观潍柴动力的科技展馆，了解到作为国内汽车及装备制造集团中的佼佼者——潍柴动力的自主...

“动力”王国的动力总成——“蓝擎”WP12

“动力王国”里的“明星”

齐鲁网潍坊5月16日讯 16日，科学发展新山东—“鲁花杯”第八届中国网络媒体山东行东线采访团来到潍柴动力股份有限公司，通过参观潍柴动力的科技展馆，了解到作为国内汽车及装备制造集团中的佼佼者——潍柴动力的自主创新之路。

走进潍柴集团的高新产业园科技展馆，一台台发动机显示着潍柴动力自主创新的实力。讲解员陈真指着一台绽放着耿蓝色光芒的“蓝擎”WP12发动机说，这台高速大功率“蓝擎”发动机达到国Ⅴ排放标准，在经济性、可靠性、环保性等方面均达到了国际领先水平，它也是中国首台拥有完全自主知识产权的大功率欧III发动机。

潍坊高新区党工委副书记、管委会副主任张龙江介绍说，潍柴动力具有强大的研发能力，现代化的“国家级技术中心”及国内一流水平的产品实验室，潍柴动力近年来始终坚持走自主创新和内涵式发展的道路，集团拥有现代化的“国家级企业技术中心”及国内一流水平的产品实验室，设有“博士后工作站”，在法国、奥地利、美国、潍坊、上海、重庆、杭州、西安等地建立了研发中心，确保企业技术水平始终紧跟世界前沿。2009年，国家商用车动力系统总成工程技术研究中心、商用车与工程机械新能源动力产业技术创新战略联盟先后通过国家科技部审批，落户潍柴，使企业科技创新支撑能力进一步增强。依托全球领先的研发平台，潍柴集团先后承担和参与了10个国家“863项目”和科技攻关项目，获得产品和技术授权专利469项。

自主创新和内涵式发展的道路，也让潍柴动力连续实现高速增长，创造了令业内瞩目的成绩。潍柴集团名列2011年中国企业五百强第93位，中国制造业五百强第35位，中国工业百强第2位。荣获山东省首届“省长质量奖”和第二届中国工业大奖。

齐鲁网报道截屏

潍坊科技学院立足蓝色经济：让认真成为品质（中新网）

中新网潍坊5月15日电　5月15日下午，科学发展新山东——第八届中国网络媒体山东行东线采访团来到潍坊科技学院。

载着记者的大巴车在校园里穿行一周，整座校园建设漂亮整齐，校园里除了教学区还有软件园、动漫制作中心。路过的操场上，莘莘学子运动场上的矫健身影折射出青春的活力和魅力。

潍坊科技学院是寿光市人民政府兴办的全日制普通本科高校，学院坐落于“中国蔬菜之乡”寿光。校园占地2000亩，建筑面积78万平方米，总资产15亿元，其中教学科研仪器设备总值1.3亿元，馆藏图书150万册，拥有中文期刊全文数据库7149种，开通了万方、清华同方等数据库，内容涵盖了学院所有学科专业和专升本考试、研究生考试资料。现设中印计算机软件学院、建筑工程学院、汽车工程学院、机械工程学院、经济管理学院、工商管理学院、化学工程学院、外国语学院、贾思勰农学院、美术系和综合教育学院等11个院系，开设60个专业。全日制在校生26000余人。

学院秉承“修身、博学、求索、笃行”的校训，坚持“以生为本，质量为魂，创新发展，引领社会”的办学理念，实施“内涵发展，特色提升，制度管理，和谐校园”的治校方略，弘扬“创业敬业、求是求新”的学院精神，建设“让认真成为品质”的校风，“责任高于一切”的教风，“勤学苦练”的学风，积极建立现代大学制度。

学院坚持科研兴院，积极推进产学研结合。建立了生命科学研究所、蔬菜花卉研究所、植物病虫害防治研究所、生态与植保研究所、作物育种与生物技术研究所、微生物研究所、水产养殖研究所、海洋精细化工研发中心、计算机软件研发中心、汽车工程研究所、生物化妆品研究所、农圣文化研究所等15个科研机构。

2012年，学校成功创建了“山东半岛蓝色经济工程研究院”，成为全国第一所针对国家“蓝色经济”战略建立的地方综合性科研机构。

寿光市宣传部长徐莹介绍说，目前潍坊科技学院不但在学习上给予学生最优越的条件，还提供全方位的实习、就业机会。

潍坊科技学院宣传部部长李兴军告诉记者，现在的潍坊科技学院走的是教学、科研、服务一体化的路子，校企合作定向培养，以及“订单”教育，建立了稳定的实践教学基地，实现了学习、实训、就业的“零距离”衔接，学生实践能力和创新能力得到普遍提高。

大一农学院园艺专业的张蕾蕾为采访团担任解说工作，在解说的空闲，她告诉记者说，当年高考时，她听说潍坊科技学院的农学特别好，就报考了农学院的园艺专业，当她来到学校开始正式接受大学教育的时候，发现学校里不但农学的教学质量高，艺术、工学方面也有着自身的特点。“来到学校以后，我发现学校在艺术方面的教学质量也很好，加上我对美术很有兴趣，在学校里就能与艺术专业的同学进行交流，还能去看他们的作品，收获特别大。”

HKCD香港商報 山東網 www.sdbhkcd.com 孔子故鄉

你的位置：主页 > 山東新聞 >

潍坊科技學院：特色專業是軟件

2012-05-16 03:21 未知

图为 记者团在参观潍坊科技学院

【香港商報訊】記者劉慶春報導：5月15日下午，“科學發展新山東——魯花杯第八屆中國網絡媒體山東行”採訪團，來到了濰坊科技學院。該院是壽光市人民政府興辦的全日制普通本科高校，學院坐落於著名的“中國蔬菜之鄉”——山東壽光。開設60個專業。全日制在校生26000餘人。

軟件技術專業是省級特色專業，有2個省級示範專業，4個省級校企共建專業，4門省級精品課程。專科畢業生參加升本科考試，考取人數連續八年全省第一；首屆本科畢業生考研筆試通過率佔畢業生總數的42.3%；參加山東省計算機技能大賽連續五年獲得團體一等獎；2011年，參加全國大學生“挑戰杯”創新大賽獲山東省特等獎。

學院把促進學生充分就業、優質就業作為長遠發展戰略，構築起了聯通全省人力資源供求信息的網絡平台。一次性就業率保持在95%以上。

學院堅持教學、科研、服務一體化，走產學研結合之路。學院建設的軟件園佔地812畝，建築面積38萬平方米，是集軟件研發、技術支撐、商務服務、人才培養、教育培訓為一體的高科技產業發展基地，也是學院師生科研、實踐、創業基地。投資1千多萬元建設了軟件公共技術支撐平台、動漫集群渲染平台、軟件與服務外包公共支撐平台。目前，已有印度格特維公司、清華陽光、北京恩源中國蔬菜調度呼叫中心、佛山運達電熱公司、山東藍狐動漫公司等85家企業入駐，從業人員1600多人，年產值達5億元，離岸外包業務已打入美國、日本、韓國、捷克等國家市場。軟件園正在形成軟件研發、服務外包、動漫、文化創意、信息服務等五大品牌產業。

軟件園先後被確定為山東省服務外包示範基地、山東省服務外包人才實訓基地、山東省服務外包人才培訓機構、山東省公共服務平台和山東省研究生聯合培養基地，被團中央授予青年就業創業見習基地。

图为记者在潍坊科技学院拍照

香港商报报道截屏

走进潍坊三元朱村：近距离感受“科技之光”

（长城网）

长城网5月16日讯 （李书军 邓光韬） 15日下午，科学发展新山东——第八届中国网络媒体山东行采访团来到了中国冬暖式大棚发祥地、中国特色经济村三元朱村。

三元朱村地处寿光市最南端，交通便利，农业发达。这里物华天宝，人杰地灵，早在五千年前，就受到了龙山文化和大汶口文化的熏陶，是农圣贾思勰从事农学研究，并最终成就中国历史第一部农学巨着《齐民要术》的地方。中央政治局委员、中央政法委副书记王乐泉就出生并成长在这片热土上。全村共有居民260户，1009人，耕地面积1295亩，冬暖式蔬菜大棚530个，精品果园310亩。2011年全村年总产值4970万元，人均收入26066元。

1989年，三元朱村17名党员干部在王乐义书记的带领下，历艰辛、冒风险，克服重重困难，一举试验成功了“冬暖式蔬菜大棚”，当年棚均收入27000元。从而引发了一场改变大半个中国农业产业结构的“绿色革命”，大幅度提升了城乡居民生活，促进了农民的经济增收，为中国亿万农民开辟了一条科技致富的新道路。

自冬暖式大棚及大棚蔬菜种植技术试验成功后，三元朱人始终无私的把技术传授给全国农民兄弟，足迹遍布全国26个省市自治区。常年在外实地传艺的技术人员上百名。为帮助农民脱贫致富作出了巨大贡献。为更好的发展现代农业，培育新型农民，村里筹建了高科技农业示范基地和山东农业科技职业培训学校。到2009年底总共接待外地参观、考察、学习人员达100多万人次。先后试验、改进、并推广了五代冬暖式大棚技术，引进试验成功了滴灌、微机控制、无土栽培、生物防治等20余项技术，引进、试验、推广了近20类300余个作物新品种。近几年，又与国内外许多著名农业科研机构和大专院校及众多农业专家建立了长期稳定的合作关系。推广实施了标准化生产技术，生产出了高品质的绿色蔬菜。“乐义”蔬菜商标被评为山东省著名商标，“乐义”牌黄瓜被评为全国名牌农产品，乐义化工公司生产的蔬菜专用肥，被评为全国免检产品，成为发展绿色农业的放心产品。

多年来，党和国家各级领导多次来三元朱村检查指导工作，对三元朱村取得的成绩给予了高度评价。三元朱村先后获得了“全国文明村”、“中国十大特色经济村”、“全国先进基层党组织”、“全国生态文化村”、“全国五四红旗团支部”等多项殊荣，王乐义书记连续三届出席党的全国代表大会，荣获“全国劳动模范”、“全国优秀共产党员”等荣誉称号。2005年4月7日，中共中央

蔬菜种植让农民发了家 三元朱村的“绿色传奇”

2012-05-15 22:08:40 来源：胶东在线 【大 中 小】

一位参观者在三元朱村荣誉墙

胶东在线网潍坊5月15日讯（特派记者 魏琪）来到寿光，就不得不提到三元朱村。村支部书记王乐义把寿光蔬菜大棚推向了全国，点燃了一次绿色革命之火……5月15日，“科学发展新山东—第八届中国网络媒体山东行”大型采访团来到冬暖式大棚的发祥地寿光市三元朱村。作为中国特色经济村，2011年，三元朱村全村年总产值4970万元，农民人均纯收入26066元，蔬菜种植让农民发了家。

寿光蔬菜大棚从三元朱村走向全国

一栋栋村民别墅楼、干净宽阔的马路、沿街竖立的太阳能路灯、安装着健身器材的小广场……

富裕了三元朱村没有忘记他们的支部书记王乐义。1979年，他到山东农大邀请手正之教授回村进行科技指导。三元朱村很快发展起400多亩果树，5年后获得大丰收，户均收入1300元。这次尝试让王乐义尝到了学科技、用科技的甜头。1988年，他又三进东北学技术，到山农大等单位找专家、教授拜师，成功探索出“冬暖式蔬菜大棚技术”。他经常说：“科技是农村发展的唯一出路”。

冬暖式大棚试验成功后，王乐义又带领村“两委”搞科研开发，改进大棚技术，研发新品种、新技术，创建无公害蔬菜生产基地，试验第六代温室大棚……一个普通的农民，靠着科技的引领，用土地做文章，把农业做大、做强，掀开了农业史上波澜壮阔的一页。

“绿色革命”风靡大半个中国

自冬暖式大棚及大棚蔬菜种植技术试验成功后，三元朱人无私的把技术传授给了全国农民兄弟，足迹遍布全国26个省市自治区。常年在外实地传艺的技术人员上百名。为帮助农民脱贫致富作出了巨大贡献。

据了解，如今，三元朱村常年在外地担任技术指导的有140多人，其中有28人被聘为科技副乡（镇）长，4人被聘为科技副县长。截至去年底，三元朱村向外省市派驻技术员2500多人次；20多年来，三元朱村共培训来自河南、山西、新疆等8省区的学员12000多人，接待参观学习群众120多万人次。他们用行动弘扬了助人为乐的传统美德，带动了千百万农民共同致富。

为更好的发展现代农业，培育新型农民，三元朱村筹建了国际农业高技术示范园区和山东农业科技职业培训学校。据了解，该园区投资1670万元，集科研、种植、推广、管理、培养、销售为一体，包括10个第五代高标准蔬菜大棚，占地6000平方米的智能温室，能同时为330人授课的农业科技培训大楼等。而学校，仅到2009年底，就接待外地参观、考察、学习人员达100多万人次，同时，学校先后试验、改进、并推广了五代冬暖式大棚技术，引进试验成功了滴灌、微机控制、无土栽培、生物防治等20余项技术，引进、试验、推广了近20类300余个作物新品种。近几年，又与国内外许多著名农业科研机构和大专院校及众多农业专家建立了长期稳定的合作关系。推广实施了标准化生产技术，以生产出高品质的绿色蔬菜。

胶东在线报道截屏

总书记胡锦涛亲临三元朱村，亲切看望了全国优秀共产党员王乐义同志和父老乡亲，总书记与乡亲们亲切交谈，谈生活、谈生产，气氛融融。总书记离开三元朱时，握着王乐义的手说：“乐义同志，我嘱托你两件事，一件是你要把技术一如既往的向全国传授，让更多的农民增收。我们国家有8亿多农民，农民达不到小康，我们国家永远进不了小康社会，这件事非常重要；第二件，你要培养人才，培养人才要从基础做起，首先把农村小学办好，我们国家有了人才就兴旺发达了。”这亲切的关怀、殷切的期望，如浩荡的春风，给了全村干部群众巨大鼓舞！

为落实总书记的嘱托，三元朱人团结奋进，科学规划，民主决策，稳步实施。如今，敬老院里，老人生活的幸福、安康；幼儿园的孩子们健康、快乐；村民喜迁新居；高标准的硬化、绿化、亮化工程全部投入使用；乐义生活超市和乐义农资超市极大地方便了本村和周边村的群众；两个娱乐健身场所设备齐全，群众健身娱乐、欢声一片；三元朱卫生所全市一流，为村民提供了有力的健康、医疗保障；智能温室花卉、苗木郁郁葱葱；冬暖大棚硕果累累；展览厅里展示内容丰富多彩；多功能培训大厅宽敞明亮，是新型农民的摇篮。

今天的三元朱在十七大精神和科学发展观的指引下，在各级政府的关心支持下，在王乐义书记的带领下，抓住机遇，解放思想，奋发图强，向着更加美好的明天阔步前进！

网络媒体山东行：寿光菜博会引领农业盛会

（中安在线）

中安在线讯（记者 祖文婷）15日下午，科学发展新山东——第八届中国网络媒体山东行大型采访团东线走进潍坊寿光蔬菜博览会，感受科技与农业结合的无穷魅力。

尽管不是周末，但在寿光的菜博会主展区依然是熙来攘往，传统农业与现代科技在这里有了最完美的融合，逛菜博会已经成了潍坊人一年一度不可或缺的休闲选择。

菜博会上，西红柿、黄瓜、彩椒、冬瓜等蔬菜纷纷“上了树”，让人忍不住啧啧称奇。据介绍，这种“蔬菜树式栽培”把具有无限生长特性的直立和蔓生草本蔬菜进行单株“树形化”或“巨型化”培育，以主攻植株冠幅面积、单株高产和延长生长结果周期为努力目标，是一种纯观光、科普型的栽培。

十几棵高约3米的正茁壮成长的茄子树上，竟然有三种不同

寿光菜博会引领农业盛会

宁夏新闻网 WWW.NXNEWS.NET 发布时间：2012-05-16 08:36

宁夏新闻网报道截屏

颜色的茄果！除了我们平常见到的紫色长条茄外，还有紫白花纹相间的花纹茄和雪白色长条茄，错综相间，煞是喜人。而能做到这种改良换代，托鲁巴姆高位嫁接术功不可没。“茄子树在育苗后，就像桃树等果木嫁接原理一样，把不同品种的茄子放到了同一株茄子树上生长，所以嫁接上的枝桠长就呈现出了茄果满树的壮观景象。”

除了精美的果蔬，还有用蔬菜、果实、种子、干果等组合而成的310多个蔬菜艺术景观，让游客不禁感叹科技的神奇，“只有想不到的，没有做不到的。”

据了解，中国（寿光）国际蔬菜科技博览会是商务部正式批准的年度例会，是目前国内唯一的最具影响力的国际性蔬菜产业品牌展会。2000年以来已经成功举办了十三届，每届都以丰硕的经贸成果，独特的展览模式和丰富的文化内涵，在国内外农业及相关产业领域产生了巨大影响。

本届菜博会总展出面积35万平方米，其中室内15.5万平方米，设八个展厅、四个蔬菜温室大棚、蔬菜博物馆、采摘园及广场展位区，室内外展位2000个。展会期间还将举办第三届中华农圣文化节，全国农产品现代物流发展论坛，海峡两岸休闲观光农业交流会，荷兰种业发展研讨会，现代农业实用技术培训等活动。

走进蔬博会：近距离接触高科技培育的“群菜荟萃”（齐鲁网）

齐鲁网潍坊5月15日讯 （记者 谭文宝） 15日下午，科学发展新山东——第八届中国网络媒体山东行采访团来到中国“蔬菜之乡”，走进第13届中国（寿光）国际蔬菜科技博览会展馆，近距离感受高新技术培育下“群菜荟萃”的壮观场景。

近几年寿光围绕“突出农业生态特色，做大做强旅游产业”的发展总体思路，不断加大旅游基础设施投入，完善旅游功能，积极培育旅游精品项目，尤其注重在文化建设、农业开发与生态旅游结合上做文章，整合生态农业观光旅游、油田风光、盐田风光、原生态湿地、海上观光等旅游资源。“蔬菜之乡，生态寿光”的旅游品牌已深入人心。近几年，寿光以菜博会为媒，致力于发展农业休闲游并取得良好反响。

目前，寿光成功创建了蔬菜高科技示范园、林海生态博览园等国家4A级旅游景区3处，全国首批农业旅游示范点2处，山东省农业旅游示范点3处，初步形成了农业田园风光游、自然生态观光游、滨海湿地休闲游三条精品旅游线路，寿光独一无二的农

青岛新闻网首页　通行证　新闻　社区　微博　维权　房产　汽车　财经　旅游　健康

青岛新闻网 新闻　新闻专题 > 综合类 > 正文

原创：35万平米菜博会开展 机器人摘番茄吸眼球(图)

来源：青岛新闻网　已有0条评论　2012-05-16 11:04:24　字号：T T

青岛新闻网5月16日讯 昨天下午，记者随“第八届中国网络媒体山东行”采访团来到寿光国际蔬菜科技博览会。机器人现场采摘番茄、光伏新能源大棚发电以及各式蔬菜组合景观让参观者过足了眼瘾。

本届菜博会设置了1个主展区和13个分展区，主展区总面积35万平方米，设有8个展馆（厅）、6个蔬菜温室大棚、采摘园和蔬菜博物馆。其中，4号厅为新增回顾展厅，是本届菜博会的亮点之一，将前十二届菜博会的蔬菜文化精品胜景巧妙构思、有机布局，再现了历届菜博会的艺术经典和独特魅力，让游客在回顾中见证菜博会的成长。

7号展厅“科技韵味”更加浓郁，新增种植模式30余种，前沿技术100余项，未来馆面积扩大到2000平方米，由寿光自主研发的智能机器人穿梭于菜架之中，与游客进行“零距离”接触，光伏新能源大棚发电“搬到”了菜博会现场，数字化程控种植管理系统即时监测蔬菜生长环境，浇水、控温、补光一体管理自动完成，8号厅采用蔬菜、果实、种子制作的盛世中华、锦绣江山等200多个蔬菜组合景观，融合了红色文化、生肖文化、齐民文化等传统历史文化。（青岛新闻网记者 孙韬韬）

青岛新闻网报道截屏

业休闲资源，逐步释放出越来越大的旅游吸引力。

据寿光蔬博会组委会相关负责人介绍，本届菜博会以“绿色、科技、未来”为主题，共设1个主展区和13个分展区，共2000多个室内外展位。主展区总面积35万平方米，设有8个展馆（厅）、6个蔬菜温室大棚、采摘园和蔬菜博物馆。吸引了海内外3000多家企业，近万名客商进行经济技术交流和商贸洽谈。

作为国内唯一的国际性蔬菜产业品牌展会和商务部正式批准的年度例会，本届菜博会吸引了来自50多个国家、30个省区市的上万人参展参会。据了解，本届菜博会共设1个主展区和13个分展区。其中主展区总面积35万平方米，设有蔬菜温室大棚、采摘园和蔬菜博物馆等，吸引了国内外3000多家企业，近万名客商、游客前来进行商贸洽谈和观光旅游。

2012年菜博会亮点频出，博得游客阵阵喝彩。在菜博会7号馆，由寿光自主研发的智能机器人穿梭于菜架之间，让参观的游客大呼过瘾。在以科技与绿色完美结合的“生态家庭”展示区，天然生态的生活方式更是令游客们羡慕不已。

将科技、文化、历史、艺术完美地融入蔬菜展览，形成了独特的展览模式和人文景观是本届展会的一大特色。各展馆（厅）内都布置了内容丰富、工艺精湛的人文景观。在占地1万平方米的8号厅，用10吨大姜搭建了“江山多娇”景观，“江山”上用很多盆栽辣椒组成了“树”，“江山”下则是池塘，鱼儿游来游去，整个景观气势恢宏，来此观看的游客无不赞叹。

加强与游客的互动是本届菜博会的一大亮点，绿色满园、硕果累累的采摘园向游客开放，游客在此不仅可以领略菜乡风情，还可以体验劳动乐趣，享受收获喜悦。

据悉，近年来，寿光依托“蔬菜之乡”、“农圣故里”的优势，以“菜”为媒，精心打造出了以蔬菜高科技示范园、弥河生态农业观光园、三元朱村为主体的农业观光游和以林海生态博览园、巨淀湖风景区、小清河生态旅游度假区为主体的生态休闲游两大精品线路，逐步打响“蔬菜之乡，生态寿光”旅游品牌 。

蔬菜机器人采摘果实

第八届中国网络媒体山东行大型采访团走进寿光蔬菜博览会采访。

西红柿等蔬菜制作的精美“建筑”

初宝杰：坚持改革创新，着力推进“四个潍坊”建设

（大众网）

大众网潍坊5月15日讯 （记者 都镇强） 15日晚，科学发展新山东——第八届中国网络媒体山东行东线潍坊站举行新闻发布会，中共潍坊市委常委、宣传部部长初宝杰在致辞中表示，近

年来，潍坊加快转方式调结构步伐，积极增创科学发展新优势，并着力于加快“蓝黄”两区建设和文化产业发展。与此同时，潍坊将坚持改革创新，着力推进创新潍坊、文化潍坊、生态潍坊、幸福潍坊“四个潍坊”建设。

高端高质高效 产业发展新优势

初宝杰说，近年来，潍坊大力实施高端高质高效产业发展战略，促进了三次产业优化升级。其中，深入实施工业调整振兴规划，加快改造传统产业，大力发展高新技术产业，积极培育新兴产业。目前，潍坊主营业务收入过千亿产业达到4个、过百亿企业达到12家；中国名牌产品、中国驰名商标分别达到31个和61件，数量居全省前列。

潍坊市市委常委、宣传部长初宝杰出席潍坊市新闻发布会并致辞（马鑫　摄）

潍坊市委常委、宣传部长初宝杰介绍了潍坊市近年来在科学发展方面取得的成绩（马鑫　摄）

据初宝杰介绍，潍坊还以发展安全、优质、高效、品牌农业为目标，加快转变农业发展方式，再创农业发展新优势。目前，潍坊拥有12家国家级龙头企业，167家销售收入过亿元龙头企业。潍坊农产品质量安全区域化管理经验在全国推广。

与此同时，潍坊树立了绿色低碳发展理念，坚持节能优先、环保优先，大力发展循环经济，创建了10个循环型经济园区、61家循环型企业，形成了20种循环经济模式。

蓝色黄色并进 大项目带动突破

初宝杰说，按照国家和省里蓝黄“两区”发展规划，潍坊确立了“一带、一体、两翼、多点”的总体布局，北部滨海地区作为潍坊蓝色经济发展的核心带动带，把中心城区及周边半小时经济圈作为引领主体，以东南、西南组团为两翼，以各县市区和重点园区为多点支撑，加快形成海陆一体化发展新格局。

与此同时，潍坊实施大项目带动战略，力求重点突破。据初宝杰介绍，潍坊强化蓝色、高端、高效、生态的发展理念，突出港口、产业、新城、生态四个战略支撑点，全力加速开发建设，加快建设滨海海洋经济新区。

此外，记者了解到，近年来，潍坊港口、铁路、高速公路、机场等重大基础设施建设相继取得突破。目前，潍坊港实现国家一类口岸开放和对台直航，潍坊机场搬迁获得空军总部批准，黄潍、莱昌输油管道基本建成，双王城水库、北部水网“南一横”工程和白浪河下游综合治理工程等项目顺利实施。

壮大文化产业 惠民为民创文明

记者了解到，潍坊文化资源丰富，有49个项目列入国家级、省级非物质文化遗产保护名录。而面对着文化资源的优势，潍坊也在推进文化事业全面繁荣、文化产业快速发展。

对此，初宝杰说，潍坊坚持把社会主义核心价值体系融入国民教育、精神文明建设全过程，大力加强“四德工程”建设。建立健全了覆盖全社会的征信系统，积极开展群众性文明创建活动，努力争创全国文明城市，市民文明素质和文明程度大幅提升。

与此同时，潍坊深入实施文化惠民工程，加强公共文化服务体系建设，提高基本文化保障能力，让群众广泛享有基本公共文化服务。市县镇村四级公共文化服务网络不断完善，图书馆、文化馆等公共文化服务场所实现免费开放，农家书屋提前两年完成建设任务、实现全覆盖。

据初宝杰介绍，潍坊为培育壮大文化产业，实施大项目带动战略，积极培育新的经济增长点，努力构建现代文化产业体系。其中，去年完成文化产业投入468亿元，增长23.5%，并成功举办了第五届文展会和第二届中国画节。

“四个潍坊”提气迈向幸福城市

“潍坊是座特别善于创新的城市。”初宝杰说，2012年，潍坊市第十一次党代会紧紧围绕坚持科学发展、推动新跨越、建设现代化经济文化强市这一主题，提出了加快创新潍坊、文化潍坊、生态潍坊、幸福潍坊“四个潍坊”建设的战略任务。

随后，初宝杰详细阐述了“四个潍坊”的具体含义。他说，建设“创新潍坊”，集中体现了主题主线的核心要求，主要体现在自主创新能力、产业核心竞争力、体制机制活力和人才支撑力的显著增强上；建设“文化潍坊”，主要是发挥潍坊文化资源丰富、文化底蕴深厚的优势，坚持以社会主义核心价值体系为引领，努力把潍坊打造成为文化事业繁荣、文化产业发达、传统文化与现代文明相融的文化强市。建设“生态潍坊”，是保障城市持续发展、建设宜居宜业城市的内在要求，不仅强调建设优美的自然生态，还要打造和谐的人文生态、优良的社会生态，打造潍坊“绿染四季、花满全城、水润潍州”的城市风貌；建设“幸福潍坊”，就是既要增加居民收入，改善物质条件，又要维护社会正义，促进公平和谐，努力让人民群众享受到优质的教育、方便的医疗、充分的就业、完善的保障、满意的公共服务，加快建设物质富裕、精神满足、安居乐业、社会公平、人文关怀的幸福城市。

此外，在民生和教育方面，潍坊将政府公共资源更多转向民本民生，全市民生支出占财政总支出的比重提高到52.2%，政府承诺为群众办好的10件实事全部完成；优先发展教育事业，素质教育、职业教育继续走在全国前列，在潍高校发展到17所。

相关链接：

潍坊位于山东半岛中部，辖4区、6市、2县，设有国家级高新技术产业开发区、滨海经济技术开发区、综合保税区，陆地面积1.61万平方公里，常住人口916万。是世界风筝都、中国优秀旅游城市、国家环保模范城市、国家卫生城市、国家园林城市、全国科技进步先进市，荣获中国人居环境奖。

2011年，潍坊实现地区生产总值3542亿元，财政总收入完成466.8亿元，地方财政收入完成253.9亿元，城镇居民人均可支配收入达到22508元，农民人均纯收入达到10409元。

潍坊：智慧创新和谐生态，分享文化奔向“幸福”（大众网）

大众网潍坊5月16日讯　（记者　冯炜程）　15日、16日，科学发展新山东——第八届中国网络媒体山东行采访团东线抵达潍坊采访。采访团对潍坊深入贯彻科学发展观以及“四个潍坊”建设的情况进行了深入考察。三元朱人创新创业、无私奉献的精神，菜博会上各路游客洋溢的幸福笑脸，潍柴动力等企业靠自主创新逆势突破的成绩令采访团成员赞叹不已，尤其是潍坊市2012年提出的建设“四个潍坊”的发展理念，更让全国各地的记者们对这座有着悠久历史文化的城市有了耳目一新的感觉。

确定一个新战略：打造“四个潍坊”

尽管不是周末，但在潍坊寿光的菜博会主展区依然是熙来攘往，传统农业与现代科技在这里有了最完美的融合，逛菜博会已经成了潍坊人一年一度不可或缺的休闲选择。菜博会上留给各路记者印象最深的除了蕴含高科技的农产品，还有潍坊人一张张洋溢着幸福的笑脸。

“幸福”是贯穿潍坊各项事业发展的关键词。在2012年初的党代会上，潍坊新一届党委提出了加快创新潍坊、文化潍坊、生态潍坊、幸福潍坊“四个潍坊”建设的战略任务，建设幸福潍坊被认为是重要亮点。

根据规划，建设“创新潍坊”要通过加大创新投入等方式，显著增强自主创新能力、产业核心竞争力、体制机制活力和人才支撑力，促进创新创造创业创优，加快建设创新型城市。建设“文化潍坊”要强化文化力量，提升人文素质，打造诚信品牌，显著提升先进文化引领水平、公共文化服务水平、文化产业发展水平和城乡社会文明水平，加快建设文化强市。建设“生态潍坊”要通过推进绿色低碳发展，持续改善环境质量等，着力打造优美的自然生态、和谐的人文生态、优良的社会生态，加快建设宜居宜业城市。建设“幸福潍坊”要让人民群众享受到优质的教育、方便的医疗、充分的就业、完善的保障、满意的公共服务，加快建设物质富裕、精神满足、安居乐业、社会公平、人文关怀的幸福城市。

记者了解到，在提出“四个潍坊”大的发展方向的同时，潍坊市还确定了更为直观也更为具体的目标。在发展经济方面，潍坊明确要求到2016年，固定资产投资、地方财政收入比2011年翻一番，而在2012年1—3月份固定资产投资增长达到22.1%，地方财政收入增长达到20%；在做强文化方面，潍坊要打响“诚信潍坊”品牌，以青州姜农郭庆刚为代表的诚信典型不断涌现，通过八大文化产业项目集中开工等形式，推动文化产业发展，同时实施文化惠民，完善公共文化服务体系；在改善环境方面，潍坊要让城市呈现青山绿水、蓝天碧海、绚丽多彩的景象。在改善民生方面，潍坊提出了到2016年城乡居民收入翻番，提高社会保障统筹层次和保障水平，加快普及学前三年教育，提高医疗服务供给能力和水平等一揽子民生指标。

围绕一个大内涵——坚持科学发展

在潍柴集团高新产业园的科技展馆中，采访团注意到一台绽放着肽蓝色光芒的“蓝擎”WP12发动机。据潍柴工作人员介绍，其高速大功率“蓝擎”发动机达到国Ⅴ排放标准，在经济性、可靠性、环保性等方面均达到了国际领先水平，它同时也是中国首台拥有完全自主知识产权的大功率欧Ⅲ发动机。潍柴动力近年来始终坚持走自主创新和内涵式发展的道路。潍柴的发展方式也是潍坊坚持科学发展观、追求高质量发展的缩影。

作为经济总量位居全省前四位的重要城市，潍坊市将提高经济发展质量和效益摆在了重要位置。在创新方面，把创新作为推动发展的动力之源、活力之源和战略资源，不断强化科技支撑，建成省级以上企业技术中心66个，工程技术研究中心98个，重点实验室12个，产学研联合基地126个，所有省级开发区全部建成运营高新技术孵化器，加快向高新技术园区转型。潍坊市目前科技进步对经济增长的贡献率达53%。

在改革方面，潍坊市深入推进金融改革，引进股份制银行6家，成立了4家投融资平台，发行全国首家市级中小企业集优票据，成立了全省首家农村商业银行和首个文化产权交易所，小额贷款公司发展到39家，总数居全省首位。深化行政审批制度改革，建立投资项目市、区一体化审批机制和审批提速年度目标责任制，投资环境不断优化。

在产业优化升级方面，潍坊大力实施高端高质高效产业发展战略，全面加快三次产业优化提升。全面提升工业经济竞争力，实施高新技术、战略性新兴产业培植发展工程，全市高新技术企业达328家，高新技术产业产值占比达到24.9%。全力推动服务业跨越发展，坚持扩大总量与提升水平并重，2011年，金融机构各项存贷款余额分别为3748.9亿元、3001.5亿元，年交易额过10亿元的市场达到36个，服务业增加值占GDP的比重达到34.5%。提升农业现代化水平，坚持以安全、优质、高效、品牌为主攻方向，全市优质农产品基地发展到520万亩、品牌达1604个。

潍坊坚持加快城乡一体化发展，加快城镇化步伐。实施规划布局提升、功能品质提升、产业素质提升、环境提升“四大工程”，中心城市建成区面积达到149平方公里，人口129万；加快提升县域经济发展水平，寿光、诸城、青州、高密四个市进入全国百强，2011年寿光、诸城地方财政收入进入全省前五名；加快提升小城镇综合实力，2011年完成镇域产业投资1801.6亿元、增长23.1%。

确保一个最基本——民生优先

网络媒体山东行采访团了解到，5月初，潍坊市宣布已再次大幅提高社会救助标准，中心城区的城市低保标准由每人每月330元提高到360元，全市农村五保集中标准提高到每人每年不低于3000元，分散供养标准提高到每人每年不低于2200元。增加对低收入群体的补助是潍坊2012年以来民生优先发展的重要举措。

在市委书记许立全看来，“四个潍坊”的发展战略中，幸福潍坊虽然排在最后，但却是核心，“努力构建幸福潍坊，就是让发展成果惠及全市人民”，他说。

为打造幸福潍坊，潍坊多项具体措施已在实施。2011年全市民生支出占财政收入比重达到52.2%，潍坊加大富民惠民工程投入，实施教育惠民、就业增收、社保体系完善、医疗服务提升、食品药品安全、文化惠民、交通畅行、安居性住房、饮用水安全、城乡环境整治等“十大惠民工程”。其中，潍坊城镇登记失业率控制在3.1%，连续七年提高企业退休人员基本养老金水平。城镇职工医疗保险实现市级统筹，新农合参合率达到99.9%。2012年，潍坊市政府提出继续办好校车配备、所有镇街垃圾统一处理、家政服务体系建设等10件民生实事。

在社会事业方面，潍坊正加快普及学前三年教育，推进义务教育优质均衡发展。2012年潍坊将突出搞好农村义务教育学生营养改善，免除特殊教育学校所有盲聋哑孩子的生活费，免费提供放心餐、营养餐；进一步提高医疗服务供给能力和水平，将把农村卫生室纳入基本药物制度实施范围，落实政府补助、购买服务、一般诊疗费等政策，调动乡村医生的积极性，方便百姓就医。

“民生优先是在潍坊采访给我留下的最深刻的印象。”一位记者感叹道。尽管“四个潍坊”的战略目标刚进入实施阶段，但“四个潍坊”已经深入人心，尤其是民生优先的发展理念不仅受到广大市民的支持，也让采访团记者感叹。“‘四个潍坊’体现科学发展，既强调统筹发展，又保证民生优先，以群众幸福感为核心，相信‘四个潍坊’将带领潍坊向幸福出发！”

科技兴农，三元朱靠创新走出致富路，图为农闲时的大棚（马鑫　摄）

农业发展靠科技，潍坊科技学院成为现代农业发展的智库（马鑫　摄）

采访团走进寿光蔬菜博览会采访（马鑫　摄）

鹅首葫芦结满藤架（马鑫　摄）

在潍坊科技学院，本地的一位民间艺人被请到学校，教授陶艺创作技巧（马鑫　摄）

影·像

潍坊

绿色科技未来　菜博会引领农业盛会

35 万平方米菜博会开展
机器人摘番茄吸眼球

影·像
潍坊

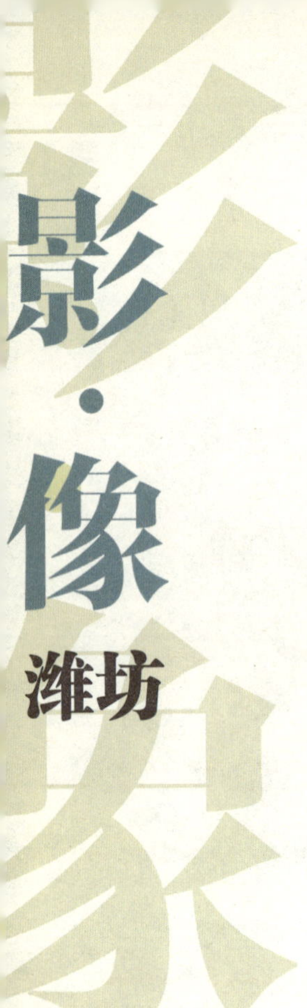

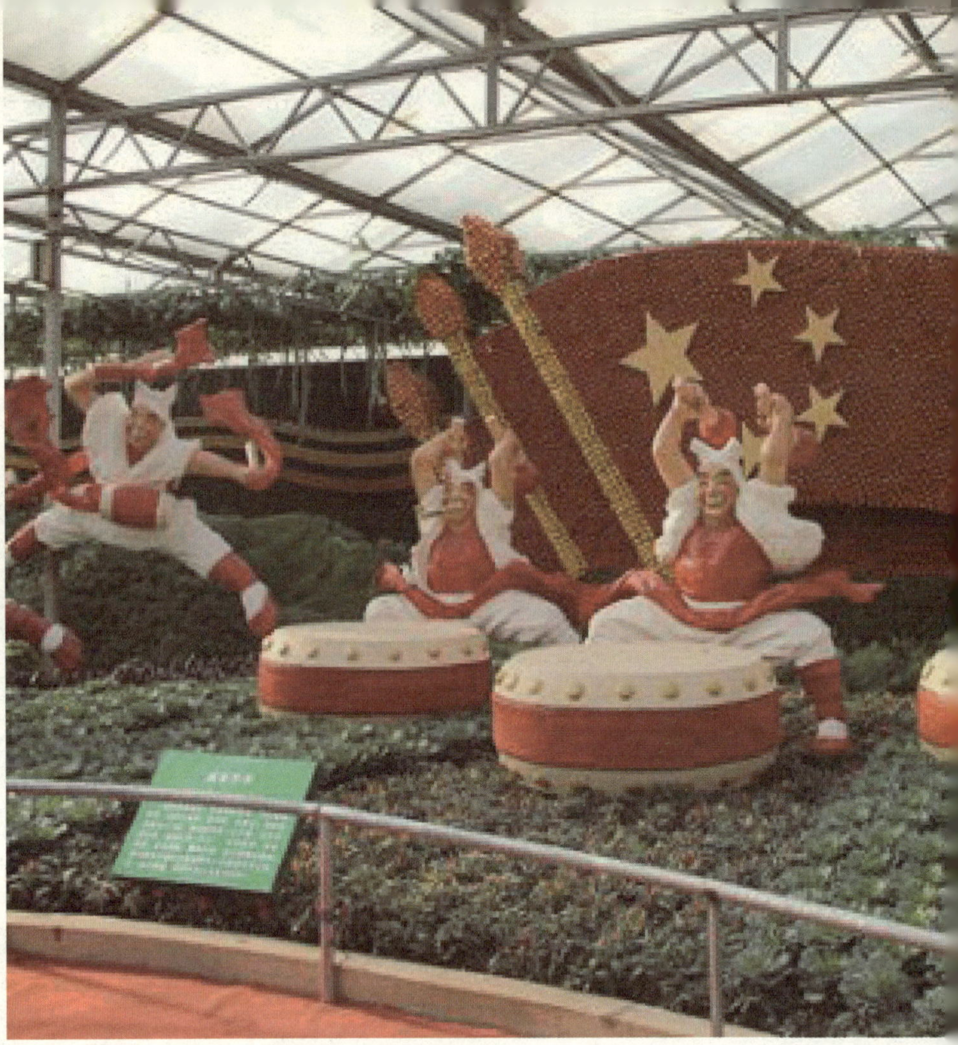

领略菜乡科技
第八届网络媒体山东行走进菜博会

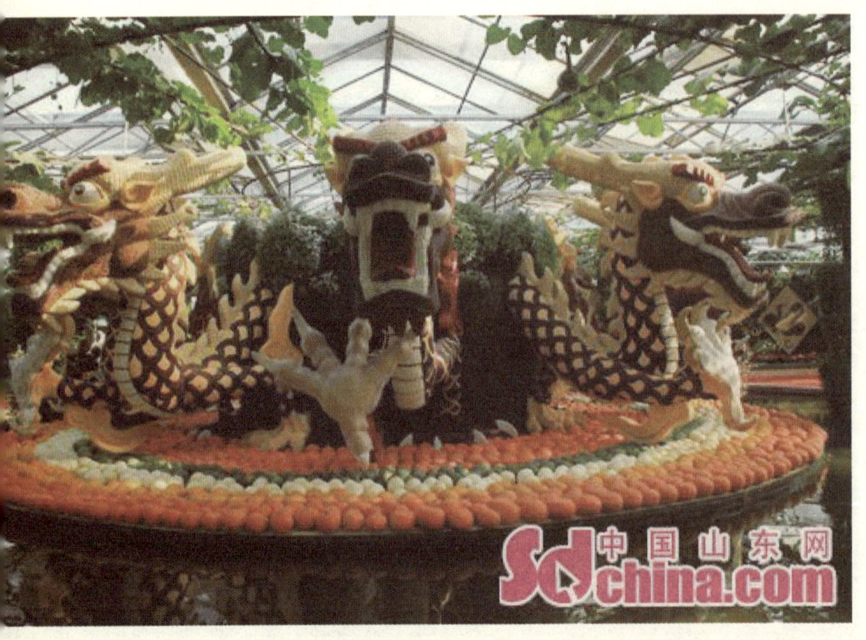

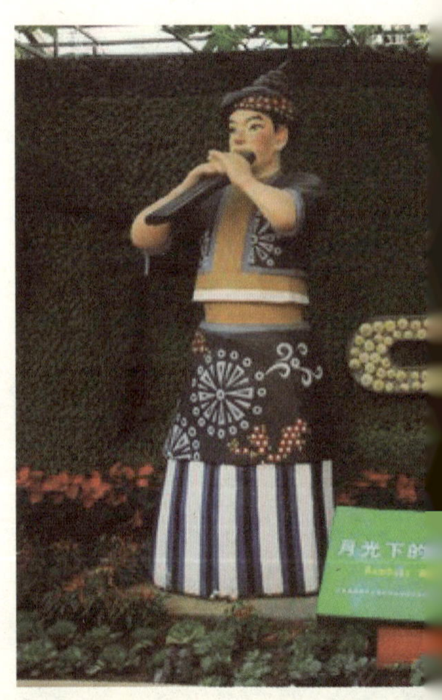

大众網
www.dzwww.com

中国山东网
sdchina.com

科学发展新山东

第八届中国网络媒体山东行新闻报道集

济宁篇

先看病后付费：
良好医患关系的“绿色通道”

（新华网）

新华网山东频道5月16日电 （记者 叶婧） “我住了20来天了，按说应该交2万5千多，不过我现在只交6000元就够了，等到出院的时候，把新农合报销之外的交上就行了。”在济宁市第二人民医院胸心、泌尿外科的病房里，今年71岁的李希尧笑着对记者说。

在济宁，像李大爷这样的老百姓还有很多，在推行了“先看病，后付费”的服务模式之后，济宁市已有40多万名患者享受到了政策带来的实惠，缓解了患者“看病难、看病贵”的难题，为促进医患关系的良好发展开启了一条“绿色通道”。

34岁的高先生因为肺囊肿住进了济宁市第二人民医院，住院这些天里他还没有付过一分钱。记者在病房见到他的时候，他正在打吊瓶，说起“先看病，后付费”带来的实惠，高先生的语气中透着满意，“以前不是这样，以前的时候是你得交上押金，然后出院的时候不是及时报销，出院以后要上医保处再跑个两趟三趟。”

然而，如何保障医疗费用的安全呢？“先看病，后付费”有没有遇到过“逃费”的患者呢？带着这些问题，记者跟随“科学发展新山东 -- 第八届中国网络媒体山东行”西线采访团采访了济宁市卫生局局长焦华。

据焦华介绍，济宁市第二人民医院推行的“先看病、后付费”服务模式，主要服务人群是城镇职工基本医疗保险、城镇居民基本医疗保险和新型农村合作医疗的患者和“三无”病人（无姓名、无住址、无陪人），以及非意外伤害病人，这为“先看病、后付费”服务模式提供了基本保障。除此之外，还通过“一日清单制度”、签订“延期还款协议”、建立“基本医疗救治基金”等方式，帮助那些家庭确实困难的患者就医。焦华说，“目前没有发现一例逃费的，为什么？因为我们把诚信给老百姓了，老百姓把诚信也给我们。”

那么，“先看病，后付费”的服务模式有没有影响到医院的服务质量呢？

“甭管是大夫还是护士，都很周到，像我的指甲盖，他们都定期来为我修理。”高先生满意地说。

据护士长李静介绍，济宁市第二人民医院按照卫生部的号召开设示范病房，从2010年起到现在，17个科室里已经开了12个，李希尧大爷所在的胸心、泌尿外科就是其中之一。“以前给病人

华龙网 设为首页 收藏 ENGLISH 日本語

首页 | 新闻 重庆 宽频 原创新闻 | 论坛 博客 评论 微博 | 体育 法制 娱乐 区县 | 教育 财经 3C 汽车 | 美女 健康

华龙美品 特约 新闻频道> 沸点新闻 欢迎订阅重庆手机报 中国移动用户短信

济宁：“先看病 后付费”改善医患关系缓解看病难

2012-05-16 23:53:51 来源：华龙网 转发至 华龙微博

在山东济宁市二人民医院，患者可“先看病，后付费”。樊国生 摄

华龙网5月16日18时30分济宁讯 （记者 樊国生） “有钱没钱，都可以看病”，“以前看病带钱，现在看病带证”，“住院不用交押金，就医没有催款单”，“特困群体医药费还可以分期付”……济宁市自2010年在全国率先推出“先看病后付费”就诊模式，让当地群众享受到医疗体制改革的成果，有效缓解了群众看病难、看病贵的问题，目前，这一模式已在山东省全面推广。

今日，科学发展新山东——第八届中国网络媒体山东行采访团来到济宁市，这一模式立即引起了媒体记者极大的兴趣。

就诊结束出院时，只需交付个人应付部分。

济宁模式：先看病，后付费

什么是“先看病，后付费”？

“以前是看病带钱，现在是看病带证。”济宁市第二人民医院的一位主治医生形象地说。

简单说，就是享有城乡医保（新农合）的病人，在入院时，由院方告知其住院治疗预计费用，病人与医院签订《住院治疗费结算协议书》，免交住院预交金（改由院方垫付），诊疗结束病人出院，仅需支付个人应承担的费用的一种模式。

济宁市第二人民医院院长崔涛介绍，去年6月，该院在全市综合医院中率先推出该模式，截止今年5月，累计享受该项服务的患者达4800余人，院方垫付资金3100万元。

效果如何？自去年以来，该院的床位使用率由之前的85%提升至110%，也没有出现1例恶意拖欠医疗费的情况，市民对医疗服务质量的满意率提升至99%。

针对病人家庭经济困难无法按时结算的，该院还规定，病人可持所在村镇、街道民政部门的证明，提供延期或分期付款，对家庭困难确实无法支付的，医院还会给予一定减免。

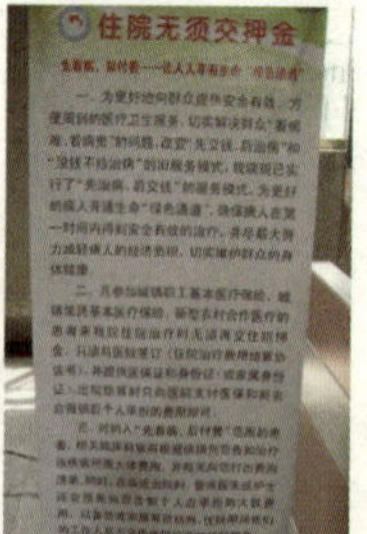

“先看病，后付费”，住费无须交押金。

济宁模式全省推广

崔涛说，“先看病，后付费”的就诊模式减轻了群众负担，对于经济不宽裕的患者省却了筹钱的麻烦，避免了由于未付费或暂时无法付费而延误治疗发生。既方便了群众就医，又有效的改善了医患关系，缓解了群众看病难、看病贵的难题。医护人员无需反复催缴押金，把更多的精力投入到诊疗工作中，医疗质量和服务水平得到保证，医患之间关系更加和谐。

济宁市卫生局局长焦华介绍，今年2月，济宁市下发了《通知》，规定自2月15日起，全市各级各类医疗机构对符合条件的患者全部实行先看病后付费的诊疗模式。

来自济宁市政府的数据显示，该模式已惠及33.3万人，累计为患者垫付住院费用8.5亿元。

据介绍，这一模式已在山东省二级及以下综合医院进行全面推广。

更多请关注：第八届网络媒体山东行

华龙网报道截屏

洗脚由家属来洗，给病人刷牙、端水都是让家属来端，现在都是我们护士来做。”

由此可见，如今的老百姓来到医院，“入院时放心，住院时舒心，出院时安心”，不再纠缠于费用问题而耽误救治，患重大疾病时“因病致贫、因病返贫”的情况得到有效解决。“我们目前的矛盾就是猜疑导致的，大夫感到委屈，我正常给你治病，你猜疑我，大夫感觉委屈。病人感觉疑虑，我花这么多钱，他也猜疑，所以带来了之间的矛盾，这是最大的问题。”医务科科长熊素岚说，“医者父母心，我们现在先治病再交钱，把传统服务的矛盾改变了，病人信任我们了，医患之间相互信任，就不会再矛盾。”

“先看病后付费”：济宁市第二人民医院为病人开通生命的绿色通道（国际在线）

国际在线消息 （记者 李瑛） 如今“看病难，看病贵”普遍成为老百姓最伤不起的事情，幸福的济宁人们却再也不用为此发愁，济宁市第二人民医院改变“先交钱、后治病”和“没钱不给治病”的旧服务模式，率先实行了“先看病、后付费”的服务模式，为更多的病人开通了生命的“绿色通道”。

2012 年 5 月 16 日，“第八届网络媒体山东行”一行记者来到了济宁市第二人民医院进行实地采访。详细了解该模式的运行情况。

据悉，济宁市第二人民医院于 2011 年 6 月 16 日制定 “先看病，后付费”工作方案；2011 年 9 月 1 日在全院所有科室全面实施。

主任医师李伟介绍说：“凡参加城镇职工基本医疗保险、城镇居民基本医疗保险和新型农村合作医疗的非意外伤害（意外伤害：交通事故、打架斗殴、自杀及其他各种外伤）患者和“三无”病人（无姓名、无住址、无陪人）来我院住院治疗时无须再交住院押金，只需与医院签订《住院治疗费用结算协议书》，并提供医保证和经办人身份证（患者或家属身份证），出院结算时只向医院支付医保和新农合报销后个人承担的费用即可。”

医院规定对“先看病后付费”患者应严格执行医保或新农合用药目录内用药和耗材。确实需要应用目录外药物及耗材时，应及时告知患者或家属，并签署《自费药品（材料）使用知情同意书》。

对于住院期间医疗费用金额较高患者实行分段结算：新农合、城镇居民基本医疗保险每满 5000 元，城镇职工基本医疗保险每满 20000 元结算一次，仅交付医疗费中个人承担的部分。

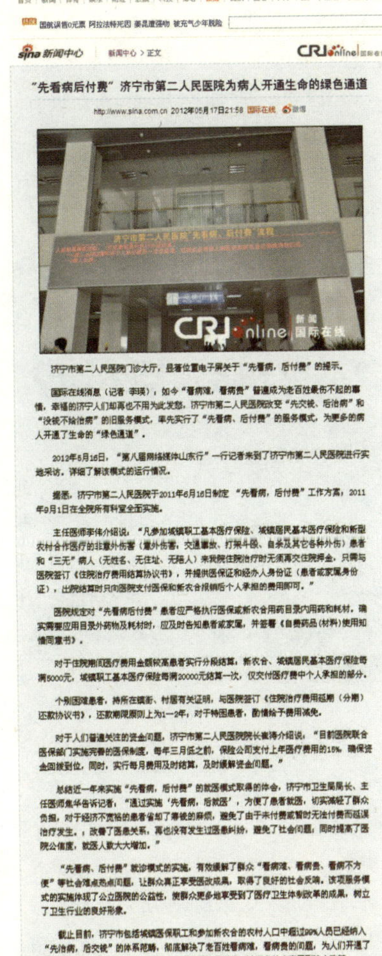
首页 | 新闻 | 体育 | 娱乐 | 财经 | 股票 | 科技 | 博客 | 微博 | 视频 | 播客 | 汽车 | 房产 | 游戏 | 女性 | 读书

国航误售0元票 阿拉法特死因 姜昆遭强吻 被充气少年脱险

sina 新闻中心 | 新闻中心 > 正文 CRI online 国际在线

“先看病后付费”济宁市第二人民医院为病人开通生命的绿色通道

http://www.sina.com.cn 2012年05月17日21:58 国际在线 微博

济宁市第二人民医院门诊大厅，显著位置电子屏关于“先看病，后付费”的提示。

国际在线消息（记者 李瑛），如今“看病难，看病贵”普遍成为老百姓最伤不起的事情，幸福的济宁人们却再也不用为此发愁，济宁市第二人民医院改变“先交钱、后治病”和“没钱不给治病”的旧服务模式，率先实行了“先看病、后付费”的服务模式，为更多的病人开通了生命的“绿色通道”。

2012年5月16日，“第八届网络媒体山东行”一行记者来到了济宁市第二人民医院进行实地采访，详细了解该模式的运行情况。

据悉，济宁市第二人民医院于2011年6月16日制定 “先看病，后付费”工作方案，2011年9月1日在全院所有科室全面实施。

主任医师李伟介绍说：“凡参加城镇职工基本医疗保险、城镇居民基本医疗保险和新型农村合作医疗的非意外伤害（意外伤害：交通事故、打架斗殴、自杀及其它各种外伤）患者和“三无”病人（无姓名、无住址、无陪人）来我院住院治疗时无须再交住院押金，只需与医院签订《住院治疗费用结算协议书》，并提供医保证和经办人身份证（患者或家属身份证），出院结算时只向医院支付医保和新农合报销后个人承担的费用即可。”

医院规定对“先看病后付费”患者应严格执行医保或新农合用药目录内用药和耗材。确实需要应用目录外药物及耗材时，应及时告知患者或家属，并签署《自费药品(材料)使用知情同意书》。

对于住院期间医疗费用金额较高患者实行分段结算，新农合、城镇居民基本医疗保险每满5000元，城镇职工基本医疗保险每满20000元结算一次，仅交付医疗费中个人承担的部分。

个别困难患者，持所在镇街、村居有关证明，与医院签订《住院治疗费用延期（分期）还款协议书》，还款期限原则上为1—2年，对于特困患者，酌情给予费用减免。

对于人们普遍关注的资金问题，济宁市第二人民医院院长崔涛介绍说：“目前医院联合医保部门实施完善的医保制度，每年三月底之前，保险公司支付上年医疗费用的15%，确保资金回拨到位，同时，实行每月费用及时结算，及时缓解资金问题。”

总结近一年来实施“先看病，后付费”的就医模式取得的体会，济宁市卫生局局长、主任医师焦华告诉记者：“通过实施‘先看病，后就医’，方便了患者就医，切实减轻了群众负担，对于经济不宽裕的患者省却了筹钱的麻烦，避免了由于未付费或暂时无法付费而延误治疗发生。，改善了医患关系，再也没有发生过医患纠纷，避免了社会问题；同时提高了医院公信度，就医人数大大增加。”

“先看病、后付费”就诊模式的实施，有效缓解了群众“看病难、看病贵、看病不方便”等社会难点热点问题，让群众真正享受医改成果，取得了良好的社会反响。该项服务模式的实施体现了公立医院的公益性，使群众更多地享受到了医疗卫生体制改革的成果，树立了卫生行业的良好形象。

截止目前，济宁市包括城镇医保职工和参加新农合的农村人口中超过99%人员已经纳入“先治病，后交钱”的体系范畴，彻底解决了老百姓看病难，看病贵的问题，为人们开通了生命的绿色通道。下一步，山东将在全省推行这种模式，让更多的人享受到这个政策。

新浪网报道截屏

个别困难患者，持所在镇街、村居有关证明，与医院签订《住院治疗费用延期（分期）还款协议书》，还款期限原则上为1—2年；对于特困患者，酌情给予费用减免。

对于人们普遍关注的资金问题，济宁市第二人民医院院长崔涛介绍说："目前医院联合医保部门实施完善的医保制度，每年三月低之前，保险公司支付上年医疗费用的15%，确保资金回拨到位，同时，实行每月费用及时结算，及时缓解资金问题。"

总结近一年来实施"先看病，后付费"的就医模式取得的体会，济宁市卫生局局长、主任医师焦华告诉记者："通过实施'先看病，后就医'，方便了患者就医，切实减轻了群众负担，对于经济不宽裕的患者省却了筹钱的麻烦，避免了由于未付费或暂时无法付费而延误治疗发生；改善了医患关系，再也没有发生过医患纠纷，避免了社会问题；同时提高了医院公信度，就医人数大大增加。"

"先看病、后付费"就诊模式的实施，有效缓解了群众"看病难、看病贵、看病不方便"等社会难点热点问题，让群众真正享受医改成果，取得了良好的社会反响。该项服务模式的实施体现了公立医院的公益性，使群众更多地享受到了医疗卫生体制改革的成果，树立了卫生行业的良好形象。

2012年，济宁市包括城镇医保职工和参加新农合的农村人口中超过99%的人员已经纳入"先治病，后交钱"的体系范畴，彻底解决了老百姓看病难，看病贵的问题，为人们开通了生命的绿色通道。下一步，山东将在全省推行这种模式，让更多的人享受到这个政策。

探索医改新模式："先看病 后付费"惠及民生（浙江在线）

浙江在线济宁5月16日讯（记者 张正华）看病难、看病贵一直是困扰老百姓生活的重大问题，医疗改革也一直备受全社会关注，济宁市第二人民医院本着以人为本的理念，在探索新型医疗改革和服务病人的模式上，找到了一条"先看病、后付费""分期付费"的人性化医疗服务新路子，解决了当地很多老百姓看病难看病贵的难题，受到了当地老百姓的交口称赞。第八届中国网络媒体山东行的记者来到济宁二院，切身感受新型医疗模式带给老百姓的实惠。

人性化的先看病、后付费模式

据了解，为更好向群众提供安全有效、方便周到的医疗卫生服务，切实解决群众"看病难、看病贵"的问题，济宁二院改变了以往"先交钱、后治病"和"没钱不给治病"的旧模式，实行"先看病、后付费"的新型诊疗模式，为更多因为经济困难或者因突发事故造成病痛无法及时付款的病人开通"绿色生命通道"，确保每一个病人能在第一时间得到最好、最及时的治疗，维护病人的身体健康。医院负责人表示：通过推行"先诊疗、后付费"改革，医护人员无需反复催缴押金，而把更多的精力投入到诊疗工作中，医疗质量和服务水平得到保证，医患之间关系更加和谐，卫生行业满意度逐年提升。采访中，记者看到一位家属推着病人从大厅走过，上前询问，得知在付费的时候，收费人员主动询问他们是否要办理"先看病、后付费"的手续，在仔细了解后，他们签订了协议。治病期间，医院每天打出他们治病所需费用的清单，在固定时间预先通告所需承担的大致费用，并不会催促缴纳住院押金。

灵活的分期付款方式

针对某些经济困难的病人，济宁二院还采取了更为灵活的"分期付费"的方式，患者在出院的时候，可以与医院签订分期付费协议书，在规定的时间内（一般是一至两年）还清所欠费用就可以，这样极大缓解了病人的经济压力。对经济特别困难且符合条件的病人，医院还会根据实际情况给予一定程度的减免，最大程度做到服务病人。

面对恶意欠费怎么办?

记者向医院相关工作人员询问是否会遇到恶意欠费的情况，如果遇到了怎么办。医院工作人员告诉我们，到目前为止，他们还没有遇到恶意欠费的情况。一个原因是医院会在病人欠费超过五千块的时候给予及时通知，到达一万块的时候将根据情况给予暂时停止；二是现在参加城镇职工医疗保险、城镇居民基本医疗保险和新型农村合作医疗的病人都会报销百分之七十左右的费用，以最高一万块为例，病人个人需要缴纳的费用不超过四千块，在病人的可承受范围之内，一般不会出现恶意欠费的情况。况且，出于对于医院的信任，病人一般不会恶意欠费的情况。如果真的出现恶意欠费情况，医院也会及时劝说其缴清费用，或者采取相应的法律维权手段。

据了解，在探索医疗改革新路子、推行“先看病、后收费”“分期付款”等新模式的同时，济宁二院还相继推出“24小时无缝隙办理”“一站式服务”“无证先办理”等模式，最大程度上做到考虑周到、服务周到，真心实意为老百姓减负担、解难题，全心全意为老百姓服务，让每一个病人都能感受到医疗改革实实在在的好处。在医疗改革举步维艰的当下，济宁二院另辟蹊径，积极探索医疗改革新路子，无疑给我们更多启示。

济宁：医改先锋 “先治病后付费”普惠民生

（鲁网）

鲁网5月16日讯 （记者 高太明） 2010年年底，济宁市在全国范围内首创了“先治病，后付费”的医疗模式。济宁市医疗改革的破冰之旅如今取得了巨大成功，并被全国不少医院效仿。今天，第八届网络媒体山东行记者团来到了济宁市第二人民医院，对该市医改取得的巨大成果进行了采访。据了解，2012年6月1日，山东省所有三级及以下医院将全面推行“先改后付”就诊模式，更多居民将享受该政策带来的好处。

2010年12月，济宁兖州市中医院在全国范围首创了“先看病、后付费”的新型入院治疗模式。该模式下，医院不再要求有医疗保险、农村合作医疗的患者及危重病人等交医疗押金，只需出院时缴纳自付部分费用即可。如经济条件确实困难、一时难以交医疗费用的居民，可以和医院签订还款协议，在1-2年内还清即可。

如今，济宁市第二人民医院以及众多的济宁县级中医医院、乡镇卫生院及社区卫生服务机构纷纷加入到“先看病，后付费”的模式中来。今天上午，第八届全国网络媒体山东行记者团来到

中国江苏网 >新闻 >专题 > 专题稿库 > 正文

济宁：服务新模式 看病后给钱

2012-05-17 07:27:55 来源：中国江苏网 【大字 中字 小字】 【打印预览】 【复制链接】

济宁市二医介绍“先看病后付费”模式

采访团参观大遗址保护区沙盘

中国江苏网5月16日讯 今天上午，第八届中国网络媒体山东行西线采访团走进了孔孟故里——济宁。

记者们首先来到济宁市第二人民医院。济宁在全国率先推行的“先看病后付费”诊疗服务模式，加强医疗体制改革，以人为本、服务民生的好政策，创新社会管理和你和服务的重要举措，受到全省、全国好评。目前，基本药物制度基本实现全覆盖，药价下降40%左右，新农合参保率达到99.4%。在对困难群众实行大病医疗“零起付线”救助的基础上，“先看病后付费”就诊模式已在全市二级及以下医疗机构推开，惠及群众33.3万人，累计为患者垫付住院费用8.5亿元。住院患者在出院时只需直接交付医疗费用中的自筹部分，省去了报销环节。据悉，市二医目前为止尚未发生任何一起拖欠费用事件，这也反映了群众对这种服务模式的高度认可和积极配合。

近年来，济宁市委、市政府围绕加快建设文化强市，以高度的文化自觉、扎实的工作举措，大力做好文化遗产的保护、传承、利用工作，取得了明显的成效，去年成功举办了中国文化遗产日主场城市活动。采访团一行也走访了会展中心、孔庙、孔府等地，切身体会到了济宁对文化遗产的保护的重视。

济宁资源优势明显，是全国全省重要的粮棉油基地、特色农产品基地和名优畜牧品种繁育基地，煤炭储量占全省一半以上，稀土储量居全国第二位。南四湖湖面1260平方公里，是我国北方最大的淡水湖，也是南水北调东线工程的调蓄水库。济宁的旅游资源独具特色，东有三孔四孟、西有水泊梁山、南有河湖湿地、北有中都佛苑，初步形成了“东文西武、南水北佛”的旅游格局。今年第一季度，全市地区生产总值完成669.8亿元，同比增长9.2%；地方财政收入完成60.2亿元、增长20.2%；规模以上固定资产投资完成289.7亿元、增长21.2%；规模以上工业增加值增长11.2%。主要经济指标增幅高于全省平均水平。

中国江苏网报道截屏

济宁市第二人民医院。在该医院，记者了解到了“先看病，后付费”的相关流程及医改成果。

济宁市第二人民医院院长崔涛告诉记者，家庭困难的住院者如欲享受“先看病，后付费”，首先需要门诊医生填写《住院病人入院卡》，同时指导患者或家属完整填写入院卡的病人基本信息。随后，住院处将审核入院卡和医疗证件，初步确定患者是否可纳入“先看病后付费”管理，详细、完整录入患者的基本信息，查验、留存并复印医疗证件，签署协议办理住院手续。

凡符合“先看病后付费”条件，“但未带医疗证件（医保证、农合证、城合证件）和身份证的患者，可先纳入‘先看病后付费’管理，不收押金，按照规定流程办理住院手续，但需要在住院管理系统中注明为缺少证件；住院处告知患者或家属必须 24 小时内将所缺证件补交到住院处，病区医护人员根据系统中标识负责催促；凡 24 小时未补交证件者自动退出‘先看病后付费’管理，由病区医护人员通知患者或家属全额交付住院押金。”崔涛说。

在完成上述步骤后，医保住院处将及时向医疗保险管理部门上传信息，审核是否可执行“先看病后付费”管理，确认符合条件的患者；对审核不符合条件的患者随时退出“先看病后付费”管理。符合条件并且纳入“先看病后付费”管理的患者，严格执行住院“零押金”。

济宁市卫生局局长焦华表示，在兖州市中医院试点成功后，2012 年年内，济宁市将在全市县级中医医院、乡镇卫生院及社区卫生服务机构全面推广该模式；在全市二级以上综合医院及三级中医医院将按照“先行试点、稳步推进”的原则有序推行。

“先看病，后付费”模式的最大风险在于，患者是否在规定年限内或者有偿还能力的情况下，拒绝支付治疗费用。“对恶意拖欠住院费用的患者，我们将会将其纳入到黑名单管理，该患者将不再享受此优惠政策，问题严重的，我们通过法律途径予以解决。但是，至今为止，济宁市并没有发生一例恶意拖欠治疗费用的案例，而且有患者的相关身份信息、医保信息，我们对此并不担心。”焦华说，在推出“先看病，后付费”模式后，济宁市市民的住院率大为提高，不少市民享受到了医改带来的好处。

“不用因为看病贵而耽误病情，很多市民都到医院就诊。这对市民是个好事，对医院创造效益也是个好事。医院和患者相互信任，医改才能更为成功。”焦华告诉记者，济宁医改的成功，已经在全国范围内掀起了“先治病，后付费”的医改热潮。济宁的破冰之旅，走的大胆而成功。“现在，山东省也在推广‘先治病，后付费’的医疗模式。根据山东省卫生厅的文件，2012 年 6 月 1 日，山东的所有县级及以下医院，都要实行‘先治病，后付费’。”焦华说。

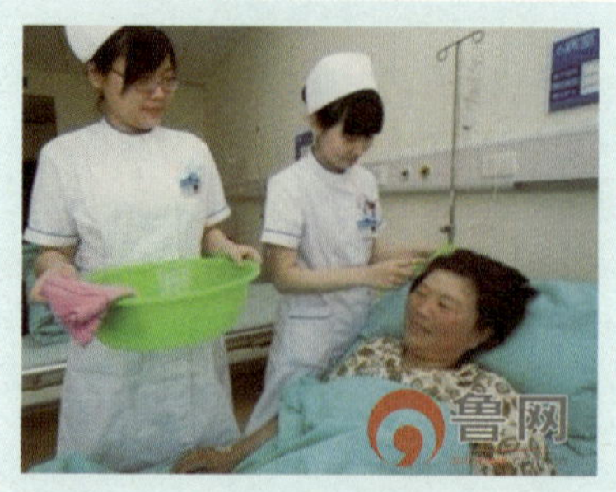

医护人员为病人服务

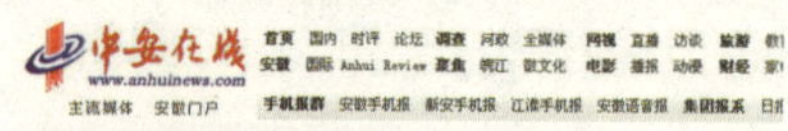

济宁外来人口有望先看病后付费

发布时间：2012年05月17日07时09分 稿源：大众网

□记者杨学莹报道

本报济宁5月16日讯今天，记者随“中国网络媒体山东行采访团”在济宁市采访时获悉，济宁的“先看病后付费”模式又有新进展，正在探讨将覆盖面从本地居民扩大到外来人口。

“前天我们刚从广东佛山考察回来。今年2月卫生部推出‘居民健康卡’试点，并打算3—5年内在全国推开，实现‘全国就医一卡通’，异地就诊即时报销。佛山和郑州、鄂尔多斯、锦州市是首批试点四城市。”济宁市卫生局局长焦华告诉记者，“虽然济宁没列入试点城市，但我们打算近期也做起来，让老百姓尽早受益。”

焦华说，济宁的外地人口不少，大约占总人口的10%。对省内外市人口，我省正在建设统一的信息平台，实现“就医一卡通”，而对外省人口，健康卡通行以后，参保参合信息一刷卡就能看出来，“先看病后付费”就有了保障。

截至5月7日，济宁全市各级各类医保、新农合定点医疗机构共262家已全面实施“先看病后付费”诊疗服务模式，累计受益人群38.89万人，各级医疗机构先行垫付资金达10.07亿元，未出现一例恶意逃费患者。

为了减轻医院资金垫付压力，济宁市出台了一系列配套政策，规定按照上年度医院结算资金的15%给医院预拨周转金，每年3月底前必须拨付到位，同时要求医保、新农合管理机构每月与医院进行一次费用结算，并设立“先看病后付费”专项资金，用于补助防范医疗机构因“三无”病人、恶意逃费患者带来的运行风险。

患者得实惠的同时，医疗机构得到了发展。济宁市卫生局统计，2012年第一季度，全市平均每家乡镇卫生院、县级医疗机构每月住院患者分别比去年同期增长48%、49%。

分享到：

中安在线报道截屏

专访济宁卫生局长：“先看病、后付费”惠及人群40万（大众网）

大众网济宁5月16日讯（记者 姜洋）“先看病、后付费”的诊疗服务模式，为济宁市民开启了及时有效的绿色生命通道。这种新型诊疗模式究竟惠及了多少人、下一步将如何在全省推行？今天，济宁市卫生局局长焦华接受了大众网采访时说，“先看病、后付费”在济宁已经惠及40万人，6月1日后这项新的诊疗模式将在全省推行。

济宁市卫生局局长焦华接受大众网采访时说，“先看病、后付费”在济宁已经惠及40万人（盛堃 摄影）

济宁市卫生局局长焦华（右）接受大众网记者尹海洋（左一）、姜洋（左二）采访（盛堃 摄影）

济宁市262家医院实施“先看病、后付费”模式

大众网：济宁市“先看病、后付费”的服务模式现在已经广为人知了，在6月1号以后，全省县级以下地区就要全省范围内推行，请您给我们介绍一下这方面的工作。

焦华：为了最大限度的解决老百姓看病难、看病贵、看病不方便、看病不放心这个热点问题，济宁市率先在全国开展了“先看病、后付费”这一诊疗服务模式。从2010年5月份至今，我们率先在兖州市开展了“先看病、后付费”的治疗服务模式试点。目前在整个济宁市于2月15号开始，全市所有二级以下的医院，就是县医院、中医院，还有一些医疗机构、社区卫生服务中心，包括能够参与医保新农合的民营医疗机构，共计262家已经全部实施了先看病后付费这一诊疗服务模式。目前，我们的惠及人群达到了40万余人。近期我们又在三级医院，就是我们济宁市第一人民医院、济宁医学院附属医院、兖矿总院这些三级院，正在稳步推进“先看病、后付费”这项工作。这项工作得到国家卫生部和省政府、省卫生厅，还有市委市政府的高度重视和支持。

“先看病、后付费”这项工作，2012年被纳入了济宁市政府为民所办的四件实事之一。在我们实施期间，市委书记马平昌亲自到我们基层医疗机构第一线来视察、调研先看病后付费的工作，梅永红市长两次做了书面批示。在2012年的全国两会，市委书记马平昌同志对我们“先看病、后付费”这项工作向全社会做了汇报。

前一段时间省卫生厅专门召开卫生工作会议，宣布自6月1号起，在全省所有二级以下医院，全部实施“先看病、后付费”服务模式，真正让老百姓从根本上解决看病难、看病贵、看病不方便的问题。

医院一季度看病人数增长1千人 全市惠及人群达40万人

大众网：我们在采访济宁市第二人民医院的时候，护士跟我们介绍说，采取这项措施之后住院的病人增长了20%左右。您刚才介绍的时候有提到惠及人群达40万人，这40万人都能享受到这项惠民措施吗？

焦华：我们目前整个济宁市所有的262家医院，全部实施了“先看病、后付费”的服务模式，凡是加入医保新农合的广大城乡居民在任何医疗机构就医，都能够享受到“先看病、后付费”这项服务模式。目前我们整个济宁市的广大老百姓看病就医困难解决了，各级医疗机构的病人就医现在明显增长，门诊量也是明显增长。

今天我们看的济宁二院，第一季度增加了1000多人的住院人次。为什么？因为老百姓看病方便了，老百姓过去没钱没法看病，这是过去的模式。现在老百姓不用考虑钱的问题，直接到医院来看病，看完病再支付费用。所以目前有这种医疗保障，老百姓看病确实方便。所以在很大程度上缓解了老百姓看病难、看病贵的问题。尤其是解决老百姓患重大疾病因病致贫、因病返贫这种情况，这一点我们也得到了老百姓的充分肯定。

与民政部门联动设立救助金 确保老百姓看得起病

大众网：“先看病、后付费”确实是使老百姓受到了很多实惠，但是同时我们也会有这样的担忧，就是会不会有人看完病不付钱就走了，我们有没有考虑过这方面的问题？

焦华：在这个层面上我们做了充分的考虑，也做了充分的论证。为了解决老百姓出现欠费、逃费的情况，我们采取了一些防范措施。

首先我们开展“先看病、后付费”有个基本的保障，就是国家的新农合制度的建立和医保保障制度的建立。我们济宁市的参保病人，不管是医保还是新农合，参保率达到90%以上，所以“先看病、后付费”实现了全覆盖。

第二个保障是老百姓来了先看病，建立了一日清单制度，每天花费多少钱，叫老百姓明明白白的看见，并且住院不用交押金，不用交任何费用，来到先住院，最后出院的时候，只交他个人承担的部分。这是我们对老百姓的承诺，也是我们给老百姓的一个诚信。

第三项措施是老百姓实在困难了，在出院结算的时候，采取了契约的方式，签合同协议，可以通过当地的民政部门开介绍信，延期还款协议，两年的还款期限。

第四项措施，老百姓确确实实无力承担，我们在济宁市与民政部门合作，建立了一个基本医疗救治基金，就是老百姓个人负担的部分我们可以通过民政救助，把老百姓自费的费用再承担一部分。

真正的个别情况，救助、报销全部实施以后，老百姓仍然负担不起费用来，我们要求医院作为惠民医疗给他免费。就是在我们济宁市这个区域里，不管是乡镇的还是医疗服务机构，还是我们社区卫生服务中心，老百姓在什么情况下看病，在我们济宁市都要享受到充分的医疗救助，真正让老百姓看得起、看得好病。

济宁市通过推行（这项制度）以来，得到了社会广泛的关注，特别是广大老百姓对我们这项工作也给予了充分肯定。这也是我们干好这项工作的信心所在。因为这项工作确确实实是一个惠民的工作，虽然这件事不是很大，但是是一种机制变革。老百姓原来看病都是先交钱后看病，就围绕交钱问题，老百姓住不上院，耽误了救治，结果花费的更高，治疗效果还保证不了，现在我们是彻底改变了这种情况。

走进孔子故里曲阜 感受文化旅游的独特魅力（长城网）

长城网5月17日讯 （李书军 邓光韬） 16日下午，科学发展新山东——第八届中国网络媒体山东行西线采访团来到了孔子故里——曲阜，参观了世界文化遗产、国家级文物保护单位孔庙和孔府。近年来，以文化旅游为主要支撑的济宁旅游业已经成为了城市经济发展的新高地。

曲阜孔庙、孔府、孔林位于济宁曲阜市，是中国历代纪念孔子，推崇儒学的表征，以丰厚的文化积淀、悠久历史、宏大规模、丰富文物珍藏，以及科学艺术价值而著称。孔庙位于曲阜城区的中心，是我国祀孔庙堂中建造年代最早，规模最大的一座。孔庙又称至圣庙，是名副其实的“天下第一庙”。孔庙内存有两汉以来的历代碑碣一千余块，是历史、文化、书法等研究的珍品。

孔府占地12万平方米，九进院落，有厅、堂、楼、轩465间，皆为青砖灰瓦，古色古香。室内珍藏有金银玉器、四海奇珍10万余件，富丽堂皇。孔府，也叫“衍圣公府”，是孔子嫡长孙居住的官衙府第，被称为“天下第一家”，是典型的前衙后宅、衙宅合一的古建筑群。

据介绍，济宁市的旅游业如今已经焕发出崭新活力，成为不断占领全市经济发展战略的新高地。据统计，2011年全市共接待国内外游客3651.9万人次，其中入境旅游者34万人次，同比分别增长20.97%和17.7%，实现旅游总收入286.4亿元，同比增长22.79%，占全市GDP的10%。

依托得天独厚的文化资源，在2012年1月31日召开的济宁市第十二次党代会上，济宁市决定把文化产业作为支柱产业来培植，坚持政策扶持、整合资源、载体支撑、项目带动，推动文化产业做大做强，五年内文化产业增加值占GDP的比重达到5%以上，着力推进文化与科技、金融、旅游融合发展，集中突破文化旅游产业，加快兴隆文化园、尼山等重大项目建设，打造一批精品景区、景点和线路，建设国际旅游目的地城市。

济宁市委副书记、市长梅永红指出，从产业的角度看，旅游产业已经实实在在的成为济宁经济社会发展的支柱产业；从拉动经济增长看，旅游业已成为拉动济宁经济发展的重要引擎；从投资的角度看，旅游业对完善投资结构有着重要意义。发展旅游业是发挥济宁比较优势的重要选择、是结构调整的基本要求、是带动就业的现实需要、是提升城市形象的重要抓手。

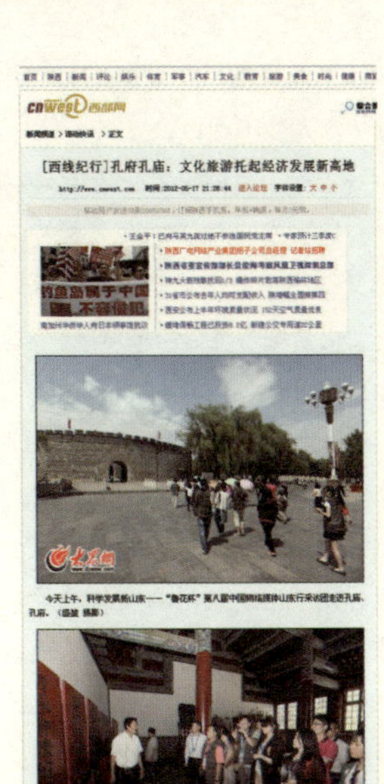
[西线纪行]孔府孔庙：文化旅游托起经济发展新高地

西部网报道截屏

曲阜片区大遗址：见证璀璨文化的千年传承

（大众网）

大众网济宁5月16日讯 （记者 盛堃 赫洋） “济宁不光是孔孟之乡，更有对古老文化的传承和保护。”站在曲阜市会展中心曲阜片区大遗址保护展示沙盘前，采访团记者不住地感慨。今天下午，科学发展新山东——第八届中国网络媒体山东行西线采访团一行来到曲阜市会展中心，曲阜片区大遗址保护展示沙盘向记者展示了曲阜数千年前的璀璨文化，曲阜市对传统文化遗址的传承保护令人赞不绝口。

现场工作人员向记者介绍说，曲阜片区大遗址保护展示沙盘，是曲阜片区大遗址保护的现状模型。曲阜片区是国家文物局命名的我国又一历史文化遗产保护片区，它涵盖曲阜与邹城两个国家级历史文化名城，包括曲阜城区、邹城城区及其之间的九龙山区。曲阜北至大汶口文化遗址和泰山，南至滕州北辛文化遗址，西至兖州王因遗址和运河，东至日照两城遗址和丹土遗址，是东夷文化、邹鲁文化、儒家文化的密集区，是中华文化的重要发祥地之一。

据介绍，曲阜片区共有鲁国故城大遗址、黄帝出生地寿丘文化遗址、孔子出生地尼山文化遗址、孟子出生地九龙山生态和文化遗址、邹县古城大遗址、郕国故城大遗址等六个大遗址组团。在曲阜市会展中心内，展示这六大遗址的沙盘利用声光电等多种展示形式，将观者带回了此地数千年的璀璨文明之中。站在沙盘前，采访团记者手中的镁光灯频频闪烁，记录下文化圣城千年前的容颜。

“真的是很雄伟啊！”在沙盘前，长城网记者邓光韬难掩脸上的兴奋：“看着眼前的沙盘，就能够想象当年的曲阜古城是何等的壮观！”东方网记者唐漪薇表示，她也希望曲阜能够在历史遗址的保护上取得更多有益的经验和成果。

工作人员向记者介绍，按照《保护世界文化和自然遗产公约》、《文物保护法》、《国家“十一五”期间大遗址保护总体规划》和国家文物局《关于曲阜片区历史文化遗产保护意见》等精神，曲阜片区将打造成为世界级文化遗产公园，成为新型文化城市、文化主体功能区、历史文化遗产保护特区的一个范本。

2012年5月16日上午，科学发展新山东——“第八届中国网络媒体山东行采访团参观曲阜片区大遗址保护展示沙盘（盛堃　摄影）

采访团记者参观沙盘（盛堃　摄影）

孔子出生地尼山文化遗址（盛堃　摄影）

鲁国故城大遗址

济宁：用好三大优势，争当淮海经济区排头兵

（大众网）

大众网济宁5月16日讯　（记者　盛堃）　上午，科学发展新山东——第八届中国网络媒体山东行采访团来到济宁采访。在济宁市举行的新闻发布会上，济宁市副市长石爱作向采访团记者介绍了济宁市科学发展道路上的“三大优势”，指出济宁市发展目标是“奋战五年，确保综合实力进入全省第一方阵，争当淮海经济区排头兵，全面建成惠及全市人民的小康社会”。

“济宁资源优势明显，是全国全省重要的粮棉油基地、特色农产品基地和名优畜牧品种繁育基地。”在发布会上，石爱作介绍说，济宁煤炭储量占全省一半以上，稀土储量居全国第二位。南四湖湖面1260平方公里，是我国北方最大的淡水湖，也是南水北调东线工程的调蓄水库。旅游资源独具特色，东有三孔四孟、西有水泊梁山、南有河湖湿地、北有中都佛苑，初步形成了“东文西武、南水北佛”的旅游格局。

“区位交通优越也为济宁的发展提供了便利条件！”石爱作说，三条铁路、四条高速公路和四条国道在境内交织成网，京沪高铁在曲阜设有站点，济宁曲阜机场开通北京、上海、广州、成都、沈阳等航线，京杭大运河纵贯全境，千吨级船队可直达长江，内河航运能力占全省的80%以上。

石爱作在发布会上说，济宁是全国十三个煤炭能源基地之一和国家新规划的七个大型煤化工产业基地之一，是山东重要的工业城市，产业基础较好。济宁市建成煤化工、工程机械、专用汽车、生物技术、纺织新材料、光电产业等多个国家级产业基地，兖矿集团、华勤集团、如意集团、太阳纸业、山推股份等一批骨干企业居全国同行业前列。济宁连续六次荣获“全国双拥模范城”称号，并被评为“中国优秀旅游城市”、“全国科技进步先进市”、“全国社会治安综合治理优秀市”、“国家园林城市”。

石爱作表示，济宁在全国率先推行的“先看病后付费”诊疗服务模式，加强医疗体制改革，以人为本、服务民生的好政策，创新社会管理和服务的重要举措，受到全省、全国好评。目前，基本药物制度基本实现全覆盖，药价下降40%左右，新农合参保率达到99.4%。在对困难群众实行大病医疗“零起付线”救助的基础上，“先看病后付费”就诊模式已在全市二级及以下医疗机构推开，惠及群众33.3万人，累计为患者垫付住院费用8.5亿元。近些年来，济宁市委、市政府围绕加快建设文化强市，以高度的文化自觉、扎实的工作举措，大力做好文化遗产的保护、传承、利用工作，取得了明显的成效，2011年成功举办了中国文化遗产日主场城市活动。

据介绍，2012年以来，济宁市提出了“三个高于、三个提高”的任务要求，明确了以大项目建设为抓手、强力推动工业化城市化“两化并进”的发展思路。第一季度，全市地区生产总值完成669.8亿元，同比增长9.2%；地方财政收入完成60.2亿元、增长20.2%；规模以上固定资产投资完成289.7亿元、增长21.2%；规模以上工业增加值增长11.2%，主要经济指标增幅高于全省平均水平。

石爱作在致辞中指出，按照计划，济宁市发展目标是“奋战五年，确保综合实力进入全省第一方阵，争当淮海经济区排头兵，全面建成惠及全市人民的小康社会”。

孟子出生地九龙山生态和文化遗址

邹县古城大遗址

邾国故城大遗址

济宁：五年后确保综合实力进入全省第一方阵（胶东在线）

济宁市副市长石爱作在新闻发布会上介绍济宁市相关情况（盛堃　摄影）

胶东在线网济宁 5 月 16 日讯（特派记者　任淑云）“科学发展新山东——全国网络媒体山东行”西部采访团 16 日来到久负盛名的“孔孟之乡”济宁，并参加济宁市的新闻发布会。济宁副市长石爱作在发布会上介绍，济宁将在今后五年，确保综合实力进入全省第一方阵，争当淮海经济区排头兵。

目标：争当淮海经济区排头兵

石爱作介绍，2012 年以来，济宁认真落实党中央和省委省政府决策部署，从济宁市情出发，确立了“奋战五年确保综合实力进入全省第一方阵、争当淮海经济区排头兵、全面建成惠及全市人民的小康社会”的目标定位。

济宁提出了“三个高于、三个提高”的任务要求，明确了以大项目建设为抓手、强力推动工业化城市化“两化并进”的发展思路。

现在，济宁正按照这一总体部署，把加快发展作为最大的任务、最大的政治、最大的大局，全力全速推动济宁高位突破、跨越发展，努力把济宁建设得更加美好，让群众生活更加幸福。

优势：文化悠久资源丰富

济宁位于山东西南部，地处鲁苏豫皖四省结合部。现辖兖州、曲阜、邹城、微山、梁山等 12 个县市区，1 个国家高新技术开发区和 1 个省级旅游度假区，总人口 847 万，总面积 1.1 万平方公里。济宁历史文化悠久，是人文始祖轩辕黄帝和孔、孟、颜、曾、子思五大圣人的故乡，中华文明的重要发祥地和儒家文化发源地。作为京杭大运河沿岸的重要城市，运河的开通和兴盛使文化又具有融南汇北的特色。境内文物古迹众多，现有国家文物保护单位 19 处、省级 95 处，曲阜和邹城是国家级历史文化名城，“三孔”是世界文化遗产。

济宁资源优势明显，是全国全省重要的粮棉油基地、特色农产品基地和名优畜牧品种繁育基地。煤炭储量占全省一半以上，稀土储量居全国第二位。南四湖湖面 1260 平方公里，是我国北方最大的淡水湖，也是南水北调东线工程的调蓄水库。旅游资源独具特色，东有三孔四孟、西有水泊梁山、南有河湖湿地、北有中都佛院，初步形成了“东文西武、南水北佛”的旅游格局。济宁区位交通优越，地处“长三角”与“环渤海”两大经济区结合部、沿海与内地的过渡地带。三条铁路、四条高速和四条国道在境内交织成网，京沪高铁在曲阜设有站点，济宁曲阜机场开通北京、上海、广州、成都、沈阳等航线，京杭大运河纵贯全境，千吨级船队可直达长江，内河航运能力占全省的 80% 以上。济宁产业基础极好，是全国十三个煤炭能源基地之一和国家新规划的七个大型煤化产业基地之一，是山东重要的工业城市，建成煤化工、工程机械、专用汽车、生物技术、纺织新材料、光电产业等多个国家级产业基地，兖矿集团、华勤集团、如意集团、太阳纸业、山推股份等一批骨干企业居全国同行业前列。济宁连续六次荣获“全国双拥模范城”称号，并被评为“中国优秀旅游城市”、“全国科技进步先进市”、“国家园林城市”。

成就：综合实力实现大跨越

近年来，在党中央、国务院和省委、省政府正确领导下，济宁市全市上下深入贯彻落实科学发展观，牢牢坚持“科学发展跨越发展”总基调，着力转变发展方式、创新发展模式、提高发展质量，政治建设、经济建设、文化建设、生态建设以及社会建设等方面都取得显著成绩，综合实力实现大跨越，人民生活水平明显改善，社会管理科学化水平不断提高。

2011年，全市实现地区生产总值2896.7亿元、地方财政收入207亿元、规模以上投资1392亿元，城乡居民收入分别达到22406元、8712元；援疆工作成效显著，已有总投资55亿元的49个对口支援项目落地建设。

济宁在全国率先推行的“先看病后付费”诊疗服务模式，受到全省、全国的好评。目前，基本药物制度基本实现全覆盖，药价下降40%左右，新农合参保率达到99.4%。在对困难群众实行大医疗“零起付线”救助的基础上，“先看病后付费”就诊模式有已在全市二级以下医疗机构推开，惠及群众33.3万人，累计为患者垫付住院费用8.5亿元。

济宁：
孔孟故里薪传文化，运河之都医惠民生（大众网）

大众网济宁5月16日讯 （记者 盛堃） 游“三孔”，感受“圣人”孔子带来的千年儒家文化之厚重；赏六大遗址沙盘，观看济宁古历史文化的璀璨新颜；“先看病、后付费”，科学发展中的济宁市以民生为先……济宁，素有“孔孟故里、运河之都”之美誉。如今，这个承载着厚重儒家文化的城市正弄潮于科学发展之潮头。在科学发展的浪潮中，济宁市打出了两张牌：一张是“文化”，一张是“民生”。

济宁市新闻发布会，副市长石爱作介绍情况

文化牌：六大遗址换新颜，儒家文化厚重之中添活力

来到济宁，不可不到“三孔”去感受儒家文化之厚重。曲阜孔庙、孔府、孔林位于济宁曲阜市，是中国历代纪念孔子、推崇儒学的表征，以丰厚的文化积淀、悠久历史、宏大规模、丰富文物珍藏，以及科学艺术价值而著称。在曲阜市会展中心，曲阜片区大遗址保护展示沙盘全面展示了曲阜片区六大遗址的崭新活力。

曲阜片区大遗址是文化遗产中规模和文化价值突出的文化遗址，是古代遗址中的重中之重。大遗址包括曲阜、邹城及其之间的九龙山区，这里历史源远流长，文化积淀深厚，是始祖文化的发源地、儒家文化的诞生地，拥有极其丰富的历史文化遗产，现有世界文化遗产1处，国家重点文物保护单位9处，省级重点文物保护单位15处，还有大量待查证的历史文化遗迹。

近年来，济宁市切实加强了对曲阜片区大遗址的保护工作，组织编制了“三孔”世界文化遗产保护规划，曲阜、邹城国家级历史文化名城保护规划，曲阜明故城控制性规划，《曲阜片区历史文化遗产保护总体规划》已完成规划初稿、《鲁国故城大遗址保护规划》、《山东曲阜寿丘大遗址保护利用规划》等已编制完成。同时，加大了文物保护和维修力度，近5年来，先后投入1亿多元，重点对孔府、孔庙、孔林和孟府、孟庙、孟林等进行了保护性维修。

在文物保护经费投入方面，济宁市做到了文物保护经费随财政增长而逐年增加，确保文物普查、大运河保护和申遗、曲阜片区大遗址保护等重点工作的有序进行。在城市的基本建设中，把文物保护管理作为重点，近年来完成京福、曲荷高速公路、南水北调东线工程、京沪高铁等60多个建设项目近5万亩土地的考古调查、勘探、发掘工作，既有效保护了地下文物，又确保了国家和地方重点工程建设的顺利进行。

在文物旅游资源保护方面，济宁市坚持严格保护、开发服从保护的原则，实现协调管理、合理利用、科学发展的目标，加强对旅游资源和生态环境的保护，促进旅游业的健康协调可持续发展。通过设立旅游资源保护咨询专家组，建立旅游资源保护专家咨询报告制度，设立旅游发展引导资金，全面有效地保护了文物资源。

民生牌：先诊疗后付费，一个医院让 4800 名患者受惠

“这种模式真的很人性化，方便了老百姓，也让他们看得起病。”在济宁市第二人民医院采访的过程中，采访团不少记者都表达了这种看法。该院在济宁市率先推行了“先诊疗、后付费”诊疗服务模式。截至目前，在该院享受此服务的患者已达 4800 余例。

2012 年 2 月 3 日，济宁市下发了《在全市各级各类医疗机构全面推行先看病后付费诊疗服务模式的通知》，规定自 2 月 15 日起，全市各级各类医疗机构对符合条件的患者全部实行先看病后付费的诊疗模式。“该模式方便了患者就诊，减轻了群众负担。”济宁市第二人民医院院长崔涛向记者表示，“先诊疗、后付费”诊疗服务模式对于经济不宽裕的患者省却了筹钱的麻烦，避免了由于未付费或暂时无法付费而延误治疗发生，也一定程度上解决了老百姓“看病难”的问题。

通过推行“先诊疗、后付费”改革，医护人员无需反复催缴押金，而把更多的精力投入到诊疗工作中，医疗质量和服务水平得到保证，医患之间关系更加和谐，卫生行业满意度逐年提升，在 2011 年全省科学发展综合考核群众满意度电话调查中，市民对济宁市卫生行业的满意度较上年提高 2 个百分点，排在全市所有参评部门第三位。

在 2012 年全国两会上，济宁市委书记马平昌接受媒体采访时表示，“先诊疗、后付费”让群众得到真正实惠。老百姓得了病，无论经济条件怎样，都能得到及时治疗。与此同时，医疗机构效益也得到提高。“更重要的是，在今天的济宁，医患关系日趋和谐，改革凸显了医疗机构的公益性质，促使医疗机构真正把治病救人作为第一目标，更加重视规范用药、科学治疗，提高医疗质量和服务水平，增进了医患之间的信任理解。”

记者了解到，2012 年，山东省决定在县级及以下医院全面推广“先诊疗、后付费”制度，围绕人人“病有所医”的健康之路，稳步推进医疗卫生体制改革，看病难、看病贵等问题得到了一定缓解，民生改善展现出崭新气象。

采访团记者在孔府内采访（盛堃　摄影）

采访团记者参观沙盘（盛堃　摄影）

采访团记者听取“先看病、后付费”情况介绍（盛堃　摄影）

采访团领导、记者与济宁市卫生局领导、济宁市第二人民医院领导座谈（盛堃　摄影）

济宁：千年儒家文化科学传承，科学发展潮头矗立

（齐鲁网）

齐鲁网 5 月 16 日讯（记者 延明）在雄伟壮观的泰山南麓，烟波浩淼的微山湖北岸，便是著称于世的孔孟之乡——济宁，如今，这个承载着厚重儒家文化的城市正弄潮于科学发展之潮头。

济宁加大对曲阜片区大遗址保护工作

来到济宁，不可不到“三孔”去感受儒家文化之厚重。曲阜孔庙、孔府、孔林位于济宁曲阜市，是中国历代纪念孔子、推崇儒学的表征，以丰厚的文化积淀、悠久历史、宏大规模、丰富文物珍藏，以及科学艺术价值而著称。在曲阜市会展中心，曲阜片区大遗址保护展示沙盘全面展示了曲阜片区六大遗址的崭新活力。

曲阜片区大遗址是文化遗产中规模和文化价值突出的文化遗址，是古代遗址中的重中之重。大遗址包括曲阜、邹城及其之间的九龙山区，这里历史源远流长，文化积淀深厚，是始祖文化的发源地、儒家文化的诞生地，拥有极其丰富的历史文化遗产，现有世界文化遗产 1 处，国家重点文物保护单位 9 处，省级重点文物保护单位 15 处，还有大量待查证的历史文化遗迹。

近年来，济宁市切实加强了对曲阜片区大遗址的保护工作，组织编制了“三孔”世界文化遗产保护规划，曲阜、邹城国家级历史文化名城保护规划，曲阜明故城控制性规划，《曲阜片区历史文化遗产保护总体规划》已完成规划初稿、《鲁国故城大遗址保护规划》、《山东曲阜寿丘大遗址保护利用规划》等已编制完成。同时，加大了文物保护和维修力度，近 5 年来，先后投入 1 亿多元，重点对孔府、孔庙、孔林和孟府、孟庙、孟林等进行了保护性维修。

在文物保护经费投入方面，济宁市做到了文物保护经费随财政增长而逐年增加，确保文物普查、大运河保护和申遗、曲阜片区大遗址保护等重点工作的有序进行。在城市的基本建设中，把文物保护管理作为重点，近年来完成京福、曲荷高速公路、南水北调东线工程、京沪高铁等 60 多个建设项目近 5 万亩土地的考古调查、勘探、发掘工作，既有效保护了地下文物，又确保了国家和地方重点工程建设的顺利进行。

在文物旅游资源保护方面，济宁市坚持严格保护、开发服从保护的原则，实现协调管理、合理利用、科学发展的目标，加强对旅游资源和生态环境的保护，促进旅游业的健康协调可持续发展。通过设立旅游资源保护咨询专家组，建立旅游资源保护专家咨询报告制度，设立旅游发展引导资金，全面有效地保护了文物资源。

在保护开发大遗址资源的同时，济宁市也加大了工业调整力度，大企业大集团发展取得明显成效，去年销售收入过 50 亿元的工业企业达到 11 家、过百亿元的达到 5 家。济宁市委市政府在深刻认识市情、科学总结经验、把握发展规律的基础上，鲜明提出坚持工业化、城市化“两化并进”，把“工业强市”作为第一发展战略，着力以工业经济的跨越带动和支撑全市发展的跨越。今后一个时期大企业大集团建设始终突出科学发展跨越发展的总基调，按照“三个高于、三个提高”的要求，围绕“主导产业高端化、传统产业品牌化、新兴产业规模化、产业发展园区化”，坚持发挥优势、因地制宜、科学把握，在膨胀企业规模实力、增强自主创新能力、提升核心竞争力上狠下工夫，力争到“十二五”末，全市销售收入过 50 亿元的工业企业达到 57 户，其中，过千亿元企业 1 户、过 500 亿元企业 4 户、过 300 亿元企业 1 户、过百亿元企业 15 户；百亿元以上企业实现销售收入占全市工业的 50% 以上，50 亿元以上企业实现销售收入占 70% 以上，带动全市工业经济跨越发展。

影·像 济宁

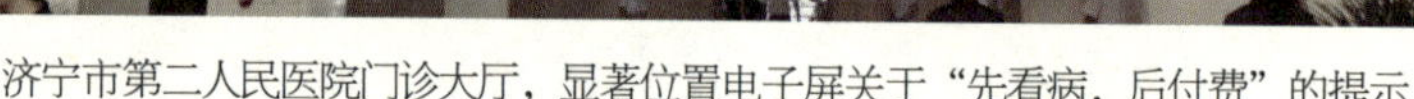
济宁市第二人民医院门诊大厅，显著位置电子屏关于“先看病，后付费”的提示

孔府孔庙：文化旅游托起经济发展新高地

孔庙内的大成殿

“先看病后付费”

济宁市第二人民医院为病人开通生命的绿色通道

济宁市第二人民医院实行一站式管理，患者的手续都在住院处办理即可

医保新农合登记结算处

传为孔子当年授课的杏坛

科学发展新山东——第八届中国网络媒体山东行采访团走进孔庙、孔府。

孔庙内景色

采访团记者在孔府内采访

科学发展新山东

第八届中国网络媒体
山东行新闻报道集

烟台篇

烟台建“文化航母”：大剧院千万级琴房江北第一

（胶东在线）

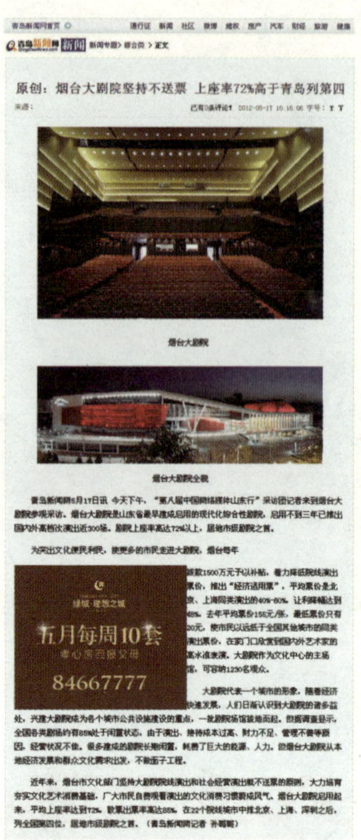
青岛新闻网首页 通行证 新闻 社区 微博 维权 房产 汽车 财经 旅游 健康

新闻专题> 综合类 > 正文

原创：烟台大剧院坚持不送票 上座率72%高于青岛列第四

来源： 已有0条评论！ 2012-05-17 16:16:06 字号：T T

烟台大剧院

烟台大剧院全貌

青岛新闻网5月17日讯 今天下午，“第八届中国网络媒体山东行”采访团记者来到烟台大剧院参观采访。烟台大剧院是山东省最早建成启用的现代化综合性剧院，启用不到三年已推出国内外高档次演出近300场。剧院上座率高达72%以上，居地市级剧院之首。

为突出文化便民利民，使更多的市民走进大剧院，烟台每年拨款1500万元予以补贴，着力降低院线演出票价，推出“经济适用票”，平均票价是北京、上海同类演出的40%-60%，让利降幅达到48%。去年平均票价155元/张，最低票价只有20元，使市民以远低于全国其他城市的同类演出票价，在家门口欣赏到国内外艺术家的高水准表演。大剧院作为文化中心的主场馆，可容纳1230名观众。

大剧院代表一个城市的形象，随着经济快速发展，人们日渐认识到大剧院的诸多益处，兴建大剧院成为各个城市公共设施建设的重点，一批剧院场馆拔地而起。但据调查显示，全国各类剧场约有85%处于闲置状态，由于演出、维持成本过高、财力不足、管理不善等原因，经营状况不佳，很多建成的剧院长期闲置，耗费了巨大的能源、人力。但烟台大剧院从本地经济发展和群众文化需求出发，不做面子工程。

近年来，烟台市文化部门坚持大剧院院线演出和社会经营演出概不送票的原则，大力培育夯实文化艺术消费基础，广大市民自费观看演出的文化消费习惯蔚成风气。烟台大剧院启用起来，平均上座率达到72%，散票出票率高达85%，在22个院线城市中排北京、上海、深圳之后，列全国第四位，居地市级剧院之首。（青岛新闻网记者 孙[illegible]）

青岛新闻网报道截屏

胶东在线网5月16日讯（特派记者 魏琪）16日下午，“科学发展新山东——第八届中国网络媒体山东行”采访团来到了烟台城建重点项目之一的烟台文化中心。在这座堪称烟台文化“航母”的综合体量中，大剧院是最大亮点；而在大剧院，存放价值千万的各类乐器的琴房，则可以与武侠片中少林“藏经阁”相媲美。

开放空间搭建“城市舞台”

文化中心位于市中心区核心地段，综合了大剧院、群众艺术展馆、青少年宫、书城、文化广场、露天剧场、停车场、地下商业中心等多种形态多种功能。在功能设施上集文化、娱乐、演出、展览、休闲等功能于一体。无论从规模还是从功能设施上讲，都堪称烟台文化设施中的“航空母舰”。

文化中心不仅仅是一个容纳各种文化功能的建筑群，在它北面大面积的广场以及在大尺度的水平飘板下的平台都可作为开放的市民空间。

不同类别的文化活动可以在不同层次的内外公共空间中展开，文化中心将同时具有演艺、娱乐、影视、休闲、展览、办公以及商业等多种功能。他的建成将成为烟台市最好的公共文化服务场所，极大提升市民精神文明生活的品质。

而且，它在北向最大限度的利用基地作为市民活动场地，设置立体广场，将人流引入到建筑的架空平台内，形成不同层次、不同性质的外部空间，增强基地的可穿越性。同时充分利用地下空间作为停车库和商业用房。

设计者在不同建筑体量之间自然留空，这样既保持了视线的穿透性和满足自然通风采光的要求外，也为市民提供了一处“城市舞台”。

千万级琴房江北第一

烟台大剧院作为文化中心的主场馆，建筑面积1.4万平方米，可容纳1230名观众。大剧院的演出运营采用“公益、院线和社会运营”三种模式，公益演出每年不低于20场，其中有两场是农民工和青少年专场演出；院线演出委托北京保利剧院管理公司运营，每年不低于50场；社会运营演出年均30场以上。

“为了更好地保证演出质量，迎接高端艺术院团及音乐家，我们还配有德国产斯坦威和奥地利产贝森朵夫九十七键两架世界

媒体记者参观烟台大剧院

烟台大剧院总经理贺文介绍剧院情况

顶级钢琴，每台价格 150 万元。”烟台大剧院总经理贺文介绍说，剧院为世界一流音乐家来烟台演出提供了可能，比如像钢琴家郎朗，作为斯坦威艺术家，郎朗在全球的所有演出所弹奏的必须是斯坦威钢琴。

琴房除了两架世界顶级钢琴，还有顶级贝森朵夫钢琴。其 97 个键，超过 8 个八度，扩展的键盘实现了演奏巴托克、德彪西、拉威尔等作曲家作品的可能性；2010 年烟台大剧院石叔诚家庭音乐会上，石叔诚弹奏的就是此款钢琴。此外，琴房还配备有意大利产萨尔维竖琴，荷兰产阿达姆斯顶级定音鼓等乐器。

目前，烟台市区形成了以文化中心为引领，以周边文化场馆为辅助，以专业和群众文化品牌为支撑，立体化、全天候、无缝覆盖的文化网络，为烟台文化事业繁荣发展奠定了坚实的硬件基础。

您当前的位置：长城网>>长城原创

走进港城烟台　感受贴近百姓的“文化盛宴”

http://www.hebei.com.cn　2012-05-17 16:49　长城网

长城网5月17日讯(李书军 邓光娟)16日，科学发展新山东——“鲁花杯”第八届中国网络媒体山东行东线采访团抵达港城烟台。在烟台文化中心大剧院记者了解到，“打开艺术之门”和“市民音乐会”将艺术带到了普通市民身旁，20至100元的低票价降低了艺术的门槛，文化惠民在这里得到了具体的表现。

在位于文化中心的中部的烟台大剧院，楼上的一条条条幅赫然入目：辛晓琪个人演唱会、李玉刚演唱会、音乐剧《罐头小人》、明星版《暗恋桃花源》等演出在近期将陆续都与广大市民见面。从外面看去，整个大剧院气势宏伟，据烟台市保利大剧院管理有限公司总经理贺文介绍，大剧院建筑面积约1.4万平方米，总投资2亿元，观众厅分两层设有1221个座位，后台设有4个普通化妆间及8个VIP化妆间，舞台机械、灯光、音响等演出设施配备均达到国内一流水平，可以满足歌剧、舞剧、话剧、音乐剧、交响乐等各种艺术形式的需求。记者们来到后台的VIP化妆间，里面有钢琴、衣柜、浴室，设施一流。在后台的走廊里，墙上满是明星们在此演出时的签名照片，其中不乏杨丽萍、齐秦、费翔、刘谦等明星。

贺文介绍说，为了降低艺术门槛，吸引更多艺术爱好者走进剧院，大剧院引进了“打开艺术之门”以及“市民音乐会”两个公益性文化品牌。“打开艺术之门”是针对暑期推出的系列演出，奉行低票价的同时注重演出的互动性和趣味性，历来为孩子们所喜爱；“市民音乐会”双月上演一场，为了让更多的市民参与，票价只有20-100元。这些“质优价廉”的视听盛宴，除了现场演奏大量耳熟能详的经典通俗音乐以外，还配以讲解，切实给市民普及了音乐常识。

据介绍，自2009年开业至今，烟台大剧院完成各类演出220场，接待观众21万人次。演出涵盖了交响音乐、芭蕾舞、话剧、音乐剧、儿童剧、功夫剧、杂技剧等30余种艺术形式，先后引进了俄罗斯芭蕾舞舞剧《天鹅湖》、中国民族舞剧《大梦敦煌》等中外经典剧目以及美国爱乐乐团、莫斯科国立交响乐团、中央民族团等国内外知名艺术团体。烟台大剧院的散票销售率居全国三线城市第一。

烟台大剧院只是烟台文化中心的一部分，已经成为烟台文化中心的地标性建筑。烟台大剧院、群众艺术馆、京剧院、青少年宫、书城、文化中心广场等形成了规模宏大的建筑群，体现着烟台这座城市的文化内涵。

关键词：艺术，文化

长城网报道截屏

烟台大剧院：
文化惠民推“经济适用票”

（鲁网）

鲁网 5 月 16 日讯 （记者 刘梅婷） 下午，记者随“第八届中国网络媒体山东行”采访团来到了烟台大剧院。烟台大剧院是山东省最早建成启用的现代化综合性剧院，启用不到三年已推出国内外高档次演出近 300 场，平均每周两场以上，接待国内外观众突破 25 万人次，同时剧院推出“经济适用票”，最低 20 元一场，极大地满足了市民对文化追求的需要。

据悉，烟台大剧院坐落于烟台文化中心，其中，烟台文化中心由全国著名建筑设计大师、世博会中国馆设计者——何镜堂院士领衔设计，占地面积 7.63 公顷，建筑面积 12.6 万平方米，总投资 10.7 亿元，集博物馆、群众艺术馆、大剧院、京剧院、青少年宫和书城于一体，是烟台最具规模和影响的公共文化设施，成为区域“文化航母”和新的城市地标。“文化中心选择建在市区的城市不多见，大部分都建在高新区，这一点也是我们的特色。”一位负责人告诉记者。

大剧院作为文化中心的主场馆，建筑面积 1.4 万平方米，可容纳 1230 名观众。目前，在市区形成了以文化中心为引领，以周边文化场馆为辅助，以专业和群众文化品牌为支撑，立体化、全天候、无缝覆盖的文化网络，为烟台文化事业繁荣发展奠定了坚实的硬件基础。烟台大剧院启用起来，平均上座率达到 72%，散票出票率高达 85%，在 22 个院线城市中排北京、上海、深圳之后，

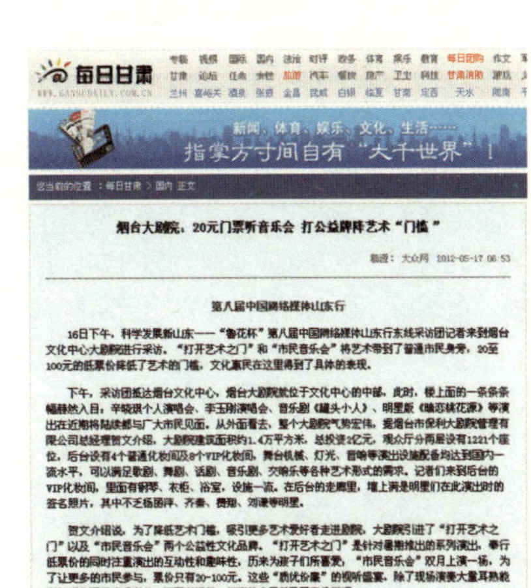
您当前的位置：每日甘肃 > 国内 正文

烟台大剧院：20元门票听音乐会 打公益牌降艺术“门槛”

来源：大众网 2012-05-17 06:53

第八届中国网络媒体山东行

16日下午，科学发展新山东——“鲁花杯”第八届中国网络媒体山东行东线采访团记者来到烟台文化中心大剧院进行采访。“打开艺术之门”和“市民音乐会”将艺术带到了普通市民身旁，20至100元的低票价降低了艺术的门槛，文化惠民在这里得到了具体的表现。

下午，采访团抵达烟台文化中心，烟台大剧院就位于文化中心的中部，此时，楼上面的一条条条幅赫然入目：辛晓琪个人演唱会、李玉刚演唱会、音乐剧《罐头小人》、明星版《暗恋桃花源》等演出在近期将陆续都与广大市民见面。从外面看去，整个大剧院气势宏伟，据烟台市保利大剧院管理有限公司总经理贺文介绍，大剧院建筑面积约1.4万平方米，总投资2亿元，观众厅分两层设有1221个座位，后台设有4个普通化妆间及8个VIP化妆间，舞台机械、灯光、音响等演出设施配备均达到国内一流水平，可以满足歌剧、舞剧、话剧、音乐剧、交响乐等各种艺术形式的需求。记者们来到后台的VIP化妆间，里面有钢琴、衣柜、浴室，设施一流。在后台的走廊里，墙上满是明星们在此演出时的签名照片，其中不乏杨丽萍、齐秦、费翔、刘谦等明星。

贺文介绍说，为了降低艺术门槛，吸引更多艺术爱好者走进剧院，大剧院引进了“打开艺术之门”以及“市民音乐会”两个公益性文化品牌。“打开艺术之门”是针对暑期推出的系列演出，奉行低票价的同时注重演出的互动性和趣味性，历来为孩子们所喜爱；“市民音乐会”双月上演一场，为了让更多的市民参与，票价只有20-100元。这些“质优价廉”的视听盛宴，除了现场演奏大量耳熟能详的经典通俗音乐以外，还配以讲解，切实给市民普及了音乐常识。

据介绍，自2009年开业至今，烟台大剧院完成各类演出220场，接待观众21万人次。演出涵盖了交响音乐、芭蕾舞、话剧、音乐剧、儿童剧、功夫剧、杂技剧等30余种艺术形式，先后引进了俄罗斯芭蕾舞舞剧《天鹅湖》、中国民族舞剧《大梦敦煌》等中外经典剧目以及美国爱乐乐团、莫斯科国立交响乐团、中央民族团等国内外知名艺术团体。烟台大剧院的散票销售率居全国三线城市第一。

烟台大剧院只是烟台文化中心的一部分，已经成为烟台文化中心的地标性建筑。烟台大剧院、群众艺术馆、京剧院、青少年宫、书城、文化中心广场等形成了规模宏大的建筑群，体现着烟台这座城市的文化内涵。

每日甘肃网报道截屏

列全国第四位，居地市级剧院之首。

该负责人告诉记者，为突出文化便民利民，使更多的市民走进大剧院，烟台市每年拨款1500万元予以补贴，着力降低院线演出票价，推出“经济适用票”，平均票价是北京、上海同类演出的40%-60%，让利降幅达到48%，2011年平均票价155元/张，最低票价只有20元，使市民以远低于全国其他城市的同类演出票价，在家门口欣赏到国内外艺术家的高水准表演。在保证大剧院50场院线演出的基础上，推出同档次的公益和社会经营演出60场以上，其中面向广大市民、青少年和农民工的公益演出不少于20场。同时，针对剧院“淡旺季”的问题，根据时间段统筹安排演出场次，有效解决了剧院演出“旱涝不均”这一普遍性难题，烟台市“周周有演出，全年不断线”的文化氛围日益浓厚，在2011年度全省科学发展综合考核群众满意度测评中，市民对丰富精神文化生活的满意度居全市各行业第二位。

烟台大剧院

大型民族舞《丝路花语》

采访团走进国际生物科技园：接轨医药界世界前沿

（胶东在线）

胶东在线网5月16日讯 （特派记者 魏琪） 在《关于规划建设烟台东部高技术海洋经济新区的意见》中，“以高新区、莱山区滨海地带及解甲庄镇为主体，放大区域政策、科技和智力优势…完善产学研合作和成果转化机制，打造新区创新发展的动力源。”其中，作为高新区海洋生物与医药产业“一个核心载体”的山东国际生物科技园，将发挥越来越大的作用。16日下午，“科学发展新山东——第八届中国网络媒体山东行”采访团记者一行走进了山东国际生物科技园。

在山东国际生物科技园，一期科技孵化器正在施工。据相关负责人介绍，园区已与中科院烟台海岸带研究所、美国哈姆那研究院等国内外知名机构和院所达成合作意向，共建相关领域研发公共技术平台、人才教育平台，并将开展项目合作。同时，记者还了解到，园区是国家新药研发大平台的重要组成部分，已被列为国家创新药物孵化基地。

烟台高新区生物技术中心还成功培育出“人抗体轻链基因簇”转基因小鼠，这是国内首个自主研发的转基因动物“全人单克隆抗体”药物平台，这种转基因小鼠在全球也仅有5种。烟台高新区生物技术中心相关负责人介绍，通过这种转基因小鼠，可以促进拥有自主知识产权的“全人单克隆抗体”药物开发与上市，

首页 > 新闻 > 山东新闻 > 科教社会

山东国际生物科技园 打造蓝色经济区专业科技园区

来源：齐鲁网 2012-05-16 23:38

我来说说(0) 复制链接

关键词：烟台 2012山东行最新报道

[提要]山东国际生物科技园项目建成后，将在生物医药研发领域接轨世界前沿，吸引国内外大批专业研发机构、研究团队和高端人才入驻，打造形成国内领先、国际一流，在山东半岛蓝色经济区建设中具有代表性...

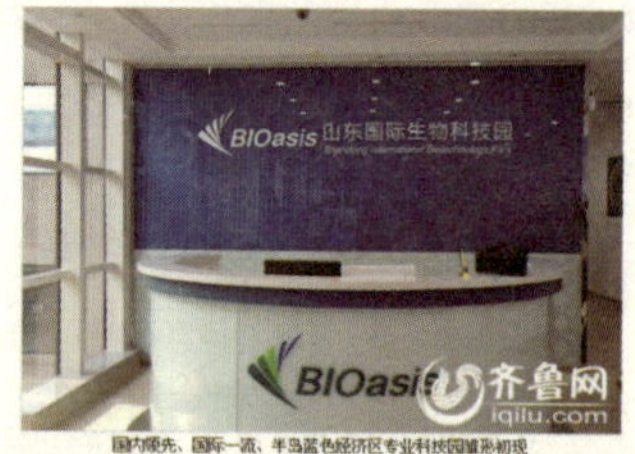

国内领先、国际一流、半岛蓝色经济区专业科技园雏形初现

齐鲁网烟台5月16日讯 16日下午，科学发展新山东——“鲁花杯”第八届中国网络媒体山东行东线采访团走进位于烟台高新区的山东国际生物科技园进行采访，全面了解目前省内唯一一家以“山东”冠名的国际生物科技专业园区，目前科技园生物技术中心已经成功培育出“人抗体轻链基因簇”转基因小鼠，通过这种小鼠，可以促进具有自主知识产权的“全人单克隆抗体”药物开发与上市。

下午，采访团到达山东国际生物科技园，综合科研大楼里安静整洁，工作人员身穿白色的工作服，正在实验室里紧张而有序地工作。实验室门外的洗眼器和淋浴吸引了记者们的注意，当大家研究这个设备的功能时，接待专员崔苏轴向大家解释说，如果工作人员在实验过程中眼睛被化学药品灼伤，可迅速地在附近找到这个设备进行简单处理，为去医院做进一步治疗争取时间。

洗眼器只是山东国际生物科技园为科研人员提供全面服务的一个缩影。崔苏轴说，园区为吸引高端人才，除了享受国家、省、市、区扶持人才发展和科技创新的各项优惠政策外，还为前来做科研工作的优秀人才提供专家公寓、项目启动资金、贷款担保、研发住房补贴等政策扶持。崔苏轴介绍，山东国际生物科技园主要致力于生物医药、海洋生物、生物农业研发创新，是一个蓝色经济特色园区。科技园生物技术中心已成功培育出“人抗体轻链基因簇”转基因小鼠，这是国内第一个自主研发的转基因动物“全人单克隆抗体”药物平台，这种转基因小鼠在全球也仅有5种。通过这种转基因小鼠，可以促进具有自主知识产权的“全人单克隆抗体”药物开发与上市。山东国际生物科技园有望在5-10年内建成国际领先的“全人单克隆抗体”药物研发基地。

目前，中科院海岸带研究所、上海中医药大学、同济大学、山东大学、美国哈姆纳研究院、俄罗斯科学院远东分院等近20家国内外知名高校院所已签约入园。中科院上海药物所年内将入园创办中科院上海药物所烟台分所，20多个创业项目已经完成注册，入园孵化，其中一半以上的项目由优秀海归人才创办，引进博士学历高层次创新创业人才15名。山东国际生物科技园项目建成后，将在生物医药研发领域接轨世界前沿，吸引国内外大批专业研发机构、研究团队和高端人才入驻，打造形成国内领先、国际一流，在山东半岛蓝色经济区建设中具有代表性的专业化科技园区。

齐鲁网报道截屏

有望在 5-10 年内建成国际领先的“全人单克隆抗体”药物研发基地。

除了这些项目外，还有诸多高新技术产业入住高新区。目前，40 多个入园项目已进入评审流程，20 多个创业项目已经入驻园区。预计未来 5 年，将集聚百家以上国内外科研院所建设分所或专业实验室，入园高科技企业将达 300 家以上，山东的“生物谷”雏形初现。

山东国际生物科技园——效果图。

有了项目，就要有实施项目的人才。在山东国际生物科技园，优秀海归人才占了一半以上的比例，其中博士学历高层次人才达 15 名。如：李又欣，留德博士，山东省“泰山学者海外特聘专家”，长效和靶向制剂国家重点实验室主任，国际纯化学与应用化学联合会会员、国际控制释放学会会员；冯东晓，留美博士，山东省“泰山学者药学特聘专家”，烟台市“双百计划”高端创新人才；陈金文，留美博士，烟台市“双百计划”高端创业人才等等。

有了人才，才能站得更好，看得更远。人才高地，就是研发、创新高地。

据悉，山东国际生物科技园主要致力于生物医药、海洋生物、生物农业研发创新，是一个蓝色经济特色园区，目前已成为国家新药研发大平台——山东省重大新药创制中心的重要组成部分，成为国家创新药物（烟台）孵化基地。

烟台高新区：打造“东部新区”的领航区

（大众网）

大众网烟台 5 月 16 日讯 （见习记者 张帆） 5 月 16 日，科学发展新山东——第八届中国网络媒体山东行东线采访团记者来到烟台国家高新技术产业开发区规划展厅进行参观采访。烟台高新区将瞄准创建国内一流国际化创新型特色园区，倾力打造特色高端产业高地、自主创新高地和创新创业人才高地，在东部新区建设中勇当先行者。

一部到位的科技产业新城区

走进烟台高新区规划展厅，一个高新区的规划模型展现在人们眼前。高新区管委会行政科孙翔介绍，高新区在东部新区的整体统一规划指导下，聘请由国内外著名规划大师领衔的高水平规划团队，合理布局园区空间，实现园区土地利用效益最大化。在进一步提高园区承载能力方面，高新区把总体规划和专项规划结

烟台高新区：瞄准国内一流 打造高端产业高地

2012年05月17日 17:13
来源：长城网

长城网5月17日讯(李书军 邓光皓)5月16日，科学发展新山东——“鲁花杯”第八届中国网络媒体山东行东线采访团记者来到烟台国家高新技术产业开发区规划展厅进行参观采访。烟台高新区将瞄准创建国内一流国际化创新型特色园区，倾力打造特色高端产业高地、自主创新高地和创新创业人才高地，在东部新区建设中勇当先行者。

一步到位的科技产业新城区

走进烟台高新区规划展厅，一个高新区的规划模型展现在人们眼前。高新区管委会行政科孙翔介绍，高新区在东部新区的整体统一规划指导下，聘请由国内外著名规划大师领衔的高水平规划团队，合理布局园区空间，实现园区土地利用效益最大化。在进一步提高园区承载能力方面，高新区把总体规划和专项规划结合起来，对路、水、电、气、暖、通讯、排污等基础设施通盘考虑、适度超前、一步到位。孙翔指着模型说，高新区将重点抓好科技CBD创业大厦、科技广场等项目建设，带动周边成方连片开发，打造烟台城市新地标；高标准推进科技大道两侧项目建设，打造10公里主力街区；乘借全市“滨海一线”旅游开发东风，推进游艇码头、五星级酒店等项目，提升10公里滨海度假休闲旅游带开发水平；继续抓好辛安河综合开发，打造滨河高档次科技文化观光带。

创新驱动的先行区

创新离不开企业、离不开科研机构，为此，高新区以政府投入为先导，同时鼓励科技企业、研究所、大学等社会力量广泛参与，建设科技企业孵化器、加速器、创业园，提升烟台高新区的创新服务功能，到2015年，力争区内孵化器、加速器总面积突破100万平方米，5年内力争创建国家级企业孵化器5家以上。孙翔说，为了充分发挥企业在科技创新中的主体作用，高新区研究制定了科技进步奖励办法，鼓励企业高标准建设企业技术中心，加大研发和技改投入，增加发明专利和重要技术标准拥有量，提升研发创新能力，增强核心竞争力。目前，区内一批科技含量高、核心竞争力强的重点企业正在加快成长壮大。同时，加强与国内外著名高校和科研院所的合作，引导他们到高新区建立研究院、重点实验室等，创建大学生创业园和留学生科技园，推动科技成果转化。加快推进院地合作重点项目，发挥其对区域科技创新的辐射和带动作用。

高端人才的聚集区

烟台高新区认真落实国家和省、市相关政策，以“蓝海英才计划”为基础，研究出台人才引进补充办法，健全人才培养、引进、使用、评价等系列配套措施。建立财政投入增长机制，确保人才专项资金足额投入，逐步形成以政府奖励为导向、用人单位和社会力量奖励为主体的人才奖励体系。围绕重点产业和重点项目，采取团队整体引进、核心人才带动引进、高新技术项目开发引进等多种方式，通过“筑巢引凤”和“引凤筑巢”等各种有效办法，拓展人才引进渠道，快速形成人才集聚效应。办好大学生创业园、留学生创业园和海外人才创业基地，为大学生、留学生进区创新创业打造优良平台。积极组织招才引智活动，以“相约高新区”为主题，继续组织好大学生科技创新大赛，办好政策专题发布和高层次人才签约推介活动，拓宽人才引进渠道。为了真正让高端人才“愿意来、留得住、能干事、干成事”，到2015年，高新区将力争建立起与国际惯例接轨的人才管理体制、工作运行机制和政策服务体系。

战略性新兴产业的核心区

在高新区规划展厅的展板上，用各种图例将烟台高新区的产业发展模式标注得明明白白。孙翔介绍说，为了打造具有竞争力和影响力的主导产业集群，烟台高新区加强产业规划研究，聘请国内外一流专家，围绕“双高”产业，制定产业发展规划。据了解，高新区把开放引进作为新区发展的生命线，进一步抬高项目入区门槛，坚持选商选资与招大引强相结合，招商引资与招才引智相结合，年内新引进央企或国内外500强企业5家以上，引进“双高”产业项目20个以上。另外，高新区持续开展“项目推进年”、“项目开工月”和“集中解决问题月”等活动，以解决实际问题为总抓手，每年确定一批重点产业项目，全力推进开工建设。在专业园区建设方面，高新区采取政府主导、市场参与以及大企业牵头建设等多种方式，为特色产业发展提供一流载体平台。经过3-5年努力，力争在培育发展战略性新兴产业和特色高端产业上成为全国一流、世界知名的科技园区，成为蓝区建设中的重点骨干科技园区，打造烟台东部新区的高端产业高地。

凤凰网报道截屏

合起来，对路、水、电、气、暖、通讯、排污等基础设施通盘考虑、适度超前、一步到位。

孙翔指着模型说，高新区将重点抓好科技CBD创业大厦、科技广场等项目建设，带动周边成方连片开发，打造烟台城市新地标；高标准推进科技大道两侧项目建设，打造10公里主力街区；乘借全市“滨海一线”旅游开发东风，推进游艇码头、五星级酒店等项目，提升10公里滨海度假休闲旅游带开发水平；继续抓好辛安河综合开发，打造滨河高档次科技文化观光带。

创新驱动的先行区

创新离不开企业、离不开科研机构，为此，高新区以政府投入为先导，同时鼓励科技企业、研究所、大学等社会力量广泛参与，建设科技企业孵化器、加速器、创业园，提升烟台高新区的创新服务功能，到2015年，力争区内孵化器、加速器总面积突破100万平方米，5年内力争创建国家级企业孵化器5家以上。

孙翔说，为了充分发挥企业在科技创新中的主体作用，高新区研究制定了科技进步奖励办法，鼓励企业高标准建设企业技术中心，加大研发和技改投入，增加发明专利和重要技术标准拥有量，提升研发创新能力，增强核心竞争力。目前，区内一批科技含量高、核心竞争力强的重点企业正在加快成长壮大。同时，加强与国内外著名高校和科研院所的合作，引导他们到高新区建立研究院、重点实验室等，创建大学生创业园和留学生科技园，推动科技成果转化。加快推进院地合作重点项目，发挥其对区域科技创新的辐射和带动作用。

高端人才的聚集区

烟台高新区认真落实国家和省、市相关政策，以“蓝海英才计划”为基础，研究出台人才引进补充办法，健全人才培养、引进、使用、评价等系列配套措施。建立财政投入增长机制，确保人才专项资金足额投入，逐步形成以政府奖励为导向、用人单位和社会力量奖励为主体的人才奖励体系。

围绕重点产业和重点项目，采取团队整体引进、核心人才带动引进、高新技术项目开发引进等多种方式，通过“筑巢引凤”和“引凤筑巢”等各种有效办法，拓展人才引进渠道，快速形成人才集聚效应。办好大学生创业园、留学生创业园和海外人才创业基地，为大学生、留学生进区创新创业打造优良平台。积极组织招才引智活动，以“相约高新区”为主题，继续组织好大学生科技创新大赛，办好政策专题发布和高层次人才签约推介活动，拓宽人才引进渠道。为了真正让高端人才“愿意来、留得住、能干事、干成事”，到2015年，高新区将力争建立起与国际惯例接轨的人才管理体制、工作运行机制和政策服务体系。

中青在线 新闻 2012年7月13日

烟台高新区：打造“东部新区”的领航区

http://www.cyol.net 张帆 中青报订阅 收藏本页

高新区作为国家高新区，同时拥有中国亚太经济合作组织科技工业园区、全国第一家中俄高新技术产业化合作示范基地等“金字招牌”。（马鑫摄）

中青在线报道截屏

战略性新兴产业的核心区

在高新区规划展厅的展板上，用各种图例将烟台高新区的产业发展模式标注得明明白白，孙翔介绍说，为了打造具有竞争力和影响力的主导产业集群，烟台高新区加强产业规划研究，聘请国内外一流专家，围绕“双高”产业，制定产业发展规划。

据了解，高新区把开放引进作为新区发展的生命线，进一步抬高项目入区门槛，坚持挑商选资与招大引强相结合，招商引资与招才引智相结合，年内新引进央企或国内外500强企业5家以上，引进“双高”产业项目20个以上。另外，高新区持续开展“项目推进年”、“项目开工月”和“集中解决问题月”等活动，以解决实际问题为总抓手，每年确定一批重点产业项目，全力推进开工建设。在专业园区建设方面，高新区采取政府主导、市场参与以及大企业牵头建设等多种方式，为特色产业发展提供一流载体平台。经过3-5年努力，力争在培育发展战略性新兴产业和特色高端产业上成为全国一流、世界知名的科技园区，成为蓝区建设中的重点骨干科技园区，打造烟台东部新区的高端产业高地。

山西新闻网 XRB.COM

首页 > 专题汇聚 > 新闻专题 > 2012山东行 > 记者采风　本网热线：0351-4281494

烟台高新区：打造“东部新区”的领航区 （图）

时间：2012-05-17 00:08　来源：山西新闻网

山西新闻网5月16日讯（记者 郑毅）今日，科学发展新山东——“鲁花杯”第八届中国网络媒体山东行东线采访团记者来到烟台国家高新技术产业开发区规划展厅进行参观采访。烟台高新区将瞄准创建国内一流国际化创新型特色园区，着力打造特色高端产业高地、自主创新高地和创新创业人才高地，在东部新区建设中勇当先行者。

走进烟台高新区规划展厅，一个高新区的规划模型展现在人们眼前。高新区管委会行政科孙翔介绍，高新区在东部新区的整体统一规划指导下，聘请由国内外著名规划大师领衔的高水平规划团队，合理布局园区空间，实现园区土地利用效益最大化。在进一步提高园区承载能力方面，高新区把总体规划和专项规划结合起来，对路、水、电、气、暖、通讯、排污等基础设施通盘考虑、适度超前、一步到位。

据了解，高新区把开放引进作为新区发展的生命线，进一步抬高项目入区门槛，坚持挑商选资与招大引强相结合，招商引资与招才引智相结合，年内新引进央企或国内外500强企业5家以上，引进“双高”产业项目20个以上。另外，高新区持续开展“项目推进年”、“项目开工月”和“集中解决问题月”等活动，以解决实际问题为总抓手，每年确定一批重点产业项目，全力推进开工建设。在专业园区建设方面，高新区采取政府主导、市场参与以及大企业牵头建设等多种方式，为特色产业发展提供一流载体平台。经过3-5年努力，力争在培育发展战略性新兴产业和特色高端产业上成为全国一流、世界知名的科技园区，成为蓝区建设中的重点骨干科技园区，打造烟台东部新区的高端产业高地。

（编辑：郑毅）

山西新闻网报道截屏

烟台牟平区加快推进东部高技术海洋经济新区建设

（新华网）

新华网烟台5月18日电　（记者　李志强）　初夏的五月，气候宜人。17日上午，参加“科学发展新山东——第八届中国网络媒体山东行大型采访”活动”的记者们来到了美丽的海滨城市烟台。烟台市牟平区区委书记王中介绍了牟平区整体规划发展情况。他说，烟台今后几年主要的增长极在东部，烟台市的新城区主要在东部，烟台高技术海洋经济的载体主要在东部，把东部新区打造好，对全市都是一个很好的引领。牟平区占东部新区的比例在75%以上，在“一极领先”当中，牟平区承担着义不容辞、责无旁贷的重大责任。

王中说，烟台市第十二次党代会提出实施“一极领先、多极崛起”战略，重点推动烟台东部高技术海洋经济新区领先崛起、率先突破。作为烟台东部新区的主战场、主阵地，牟平区委、区政府研究确定了“点面结合、集中用力、梯次推进，在率先发力中快速打造烟台东部新区核心区，在跨越式转型发展中倾力打造蓝色牟平”的总体工作思路，通过高端规划引领、高质项目带动，力求在较短时间内使烟台东部新区牟平区域建设取得显著成效。

据了解，该区域比较优势突出，发展基础良好，开发潜力巨大，2011年，该区域内生产总值完成192.5亿元，地方财政收入完成11亿元，固定资产投资达到246.3亿元；基础设施较为完备，总里程148.5公里的干线、支线公路构建起区域内的主要路网框架，正在建设的青荣城际铁路以及规划建设的滨海路东延三期工程从该区域穿过，港口、变电站、热电厂、自来水厂等基础设施一应俱全，已经规划建设的污水处理厂、生活垃圾处理厂和正在规划论证的烟台东部大型热电联产项目，建成后将进一步提高东部新区牟平区域承接国内外产业转移和重大项目落户的能力；区域内现有美国贝思特、韩国斗山、中国台湾统一等规模以上工业企业116家，实现主营业务收入562.7亿元。拥有利税过千万的企业62家，合计实现利税52.5亿元。拥有安德利果胶、孚信达双金属等各类高新技术企业11家，中国名牌产品2个、中国驰名商标5件，市级以上科技创新平台16家，高新技术企业产值达到186.2亿元。

据介绍，牟平区下一步将突出高端规划引领。主动对接烟台东部新区的大规划，快速提升完善养马岛、金山湾、龙泉温泉开发和沿海三大园区的规划，以东部新区的大规划统领牟平滨海各版块的规划、引领高水平开发。牟平区将以总投资197.7亿元的77个政府投资重大基础设施项目建设为抓手，以新区布局互联、功能互补、交通一体为方向，以路网框架和公共设施统一规划建设为重点，加快推进路、桥、水、电、暖、垃圾污水处理等基础设施建设步伐，进一步提升新区承载力，突出引擎项目支撑。

据悉，东部新区牟平区域包括养马岛旅游度假区、经济开发区、沁水韩国工业园、中国台湾工业园、宁海街道、龙泉镇，以及文化街道、武宁镇、玉林店镇的部分区域。总面积约447.8平方公里，已建成面积约72.3平方公里，可利用土地面积约178平方公里，人口约27.4万人，海岸线长65公里。

人民网 >> 山东频道 >> 专题 >> 网络媒体山东行

牟平：开发建设5大板块，打造烟台东部新区核心

2012年05月18日08:40　来源：人民网-山东频道　手机看新闻

打印 网摘 纠错 商城 关注 77.6万 分享 推荐 字号

人民网烟台5月18日电 （记者 聂俊宁）“新区起航、牟平领航”。作为烟台的城市新都心、东部新区的主战场和主阵地，牟平区将重点建设滨海开发板块等5大板块。

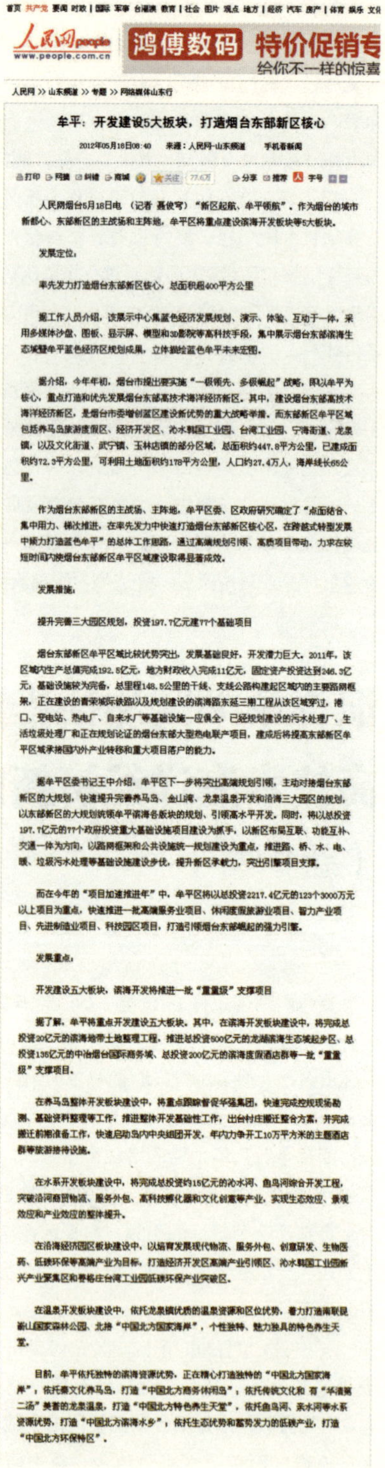

发展定位：

率先发力打造烟台东部新区核心，总面积超400平方公里

据工作人员介绍，该展示中心集蓝色经济发展规划、演示、体验、互动于一体，采用多媒体沙盘、图板、显示屏、模型和3D影院等高科技手段，集中展示烟台东部滨海生态城暨牟平蓝色经济区规划成果，立体描绘蓝色牟平未来宏图。

据介绍，今年年初，烟台市提出要实施“一极领先、多极崛起”战略，即以牟平为核心，重点打造和优先发展烟台东部高技术海洋经济新区。其中，建设烟台东部高技术海洋经济新区，是烟台市委增创蓝区建设新优势的重大战略举措。而东部新区牟平区域包括养马岛旅游度假区、经济开发区、沁水韩国工业园、台湾工业园、宁海街道、龙泉镇，以及文化街道、武宁镇、玉林店镇的部分区域，总面积约447.8平方公里，已建成面积约72.3平方公里，可利用土地面积约178平方公里，人口约27.4万人，海岸线长65公里。

作为烟台东部新区的主战场、主阵地，牟平区委、区政府研究确定了“点面结合、集中用力、梯次推进，在率先发力中快速打造烟台东部新区核心区，在跨越式转型发展中倾力打造蓝色牟平”的总体工作思路，通过高端规划引领、高质项目带动，力求在较短时间内使烟台东部新区牟平区域建设取得显著成效。

发展措施：

提升完善三大园区规划，投资197.7亿元建77个基础项目

烟台东部新区牟平区域比较优势突出，发展基础良好，开发潜力巨大。2011年，该区域内生产总值完成192.5亿元，地方财政收入完成11亿元，固定资产投资达到246.3亿元；基础设施较为完备，总里程148.5公里的干线、支线公路构建起区域内的主要路网框架，正在建设的青荣城际铁路以及规划建设的滨海路东延三期工程从该区域穿过，港口、变电站、热电厂、自来水厂等基础设施一应俱全，已经规划建设的污水处理厂、生活垃圾处理厂和正在规划论证的烟台东部大型热电联产项目，建成后将提高东部新区牟平区域承接国内外产业转移和重大项目落户的能力。

据牟平区委书记王中介绍，牟平区下一步将突出高端规划引领，主动对接烟台东部新区的大规划，快速提升完善养马岛、金山湾、龙泉温泉开发和沿海三大园区的规划，以东部新区的大规划统领牟平滨海各版块的规划、引领高水平开发。同时，将以总投资197.7亿元的77个政府投资重大基础设施项目建设为抓手，以新区布局互联、功能互补、交通一体为方向，以路网框架和公共设施统一规划建设为重点，推进路、桥、水、电、暖、垃圾污水处理等基础设施建设步伐，提升新区承载力，突出引擎项目支撑。

而在今年的“项目加速推进年”中，牟平区将以总投资2217.4亿元的123个3000万元以上项目为重点，快速推进一批高端服务业项目、休闲度假旅游业项目、智力产业项目、先进制造业项目、科技园区项目，打造引领烟台东部崛起的强力引擎。

发展重点：

开发建设五大板块，滨海开发将推进一批“重量级”支撑项目

据了解，牟平将重点开发建设五大板块。其中，在滨海开发板块建设中，将完成总投资20亿元的滨海地带土地整理工程，推进总投资500亿元的龙湖滨海生态城起步区、总投资135亿元的中冶烟台国际商务城、总投资200亿元的滨海度假酒店群等一批“重量级”支撑项目。

在养马岛整体开发板块建设中，将重点跟踪督促华强集团，快速完成控规现场勘测、基础资料整理等工作，推进整体开发基础性工作，出台村庄搬迁整合方案，并完成搬迁前期准备工作，快速启动岛内中央组团开发，年内力争开工10万平方米的主题酒店群等旅游接待设施。

在水系开发板块建设中，将完成总投资约15亿元的沁水河、鱼鸟河综合开发工程，突破沿河商贸物流、服务外包、高科技孵化器和文化创意等产业，实现生态效应、景观效应和产业效应的整体提升。

在沿海经济园区板块建设中，以培育发展现代物流、服务外包、创意研发、生物医药、低碳环保等高端产业为目标，打造经济开发区高端产业引领区、沁水韩国工业园新兴产业聚集区和莒格庄台湾工业园低碳环保产业突破区。

在温泉开发板块建设中，依托龙泉镇优质的温泉资源和区位优势，着力打造南联昆嵛山国家森林公园、北携“中国北方国家海岸”，个性独特、魅力独具的特色养生天堂。

目前，牟平依托独特的滨海资源优势，正在精心打造独特的“中国北方国家海岸”；依托秦文化养马岛，打造“中国北方商务休闲岛”；依托传统文化和有“华清第二汤”美誉的龙泉温泉，打造“中国北方特色养生天堂”；依托鱼鸟河、沁水河等水系资源优势，打造“中国北方滨海水乡”；依托生态优势和蓄势发力的低碳产业，打造“中国北方环保特区”。

人民网报道截屏

牟平区加快推进烟台东部高技术海洋经济新区建设

（中新网）

中新网烟台5月17日电　科学发展新山东——第八届中国网络媒体山东行采访团17日上午走访了烟台市牟平区。

烟台市第十二次党代会提出实施“一极领先、多极崛起”战略，重点推动烟台东部高技术海洋经济新区领先崛起、率先突破。作为烟台东部新区的主战场、主阵地，牟平区委、区政府研究确定了“点面结合、集中用力、梯次推进，在率先发力中快速打造

烟台东部新区核心区，在跨越式转型发展中倾力打造蓝色牟平”的总体工作思路，通过高端规划引领、高质项目带动，力求在较短时间内使烟台东部新区牟平区域建设取得显著成效。

据了解，东部新区牟平区域包括养马岛旅游度假区、经济开发区、沁水韩国工业园、中国台湾工业园、宁海街道、龙泉镇，以及文化街道、武宁镇、玉林店镇的部分区域。总面积约 447.8 平方公里，已建成面积约 72.3 平方公里，可利用土地面积约 178 平方公里，人口约 27.4 万人，海岸线长 65 公里。

该区域比较优势突出，发展基础良好，开发潜力巨大，2011 年，该区域内生产总值完成 192.5 亿元，地方财政收入完成 11 亿元，固定资产投资达到 246.3 亿元；基础设施较为完备，总里程 148.5 公里的干线、支线公路构建起区域内的主要路网框架，正在建设的青荣城际铁路以及规划建设的滨海路东延三期工程从该区域穿过，港口、变电站、热电厂、自来水厂等基础设施一应俱全，已经规划建设的污水处理厂、生活垃圾处理厂和正在规划论证的烟台东部大型热电联产项目，建成后将进一步提高东部新区牟平区域承接国内外产业转移和重大项目落户的能力；区域内现有美国贝思特、韩国斗山、中国台湾统一等规模以上工业企业 116 家，实现主营业务收入 562.7 亿元。拥有利税过千万的企业 62 家，合计实现利税 52.5 亿元。拥有安德利果胶、孚信达双金属等各类高新技术企业 11 家，中国名牌产品 2 个、中国驰名商标 5 件，市级以上科技创新平台 16 家，高新技术企业产值达到 186.2 亿元。

据介绍，牟平区下一步将突出高端规划引领。主动对接烟台东部新区的大规划，快速提升完善养马岛、金山湾、龙泉温泉开发和沿海三大园区的规划，以东部新区的大规划统领牟平滨海各版块的规划、引领高水平开发。牟平区将以总投资 197.7 亿元的 77 个政府投资重大基础设施项目建设为抓手，以新区布局互联、功能互补、交通一体为方向，以路网框架和公共设施统一规划建设为重点，加快推进路、桥、水、电、暖、垃圾污水处理等基础设施建设步伐，进一步提升新区承载力，突出引擎项目支撑。

另外，牟平区将 2012 年确定为“项目加速推进年”，以总投资 2217.4 亿元的 123 个 3000 万元以上项目为重点，快速推进龙湖滨海生态城起步区、中冶国际商务城、太平洋森林购物广场、烟台现代农副产品物流园、东华城等一批高端服务业项目；快速推进华强集团整体开发养马岛、滨海度假酒店群、昆嵛龙泉景云仙庄等一批休闲度假旅游业项目；快速推进以中国北方智谷、北方声谷、北方书谷、晟峰软件园“三谷一峰”为代表的一批智力产业项目；快速推进石药生物医药产业园、国风风电设备制造等一批先进制造业项目；快速推进同济大学国家创智天地科技园、中国机械工业联合大学科技园、海外人才创新创业基地等一批科技园区项目，打造引领烟台东部崛起的强力引擎。

在重点板块开发建设方面，牟平区将全面完成总投资 20 亿元

烟台市牟平区区委书记王中（左）向记者们介绍牟平区整体规划发展情况（新华网　李志强　摄）

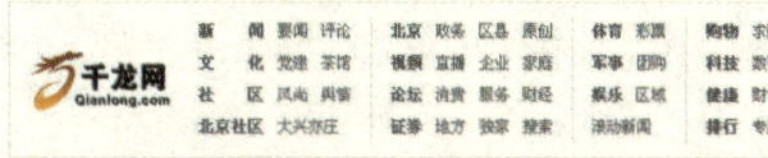

千龙城市 >> 新闻 >> 观蓝图 感愿景 新区建设，牟平已率先发力

观蓝图 感愿景 新区建设，牟平已率先发力

http://www.qianlong.com/ 2012-05-17 千龙网

采访团进入牟平区规划展示中心采访

讲解员为记者团介绍牟平总体规划

千龙网5月17日讯（记者 牛晓争）今天上午，“第八届中国网络媒体山东行”采访团参观了牟平规划展示中心。虽然只是观蓝图，听规划，但媒体朋友们已经感受到了烟台打造东部滨海生态城暨牟平蓝色经济区的决心和助力。

通过牟平蓝色经济区规划展示中心的立体仿真平台，记者了解，牟平的建设发展工作，重点突出“高端”引领，以养马岛、金山湾、龙泉温泉等旅游资源开发为重点，加速崛起滨海高端商务休闲度假旅游业隆起带，确保华强集团投资260亿元的养马岛整体开发，年内村庄搬迁整合全面推开，中央组团开发全面破题；投资25亿元的龙泉昆嵛大观园项目年内开工。突出“先进”驱动，以石药生物产业园等总投资50多亿元的先进制造业项目为引擎，提速打造沿海蓝色先进制造业新高地，加快在先进驱动中突围、在转型升级中突破；突出“低碳”特色，以投资近10亿元的国风风电设备制造、海德专汽新能源汽车等项目为支撑，高点起打造低碳环保产业示范区，加快建设环保设备工业园、新能源工业园、新材料工业园，推动低碳节能环保产业集群化发展。

千龙网报道截屏

的滨海地带土地整理工程，加快推进总投资500亿元的龙湖滨海生态城起步区、总投资135亿元的中冶烟台国际商务城、总投资200亿元的滨海度假酒店群等一批“重量级”支撑项目；养马岛整体开发板块，重点跟踪督促华强集团，快速完成控规现场勘测、基础资料整理等工作，加快推进整体开发基础性工作，出台村庄搬迁整合方案，并完成搬迁前期准备工作，快速启动岛内中央组团开发，年内力争开工10万平方米的主题酒店群等旅游接待设施；水系开发板块，全面完成总投资约15亿元的沁水河、鱼鸟河综合开发工程，快速突破沿河商贸物流、服务外包、高科技孵化器和文化创意等产业，实现生态效应、景观效应和产业效应的整体提升。沿海经济园区板块，以培育发展现代物流、服务外包、创意研发、生物医药、低碳环保等高端产业为目标，着力打造经济开发区高端产业引领区、沁水韩国工业园新兴产业聚集区和姜格庄中国台湾工业园低碳环保产业突破区；温泉开发板块，依托龙泉镇优质的温泉资源和区位优势，着力打造南联昆嵛山国家森林公园、北接“中国北方国家海岸”，个性独特、魅力独具的特色养生天堂。

亚沙会展览馆：文体交汇勾勒新海阳（人民网）

人民网烟台5月18日电（记者 聂俊穹）亚沙会的申办历程、美丽的海阳风光，文化与体育完美融合的亚沙会展览馆用一幅幅照片、一段段视频、一件件模型为在场的记者们勾勒出海阳未来的美好景象。

一进入展览馆大门，一幅15米高、13.8米宽的巨型浮雕立即成了记者们关注的焦点，浮雕运用了抽象与具象相结合的手法，寓意“凤舞金滩，快乐在一起”的主题。顶部为太阳，其左右有两只凤凰飞舞，寓意“凤舞金滩”，体现了海阳祖先对太阳的崇拜。浮雕上的人物载歌载舞，代表着海阳人团结在一起，欢快地庆祝海阳今天的成就。浮雕的中部，是亚沙火炬，火炬手正点燃熊熊圣火，两边是海阳市各行各业的人才站在城市之上为海阳的建设献策献力，保驾护航。“浮雕不仅记录着历史，也展望了未来。”解说员告诉记者。

据了解，整个亚沙会展览馆占地面积约4900平方米，分为三层，一层为临展区，二层为亚沙会专题展区，三层为城市规划展区。其中，亚沙会专题展区是亚沙会展馆的重点展示内容与核心，追溯历届亚沙会的发展历程，重点展示亚沙会筹办历程，全面表现亚洲沙滩运动会的体育与文化价值。城市规划展区主要体现海

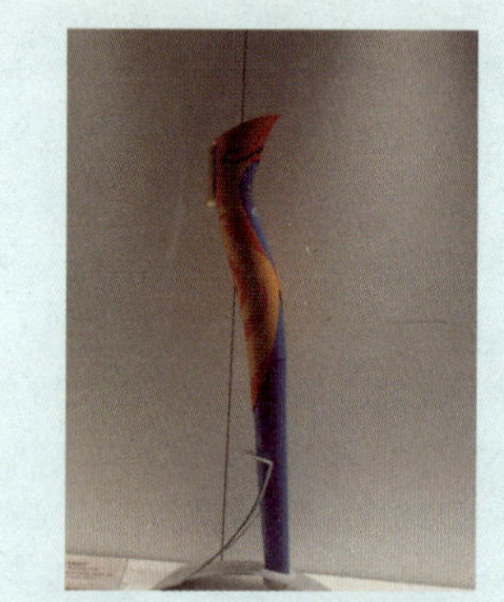

亚沙会火炬（聂俊穹　摄）

亚沙会吉祥物（聂俊穹　摄）

亚沙会专题展区（聂俊穹　摄）

阳历史变迁、规划沿革、现在成就及未来规划展示，突出近代海阳市的重点规划、重大项目，为来宾呈现出海阳这座城市的独特魅力。

此外，展览馆在展陈设计上充分把握亚运精神体现的和谐、融合、积极向上的精髓及海阳城市凸显得热情、开放、国际化、与自然融合的独特气质。展陈内容突出知识性、观赏性、互动性，采用图文说明、模型陈列、多媒体演示、影视互动等表现形式，运用宏大的场景、翔实的资料、艺术的构思、高科技的手段生动形象地展示了第三届亚洲沙滩运动会“海韵、阳光、激情、时尚”的亚沙理念，以及海阳优美的自然环境、深厚的文化底蕴、纯朴的民风、好客的东道主形象，展陈新颖、富有创意、独具特色。

“现在场馆的建设和布展已经结束，以后将会对市民开放，供市民参观。”场馆的负责人告诉记者，在紧扣亚沙核心主题的同时，亚沙会展览馆还格外注重展览的多元性、延续性与开放性，将体育、文化与旅游有机整合，同时发挥展览馆的教育功能和社会影响力，集宣传教育、参观交流、特色旅游等功能于一体，内容丰富、现代时尚，成为宣传海阳的窗口和教育的基地，未来也将成为海阳市接待来宾的“客厅”。

场馆搭建近尾声，亚沙文化旅游产业聚海阳

（中新网）

中新网海阳 5 月 17 日电（记者 吉翔）科学发展新山东——第八届中国网络媒体山东行采访团一行 17 日下午来到第三届亚沙会场馆。记者在现场看到，工人们正紧张地在对体育比赛场馆进行最后的搭建。

第三届亚洲沙滩运动会将于 2012 年 6 月 16 日在山东海阳举办。亚洲沙滩运动会与亚运会、亚冬会、亚洲室内运动会、亚洲青年运动会并称为亚洲五大体育综合赛事。赛事将有亚奥理事会 45 个成员国和地区参加。比赛项目包括沙滩排球、沙滩足球、沙滩手球、沙滩藤球、沙滩篮球、沙滩卡巴迪等…

这 45 个国家和地区分别是，阿富汗、巴林、孟加拉国、不丹、文莱、柬埔寨、中华人民共和国、中国香港、印度、印度尼西亚、伊朗、伊拉克、日本、约旦、哈萨克斯坦、科威特、吉尔吉斯斯坦、黎巴嫩、中国澳门、马来西亚、马尔代夫、蒙古、缅甸、尼泊尔、阿曼、巴基斯坦、巴勒斯坦、朝鲜、菲律宾、卡塔尔、韩国、沙特阿拉伯、新加坡、斯里兰卡、叙利亚、中国台北、塔吉克斯坦、

海阳挖掘“亚沙经济” 打造亚沙文化旅游聚集区(图)

2012年05月17日18:21 | 我来说两句(0人参与)

火种采集天使采集火种

胶东在线网5月17日讯（特派记者 魏琪）科学发展新山东第八届网络媒体山东行采访团到达烟台。作为烟台的一个县级市，海阳将挖掘“亚沙经济”，借助亚洲沙滩运动会的影响，举办第三届海阳国际沙滩体育艺术节，今年重点计划把体育与文化艺术相结合，以沙办节、以节促旅(游)、以旅(游)兴市。

第三届亚沙会将于6月16日至22日在海阳市举行。据介绍，海阳市将借助亚沙会的影响和人气，于5月至9月举办第三届海阳国际沙滩体育艺术节，力争通过一系列体育艺术文化活动，延长旅游旺季，大力挖掘“亚沙经济”，尤其是发展“后亚沙经济”。

据介绍，6月至7月，海阳将趁亚沙会“东风”，举行国际沙雕艺术公园开园和展览、迷笛音乐节等预热活动。7月7日晚，第三届海阳国际沙滩体育艺术节将举行开幕式。之后几乎每周均有丰富多彩的活动。其中包括沙滩排球、卡巴迪、木球、篮球、藤球、足球、手球、锐舞、中小学生趣味运动会、欢乐金沙滩激情唱响等表演赛或比赛，以及功夫扇、大秧歌、健身操、太极拳、柔力球、螳螂拳等城市文化展演。

海阳市拥有长达230公里的海岸线和优质的沙滩，是天然的沙滩运动场地。亚洲沙滩运动会与亚洲运动会、亚洲青年运动会、亚洲冬季运动会及亚洲室内运动会并列为亚奥理事会主办的五大综合性体育赛事之一，是亚洲规模最大、档次最高、影响最广的沙滩综合性体育盛会。第三届亚沙会共设置沙滩球类、龙舟、攀岩、公路轮滑、动力滑翔伞、帆板、滑水等13个大项，49个小项。

搜狐网报道截屏

泰国、东帝汶、土库曼斯坦、阿拉伯联合酋长国、乌兹别克斯坦、越南、也门、老挝。

记者参观了亚沙会展览馆，该馆占地面积约4900平方米，分为三层，展区包括一层为临展区，二层为亚沙会专题展区，三层为城市规划展区。其中亚沙会专题展区是亚沙会展馆的重点展示内容与核心，追溯历届亚沙会的发展历程，重点展示亚沙会筹办历程，全面表现亚洲沙滩运动会的体育与文化价值。城市规划展区主要体现海阳历史变迁、规划沿革、现在成就及未来规划展示，突出近代海阳市的重点规划、重大项目，为来宾呈现出海阳这座城市的独特魅力。

展览馆在展陈设计上充分把握亚运精神体现的和谐、融合、积极向上的精髓及海阳城市凸显的热情、开放、国际化、与自然融合的独特气质。展陈内容突出知识性、观赏性、互动性，采用图文说明、模型陈列、多媒体演示、影视互动等表现形式，运用宏大的场景、翔实的资料、艺术的构思、高科技的手段生动形象地展示了第三届亚洲沙滩运动会“海韵、阳光、激情、时尚”的亚沙理念，以及海阳优美的自然环境、深厚的文化底蕴、纯朴的民风、好客的东道主形象，展陈新颖、富有创意、独具特色。

展览馆紧扣亚沙核心主题，注重展览的多元性、延续性与开放性，将体育、文化与旅游有机整合，同时发挥展览馆的教育功能和社会影响力，集宣传教育、参观交流、特色旅游等功能于一体，内容丰富、现代时尚，是宣传海阳的窗口、市情教育的基地、接待来宾的“客厅”、旅游观光的景点、展览交流的平台。

记者在现场了解到，近期，亚沙会各项筹备工作取得了新的进展，亚沙场馆及配套工程基本完工，赛事运筹有条不紊，城乡环境综合整治活动纵深推进，城市形象显著提升，为亚沙会成功举办提供了重要保证。

记者一行随后来到亚沙会开幕式主会场——河清岛体育场。河清岛上的主体建筑绿浪剧场是2012年第三届亚沙会开闭幕式的场地，该剧场以海浪为设计原型。剧场看台区可同时容纳观众约2万人。绿浪剧场看台内部空间设置必备的贵宾休息、媒体工作、演员化妆、运动员候场、观众、安保、技防等功能用房，总建筑面积14045平方米。作为亚沙会开闭幕式的举办场地，赛后河清岛将成为集全民健身、沙滩运动、滨海旅游、文化展示等功能为一体的综合性中心。

河清岛的东南端是正在建设中的亚沙会火炬塔，2012年6月16日，海阳亚沙会的会火将在这里熊熊燃起。赛后，火炬塔将作为永久的景观予以保留。

透过采访，记者了解到，当地已经形成亚沙文化旅游产业聚集区。据悉，为着眼后亚沙时代，将亚沙会这一品牌与山东半岛蓝色经济区建设国家级战略、胶东半岛高端产业聚集区建设省级战略紧密结合起来，充分发挥区位、资源、科技和产业优势，坚持开放理念、创新理念、蓝色理念和可持续发展理念，坚持海陆统筹、产业统筹、区域统筹，海阳市将旅游度假区、亚沙城、海阳丁字湾新区等功能区有机融合，建设亚沙文化旅游产业聚集区，努力打造蓝色经济区建设先试先行区、高端服务业引领区、国际旅游休闲度假区和海洋生态文明示范区，全力为烟台蓝色经济区建设多做贡献。

亚沙文化产业聚集区内规划建设四个基地：沙滩运动基地、水上运动基地、高端服务基地、商务休闲基地。海阳也正积极提升发展滨海旅游业，做大做强沙滩文体产业，同步发展总部经济和商务会展业，重视振兴海洋文化旅游产业，而生物科技和生态环保产业也是当地规划的一个部分。

赛事运筹有条不紊
亚沙会静待八方宾客（大众网）

大众网烟台5月17日讯 （记者 马鑫） 高矗的火炬塔，崭新的比赛场，松软的万亩金沙滩。17日下午，科学发展新山东——第八届中国网络媒体山东行采访团前往烟台海阳，先后参观采访了亚沙会展览馆和开幕式的主会场，虽然有些场馆还在施工，但亚沙会组委会有条不紊的工作带给采访团最深的印象就是——海阳，准备好了。

安保“天网”构筑完成 50 余套方案确保安全

据了解，为确保此次亚沙会的安全平稳进行，本届亚沙会的安保工作组下设的安保办、开闭幕式安保、火炬传递安保、场地安保等 42 个团队全部沉到场馆，进入实战阶段。与此同时还编制完成了亚沙会安保总体方案、亚沙会开闭幕式安保总体方案和总部酒店、亚沙村、亚沙场馆等 50 余套专项安保方案，并根据亚沙会场馆建设及赛事运筹最新进展情况，不断对各类预案进行修订完善。

除了人员队伍，多种安防科技装备也已在亚沙会就位，包括 219 处重点治安监控、21 处治安卡口和 20 个路口电子警察系统的“天网”工程全部完工，进入试运行状态，此外还完成了安保无线指挥系统建设，河清岛体育场、亚沙村、比赛场馆区、盛龙建国饭店等安防系统正在按计划要求加快推进，将于 5 月底正式启用。目前安保警力已配置完成，公安检查站、分流区、管制区、封闭区等七道安保防线和竞赛场馆、非竞赛场馆等安保岗位执勤力量已全部就位。

场馆建设进入尾声 1382 名运动员完成报名

“国际会议中心、新闻中心、安保指挥中心、亚沙村等非竞赛场馆正式投入使用，开闭幕式场地 --- 河清岛体育场主体工程完工，正在进行细部处理。”组委会负责人告诉记者，本届亚沙会的 13 项竞赛场馆工程进展顺利，除公路轮滑项目比赛区以外，其余 12 个项目比赛区全面完工，正在进行测试。23 项亚沙会配套道路工程已完成 21 项，剩余 2 项将于 5 月 20 日前达到通车条件，30 项绿化工程也已全部竣工。此外，海阳至即墨跨海特大桥主桥已经合拢，将于本月正式通车。烟台至海阳高速公路主干线也将于本月底前具备通车条件。

在重大活动方面，目前开闭幕式创意方案已上报亚奥理事会，所有演职人员均已选拔完毕，正在进行第一阶段排练。本届亚沙会最终已有 1601 名运动员完成报名，13 个项目的技术官员身份卡注册和抵离信息收集也已完成。为做好此次亚沙会的志愿服务工作，赛会志愿者在经过选拔录用后，还举行了多次专业培训和志愿者主管培训班，并且在 5 月 2 日完成了志愿者岗位的第一次分配。另外，电力设施、气象设备全面改造升级，医疗卫生、无线电保障、知识产权保护等工作也在扎实推进。

中青在线 中国青年报 新闻 教育 生活 汽车 法治 经济 舆情 旅游 数码 共青团 视频 社区 论坛

中青在线 新闻　2012年7月13日

频道首页 | 舆情 | 要闻 | 评论 | 热文 | 中国青年报 | 国内 | 国际 | 教育 | 法治社会 | 经济

首页 ->> 新闻频道 ->> 见闻“新”山东 ->> 正文

打印　字号：大 小　分享到：

金沙滩搭起大舞台 亚沙会大幕将掀开

http://www.cyol.net 马鑫 2012-05-18 06:45 中青报订阅 收藏本页

矗立在海中的火炬塔。（马鑫 摄）

搭建在剧场内部的巨型显示屏。（马鑫 摄）

正在进行最后装修的绿浪剧场。（马鑫 摄）

主场馆依地势而建，成本仅为普通场馆的十分之一。（马鑫摄）

大众网烟台5月17日讯（记者马鑫）细如粉、色如金、平如水、软若床，这就是海阳金沙滩带给记者的感觉。17日下午，科学发展新山东——“鲁花杯”第八届中国网络媒体山东行东线采访团一行来到第三届亚洲沙滩运动会的举办地烟台海阳进行采访。走在松软的沙滩竞技场，看着碧海蓝天下的主场馆，虽然还有30天才拉开帷幕，但置身场馆之中，那蓄势待发的气氛仍让人热血沸腾。

此次2012年第三届亚沙会主场馆绿浪剧场位于海阳市河清岛。整个河清岛四面环水，位于海阳湿地公园的西侧，北接奥林匹克公园，南面大海，面积 10.5公顷。整个岛通过霞光、中阳、晨光三座景观桥与河岸相连。此外，在河清岛的西侧还有一个占地140亩的淡水湖，大型景观喷泉就设立于此。

下午4点半，采访团一行驱车来到河清岛上的绿浪剧场。整个剧场背靠土坡，面朝大海，场馆建设已基本完工，此时正在进行最后的舞台装饰施工。在剧场东南端的海滩上，一座形如莲花高约33米的金黄色火炬塔正矗立于碧海蓝天之间。“我们已经进行了三次不同条件下的试火实验，火炬塔都完全达标。开幕式那天大家就可以一睹它的全貌了。”工作人员告诉记者，在比赛结束后，火炬塔还将将作为永久的景观予以保留。“具体的点火方式现在还是高度机密，咱们的网友不妨开动脑筋猜一下。”

“主场馆绿浪剧场是依地势而建，在封土堆上开挖，所以说费用只用了一般建筑的十分之一。”据介绍，整个绿浪剧场以海浪为设计原型。剧场看台区可同时容纳观众约2万人。剧场看台内部空间设置必备的贵宾休息、媒体工作、演员化妆、运动员候场、观众、安保、技防等功能用房，总建筑面积14045平方米。作为亚沙会开闭幕式的举办场地，赛后河清岛将成为集全民健身、沙滩运动、滨海旅游、文化展示等功能为一体的综合性中心。“我们在封土层下建设了专用房，可以通过招商的方式对外出租，此外这里还是海阳未来主要的公共文化设施，可以说在建设之初就充分考虑好了场馆的赛后利用。”

中青在线报道截屏

鲁花：科技创新，挺起民族产业的脊梁（人民网）

人民网 （记者 聂俊穹） 从一间小作坊成长为国内花生油行业的第一品牌，26 年来，鲁花集团发生了翻天覆地的变化。鲁花成功靠的是什么？

鲁花科技创新的意识在建厂伊始便深深烙在鲁花的掌门人孙孟全的心里。当时，花生油生产有土法压榨、浸出法两种。土法压榨生产工艺简陋，卫生条件差，产品质量难以保证；浸出法制油需要高温精炼，花生油营养损失大，香味流失，含有溶剂残留，不利于身体健康。目睹这种现状，孙孟全决定研发新的生产工艺。在孙孟全的带领下，鲁花人经过 6 年艰辛攻关，终于研发出具有自主知识产权的“5S 纯物理压榨工艺”。其中的去除黄曲霉毒素技术，更是攻克了世界性难题，填补了世界上该项技术的空白，使鲁花在国际上处于领先地位。

用 5S 纯物理压榨工艺生产的花生油，不仅保留了花生的原色原香，而且油质纯正浓厚、用量省，不但受到消费者的青睐，而且也引起专家们的关注。2002 年 5 月，全国 30 多位油脂行业的权威专家，对鲁花独创的 5S 纯物理压榨工艺和鲁花的企业内控质量标准进行了认真研究，对花生油国家标准进行了重新修订。

“鲁花时时想着花生这个产业要和国家联系在一起，和消费者联系在一起，和农民联系在一起。我们的企业发展，既是为自己而干，又是为国家而干，为消费者而干，为农民而干。”孙孟全说，在这种思想指导下，鲁花坚持不断地开展自主创新，坚持不断地进行新产品研发。

为提高花生产业化水平和国家竞争力，鲁花和国内重要大专院校、科研院所建立了多个联合研发中心和科研基地，建立的江南大学——鲁花联合研发中心、国家花生工程技术研究中心成果转化基地已经运行 5 年。“我们出资金、出课题，请他们研发，这样我们就会在创新的道路上走得更快。有了科技做支撑，企业发展地也会更稳健。”此外，鲁花还发起成立了国家花生产业技术创新战略联盟，与 5 所大学、7 所科研院所、9 家大型花生企业签订了科技合作协议，联合攻关，成果共享。另外，还建立了一支由全国著名食品专家组成的科技顾问团队。

在孙孟全看来，创新要从发现问题开始，把发现的问题解决了就是创新。在鲁花的生产车间，展板上贴着一沓员工的创新建议，建议被采纳的，都有奖励措施。孙孟全说，2012 年是鲁花集团的创新年，每个岗位、每个人都要规划创新项目、承担创新课题。

鲁花集团经过近几年的努力，已经逐步建立起研发设备齐全、人才队伍健全、研发能力较强、成果效益显著的企业技术创新中

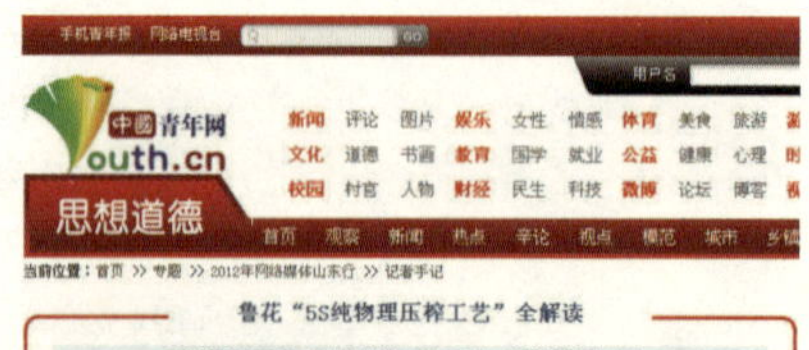

当前位置：首页 >> 专题 >> 2012年网络媒体山东行 >> 记者手记

鲁花“5S纯物理压榨工艺”全解读

欢迎订阅手机青年报，移动用户发送qnb到10658000，每天资费不到一角钱。

http://www.youth.cn 2012-05-16 15:51:00 中国青年网

一桶桶带着花生香气的花生油等待装箱。（马鑫 摄）

在中国，鲁花被誉为“花生油压榨专家”，其独创的“5S纯物理压榨工艺”，全面保留了花生中固有的营养成分，由此工艺制出的花生油天然绿色、营养健康、香味浓郁、用量省，受到许多消费者的青睐。今天，科学发展新山东——“鲁花杯”第八届中国网络媒体山东行大型采访团东线记者抵达鲁花集团，现场了解鲁花“5S纯物理压榨工艺”的创新和突破。

“用纯物理压榨代替化学浸出，这是一个重大的突破，是值得中国人骄傲的一个工艺。”鲁花集团董事长孙孟全说，在国际上，现在生产油脂大多是化学浸出，用高标号的汽油进行浸泡，用汽油把油脂提取出来，再把汽油挥发掉，这种工艺容易造成溶剂残留。而5S纯物理压榨工艺生产的花生油，由于是纯物理机械压榨，只榨取第一道花生原汁，不跟任何有机溶剂接触，没有任何污染。

第二个创新工艺就是采用独特的焙炒工艺，解决了花生制油中的“生香和留香”问题。“花生炒熟了很香，但是为什么我们以前吃的花生油不香呢？是因为在生产过程当中把花生香味流失了、破坏了。”孙孟全说，经江南大学测试发现，香味本身就是一种营养成分，这种香味能使我们的油脂消费量下降一半。孙孟全给记者算了一笔账：中国人有喜欢色、香、味的饮食习惯，用色拉油做菜要用一两油的话，用鲁花5S压榨的花生油只用半两就够了，因为够香。这就是为什么我们的产品在市场当中价格最贵而消费者还非常欢迎的原因。既吃了好油，又没多吃油，而且还省了钱。

第三大突破就是无水化脱磷技术。别的厂家大都是通过高温精炼进行脱磷，这个过程中，把里面所有有害物质去掉了，但同时也把里面的营养成分也破坏掉了。而鲁花现在这套工艺是无水化，用物理的方式来进行过滤，不用高温去脱磷，就可以把里面所有的有害物质过滤掉，而又保留了花生的营养成分。

第四个创新就是恒温储存、天然的VE保鲜。孙孟全告诉记者，鲁花所有工厂的油罐全部在室内，恒温储存，避免太阳暴晒。油脂是最怕太阳晒的，太阳一晒就要氧化变质，变质了以后就用精炼再处理。精炼就会产生反式脂肪酸，人吃了以后对心脑血管有坏处。另外，鲁花采用5S物理压榨工艺生产的花生油，使花生中的天然维生素E得以保留，起到了抗氧化的作用。“同时，我们在油罐和油瓶里还充有氮气，使花生油一年四季保持新鲜。这样虽然成本增加了一点，但是保证了油的产品质量安全，保证了人体的健康安全。”

“第五个创新就是去除油中的黄曲霉毒素，这是鲁花最大的一个突破。”谈到这项创新时，孙孟全非常自豪。据了解，花生在变质的情况下，或者在南方生长期，容易感染黄曲霉，生产出的油里面就有黄曲霉毒素，对消费者的身体健康造成威胁。目前，国内外植物油生产企业大部分采用化学方法去除黄曲霉毒素，但是会破坏花生油中的营养物质。因此如何去除黄曲霉毒素，又保证花生中的营养物质不流失，成为了一道世界性的难题。鲁花研发的黄曲霉毒素去除技术，在做到去除黄曲霉毒素的同时，不改变植物油营养、风味等品质特征，对保障食品安全和保护人类健康具有重大作用。

2002年5月，全国30多位油脂行业的权威专家，对鲁花独创的5S纯物理压榨工艺和鲁花的企业内控质量标准进行了认真研究，对花生油国家标准进行了重新修订。专家组评审认为，鲁花独创的5S纯物理压榨工艺科技含量高，是世界上领先的食用油制造工艺，填补了国内外空白，必将引领我国高含油脂食用油工艺历史发展的方向。

中国青年网报道截屏

心、农业产业化国家重点龙头企业和国家花生工程研究中心成果转化基地，是农业部确定的国家农产品加工工程技术中心花生分中心。

2009年，“一种除去黄曲霉毒素的方法”、“浓香葵花仁油技术”两项发明获国家发明专利；2010年，“冻干果蔬丁慢复水技术”荣获国家发明专利；2011年，“高温花生粕生产浓缩蛋白技术”、“低温亚麻籽油生产技术”及“冻干脆片制备方法”三项发明获国家发明专利；2012年，“油料籽仁的油脂加工预处理方法”获国家发明专利……在鲁花的荣誉室里，摆放着一个个发明专利和获奖荣誉。记录着鲁花这些年在科技创新道路上所取得的成绩。

孙孟全告诉记者，科技创新加快了鲁花的发展步伐，如今的鲁花已经成为中国的民族品牌、农业产业化国家重点龙头企业，每年都会有新专利。目前，鲁花已申报专利23项，已获授权发明专利6项，实用新型专利2项，外观设计专利10项，获山东省科技进步一等奖1项，获省部级科技二等奖4项、三等奖2项。2009年，“十一五”国家科技支撑计划重点项目“食用油质量安全控制技术研究与产业化示范”落户鲁花。2010年，鲁花成功申报了一个“十二五”国家科技支撑计划重点项目。

鲁花在科技创新的道路上越走越宽，在为企业的可持续发展提供生命力的同时，也引领了我国食用油工艺历史发展的方向，缓解了我国植物油过度依赖进口的严峻形势。2006年9月13日，中共中央政治局委员、国务院副总理回良玉视察鲁花时，高兴地说：“感谢鲁花在中国油脂方面做出的贡献！好好做，国家支持鲁花这样的民族企业发展。”

鲁花油壶的生产车间

鲁花展示的各类产品（聂俊穹　摄）

生产工序（聂俊穹　摄）

鲁花集团车间流水线工人在认真作业（新华网　李志强　摄）

鲁花董事长详解鲁花食用油工艺中的五项创新（新华网）

新华网山东莱阳5月17日电　（记者　李志强）　“用纯物理压榨代替化学浸出，是鲁花集团的第一大创新工艺，也是一个重大的突破，是值得中国人骄傲的一个工艺。”面对全国网络媒体山东行采访团一行，鲁花集团董事长孙孟全向记者们详细介绍了鲁花食用油工艺中的创新和突破。16日上午，参加科学发展新山东——第八届中国网络媒体山东行采访团的记者们来到位于莱阳的鲁花集团，对鲁花集团食用油加工、生产等一系列流水线作业进行了近距离探访。

孙孟全介绍说，鲁花集团第二个创新工艺就是采用独特的焙炒工艺，解决了花生制油中的“生香和留香”问题。“花生炒熟了很香，但是为什么我们以前吃的花生油不香呢？是因为在生产过程当中把花生香味流失了、破坏了。”孙孟全说，经江南大学测试发现，香味本身就是一种营养成分，这种香味能使我们的油脂消费量下降一半。孙孟全给记者算了一笔账：中国人有喜欢色、香、味的饮食习惯，用色拉油做菜要用一两油的话，用鲁花 5S 压榨的花生油只用半两就够了，因为够香。这就是为什么我们的产品在市场当中价格最贵，而消费者还非常欢迎的原因。既吃了好油，又没多吃油，而且还省了钱。

第三大突破就是无水化脱磷技术。目前普遍采用的通过高温精炼进行脱磷，这个过程中，把有害物质去掉的同时也把营养成分破坏了。而鲁花采用的工艺是无水化，用物理的方式来进行过滤，可以把有害物质过滤掉，而又保留了花生的营养成分。

第四个创新就是恒温储存、天然的 VE 保鲜。孙孟全告诉记者，鲁花所有工厂的油罐全部在室内，恒温储存，避免太阳暴晒。油脂是最怕太阳晒的，太阳一晒就要氧化变质，变质了以后就用精炼再处理。精炼就会产生反式脂肪酸，人吃了以后对心脑血管有坏处。另外，鲁花采用 5S 物理压榨工艺生产的花生油，使花生中的天然维生素 E 得以保留，起到了抗氧化的作用。同时，在油罐和油瓶里还充有氮气，使花生油一年四季保持新鲜。这样虽然成本增加了一点，但是保证了油的产品质量安全，保证了人体的健康安全。

“第五个创新就是去除油中的黄曲霉毒素，这是鲁花最大的一个突破。”谈到这项创新时，孙孟全非常自豪地说道。据了解，花生在变质的情况下，或者在南方生长期，容易感染黄曲霉，生产出的油里面就有黄曲霉毒素，对消费者的身体健康造成威胁。目前，国内外植物油生产企业大部分采用化学方法去除黄曲霉毒素，但是会破坏花生油中的营养物质。因此如何去除黄曲霉毒素，又保证花生中的营养物质不流失，成为了一道世界性的难题。鲁花研发的黄曲霉毒素去除技术，在做到去除黄曲霉毒素的同时，不改变植物油营养、风味等品质特征。对保障食品安全和保护人类健康具有重大作用。

据悉，山东鲁花集团有限公司是一家大型的民营企业、中国民族品牌、农业产业化国家重点龙头企业，花生油年生产能力 90 万吨，葵花仁油生产能力 10 万吨。产品畅销全国 30 多个省、市、自治区，2011 年实现销售收入 102.3 亿元。

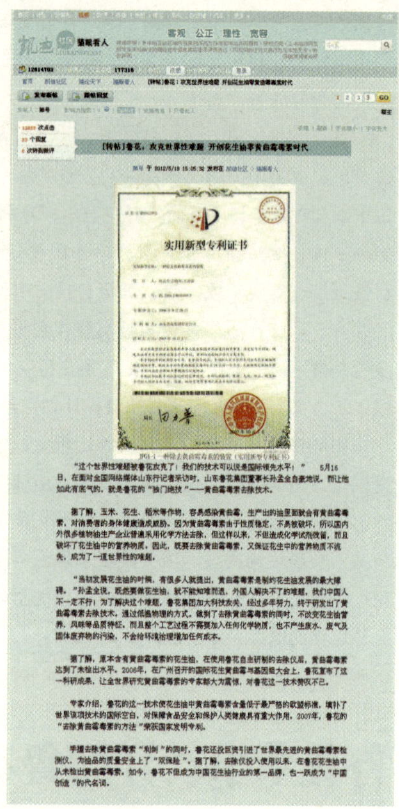

客观 公正 理性 宽容

[转帖]鲁花，攻克世界性难题 开创花生油零黄曲霉毒素时代

2012/5/19 15:05:32

实用新型专利证书

“这个世界性难题被鲁花攻克了！我们的技术可以说是国际领先水平！” 5月16日，在面对全国网络媒体山东行记者采访时，山东鲁花集团董事长孙孟全自豪地说。而让他如此有底气的，就是鲁花的“独门绝技”——黄曲霉毒素去除技术。

据了解，玉米、花生、稻米等作物，容易感染黄曲霉，生产出的油里面就会有黄曲霉毒素，对消费者的身体健康造成威胁。因为黄曲霉毒素由于性质稳定，不易被破坏，所以国内外很多植物油生产企业普遍采用化学方法去除，但这样以来，不但造成化学试剂残留，而且破坏了花生油中的营养物质。因此，既要去除黄曲霉毒素，又保证花生中的营养物质不流失，成为了一道世界性的难题。

“当初发展花生油的时候，有很多人就提出，黄曲霉毒素是制约花生油发展的最大障碍。”孙孟全说，既然要做花生油，就不能知难而退，外国人解决不了的难题，我们中国人不一定不行！为了解决这个难题，鲁花集团加大科技攻关，经过多年努力，终于研发出了黄曲霉毒素去除技术，通过低温物理的方式，做到了去除黄曲霉毒素的同时，不改变花生油营养、风味等品质特征，而且整个工艺过程不需要加入任何化学物质，也不产生废水、废气及固体废弃物的污染，不会给环境治理增加任何成本。

据了解，原本含有黄曲霉毒素的花生油，在使用鲁花自主研制的去除仪后，黄曲霉毒素达到了未检出水平。2006年，在广州召开的国际花生黄曲霉与基因组大会上，鲁花宣布了这一科研成果，让全世界研究黄曲霉毒素的专家都大为震惊，对鲁花这一技术赞叹不已。

专家介绍，鲁花的这一技术使花生油中黄曲霉毒素含量低于最严格的欧盟标准，填补了世界该项技术的国际空白，对保障食品安全和保护人类健康具有重大作用。2007年，鲁花的“去除黄曲霉毒素的方法”荣获国家发明专利。

手握去除黄曲霉毒素“利剑”的同时，鲁花还投巨资引进了世界最先进的黄曲霉毒素检测仪，为油品的质量安全上了“双保险”。据了解，去除仪投入使用以来，在鲁花花生油中从未检出黄曲霉毒素。如今，鲁花不但成为中国花生油行业的第一品牌，也一跃成为“中国创造”的代名词。

凯迪网报道截屏

鲁花：绝不让消费者食用一滴不利于健康的油

（国际在线）

国际在线消息 （记者 李瑛） “偌大一个生产植物油的厂区里，竟然看不到一个油罐。”5月16日，全国网络媒体山东行采访团来到鲁花集团，记者发现了这样一件“怪事”。据了解，为了避免油脂在太阳下暴晒变质，鲁花所有工厂的油罐全部建在室内，恒温储存，保证花生油一年四季新鲜。在鲁花采访期间，类似这样的例子随处可见。绝不让消费者食用一滴不利于健康的油，鲁花的这句承诺，不仅仅印在墙上，更多的是体现在生产的各个环节中。

鲁花集团办公大楼

生产流水线

漫步在鲁花厂区，除了弥漫着浓香的花生油味道，给记者印象最深的就是干净的道路和一尘不染的生产车间。路上看不到一点杂物，生产车间的铝合金玻璃门窗，用手抹一下，丝毫没有灰尘。除了卫生管控，对产品质量的严格管控，更是让记者惊叹不已。

据了解，从花生米原料入厂到包装、从成品油灌装再到最后的入库出厂，每一步都经过严格的检验，确保“绝不让消费者食用一滴不利于健康的油”。花生米原料入厂时，一车为一个检验批次，一车分首次样品、二次样品、卸车样品，需要多名检验人员至少3次检验，检验合格原料按照质量指标分垛存放，不合格原料拒收。包装瓶、瓶盖、不干胶标签等以一个生产日期或一个采购计划单为一个批次，每批必检。

记者在车间看到，几名工人正站在机器旁，对已经吹塑的油桶进行检查，而在接下来的流水线上，除了肉眼检查外，还有工人将桶放在灯下照射检查，一旦发现有瓶身拉白、有杂质、有气泡、瓶底不完整等问题，就检出放入废瓶袋，集中退回物料库。灌装流水线上亦是如此。工人们用肉眼检查桶中的油是否含有杂质后，接下来的工人再用灯光照射检查，这个程序进行两次，一旦发现含有杂质，就将油放入专用托盘中进行隔离，由专职清查员进行清理。“你看，这一条检测线上有多少人，鲁花加大检测力量，就是为了不让一滴含杂质的油进入消费者的口中。”鲁花集团宣传部徐部长对记者说。

在食品安全困扰人们生活质量的今天，鲁花提出了“先爱天下，以德取得”的道德规范，目标便是要做食品安全的道德楷模。鲁花集团董事长孙孟全告诉记者，在创建品牌的征途中，鲁花始终把产品质量放在首位，把消费者当成自己的上帝。历经多年探索，鲁花建立了一套首尾相贯、环环相扣、相对封闭、连续回环的质量检测机制。耗资上百万美元进口国际最先进的原料检测设备，从原料选择、工艺技术、质量控制、成品储存等60几道工序，鲁花针对不同工序，制定了60多套质量安全操作规程和30多项奖罚制度，落实到每个车间、班组和个人。

科技创新是承载着鲁花对消费者的郑重承诺。针对人们对食品消费趋向绿色健康、环保安全的要求，鲁花坚持改进食用油生产工艺。经过长达六年的科技攻关，独创了5S纯物理压榨工艺，在生产过程中只榨取第一道花生原汁，拒绝化学溶剂残留，拒绝高温精炼，拒绝添加任何抗氧化剂。为了保证花生油的新鲜度，鲁花投资几千万元建起胶东最大的恒温储存库，对储油罐进行充氮保鲜，使每一滴花生油常年保持原有的营养和质量。另外，还投巨资引进了世界最先进的黄曲霉检测仪，自主研发了世界领先的去除黄曲霉毒素的分离装置，使油品更安全更健康。

此外，鲁花还制定了产品质量溯源制度。在每个批次油品的包装箱和瓶体上，都印有产品信息代码，并且，每个批次的产品都要留样，保存两年。记者在鲁花的样品室里看到，密密麻麻摆了很多瓶油品。如果消费者买到的油出现问题，通过溯源信息，就可以知道，买到的是否是假冒产品，或者和样品进行比对，对产品的质量进行进一步确定。

滴滴鲁花，健康全家。在鲁花的任何一家工厂内，都能看到这样的标语，“决不让消费者食用一滴不利于健康的油”。这是鲁花对所有消费者的郑重承诺。2008年12月，中宣部、中央文明办等国家七部委共同发起了“百家食品企业道德承诺”活动，鲁花因产品质量好、品牌形象好、企业信誉好，作为活动的首批入选企业，向社会发出这一郑重承诺。2010年，有关“地沟油回流餐桌”的报道一度令许多人不敢踏进酒店就餐。期间，一些酒店为吸引顾客，纷纷打出了“本店使用鲁花花生油”的承诺，并把鲁花花生油呈放在了酒店醒目的位置，足以看出对鲁花品牌的信任。

由于技术先进，原料优良，管控严格，鲁花花生油品质非常优良稳定。自1992年问世以来，在全国历次质检、卫生、工商等权威部门抽查检测中，从未出现过任何质量问题。中国标准化研究院顾客满意度测评中心公布的调查结果显示，鲁花花生油在色泽、气味、口味、营养成分、性价比、品牌形象等各项指标上都获得了满分，高居中国食用油用户满意度榜首。鲁花先后获得了“国家级放心油”、“国家无公害产品”等殊荣，也同时拥有“中国驰名商标”和“中国名牌产品”两项权威认证，这在中国食用油行业是十分罕见的。

鲁花卓越的质量保证赢得了消费者的青睐。如今，一提起花生油，很多消费者第一反应就是鲁花，鲁花这个品牌也成为花生油的代名词。“我们捧出良心，栽培出的鲁花。做人纯正无瑕，做事岂能掺假。”鲁花厂歌里所唱的，也正是鲁花人的真实写照。

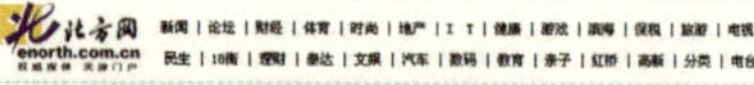

新闻会客厅

鲁花车间探“安全”：不让一滴杂质入口

北方网报道截屏

中国网络媒体山东行采访团抵达莱阳，探秘鲁花集团成功发展之路

（中国网络电视台）

中国网络电视台消息　（记者　张冀文）　“滴滴鲁花，香飘万家。”在中国，一提起花生油，许多消费者都会想起鲁花。从一间小作坊，成长为国内花生油行业的第一品牌，26年来，鲁花集团发生了翻天覆地的变化。鲁花这个品牌已然成为花生油的代名词。

在一个行业领域里，某个品牌受到消费者广泛认可，必然有其过人之处。

5月16日，全国网络媒体山东行采访团一行来到山东鲁花集团，探秘鲁花的成功发展之路。鲁花花生油为什么这么香？据鲁花集团主要负责人介绍，这都是源于鲁花独特的焙炒工艺，解决了花生制油中的“生香和留香”问题。“鲁花油不仅闻着香，吃起来也健康，这都是5S纯物理压榨工艺的功劳。”用5S纯物理压榨工艺生产的花生油，不仅保留了花生的原色原香，而且油质纯正浓厚、用量省，不但受到消费者的青睐，而且也引起专家们的关注。2002年5月，全国30多位油脂行业的权威专家，对鲁花独创的5S纯物理压榨工艺和鲁花的企业内控质量标准进行了认真研究，对花生油国家标准进行了重新修订。

鲁花的发展之路靠的是艰辛和创新。而鲁花科技创新的意识，在建厂伊始，便深深烙在董事长孙孟全的心里。当时，花生油生产有土法压榨、浸出法两种。土法压榨生产工艺简陋，卫生条件差，产品质量难以保证；浸出法制油需要高温精炼，花生油营养损失大，香味流失，含有溶剂残留，不利于身体健康。目睹这种现状，孙孟全决定研发新的生产工艺。从1986年到1992年，在孙孟全的带领下，鲁花人经过6年艰辛攻关，终于研发出具有自主知识产权的工艺，并命名为“5S纯物理压榨工艺”。其中的S是英文单词segment（部分）的缩写，“5S纯物理压榨工艺”就是5个部分的纯物理性质工艺。其中的去除黄曲霉毒素技术，更是攻克了世界性难题，填补了世界上该项技术的空白，使鲁花在国际上处于领先地位。

2002年5月，全国30多位油脂行业的权威专家，对鲁花独创的5S纯物理压榨工艺和鲁花的企业内控产品质量标准进行了认真研究，对花生油国家标准进行了重新修订。专家组评审认为，鲁花独创的5S纯物理压榨工艺科技含量高，是世界上领先的食用油制造工艺，填补了国内外空白，必将引领我国食用油工艺历史

凤凰网首页　手机凤凰网　2012-07-13 星期五 农历五月廿五

资讯 财经 娱乐 体育 时尚 健康 亲子 汽车 房产 科技 旅游 读书 教育 文化 历史 军事 视频

中国“连横”破美“合纵”？

财知道

凯恩斯主义的破产

鳳凰網 资讯 news.ifeng.com　凤凰网资讯 > 滚动新闻 > 正文

科技+人才+创新 支撑鲁花成功发展的“基石”

2012年05月17日 15:46
来源：长城网

长城网5月16日讯（李书军 邓光焰）5月16日，科学发展新山东——“鲁花杯”第八届中国网络媒体山东行东线采访团抵达鲁花，近距离感受鲁花科技创新带来的实力。从一间小作坊成长为国内花生油行业的第一品牌，26年来，鲁花集团发生了翻天覆地的变化。鲁花成功靠的是什么？

鲁花科技创新的意识在建厂伊始便深深烙在鲁花的掌门人孙孟全的心里。当时，花生油生产有土法压榨、浸出法两种。土法压榨生产工艺简陋，卫生条件差，产品质量难以保证；浸出法制油需要高温精炼，花生油营养损失大，香味流失，含有溶剂残留，不利于身体健康。目睹这种现状，孙孟全决定研发新的生产工艺。在孙孟全的带领下，鲁花人经过6年艰辛攻关，终于研发出具有自主知识产权的“5S纯物理压榨工艺”。其中的去除黄曲霉毒素技术，更是攻克了世界性难题，填补了世界上该项技术的空白，使鲁花在国际上处于领先地位。

用5S纯物理压榨工艺生产的花生油，不仅保留了花生的原色原香，而且油质纯正浓厚、用量省，不但受到消费者的青睐，而且也引起专家们的关注。2002年5月，全国30多位油脂行业的权威专家，对鲁花独创的5S纯物理压榨工艺和鲁花的企业内控质量标准进行了认真研究，对花生油国家标准进行了重新修订。

“鲁花时时想着花生这个产业要和国家联系在一起，和消费者联系在一起，和农民联系在一起。我们的企业发展，既是为自己而干，又是为国家而干，为消费者而干，为农民而干。”孙孟全说，在这种思想指导下，鲁花坚持不断地开展自主创新，坚持不断地进行新产品研发。

为提高花生产业化水平和国际竞争力，鲁花和国内重要大专院校、科研院所建立了多个联合研发中心和科研基地，建立的江南大学——鲁花联合研发中心、国家花生工程技术研究中心成果转化基地已经运行5年。“我们出资金、出课题，请他们研发，这样我们就会在创新的道路上走得更快。有了科技做支撑，企业发展地也会更稳健。”此外，鲁花还发起成立了国家花生产业技术创新战略联盟，与5所大学、1所科研院所、9家大型花生企业签订了科技合作协议，联合攻关，成果共享。另外，还建立了一支由全国著名食品专家组成的科技顾问团队。

在孙孟全看来，创新要从发现问题开始，把发现的问题解决了就是创新。在鲁花的生产车间，记者看到，黑板上贴着一些员工的创新建议，建议被采纳的，都有奖励措施。孙孟全说，2012年是鲁花集团的创新年，每个岗位、每个人都要规划创新项目、承担创新课题。集团公司将加大创新奖励力度，营造“全员、全方位、全过程”的创新氛围，激发每个人的创新潜能。

鲁花集团经过近几年的努力，已经逐步建立起研发设备齐全、人才队伍健全、研发能力较强、成果效益显著的企业技术创新中心、农业产业化国家重点龙头企业和国家花生工程研究中心成果转化基地，是农业部确定的国家农产品加工工程技术中心花生分中心。

2009年，“一种除去黄曲霉毒素的方法”、“浓香葵花仁油技术”两项发明获国家发明专利；2010年，“冻干果蔬丁慢复水技术”荣获国家发明专利；2011年，“高温花生粕生产浓缩蛋白技术”、“低温亚麻籽油生产技术”及“冻干脆片制备方法”三项发明获国家发明专利；2012年，“油料籽仁的油脂加工预处理方法”获国家发明专利……在鲁花的荣誉室里，摆放着一个个发明专利和获奖荣誉，记录着鲁花这些年在科技创新道路上所取得的成绩。

孙孟全告诉记者，科技创新加快了鲁花的发展步伐，如今的鲁花已经成为中国的民族品牌、农业产业化国家重点龙头企业，每年都会有新专利。目前，鲁花已申报专利23项，已获授权发明专利8项，实用新型专利2项，外观设计专利10项，获山东省科技进步一等奖1项，获省部级科技二等奖4项、三等奖2项。2009年，“十一五”国家科技支撑计划重点项目“食用油质量安全控制技术研究与产业化示范”落户鲁花。2010年，鲁花成功申报了一个“十二五”国家科技支撑计划重点项目。鲁花在科技创新的道路上越走越宽，在为企业的可持续发展提供生命力的同时，也引领了我国食用油工艺历史发展的方向，缓解了我国植物油过度依赖进口的严峻形势。2006年9月13日，中共中央政治局委员、国务院副总理回良玉视察鲁花时，高兴地说，“感谢鲁花在中国油脂方面做出的贡献！好好做，国家支持鲁花这样的民族企业发展。”

凤凰网报道截屏

发展的方向。我国出口花生油的专业检验机构曾有检验报告认为：“鲁花花生油无论在色泽、气味、滋味及内在质量上，已达到和超过世界名牌产品的各项检验指标。”鲁花因此也被誉为“中国花生油压榨专家”。

鲁花自主创新的5S压榨工艺，不仅在花生油制造上得到了完美体现，而且在葵花籽油的生产过程中也得到了充分发挥。据了解，传统的葵花籽油都是带壳压榨，然后经过高温精炼，生产的葵花籽油无色无味，营养价值被破坏。鲁花将葵花籽剥壳去皮后，利用5S纯物理压榨工艺生产、榨取的葵花仁油和花生油一样保留了原料的浓香味道和天然品质，为中国及世界葵花油制取技术的升级翻开了历史性的一页。2007年，鲁花5S压榨工艺获得了山东省科技进步一等奖；2009年，鲁花以5S压榨工艺为基础研发的浓香葵花仁油技术和“去除黄曲霉毒素的方法”两项发明荣获国家发明专利。

鲁花5S压榨工艺的成功研发，其意义还不仅仅在于在中国树立了花生油行业旗帜，更重要的是，它在提高中国消费者生活质量的同时，更好地保护了农民的利益，提高了中国花生的科技含量，增加了它的附加值，成为对抗外来油脂的重要武器。

为提高花生产业化水平和国家竞争力，鲁花和国内重要大专院校、科研院所建立了多个联合研发中心和科研基地，建立的江南大学——鲁花联合研发中心、国家花生工程技术研究中心成果转化基地已经运行5年。“我们出资金、出课题，请他们研发，这样我们就会在创新的道路上走得更快。有了科技做支撑，企业发展地也会更稳健。”此外，鲁花还发起成立了国家花生产业技术创新战略联盟，与5所大学、7所科研院所、9家大型花生企业签订了科技合作协议，联合攻关，成果共享。另外，还建立了一支由全国著名食品专家组成的科技顾问团队。

针对我国油脂对国外进口依赖度逐渐加深的现状，鲁花董事长提出了“一增一减”的战略构想。一增是指在不增加耕地面积的前提下，通过培育推广高产量、高出油率、高油酸的花生良种，让老百姓每亩花生再增产一百公斤，增产后促进农民再增收，推动中国花生产业健康发展；一减是指依靠科技创新利用鲁花独创的5S压榨工艺、生香留香技术，全面保留花生的天然浓香，减少用量，只用习惯用量的1/2便可达到色香味俱全的美食效果。倡导居民“少吃油、吃香的油”，以此来减少我国居民食用油的消费量。这一增一减构想的实现，必将大力提高中国花生的单产量，带动贫困地区农民脱贫致富，提高国内食用油自给率，维护中国食用油战略安全。

相关链接：

位于山东省莱阳市的鲁花集团有限公司是一家大型的民营企业、中国民族品牌、农业产业化国家重点龙头企业，花生油年生产能力90万吨，葵花仁油生产能力10万吨。现拥有职工8000多人，辖设莱阳鲁花、姜疃鲁花、山东鲁花、周口鲁花、襄阳鲁花、深州鲁花、新沂鲁花、阜新鲁花、常熟鲁花、内蒙古鲁花、鲁花种业、

深入落实科学发展观 科技创新的鲁花硕果累累

来源：齐鲁网 2012-05-16

在科学发展观的指引下，科技创新的鲁花硕果累累。

鲁花集团现代科技生产线一角

科技创新加快了鲁花的发展步伐

齐鲁网烟台5月16日讯（记者 谭文宝）从一间小作坊，成长为国内花生油行业的第一品牌，26年来，鲁花集团发生了翻天覆地的变化。靠的是什么？5月16日，在面对全国网络媒体山东行记者采访时，鲁花的人说出了四字秘诀“科技创新”。

鲁花科技创新的意识，在建厂伊始，便深深烙在鲁花掌门人孙孟全的心里。当时，花生油生产有土法压榨、浸出法两种，土法压榨生产工艺简陋，卫生条件差，产品质量难以保证，浸出法制油需要高温精炼，花生油营养损失大，香味流失，会有溶剂残留，不利于身体健康。目睹这种现状，孙孟全决定研发新的生产工艺。在孙孟全的带领下，鲁花人经过6年艰辛攻关，终于研发出具有自主知识产权的“5S纯物理压榨工艺”，其中的去除黄曲霉毒素技术，更是攻克了世界性难题，填补了世界上该项技术的空白，使鲁花在国际上处于领先地位。

用5S纯物理压榨工艺生产的花生油，不仅保留了花生的原色原香，而且油质纯正浓厚、用量省，不但受到消费者的青睐，而且也引起专家们的关注。2002年5月，全国30多位油脂行业的权威专家，对鲁花独创的5S纯物理压榨工艺和鲁花的企业内控质量标准进行了认真研究，对花生油国家标准进行了重新修订。

“鲁花时时把花生这个产业要和国家联系在一起，和消费者联系在一起，和农民联系在一起，我们的企业发展，既是为自己而干，又是为国家而干、为消费者而干、为农民而干。”鲁花相关负责人表示，在这种思想指导下，鲁花坚持不断地开展自主创新，坚持不断地进行新产品研发。

为提高花生产业化水平和国家竞争力，鲁花和国内重要大专院校、科研院所建立了多个联合研发中心和科研基地，建立的江南大学-鲁花联合研发中心、国家花生工程技术研究中心成果转化基地已经运行5年。“我们出资金、出课题，请他们研发，这样我们就会在创新的道路上走得更快，有了科技做支撑，企业发展地也会更稳健。”此外，鲁花还发起成立了国家花生产业技术创新战略联盟，与5所大学、7所科研院所、9家大型花生企业签订了科技合作协议，联合攻关，成果共享。另外，还建立了一支由全国著名食品专家组成的科技顾问团队。

在鲁花掌门人孙孟全看来，创新要从发现问题开始，把发现的问题解决了就是创新。在鲁花的生产车间，记者看到，展板上贴着一条条员工的创新建议，建议被采纳的，都有奖励措施。对此，孙孟全认为，2012年是鲁花集团的创新年，每个岗位、每个人都要规划创新项目、承担创新课题，集团公司将加大创新奖励力度，营造“全员、全方位、全过程”的创新氛围，激发每个人的创新潜能。

鲁花集团经过近几年的努力，已经逐步建立起研发设备齐全、人才队伍健全、研发能力较强、成果效益显著的企业技术创新中心、农业产业化国家重点龙头企业和国家花生工程研究中心成果转化基地，是农业部确定的国家农产品加工工程技术中心花生分中心。

2009年，“一种除去黄曲霉毒素的方法”，“浓香葵花仁油技术”二项发明获国家发明专利，2010年，“冷干果蔬丁低氧水技术”荣获国家发明专利，2011年，“高温花生粕生产浓缩蛋白技术”、“低温压榨籽油生产技术”及“冷干脆片制备方法”三项发明获国家发明专利，2012年，“油料籽仁的油脂加工预处理方法”获国家发明专利……在鲁花的荣誉室里，摆放着一个个发明专利和获奖荣誉，记录着鲁花这些年在科技创新道路上所取得的成绩。

鲁花相关负责人告诉记者，科技创新加快了鲁花的发展步伐，如今的鲁花已经成为中国的民族品牌、农业产业化国家重点龙头企业，每年都会有新专利。目前，鲁花已申报专利23项，已获授权发明专利6项，实用新型专利2项，外观设计专利10项，获山东省科技进步一等奖1项，获省部级科技二等奖4项、三等奖2项。2009年，“十一五”国家科技支撑计划重点项目“食用油质量安全控制技术研究与产业化示范”落户鲁花。2010年，鲁花成功申报了一个“十二五”国家科技支撑计划重点项目。

鲁花在科技创新的道路上越走越宽，在为企业的可持续发展提供生命力的同时，也引领了我国食用油工艺历史发展的方向，缓解了我国植物油过度依赖进口的严峻形势。2006年9月13日，中共中央政治局委员、国务院副总理回良玉视察鲁花时，高兴地说，“感谢鲁花在中国油脂方面做出的贡献！好好做，国家支持鲁花这样的民族企业发展。”

齐鲁网报道截屏

鲁花酿造、鲁花醋业、鲁花矿泉水、鲁花食品等 20 个子公司。公司的主要产品有鲁花牌压榨一级花生油、坚果调和油、剥壳压榨葵花仁油、芝麻香油、酿造酱油、酿造糯米香醋、矿泉水、FD 食品等产品。鲁花 2002 年获“国家级放心油”荣誉称号；2003 年成为“人民大会堂国宴用油”；2004 年，被国家公众营养与发展中心授予“营养健康倡导产品”；同年“鲁花”商标被国家认定为“中国驰名商标”；2005 年，鲁花花生油被国家评为“中国名牌”产品。产品畅销全国 30 多个省、市、自治区。2011 年实现销售收入 102.3 亿元。

网络媒体山东行：记者在鲁花车间探“安全”

（中安在线）

中安在线讯 （记者 祖文婷） 16 日，科学发展新山东——第八届中国网络媒体山东行采访团东线来到鲁花集团，近距离感受鲁花的安全生产。

为了避免油脂在太阳下暴晒变质，鲁花所有工厂的油罐全部建在室内，恒温储存，保证花生油一年四季新鲜。据了解，从花生米原料入厂到包装、从成品油灌装再到最后的入库出厂，每一步都经过严格的检验，确保“绝不让消费者食用一滴不利于健康的油”。

在鲁花车间，几名工人正站在机器旁，对已经吹塑的油桶进行检查，而在接下来的流水线上，除了肉眼检查外，还有工人将桶放在灯下照射检查，一旦发现有瓶身拉白、有杂质、有气泡、瓶底不完整等问题，就捡出放入废瓶袋，集中退回物料库。灌装流水线上亦是如此。工人们用肉眼检查桶中的油是否含有杂质后，接下来的工人再用灯光照射检查，这个程序进行两次，一旦发现含有杂质，就将油放入专用托盘中进行隔离，由专职清查员进行清理。

在食品安全困扰人们生活质量的今天，鲁花提出了“先爱天下，以德取得”的道德规范，目标便是要做食品安全的道德楷模。历经多年探索，鲁花建立了一套首尾相贯、环环相扣、相对封闭、连续回环的质量检测机制。耗资上百万美元进口国际最先进的原料检测设备，从原料选择、工艺技术、质量控制、成品储存等 60 几道工序，鲁花针对不同工序，制定了 60 多套质量安全操作规程和 30 多项奖罚制度，落实到每个车间、班组和个人。

针对人们对食品消费趋向绿色健康、环保安全的要求，鲁花

7月13日 星期五　　河南省政府门户网 - 手机报 - 大河邦邦网 - 大河健康网

大河网 dahe.cn　新闻 民声 图片 娱乐 评论 视频 爱心 专题 | 论坛 焦点网谈 行业联盟 美术 楼市 国土 博客 文明河南 议案追踪 收藏 教育 名酒

当前位置：新闻中心 » 国内新闻 » 正文

焦点民声　新闻排行　第一时间　深度河南　大河网评

鲁花：绝不让消费者食用一滴不利于健康的油

2012年05月17日01:11　来源:大河网

采访团走进鲁花集团生产车间

鲁花集团生产车间一角

大河网讯(记者 刘成)“偌大一个生产植物油的厂区里，竟然看不到一个油罐。”5月16日，科学发展新山东——第八届中国网络媒体山东行东线采访团走进鲁花集团，记者发现了这样一件“怪事”。

随后，记者向鲁花集团工作人员询问得知，原来这是为了避免油脂在太阳下暴晒变质，鲁花所有工厂的油罐全部建在室内，恒温储存，保证花生油一年四季新鲜。在鲁花集团采访期间，类似这样的例子随处可见。绝不让消费者食用一滴不利于健康的油，鲁花的这句承诺，不仅仅印在墙上，更多的是体现在生产的各个环节中。

漫步在鲁花厂区，除了弥漫着浓香的花生油味道，给记者印象最深的就是干净的道路和一尘不染的生产车间。路上看不到一点杂物，生产车间的铝合金玻璃门窗，用手抹一下，丝毫没有灰尘。除了卫生管控，对产品质量的严格管控，更是让记者惊叹不已。

记者在车间看到，几名工人正站在机器旁，对已经吹塑的油桶进行检查，而在接下来的流水线上，除了肉眼检查外，还有工人将桶放在灯下照射检查，一旦发现有瓶身拉白、有杂质、有气泡、瓶底不完整等问题，就检出放入废瓶袋，集中退回物料库。灌装流水线上亦是如此。工人们首先用肉眼检查桶中的油是否含有杂质，接下来工人再用灯光照射检查，这个程序进行两次，一旦发现含有杂质，就将油放入专用托盘中进行隔离，由专职清查员进行清理。“你看，这一条检测线上有多少人，鲁花加大检测力量，就是为了不让一滴含杂质的油进入消费者的口中。”鲁花集团宣传部徐部长对记者说。

据了解，从花生米原料入厂到包装、从成品油灌装再到最后的入库出厂，每一步都经过严格的检验，确保“绝不让消费者食用一滴不利于健康的油”。花生米原料入厂时，一车为一个检验批次，一车分首次样品、二次样品、卸车样品，需要多名检验人员至少3次检验，检验合格原料按照质量指标分垛存放，不合格原料拒收。包装瓶、瓶盖、不干胶标签等以一个生产日期或一个采购计划单为一个批次，每批必检。

大河网报道截屏

第八届中国网络媒体山东行采访团在鲁花集团采访

坚持改进食用油生产工艺。经过长达六年的科技攻关，独创了5S纯物理压榨工艺，在生产过程中只榨取第一道花生原汁，拒绝化学溶剂残留，拒绝高温精炼，拒绝添加任何抗氧化剂。另外，还投巨资引进了世界最先进的黄曲霉检测仪，自主研发了世界领先的去除黄曲霉毒素的分离装置，使油品更安全更健康。

于松柏：领军“蓝色经济”，实现率先发展（大众网）

大众网烟台5月16日讯 （记者 王磊） 16日，科学发展新山东——第八届中国网络媒体山东行东线采访团来到烟台采访。在烟台市举行的新闻发布会上，烟台市副市长于松柏表示，烟台将牢牢把握科学发展主题和加快转变经济发展方式主线，加快推进经济社会科学发展、率先发展、和谐发展，增创蓝区建设新优势，全力打造国内蓝色经济领军城市。

烟台市副市长于松柏出席烟台市新闻发布会并致辞（马鑫　摄）

烟台市副市长于松柏介绍了烟台市近几年的发展情况（马鑫　摄）

加快科学发展 领军“蓝色经济”

于松柏说，在烟台市第十二次党代会上，新一届市委提出了率先基本实现现代化的奋斗目标，要求在“一个率先、三个坐标、三个跨越”上集中发力、全面突破。特别是在加快蓝区建设、发展蓝色经济方面，提出了构建“一极领先、多极崛起”发展格局战略部署，以全域建设蓝色经济区的视野和思路，加快推进重点板块开发，扩展蓝区建设综合效应，增创蓝区建设新优势，全力打造国内蓝色经济领军城市。

于松柏表示，“一极领先、多极崛起”的重大战略部署，关乎着烟台今后几年甚至几十年的发展质量和水平，必将为烟台未来发展起到有力的引领和支撑作用。站在新的起点上，烟台市委、市政府牢牢把握科学发展主题和加快转变经济发展方式主线，加快推进经济社会科学发展、率先发展、和谐发展。

“转调”实现新跨越　有望率先实现全面小康

于松柏介绍说，烟台地处山东半岛东部，濒临渤海、黄海，是连接辽东半岛和山东半岛的枢纽城市，是连结环渤海经济圈的节点城市，也是山东半岛蓝色经济区、胶东半岛高端产业聚集区、黄河三角洲高效生态经济区建设的前沿骨干城市。近年来，烟台市以科学发展观为指导，加大转方式、调结构力度，实现了经济社会发展的新跨越。

2011年，烟台实现GDP 4907亿元，人均GDP达到1万美元，经济总量在全国大中城市中列第20位、在全省17城市中列第2位，各项指标达到或基本达到全面小康社会标准。先后荣获了全国文明城市“三连冠”、全国社会治安综合治理优秀城市“五连冠”、最佳中国魅力城市、中国投资环境金牌城市、中国优秀旅游城市、联合国人居奖和中国绿色食品城等二十多项殊荣，广大市民生活幸福感和城市荣誉感显著增强。

借力蓝色经济 “葡萄酒城”掀起新一轮投资热潮

“烟台苹果、莱阳梨。”于松柏介绍说，烟台历史悠久，久负盛名；烟台大樱桃、葡萄、龙口粉丝声名远扬，享誉海内外；海参、对虾、鲍鱼、扇贝等多种海珍品，是大海赋予烟台人民的宝贵财富；烟台地下矿藏丰富，黄金储量和产量均居全国首位，享有“中国金都”的美誉。

同时，烟台还是令人神往的人间仙境。这里雨水适中，空气湿润，气候温和，拥有7处国家级森林公园和900多公里的黄金海岸线，海蓝天碧，浪涌金沙，沙滩资源居北方之冠。八仙过海、秦皇射鲛、徐福东渡的神话故事，辅以海市蜃楼等自然奇观，使烟台自古便有“人间仙境”的美誉。另外，北纬36度水果生长带穿越烟台，使烟台成为“世界七大葡萄海岸”和“中国三大优质葡萄产区”之一，1987年，国际葡萄——葡萄酒局正式命名烟台为“国际葡萄——葡萄酒城”，这是目前亚洲唯一获此殊荣的城市。

改革开放以来，烟台已成为海内外客商青睐的投资热土。美国通用、德国汉高、日本三菱和电装，韩国斗山和LG，中国台湾鸿富泰等60多家世界500强企业相继在烟台投资发展，被世界银行评选为“中国投资环境金牌城市”。

牟广文：打造十大海洋产业，构筑“蓝色地图”（大众网）

大众网烟台5月16日讯 （记者 王磊） 16日晚，科学发展新山东——第八届中国网络媒体山东行东线采访团抵达烟台，在烟台市举行的新闻发布会上，烟台市发改委副主任牟广文表示，烟台将以体制机制创新作为先导，强化港口、机场和铁路等基础设施保障，在蓝区建设上，打造国内一流的海洋生物产业基地、具有国际竞争力的综合性海洋装备制造业基地、全国重要的海洋新能源基地等十大特色产业基地。

烟台市发改委副主任牟广文在新闻发布会上介绍烟台科学发展所取得的成绩（马鑫 摄）

打造十大海洋产业基地 助力“蓝色烟台”腾飞

牟广文介绍说，在蓝色产业布局上，烟台将加快打造国内一流的海洋生物产业基地、具有国际竞争力的综合性海洋装备制造业基地、全国重要的海洋新能源基地等十大特色产业基地，强化重大项目和园区建设，扎实培育一批新的增长点。目前，以中集来福士、蓬莱巨涛、杰瑞股份等为龙头的海洋装备制造业，以东方海洋、贝尔特、东诚生化等为骨干的海洋生物产业；以黄海水产、明波水产、百佳水产等为重点的海洋育种育苗业；以京鲁渔业、中鲁渔业等为代表的远洋渔业等快速发展。

同时，烟台推进特色园区加快向高端转型、向蓝色转向。重点培育壮大山东国际生物科技园、蓬莱海洋装备制造业园、莱山核电装备产业园等10个具有较强竞争和集聚优势的特色园区。其中，山东国际生物科技园，被列为国家创新药物孵化（烟台）基地，目前已有20多家医药企业、研发机构、院所首批入园，规模集群效应逐渐显现。

创新体制机制 首家海洋产权交易中心将落户烟台

牟广文还说，蓝区政策先行先试，目前，海洋产权交易中心已形成建设方案，将打造“立足山东、服务全国、面向世界，开放型、综合性的海洋产权交易中心”，弥补国内海洋产权交易领域空白。同时，国家级海洋科研成果转化基地确定了九大转化重点，坚持省部共建和特色园区支撑，正编制实施方案，将搭建全国性海洋科技成果产业化平台。

同时，烟台围绕建立国家环黄、渤海海洋灾害预测与防灾减灾中心，编制完成初步筹建方案，长岛海洋气象观测基地加快建设。烟台海岸海岛海域综合整治与修复36个项目纳入了国家、省“十二五”规划。海洋生态补偿机制、用海管理与用地管理衔接等试点也加快推进。

烟台：一极领先，多极崛起，争当“蓝色”领军城市（大众网）

大众网烟台5月16日讯 （记者 王磊 张其天） 16日下午，科学发展新山东——第八届中国网络媒体山东行东线采访团抵达烟台市采访。在烟台高新区山东国际生物科技园，生物医药产业集群规模效应初显；在牟平区养马岛，辐射中国乃至东北亚的旅游度假胜地正在崛起；在海阳“亚沙会”，以海洋文化旅游产业为主的聚集区建设，将成为蓝色经济南部增长极。“一极领先，多极崛起” ，在由“一岛四区”构筑的蓝区建设主战场上，烟台正全力打造国内蓝色经济领军城市。

关键词1：“一极领先”

5年打造东部新核心 海洋高技术产业新高地

16日下午，采访团来到高新区山东国际生物科技园，在1万平方米的综合科研大楼内，优秀海归人才占了一半以上的比例，其中博士学历高层次人才达15名。据园区相关负责人介绍，国内首个“人抗体轻链基因簇”转基因小鼠在这里培育成功，这种转基因小鼠在全球也仅有5种。通过这种转基因小鼠，可以促进拥有自主知识产权的“全人单克隆抗体”药物开发与上市，有望在5-10年内建成国际领先的“全人单克隆抗体”药物研发基地。而随着中科院上海药物所等近20家国内外知名高校院所签约入园，这个致力于生物医药、海洋生物、生物农业研发创新的蓝色经济特色园区，将成为国家创新药物（烟台）孵化基地。

同时，在牟平区养马岛，投资260亿元，建成后将辐射中国乃至东北亚的旅游度假胜地正在崛起。按照烟台市提出的，以重大战略促进区域协调发展，带动新的增长板块崛起，构建“一极领先，多极崛起”发展格局，高新区和牟平区正是“一极领先”战略布局中的重要区域。

据烟台市发改委副主任牟广文介绍，所谓“一极领先”，就是依托高新区、牟平区、芝罘区、莱山区、保税港区滨海区域和岛屿，充分发挥这一地区海滨资源好、地理位置佳、谋篇布局空间大的优势，规划建设600平方公里的东部高技术海洋经济新区。用五年左右的时间，打造一个孵化能力强、成果转化水平高的海洋科技引领区，一个产出效益高、发展势头强劲的高端蓝色产业聚集区，一个层次品位高、充分展示魅力形象的城市建设样板区，一个开发保护结合、持续协调发展的生态建设示范区。

烟台市副市长于松柏出席烟台市新闻发布会并致辞（马鑫　摄）

关键词 2：“多极崛起”

“亚沙会”带动南部崛起 海阳、莱阳将成青烟威“后花园”

在烟台海阳，即将召开的“第三届亚洲沙滩运动会”筹备工作已进入收尾阶段，再过 30 天，来自亚奥理事会 45 个成员国和地区的千余名运动员将相聚海阳，新建的河清岛体育场将迎来首场盛会。而烟台将抓住举办“亚沙会”和海即大桥通车等发展机遇，推进以海阳为主体的海洋文化旅游产业聚集区建设。据牟广文介绍，以海阳和莱阳为主的南部丁字湾新区，将被打造成青、烟、威三市的“后花园”、半岛一体化发展的对接点，带动南部沿海板块加快崛起，成为“多极崛起”中的一极。

位于烟台开发区的山东国际生物科技园（马鑫　摄）

牟广文说，解决烟台发展“北强南弱中心不突出”的问题，不仅要让东部新区率先发展，而且要实现“多极崛起”。所谓“多极崛起”，就是重点建设南部丁字湾新区、北部龙口湾临港高端制造业聚集区、西部莱州临港产业区和长岛休闲度假岛。

烟台文化中心位于市区黄金地段，自西向东由博物馆，群众艺术馆、大剧院与京剧院，青少年宫和书城组成（马鑫　摄）

其中，北部龙口湾临港高端制造业聚集区，将突出抓好龙口和招远集中集约用海，建设面向海洋的高端商务服务业、创新型制造业和滨海旅游观光聚集区。西部莱州临港产业区，将着力打造成为能源矿产综合开发利用示范区、未用地开发管理改革实验区。另外，烟台还将把长岛打造成为休闲度假岛，目前《长岛休闲度假岛发展规划》即将获批，长岛作为全省唯一的海岛县，将通过建设南北长山大桥、妈祖文化产业园等重大项目建设，成为彰显蓝色魅力、代表中国海岛品质的休闲度假胜地。

山东国际生物科技园园区内分布着大大小小的各类实验室，并统一提供给各类研发团队使用（马鑫　摄）

关键词 3：率先发展

“一岛四区”增创科学发展新优势 争当蓝色经济领军城市

从“东部高技术海洋经济新区”到“南部丁字湾新区”，从“北部龙口湾临港高端制造业聚集区”到“西部莱州临港产业区”，再到“长岛休闲度假岛”，在烟台“一极领先，多极崛起”的“蓝色地图”中，“一岛四区”将成为蓝区建设的主战场。据烟台市委宣传部的相关负责人介绍，未来 2-3 年，“一岛四区”将成为“开放新平台、投资新热土、城建新样板”，蓝区建设综合效应将得到大力度释放、大面积扩展。

烟台高新区作为国家高新区，同时拥有中国亚太经济合作组织科技工业园区、全国第一家中俄高新技术产业化合作示范基地等“金字招牌”（马鑫　摄）

同时，在前不久闭幕的烟台市十二次党代会上，烟台市提出“率先基本实现现代化”的奋斗目标，强调要大力增创科学发展新优势，让蓝色经济成为推动烟台发展的主导力量和鲜明特色。烟台市将以建设国内蓝色经济领军城市为目标，以产业培育为核心，以特色园区、重点企业、重大项目建设为载体，积极作为、科学务实，奋力开创蓝色经济区建设新局面。

一极领先多极崛起
烟台打造蓝色经济领军城市（胶东在线）

胶东在线网5月16日讯（特派记者 魏琪）从金山湾到丁字湾，从芝罘湾到莱州湾，从东到西，从南到北，踏访烟台金海岸，满目尽涌蓝色潮。16日、17日，“科学发展新山东——第八届中国网络媒体山东行”采访团来到烟台，实地采访了烟台“一极领先、多极崛起”增创蓝区建设优势的战略部署。

“一极领先、多极崛起”，是烟台市第十二次党代会做出的增创蓝区建设优势的重要战略部署。在这一战略的引领下，眼下的烟台，正以全域建设蓝色经济区的视野和思路，大力度释放、大面积扩展蓝区建设综合效应。

抓住重大历史机遇　蓝色经济区建设取得阶段性成果

近年来，烟台市紧紧抓住山东半岛蓝色经济区上升为国家战略的重大历史机遇，以建设“国内蓝色经济领军城市”为目标，按照“一核、两带、全覆盖”的空间布局，解放思想、创新思路、加快推进，蓝色经济区建设取得阶段性成果。

以东部高技术海洋经济新区为引领的“一岛四区”全面拉开建设框架，在建和储备项目总投资超过5000亿元，增长潜力十分巨大。烟台采取资金引导、政策倾斜等方式，强化特色园区、重点企业、重大项目“三大载体”建设。2011年，省市两级共支持建设蓝区重点项目51个；主要海洋产业产值达到1480亿元、增长17%；海工装备、海洋生物医药、新能源等新兴产业快速发展，形成较为完备的海洋产业体系。

与此同时，烟台还加快建立健全市县两级工作体系，加大政策引导和扶持力度，对省规划涉及烟台的重要事项进行分工落实，并纳入科学发展考核体系。

烟台把政策先行先试作为重要先导，一批全国全省重大支持政策稳步推进，海洋产权交易中心已制定建设方案；国家级海洋科研成果转化基地正在进行规划编制；担子岛列入全国首批无居民岛开发试点名录；海岸带综合整治试点工作全面启动，落实海洋环境及渔业资源修复项目46个。

烟台港西港区、青烟威荣城际铁路、烟台新机场等重大基础设施项目加快推进。成功举办山东半岛蓝色经济区海洋食品博览会、烟台蓝色经济区建设融资洽谈会等会展活动，搭建起投资环境和项目推介新平台。

前不久闭幕的烟台市十二次党代会，提出“率先基本实现现代化”的奋斗目标，强调要大力增创科学发展新优势，让蓝色经济成为推动烟台发展的主导力量和鲜明特色。

2012年是蓝区建设求突破、出亮点、见成效的关键一年。烟台市将继续以建设国内蓝色经济领军城市为目标，以产业培育为核心，以特色园区、重点企业、重大项目建设为载体，积极作为、科学务实，奋力开创蓝色经济区建设新局面。

烟台坚持把“一岛四区”作为蓝区建设的主战场，集全市之力加快推进，力争用2-3年的时间，将其建成为开放新平台、投资新热土、城建新样板，构建起“一极领先、多极崛起”的发展格局，大力度释放、大面积扩展蓝区建设综合效应。

“一极领先”：就是依托牟平区、高新区、芝罘区、莱山区、保税港区滨海区域和岛屿，充分发挥这一地区海滨资源好、地理位置佳、谋篇布局空间大的优势，用世界眼光、国际标准规划建设590多平方公里的高技术海洋经济新区，打造蓝色经济东部增长极和烟台城市新核心。

“多极崛起”：就是以莱州湾为中心，充分发挥“蓝黄”战略叠加优势，加快莱州临港产业区建设，推进沙河——土山未利用地开发和57个投资过亿元重大项目建设，大力建设高效生态经济高地，打造蓝色经济西部增长极；以丁字湾为中心，切实抓住用好亚沙会举办、海即大桥通车、核电产业发展等机遇，推进以海阳、莱阳为主体的海洋文化旅游产业聚集区建设，打造蓝色经济南部增长极；以龙口湾为中心，突出抓好龙口、招远集中集约用海项目和蓬莱西海岸文化新区建设，以烟台港西港区为龙头，大力推进烟台开发区临港产业区建设，打造蓝色经济北部增长极；在中心城区，着力打造面向海洋的高端商务服务业、创新型制造业和高层次旅游观光聚集区。全面推进实施《长岛休闲度假岛发展规划》，加快南北长山大桥、妈祖文化产业园等重大项目建设，使之成为彰显蓝色魅力、代表中国海岛品质的休闲度假胜地。

加快转型升级步伐　构建现代产业体系

把产业培育作为蓝区建设核心任务，在资金安排、用地用海、人才引进、政策配套等方面集中扶持。烟台将首先实施“双十”工程，抓集聚、抓延伸。加快建设海洋装备制造业基地、海洋新能源基地、海洋生物产业基地、水产品出口加工基地、海洋新材料产业基地等 10 个特色产业基地；培强蓬莱海洋装备制造业园、莱山核电装备产业园等 10 个具有较强竞争和集聚优势的特色园区，促进企业和项目向园区集聚，产业链向上下游延伸，形成较为完善的聚集高地和配套体系。

同时，烟台将以促进“双百”发展为重点，抓转型、抓升级。推进实施杰瑞海上平台等 100 个重点项目，做大做强东方海洋等 100 家重点企业，鼓励和引导现有园区、企业向蓝色转向、向高端转型，成为引领蓝区建设的生力军。

最重要的是，烟台将加强人才引进，抓创新、抓转化。深入推进实施创新创业高端人才“双百”计划，吸引“两区”建设所急需的高端人才来烟创业。加快建设中集海洋工程研究院、国核电力规划设计研究院山东分院等国家级创新平台，争取新建一批省级以上创新平台，打造创新要素集聚高地。发挥烟台产学研合作优势，鼓励和引导驻烟高校科研院所与产业结合、为企业服务、促地方发展，加快科研成果向现实生产力转化。围绕国家规划确定的九大转化重点，依托现有骨干企业，建设一批海洋科研成果转化高地，把烟台国家级海洋科研成果转化基地落到实处。

突出体制机制创新　落实先行先试政策

在 2011 年确定的落实国家规划百个重要事项基础上，根据省政府批复的《烟台市蓝色经济区发展规划》和蓝区建设实际需要，再筛选确定东部高技术海洋经济新区等百个重要事项，对“双百”事项落实分工、明确时限、实施奖惩，纳入年度考核重点，推动各级进一步解放思想、创新工作，确保年内见到成效，明年取得实质性进展。力争海洋产权交易中心上半年挂牌运行，国家级海洋科研成果转化基地等年内获批建设，并在用海与用地管理衔接、未利用地开发等方面早见成效。

完善支撑保障体系　破解要素瓶颈制约

在重大基础设施建设方面，完成烟台港西港区大型深水码头主体工程，启动建设烟台新机场航站区，加快建设青烟威荣城际铁路，开工建设龙烟铁路。资金筹措方面，出台金融支持“两区”建设的意见，定期举办银企对接活动，实现银企合作共赢；加快金融创新步伐，推动符合条件的企业上市融资，积极发展创业投资，争取设立蓝色高新产业投资基金；落实好与山东海洋投资公司签订的战略框架协议，吸引更多资金投向蓝区建设。

在土地供应方面，通过发展“飞地经济”等新模式，充分利用莱州 160 平方公里未利用土地资源，逐步建立起市级土地指标统筹使用制度。用好集中集约用海政策，拓展用地空间。

在能源保障方面，加快海阳核电一期工程、华电国际莱州电厂等重大能源项目建设，推进百年电力四期、华能八角电厂等项目核准实施工作，为蓝色经济长远可持续发展奠定坚定基础。

影·像 烟台

第三届亚沙会6月登场
海阳基本准备就绪

矗立在海中的火炬塔

正在进行最后装修的绿浪剧场

金沙滩搭起大舞台　亚沙会大幕将掀开

搭建在剧场内部的巨型显示屏

主场馆依地势而建，成本仅为普通场馆的十分之一

亚沙会展览馆：文体交汇勾勒新海阳

铺满金沙的梦想之树展厅

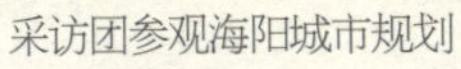

采访团参观海阳城市规划

亚沙会专题展区

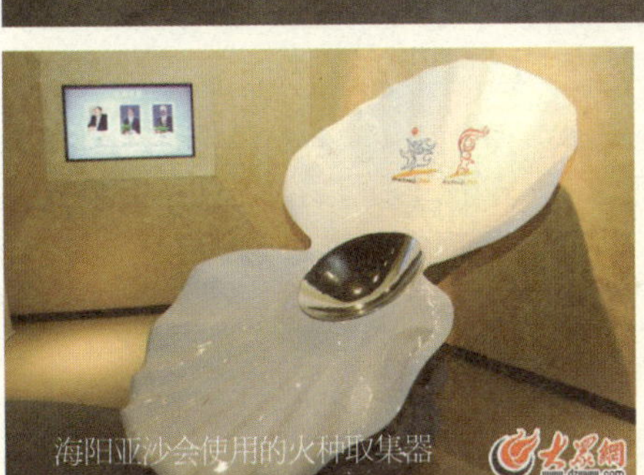

海阳亚沙会使用的火种取集器

位于二层的亚沙会专题展区

科学发展新山东

第八届中国网络媒体
山东行新闻报道集

枣庄篇

桑村镇：新型城镇化建设让农民尝到甜头（齐鲁网）

齐鲁网5月17日讯　今天，科学发展新山东——第八届中国网络媒体山东行西线采访团来到“铁道游击队的故乡”——枣庄市。在山亭区桑村镇，记者们被这里的新型城镇化建设深深吸引。

位于枣庄市山亭区西部的桑村镇，总人口不过8万人。可就是这样一个小镇，却被设立为国家发展改革试点镇和全国500处小城镇建设示范镇，这让采访团中的不少记者感到惊讶。

桑村镇农经站站长马洪伟向采访团记者介绍，在枣庄市的新型城镇化建设中，桑村镇以“群众自愿、依法实施、集约经营、利益保障”的原则，在保证农村土地所有权不变、土地承包经营权不变、土地农业用途不变的前提下实施了“合作社+公司（外商）+基地+农户”的土地产权制度改革，让农民在新型城镇化建设中尝到了实实在在的甜头。

“现在，我们已经建立了10家土地合作社，入社农民每亩土地可以领取900元左右的保底金，每户还能有一个劳动力在合作社就业，年底合作社还有收益分红，这样一个地块上就能有保底金、劳务收入和收入分红3份收入。”马洪伟对采访团记者说。

桑村镇的变化只是枣庄实施新型城镇化建设的一个缩影。“新型城镇化一头连着工业、一头连着农业，能够提供发展载体、要素支撑和用地空间，是新型工业化的‘加速器’；一头连着城市、一头连着农村，能够转移农民、规模经营、改善农村生产生活条件，是统筹城乡、发展现代农业的重要途径；一头连着投资、一头连着消费，能够创造市场需求，是扩内需的最大潜力。”枣庄市对未来枣庄市新型城镇化建设所描绘的蓝图已经跃然纸上。

按照规划，枣庄市将按照城市的功能和标准建设小城镇，完善基础设施，提高公共服务水平；推进强镇扩权试点，激发中心镇、重点镇发展活力；引导土地合作社向农副产品深加工、商贸流通等方面延伸，壮大镇村经济，增强小城镇发展动力。未来，更多的“桑村镇”还将在枣庄“遍地开花”。

中国经济网 | 频道首页 | 新闻 | 专题 | 视频 | 图片 | 财经 | 区县 | 文化 | 生活 | 企业 | 农业 | 旅游

中国经济网 山东频道 http://sd.ce.cn

好客山东欢迎您

桑村镇：村里有着合作社 农业增效农民鼓腰包

来源：中国经济网　字号 T|T|T　2012-05-17 23:48

关键词：桑村镇 合作社

[摘要]18日上午，科学发展新山东——第八届全国网络媒体山东行西部采访团来到枣庄市桑村，了解了桑村土地合作社的发展情况。

中国经济网山东频道5月18日讯（徐婷）18日上午，科学发展新山东——第八届全国网络媒体山东行西部采访团来到枣庄市桑村，了解了桑村土地合作社的发展情况。据介绍桑村镇民生蔬菜种植专业合作社成立于09年，现发展成员871户，入股土地2678亩，是枣庄市农村土地产权第一批改革试点合作社之一、省级重点示范合作社。

工作人员向记者介绍桑村土地合作社实行“合作社+公司（外商）+基地”的运作模式，农户享受每亩土地900元保底金。在这种模式下解放了农村12万人劳动力，农业增效入社土地比分散经营土地每亩增收5760元，入户农民比不入户农民户均增收6000元。

记者采访了当地参加合作社的农民，他们表示自己的收入来源加入了分红以及在合作社务工的劳务费，同时节约了剩余劳动力，收入较以前相比有了大的提高。

中国经济网报道截屏

东湖公园：从煤矿塌陷地到生态民生工程的华丽转身（新华网）

新华网山东频道5月17日电 （记者 叶婧） “以前这里又脏又臭，走路都避开走，现在不一样了，俺每天都来散步锻炼！” 陈祥仁告诉记者，他今年58岁了，是枣庄矿业退休工人。

17日上午，记者跟随“科学发展新山东——第八届中国网络媒体山东行”西线采访团来到枣庄东湖公园，看到眼前水质清澈的湖泊，湖边垂柳依依，园内小路曲径通幽，很难想象到这里曾经是煤矿的塌陷地，而不远处曾有一条臭不可闻的臭水沟川流而过。

据了解，枣庄全民健身中心（东湖公园）项目是枣庄市的一项利民工程，也是加快枣庄城市转型“老城做新”的重点工程。湖周围不仅有小区内常见的健身设施，还有乒乓球桌、室内篮球馆、足球场等。陈祥仁大爷说，从没想过这块曾经到处是废井和大坑的煤矿塌陷地，现在能变得这么美。

如今的枣庄全民健身中心（东湖公园）总占地面积980余亩，其中水面510亩。据随行的讲解员介绍，公园内的湖泊引上游的周村水库的水而来，是少有的活水湖泊，水质清冽。湖中心的中兴阁，仿汉代风格而建，庄严肃穆的立于湖心，形成了“二台三园十二画、一湖一岛一翠峰”的景观群。

据介绍，枣庄全民健身中心项目是枣庄市市中区历史上规模最大、投资最多、拆迁最集中、百姓最期盼的民生工程，通过对2.3平方公里新区内4个村庄、3000余户和58个单位的拆迁整合、集中安置，使枣庄1万多农民变为市民。不仅改善了老百姓的居住条件，更加快了社会主义新农村建设，有力推动了老城同枣庄新城相向发展，使昔日的废弃地变为了今天的黄金宝地。

“现在我们老百姓都爱上这儿来，看看这绿树绿草的，身体好心情也好。” 陈祥仁大爷高兴地说。

枣庄东湖公园：废地上建起的休闲宝地（图）

订阅《春城手机报》：综合版发送CCIH到10658000（5元/月） 娱乐版发送CCYL到10658000（3元/月）

枣庄市中区区委常委、宣传部长王光明介绍东湖公园（全民健身中心）相关情况。（盛楚 摄影）

采访团记者参观采访东湖公园内的文化墙。（盛楚 摄影）

东湖公园的优美风光让不少情侣将这里定为婚纱照的拍摄地点。（盛楚 摄影）

大众网济南5月17日讯（记者 晏洋）原本污水横流的塌陷地，如今变成了波光粼粼的美丽湖泊，利用人们眼中的“废地”建立起来的枣庄东湖公园，现在已经成为了市民健身休闲的最佳去处。今天，科学发展新山东——“鲁花杯”第八届中国网络媒体山东行西线采访团来到枣庄东湖公园，面对蓝天碧水和多样化的健身设施，记者们对枣庄的废区改造工作表示了由衷的赞叹。

今天上午，采访团记者来到东湖公园，看到水质清澈的湖泊，很难想象到这片水域是建在曾经的煤矿塌陷地上。公园内微风徐徐、树影重重、空气清新，不时看到三两市民或漫步在湖边，或在附近的健身设施处锻炼。枣庄全民健身中心（东湖公园）项目是枣庄市的一项利民工程，也是全省“一点三线”重点区域全民健身精品工程、枣庄“老城做新”的重点工程。湖的周围不仅有小区内常见的健身设施，还有乒乓球桌、室内篮球馆、足球场等。这块曾经到处是废井和大坑的煤矿塌陷地，在资源型城市转型战略的带动下，逐渐焕发着新的生机。

曾经的城市近郊大面积塌陷地和村庄整合搬迁后的露空地不见了，取而代之的是文化广场区、体育运动区、水上活动区、滨水休闲健身区、综合服务区、湖心岛文化休闲区，这些深受市民喜爱的区域就组成了东湖公园。东湖公园项目总投资4亿元，总占地面积980余亩，其中水面510亩，最终建成“二台三园十二画、一湖一岛一翠峰”的景观群。

作为市中区历史上规模最大、投资最多、拆迁最集中、百姓最期盼的民生工程，东湖公园项目经过800多个昼夜奋战，顺利实施了2.3平方公里新区内4个村庄、3000余户和58个单位的拆迁整合、集中安置，拆迁面积达113万平方米，使1万多农民变为市民，加快了社会主义新农村建设，改善了群众的居住环境和条件，同步完成了4平方公里城市空间设计、2.3平方公里详细规划设计、21.5公里的周村水库引水入城工程和7平方公里城市新区总体规划，拉动老城同枣庄新城相向发展，同时加快了经营城市，使昔日的废弃地变为了今天的黄金宝地。

云南网报道截屏

枣庄：全国网媒记者探访山东兖矿国泰化工（每日甘肃网）

每日甘肃网枣庄5月17日讯（记者 葛鹏）今天上午，科学发展新山东——第八届全国网络媒体山东行西线采访团来到山东兖矿国泰化工有限公司。一提到煤化工企业，人们往往想到的是烟囱林立，黑烟滚滚。落后的生产方式带来的是高污染、高耗能，而不是高产出。山东省煤炭储量丰富，但其中40%的储量都是污染严重的“高硫煤”，无法用于民用和直接燃烧。“守着这么多煤却没法利用，实在是可惜啊！”枣庄的老采煤工人曾这样感叹道。长期以来，国内煤化工企业一直依靠引进国外技术进行煤炭化工生产，而引进一套技术的成本至少需要五六千万元。这些，都严重制约了国内煤化工企业的发展。“该怎么办？必须转变过去落后的生产方式，走自主创新的发展路子！”这是国泰化工给出的答案。他们四处招兵买马，网罗人才，组建了一支平均年龄只有31岁的研发人才队伍。同时，他们还积极与高校合作，利用高校的人才资源优势，与企业本身的产能优势相结合，一门心思开始了自主创新研发的实践。

功夫不负有心人。经过两年多的研发与建设，2005年，达到世界领先技术水平的“多喷嘴对置式水煤浆气化技术”研发投产成功。经过检验表明，在同煤种、同等操作环境的情况下，该技术的碳转化率达到98.8%，每年能够节约纯氧2000万立方米，节约标准煤1.8万吨，完全达到了国际先进的技术水平。

高硫煤的利用是一项世界难题，因为在高硫煤的燃烧过程中，会释放出大量二氧化硫和二氧化碳等有害气体，污染周边环境。但据国泰化工的工作人员介绍，这项技术的特点就是专“吃”高硫煤。

据计算，这项新技术每年可消耗高硫煤60万吨，期间产生的二氧化硫等副产品都在密封的环境下“运行”，最终能够分解成液态硫黄，每年有1.8万吨的产量。同时，每年产生的16万吨二氧化碳，回收加工后还能成为优质燃料，相当于每年减少二氧化碳排放16万吨。国泰化工党委书记王天峰对采访团记者这样描绘了国泰化工的未来：“我们还会继续加大技术投入，坚持科技创新，把企业做大做强，为枣庄的发展注入自己的力量。”

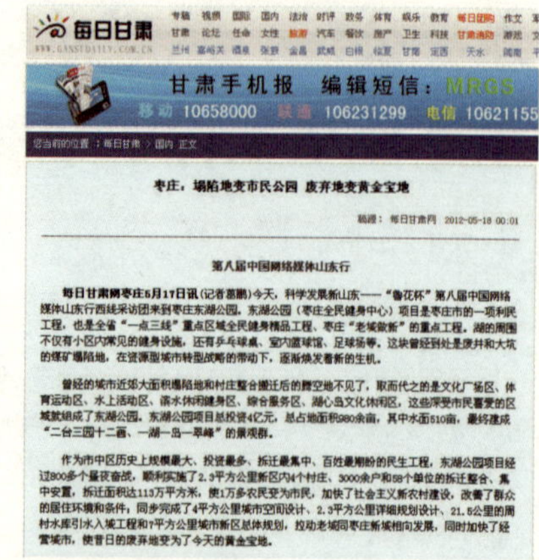

枣庄：塌陷地变市民公园 废弃地变黄金宝地

稿源：每日甘肃网 2012-05-18 00:01

第八届中国网络媒体山东行

每日甘肃网枣庄5月17日讯（记者蔡鹏）今天，科学发展新山东——“鲁花杯”第八届中国网络媒体山东行西线采访团来到枣庄东湖公园。东湖公园（枣庄全民健身中心）项目是枣庄市的一项利民工程，也是全省“一点三线”重点区域全民健身精品工程、枣庄“老城数新”的重点工程。湖的周围不仅有小区内常见的健身设施，还有乒乓球桌、室内篮球馆、足球场等。这块曾经到处是废井和大坑的煤矿塌陷地，在资源型城市转型战略的带动下，逐渐焕发着新的生机。

曾经的城市近郊大面积塌陷地和村庄整合搬迁后的腾空地不见了，取而代之的是文化广场区、体育运动区、水上活动区、滨水休闲健身区、综合服务区、湖心岛文化休闲区，这些深受市民喜爱的区域就组成了东湖公园。东湖公园项目总投资4亿元，总占地面积980余亩，其中水面510亩，最终建成“二台三园十二画、一湖一岛一翠峰”的景观群。

作为市中区历史上规模最大、投资最多、拆迁最集中、百姓最期盼的民生工程，东湖公园项目经过800多个昼夜奋战，顺利实施了2.3平方公里新区内4个村庄、3000余户和58个单位的拆迁整合、集中安置，拆迁面积达113万平方米，使1万多农民变为市民，加快了社会主义新农村建设，改善了群众的居住环境和条件；同步完成了4平方公里城市空间设计、2.3平方公里详细规划设计、21.5公里的周村水库引水入城工程和7平方公里城市新区总体规划，拉动老城同枣庄新城相向发展，同时加快了经营城市，使昔日的废弃地变为了今天的黄金宝地。

每日甘肃网报道截屏

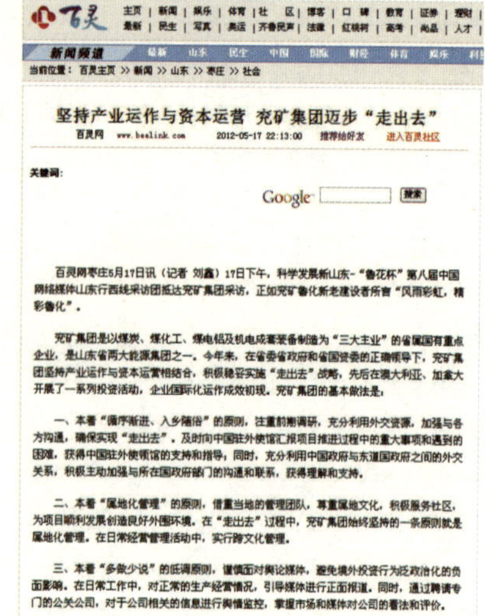

坚持产业运作与资本运营 兖矿集团迈步“走出去”

百灵网 www.beelink.com 2012-05-17 22:13:00 推荐给好友 进入百灵社区

关键词：

百灵网枣庄5月17日讯（记者 刘鑫）17日下午，科学发展新山东-“鲁花杯”第八届中国网络媒体山东行西线采访团抵达兖矿集团采访，正如兖矿鲁化新老建设者所言“风雨彩虹，精彩鲁化”。

兖矿集团是以煤炭、煤化工、煤电铝及机电成套装备制造为“三大主业”的省属国有重点企业，是山东省两大能源集团之一。今年来，在省委省政府和省国资委的正确领导下，兖矿集团坚持产业运作与资本运营相结合，积极稳妥实施“走出去”战略，先后在澳大利亚、加拿大开展了一系列投资活动，企业国际化运作成效初现。兖矿集团的基本做法是：

一、本着“循序渐进、入乡随俗”的原则，注重前期调研，充分利用外交资源，加强与各方沟通，确保实现“走出去”。及时向中国驻外使馆汇报项目推进过程中的重大事项和遇到的困难，获得中国驻外使领馆的支持和指导；同时，充分利用中国政府与东道国政府之间的外交关系，积极主动加强与所在国政府部门的沟通和联系，获得理解和支持。

二、本着“属地化管理”的原则，借重当地的管理团队，尊重属地文化，积极服务社区，为项目顺利发展创造良好外围环境。在“走出去”过程中，兖矿集团始终坚持的一条原则就是属地化管理。在日常经营管理活动中，实行跨文化管理。

三、本着“多做少说”的低调原则，谨慎面对舆论媒体，避免境外投资行为泛政治化的负面影响。在日常工作中，对正常的生产经营情况，引导媒体进行正面报道。同时，通过聘请专门的公关公司，对于公司相关的信息进行舆情监控，掌握市场和媒体对公司的看法和评价。

百灵网报道截屏

国泰化工：让企业从买技术变为卖技术（齐鲁网）

齐鲁网5月17日讯　今天上午，当采访团的记者们走在枣庄国泰化工的厂区里时，道路两旁的郁郁葱葱的树木与盛开的鲜花，让人丝毫感觉不到这是一所煤炭化工企业。国泰化工的工作人员向采访团记者介绍说，在建厂之初，国泰化工就瞄准了以科技自主创新研发为目标的高效环保的企业发展之路，争做枣庄市工业转型的“排头兵”。

当地老百姓讲过去的枣庄，“烟囱比路灯多”，这也侧面说明了当时以煤炭化工为支柱产业的枣庄，在城市环境上所面临的尴尬。这一切让国泰化工的管理者们看在眼里，记在心上。“我们决不能走过去的老路！”他们在心里暗下决心。于是，他们四处网罗人才，建立起了一支高科技的研发人员团队，向着低污染、低排放、高产出的新型煤化工技术不断登攀。

2005年，国泰化工的“多喷嘴对置式水煤浆气化技术”研发成功。这种技术不但能够使高污染的高硫煤得到有效、环保的利用，每年还能够节约标准煤1.8万吨，减少二氧化碳排放量16万吨。

高技术带来的是高回报。这项新技术的研发成功，吸引了美国第一大炼油企业前来购买该技术的使用专利。从来没向国外出口过先进技术的中国化工企业，终于完成了从过去向国外企业买技术，到如今向国外企业卖技术的华丽转身。自主创新，让国泰，也让枣庄，在工业转型发展的道路上阔步前行。

今后，枣庄市还将继续深化工业转型，加快产业升级，改造提升资源型产业。在稳定发展煤炭、水泥、电力等产业的同时，运用先进适用技术改造升级、提质增效；培植壮大接续产业，拉长产业链条，推动初级产品向附加值高的产品转变；着力发展替代产业，培植一批创新能力强、市场前景好、特色突出、集聚发展的新兴产业；发展信息产业，促进工业化与信息化的融合。未来五年，力争有3至5个新兴支柱产业产值超过煤炭采掘业，成功实现产业转型。

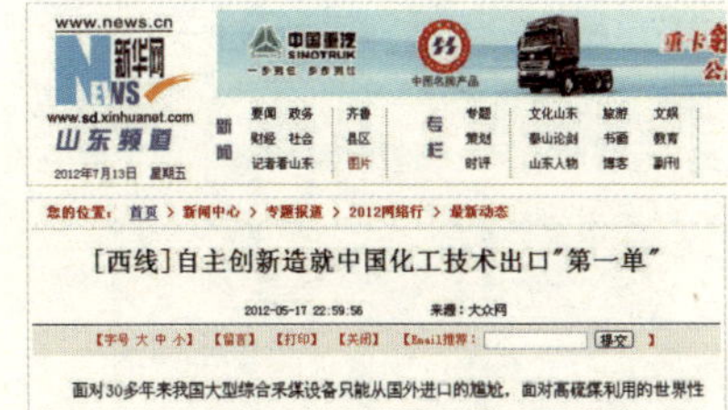

您的位置：首页 > 新闻中心 > 专题报道 > 2012网络行 > 最新动态

[西线]自主创新造就中国化工技术出口"第一单"

2012-05-17 22:59:56 来源：大众网

【字号 大 中 小】【留言】【打印】【关闭】【Email推荐： 提交 】

面对30多年来我国大型综合采煤设备只能从国外进口的尴尬，面对高硫煤利用的世界性难题，枣庄的兖矿国泰化工有限公司并没有在这些困难面前低头，而是通过积极的自主科技创新，趟出了一条科学发展的新路子。而这条新路子为企业带来的不仅仅是接连而来的荣誉，同样也带来了实实在在的效益。短短10年，国泰化工便发展成了一家年销售收入45亿元、利税6亿元的大型企业，还成就了中国煤化工企业技术出口的“第一单”。今天上午，科学发展新山东——“鲁花杯”第八届全国网络媒体山东行西线采访团来到山东兖矿国泰化工有限公司，探访了它崛起的背后的故事。

企业“因煤而生”，新形势下更要“因煤思变”

枣庄是山东省的老煤炭化工基地，国泰化工便坐落在这座曾经为共和国产出过几百亿吨煤炭的城市上。“因煤而生”的国泰化工本可以利用成熟的生产技术，安安稳稳的去经营企业，但他们却坚定的选择了实施技术自主创新的道路。这是因为，他们注意到了国内煤化工企业所面临的尴尬。

一提到煤化工企业，人们往往想到的是烟囱林立，黑烟滚滚。落后的生产方式带来的是高污染、高耗能，而不是高产出。山东省煤炭储量丰富，但其中40%的储量都是污染严重的“高硫煤”，无法用于民用和直接燃烧。“守着这么多煤却没法利用，是在是可惜啊！”枣庄的老采煤工人曾这样感叹到。长期以来，国内煤化工企业一直依靠引进国外技术进行煤炭化工生产，而引进一套技术的成本至少需要五六千万元。这些，都严重制约了国内煤化工企业的发展。

“该怎么办？必须转变过去落后的生产方式，走自主创新的发展路子！”这是国泰化工给出的答案。他们四处招兵买马，网罗人才，组建了一支平均年龄只有31岁的研发人才队伍。同时，他们还积极与高校合作，利用高校的人才资源优势，与企业本身的产能优势相结合，一门心思开始了自主创新研发的实践。

新技术“专吃”高硫煤，年减排二氧化碳16万吨

功夫不负有心人。经过两年多的研发与建设，2005年，达到世界领先技术水平的“多喷嘴对置式水煤浆气化技术”研发投产成功。经过检验表明，在同煤种、同等操作环境的情况下，该技术的碳转化率达到98.8%，每年能够节约纯氧2000万立方米，节约标准煤1.8万吨，完全达到了国际先进的技术水平。

高硫煤的利用是一项世界难题，因为在高硫煤的燃烧过程中，会释放出大量二氧化硫和二氧化碳等有害气体，污染周边环境。但据国泰化工的工作人员介绍，这项技术的特点就是专“吃”高硫煤。

据计算，这项新技术每年可消耗高硫煤60万吨，期间产生的二氧化硫等副产品都在密封的环境下“运行”，最终能够分解成液态硫磺，每年有1.8万吨的产量。同时，每年产生的16万吨二氧化碳，回收加工后还能成为优质燃料，相当于每年减少二氧化碳排放16万吨。

国泰化工党委书记王天峰对采访团记者这样描绘了国泰化工的未来，“我们还会继续加大技术投入，坚持科技创新，把企业做大做强，为枣庄的发展注入自己的力量。”

成果引来世界500强，造就中国化工技术出口“第一单”

酒香不怕巷子深，先进的技术也引来了海内外众多企业厂商的目光。该技术自投入商业推广以来，已经成功向国内外多家企业实施了技术转让，潜在产值超过了150亿元。2008年7月，美国最大的炼油企业、当年全球500强排名的43位的美国Valero公司慕名而来，与国泰签署了石油焦气化技术转让授权，转让费用高达1亿元人民币，这也是中国化工企业第一次向发达国家实施技术转让。

此后，外国客商纷至沓来，美国、德国、加拿大、印度等国的多家公司纷纷来到国泰，签订购买该专利技术的意向。其中，德国一家公司甚至不惜花费大量时间和精力，申请了我国有关部门的批准，开着专机，带来了11人的考察团。

在一次次技术创新中，国泰化工也在不断的发展壮大。不到10年的时间，国泰化工已经成长为一家拥有两项国家“863”攻关课题，和拥有多项具有自主知识产权高新技术的大型企业。曾经获得过国家安全质量标准化一级企业、国家科技进步二等奖等百余项荣誉称号。

“一个企业能够通过自主创新，把企业做大做强，还能够将技术出口给国外大企业，真的很厉害。”采访团记者庄会晓在听完国泰化工的发展史之后这样感叹道。（赫洋）

新华网报道截屏

棚户区变精品楼：枣庄棚改“旧区”变“新区”

（大众网）

大众网枣庄5月17日讯（记者 尹海洋）“山东棚改看枣庄，枣庄棚改看市中”。今天上午，科学发展新山东——第八届中国网络媒体山东行西线采访团来到枣庄市市中区。作为枣庄市棚户区的集中地，市中区按照“把握节奏、点线结合、建成精品”的思路，实现了“旧区”变“新区”，在加快棚户区城市建设的同时，也让棚户区发展起新的城市经济。

植入城市种子，变城市建设为城市经济

上午11时左右，西线采访团一行来到枣庄市市中区东湖公园。公园的中央是一汪湖水，湖水周围绿草树荫，站在公园的绿地向远处望便是一座座耸立的高楼。据工作人员介绍说，这些高楼很多都是棚户区改造后成立的新社区居民楼。

“山东棚改看枣庄，枣庄棚改看市中”，这句话其实并非夸大。据介绍，山东省48%的棚户改造都在枣庄，而枣庄67%的棚户区在市中区。市中区共有棚户区面积364万平方米，涉及群众2万余户、7万多人。涉及群众多、改造任务重、地理位置优、拆迁难度大，是枣庄市中区棚户区改造的重点。为落实好这一工作，枣庄市市中区按照“把握节奏、点线结合，建成精品”的思路，攻坚克难，强力推进，走出一条棚户区改造的独特模式。

棚户区改造，不仅仅局限于把“旧房”变“新房”，更为重要的是要把“旧区”变“新区”、把“城市建设”变“城市经济”，在让城市面貌实现“脱胎换骨”变化的同时，努力让民生得到最大程度的改善。

为实现这一目的，枣庄市在改造棚户区的过程中注重建设城市综合体。对大面积的棚改片区，融入商业、办公、文娱等城市生活空间，建成基本具备现代城市功能的“城中城”。

与此同时，枣庄市在棚改过程中打造现代商业街区。对中等规模的棚改片区，随行就市，规划建设专业化、特色化、地域化的商业街区。对规模较小的棚改片区，摈弃过去那种沿街为市、零散经营的粗放商业形态，集中建设邻里中心，融便民购物、健身休闲等于一体，增强居民生活的舒适和便利性。通过在植入“市”的种子，全市棚改将新增商业服务面积420万平方米。

进步的力量 与您的领先同步

国航误售0元票 阿拉法特死因 姜昆遭强吻 被充气少年脱险

sina新闻中心 新闻中心 > 国内新闻 > 正文

中国网络媒体山东行走进台儿庄古城(图)

http://www.sina.com.cn 2012年05月16日23:54 中国台湾网

第八届中国网络媒体山东行西线采访记者们在台儿庄古城参观。（中国台湾网 郭莹莹摄）

中国台湾网5月17日枣庄消息5月16日，科学发展新山东——“鲁花杯”第八届中国网络媒体山东行西线采访团来到枣庄市台儿庄古城参观、采访。台儿庄作为全国首个海峡两岸交流基地，古城内随处可见与台湾息息相关的景致与展品。

在台儿庄古城内，有台商投资经营的店铺，有恢复重建后金碧辉煌的妈祖庙，还有在运河酒文化馆内以台湾为主题的专门展区，其展品丰富多彩、趣味盎然，采访团记者们纷纷举起相机，拍照留念。（记者 郭莹莹）分享到4.11K

新浪网报道截屏

统筹规划 搭建起城市的骨架

有了城市的种子，还要搭建起城市的骨架。对此，枣庄市一方面坚持交通优先。搞好棚改区域内主支道路、公共停车场的规划，超前布局BRT、公交网络。结合棚改，全市将同步新增道路133条、188万平方米，新增停车场65个、118万平方米，将有效缓解日益突出的城市拥堵问题。

另一方面注重突出特色，在棚改中突出枣庄的地域特点和文化特色，保持城市整体风貌的协调一致，延续“北雄南秀”的建筑风格，打造“江北水乡·运河古城”城市名片。针对组团式的城市布局，明确各组团功能定位和建筑风格，既保持建筑风格的统一，又体现各组团的特色，并在功能上实现优势互补。特别是对千年运河古城历史街区、百年中兴历史街区、五十年工业历史街区、枣庄老街历史街区等重点规划建设，形成点线面相结合的城市文化脉络，彰显城市特色，提升城市品位。

此外，还完善了棚户改造区的功能配套。不仅要把房子建得好，还要让百姓感到生活方便，避免旧棚变新棚。枣庄市在棚改规划中严格配套学校、幼儿园、医院等公共设施，以及小广场、小绿地等公共空间，让社区居民能够就近上学、就近看病、就近休闲。

据统计，整个棚改中，全市将配套新增绿地298万平方米、公共活动场所420万平方米，新增中小学和托幼设施52处、42.5万平方米。同时，引入现代城市理念，合理利用可再生能源、节能新材料、地上地下空间，体现绿色、节能、环保的要求，让新建小区更加适宜人居。

棚户区变精品工程 回迁安置房让市民放心

为防止新区变旧棚，枣庄市在棚改区建起了一批批精品工程，并坚持把按时回迁安置作为棚改工作的重中之重。据介绍，市中区回迁安置房不建设的，不允许开工商业开发区域，以确保搬迁群众能按时回迁。另外，区委、区政府提出在征收拆迁过程中，要依法保护被拆迁户的利益，足额补偿，明确时间，强化责任。

同时，严格政策界限，一把尺子量到底。让给困难群体特殊优惠政策，让绝大多数群众满意，努力实现和谐拆迁。按照要求，回迁安置房在建设上决不因是棚户区改造而降低建设的品位、档次和质量，严格按照各个项目规划的容积率、红线、绿线执行，并配套建设学校、幼儿园、邻里中心等公共服务设施，把每一个棚改项目都建成精品。

目前，邵庄项目、牛村项目主体基本完工，正在进行室内装修，计划6月份回迁上房。道南里项目正在进行装修和安装，计划年底回迁上房。青檀小区项目正在进行主体建设，4月底部分楼房已封顶。香港街棚改项目一期于2012年5月6日开始回迁安置上房，此项目2010年4月正式启动，总投资2.5亿元，占地100亩，拆迁面积7.2万平方米，建筑面积9万平方米，涉及居民300余户；目前已建成楼房24栋，新房744套，其中回迁安置房400套，回迁居民1600余人，小区水电暖气等配套设施完善，绿化率达到35%以上，一期回迁安置上房300套，二期工程将在6月底前竣工，届时将全部完成回迁安置，广大群众多年期盼改善居住环境的愿望终于成为了现实。

首页 政务 视听 图片 访谈 百姓呼声 新闻发布 论坛 红辣椒 税务 经济
滚动 湖南 中国 国际 娱乐 消费维权 社科规划 播客 结婚族 家居 查询

位置提示：红网首页 > 中国频道 > 正文

网络媒体山东行：走进台儿庄古城

http://www.rednet.cn 2012/5/18 0:39:21 红网 字体：【大 中 小】

红网山东枣庄5月17日讯（特派记者 张景森）5月16日下午，第八届网络媒体山东行采访团来到枣庄，枣庄市委副书记、市长张术平告诉记者，枣庄有三大特色，可以概括为山水之城、转型之城和文化之城。其中文化之城，如果不是亲眼所见，简直无法相信，当年被战火摧毁的台儿庄古城，如今变得如此美丽。

记者现场看到，重建后的台儿庄古城，院院不同、每院有水、各有主题文化、形成了建筑、宗教、雕刻、服饰、灯饰、招幌一系列独具特色的古城文化，成为运河文化活化石、中国民居建筑博物馆。台儿庄古城集“运河文化”和“大战文化”为一城，融“齐鲁豪情”和“江南韵致”为一城，是极具人文魅力的旅游休闲度假区。

据史料记载，台儿庄形成于汉，发展于元，繁盛于明清，历史上是一座风景秀美的运河古城，被乾隆皇帝称为“天下第一庄”。台儿庄当时为什么这么富裕繁华？一是台儿庄是运河上一个重要的水旱码头，《峄县志》上说“村镇之大，甲于一邑”，有燕尤赵万四大家、陈王黄骆四小家之说；二是由于台儿庄运河落差最大，建有八道船闸，客商滞留时间比较长；三是枣庄是运河沿岸唯一盛产煤炭的城市；四是李宗仁在回忆录中说台儿庄有六千栋房子，仅建筑面积达30多万平方米。

1938年春的台儿庄大捷，使台儿庄一战扬名天下，被誉为中华民族扬威不屈之地。作为世界著名的二战纪念城市，斯大林格勒仅存1处蛋糕房遗迹，华沙仅保留2处人造的战争遗迹，而台儿庄有53处战争遗迹保存完好。专家论证后认为，台儿庄和华沙是世界上仅有的两座因战火毁坏可以重建的城市。通过古城重建，在保护台儿庄大战遗存的基础上，按原样恢复受到损毁的战场遗址，建成世界上二战遗迹最多、保存最完好的纪念城市之一。

同时，台儿庄地处南北过渡带，也是运河上重要的“水旱码头”，各路商贾云集于此，带来了不同的文化和信仰，使台儿庄运河文化成为汇集东西南北、融贯古今中外的典型代表。集北方大院、徽派建筑、水乡建筑、闽南建筑、欧式建筑、宗教建筑、岭南建筑、鲁南民居八种建筑风格于一体，汇天主教、基督教、伊斯兰教、佛教、道教世界主要五大宗教及关帝庙、泰山娘娘庙、妈祖庙等中国主要民间信仰的七十二庙宇于一城，形成了千里运河沿线独有的南北交融、中西合璧的鲜明文化特征。

据悉，台儿庄拥有京杭运河唯一一处水工设施完备、风貌遗存完整的3公里古运河，唯一的1.5公里明清时期的古驳岸，唯一的13个明清时期的古码头，唯一能够体现明清运河沿岸居民生活特点的古村庄——纤夫村。通过重建，进一步保护城市原有古民居以及水堤、水埠等水工遗存，保存古城肌理、道路和水系框架，恢复部分原有建筑，成为运河申遗最重要的节点之一。

张术平介绍，台儿庄古城规划面积2平方公里，包括11个功能分区、8大景区和29个景点。古城重建总投资48亿元，建筑面积将达到50万平方米，目前已恢复重建30万平方米。按照“大战故地、运河古城、江北水乡、时尚生活”的定位，遵循“存古、复古、创古”的理念，依托古运河和大战遗址两个全国重点文物保护单位，以及国家级湿地公园、国家级水利风景区等丰富的自然人文景观，将保存下来的大战遗址、古城墙、古码头、古民居、古街巷、古商埠、古庙宇、古会馆等历史遗产科学地进行修复，再现当年“商贾迤逦，入夜，一河渔火，歌声十里，夜不罢市”的繁盛景象。

张术平告诉记者，台儿庄古城于2010年“五一”试运营，2010年11月20日顺利通过国家4A级景区验收，目前已通过5A级景区初评，接待游客240万人次。

目前，枣庄市正在不断加快古城的建设进度，按照世界文化遗产、国际休闲目的地、国家级文化创意产业基地和海峡两岸交流基地的建设目标，精心打造“天下第一庄”品牌。

红网报道截屏

寻访“天下第一庄”台儿庄：运河文化的活化石

（中新网）

中新网枣庄5月17日电（记者 梁犇） 16日来到山东枣庄的台儿庄。台儿庄古城形成于汉，发展于元，繁盛于明清，历史上是一座风景秀美的运河古城，被乾隆皇帝称为“天下第一庄”。访问团成员被夜色下的台儿庄古城的景色所陶醉。

台儿庄古城，占地2平方公里，11个功能分区、8大景区和29个景点。八种建筑风格融为一体，七十二座庙宇汇于一城，南北交融、中西合璧，是运河文化的活化石；拥有京杭运河仅存的最后3公里古运河，被世界旅游组织称为“活着的运河”，是京杭运河最后一段活着的运河；城内拥有18个汪塘和7公里的水街水巷，可以舟楫摇曳、遍游全城，是名副其实的东方古水城。同时这里也是国台办批准的全国首家海峡两岸交流基地，是两岸交流的重要平台。

1938年春发生的台儿庄大战，使这座古城化为废墟，台儿庄也以“中华民族扬威不屈”而闻名于世。国民党政府曾宣布要重建台儿庄古城，最终未能实现，重建台儿庄古城，成为几代人的梦想。

2008年4月8日，枣庄市政府宣布重建台儿庄古城，依照收集的380多幅照片，还原了台儿庄古城的旧貌。

重建后的台儿庄古城，院院不同、院院有水、院院有主题文化、院院有展馆，形成建筑、宗教、雕刻、服饰、灯饰、招幌一系列独具特色的古城文化，成为运河文化活化石、中国民居建筑博物馆。台儿庄古城集“运河文化”和“大战文化”为一城，融“齐鲁豪情”和“江南韵致”为一域，是极具人文魅力的旅游目的地，也是沿运独有、世界知名的旅游休闲度假区。

台儿庄古城于2010年“五一”试运营，2010年11月20日顺利通过国家4A级景区验收，目前已通过5A级景区初评，接待游客240万人次。

台儿庄古城景区在文化展示上，围绕大战文化、运河文化和鲁南文化，规划建设运河奏折展馆、兰祺书寓等具有国内外一流水平的博物馆，逐步将整个古城打造成为一本大百科全书；在经营业态上，主要以国内高端品牌的酒吧、茶楼、客栈和运河沿线及山东非物质文化遗产展示为主，用“创态”的理念，丰富业态的主题文化内涵；在景区运营管理上，叫响“天下第一庄”著名品牌，打造精品旅游品质，按照国家AAAAA级景区标准进行运营管理，在经营体制、商业特色、管理服务上，达到国内外一流水平。把台儿庄古城打造成为集“运河文化”和“大战文化”为一城，融“齐鲁豪情”和“江南韵致”为一域，极具人文魅力的旅游目的地，成为沿运独有、世界知名的旅游休闲度假区，成为世界文化遗产中的一颗明珠、一块瑰宝。

1938年春发生的台儿庄大战，使这座古城化为废墟，台儿庄也以“中华民族扬威不屈”而闻名于世。城墙上至今还保留着那场大战留下来的弹孔（梁犇　摄）

夜色下的台儿庄古城景色令人陶醉。（梁犇　摄）

50 万吨煤 换回一座千年古城 台儿庄古城打造“天下第一庄”

（华龙网）

华龙网 5 月 18 日讯 （记者 樊国生） “50 万吨煤换回一座千年古城”，煤炭变成了文化。山东省枣庄市自 2008 年重建台儿庄，成为该市发展文化旅游的“起爆点”，探索出“政府培育市场、市场引导消费、消费吸引投资、投资助推转型”的城市新型旅游发展模式。

16 日，“科学发展新山东——第八届中国网络媒体山东行”记者来到枣庄，对以大战闻名于世的台儿庄古城进行近距离的“围观”。

台儿庄古城（记者 樊国生 摄）

台儿庄古城夜景，流光溢彩（记者 樊国生 摄）

台儿庄古城四大文化“卖点”

枣庄关于台儿庄古城的简介给出了 4 大文化“卖点”：看世界二战遗址最多的城市，请到台儿庄来；看运河文化的活化石，请到台儿庄来；看京杭运河最后一段活着的古运河，请到台儿庄来；看东方古水城，请到台儿庄来。

漫步台儿庄古城，53 处战争遗迹保存完好。大战遗址、古城墙、古码头、古民居、古街巷、古商埠、古庙宇、古会馆古朴生香；夜游台儿庄，运河流水湍湍，灯火辉煌，再现出当年“商贾迤逦，入夜，一夜渔火，歌声十里，夜不罢市”的繁盛景象。

煤炭变文化“换出来”的台儿庄古城

历史上的台儿庄是一座风景秀美的运河古城，被乾隆皇帝称为“天下第一庄”。1938 年春发生的台儿庄大战，使这座古城化为废墟。国民党政府曾宣布要重建台儿庄古城，最终未能实现。

2008 年 4 月 8 日，中共枣庄市委、市政府宣布重建台儿庄古城，规划面积 2 平方公里，总投资 48 亿元。包括 11 个功能分区、8 大景区和 29 个景点。

要重建如此规模的古城，资金怎么办？枣庄市通过“换”出来的商业运作方式加以解决。

按照“政府主导、市场运作”的投资模式，用“50 万吨煤换一座千年古城”的理念，枣庄市引导五家国有大型煤炭企业进行产业转型，各用 10 万吨煤折价投资，入股成立台儿庄古城投资有限公司。按当时每吨煤 8000 元计算，50 万吨煤就是 4 亿元。4 亿元的启动资金，完成了旧城控制性拆迁，使土地升值为 16 亿元，台城旧志景区建成后，资产升值为 30 亿元。整个古城建设，没花政府一分钱的投资。

打造”天下第一庄”精品

目前，台儿庄古城已恢复重建30万平方米。2010年“五一”试运营，2010年11月20日顺利通过国家4A级景区验收，目前已通过5A级景区初评，接待游客240万人次。

50万吨资源换来了一座古城，煤炭变成了文化。台儿庄古城重建，在枣庄市的转方式、调结构和促进资源枯竭型城市转型实践中发挥了重大作用。

目前枣庄市正加快古城建设进度，按照世界文化遗产、国际休闲目的地、国家级文化创意产业基地和海峡两岸交流基地的建设目标，精心打造“天下第一庄”品牌。

走进今日台儿庄：历史古城浴火重生展现惊世大美

（东方网）

东方网5月16日（记者 唐漪薇）报道“科学发展新山东——第八届中国网络媒体山东行”西线采访团下午抵达历史名城枣庄，并参观了枣庄市内依托大量文献史料，实现旧貌重建的抗战遗迹台儿庄古城。今天，原本已申报为资源枯竭型城市的枣庄，目前已成功实现转型，正在争创“国家森林城市”。而重建后的古城台儿庄，更是以近乎完美的姿态得以展现，成为日夜皆可接待游客的文化旅游目的地。

枣庄市位于山东省南部，是山东省最早设立的四个省辖市之一，其辖区内的运河古城台儿庄毁于二战战火，为了弥补战争造成的创伤，并尽可能多地为后世之人留下宝贵历史遗产，经过枣庄市上下努力，台儿庄古城最终被列为山东省重点建设项目，在2008年4月8日，即台儿庄大战胜利70周年纪念日，枣庄市正式宣布重建台儿庄古城，“打造一座二战纪念城、运河文化城、东方古水城”。

经过4年多的精心规划和实施，经过6万余名参与者（其中包括当时27位80岁以上的台儿庄老人）的努力，收集线索12万余条，史料1130多本，明清小说1279本，台儿庄老照片380多张后，这座被“二战”战火毁掉的古城如今得以重现，成为世界上继华沙、庞贝、丽江之后的第四座重建的古城，世界第三座二战城市，并被确定为中国首家海峡两岸交流基地、中国唯一的国家文化遗产公园。

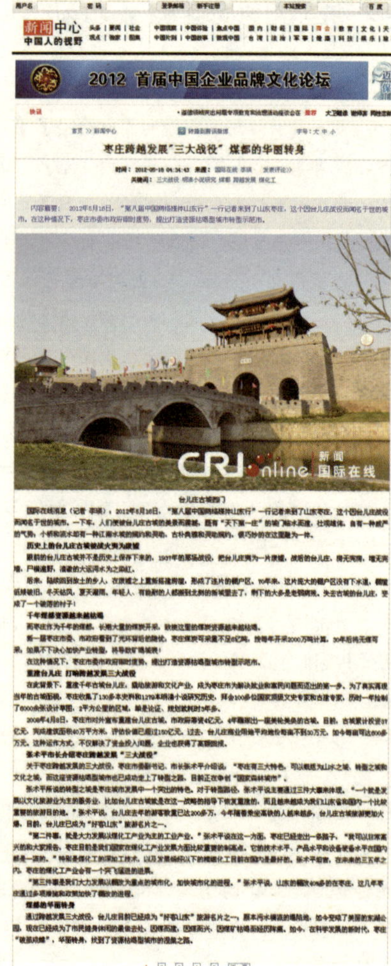
新闻中心
中国人的视野
2012 首届中国企业品牌文化论坛
枣庄跨越发展“三大战役” 煤都的华丽转身

台儿庄古城西门

中国网报道截屏

近年来，国民党荣誉主席连战、吴伯雄，台湾新党主席郁慕明先后来到台儿庄，分别参加了海峡两岸交流基地标志性建筑的奠基和古城开埠仪式，并为新生的台儿庄捎来不少来自海峡对岸人民祝福的礼物，陈列在台儿庄各大馆藏中。

台儿庄修旧如旧，今天的台儿庄保持了战争前的建筑风格，其未被战火完全摧毁的建筑地基、路网框架、古城轮廓依然存在，而其珍贵的古代大运河上唯一一段3华里的古河道、古驳岸、古码头、古船闸，更是完整地被保留了下来。新生的台儿庄成为了一座美丽的“大观园”，拥有了商户、酒吧、星级宾馆等一系列生活设施，到了晚上，华灯初上，经过精心编排的灯光效果让水上古城展现出其独有的壮美夜景，这时候，人们若是漫步在流水旁、石桥上，很难不产生出恍若时光倒流的感触。

据统计，从2010年5月1日到2011年底，台儿庄古城已累计接待游客达240多万人次，其中不乏从台湾前来旅游或经商的同胞。浴火重生后的台儿庄，正延续着她的历史使命，用她今天美丽的新生，书写着天下和平的新篇章。

枣庄：“天下第一庄”重现盛事美景（每日甘肃网）

每日甘肃网枣庄5月16日讯（记者 葛鹏）5月16日，科学发展新山东——第八届中国网络媒体山东行采访团来到了枣庄台儿庄古城。这座被乾隆誉为“天下第一庄”的古城正展现出它在新时期的独特魅力。可谁能想到，这里原来是一片破烂不堪的棚户区。枣庄市在这里积5年之功恢复重建了一座“复活”的古城，保护恢复了台儿庄大战遗存，成为名副其实的二战纪念城。而昔日“一河渔火，歌声十里，夜不罢市”繁盛景象的重现，让台儿庄再次成为世人瞩目之地。

台儿庄古城形成于秦汉，发展于唐宋，繁荣于明清，曾是一座车船云集、商贾迤逦、建筑风格独特、文化底蕴深厚的秀美古城。明万历年间，京杭大运河改道经过台儿庄，带动了其经济文化的繁荣发展，被誉为“天下第一庄”。1938年春，在此发生了中日台儿庄大战，台儿庄古城因此化为一片废墟。

2006年11月，上海一家企业准备投资近6亿元对台儿庄古城进行开发，时任枣庄市市长的陈伟到台儿庄调研，果断叫停了这个项目。此后，枣庄市聘请专家、学者进行了历时3年的调查研究和挖掘保护，梳理出台儿庄古城重建的文化基因：作为著名的二战纪念城市，台儿庄有53处战争遗迹保存完好；地处南北过渡带，是运河上重要的“水旱码头”；各路商贾曾云集于此，带

首页 | 新闻 | 山东 | 要闻 | 财经 | 社会 | 艺术 | 文化 | 文博 | 论坛 | 美食 | 鲁商

鲁网 全景山东 鲁网彩票频道上

鲁网 >> 新闻频道 > 科学发展新山东——第八届中国网络媒体山东行 > 正文

大战遗址华丽变身 台儿庄打造“天下第一庄”品牌

2012-5-17 0:00:07 来源：鲁网 网友评论 0 条 进入论坛

台儿庄已成为枣庄亮丽的旅游名片

鲁网5月16日讯（记者 高太明）说起台儿庄，很多人都会想起“台儿庄大战”。这座著名的古城，如今已经华丽变身为旅游景点。“要看运河文化的活化石，请到台儿庄来”，台儿庄利用自身优势，大打旅游品牌，努力打造旅游“天下第一庄”。

台儿庄古城形成于秦汉，发展于唐宋，繁荣于明清，曾是一座车船云集、商贾迤逦、建筑风格独特、文化底蕴深厚的秀美古城。明万历年间，京杭大运河改道经过台儿庄，带动了其经济文化的繁荣发展，被誉为“天下第一庄”。1938年春，在此发生了中日台儿庄大战，台儿庄古城因此化为一片废墟。

2006年11月，上海一家企业准备投资近6亿元对台儿庄古城进行开发，时任枣庄市市长的陈伟到台儿庄调研，果断叫停了这个项目。此后，枣庄市聘请专家、学者进行了历时3年的调查研究和挖掘保护，梳理出台儿庄古城重建的文化基因，作为著名的二战纪念城市，台儿庄有53处战争遗迹保存完好；地处南北过渡带，是运河上重要的“水旱码头”；各路商贾曾云集于此，带来了不同的文化……

枣庄市委、市政府决定重建台儿庄古城，通过恢复城水相依的古城街巷渠汪，保留展示大战遗迹和场景，还原古城历史风貌和民俗风情，将台儿庄古城打造成为集“运河文化”和“大战文化”为一城，融“齐鲁豪情”和“江南韵致”于一城，极具人文魅力的国际休闲旅游目的地。

台儿庄古城规划面积2平方公里，包括11个功能分区、8大景区和29个景点，规划设计总建筑面积50万平方米，总投资48亿元。按照“大战故地、运河古城、江北水乡、时尚生活”的定位，遵循“留古、复古、承古、用古”的理念，依托明清运河故道和台儿庄大战遗址两个全国重点文物保护单位，以及国家级湿地公园、国家级水利风景区等丰富的自然人文景观，将保存下来的大战遗址、古城墙、古码头、古民居、古街巷、古商埠、古庙宇、古会馆等历史遗产科学地进行修复，再现了当年“商贾迤逦，入夜，一河渔火，歌声十里，夜不罢市”的繁盛景象。

重建保证原真性，建成首个国家文化遗产公园

原真性是古城重建的基本理念。在重建过程中，台儿庄古城充分做到了“六真”和“九原”。“六真”即真遗址、真历史、真材料、真工艺、真实物、真场景，“九原”即原貌、原风貌、原物、原址、原空间、原尺度、原材料、原工艺、原地工匠。

为保证历史认知上的原真性，古城建设管理机构在成立伊始，古城重建的总策划者及其团队就将历史遗产的抢救、文化基因的挖掘和档案资料的整理作为工作的重中之重，先后查阅了30余部地方史志、300余部运河史料、2000余件战地史料，从国内外搜集到380多张台儿庄的老照片和一些影像资料，走访了古城街区全部27位80岁以上的老人，邀请到130名专家确定建筑风貌和空间尺度，对台庄船闸、郁家码头、泰山行宫等重要遗址逐一进行针对性的考古挖掘，逐步揭开了古城历史的神秘面纱。

为保证重建过程中的原真性，古城建设管理机构坚持文化景观建设和文化空间建设的有机结合。经过3年时间的不懈奋战，古城重建业已完成投资37亿元，建成面积40万平方米，不但恢复了被战火摧毁的古建筑，而且还复活了延续千年的古城传统文化，使古城的形和神全面复活，先后被批准为国内首个海峡两岸交流基地、首个国家文化遗产公园、首个国家非物质文化遗产博览园、山东省首批文化产业示范园区，荣膺新世纪“齐鲁文化新地标”榜首。目前，台儿庄古城已通过国家AAAAA级景区初评，自2010年“五一”试运营以来累计接待游客240万人，知名度、美誉度不断提高。

留住最后“活着的古运河”，重现明清风土人情

台儿庄古城古朴典雅，天人合一，集中体现在四个文化价值，而这四个文化价值也是吸引海内外游客的四个理由。

首先，台儿庄是看世界二战遗址最多的城市。1938年春的台儿庄大捷，使台儿庄一战扬名天下，被誉为中华民族扬威不屈之地。作为世界著名的二战纪念城市，台儿庄有53处战争遗迹保存完好。文物专家们论证后认为，台儿庄和华沙是世界上仅有的两座因战火毁坏可以作为人类文化遗产重建的城市。通过古城重建，在保护台儿庄大战遗存的基础上，按原样恢复受到损毁的战场遗址，建成世界上二战遗迹最多、保存最完好的纪念城市。

其次，台儿庄地处南北过渡带，是运河上重要的“水旱码头”，各路商贾云集于此，带来了不同的文化和信仰，使台儿庄运河文化成为汇集东西南北、融贯古今中外的典型代表。集徽派建筑、徽派建筑、水乡建筑、闽南建筑、欧式建筑、宗教建筑、岭南建筑、鲁南民居八种建筑风格于一体，汇天主教、基督教、伊斯兰教、佛教、道教世界主要五大宗教及关帝庙、泰山娘娘庙、妈祖庙等中国主要民间信仰的七十二庙宇于一城，形成了千里运河沿线独有的南北交融、中西合璧的鲜明文化特征。

而京杭运河最后一段“活着的古运河”也非台儿庄莫属了。台儿庄拥有京杭运河唯一一处水工设施完备、风貌遗存完整的3公里古运河，唯一的1.6公里明清时期的古驳岸，唯一的13个明清时期的古码头，唯一能够体现明清运河沿岸居民生活特点的古村庄——纤夫村，是运河申遗最重要的节点之一。

同时，台儿庄还是鲁东方古水城的最佳之地。历史上的台儿庄地势低洼，老百姓筑台而居，陆行两面。城区内分布着18个大小不一的“汪塘”和30华里的水街水巷，明沟暗渠把这些汪塘串连在一起，与古运河相通，形成纵横交错的水系、水网。古城重建后将成为国内水网最密集的古城，游客可以乘画舫、摇橹船，可以和威尼斯相媲美。

招商引资扩大旅游链，为古城注入新鲜血液

为保证古城建设的科学性和发展的可持续性，枣庄市聘请了诸多专家学者做好前期规划指导，为古城建设把脉。目前，古城已与枣庄学院、鲁迅美术学院建立了长效的战略合作机制，与中国美院、浙江大学、山东大学、北京交通大学、徐州师范大学、山东省社科院、山东省考古研究所等院校和科研机构的专家、教授建立了稳定的联系，山东工艺美院、夏鹏学院、临沂大学等院校还在古城建立了写生基地。

通过招商引资，古城还聚集了大量的旅游文化创意产业的商家和从业人员，截止到2011年底，古城已拥有120家店铺，既有丽江千里走单骑等知名单位，又有哼唱餐厅、茶楼、台湾商行等台资商家，还有扬州漆器、安徽歙砚、鲁南泥塑、鲁南剪纸、鲁绣、曹氏香包、周华国人等非物质文化遗产项目和竹编、铸器、布店、鞋店、手镯、同心锁等10家有营的传统老业态，并且形成了非物质文化遗产一条街、酒吧街和文化创意产业街区。

目前，古城已经建立了成熟的市场运营机制，完成了ISO9000质量管理体系的评审与认证，同时，借助“枣庄二日游”政策，加大与重点客源市场旅行社的合作关系，以团队带动散客，先后开通了古城-滕州、徐州、临沂、济宁、郑州、曹庄等大地旅游快线直通车，逐步实现周边市场本地化。重建后的台儿庄古城，正在发展成为中华文化新地标和名符其实的“天下第一庄”。

鲁网报道截屏

来了不同的文化……

枣庄市委、市政府决定重建台儿庄古城，通过恢复城水相依的古城街巷渠汪，保留展示大战遗迹和场景，还原古城历史风貌和民俗风情，将台儿庄古城打造成为集“运河文化”和“大战文化”为一城，融“齐鲁豪情”和“江南韵致”于一域，极具人文魅力的国际休闲旅游目的地。

台儿庄古城规划面积 2 平方公里，包括 11 个功能分区、8 大景区和 29 个景点，规划设计总建筑面积 50 万平方米，总投资 48 亿元。按照“大战故地、运河古城、江北水乡、时尚生活”的定位，遵循“留古、复古、承古、用古”的理念，依托明清运河故道和台儿庄大战遗址两个全国重点文物保护单位，以及国家级湿地公园、国家级水利风景区等丰富的自然人文景观，将保存下来的大战遗址、古城墙、古码头、古民居、古街巷、古商埠、古庙宇、古会馆等历史遗产科学地进行修复，再现了当年“商贾迤逦，入夜，一河渔火，歌声十里，夜不罢市”的繁盛景象。

重建保证原真性，建成首个国家文化遗产公园

原真性是古城重建的基本理念。在重建过程中，台儿庄古城充分做到了“六真”和“九原”。“六真”即真遗址、真历史、真材料、真工艺、真实物、真场景，“九原”即原貌、原风貌、原物、原址、原空间、原尺度、原材料、原工艺、原地工匠。

为保证历史认知上的原真性，古城建设管理机构在成立伊始，古城重建的总策划者及其团队就将历史遗产的抢救、文化基因的挖掘和档案资料的整理作为工作的重中之重，先后查阅了 30 余部地方史志、300 余部运河史料、2000 余件战地史料，从国内外搜集到 380 多张台儿庄的老照片和一些影像资料，走访了古城街区全部 27 位 80 岁以上的老人，邀请到 130 名专家确定建筑风貌和空间尺度，对台庄船闸、郁家码头、泰山行宫等重要遗址逐一进行针对性的考古挖掘，逐步揭开了古城历史的真实面纱。

为保证重建过程中的原真性，古城建设管理机构坚持文化景观建设和文化空间建设的有机结合。经过 3 年时间的不懈奋战，古城重建业已完成投资 37 亿元，建成面积 40 万平方米，不但恢复了被战火摧毁的古建筑，而且还复活了延续千年的古城传统文化，使古城的形和神全面复活，先后被批准为国内首个海峡两岸交流基地、首个国家文化遗产公园、首个国家非物质文化遗产博览园、山东省首批文化产业示范园区，荣膺新世纪“齐鲁文化新地标”榜首。目前，台儿庄古城已通过国家 AAAAA 级景区初评，自 2010 年“五一”试运营以来累计接待游客 240 万人，知名度、美誉度不断提高。

留住最后“活着的古运河”，重现明清风土人情

台儿庄古城古朴典雅，天人合一，集中体现在四个文化价值，而这四个文化价值也是吸引海内外游客的四个理由。

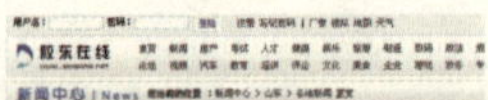

天下第一庄魅力重现 采访团夜探台儿庄古城

胶东在线报道截屏

首先，台儿庄是看世界二战遗址最多的城市。1938年春的台儿庄大捷，使台儿庄一战扬名天下，被誉为中华民族扬威不屈之地。作为世界著名的二战纪念城市，台儿庄有53处战争遗迹保存完好。文物专家们论证后认为，台儿庄和华沙是世界上仅有的两座因战火毁坏可以作为人类文化遗产重建的城市。通过古城重建，在保护台儿庄大战遗存的基础上，按原样恢复受到损毁的战场遗址，建成世界上二战遗迹最多、保存最完好的纪念城市。

其次，台儿庄地处南北过渡带，是运河上重要的“水旱码头”，各路商贾云集于此，带来了不同的文化和信仰，使台儿庄运河文化成为汇集东西南北、融贯古今中外的典型代表。集晋派建筑、徽派建筑、水乡建筑、闽南建筑、欧式建筑、宗教建筑、岭南建筑、鲁南民居八种建筑风格于一体，汇天主教、基督教、伊斯兰教、佛教、道教世界主要五大宗教及关帝庙、泰山娘娘庙、妈祖庙等中国主要民间信仰的七十二庙宇于一城，形成了千里运河沿线独有的南北交融、中西合璧的鲜明文化特征。

而京杭运河最后一段“活着的古运河”也非台儿庄莫属了。台儿庄拥有京杭运河唯一一处水工设施完备、风貌遗存完整的3公里古运河，唯一的1.5公里明清时期的古驳岸，唯一的13个明清时期的古码头，唯一能够体现明清运河沿岸居民生活特点的古村庄——纤夫村，是运河申遗最重要的节点之一。

同时，台儿庄还是看东方古水城的最佳之地。历史上的台儿庄地势低洼，老百姓筑台而屋，随汪而居。城区内分布着18个大小不一的“汪塘”和30华里的水街水巷，明沟暗渠把这些汪塘串联在一起，与古运河相通，形成纵横交错的水系、水网。古城重建后将成为国内水网最密集的古城，游客可以舟楫摇曳、遍游全城，可以和威尼斯相媲美。

招商引资扩大旅游链，为古城注入新鲜血液

为保证古城建设的科学性和发展的可持续性，枣庄市聘请了诸多专家学者做好前期规划指导，为古城建设把脉。目前，古城已与枣庄学院、鲁迅美术学院建立了长效的战略合作机制，与中国美院、浙江大学、山东大学、北京交通大学、徐州师范大学、山东省社科院、山东省考古研究所等院校和科研机构的专家、教授建立了稳定的联系，山东工艺美院、襄樊学院、临沂大学等院校还在古城建立了写生基地。

通过招商引资，古城还聚集了大量的旅游文化创意产业的商家和从业人员。截止到2011年底，古城已拥有120家店铺，既有丽江千里走单骑等知名单位，又有呷霸餐厅、茶师傅、台湾商行等台资商家，还有扬州漆器、安徽歙砚、鲁南皮影、鲁南剪纸、鲁绣、曹氏香包、菏泽面人等非遗项目和竹器、锡器、布店、慢递、手模、同心锁等10家自营的传统老业态，并且形成了非物质文化遗产一条街、酒吧街和文化创意产业街区。

目前，古城已经建立了成熟的市场运营机制，完成了ISO9000质量管理体系的评审与认证。同时，借助“枣庄二日游”政策，加大与重点客源市场旅行社的合作关系，以团队带动散客，先后开通了古城-滕州、徐州、临沂、济宁、邳州、贾汪等六地旅游快线直通车，逐步实现周边市场本地化。重建后的台儿庄古城，正在发展成为中华文化新地标和名副其实的“天下第一庄”。

张术平：
枣庄三大特色，煤都华丽转型（大众网）

大众网枣庄5月16日讯 （记者 尹海洋） 今天下午，科学发展新山东——第八届中国网络媒体山东行西线采访团走进枣庄，枣庄市委副书记、市长张术平在新闻发布会上说，枣庄有三大特色，可以概括为山水之城、转型之城和文化之城，而这座资源枯竭型城市也已成功走上了转型之路，目前正在争创“国家森林城市”。

山水之城：全市拥有5000个山头 正在争创“国家森林城市”

今天下午18：30，科学发展新山东——“鲁花杯”第八届中国网络媒体山东行西线采访团来到枣庄市台儿庄古镇。枣庄市委副书记、市长张术平出席了新闻发布会并向现场记者介绍枣庄市总体情况。他说，枣庄是山东省 17 个地市中，规模和人口比较小的一个市，现有人口 394 万。2011 年，这座小城的 GDP 突破了 1500 亿元，地方财政收入刚刚突破了 100 亿元。“枣庄虽然规模有点小，但是在山东和全国它有自己独特的地位和独特的优势。”张术平说。

“枣庄是山水之城，这个地方的山水资源非常丰富。”张术平说，在枣庄这片土地上，现有大大小小的山头共 5000 多个，仅在市中心城区的山头就有 206 个，这在山东的地级城市中极为少见。因为山多，树木就多，因此张术平在作介绍时说，枣庄的生态资源和生态环境相对较好，城市也比较宜居。“正是因为有这些资源，所以 2012 年开始，我们正在努力争创国家级的森林城市。”张术平透露。

除此之外，枣庄还有充足的水资源，“枣庄的西面就是我们的微山湖，南面有京杭大运河的河水，山与山之间还有温泉水，众多的水资源汇流于此，所以枣庄是一个山水之城。”张术平笑着说。

枣庄市委副书记、市长张术平出席科学发展新山东——第八届中国网络媒体山东行枣庄市新闻发布会（盛堃　摄影）

枣庄市委常委、宣传部长张宝民主持新闻发布会（盛堃　摄影）

转型之城：三件大事为城市转型开路，昔日煤城已成山东旅游名片

张术平所说的第二个特色就是转型之城，这也是枣庄城市发展中一个突出的特色。他介绍说，作为国家重要的能源城市，枣庄最早从元代就开始较大规模的煤炭开采，到了明朝洪武年间，枣庄已经出现了众多采煤群。

枣庄煤炭资源丰富，计划经济时期，仅这里就给国家贡献了 4 亿多吨的煤炭。但长期大量的煤炭开采，致使这里的煤炭资源越来越枯竭。“所以，枣庄市委市政府审时度势，提出打造资源枯竭型城市转型示范市。”

对于转型路径，张术平说主要通过三件大事来体现。“一个就是发展以文化旅游业为主的服务业，比如台儿庄古城就是在这一战略的指导下恢复重建的，而且越来越成为我们山东省和国内一个比较重要的旅游目的地。”张术平说，台儿庄去年的游客数量已达 200 多万，今年随着乘坐高铁的人越来越多，台儿庄古城旅游更加火爆，目前，台儿庄已成为“好客山东”旅游名片之一。

“第二件事，就是大力发展以煤化工产业为主的工业产业。”张术平说在这一方面，枣庄已经走出一条路子，“我可以非常高兴的和大家报告，枣庄目前是我们国家在煤化工产业发展方面比较重要的制高点。它的技术水平、产品水平和设备装备水平在国内都是一流的。特别是煤化工的深加工技术，以及发展烯烃以下的精细化工目前在国内是最好的”。张术平坦言，在未来的二五年之内，枣庄的煤化工产业会有一个突飞猛进的进展。

“第三件事是我们大力发展以棚改为重点的城市化，加快城市化的进程。”张术平说，山东的棚改 40% 多的在枣庄，这几年枣庄通过多项措施和政策加快了棚改的进程。

文化之城：7300 年文化资源丰厚 借势发展文化产业

“文化之城”是张术平所说的第三个城市特色。张术平说，枣庄历史文化悠久，可以概括为“四个数字”：一是 7300 年的始祖文化，“早在 7300 年前，这里就创造了灿烂的‘北辛文化’，是迄今为止黄淮地区考古发现最古老的文化，也是东夷文化的源头之一。”二是 4300 年的城邦文化。张术平介绍说，先秦时期，枣庄境内分布着 7 座古城邦，是我国古都城分布最密集的两个地区之一。三是 2700 年的运河文化。境内最早的运河开凿于春秋时期，拥有京杭大运河南北文化交融、中西文化合璧特征最鲜明的台儿庄古城。四是 130 年的工业文化。枣庄是近代民族工业文明的发源地，我国历史上第一家股份制企业——中兴公司在这里诞生，并发行了我国第一张股票。

“这片土地上还发生过著名的台儿庄战役，可以说还有以铁道游击队为代表的红色文化。”除此之外，对于与枣庄有关的历史名人，张术平同样如数家珍：“我们枣庄的历史名人很多，包括科圣墨子、工匠的鼻祖鲁班、造车的鼻祖奚仲等等。我们正在利用这些文化资源，大力发展我们的文化事业，发展我们的文化产业。”

枣庄：“三大战役”转型打造“幸福新枣庄”（大众网）

大众网枣庄 5 月 17 日讯 （记者 赫洋） 今天，科学发展新山东——第八届中国网络媒体山东行西线采访团来到“铁道游击队的故乡”——枣庄市。古色古香的台儿庄老城、碧波万顷的东湖公园、方兴未艾的新型城镇化建设……这些新景象让人很难想象到，枣庄曾是一座以煤炭工业为支柱产业的老工业城市。据了解，枣庄市近年来深入贯彻落实科学发展观，坚定不移地实施城市转型战略，推进服务业发展、工业转型、新型城镇化等“三大战役”，着力打造一个富庶、宜居、文化、活力、安康的“幸福新枣庄”。

战役一：

主攻服务业，让千年古城迎来新春天

来到枣庄，就不能不去台儿庄看看。提到台儿庄，就不能不让人想起那场半个多世纪前发生在此的惨烈战役。在当年中国军人用鲜血守卫的这片土地之上，一座现代服务业聚集的新台儿庄古城已经拔地而起。在这里不仅传承着当年中国军民抗击侵略、

采访团听取山亭区农村土地使用产权制度改革情况介绍（盛堃 摄影）

采访团记者在台儿庄古城内参观采访（盛堃 摄影）

采访团记者参观国泰化工历史文化（盛堃 摄影）

共赴国难的慷慨豪气，小桥流水、游人如织的场面更彰显了如今台儿庄作为枣庄现代服务业高地的地位与作用。

采访团记者们在穿行于古城中时，许多人不禁好奇，当年在战火中被毁于一旦的古城是如何在半个多世纪后又重现了生机？

据了解，2006年，枣庄市正处于城市转型的关键期，台儿庄古城遗址的地皮也正要被卖给一家房地产开发商，用做商品房建设，千年古城眼看就要彻底灰飞烟灭。

这时，时任枣庄市委副书记、代市长的陈伟来到台儿庄古城考察，在参观完古城里的街巷、建筑等历史遗迹后，陈伟当即决定，台儿庄这块地不卖了！因为这时，一座建在运河沿岸、独具江北水城特色的台儿庄古城的新轮廓，已经在陈伟的脑海里逐渐清晰起来。

就这样，枣庄市委、市政府一班人马开始了对台儿庄古城进行资料搜集，调查摸底，规划设计等的一系列工作。功夫不负有心人，凭借优良的设计建造水准和旅游推介工作的出色进行，台儿庄古城景区开城100天的游客数量就突破了100万，仅仅是门票收入就赚了1个多亿。不仅如此，依托台儿庄景区，枣庄的餐饮、住宿、旅游、交通等一系列行业如雨后春笋般从枣庄发展壮大起来，依托现代服务业所打造的枣庄“二日游”项目也迎来了越来越多的旅客，饱经千年风雨的台儿庄古城如今也迎来了新的春天。

如今，现代服务业已经成为枣庄城市转型的主攻方向，枣庄市也将力争把服务业增加值占GDP比重每年提高2个百分点以上。其间，重点培育文化旅游、现代物流、专业市场群和生产性服务业；抓好景区建设，完善“吃住行游购娱”功能，全面提升旅游服务质量，巩固扩大“二日游”客源市场；制定文化产业发展政策，吸引社会资本有序进入，推进文化与科技、旅游、金融的深度融合；发挥综合交通优势，科学布局物流园区，打造区域性物流中心；坚持“以商促工、以工兴商”，加快专业市场群提档升级。鼓励发展金融保险、电子商务、服务外包、工业设计等生产性服务业。

战役二：

工业忙转型，让企业从买技术变为卖技术

今天上午，当采访团的记者们走在枣庄国泰化工的厂区里时，道路两旁的郁郁葱葱的树木与盛开的鲜花，让人丝毫感觉不到这是一所煤炭化工企业。国泰化工的工作人员向采访团记者介绍说，在建厂之初，国泰化工就瞄准了以科技自主创新研发为目标的高效环保的企业发展之路，争做枣庄市工业转型的“排头兵”。

当地老百姓讲过去的枣庄，“烟囱比路灯多”，这也侧面说明了当时以煤炭化工为支柱产业的枣庄，在城市环境上所面临的尴尬。这一切让国泰化工的管理者们看在眼里，记在心上。“我们决不能走过去的老路！”他们在心里暗下决心。于是，他们四处网罗人才，建立起了一支高科技的研发人员团队，向着低污染、低排放、高产出的新型煤化工技术不断登攀。

2005年，国泰化工的“多喷嘴对置式水煤浆气化技术”研发成功。这种技术不但能够使高污染的高硫煤得到有效、环保的利用，每年还能够节约标准煤1.8万吨，减少二氧化碳排放量16万吨。

高技术带来的是高回报。这项新技术的研发成功，吸引了美国第一大炼油企业前来购买该技术的使用专利。从来没向国外出口过先进技术的中国化工企业，终于完成了从过去向国外企业买技术，到如今向国外企业卖技术的华丽转身。自主创新，让国泰，也让枣庄，在工业转型发展的道路上阔步前行。

今后，枣庄市还将继续深化工业转型，加快产业升级，改造提升资源型产业。在稳定发展煤炭、水泥、电力等产业的同时，运用先进适用技术改造升级、提质增效；培植壮大接续产业，拉长产业链条，推动初级产品向附加值高的产品转变；着力发展替代产业，培植一批创新能力强、市场前景好、特色突出、集聚发展的新兴产业；发展信息产业，促进工业化与信息化的融合。未来五年，力争有3至5个新兴支柱产业产值超过煤炭采掘业，成功实现产业转型。

战役三：

新型城镇化，让农民一块地能拿到“三份钱”

位于枣庄市山亭区西部的桑村镇，总人口不过8万人。可就是这样一个小镇，却被设立为国家发展改革试点镇和全国500处小城镇建设示范镇，这让采访团中的不少记者感到惊讶。

桑村镇农经站站长马洪伟向采访团记者介绍，在枣庄市的新型城镇化建设中，桑村镇以“群众自愿、依法实施、集约经营、利益保障”的原则，在保证农村土地所有权不变、土地承包经营权不变、土地农业用途不变的前提下实施了“合作社+公司（外商）+基地+农户”的土地产权制度改革，让农民在新型城镇化建设中尝到了实实在在的甜头。

“现在，我们已经建立了10家土地合作社，入社农民每亩土地可以领取900元左右的保底金，每户还能有一个劳动力在合作社就业，年底合作社还有收益分红，这样一个地块上就能有保底金、劳务收入和收入分红3份收入。”马洪伟对采访团记者说。

桑村镇的变化只是枣庄实施新型城镇化建设的一个缩影。“新型城镇化一头连着工业、一头连着农业，能够提供发展载体、要素支撑和用地空间，是新型工业化的‘加速器’；一头连着城市、一头连着农村，能够转移农民、规模经营、改善农村生产生活条件，是统筹城乡、发展现代农业的重要途径；一头连着投资、一头连着消费，能够创造市场需求，是扩内需的最大潜力。”枣庄市对未来枣庄市新型城镇化建设所描绘的蓝图已经跃然纸上。

按照规划，枣庄市将按照城市的功能和标准建设小城镇，完善基础设施，提高公共服务水平；推进强镇扩权试点，激发中心镇、重点镇发展活力；引导土地合作社向农副产品深加工、商贸流通等方面延伸，壮大镇村经济，增强小城镇发展动力。未来，更多的“桑村镇”还将在枣庄“遍地开花”。

影·像

枣庄

天下第一庄

天下第一庄　台城旧志

台儿庄古城晨曲

台儿庄古城水系

第八届网络媒体山东行
——“天下第一庄”台儿庄古城

古城之水陆通衢

台儿庄古城之流光溢彩不夜天

影·像
枣庄

台儿庄古城夜色

台儿庄古城：流光溢彩不夜天

台儿庄古城之乘风破浪

台儿庄：
5年之功重建，一座城市“复活”

台儿庄古城内的酒文化展馆引起记者们的兴趣

台儿庄古城夜色

古城夜色

台儿庄古城夜晚美景

科学发展新山东

第八届中国网络媒体
山东行新闻报道集

威海篇

威海公园：蓝色文化塑造思想解放的威海人

（宁夏新闻网）

5月17日上午，参加科学发展新山东——第八届中国网络媒体山东行东线采访团的媒体记者来到威海公园，置身威海公园"蓝"风扑面，记者们感受到了这座滨海城市的生机与活力。

外地人一提到威海，首先想到的就是蔚蓝的海水，而在威海湾畔，还有一处威海公园，它也是国内城市中最大的海滨公园之一。蓝天碧水，海风飞鸟，独具特色的雕塑设计，美不胜收。这是采访团记者们对于威海公园的第一印象。

威海公园讲解员陶芸竹向记者介绍，威海公园北起四方路，南至平度路，面向威海湾，总长3218.6米，平均宽度144.3米。整个公园绿树成荫，花团锦簇，大海、树林、绿地、鲜花、雕塑、山石、建筑有机结合，相互辉映，构成了一幅优美的生态海滨城市画卷。3550平方米的树化石森林、100多棵远古时期的树化石、高10米的主题雕塑《画中画》、天文台指南针罗盘仪的雕塑内容，不仅让记者们享受到了美丽的风景，更体会到海洋文化的独特魅力。

沿着海岸线，蔚蓝的海水拍打着堤岸，与蓝天和绿树交相呼应，美丽的景色"秒杀"了不少记者的快门。陶芸竹说，威海公园除了沿海的美丽景色还有一个中心文化广场，由北向南设有四个主体景区，分别命名为海伢、海恋、海颂、海慧，每个地方都有与之相对应的雕塑。

据介绍，广场在建设的时候坚持"以人为本"的设计理念，为方便市民休闲健身，景区内设置了儿童游戏场，老人健身区。为给游客增加科普知识，唤起人们的环保意识，在中心广场南侧设有3550平方米的树化石森林，100多棵远古时期的树化石不仅给人们带来美的享受，也引起人们对历史、生命、时间的深思。

威海公园是蓝色文化的彰显，下一步威海的发展还将在海洋特色、传承海洋文化的基础上，实现转型跨越发展，陶芸竹在与记者们谈到威海的蓝色文化时引用了中共威海市委常委、宣传部长王亮的一句话："威海要用蓝色文化鼓舞和凝聚全体市民，塑造思想解放、观念先进的威海人。"

中青在线 中国青年报 新闻 教育 生活 汽车 法治 经济 阅读 旅游 数码 共青团 视频 社区 论坛

中青在线 新闻 2012年7月13日

频道首页 舆情 新闻 评论 热文 中国青年报 国内 国际 教育 法治社会 经济

首页 ->> 新闻频道 ->> 见闻"新"山东 ->> 正文

打印 字号：大 小 分享到：

威海公园：蓝色文化塑造思想解放的威海人

http://www.cyol.net 张丽 2012-05-18 06:51 中青报订阅 收藏本页

威海公园 记者 马鑫 摄

威海公园的海恋主体景区 记者 马鑫 摄

威海公园依海而建，风景优美 记者 马鑫 摄

远眺威海公园 记者 马鑫 摄

大众网威海5月17日讯（记者 张丽 见习记者 张帆）17日上午，参加科学发展新山东——"鲁花杯"第八届中国网络媒体山东行东线采访团的媒体记者来到威海公园，置身威海公园"蓝"风扑面，记者们感受到了这座滨海城市的生机与活力。

外地人一提到威海，首先想到的就是蔚蓝的海水，而在威海湾畔，还有一处威海公园，它也是国内城市中最大的海滨公园之一。蓝天碧水，海风飞鸟，独具特色的雕塑设计，美不胜收。这是采访团记者们对于威海公园的第一印象。

威海公园讲解员陶芸竹向记者介绍，威海公园北起四方路，南至平度路，面向威海湾，总长3218.6米，平均宽度144.3米。整个公园绿树成荫，花团锦簇，大海、树林、绿地、鲜花、雕塑、山石、建筑有机结合，相互辉映，构成了一幅优美的生态海滨城市画卷。3550平方米的树化石森林、100多棵远古时期的树化石、高10米的主题雕塑《画中画》、天文台指南针罗盘仪的雕塑内容，不仅让记者们享受到了美丽的风景，更体会到海洋文化的独特魅力。

沿着海岸线，蔚蓝的海水拍打着堤岸，与蓝天和绿树交相呼应，美丽的景色"秒杀"了不少记者的快门。陶芸竹说，威海公园除了沿海的美丽景色还有一个中心文化广场，由北向南设有四个主体景区，分别命名为海伢、海恋、海颂、海慧，每个地方都有与之相对应的雕塑。

据介绍，广场在建设的时候坚持"以人为本"的设计理念，为方便市民休闲健身，景区内设置了儿童游戏场，老人健身区。为给游客增加科普知识，唤起人们的环保意识，在中心广场南侧设有3550平方米的树化石森林，100多棵远古时期的树化石不仅给人们带来美的享受，也引起人们对历史、生命、时间的深思。

威海公园是蓝色文化的彰显，下一步威海的发展还将在海洋特色、传承海洋文化的基础上，实现转型跨越发展，陶芸竹在与记者们谈到威海的蓝色文化时引用了中共威海市委常委、宣传部长王亮的一句话："威海要用蓝色文化鼓舞和凝聚全体市民，塑造思想解放、观念先进的威海人。"

【责任编辑：何欣】

中青在线报道截屏

文登市民文化中心：国家一级图书馆，24 小时自助借阅（人民网）

人民网威海 5 月 18 日电 （记者 聂俊穹） 5 月 17 日，科学发展新山东——第八届中国网络媒体山东行东线采访团来到文登市民文化中心。中心设有图书馆、音乐厅、青少年宫、妇女儿童活动中心、老年活动中心等，特别值得一提的是这里的图书馆是国家一级图书馆，市民可以实现 24 小时自助借阅。

讲解员侯春旭介绍说，文登市民文化中心设有图书馆、文化馆、科技馆、艺术馆、音乐厅、青少年宫、妇女儿童活动中心、老年活动中心 8 个场馆，场馆功能齐全，设施完备，在全国县级市中处于前列。中心音乐厅里，配置了国内一流的灯光、音响和升降舞台，既可以举办高水平的音乐会，也可以进行综合性文艺演出。侯春旭说，现在文登市文化中心音乐厅已经被中央音乐学院确定为艺术实践基地，市民在家门口就能跟北京、上海等大城市的市民一样享受到高雅艺术。

图书馆共分 6 个区域，分别为文学艺术、社科、自然科学、哲学等，馆藏以社科类图书为主，兼有部分的自然科学类图书。而且采用了国内先进的自动化 RFID 智能图书管理系统、电子阅报机、动漫点击书等高科技设备，可以为广大市民提供自助借阅、自助查询等智能化服务。 在一楼的一个角落里，一台自助图书馆引起了记者的注意，这个自助图书馆可以实现 24 小时自助借阅，只要刷一下借书卡，自己喜欢的图书就会向自动售货机里的货物一样，送到读者的面前。“一台自助图书馆正常运行时可以容纳 450 本图书的外借工作，图书由滚动带带动，每几分钟就会轮换出现一次，图书被借出后，会随时补上新的图书，这样就可以有效提高公共图书馆的利用率，来这来借书的人都称它是‘会吐书的 ATM 机’。”侯春旭说。

据了解，文登从 2007 年起就在城东开辟了城市文化商务区，已累计投入资金 80 多亿元，文登学公园、市民文化中心、博展中心、体育公园等公共文化设施的直接投资就达到 20 亿元，建筑面积达到 40 多万平方米。2012 年，文登市文广新局按照全市“1030”惠民项目的要求，通过技术指导、以奖代补、配送图书、赠送设备等方式，促进镇综合文化站、文化大院、农家书屋上档升级。目前，文登市已建起镇综合文化站 16 个、文化大院 677 个、农家书屋 432 个，构筑起覆盖城乡的市镇村三级公共文化服务网络，形成了“10 分钟公共文化服务圈”。

中安在线 www.anhuinews.com

国内国际新闻汇总

[东线纪行]文登市民文化中心：国家一级图书馆 24小时自助借阅

发布时间：2012年05月18日02时27分　　编辑：大众网

在市民文化中心里市民可以通过电子屏幕阅览报纸、图书。（马鑫摄）

中安在线报道截屏

文登市博展中心：深厚的文化促进城市快速发展（北方网）

5 月 17 日，科学发展新山东——第八届中国网络媒体山东行东线采访团来到文登市博展中心，通过文登市博物馆了解文登市丰厚的历史文化底蕴，感受文登市为积极推动本市的文化活动做出的各种努力。

走进文登市博展中心，方正的建筑大气恢弘，文登市博物馆讲解员侯春旭向记者介绍，2011 年 10 月投入使用的文登市博展中心总建筑面积 3 万平方米，总投资 2 亿元，主要由博物馆、档案馆和会议中心组成。

在文登博展中心的一楼、二楼是文登市博物馆，侯春旭说，文登市博物馆总建筑面积 1 万平方米，共有 8 个展厅、6000 多平方米，主要展览由文登历史文化展、民俗展、鲁绣展、现代发展成就展、文登名人展组成，市民不仅可以从博物馆洞悉文登的历史，还能知晓文登名人在不同领域取得的辉煌成就。

当采访团走进博物馆的民俗展厅时，文登的风俗让很多记者十分感兴趣。中青在线的何欣说，这个民俗展厅布置得十分精致，小到家具、饰品，大到场景、店面都非常好看，更难能可贵的是，文登人将所有的民俗通过一个女人的成长故事展示给大家，让参观者觉得非常生活化，与生活贴得紧了就能更好的理解民俗给一个地区的人们带来的心理影响。

侯春旭说，除了博物馆，文登市博展中心还包括档案馆和博展中心，档案馆按国家一级档案馆标准建设，主要有阅览室、学术交流厅等；会议中心有 700 人、300 人、150 人不等的会议室、报告厅、接待室等。

文登的文化底蕴比较深厚，自古享有“文登学”的美誉，是省级历史文化名城。近几年是文登市文化投入最大、发展最快的时期，文登利用这一优势条件和良好环境，积极推动本地文化活动的开展，有效地保障了人民群众的基本文化权益，提高了文化服务的群众满意度，不断满足广大人民群众日益增长的精神文化需求。

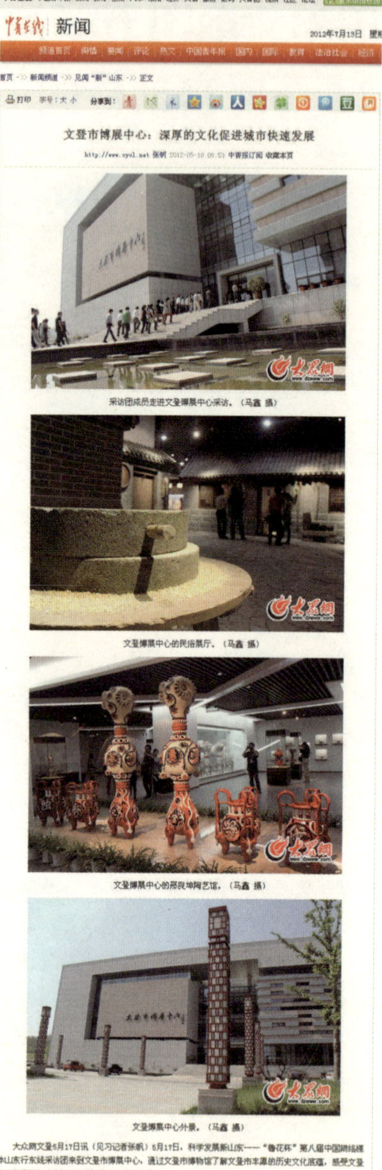

中青在线 中国青年报 新闻 教育 生活 汽车 法治 经济 舆情 旅游 数码 共青团 视频 社区 论坛

中青在线 新闻

2012年7月13日

首页 ->> 新闻频道 ->> 见闻“新”山东 ->> 正文

打印 字号：大 小 分享到：

文登市博展中心：深厚的文化促进城市快速发展

http://www.cyol.net 张帆 2012-05-18 06:53 中青报订阅 收藏本页

采访团成员走进文登博展中心采访。（马鑫 摄）

文登博展中心的民俗展厅。（马鑫 摄）

文登博展中心的邢良坤陶艺馆。（马鑫 摄）

文登博展中心外景。（马鑫 摄）

大众网文登5月17日讯（见习记者张帆）5月17日，科学发展新山东——“鲁花杯”第八届中国网络媒体山东行东线采访团来到文登市博展中心，通过文登市博物馆了解文登市丰厚的历史文化底蕴，感受文登市为积极推动本市的文化活动做出的各种努力。

走进文登市博展中心，方正的建筑大气恢弘，文登市博物馆讲解员侯春旭向记者介绍，2011年10月投入使用的文登市博展中心总建筑面积3万平方米，总投资2亿元，主要由博物馆、档案馆和会议中心组成。

在文登博展中心的一楼、二楼是文登市博物馆，侯春旭说，文登市博物馆总建筑面积1万平方米，共有8个展厅、6000多平方米，主要展览由文登历史文化展、民俗展、鲁绣展、现代发展成就展、文登名人展组成，市民不仅可以从博物馆洞悉文登的历史，还能知晓文登名人在不同领域取得的辉煌成就。

当采访团走进博物馆的民俗展厅时，文登的风俗让很多记者十分感兴趣。中青在线的何欣说，这个民俗展厅布置得十分精致，小到家具、饰品，大到场景、店面都非常好看，更难能可贵的是，文登人将所有的民俗通过一个女人的成长故事展示给大家，让参观者觉得非常生活化，与生活贴得紧了就能更好的理解民俗给一个地区的人们带来的心理影响。

侯春旭说，除了博物馆，文登市博展中心还包括档案馆和博展中心，档案馆按国家一级档案馆标准建设，主要有阅览室、学术交流厅等；会议中心有700人、300人、150人不等的会议室、报告厅、接待室等。

文登的文化底蕴比较深厚，自古享有“文登学”的美誉，是省级历史文化名城。近几年是文登市文化投入最大、发展最快的时期，文登利用这一优势条件和良好环境，积极推动本地文化活动的开展，有效地保障了人民群众的基本文化权益，提高了文化服务的群众满意度，不断满足广大人民群众日益增长的精神文化需求。

中青在线报道截屏

威海文化艺术中心
投资 5.27 亿：承载多样精彩
（青岛新闻网）

青岛新闻网 5 月 18 日讯 （记者 孙璐璐） 昨天上午，“第八届中国网络媒体山东行采访团”记者一行来到威海文化艺术中心，该工程总投资 5.27 亿元，由加拿大埃里克森和米科维奇文化艺术中心建筑事务所设计，建筑造型新颖，具有强烈的现代风格。

文化艺术中心共有六大功能分区，分别是妇女儿童活动中心、青少年宫、科技馆、规划馆、博物馆、美术馆。提高了市民的文化素质，推进了全市精神文明建设。

在工作人员的引导下，记者着重参观采访了科技馆。科技馆位于市文化艺术中心二层，总建筑面积 6000 平方米，内容建设总投资 2700 万元，设有常设展厅、临时展厅、科普走廊、科普报告厅和 4D 特效影院。其中，常设展厅 3100 平方米，分为“基础科学”、“科技乐园”、“生态生命”、“蓝色家园”4 个展区；临时展厅 600 平方米，用于举办短期展览或活动；科普走廊定期更新内容，通过 9 个灯箱宣传热点的科普知识；科普报告厅 420 平方米，284 个座位，可举办科普讲座、放映科普电影、表演小型科普剧；4D 影院 200 平方米，一次可供 48 位观众感受 4D 特效影院带来的全新体验。

[东线纪行]走进威海文化艺术中心 探密会发电的玻璃屋顶

搜狐网报道截屏

走进文登体育公园
享受体育带来的生机和活力
（长城网）

长城网 5 月 18 日讯（记者 李书军 邓光韬）5 月 17 日，科学发展新山东——第八届中国网络媒体山东行东线采访团来到文登市体育公园，这个以“水波纹”为设计理念的现代化体育场，让文登人民尽情享受高端的体育文化设施，享受体育带来的生机和活力。

在离文登市体育公园还有几百米的时候，记者们就对着前方的银白色圆形建筑物发出感叹：“快看！那个建筑真漂亮！”文登市城乡建设局的孙丹丹笑着告诉大家，这座建筑就是文登市体育公园，而它的设计单位就是奥运场馆“鸟巢”的中方设计单位——中国建筑设计院设计的。

孙丹丹介绍说，文登市体育公园总投资7亿元，建筑面积7.8万平方米，包括体育馆、体育场和体育运动学校以及市民健身设施等，能够承接国际单项体育比赛和全省综合性运动会，并可为国家及省专业训练队提供训练场地，成为文登市乃至周边地区设施先进、功能齐备的现代化体育中心和标志性建筑群。

走进文登市体育公园体育场，深深浅浅的蓝色座椅与文登碧蓝的天空形成了对应，让红色的塑胶跑道更加鲜亮、美丽。孙丹丹告诉记者，体育公园设计概念的起点是“水波纹”，塑造出水漩涡的意境，展现海边建筑“蓝天、碧海、白云”的地方特色。体育场2011年9月投入使用，设计规模3万座，可进行各种田径比赛、大型文艺演出等，2011年成功承接了军队艺术家慰问演出、省田径冠军赛等活动。

据了解，除了体育场，文登市体育公园还包括体育馆和体育运动学校，体育馆预计2012年10月投入使用，建筑面积2.7万平方米，设计规模5000座，能够承办篮球、排球、网球、手球、体操等比赛项目；体育运动学校2009年9月投入使用，可容纳学生1000名，是培养、输送体育人才的重要基地。

近年来，为了不断满足广大人民群众日益增长的精神文化需求，文登市坚持以科学发展观为指导，紧紧抓住设施建设、文化服务、机制保障三条主线，全力构建多层次、全覆盖的公共文化体系，而文登市体育公园只是文登市高端文化设施群的一个组成部分。体育公园的建成，不仅为群众性体育运动的开展提供了良好场所，而且能够承办地区性综合赛事和部分国际单项赛事，并为专业队伍提供训练场地，这些高端文化设施的建成并投入使用，全面提升了城市的文化承载力和文化品位，也满足了群众对公共文化体系越来越高的要求。

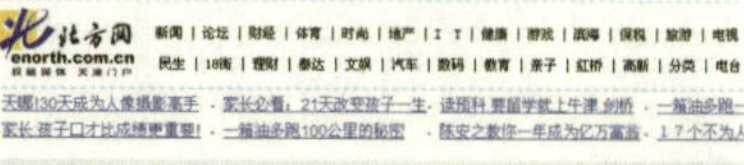

· 天娜130天成为人像摄影高手 · 家长必看：21天改变孩子一生 · 读预科 要留学就上牛津 剑桥 · 一箱油多跑一
· 家长:孩子口才比成绩更重要! · 一箱油多跑100公里的秘密 · 陈安之教你一年成为亿万富翁 · 17个不为人

您当前的位置 ：北方网 > 新闻中心 > 国内 > 各地纵览 正文

“水波纹”里尽享高端文体设施

http://www.enorth.com.cn 2012-05-18 10:05

内容提要：5月17日，科学发展新山东——“鲁花杯”第八届中国网络媒体山东行东线采访团来到文登市体育公园，这个以“水波纹”为设计理念的现代化体育场，让文登人民尽情享受高端的体育文化设施，享受体育带来的生机和活力。

5月17日，科学发展新山东——“鲁花杯”第八届中国网络媒体山东行东线采访团来到文登市体育公园，这个以“水波纹”为设计理念的现代化体育场，让文登人民尽情享受高端的体育文化设施，享受体育带来的生机和活力。

在离文登市体育公园还有几百米的时候，记者们就对着前方的银白色圆形建筑物发出感叹，“快看！那个建筑真漂亮！”文登市城乡建设局的孙丹丹笑着告诉大家，这座建筑就是文登市体育公园，而它的设计单位就是奥运场馆“鸟巢”的中方设计单位——中国建筑设计院设计的。

孙丹丹介绍说，文登市体育公园总投资7亿元，建筑面积7.8万平方米，包括体育馆、体育场和体育运动学校以及市民健身设施等，能够承接国际单项体育比赛和全省综合性运动会，并可为国家及省专业训练队提供训练场地，成为文登市乃至周边地区设施先进、功能齐备的现代化体育中心和标志性建筑群。

走进文登市体育公园体育场，深深浅浅的蓝色座椅与文登碧蓝的天空形成了对应，让红色的塑胶跑道更加鲜亮、美丽。孙丹丹告诉记者，体育公园设计概念的起点是“水波纹”，塑造出水漩涡的意境，展现海边建筑“蓝天、碧海、白云”的地方特色。体育场2011年9月投入使用，设计规模3万座，可进行各种田径比赛、大型文艺演出等，2011年成功承接了军队艺术家慰问演出、省田径冠军赛等活动。

据了解，除了体育场，文登市体育公园还包括体育馆和体育运动学校，体育馆预计今年10月投入使用，建筑面积2.7万平方米，设计规模5000座，能够承办篮球、排球、网球、手球、体操等比赛项目；体育运动学校2009年9月投入使用，可容纳学生1000名，是培养、输送体育人才的重要基地。

近年来，为了不断满足广大人民群众日益增长的精神文化需求，文登市坚持以科学发展观为指导，仅仅抓住设施建设、文化服务、机制保障三条主线，全力构建多层次、全覆盖的公共文化体系，而文登市体育公园只是文登市高端文化设施群的一个组成部分。体育公园的建成，不仅为群众性体育运动的开展提供了良好场所，而且能够承办地区性综合赛事和部分国际单项赛事，并为专业队伍提供训练场地，这些高端文化设施的建成并投入使用，全面提升了城市的文化承载力和文化品位，也满足了群众对公共文化体系越来越高的要求。

北方网报道截屏

首页 | 新闻 | 山东 | 要闻 | 政务 | 社会 | 艺术 | 文化 | 女性 | 论坛 | 美食 | 鲁商

鲁网 全景山东 鲁网彩票频道上

鲁网 > > 新闻频道 > 科学发展新山东——第八届中国网络媒体山东行 > 正文

威海文化中心：高科技建筑材料能发电

2012-5-17 22:44:20 来源：鲁网 网友评论 0 条 进入论坛

鲁网5月17日讯（记者 刘梅婷）今天下午，“第八届中国网络媒体山东行采访团记者一行走进了威海市文化艺术中心。总投资5.27亿元、总建筑面积63314平方米的文化艺术中心由加拿大埃里克森和米科维奇建筑事务所设计。这里用光伏组件代替原有的屋面建设材料，形成光伏与建筑材料相结合，既可以当建材，又能利用绿色太阳能资源发电。

威海文化艺术中心

据悉，文化艺术中心充分发挥公共建筑的节能示范作用，注重对可再生能源的利用，采用了光伏建筑一体化技术，即在屋顶安装非晶硅薄膜BIPV构件，非晶硅BIPV构件与建筑材料集成一体，用光伏组件代替原有的屋面建设材料，形成光伏与建筑材料相结合，既可以当建材，又能利用绿色太阳能资源发电。屋面光伏系统发电面积约6030㎡，采用200多种型号共计7800多片BIPV构件，该工程设计的装机容量为275KW，年发电量约33万千瓦时，每年可节约标准煤118吨，减排二氧化碳327吨，减排二氧化硫9.8吨，减排氮氧化物780千克。二十五年内，该项目发电量达到825万千瓦时，节约标准煤2960吨，减排二氧化碳8175吨，减排二氧化硫245吨，减排氮氧化物19500千克。该项目在2006年被财政部、建设部列入第一批“可再生能源应用示范项目”，建成后取代纽约Srillwell地铁站成为时世界最大的非晶硅光伏建筑一体化屋面工程。

文化艺术中心共有六大功能分区，分别是妇女儿童活动中心、青少年宫、科技馆、规划馆、博物馆、美术馆。妇女儿童活动中心位于一层东南部位，面积3433平方米；青少年宫位于一层南部，面积4686平方米；科技馆位于二层南，面积5916平方米；规划馆位于一、二层北部，面积8417平方米；博物馆位于三层，面积11435方米；美术馆位于四层，面积5542平方米。是集教育、科技、艺术、文化等于一体的大型公共建筑。艺术中心的建成并投入使用，满足了人民群众日益增长的科技文化需要，大大提升了市民的文化艺术品位，丰富了市民的业余文化生活，提高了市民的文化素质，推进了全市精神文明建设，成为重要的公共文化设施和群众性文化活动场所。

鲁网报道截屏

赵熙殿：“蓝绿”互促双赢，建现代化幸福威海（大众网）

大众网威海5月17日讯 （记者 王磊） 17日上午，科学发展新山东——第八届中国网络媒体山东行东线采访团第六站到达威海。在威海市举行的新闻发布会上，威海市委副书记赵熙殿表示，威海将坚持创新驱动，在未来五年，实现经济指标增长、社会发展指标优于全省平均水平，生态环境指标继续保持全国领先水平，建设现代化幸福威海，开创威海科学发展的新局面。

创新驱动促转调"蓝色"与"绿色"互促双赢

赵熙殿说，近年来威海坚持创新驱动，经过连续四年的"自主创新年活动"，全市上下形成了以自主创新推动转型发展的浓厚氛围。威海市政府先后与吉林大学、大连理工大学、中国海洋大学等 14 家高校院所结成产学研合作战略联盟；成立了碳纤维及其复合材料、海参产业等 7 个产业技术创新战略联盟；全市省级以上企业创新平台增加到 158 家，其中国家级 13 家，专利申请量和授权量年均分别增长 24% 和 29.9%。

同时，威海坚持产业兴市，实施大企业培植和中小企业保护行动，围绕培植新材料、新能源、新信息、新医药等战略性新兴产业，规划建设了威高集团以高端医用植入器械为重点的医疗器械园区等"十大高端产业聚集区"；采取银企合作、设立科技支行、成立小额贷款公司、引进金融机构等方式，帮助企业化解融资难题。目前，主营业务收入过 10 亿元的企业由 51 家增加到 76 家，过 50 亿元的由 2 家增加到 6 家，缴纳税收过亿元的企业由 11 家增加到 23 家。

另外，在经济发展的同时，威海坚持人与自然和谐相处，推动蓝色经济与绿色家园互促双赢。牢固树立绿色发展的理念，在加快建设海产品生产加工、船舶修造等蓝色经济六大基地的同时，不断健全土地、海域、海岸线等资源管理机制，推动各类资源统筹保护利用。持续加大造林绿化力度，森林覆盖率达到 40%，成功创建国家森林城市。

城乡统筹民生为本 打造宜居幸福威海

在改善民生方面，赵熙殿介绍说，威海已实现了城乡居民养老保险、医疗保险全覆盖，城乡低保标准分别提高 20% 和 65%；实施了校舍、校园、校车安全工程，强化素质教育，荣获全国义务教育均衡发展工作先进地区；卫生服务体系覆盖城乡，政府办基层医疗机构全面实施基本药物制度，基本药物价格平均下降 45.7%；文化惠民工程扎实推进，建立了市民文化中心等一批文化设施，农村文化大院建设入选国家公共文化服务体系示范项目。

赵熙殿表示，未来五年，威海将以加快建设现代化幸福威海为目标，实现经济指标增长快于全省平均水平，社会发展指标优于全省平均水平，生态环境指标继续保持全国领先水平，实现区域生活品质、城乡文明程度、社会管理水平、生态环境质量明显提升，开创威海科学发展的新局面。

17 日上午，科学发展新山东——第八届中国网络媒体山东行东线采访团到达威海，威海市召开新闻发布会，介绍落实科学发展观情况（马鑫　摄）

威海市委副书记赵熙殿介绍威海市落实科学发展观情况（马鑫　摄）

威海市委宣传部副部长、文联主席钱启民主持新闻发布会（马鑫　摄）

威海市新闻发布会现场（马鑫　摄）

走访威海文化设施：延伸城市命脉，满足市民文化需求（中新网）

威海市市民文化艺术中心外景（马鑫　摄）

采访团在威海市民文化艺术中心听取威海市委宣传部副部长钱启民的介绍（马鑫　摄）

采访团参观威海市市民文化艺术中心里的规划馆（马鑫　摄）

威海市市民文化艺术中心里的规划馆（马鑫　摄）

中新网威海5月17日电（记者 吉翔）科学发展新山东——第八届中国网络媒体山东行采访团一行17日走访了威海市文化艺术中心、威海公园、文登体育公园、文登博展中心等文化体育设施。

透过走访，记者看到，威海市深入挖掘历史文化的精髓，加强老洋房、海草房等文化遗产的保护和利用，积极开展对外文化交流，有效地延伸了城市文脉，增强了城市的亲和力和影响力。

据悉，该市成功举办了国际人居节、霍比帆船世界锦标赛、长距离铁人三项世界杯赛、接收台湾长鬃山羊和梅花鹿等重要活动，加快观光旅游向休闲度假旅游、滨海旅游向海洋旅游转型跨越；策划推出了“走遍四海，还是威海——千里海岸线，一幅山水画”的城市旅游形象广告，加大宣传推介力度，进一步扩大了“蓝色休闲之都、世界宜居城市”的品牌影响力。

记者走进威海市文化艺术中心，仔细参观了馆中每一处展览及设施。这座中心总投资5.27亿元，总建筑面积63314平方米。这一座大型公共建筑共有六大功能分区，分别是妇女儿童活动中心、青少年宫、科技馆、规划馆、博物馆、美术馆。各个分区各具特色，集教育、科技、艺术、文化等于一体的大型公共建筑。艺术中心的建成并投入使用，满足了人民群众日益增长的科技文化需要，大大提升了市民的文化艺术品位，丰富了市民的业余文化生活，提高了市民的文化素质，推进了全市精神文明建设，成为重要的公共文化设施和群众性文化活动场所。

步出文化艺术中心，横跨天桥，记者一行来到了威海公园。公园北起四方路，南至平度路，面向威海湾。总长3218.6米，平均宽度144.3米，以海滨南路为界，东西两侧公园占地总面积46.5公顷。公园中部设有1个中心文化广场，由北向南设有四个主体景区，分别命名为海伢、海恋、海颂、海慧。记者沿海漫步在公园中，这里绿树成荫，花团锦簇，大海、树林、绿地、鲜花、雕塑、山石、建筑有机结合，相互辉映，构成了一幅优美的生态海滨城市画卷。

体育是生活中不可缺少的一个项目，威海市同样重视体育设施的建设。在文登体育公园，记者了解到，这座公园总投资7亿元，建筑面积7.8万平方米，其中包括体育馆、体育场和体育运动学校以及市民健身设施等。

记者们走进体育场近距离观察，原来这里可进行各种田径比赛、大型文艺演出等，2011年成功承接了军队艺术家慰问演出、省田径冠军赛等活动。

据介绍，体育公园的建成，不仅为群众性体育运动的开展提供了良好场所，而且能够承办地区性综合赛事和部分国际单项赛事，并为专业队伍提供训练场地。

文登市博展中心总建筑面积3万平方米，总投资2亿元，记者观察到，这个中心主要由博物馆、档案馆和会议中心组成。其中博物馆最具特色，内容涵及文登历史文化展、民俗展、鲁绣展、现代发展成就展、文登名人。展览通过多样的陈展手段以点代面，以物代史，把文登的史前、士学、道教、李龙、红色等不同特色文化融熔铸就的历史画卷生动地展现在观众面前。

最后，采访团一行来到文登市民文化中心，访问团成员对图书馆颇感兴趣，有记者向有关部门询问图书馆的基本情况，亦有同行记者兴致勃勃参与馆内互动项目。中心的工作人员特意向记者展示了图书馆的自动借书系统，高科技的含量及便捷、快速分工让记者惊叹不已。

透过走访，记者不难看到，文登市在文化基础设施建设方面关注之多，政府为满足市民文化需求，才有了今天参访的一个个综合性、多功能的文化中心。

威海：文化服务均等化，政府惠民“不差钱”

（大众网）

大众网威海5月18日讯 （记者 王磊 马鑫） 17日上午，科学发展新山东——第八届中国网络媒体山东行东线采访团来到威海采访。在威海市民文化艺术中心，博物馆就像设在了市民家门口，市民从家走着去看展览成了一种习惯；在威海市美术馆，哪怕是艺术界的明星大腕，只要市民喜欢，政府甘愿掏钱请市民来看。从打造15分钟文化圈，到创新文化服务运营体制，再到打造蓝色文化精品，威海正通过文化惠民之路，支撑科学发展。

关键词1：均等化

建15分钟文化圈 促城乡公共文化服务一体化

17日上午，媒体行的记者们来到位于威海市区与经济技术开发区交汇处的市民文化艺术中心，在科技馆的入口处，有一个班的小学生正排队入场参加科普活动。带队的张老师告诉记者，文化艺术中心集博物馆、青少年宫、妇女儿童活动中心、城市规划

记者们参观位于威海市民文化艺术中心的美术馆（马鑫 摄）

位于文化艺术中心对面海边的威海公园（马鑫 摄）

文登市体育公园体育场（马鑫 摄）

位于文登市民文化中心的24小时自助借书器（马鑫 摄）

馆和科技馆等功能于一体，给市民参观带来不少方便，她和学生们坐公交车来到这里，用了不到10分钟，而且文化中心的大部分展厅和活动室都免费向市民开放。

同样，在威海市所属的县级市文登，2011年刚刚投入使用的文登市体育公园，正成为当地市民节假日休闲娱乐的最佳去处。据威海市政府相关负责人介绍，在威海市区及各县市，像这样填补城乡大型文化设施的例子还有很多，当前威海正以迎接和筹备“十艺节”为契机，推进城乡文化一体化发展步伐，其中核心措施之一就是通过打造15-20分钟城乡公共文化圈，建立起覆盖城乡、实用高效的市、县、镇（街道）、村（社区）四级公共文化服务网络。

其中，在市区和县城，将继续抓好重大标志性文化设施建设，从硬件和软件两个方面加强图书馆、文化馆（艺术馆）、博物馆等公共文化设施的升级改造，确保市级“三馆”全部达到国家一级馆标准、县级“两馆”全部达到国家二级馆标准，每个县城至少有一家多厅数字影院。在基层和农村，重点加快推进各类文化设施互联互通、共建共享，强化内涵建设，完善配套设施，提升服务能力，并努力争取“威海市农村文化大院规范化建设与服务”创建项目进入首批国家公共文化服务体系示范名单。

文登市民文化中心内的图书馆（马鑫　摄）

关键词2：免费

创新文化服务运营体制 政府出钱给市民买单

在威海市美术馆，近日该馆推出的《自然神奇之眼·黄可华摄影艺术作品展》每天吸引了大量市民和摄影爱好者前来参观。家住美术馆附近的市民李伟告诉记者，美术馆经常邀请一些国内外的艺术名家来此布展，而且对市民或游客都不收取门票，美术馆成了他们一家周末最经常光顾的地方。

文登市民文化中心内的音乐厅还被确定为中央音乐学院的实践基地（马鑫　摄）

在采访中，记者了解到，在威海，不光美术馆免费，威海公园、公共图书馆、博物馆、文化馆、科技馆及各类爱国主义教育基地都免费或优惠向社会开放。为了推进文化惠民工程，扩大公共文化产品和服务供给，政府出资请市民免费享受文化娱乐成为一种常态化模式。

同时，为提高公共文化机构运行效率和服务水平，威海创新公益性文化单位管理运行机制，引进专业化公司，对重点文化基础设施进行统筹运营，打造精品演艺节目。研究制订公共文化服务指标体系和绩效考核办法，推进公共文化服务的制度化、标准化、规范化。扩大政府购买文化服务范围，逐步将对文化事业单位“以养人为主”的投入模式改为对文化项目的投入。

文登体育公园体育场于2011年9月投入使用（马鑫　摄）

关键词3：引领

打造文艺精品 “蓝色文化”支撑科学发展

文艺精品是城市精神的火炬，是重要的软实力。据威海市委宣传部相关负责人介绍，威海将加强对重点作品的规划和重大文艺活动的策划，挖掘海洋文化基因，弘扬自强不息、开放包容、追求卓越等新时期威海精神，深入阐释蓝色文化，精心培育蓝色文化。通过潜移默化的教育和持之以恒的努力，逐步使适应时代发展要求的新思想、新观念在威海大地生根发芽、开花结果，使蓝色文化成为城市的主流价值观和推动转型跨越、科学发展的强大精神引擎。

在文化产业布局上，在“中心城市”，将保护好“山海城林”融为一体的特色风貌，以市区、东部新区和西部生态科技新城为重点，着力发展文化艺术、新闻出版、广播影视、会议展览、体育运动、软件服务等文化创意产业。在“千公里海岸线”，对沿线丰富的自然和文化资源进行整合开发，努力建设以文化旅游、休闲度假为主的最富魅力的环海特色文化产业带。结合威海文化产业实际，重点要培育和发展影视服务业、新闻出版业、软件动漫业、文化旅游业、网络文化业、文化娱乐业、工艺美术业、休闲体育业、会展业及对外文化交流业等“十大主导产业”。

影·像

威海

威海夜景

走进千年古县文登，感受“穿越版”民风民俗

民俗展厅布置得十分精致

文登的刺绣名闻天下，被誉为鲁绣之乡

文登市体育公园：
“水波纹”里尽享高端文体设施

文登市体育公园体育场

采访团走进文登市体育公园体育场进行采访

威海公园：蓝色文化塑造思想解放的威海人

远眺威海公园

威海公园

威海公园的海恋主体景区

文登市体育公园外景

科学发展新山东

第八届中国网络媒体
山东行新闻报道集

青岛篇

中德生态园：10 年崛起一片国际示范宜居新城区（人民网）

人民网青岛 5 月 18 日讯　18 日上午，科学发展新山东——第八届中国网络媒体山东行采访团来到青岛西海岸经济区管委会进行采访。作为覆盖黄岛与胶南的青岛西海岸经济新区，拥有众多的高科技、高技术园区，桥隧的通车为这些产业园的发展也增添了新动力，这其中，规划建设的中德产业园尤为引人注目，10 年间，一个国际化示范意义的高端生态示范区、技术创新先导区、高端产业集聚区、和谐宜居新城区将在这里崛起。

中德生态园建设指挥部办公室项目负责人逄淑超向记者介绍，中德生态园是中德两国政府共同打造的具有可持续发展示范意义的生态园区，国务院重点项目，西海岸六大园区之一。位于胶州湾西岸，青岛经济技术开发区北部，北侧近邻环湾高速，一期规划占地 10 平方公里，已通车的胶州湾跨海大桥作为直接通往中德生态园的高速公路从园区穿过，距流亭国际机场、青岛北客站约 40 分钟车程。

据介绍，2010 年 7 月，德国总理安格拉·默克尔访华期间，中国商务部与德国经济和技术部签署了《关于共同支持建立中德生态园的谅解备忘录》，确定在青岛经济技术开发区建立中德生态园。在国务院批复的《山东半岛蓝色经济区规划》中，中德生态园被列为重点项目之一；青岛市正在规划的西海岸经济新区中，中德生态园纳入六大功能区之一；山东半岛蓝色经济区改革发展试点工作方案、青岛市“十二五”规划、2011 年和 2012 年省市政府工作报告中，均对中德生态园进行了专门阐述。

“从一开始就对项目进行高起点规划，引进高端产业，同时有依托青岛得天独厚的投资优势，相信中德生态园项目一定能够成为国际合作发展高端产业的典范。”在了解到中德生态园的建设规划之后，采访团中来自湖南红网的记者张泉森这样说道。

截至目前，中德生态园第一次、第二次、第三次双边工作组会议已经召开，双方签署了工作组工作方案，研究确定了五大重点合作领域、合作模式、工作机制。2011 年 12 月 6 日，中德两国在中德生态园还现场举行了奠基仪式，这标志着中德生态园建设的全面启动。根据中德两国洽谈确定的中德生态园预定发展目标，中德双方拟在 10 年内，将中德生态园建设成为国际化示范意义的高端生态示范区、技术创新先导区、高端产业集聚区、和谐宜居新城区。按照这一目标定位，中德生态园的建设必将产生巨大的集聚带动效应，成为西海岸新经济区发展新的增长点，对西海岸新经济区的经济发展、城市建设及生态建设产生重大的示范引领和带动辐射作用。（庞胡瑞　房爽）

中德生态园：10年崛起一片国际示范宜居新城区

凤凰网报道截屏

西海岸经济区："一心五区"5年再造个新青岛（新华网）

今天上午，科学发展新山东——第八届中国网络媒体山东行采访团穿隧道、跨海湾，实地采访了西海岸经济新区的工厂、企业、学校及产业园区。据介绍，西海岸经济新区从大手笔、大气魄的谋划到各园区及经济实体的一一落户实施，依托区域、人才、科教、管理优势迅速发展。可以说，肩负"五年再造一个新青岛"的西海岸正以龙头带动之势，引领蓝色经济区建设的排头兵，迈出了走向"深蓝"的坚实步伐。

格局："一心五区"日渐清晰

据西海岸经济新区规划部负责人王波介绍，按照生态间隔、板块发展的思路，统筹海陆资源，科学规划生产、生活、生态功能区，西海岸经济区将构建"一心五区"空间开发格局。

王波介绍说，"一心"是新区中心区，包括青岛经济技术开发区、胶南经济开发区等，延伸放大国家级开发区政策功能，建设新区行政、金融、商务、文化、科教中心和西海岸中心城区。

"五区"是五大经济功能区。一是保税功能拓展区，规划建设胶州湾片区、董家口片区两大保税功能拓展区；二是国际经济合作区，规划建设中德生态园拓展区和中日韩区域经济合作试验区；三是董家口经济区，规划建设临港产业区和旅游宜居区，发展石油化工、装备制造、特种钢铁等重化工业，培育海水淡化、海洋新能源产业，建设国家石化产业基地和国家级循环经济示范区；四是西海岸国际旅游度假区，包括海岛片区、大珠山生态片区、小珠山生态片区三部分；五是古镇口服务保障区，规划建设船舶保障产业园，发展船舶维修、装备维修等产业；规划建设生活服务保障基地，发展商贸、居住、文化、教育、娱乐等配套服务业。

规划：5年再造一个"新青岛"

"我们的目标是5年再造一个新青岛！"王波说，青岛以港兴市、以航兴港。青岛港主体迁往前湾港后，十余年间带动青岛开发区从一片荒芜发展到生产总值过千亿的现代化城区。如今，西海岸经济新区不仅坐拥世界第七的前湾港，其南部设计吞吐量高达3.7亿吨的董家口港区的建设也一日千里，两大港口叠加，总体规模稳进世界前三。而北船重工的整体迁移也为西海岸经济新区的船舶制造业带来了勃勃生机。

作为山东半岛蓝色经济区九个核心功能区之一，董家口港区在传统海洋制造业、海洋物流业的巨大优势基础上，规划了112个万吨以上的深水泊位，填补全国超大型矿石码头和油品码头空白。

用户名 密码 登录邮箱 新手注册 本站搜索

新闻中心 中国人的视野 头条 | 要闻 | 社会 观点 | 独家 | 图集 中国观察 | 中国体验 | 焦点中国 中国片刻 | 中国故事 | 微观中国 国内 | 财经 | 国际 台湾 | 法治 | 军事

2012 首届中国企业品牌文化论

快讯 "随意打"仅限公务员 运营商争抢政企客户 ·镇江化工公司泄漏造成民众不适 一名副总被撤职

首页 >> 新闻中心　转播到腾讯微博　字号：大 中 小

西海岸经济区：建"一心五区" 5年再造一个新青岛

时间：2012-05-18 18:35:12　来源：人民网 曹亮　发表评论>>

关键词：西海岸 保税港区 经济区建设 青岛经济技术开发区 深蓝

内容摘要：西海岸经济区规划部负责人王波向采访团介绍西海岸经济区的相关情况。王波介绍说，"一心"是新区中心区，包括青岛经济技术开发区、胶南经济开发区等，延伸放大国家级开发区政策功能，建设新区行政、金融、商务、文化、科教中心和西海岸中心城区。

西海岸经济区规划部负责人王波向采访团介绍西海岸经济区的相关情况。（盛望 摄影）

采访团记者在报告厅内听取情况介绍。（盛望 摄影）

西海岸经济新区规划图。（资料图）

大众网青岛5月18日讯（记者 曹亮）今天上午，科学发展新山东——"鲁花杯"第八届中国网络媒体山东行采访团穿隧道、跨海湾，实地采访了西海岸经济新区的工厂、企业、学校及产业园区。据介绍，西海岸经济新区从大手笔、大气魄的谋划到各园区及经济实体的一一落户实施，依托区域、人才、科教、管理优势迅速发展。可以说，肩负"五年再造一个新青岛"的西海岸正以龙头带动之势，引领蓝色经济区建设的排头兵，迈出了走向"深蓝"的坚实步伐。

格局："一心五区"日渐清晰

据西海岸经济新区规划部负责人王波介绍，按照生态间隔、板块发展的思路，统筹海陆资源，科学规划生产、生活、生态功能区，西海岸经济区将构建"一心五区"空间开发格局。

王波介绍说，"一心"是新区中心区，包括青岛经济技术开发区、胶南经济开发区等，延伸放大国家级开发区政策功能，建设新区行政、金融、商务、文化、科教中心和西海岸中心城区。

"五区"是五大经济功能区。一是保税功能拓展区，规划建设胶州湾片区、董家口片区两大保税功能拓展区；二是国际经济合作区，规划建设中德生态园拓展区和中日韩区域经济合作试验区；三是董家口经济区，规划建设临港产业区和旅游宜居区，发展石油化工、装备制造、特种钢铁等重化工业，培育海水淡化、海洋新能源产业，建设国家石化产业基地和国家级循环经济示范区；四是西海岸国际旅游度假区，包括海岛片区、大珠山生态片区、小珠山生态片区三部分；五是古镇口服务保障区，规划建设船舶保障产业园，发展船舶维修、装备维修等产业；规划建设生活服务保障基地，发展商贸、居住、文化、教育、娱乐等配套服务业。

规划：5年再造一个"新青岛"

"我们的目标是5年再造一个新青岛！"王波说，青岛以港兴市、以航兴港。青岛港主体迁往前湾港后，十余年间带动青岛开发区从一片荒芜发展到生产总值过千亿的现代化城区。如今，西海岸经济新区不仅坐拥世界第七的前湾港，其南部设计吞吐量高达3.7亿吨的董家口港区的建设也一日千里，两大港口叠加，总体规模稳进世界前三。而北船重工的整体迁移也为西海岸经济新区的船舶制造业带来了勃勃生机。

作为山东半岛蓝色经济区九个核心功能区之一，董家口港区在传统海洋制造业、海洋物流业的巨大优势基础上，规划了112个万吨以上的深水泊位，填补全国超大型矿石码头和油品码头空白。

交通：建海底地铁直达西海岸

据王波介绍，西海岸经济新区规划范围内拥有青岛经济技术开发区、前湾保税港区、西海岸出口加工区、新技术产业开发试验区等国家级经济园区，布局着胶南经济开发区、青岛临港经济开发区2个省级经济园区，是山东半岛国家级园区数量最多、功能最全和政策最集中的区域。

随着西海岸经济新区的开工建设，未来的"桥隧时代"将承载更大的压力，为促进经济区域统筹发展的大交通也正在谋划之中。据西海岸经济新区规划部负责人王波透露，目前西海岸的地铁M1线正在规划当中，"如果顺利的话，将在未来一两年内动工建设"。

王波说，与海底隧道并行的M1地铁线西海岸建成后，大交通将构筑新区对外两小时辐射圈，湾区一小时通勤圈，新区内部半小时通达圈，建设安全、快捷、高效、绿色一体化综合交通体系。

中国网报道截屏

交通：建海底地铁直达西海岸

据王波介绍，西海岸经济新区规划范围内拥有青岛经济技术开发区、前湾保税港区、西海岸出口加工区、新技术产业开发试验区等国家级经济园区，布局着胶南经济开发区、青岛临港经济开发区2个省级经济园区，是山东半岛国家级园区数量最多、功能最全和政策最集中的区域。

随着西海岸经济新区的开工建设，未来的“桥隧时代”将承载更大的压力，为促进经济区域统筹发展的大交通也正在谋划之中。据西海岸经济新区规划部负责人王波透露，目前西海岸的地铁M1线正在规划当中，“如果顺利的话，将在未来一两年内动工建设”。

王波说，与海底隧道并行的M1地铁线西海岸建成后，大交通将构筑新区对外两小时辐射圈，湾区一小时通勤圈，新区内部半小时通达圈，建设安全、快捷、高效、绿色一体化综合交通体系。

青岛拟建海底地铁 西海岸经济新区将变身新青岛

（胶东在线）

胶东在线网青岛5月18日讯（特派记者 魏琪）18日上午，科学发展新山东——第八届中国网络媒体山东行采访团来到最后一站——青岛。东西两个采访团的记者们穿隧道、跨海湾，实地采访了青岛西海岸经济新区的工厂、企业、学校及产业园区。

据西海岸经济新区规划部负责人介绍，按照生态间隔、板块发展的思路，统筹海陆资源，科学规划生产、生活、生态功能区，西海岸经济区将构建“一心五区”空间开发格局。“一心”是新区中心区，包括青岛经济技术开发区、胶南经济开发区等，延伸放大国家级开发区政策功能，建设新区行政、金融、商务、文化、科教中心和西海岸中心城区。“五区”是五大经济功能区。

构建“一心五区”开发格局

西海岸经济区5年再造一个新青

齐鲁晚报报道截屏

如今，西海岸经济新区不仅坐拥世界第七的前湾港，其南部设计吞吐量高达3.7亿吨的董家口港区的建设也一日千里，两大港口叠加，总体规模稳进世界前三。而北船重工的整体迁移也为西海岸经济新区的船舶制造业带来了勃勃生机。

“我们的目标是5年再造一个新青岛！”西海岸经济新区规划部负责人王波说，青岛以港兴市、以航兴港。青岛港主体迁往前湾港后，十余年间带动青岛开发区从一片荒芜发展到生产总值过千亿的现代化城区。

据王波介绍，西海岸经济新区规划范围内拥有青岛经济技术开发区、前湾保税港区、西海岸出口加工区、新技术产业开发试验区等国家级经济园区，布局着胶南经济开发区、青岛临港经济开发区 2 个省级经济园区，是山东半岛国家级园区数量最多、功能最全和政策最集中的区域。

随着西海岸经济新区的开工建设，未来的“桥隧时代”将承载更大的压力，为促进经济区域统筹发展的大交通也正在谋划之中。据西海岸经济新区规划部负责人王波透露，目前西海岸的地铁 M1 线正在规划当中，“如果顺利的话，将在未来一两年内动工建设”。

王波说，与海底隧道并行的 M1 地铁线西海岸建成后，大交通将构筑新区对外两小时辐射圈，湾区一小时通勤圈，新区内部半小时通达圈，建设安全、快捷、高效、绿色一体化综合交通体系。

青岛西海岸经济新区从大手笔、大气魄的谋划到各园区及经济实体的一一落户实施，依托区域、人才、科教、管理优势迅速发展。可以说，肩负“五年再造一个新青岛”的西海岸正以龙头带动之势，引领蓝色经济区建设的排头兵，迈出了走向“深蓝”的坚实步伐。

建设中的青岛董家口港（资料片）

青岛北海船舶重工

青岛职业技术学院：没有大门围墙的人才“摇篮”

（人民网）

人民网青岛 5 月 18 日讯 （记者 庞胡瑞 房爽） “我们的事业需要的是手，不是口。”这是青岛职业技术学院首任领导，享誉海内外的生物学家、教育家童第周对高职教育的理念。今天上午，科学发展新山东——第八届中国网络媒体山东行采访团来到青岛职业学院进行采访，这所没有大门的生态学校，采取与海尔、海信、青啤等大企业合作办学的机制，通过国际化办学方式，培养了一批高级技工，为青岛的蓝色经济注入了新鲜的血液。

树影婆娑、野花盛开，生态森林公园般的职业学院

18 日上午，当采访团的车辆驶出被 LED 灯照得通明发亮的胶州湾海底隧道时，眼前豁然开朗，沿着在树木掩映、多彩多姿的滨海大道行驶约 10 分钟，车辆停靠在一片小广场上。若不是花团锦簇中，由欧阳中石题写的“青岛职业技术学院”大字石头的提醒，记者们并不知道，这里就是一所高职学校的入口。

“1999 年 811……2011 年 3116”，在树木掩映之下走进校园，一块块写满数字和年份镶嵌在水泥路上的花岗石上，特别醒目。学校的工作人员告诉记者，这是学院近几年入校的学生人数，在出口的路面上镶嵌的则是每年毕业生就业的人数。

“‘入学院增知识、进学府修技能’，我们特意将这块石板镶嵌在入口的最前面，也是为了提醒学生们不忘来此求学的目的。”青岛职业技术学院教务处长李占军介绍说，该学院的毕业生就业率已经连续6年超过97%，在大企业就业率达到20%，位居省内同类高职院校前列。“学生们到企业后的口碑都很好，所以许多企业也认可我们的培养形式，愿意长期合作。像青啤，已经连续六年把他们的员工培训也放到我们学校，现在我们不光为企业输送人才，还为企业进修、深造人才。”李占军说。

秋季落叶不扫，路面中间绿化带野花盛开。西山封山育林，形成一片生机盎然的“自然保护区”，校园南面的绿意“湿地”。记者们和学子们惬意地走在树影婆娑、凉风习习的校园里，沿路欣赏着雕塑与创意设计，一览四架“歼六”战机及军舰导弹的风采，让人回顾起百年青岛工业历史；或坐在绿皮火车车厢改装成的商店咖啡馆惬谈，坐在林下横躺的树干上阅读，不入课堂就能得到青岛工业文化的熏陶。

学院的工作人员告诉记者，目前学院已与16个国家和地区的54所高校机构建立了稳固的合作关系，形成覆盖亚、美、欧、澳四大洲的国际合作办学与交流网络。与加拿大西北社区学院实施互换学历交流生项目，向澳大利亚、新加坡、法国等派出留学生120人，接收韩国、日本、加拿大等国家的留学生1200余名。79名学生实现国外就业。

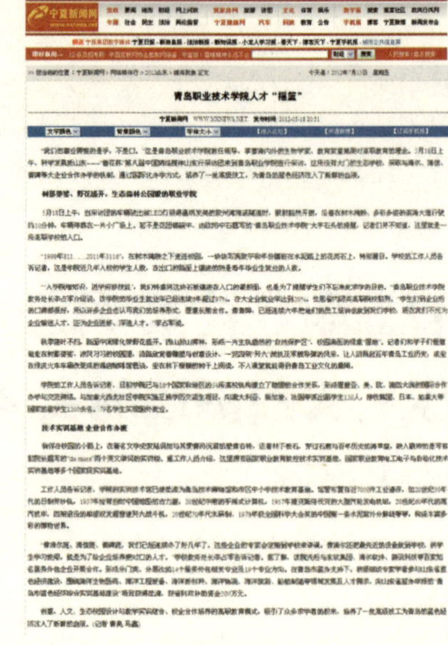
青岛职业技术学院人才“摇篮”

宁夏新闻网报道截屏

技术实训基地 企业合作办班

徜徉在校园的小路上，在著名文学史家陆侃如与其爱妻冯沅君的塑像右转，迈着林下板石，穿过石磨与百年历史的海草屋，映入眼帘的是写有前院长题写的“do more”两个英文单词的实训楼。据工作人员介绍，这里拥有国家职业教育数控技术实训基地、国家职业教育电工电子与自动化技术实训基地等多个国家级实训基地。

工作人员告诉记者，学院的实训技术馆已被批准为青岛技术博物馆和市区中小学技术教育基地。馆里布置有近7000件工业遗存，如20世纪30年代的日制并纱机，1937年绘有当时中国地图的古力盖，20世纪中期的手摇式计算机，1957年捷克斯洛伐克的大型汽轮发电机组，20世纪60年代的蒸汽机车，四架退役的单座双发超音速歼六战斗机，20世纪70年代末研制、1978年获全国科学大会奖的中国第一条水泥窑外分解线等等，构成丰富多彩的博物世界。

“像海尔班、海信班、青啤班，我们已经连续办了好几年了，这些企业的专家会定期到学校来讲课，像海尔还把最先进的设备放到学校，供学生学习使用，就是为了给企业培养更对口的人才。”学校教务处长李占军告诉记者。据了解，该院先后与东软集团、海尔软件、朗讯科技等百家知名服务外包企业开展合作。

形成分门类、分层次的 14 个服务外包相关专业及 19 个专业方向。在青岛市蓝办支持下，积极组织专家学者参与山东省蓝色经济建设，围绕海洋生物医药、海洋工程装备、海洋新材料、海洋物流、海洋旅游、船舶制造等领域发展及人才需求，向山东省蓝办申报的“青岛市蓝色经济综合实训基地建设”项目获得批准，获省财政补助资金 200 万元。

创意、人文、生态校园设计与教学实训结合、校企合作培养的高职教育模式，吸引了众多求学者的前来，培养了一批高级技工为青岛的蓝色经济注入了新鲜的血液。

青岛职业技术学院：修能致用，人才摇篮（新华网）

新华网山东频道 5 月 18 日电 （记者 叶婧）“我们学校留意收集工业遗存，是为了展现工业生产发展脉络，像建博物馆一样建校园。”青岛职业技术学院副院长孔宪恩对记者如是说。

18 日上午，“科学发展新山东——第八届中国网络媒体山东行”采访团行至青岛职业技术学院，这里开放式的校园，南方园林式的景致，随处可见、形态各异的工业遗存雕塑……吸引了记者的注意力。

据孔宪恩介绍，学院为职业文化建设投资 4.3 亿元，记者所看到的雕塑，以及被青岛市列入“十二五”规划的青岛技术博物馆，都是学院职业文化建设的一部分，旨在培养学生的职业兴趣和创新能力。与此同时，学院通过采取与海尔、海信、青啤等大企业合作办学的机制，借助国际化办学方式，培养了一批高级技工，为青岛的蓝色经济注入了新鲜的血液。

“我们都受益于这样项目教学的模式”，来自旅游管理的学生邢俪姣在刚刚结束的第四届全国旅游院校服务技能大赛中获得了普通话组一等奖，她告诉记者，学生们的学习由被动式的课堂教学转变为主动学习、互动学习，通过“实境耦合”的人才培养模式，该学院的毕业生就业率已经连续 3 年超过 98%，在大企业就业率达到 20%，位居省内同类高职院校前列。

“我们的事业，需要的是手而不是嘴。”这是青岛职业技术学院首任领导，享誉海内外的生物学家、教育家童第周对高职教育的理念。记者们和学子们徜徉在校园的小路上，在这树影婆娑、凉风习习的校园里欣赏着雕塑与创意设计，一览四架“歼六”战机及军舰导弹的风采，让人回顾起百年青岛工业历史；或坐在绿皮火车车厢改装成的商店咖啡馆惬谈，坐在林下横躺的树干上阅读，不入课堂就能受到青岛工业文化的熏陶。

首页 | 新闻 | 山东 | 要闻 | 政务 | 社会 | 艺术 | 文化 | 女性 | 论坛 | 美食 | 鲁商

鲁网 全景山东 鲁网彩票频道上

鲁网 >> 新闻频道 > 科学发展新山东——第八届中国网络媒体山东行 > 正文

校企合作：青岛职业技术学院学生就业谱新篇

2012-5-18 18:34:45 来源：鲁网 网友评论 0 条 进入论坛

青岛职业技术学院校园一隅

鲁网5月18日讯（记者 高木明）校企合作，向大企业定向输送人才，企业定期到学校，向学生传授最新的产品技术。依靠着校企合作，青岛技术学院的毕业生就业率已连续5年超过97%，大企业就业率达到20%，位居省内同类高职院校前列。今天，第八届网络媒体山东行记者团实地参观了该校的教育基地，并感受其浓厚的校园文化。

青岛职业技术学院为全日制高校，2009年通过教育部、财政部验收，成为首批28所国家示范性高职学院之一。现有西苑（黄岛区）、南苑（市南区）、中苑（市北区）三个校区。设有海尔学院、软件与服务外包学院等7个二级学院，开设全日制专业33个，涉及旅游、制造、电子信息等11大类。全日制高职在校生9223人，教职工771人。

怎样才能让学生学到最新的技术、提高学生的就业率？为了实现这一点，该校开创了实景教学方法。“每个专业课堂，都摆放着各种各样的零部件、机器。学习到某个机械原理时，老师随时可以带学生到该产品前进行说明。用这样的现场感，让学生消化吸收所学的知识。”该校负责人告诉记者，为了让学生能够学以致用，该校与海尔、海信等大型企业进行合作办学，向这些企业定向输送人才。

“全院18个重点建设专业全部实现与大企业、行业的密切合作，SICO网络技术学院、华为3COM网络学院等先后落户学院，校内生产性实训比例81%。企业还会派技工在固定时间来学校，教给学生最新的产品技术，不断更新。”上述负责人说，该校每年毕业生3000左右，毕业生就业率已连续6年超过97%，大企业（海尔、海信等定点合作企业）就业率达到20%，位居省内同类高职院校前列。

在促进校企合作的同时，青岛职业技术学院也在努力建设自身的学校文化。目前，该校正在将校园打造成技术博物馆。该校利用企业、单位报废或即将报废的产品，以低价收购。“有的则是企业、单位免费赠送的。我们学校收藏的废旧火车车厢、退役飞机等等，都是科技发展成果的见证。我们希望收藏这些，让人们铭记科技成果。”该校负责人介绍，该校的技术博物馆也是全国首家此类博物馆。

鲁网报道截屏

创意、人文、生态校园设计与教学实训结合、校企合作培养的高职教育模式，吸引了众多求学者的前来，培养的一批批高级技工为青岛的蓝色经济注入了新鲜的血液。

青岛北船重工：完善的产业链助其逆势而上

（鲁网）

鲁网5月18日讯 （记者 刘梅婷） 今天上午，记者随“第八届网络媒体山东行”来到了青岛北海船舶重工有限责任公司。中国船舶重工股份有限公司（中国重工）控股的大型造修船企业，总投资74亿元，建设面积310公顷，是目前我国最大的造修船基地。

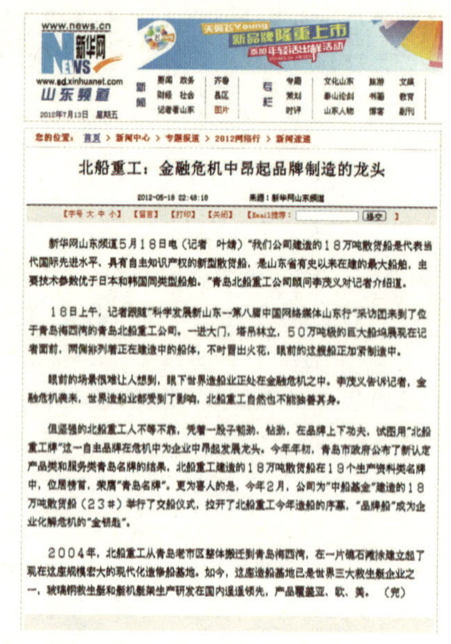

北船重工：金融危机中昂起品牌制造的龙头

2012-05-18 22:48:18 来源：新华网山东频道

新华网山东频道5月18日电（记者 叶婧）“我们公司建造的18万吨散货船是代表当代国际先进水平、具有自主知识产权的新型散货船，是山东省有史以来在建的最大船舶，主要技术参数优于日本和韩国同类型船舶。”青岛北船重工公司顾问李茂义对记者介绍道。

18日上午，记者跟随“科学发展新山东--第八届中国网络媒体山东行”采访团来到了位于青岛海西湾的青岛北船重工公司。一进大门，塔吊林立，50万吨级的巨大船坞展现在记者面前，两侧排列着正在建造中的船体，不时冒出火花，眼前的这艘船正加紧制造中。

眼前的场景很难让人想到，眼下世界造船业正处在金融危机之中。李茂义告诉记者，金融危机袭来，世界造船业都受到了影响，北船重工自然也不能独善其身。

但坚强的北船重工人不等不靠，凭着一股子韧劲、钻劲，在品牌上下功夫，试图用“北船重工牌”这一自主品牌在危机中为企业中昂起发展龙头。今年年初，青岛市政府公布了新认定产品类和服务类青岛名牌的结果，北船重工建造的18万吨散货船在19个生产资料类名牌中，位居榜首，荣膺“青岛名牌”。更为喜人的是，今年2月，公司为“中船基金”建造的18万吨散货船（23#）举行了文船仪式，拉开了北船重工今年造船的序幕，“品牌船”成为企业化解危机的“金钥匙”。

2004年，北船重工从青岛老市区整体搬迁到青岛海西湾，在一片礁石滩涂建立起了现在这座规模宏大的现代化造修船基地。如今，这座造船基地已是世界三大救生艇企业之一，玻璃钢救生艇和艇机艇架生产研发在国内遥遥领先，产品覆盖亚、欧、美。（完）

新华网报道截屏

2001年10月，经国务院批准，由国家开发银行、中国华融资产管理公司、中国船舶重工集团公司对青岛北海船厂进行资产重组，成立青岛北海船舶重工有限责任公司（简称北船重工），并于2002年1月在青岛市工商局注册登记。2004年，北船重工从青岛老市区整体搬迁到青岛海西湾，在一片礁石滩涂上建成了一座规模宏大的现代化造修船基地：陆域面积330公顷、码头岸线长度5公里，规划设计年造船能力近期204万载重吨、远期扩大到468万载重吨，修船212艘，建造海洋石油开采平台4座，救生艇500艘。

据悉，2011年，在全国船舶企业普遍举步维艰之际，青岛市船舶制造产业逆势而上，全年实现工业总产值216亿元，比前一年同期增长28.2%。实际上，在2006年左右，青岛造船还是一个小产业，据《青岛市六大产业集群分类及发展状况调研课题报告》里的数据显示，2004年左右，青岛造船产业集群主要有北船重工、4808厂、灵山船业、青岛造船厂等为核心的15家规模以上企业组成，年产值为15亿元左右。造船产业也是当时产业集群里规模最小的一个。

此后，正是凭借海洋工程（青岛）有限公司、青岛武船重工有限公司、青岛齐耀瓦锡兰菱重麟山船用柴油机有限公司等在产业链领域具有重要位置的企业的进入，造船才成为青岛的一个重要产业。

目前，公司从建造5千吨以下的船舶，到批量建造18万吨船舶；从坞修3万吨以下船舶，到坞修、改装30万吨级船舶；“10万吨级海上浮式生产储卸油轮”、“亚洲最大的3万吨导管架下水驳”、国内最大的座底式钻井平台、代表当今国际先进水平的58英尺铝合金豪华游艇和世界首创一机水陆两驱动全路况水栖两用越野车先后从这里建造出厂；作为世界三大救生艇企业之一，玻璃钢救生艇和艇机艇架生产研发在国内遥遥领先，产品覆盖亚、欧、美。

青岛啤酒：一杯酒 一百年（四川在线）

四川在线消息 （四川在线记者 简晓旭 青岛报道） 18日下午，科学发展新山东——第八届中国网络媒体山东行采访团来到有着109年历史的青岛啤酒厂采访，在青啤博物馆里了解青岛啤酒100多年来的发展历程，体会 “一杯酒做一百年”的青啤文化。

首页-新闻中心-本网快讯

中国网络媒体山东行 走进青岛啤酒博物馆

时间：2012-05-18 18:08 来源：中国台湾网

青岛啤酒博物馆（中国台湾网 郭莹莹 摄）

中国台湾网5月18日青岛消息 18日，科学发展新山东——“鲁花杯”第八届中国网络媒体山东行采访团抵达青岛，来到位于登州路上的青岛啤酒博物馆进行参观采访，零距离感受青岛啤酒百年以来的发展历史和企业文化。

青岛啤酒博物馆是我国目前唯一的啤酒博物馆，博物馆设立在青岛啤酒百年前的老厂房内，以青岛啤酒的百年历程及工艺流程为主线，浓缩了中国啤酒工业及青岛啤酒的发展史。

青岛啤酒博物馆集历史与现代化为一体，从百年前的德式建筑，当时西门子制作的极具历史价值的发动机，民国时期的宣传海报，到现今世界先进的生产系、生产技术，无不展示了青岛啤酒厚重的发展历史，以及青啤人对品质的孜孜追求，这些优良品质，代代传承，发扬光大，为青岛啤酒乃至青岛的长远发展提供源源不断的精神动力。（记者 郭莹莹）

中国台湾网报道截屏

古老的珍贵典藏和现代设计的青岛啤酒博物馆，坐落在1903年建设的登州路56号青岛啤酒厂内。作为百年青岛啤酒企业文化的一个重要组成部分，青岛啤酒博物馆集青啤的发展历程、深厚的文化底蕴、先进的工艺流程、品酒娱乐、购物为一体，成为国内首家啤酒博物馆。

位于登州路的青岛啤酒厂

来到青岛啤酒老厂时，最先进入视线的就是100字样的大型铜雕塑，这是2003年青岛啤酒百年庆的时候树立的。在具有国际最先进工艺的车间流水线上的酒瓶就像是夜空里的一串萤火虫，忙碌的员工穿梭其间，不时地对产品进行抽样检查。

“专注”、“细节”是青啤生产车间随处可见的标语，而青岛啤酒对品质细节把控，单从对一支酒瓶的清洗，就体现得淋漓尽致。青岛啤酒厂包装工艺主管陆颖澜向介绍了最新式的洗瓶设备。“酒瓶在装酒之前，都要经过严格的清洗工序：先是在水中浸泡20多分钟，然后用热水冲洗，在用温水喷淋。然后瓶子被翻转过来悬挂，以清空残留在瓶中的水。” 工作人员说，清洗干净的啤酒瓶最后要进入“验瓶机”，新式的验瓶机在每一个瓶子经过时都会瞬间拍摄3张照片，然后和系统中已存储的标准瓶数据进行比对，任何瓶中有异物或者瓶身有缺陷的瓶子都会被“捡”出来，这种废瓶就不能用来装酒了。

百年青啤老厂区模型

“在现在的技术条件下，整个洗瓶的过程长达30分钟，特别是经过长时间‘悬挂倒立’，空瓶中几乎不会残留水分。”陆颖澜说，按照我们青啤的标准，每个瓶中残留水不能超过2滴。

青岛纯生的瓶装生产线

网媒记者走进青啤：感受一杯啤酒背后的“奢侈”

（齐鲁网）

齐鲁网青岛5月18日讯　18日，科学发展新山东——第八届中国网络媒体山东行采访团来到青岛啤酒博物馆进行采访。酿酒用的大米必须是脱壳3天之内的新鲜米、生产现场酿造水每隔2小时就得品尝一次、一只酒瓶子要洗30分钟才算合格、输送酒的管道是要啤酒“刷”干净、酒瓶盖和刷瓶水都要品酒师用嘴把关、生产所用的压缩空气都要进行细菌检测……这是在青岛啤酒“提高质量纪念日大会”上，记者了解到的一瓶口味醇正清爽的青岛啤酒背后，一些你所不知道的生产细节。

一瓶好的啤酒，是从一颗麦粒、一粒大米、甚至一滴水开始的

百年来，青岛啤酒秉承“好人酿好酒”的质量价值观

每年的4月10日，青岛啤酒一年一度的“提高质量纪念日大会”都会如期召开，这个青岛啤酒自1978年4月起举行的“质量月”活动的重要组成部分已经陪伴青啤人走过了33个年头。伴随着这份坚守的33年，“质量月”活动，旨在不断提升青啤人永无止境的质量意识和责任，而这份责任已然分布于青啤员工工作中的每一天，精心打磨着青岛啤酒整个价值链的每一个细节。

质量始终是青岛啤酒的立身之本、实力象征和信仰所在。每一名青啤人都要视质量为生命，勤勉尽责、忠实履职，努力为消费者提供安全、健康、绿色、低碳的优质啤酒。这不仅仅是一个企业百年如一日对品质的坚守，更是一个中国啤酒行业领导者对消费者的责任与承诺。

原料篇　酿酒要用脱壳三天之内的新鲜大米

“一瓶好的啤酒，是从一颗麦粒、一粒大米、甚至一滴水开始的。”说起青岛啤酒的酿造细节，还要先从啤酒最基本的酿造原料讲起，“就拿大米来说，我们都是选用脱壳三天之内的新大米，比咱老百姓平时家里吃的大米都要新鲜。”青岛啤酒总酿酒师董建军向记者展示了当日酿酒的样品大米，一颗颗大米圆润饱满，色泽透亮，记者用手一摸，并没普通大米的粉尘。“青啤选用的大米是从种植开始把控的，在江苏等地都设立专门种植基地，由公司统一发放优质大米种子，进行统一种植，收割和物流配送。”董建军说，这样才能保证用最新鲜的上等好米，酿造出口感最新鲜的啤酒。

像“选妃”一样选大麦

在大麦和酒花的选用方面，青啤更实行“一票否决制”，对于大米、麦芽、大麦等直接的酿造源流的供应商要有专人负责，一对一的负责。“这些大麦先’看身材’，要颗颗圆润饱满，还要溶解性好、连颜色的深浅都有标准，严格程度堪比古代皇帝选妃。”董建军告诉记者，青啤酿造用大麦和酒花，从品种、种植、收获以及运输、储存各个环节都有严格的检测程序，一旦一个抽样不合格，将全部“拒之门外”。

好品质从一滴水开始

除此之外，青啤对酿造用水更为讲究。在酿造车间，每隔两小时，就会有专业的品水师对酿造水进行取样品尝。“啤酒酿造用水的软硬度、酸碱度、甚至矿物质含量的微小差别，都能直接影响着啤酒的风味和品质，所以要时时监控。”董建军告诉记者，在青啤，每一滴酿造水都要经过 7 级处理和 50 多项指标的严格检验，并且每日对水源进行微生物检测，每周都要对水质进行分析，“对水质的精确把控，才能让世界各地的消费者不管在哪里喝到的青啤，都是一样好。”

酿造篇　一瓶好酒的“三师”会审

“一款啤酒有数千种风味物质，再精细的仪器也检测不出来，所以要靠品酒师用舌头把关。”青岛啤酒厂品管部主管王新艳告诉记者，为保证产品口味一致性，青啤有一支强大的品管团队将品评贯穿整个酿造过程。“哪款酒口味有异常、苦味偏大还是偏小，都要经过专业品酒师的逐一品评，给出意见，然后进行改进，直到酿造出口味最优的啤酒。”王新艳说，品酒师不仅仅是品啤酒，所有和啤酒接触的东西都要品评：甚至包括酒瓶中的塑胶垫，以防止味影响酒质。

另外，在青岛啤酒内部，还有有一个非常罕见又专业化程度极高的职位——“品麦师”。精心酿造的麦汁只需品麦师轻松一品，能否成就佳酿的“麦色”、“麦香”、“麦味”便可一一得知，保证了每口青啤的麦香浓郁。

一瓶青岛啤酒从酿造到出厂要经过不但要经过品水师、品麦师、品酒师的“三师会审”，还要经过 1800 道质量检测点，甚至连已经出厂、在市场销售青啤，都要每条生产线的每日逐一留样，定期品评，保证啤酒在货架期内的质量。顶尖的酿造技术团队，精益求精的质量要求，保证了青岛啤酒的百年不变的经典品质。

空气也要“过安检”

除了严格的啤酒口味严格把控，青啤在食品安全上，更是做到了精益求精，仅在酿造过程，就设立了 300 多个食品安全检测点。

“我们不仅仅会对啤酒中的杂菌进行检测，包括刷瓶水，过滤酒液的硅藻土等所有与酒液接触的物品都要进行严格的检测，甚至连生产车间的空气都不要’过安检’。”徐华说，青

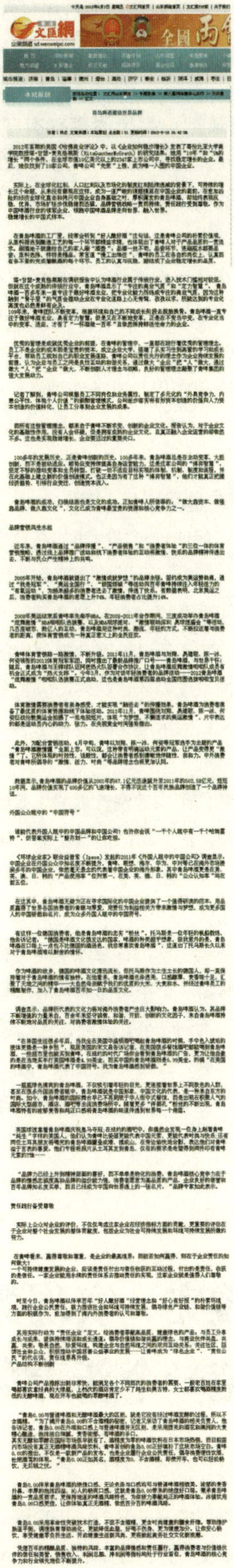

文汇报网报道截屏

啤已经建立针对酿造原料和与酒直接接触包装材料的第三方食品安全集中检测机制，采购食品安全合规率达到100%。

包装篇　每个酒瓶都有三张“靓照”

“专注”、“细节”，是青啤生产车间，随处可见的标语，而青岛啤酒对品质细节把控，单从对一支酒瓶的清洗，就体现得淋漓尽致。青岛啤酒厂包装工艺主管陆颖澜向介绍了最新式的洗瓶设备。“酒瓶在装酒之前，都要经过严格的清洗工序：先是在水中浸泡20多分钟，然后用热水冲洗，在用温水喷淋。然后瓶子被翻转过来悬挂，以清空残留在瓶中的水。”陆颖澜说，清洗干净的啤酒瓶最后要进入“验瓶机”，新式的验瓶机在每一个瓶子经过时都会瞬间拍摄3张照片，然后和系统中已存储的标准瓶数据进行比对，任何瓶中有异物或者瓶身有缺陷的瓶子都会被“捡”出来，这种废瓶就不能用来装酒了。

“在现在的技术条件下，整个洗瓶的过程长达30分钟，特别是经过长时间‘悬挂倒立’，空瓶中几乎不会残留水分。”陆颖澜说，按照我们青啤的标准，每个瓶中残留水不能超过2滴。

管道是用啤酒“刷”

为了保证每一瓶啤酒的品质，青啤对生产细节的把握近乎苛刻。据青岛啤酒厂总酿酒师皮向荣介绍，在每次灌装啤酒前，最后一道冲洗管路的程序，用的不是水，而是啤酒。

“每次生产线灌装啤酒后，会用水清洗管路，这样不可避免地就会在管路中留有一些残留水分。下一次再灌装啤酒时，啤酒经过管路会把残留的水冲出来，这个时候是不能灌装啤酒的。要等到把所有的水都冲出来，灌装口检测啤酒的浓度完全达标，没有被稀释时，才能实施灌装。皮向荣说，这个过程需要十几分钟，消耗1.6吨啤酒。”即便灌装口的浓度检测器显示达标，第一瓶灌装的啤酒也要立即拿走送实验室检测，以确保酒的浓度和口味没有问题。

当然，用来冲洗管道的1.6吨啤酒并不是白白浪费，会流入水循环利用系统，酒中的养料还会被提炼成化肥。皮向荣说，在青啤，食品安全和环境友好是并重的。

后记

“每一瓶啤酒都要擦干净，标贴朝外，让每一个消费者对青岛啤酒不仅喝着舒服，看着也要舒服。”这是记者在青岛啤酒一个小卖部的普通经销商嘴里听到，不论是生产环节的精准把控、还是物流所实施的“像送鲜花一样送啤酒”，再到一个普通经销商的销售细节，这一切，只是青啤品质文化的冰山一角。

百年来，青岛啤酒秉承“好人酿好酒”的质量价值观，通过天天如是的“质量日”，渗入每一个青啤人的骨髓，成为整个青啤产业价值链的最高准则，使麦香浓郁、口味纯正的青岛啤酒飘香一个世纪，至今畅销世界70多个国家和地区。每一次激情的干杯，每一次开怀的畅饮，当飞扬的金色液体掩映出每一个消费者欢乐的笑颜，更折射着百年青啤流淌在血液中对品质的坚守。

牛俊宪：实现蓝色跨越，再造一个新青岛（大众网）

大众网青岛5月18日讯　（记者　尹海洋）　5月18日下午，科学发展新山东——第八届中国网络媒体山东行最后一场发布会在青岛举行。青岛市委常委、副市长牛俊宪在发布会上表示，未来5年内，青岛将率先科学发展、实现蓝色跨越，加快建设宜居幸福现代化国际城市。

五年成绩：创新驱动内生增长 要蓝色经济也要绿色生态

牛俊宪介绍说，2011年全市生产总值达到6616亿元，同比增长11.7%，人均生产总值超过1.1万美元；地方财政一般预算收入达到566亿元，同比增长25.1%；城市居民人均可支配收入达到28567元，农民人均纯收入达到12370元，所辖5个县级市全部保持在全国综合实力百强县行列。

为实现这一目标，青岛市加快蓝色经济发展。编制完成西海岸经济新区和蓝色硅谷两大战略性规划，国家深海军基地、海洋科考船等项目进展顺利，中德生态园、崂山生物医药产业园、海西湾船舶与海洋工程产业基地等蓝色经济特色园区建设加快推进。另一方面，加快产业结构优化升级，促进服务业跨越发展。华强文化科技产业基地、万达城市综合体、港中旅海泉湾度假城等一批服务业大项目建成启用，中联创意、凤凰岛影视传媒、国际动漫游戏等一批文化产业基地投入使用。

同时，加快提升自主创新能力，先后引进中科院生物能源与过程研究所、中海油重质油加工技术研究中心等国家级科研院所，取得高速动车、液晶模组等重大创新成果。国家认定企业技术中心、国家工程技术研究中心分别达到21家、7家，均居国家同类城市首位。深入开展“443”引才工程和“300海外高层次人才引进计划”，每年引进各类人才近10万人。

在加快经济结构转型的同时，青岛加快推进生态市建设。“十一五”期间，全市万元生产总值能耗下降22%，二氧化硫和化学需氧量排放量分别削减26.9%、18%。市区河道截污主干管网基本贯通，胶州湾生态湿地保护得到加强，近岸海域功能区水质达标率为87.5%，提高14.5个百分点。市区空气质量优良天数保持在330天以上。全市林木覆盖率和建成区绿化覆盖率分别达到37.8%和43.8%，成为全国绿化模范城市。成功申办2014年世界园艺博览会，各项筹备工作已经全面展开。

中共青岛市委常委、副市长牛俊宪出席新闻发布会并介绍青岛市相关情况（盛堃 摄影）

青岛市委宣传部常务副部长吕振宇主持新闻发布会（盛堃 摄影）

青岛市政府副秘书长刘承林出席新闻发布会（盛堃 摄影）

城市发展：统筹发展城乡互动，半岛群“三小时经济圈”基本实现

“强化中心城区的核心带动和城乡良性互动，加快重点区域、重要组团建设，突出新型城镇化，做大做强县域经济。”牛俊宪表示，目前，青岛城乡一体化发展格局初步形成。

在统筹发展中，青岛着力优化城市空间布局，制定实施环湾保护拥湾发展系列规划、蓝色经济区布局规划、市域城镇体系规划以及董家口、鳌山湾等新城总体规划。青岛高新区实现扩区，主园区持续实施饱和性投资，基础设施初具规模。西海岸经济新区、“蓝色硅谷”等蓝色经济核心区域规划建设全面启动。

城市空间布局的优化使得城市功能不断完善，牛俊宪透露，目前青岛城市地铁开工建设，环湾大道、胶州湾隧道、胶州湾大桥建成通车，铁路青岛客运北站和青荣、海青铁路等项目顺利推进，青兰、青新高速等项目顺利竣工，拥湾网络化基础设施体系逐步完善，“市域‘一小时经济圈’全面建成，半岛城市群‘三小时经济圈’基本实现。”

在新农村建设方面，牛俊宪表示，青岛市已基本完成村庄“五化”工程，大沽河治理工程全面启动，深入开展全市生态文明乡村建设，城乡面貌明显改观，健康文明的生活方式正在农村加快形成。牛俊宪表示，县域经济也在统筹发展取得了的良好效果。“县域产值过10亿元特色产业基地达到23个，市区110户老工业企业向郊区搬迁改造，已经启动72家，23家完成搬迁、竣工投产。”

民生建设：民生为重富民优先，累计开工保障房安置房22.2万套

“坚持民生为重、富民优先，努力解决人民群众最关心、最直接、最现实的利益问题，为群众提供均等化的公共服务、普惠性的社会保障、公平性的发展机会、生态型的人居环境。”牛俊宪在介绍青岛市的民生建设时说道，2008年以来，市级财政用于社会民生的投入年均增长26.4%，占预算支出的比重达到54%。

牛俊宪表示，多年来，青岛市坚持以项目扩大就业、以创业带动就业、以培训促进就业、以服务稳定就业，2011年，新增城乡就业43.9万人，扶持创业2.3万人，城镇登记失业率2.95%。同时，社会保障体系实现全覆盖，养老、医疗、工伤、失业、生育五项保险实现市级统筹。企业退休人员养老金提高59%，城乡低保标准分别提高40%和73.6%，新农合筹资标准从每人每年100元提高到300元，基本药物制度覆盖政府办基层医疗卫生机构，基本和重大公共卫生服务覆盖城乡居民。

在保障性住房建设方面，牛俊宪介绍说，青岛先后实施了2008-2010、2011-2012两轮三年住房保障发展规划，财政、土地出让等投入保障性住房建设资金151亿元，累计开工保障性住房和“两改”安置用房22.2万套。市区110个旧城区、城中村已开工改造77个，3.5万户低收入住房困难家庭实物配租配售比例达到88%，特困家庭住房保障实现应保尽保。

社会事业也取得了长足的进步。牛俊宪表示，近年来，青岛引进了中国石油大学、山东科技大学等一批高等院校，70%的中小学达到省定标准；投资40亿元建设的国医堂、妇女儿童医院、北部医疗中心等四大医疗中心建成投入使用；居民基本医疗保险补助额提高到人均200元，城镇职工医疗保险最高支付限额达到35万元；城乡实施基本药物制度覆盖率达到100%。建成青岛大剧院、市体育馆等一批重点文化体育设施。社区全部设立文化活动中心，青岛文化街、达尼画家村被命名为“国家文化产业示范基地”。

未来五年：实现蓝色跨越，5年经济规模上再造一个新青岛

对于青岛市未来的发展规划，牛俊宪表示，市第十一次党代会确定了青岛率先科学发展、实现蓝色跨越，加快建设宜居幸福现代化国际城市的新目标。“使生活在这里的每一个人，都能在安居乐业中创造自己的幸福生活和美好未来。”牛俊宪说，今后五年，青岛市经济社会发展的主要预期目标是：全市生产总值年均增长11%，地方财政一般预算收入年均增长15%，城市居民人均可支配收入和农民人均纯收入年均增长11%，力争在经济规模上再造一个新青岛。

牛俊宪表示，青岛将加快推进六大方面的工作来实现这一目标。一是加快转变发展方式。突出蓝色，将西海岸经济新区、蓝色硅谷建设成为蓝色跨越的引擎，在西海岸新区再创港口、园区、产业发展优势，在蓝色硅谷着力打造国际一流的海洋科技研发中心、成果孵化中心、人才集聚中心和海洋新兴产业培育中心，加快建设全国蓝色经济领军城市。突出高端，着力培育十条千亿级先进制造业产业链，规划建设金融中心、现代物流、文化创意、软件外包等十项千万平方米高端服务业工程，加快建设东北亚重要的区域性服务业中心城市。突出新兴，积极开发信息、生物、材料、能源、高端装备、节能环保新技术，加快形成支柱能力。

二是加快优化空间布局。实施全域统筹、三城联动、轴带展开、生态间隔、组团发展战略，加快全域轨道交通体系规划实施，对老城区实施保护性开发，做优做美东岸城区，做大做强西岸城区，做高做新北岸城区，打造功能互补、相互依托、各具特色的都市新区。全面推进七区统筹和城乡统筹，同步推进工业化、城镇化和农业现代化，重点规划培育发展50个城镇、1000个新型农村社区，加快城乡一体化发展。

三是加快打造文化强市。大力发展公共文化服务，建设布局合理、服务便捷的基层文化设施。推动文化与科技、教育、体育、旅游融合发展，培育一批骨干文化企业，使文化产业成为新的支柱产业。

四是加快发展民生事业。加快建设健康城市，居民主要健康指标达到全国领先水平。稳步推进收入分配制度改革，不断提高居民收入水平和消费能力。完善社会保险制度，健全覆盖城乡的社会保障体系。完善多元化住房保障体系，力争保障性住房覆盖面达到20%。

五是加快建设生态文明。对岸线资源和近海资源进行严格保护，把胶州湾建成全市人民的蓝色家园。加强环保基础设施建设，强化资源节约和污染减排。打造多层次城乡生态空间，创建国家森林城市。将大沽河流域建设成贯穿全市南北的防洪绿色安全屏障、自然生态景观长廊。办好2014年世界园艺博览会，高标准建设世园生态都市新区，让自然走进生活。

六是加快推进改革开放。深化重点领域和关键环节改革，完成国家级开发区体制机制创新试点和综合配套改革，提升各类园区发展水平。实施更加积极的开放战略，加快外经贸优化升级，提高招商引资水平，成为中日韩自由贸易区的重要前沿城市，形成更具竞争力的开放型经济。

青岛：蓝色领军山东龙头，建宜居幸福国际城市（大众网）

西海岸经济新区规划图（资料图）

大众网青岛5月18日讯 （记者 曹亮） “红瓦绿树、碧海蓝天”，提及青岛，那旖旎的自然风光、弥漫的啤酒麦香、激情的扬帆冲浪，足以令人沉醉、难舍难忘。步入桥隧时代，来青岛可以尽情地在胶州湾的海底海上体验“游弋飞驰”，城市距离也因此被打破了时空的格局。18日，科学发展新山东——第八届中国网络媒体山东行采访团抵达青岛采访，从蓝色硅谷到西海岸经济区，记者们深切感受到了青岛率先科学发展蓝色经济的魅力，一幅宜居幸福的“大青岛”、“新青岛”的宏伟蓝图渐已凸显。

青岛北海船舶重工有限责任公司相关负责人接受采访团记者采访
（盛堃 摄影）

蓝色领军城市：建设西海岸经济新区，打造东部蓝色硅谷

当清晨的第一缕阳光洒向黄海，喊海的市民打破了青岛第一海水浴场的静谧。窗外涛声阵阵、汽笛声鸣，波光粼粼的海面上一艘艘巨轮驶入港湾，金色的沙滩上的游客如潮涌动。从这里出发，穿越胶州湾海底隧道，不出20分钟便到达了西海岸经济区。

中德生态园的概念规划图
（盛堃 摄影）

塔吊林立的北船重工内，一艘艘停靠船坞正在修造的邮轮、货轮目不暇接；树木掩映、绿树成荫的滨海大道气派宽敞；中德生态园高端生态示范区、技术创新先导区、高端产业集聚区、和谐宜居新城区的科学规划，让记者看到了一个未来的“新青岛”。

今年2月，在青岛市第十一次党代会上，山东省委常委、青岛市委书记李群提出，建设西海岸经济新区，打造东部的蓝色硅谷是青岛除了海洋资源、科研与教育优势之外，真正实现蓝色领军城市的发力点。

西海岸经济区所辖黄岛、胶南区域，该区域处于北部京津唐经济区和南部的长三角经济区的中间核心地带，具备良好的区域优势。同时，拥有开放的优势，青岛乃至山东、国家级的开发区和一些省级园区，这个区域最集中。前湾港、董家口港两大国际港口，也将会为这个区域的对外开放发挥重要的作用。青岛总共有700多公里的海岸线，西海岸经济区近300公里，为发展海洋装备制造以及海洋二三产业有了岸线条件。

蓝色经济的另一个发力点是蓝色硅谷，规划布局“一园一区一带”其中，“一区”即蓝色硅谷核心区，包括即墨东部鳌山卫蓝色硅谷的核心区域，集中海洋科研机构，集中海洋科研人才，集中海洋科研成果。目前，山东大学的青岛校区、国家海洋科研实验室、国家海洋局的深潜基地均落户该区域，今后它将聚集更多的海洋科研机构、海洋科技人才。“一园”是胶州湾底部的高新技术产业开发区，它将承接海洋研发成果的产业化转移，形成海洋高科技产业聚集地。“一带”是从即墨东部鳌山卫核心区向南，沿着滨海大道，一直延伸到崂山的科技城。在这一带当中，重点部署海洋科技的孵化，形成一条科技长廊。未来的蓝色硅谷，将为蓝色经济提供强大的科技和智力支持。

山东龙头城市：蓝色战略带动下海陆统筹，由单中心向多中心转变

从1992年开始，山东省委省政府就给青岛定位为山东省对外开放的“龙头”城市，2011年国务院批复的山东半岛蓝色经济区规划，又赋予青岛山东半岛蓝色经济区核心区的“龙头”城市地位。李群在青岛市第十一次党代会闭幕后接受记者采访时曾表示，从山东发展战略来看、从“龙头”的含义来看，青岛也应当发展得快一点、好一点，这更重要的是老百姓的期待、人民的期待。党和政府就是要建设一个不仅物质富足、经济发达的区域性中心城市，更应当成为一个和谐的、环境优美的城市，让在这里生活的每一个人都能创造自己的人生价值，因此提出了率先科学发展。

率先发展要讲科学。在蓝色战略带动下，青岛的城市空间布局方面更加注重海陆统筹、区域联动、城乡协调，更加注重由单中心向多中心转变。日前，青岛市发展改革委主任刘明君表示，全域统筹，就是要七区统筹、城乡统筹、陆海统筹；三城联动，就是东岸、西岸、北岸三个城区呈“品”字形布局，分别做优做美、做大做强、做高做新；轴带展开，就是沿大沽河这一生态中轴和滨海蓝色经济发展带、烟威青综合发展带和济潍青综合发展带向纵深拓展。

同时，生态间隔将突出了“蓝色海洋、绿色城市”主题，为子孙后代留下青山绿水、碧海蓝天；组团发展将突出发展五个县级市驻地和鳌山湾新城、董家口港城、空港新城、平度新河、莱西姜山新城组团和世园生态都市新区，带动全域发展。

幸福国际城市：病有良医老有颐养，投入163亿办好10件市办实事

“宜居幸福是老百姓的需求”，可以说，政府民生投入是提升幸福度的重要指标。2012年青岛市办实事的进展一直受到市民的关注。5月15日，青岛市政府办公厅公布了2012年市办实事4月份的进展情况。其中关于“增加保障性住房供应，开工建设公共租赁住房8000套、经济适用住房5000套”。截至4月底，市区共提报保障性住房建设项目21个、房源11377套。其中，11个项目、7297套房源开工建设。

民生投入教育优先。在实事中，今年青岛市计划投资建设180万平方米适合寄宿的高水平高中，并建设一批幼儿园，其中投入接近一亿元，对城市里的所有的公办幼儿园以及普惠制的民办幼儿园进行财政直接补助。同时，今年还要投接近一亿元，对校车特别是600多辆农村校车实施补助进行改善，保证农村孩子上学的交通安全。目前，首批校车已经开赴城阳，山区里的孩子也能享受到城里学生一样的待遇。

“病有良医”、“老有颐养”等相关民生工作也在进一步完善之中。青岛将在年内将全市财政性教育支出占财政支出比重提高到17%；推进县级医院和市第三人民医院、市妇女儿童医院二期等项目建设……据悉，青岛今年计划安排民生投入163亿元，在办好10件市办实事的同时，将进一步提高民生保障水平。

“建设宜居幸福现代化国际城市”是第十一次次党代会报告中所提出来的。李群在接受记者采访时曾说：“我们党九十多年来走过的风风雨雨，目的就是要让人民群众过上幸福美好的生活。所以，宜居和幸福是历史的选择，是老百姓的选择，更是我们党的宗旨的具体体现。”

据了解，青岛目前随处可见“红飘带”：助人为乐的青岛的姐慕春华，“裸捐”助学老人周宝存、跳海救人小伙张鹏……一批批无私奉献、乐于助人、见义勇为的感人事迹在青岛不断涌现，“红飘带”已经成为岛城的精神不断延续。而正是因为这种“精气神”，才使这个城市具备了人文之美、道德之美和精神之美。

影·像

青岛

百年青啤老厂区模型

博物馆里的世界啤酒博览

青岛啤酒：为世界干杯

西海岸经济区：建“一心五区” 5年再造一个新青岛

青岛前湾港

18 日下午，采访团走进中外驰名的山东企业青岛啤酒公司

青岛啤酒：一杯酒做一百年，啤酒里喝出文化味

位于登州路的青岛啤酒厂

青岛啤酒厂厂区

建设中的董家口港

中海油场地全景图

科学发展新山东

第八届中国网络媒体
山东行新闻报道集

淄博篇

山东淄博：老工业基地变身“新材料名都”

淄博市地处山东省中部，是国务院批准的“较大的市”，面积5965平方公里，人口423.83万。

淄博是齐国故都、工业名城、国家园林城市。作为齐文化的发祥地，曾孕育了姜太公、齐桓公、管仲、晏婴、蒲松龄等历史文化名人，留下了世界足球起源地、《考工记》、《齐民要术》、《聊斋志异》等浩繁的文化遗存。淄博近现代工业发展已过百年，是国务院批准的较大的市和山东半岛对外开放城市，中国驰名商标数量达到43个，中国名牌产品数量达到30个。淄博组团式城区结构，城区之间以绿轴相连，城乡交错、布局舒展，生态和谐宜居。

2011年，全市地区生产总值达到3280.23亿元，全市工业总产值达到10265亿元；境内财政总收入达到476.21亿元，其中地方财政收入达到203.59亿元；城市居民人均可支配收入和农民人均纯收入分别达到24955元、10878元。今年一季度，预计全市地区生产总值增长10%，地方财政收入增长16.5%，固定资产投资增长22.2%。在山东省发改委发布的全省17市社会发展综合水平评价报告中，淄博处于第一层次，为社会发展高水平地区。

“十二五”时期，淄博市发展的总体思路是，坚持以科学发展为主题，以加快转变经济发展方式为主线，以富民强市为目标，进一步坚持内涵发展，突出加强结构调整，突出统筹城乡发展，突出改善民生维护稳定，深化改革开放，着力推动淄博老工业城市新的转型发展。主要目标是，全市地区生产总值年均增长12%左右，到2015年突破5000亿元；地方财政收入年均增长15%左右，到2015年突破300亿元，境内财政总收入达到800亿元；城镇化率提高到68%；城市居民人均可支配收入和农民人均纯收入年均分别增长12%和13%左右。

淄博高新技术产业开发区

淄博中心城区

荣获“新材料名都”称号

出自淄博的高档瓷器——硅苑中华龙

淄博陶瓷·当代国窑

世界认识中国是从陶瓷开始的。千百年来，中国陶瓷产业不断发生着新的变化。2009年9月，在第九届中国（淄博）国际陶瓷博览会暨世界陶瓷采购大会上，中国陶瓷工业协会授予淄博市“淄博陶瓷·当代国窑”牌匾。2010年，“淄博陶瓷烧制技术”又被认定为“中国非物质文化遗产”。

淄博陶瓷有着深厚的文化底蕴和厚重的历史积淀。早在新石器早期，淄博先民们“抟土制器，掘地筑窑，焚柴而陶”，成为中国陶瓷的发祥地之一。新中国成立后，全国第一条日用陶瓷隧道窑，第一条链式烘干机，第一台大缸成型机，都诞生在淄博。经过几十年的不懈努力，淄博从传统的日用陶瓷、工艺美术陶瓷到代表最新科技成果的高技术陶瓷都取得了令人瞩目的成就。华光陶瓷成为“中国驰名”商标，山东硅苑科技生产的日用陶瓷成为“中国名牌”产品，多种高档日用陶瓷进入人民大会堂、中南海、钓鱼台国宾馆和紫光阁，艺术陶瓷常常被作为国礼赠送国际友人，世博会、全运会、建国60周年庆典活动等也是使用的淄博陶瓷。淄博的功能陶瓷在全国居于领先地位，陶瓷整流罩、陶瓷基片、陶瓷轴承等广泛应用于航天、信息、先进制造业等领域。目前，淄博陶瓷畅销世界80多个国家和地区，陶瓷产业年销售收入600多亿元。

下一步，淄博市将以“淄博陶瓷·当代国窑”地域品牌授权使用为新的起点，以在淄博设立的国家陶瓷与耐火材料产品质量监督检验中心、陶瓷产品欧盟标准检测认证中心为依托，努力把陶瓷作为文化创意产业来发展，积极寻求战略合作伙伴，进一步提高生产标准，更新生产设备，优化工艺流程，多出高端高质产品，尽快把淄博打造成全国陶瓷行业的技术研发中心、信息发布中心、价格生成中心和出口贸易基地。

生态和谐宜居城市

淄博是全国独具特色的组团式城市。近年来，淄博市突出生态园林特色，坚持把结构调整作为经济社会发展的主线，把节能减排作为经济社会发展的关键，把环境保护作为经济社会发展的“命门”，生态文明建设取得明显成效，淄博正变得天蓝、水清、地绿、气爽。目前，全市森林覆盖率达到35%，建成区绿化率达到42.2%。2006年，淄博市成功创建为国家园林城市；2010年又创建为全国绿化模范城市。

围绕建设生态和谐宜居城市的目标，淄博市大力推进统筹城乡一体化发展，路网、水系、供电供水供气等基础设施建设日益完善，城乡环境更加清洁优美，城市功能和承载力明显提升。有24条公路干线通往全国各地，铁路和公路密度在全国名列前茅；城市日供水能力近85万吨，电网最大负荷370.4万千瓦，管道天然气年供应量6.5亿立方米。目前，全市城镇化率达到64.01%，比全国、全省高出10个百分点以上。

根据淄博市“十二五”发展规划，到2015年，淄博市将形成1个中心城区、7个次中心城区、30个左右中心镇、300个左右中心村的新型城镇化格局，城镇化率将达到68%，城市承载功能将得到进一步提升。

推动淄博老工业城市科学发展再上新台阶

2月26日，市委书记、市人大常委会主任刘慧晏参加市十四届人大一次会议张店、临淄、桓台代表团的分组审议，同代表们一起审议政府工作报告。他强调，要深入贯彻落实科学发展观，坚持科学发展主题和加快转变经济发展方式主线，按照市委、市政府强化生态文明、加快内涵发展的总体要求，突出生态园林特色，进一步加大结构调整、统筹城乡发展、保障和改善民生力度，切实把市十一次党代会和市“两会”确定的各项目标任务落到实处，推动淄博老工业城市科学发展再上新台阶。

市领导岳长志、赵启全、唐会礼、庄鸣、唐福泉、吴明君、韩家华、刘有先、韩国祥、许建国、尚秋云、王树武，市委特邀咨询刘池水，市人大常委会原副主任薛安胜，市人大常委会秘书长王敦浦等分别参加审议。

在张店、临淄、桓台代表团，代表们结合各自实际踊跃发言，谈感想、谈体会、提建议，气氛民主热烈。在认真听取了代表的发言后，刘慧晏说，周清利市长代表市政府所作的工作报告，符合科学发展观要求，符合市十一次党代会精神要求，符合淄博实际，是一个实事求是、科学务实的好报告。

刘慧晏指出，几年来，全市上下深入贯彻落实科学发展观，积极应对国内外复杂环境严峻考验，坚持科学务实、主动作为、化危为机，经济社会保持了平稳较快发展的良好势头。特别是全市工业经济总量过万亿，成功创建为全国文明城市，社会发展水平继续保持全省第一层次，标志着淄博老工业城市科学发展迈上了一个新台阶。同全市一样，张店区、临淄区、桓台县的发展也是好的，结构调整取得重大进展，城乡面貌发生显著变化，城乡群众生活水平不断提高，各方面工作取得了很大成绩。这种好的发展局面，是在中央和省委、省政府的坚强领导下，在历届班子打下的良好基础上，全市广大党员干部群众团结奋斗的结果。

我们淄博有“三好”：一是区位好，地处鲁中，人杰地灵；二是发展基础好，实践反复证明，传统产业不是包袱，而是宝贵财富；三是民风好，三千多年的文明史，凝练形成了诚信、务实、开放、创新的新时期城市精神。有“三好”作基础，进一步发挥比较优势，勇于开拓创新，必将创造淄博老工业城市更加美好的明天。

刘慧晏指出，推进淄博老工业城市科学发展，要进一步凝聚形成强化生态文明、加快内涵发展的思想共识。强化生态文明、加快内涵发展，是现阶段推进淄博老工业城市科学发展的必然要求和现实选择，也是应对当前复杂形势、保持经济平稳较快发展的根本性措施。强化生态文明，要突出在“强化”上下工夫，牢固树立生态文明理念，更加自觉地把生态文明要求贯穿于经济社会发展的全过程，以生态文明引领科学发展，提升发展层次，增创发展优势。加快内涵发展，要突出在“加快”上求实效，量的增加要以质的提升为前提，努力增加优质增量，着力提高质量效益，切实促进经济社会又好又快发展。

刘慧晏强调，要进一步加大工作推进力度，切实落实好市十一次党代会和市“两会”确定的各项目标任务。要在保持经济长期平稳较快发展的基础上，进一步加大转方式调结构力度，着力打造特色产业集群，加快构建现代产业体系，提高经济发展的层次和水平。进一步加大统筹城乡发展力度，突出生态园林特色，优化空间布局，完善功能配套，提高城市现代化建设水平和城乡一体化发展水平。进一步加大保障和改善民生力度，认真落实各项民生政策，解决好事关群众切身利益的实际问题；深入实施固本强基维稳工程，加强和创新社会管理，努力维护社会和谐稳定。

刘慧晏强调，要深入开展认真专业务实作风效能建设，狠抓各项工作落实。要围绕强化生态文明、加快内涵发展，在更高的层面上解放思想，切实提升思想境界，提高工作标准。要全面推行工作项目化，不论是结构调整、自主创新、节能减排，还是城市建设、改善民生，以及文化建设、社会建设、党的建设，都要落实到具体的工作项目上，倒排工期，落实责任，加快推进。广大党员干部特别是领导干部，要始终保持良好的精神状态，深入基层、深入一线，面对面解决问题，点对点推进工作，扑下身子抓落实，确保各项事业都有新的发展和提高。要进一步加强党风廉政建设，始终保持党的先进性、纯洁性，为经济社会发展提供有力保障。

科学发展新山东

第八届中国网络媒体
山东行新闻报道集

泰安篇

泰安市书写科学发展的精彩答卷

金风送爽，花好月圆。在美好的金秋时节，我们迎来了中华人民共和国成立六十一周年。

今年是保持经济平稳较快发展、加快转变经济发展方式的关键一年，是全面实现“十一五”规划的最后一年。五年来，我们励精图治，成功应对国内外各种重大风险和挑战，城乡面貌发生了新的历史性变化。社会生产力快速发展，综合实力大幅提升，人民生活持续改善。特别是过去两年，面对国际金融危机的严重冲击，市委、市政府审时度势，果断采取有力措施，克服重重困难，保持了经济平稳较快发展的好势头，并为长期发展奠定了坚实基础。实践证明，市委、市政府采取的政策措施是符合实际的，是及时、有力、有效的，是在关键时期做出的战胜当前困难、增强发展后劲、保障改善民生的正确选择，发展中的泰安充满了生机与活力。

综合实力快速提升

7月6日，中国泰安奥特莱斯现代服务产业区项目签约仪式举行。奥特莱斯（中国）有限公司董事局主席林卓延表示，第一次来泰安，不光见到了泰山的雄伟壮丽，更是亲身感受到泰安人的热情好客。泰安依五岳独尊的泰山而建，地理位置优越，区位优势明显，基础设施完善，发展势头良好，蕴藏着巨大的商机，这更加坚定了奥特莱斯中国有限公司来泰安投资的信心。

泰安拥有“国家卫生城”、“国家双拥模范城”、“国家历史文化名城”、“中国优秀旅游城市”、“中国城市综合创新力50强”、“全国科技进步先进市”、“国家园林城市”等称号…… 一个个金字招牌来之不易，更是综合实力的体现。

综合实力的快速提升，得益于泰安经济的迅猛发展。近年来，泰安市上下紧紧围绕建设经济文化强市，打造国际旅游名城的奋斗目标，深入贯彻科学发展观，认真落实各项宏观调控政策，加快推进转方式、调结构步伐，农业生产稳步增长，工业经济持续回升，旅游服务业发展迅猛，经济社会实现平稳较快发展。2009年，泰安市实现生产总值1700亿元，比上年增长13%。完成地方财政收入91.4亿元，增长 19.7%。

莲花汽车、泰山方特欢乐世界、泰山封禅大典大型实景演出、泰开电气双百万变压器和超高压交联电缆、岱岳区科诺型钢、新泰华溢碳纤维、肥城石墨电极、宁阳合浩通电缆、东平宏达矿业等项目顺利建设或投产，提升了产业层次，增强了发展后劲。

今年上半年，泰安市实现生产总值939.7亿元，比上年同期增长14.5%，提高3.4个百分点，增速居全省第四位；地方财政收入达到69.8亿元，增长27.3%，居全省第六位，高于全省平均增幅2.0个百分点。

努力建设山东旅游和文化产业高地

2010年5月1日，是泰城人难忘的一个日子：泰山方特欢乐世界、《中华泰山·封禅大典》、泰山花样年华景区三个大型旅游文化项目泰山脚下同时开业迎宾。

——高科技科幻主题公园“泰山方特欢乐世界”，为古老的泰山带来了现代高科技的文明，使泰安古老文化与现代科技实现了“融古通今”，满足了不同层次游客不同需求，有效延长了游客在泰的逗留时间，游乐项目多在室内进行，这也打破了季节和天气对文化旅游业带来的“天时”限制差。

——《中华泰山·封禅大典》大型实景演出，以泰山历史文化为核心，以泰山自然山水为背景，通过震撼的灯光视觉效果，再现秦、汉、唐、宋、清五个朝代帝王封禅的场景。填补了泰安晚间旅游项目空白，拓展和深化了泰山独特的自然与历史文化旅游资源，形成了独具泰山特色的文化品牌。

——“赏天下名兰，品泰山文化”，泰山花样年华景区以亚洲最大的蝴蝶兰研发中心和7个精品园为载体，充分发挥特色农业、旅游两个行业的优势，成为集生产、科研、旅游三位一体的旅游观光景区，成为泰山周边游的精品景点。

泰安市加快服务业结构调整，推动服务业发展上水平，以建设山东旅游和文化产业高地为目标，发挥泰山旅游龙头带动作用，坚持拓展旅游空间、建设旅游项目、开发旅游产品、完善旅游设施、提升服务水平、加强宣传促销多管齐下，积极推进大泰山旅游圈的规划建设，努力扩大服务业投入，做好“吸引人、留住人”的文章。上半年，泰安市共接待境外游客12.8万人，增长29.0%，实现旅游外汇收入7472.9万美元，增长46.2%；国内旅游人数达到1342.4万人，增长33.7%，实现国内旅游收入103.5亿元，增长40.2%。借“创城”之势，文化旅游产业快速推进。泰山文化艺术中心、报业文化中心、泰山盐海神汤、名嘉城市广场、泰山瑞奥不夜城等项目建设正在加紧施工，截至目前，累计完成投资占计划总投资的28%；大汶口文化产业园、天颐湖生态旅游度假区、程庄瑞和生态园、神童山旅游开发、水浒文化产业等项目相继开工、竣工，文秀大剧院、东原艺术中心等文化产业项目顺利实施，泰安市文化资源优势向文化产业优势和经济优势的转变正在加速通过一批旅游大项目，特别是娱乐、休闲、度假项目的建设，泰安的旅游产品进一步丰富、功能进一步完善、空间进一步拓展，“留不住人”的难题得到有效解决，旅游发展方式也发生了质的转变，逐步实现由单纯的泰山旅游向依靠泰山、多点联动的泰安大旅游转变，由单一的观光旅游向观光体验休闲度假全方位旅游转变，由传统旅游和文化的融合向现代旅游产业和文化产业大融合大发展转变。随着文化产业的“茁壮成长”，三次产业结构悄悄发生了改变。近两年，泰安市第三产业占生产总值的比重每年提高1个百分点左右。三产比例由2008年的10.6：55.5：33.9，转变为2009年的9.9：54.6：35.5，第三产业增幅居全省第三位，结构持续向好。

积极打造“依山傍水”的城市

随着沥青路面的铺筑完成，环山路中段拓宽改造主体工程日前基本完工，贯穿桃花源、天外村、红门和天烛峰四大景区，全长26公里的环山路全线贯通。这让十一期间驾车从济南来泰安旅游的韩先生乐开了怀：以往到泰安来玩，环山路中间的一段经常堵车，这次来一路畅通，路边的景色也非常迷人，泰安城变得越来越美了。“两带”工程建设指挥部的有关同志说，环山路中段拓宽改造工程顺利实施，实现环山路全线畅通，能更好地发挥环山路作为泰山的保护线、重要的旅游线、泰城重要的交通线和代表泰安形象的景观线的作用，进一步优化提升道路整体功能。

加快推进城镇化，是推动经济与社会长期稳定持续增长的重要力量。近年来，按照泰安中心城市、县域城市、小城镇、农村（社区）四个层面合理布局，泰城建设的步伐越迈越大，面貌日新月异。借助大汶河综合开发，逐步实现泰城由“依山而建”向“依山傍水”发展，以解决有大山无大水、能游山不能玩水的问题，实现泰安人民期盼已久的让泰城山清水秀、山水相依的美好愿望。东西方向不断扩大规模，旅游经济开发区、高铁车站新片区、东部旅游产业聚集区的开发建设正热火朝天。南部以泰安高新区为依托，形成城市第二产业和高新技术产业基地。泰城老城区改造，实施“两轴”、“两带”带动，改善和提升城市形象和功能。一年多来，泰安市先后展开181个建设项目，已开工142个，竣工38个，完成投资235亿元。泰山方特欢乐世界等一批重点项目投入运营，徂徕山旅游快速通道全线贯通，旅游经济开发区和京沪高铁新客站片区基础设施建设加快推进，时代发展轴二期工程、城中村改造、长城路开发取得实质性进展，大汶河综合开发天泽湖工程建设扎实推进。一个个大片区的框架初步搭建，给泰城注入了鲜明的现代气息。现在的泰城，是天人合一的历史文化名城，是风景醉人的旅游胜地，也是居民惬意生活的宜居之选。

大项目建设如火如荼

3月27日签订协议，6月18日开工奠基的中国航天泰安特种专用汽车工业园项目，占地1000亩，计划总投资16亿元。今年计划投资3亿元，主要建设整车调试车间、总装车间、军品联合车间及配套设施。实现当年开工，当年建成投产，12月底具备车辆生产、调试、试车、入库和发车功能；2011年6月底，具备产品总装功能；2015年，项目竣工并实现达产。项目建成达产后，年产各类特种车28000辆，年新增销售收入141亿元，利润28.6亿元，届时将成为中国航天专用特种车科研生产基地。

项目建设特别是大项目建设，是培植财源、扩大就业、实现科学发展的基本抓手，项目建设、招商引资是扩内需、稳增长、调结构、转方式的根本途径，是巩固推进经济企稳向好势头的重要支撑，也是拉动内需、扩大投资的重要载体。近年来，泰安市坚持内外并举，千方百计扩大招商引资，充分利用产业、资源、环境、服务等要素，发挥企业招商的主体作用和园区、项目的载体作用，鼓励企业适应新的全球产业转移、资本流动趋势，有效利用国内外强企业的跨国并购、增资扩股、股权投资、资产重组、经营合作等多种方式，选准国内外有实力的大企业、大集团尤其是“央字号”大国企，扩大引进资金规模。在强力推进大项目建设过程中，创新项目建设服务机制，认真落实领导干部包重点项目责任制和定期走访客商、企业制度，探索成立投资服务中心，具体负责为泰安市重点项目代理报批手续，协调落实优惠政策，帮助解决建设与经营中遇到的困难和问题。2009 年确定的 125 个重点建设项目完成投资 449 亿元，占年度计划投资的 116.6%。今年突出抓好重汽工业园、泰开工业园、现代重工装载机、新凯汽车、泰山石膏股份公司石膏板护面纸、澳门名嘉城市广场、华能风力发电、特变电工工业园、石横特钢公司高强度钢及特种钢改造、合浩通 180 万千米电缆、中顺工业园等 100 个左右投资过亿元的重点项目建设。上半年，泰安市规模以上固定资产投资完成 537.6 亿元，增长 22.7%。上半年泰安市在建过亿元项目 375 个，今年累计完成投资 237.1 亿元，占规模投资的 44.1%。

百姓得到越来越多的实惠

“领到钥匙了，终于有一个自己的‘家’了。”泰前街道办事处居民李在香在自己分到的廉租房里高兴地说。5 月 13 日上午，惠普家园西区首批廉租住房开始交房，自当日开始至 16 日，344 户符合条件的家庭将陆续领到新房钥匙。惠普家园西区是由市政府直接组织建设的第二个经济适用房和廉租住房小区，共建设廉租住房 1146 套、5.83 万平方米。与此同时，第三个经济适用房小区——惠普家园南区，18 栋经济适用房住宅楼（5.2 万平方米、818 套）也正在加紧建设当中。

9 月 1 日，900 余名新生高高兴兴地来到新落成的泰安六中新校区就读。六中新校区的落成和启用，方便了泰城东部适龄孩子的就近入学，有利于实现泰安市教育的均衡发展和可持续发展，是一项实实在在的惠民工程。

保障民生、改善民生，努力实现学有所教、劳有所得、病有所医、老有所养、住有所居的目标，始终是市委、市政府一以贯之、坚持不懈的工作宗旨。“十一五”规划提出的民生指标总体将实现预期目标，甚至不少指标已是提前完成。具体来看，各项民生指标进展不断提速，老百姓得到了越来越多的实惠：

——2007 年到 2009 年，农民人均纯收入从 5300 元增至 6620 元，城镇居民人均可支配收入从 13700 元增至 17700 元，年均增速均高于“十一五”规划提出的年均增长 7% 和 8% 的目标；

——2007 年到 2009 年，泰安市新增就业再就业年均增长 7 万人以上，2009 年，城镇登记失业率为 3.26%，低于“十一五”规划提出 4% 以内的控制目标；

——2009 年底，泰安市新型农村合作医疗参合率达到 98.9%，城市社区卫生服务覆盖率达到 100%，继续保持山东省先进水平。

——2009 年，城乡义务教育经费保障机制逐步完善，为 51.6 万名城乡义务教育段学生免除学杂费。新建廉租住房 10.7 万平方米、经济适用房 5.1 万平方米，其中市区新建廉租住房 4.5 万平方米，经济适用住房 2.8 万平方米，对符合廉租住房条件并提出申请的家庭做到了应保尽保；

——2012 年上半年，泰安市城镇 2.75 万名和农村 14.2 万名低保对象实现应保尽保；

——从 2012 年 7 月 1 日起，政府对新农合和城镇居民医保补助标准提高到每人每年不低于 120 元，市县两级补助不低于 60.5 元。年底前 80% 的城镇职工医保、城镇居民医保和新农合统筹地区将实现医疗费用即时结算，患者只需支付自付的医疗费用；

……

“一年迈出一大步，三年实现大变样，把我们的城市建设得更有魅力、更有品位，让广大市民生活得更加美好、更有信心，让泰安成为令人羡慕的城市，让泰安市民成为令人羡慕的市民。”市委书记杨鲁豫在泰安市创建国际旅游名城动员大会上激情飞扬的诗意描述，犹在耳边。让我们携起手来，在中共泰安市委的坚强领导下，沿着科学发展的大道锐意进取、阔步前行。

泰安以科学发展观破解发展中难题

从年初起，山东省泰安市由浅入深、由理论到实践，蓬勃开展了“思想解放与科学发展”的教育、实践活动，“思想引航谋发展”、“高端指点出思路”、“典型引路求创新”等生动鲜活的内容，借助媒体走进千家万户。人们捕捉到自己发展中的焦点、难点，并逐步掌握了破解的“金钥匙”。

思想领航：挣脱羁绊，眼前天高地阔

中秋时节，在泰山脚下的太空育种蔬菜示范基地里，充满生机的黄番茄、豇豆、丝瓜、辣椒等15个太空蔬菜品种，长得郁郁葱葱，硕果盈枝。这利用航天器搭载上天，经过真空培育出的新品种，已在这里生根结果，催生出全新蔬菜品牌，并形成产业化生产。

这“上天入地”的种子，萌生于思想解放的土壤。破除了不符合科学发展的思想观念，一扫往日的沉闷与焦灼，人们顿时觉得天高地阔。泰安市委书记杨鲁豫说：“解放思想的境界有多高，发展的舞台就有多大。”

旅游产业如何冲出“盛名之下，其实难副”的尴尬境地？泰安摆脱“思维狭窄，目光短浅”的束缚，开始在全球一体化中为自己的城市定位，敞开融古铸今、东西兼容的胸怀，不断丰富本土文化的“聚宝盆”。近日，他们在泰山保护上瞄准武夷山，在市场主体培育上瞄准黄山，在经营管理上瞄准峨眉山，在旅游促销上瞄准张家界，集众家之长，对自己的发展进行精心筹划。将旅游产业拓展到工业旅游、观光农业、商务休闲、餐饮娱乐、节庆会展、宗教信仰、修学教育、体育健身、房地产开发、文化创意等，采取大企业引入、大项目建设、大产业促动、主题式设计的发展模式，集群开发，力争在世界城市之林中形成独特的竞争优势。

思想甘霖滋润实践的沃土，泰安人开始敢于与“洋巨头”比高低。今年，他们重点策划、扶持了石横特钢、肥矿集团、泰山玻纤等20家企业，使其尽快成长为百亿元企业，让其形成“军团效应”。与此同时，催生出泰山玻纤工业园、国华时代广场、无菌包装材料等一批投资过亿元的重点项目；“泰山工程机械”生产的产品开始向“世界第一”挑战，冲进俄罗斯、印度等20多个国家；东岳集团的技术创新，在多个领域打破了国外技术垄断……

思维前瞻：破解难题，打造核心竞争力

走进泰山南麓的白马石村，古朴的风情乡韵使人进入“采菊东篱下，悠然见南山”的意境。近来，这里建起神农百草园、红叶谷、垂钓园等，让游客体验日出而作、日落而息的山野乐趣，一举成为全国闻名的“民俗旅游文化村”。

寻找制约发展的难点，泰安瞄准“靶子”，进行破解，白马石村的成功转型，给人以启迪。近日，泰安提出，发挥自己的独特优势，扶持、培育投资过千万元农产品加工企业60个，在1200多个村庄构筑“一村一品”特色产业链，将“提篮小卖”变为“集团出击”，进行特色化种植、标准化生产、产业化经营。目前，正在催生“中国仔猪之乡”、“中国黄花菜第一镇”、“中国樱桃第一镇”等众多特色乡镇。邱家店镇的农民张继臣，当上了蓝莓种植基地的“头”，带领70多户农民种植蓝莓、大樱桃等高附加值作物，构筑起特色产业，收入成倍增长。

在大资源小产品、大文化小效益、大泰山小经济的怪圈中徘徊，其根源是个性与特色不凸显，形不成走向世界的“文化符号”。泰安人以前瞻思维获取破解的“金钥匙”：瞄准国际水平、时代需要，凸显城市特色，增强城市个性魅力，让泰安成为一个休闲恬适的、文化艺术的、自由轻松的、充满诗意的城市，着重打造岱庙文化记忆体验区、天平湖旅游休闲区，营造“城市客厅”、“游客家园”。从园林城市向森林城市提升迈进，让城市显山露水、林木葱茏;提升并凸显“好客”形象，让勤劳、淳朴、友善、助人的民风成为泰城的风尚；瞄准建设“中国精神生活度假区”这一目标，打造自然、自由、自在、自得、自知、自乐的精神乐园。

智慧发散：创意频生，步入崭新天地

在角峪镇的纸房村，往常被视为草芥的“野草”、“野菜”现身价倍增，以此开发出的苦菜叶茶、蛤蟆草茶、薄荷叶茶等天然养生保健品，变成“宝贝”，销往北京、安徽、河北等省、市，每亩纯收入达3000元以上。

纸房村创造的“金点子”，浓缩着泰安人的时代智慧。贯彻落实科学发展观，使人们变得聪明起来，摆脱了“不会干”、“不敢干”、“不想干”的惰性。近日，在宁阳县，冒出一家专“吃垃圾”的企业，使垃圾生“宝”。他们以废弃物为原料，生产出生物柴油、复合汽油、液化气等生物能源。漫步在这里，眼前不时有白鹭在林中翩翩起舞。人们告诉记者，环境好了，引来白鹭、野鸭、百灵鸟等20多种鸟类栖息，光白鹭就有近万只。

他们着力吸引一批跨国公司、大型企业在泰安建立总部或区域总部，形成优势产业聚集效应。目前，正加快培植100家自主创新能力强、核心竞争力强、产品市场前景好的创新型企业。建立起6家博士后工作站，搭建科技创新的平台，与高校和科研单位“结亲”，先后同中科院等84个院（所），北京、上海、沈阳3个国家级技术转移中心，以及国内50所重点大学，联合开发一批具有自主知识产权的新产品。

他们让城市的每一个细节都要彰显独特魅力。把一个个精品的“点”、一个个精品的“片”，逐步连在一起，构建一个“精品城市”。在追求人与自然的和谐中，他们勾画山、水、城融为一体，人与自然和谐共存，“城在绿中，水在城中，林在园中，人在景中”。在构筑人与人的和谐中，利用营造氛围、典型示范、上下互动、全民参与等多种生动活泼的形式，让和谐文化渗透进社会生活的各个角落，营造起“追仁求义”、“敦亲睦邻”的社会风尚。

科学发展新山东

第八届中国网络媒体
山东行新闻报道集

日照篇

日照：蓝、红、金三色绘就科学发展新蓝图

大众网日照5月18日讯（记者 赵永刚）日照作为山东半岛蓝色经济区的重要增长极，在“科学发展新山东”中如何定位？如何落实科学发展观，实现建设海洋特色新兴城市的奋斗目标？在“科学发展新山东——‘鲁花杯’第八届中国网络媒体山东行”大型采访活动期间，日照市委书记、市人大常委会主任杨军接受了大众网记者的专访。他表示，日照将抢抓“蓝、红、金”三大国家战略机遇，绘就科学发展的新蓝图，稳中求进、好中求快，更好地造福人民。

“蓝、红、金”描绘最美画卷

在日照市委、市政府最近出台的文件中，“蓝、红、金”三个字成为出现频率很高的“热词”。杨军说，这三种颜色形象地代表了日照发展面临的三大机遇。

“‘蓝’，是指山东半岛蓝色经济区建设给日照带来的机遇；‘红’，是指莒县、五莲县作为沂蒙红色革命老区享受国家对中部地区扶持政策的机遇；‘金’，是指以日照钢铁精品基地建设为主的山东省钢铁产业结构调整试点带来的机遇”，谈起这三大机遇，杨军难掩兴奋之情，他表示，这三大战略相继实施，历史性地把日照推升到国家战略层面，发展面临的机遇千载难逢，为加快建设海洋特色新兴城市，打造蓝色日照、幸福日照、平安日照、生态日照、文明日照带来了强大动力。

那么，日照应该如何用好这三大机遇实现科学发展？杨军认为，这里面有三个关键，也是日照正在抓的“三件大事”：

“用好蓝色机遇，关键是实施好“双十·一城”工程，即十大蓝色产业、十大基础设施和日照国际海洋城建设；用好金色机遇，关键是加快日照钢铁精品基地建设；用好红色机遇，关键是突破县域经济加快全域发展。”

杨军告诉记者，围绕这三个关键，日照市已经出台了具体的措施，而且已经取得了很大的成效：“去年，日照蓝色经济占GDP的比重已经达到了42.5%，对经济的拉动作用进一步凸显；精品钢基地建设被列为日照市的头号工程，拆迁清点、居民安置、企业重组、配套服务、产业链对接、淘汰落后产能等工作全面推进；在县域经济发展方面，通过进一步简政放权、优化环境，加大政策扶持力度，也取得了很大的成果。”

杨军说，“蓝、红、金”三大机遇对日照的发展至关重要，日照将抢抓这三大机遇，用好这三个机遇，办好“三件大事”，抓好民生建设这个保障，努力推动全市科学发展，造福日照人民，“相信‘蓝、红、金’三大机遇一定能为日照的明天描绘更美丽的画卷。”

壮大蓝色产业集群

2011年，日照进出口总值突破200亿美元大关，同比增长55.9%，增幅全省第一，总量列全省第三。这一令日照人骄傲的成绩背后，折射出来的是日照蓝色经济的壮大、产业结构的变化和经济综合实力的提升。杨军认为，这是日照全面落实科学发展观，大力发展蓝色经济，推动产业转型升级的重要体现。

杨军告诉记者，日照在发展蓝色经济方面具有临港沿海的优势，日照是新亚欧大陆桥东方桥头堡，港口货物吞吐量已经突破2.5亿吨，目前已形成了港口、铁路、公路等交通运输网络化体系，尤其是日照机场作为全省“十二五”唯一一个新建机场，已列入国家机场建设发展规划，这将为日照蓝色经济区建设插上腾飞的新翅膀。

“发展物流日照具有基础和优势，我们要把日照打造成立足鲁南、促进蓝区、服务山东、联通欧亚大陆桥的区域性国际航运物流中心”，谈起未来日照物流业的发展，杨军说，日照市《关于加快现代物流业发展的意见》已经出台，正大力实施港口相关产业价值链再造，在石臼、岚山、开发区等地建设四大物流园区，到2020年，日照的物流业增加值将达到400亿元。

在传统产业方面，日照也正借力蓝色经济区建设，加快形成临港产业集群。杨军告诉记者，在日照大力发展的十大蓝色产业中，日照正着力实施“千亿级、五百亿级”产业发展计划，冶金、石油化工和汽车及零部件制造三大产业将形成千亿级产业集群，海洋装备、海洋工程，浆纸和印刷包装业和粮油加工业将形成500亿级的产业集群。

杨军表示，日照要用好蓝色发展机遇，加快推进产业转型升级，提高高新技术产业、战略性新兴产业、现代服务业的发展水平。“蓝色对我们来讲，更重要的还是向海洋拓空间要效益，带动产业的转型升级”，杨军说。

打造城市“第三极”

提到日照蓝色经济的发展，就不能不提正在规划建设中的国际海洋城。在日照的蓝色经济发展战略中，国际海洋城占据了非常重要的位置，它也被列入半岛蓝色经济区重点打造的“三区三园”中的中外合作示范园之一。国际海洋城应当如何定位？它有什么样的特色？杨军表示，国际海洋城要打造成为具有海洋特色的城市第三极。

杨军告诉记者，日照国际海洋城总面积 160 平方公里，其中起步区约 6.6 平方公里，这个区域主要以新产业、新生活，新生态为主题。新产业以海洋为主，主要包括海洋科技、海洋服务、海洋工程装备、海洋生物、海水利用、海洋环境保护、海洋文化旅游、海洋物流。新生活是要打造国际水准的宜居环境，新生态是要把海岸线和绿地之间自然的东西全部保留住，这里面包括自然的沙滩、水面、湿地等。国际海洋城将在东港和岚山之间崛起为城市的第三极，它的建设不但将日照两个区连成了一片，也将为日照市民打造一个更加美好的工作、居住和生活空间。

杨军表示，用好“蓝、红、金”三大机遇，目的也是要进一步地改善民生，提高我们广大群众的满意度和幸福度。“日照经济发展还处在一个起步阶段，财政保障方面能力还不够强，但我们始终坚持以人为本，民生为先”，杨军告诉记者，日照已经实现了新农保和城镇居民养老保险国家级试点实现全覆盖，基本药物制度全面实施。去年超额完成了省政府下达的 14125 套保障性住房的建设任务，实行基本药物制度后，基层医疗卫生机构药品价格平均降幅达 49.76%。这些都让老百姓得到了实实在在的发展实惠。

建设滨海文化旅游名城

作为滨海旅游城市，拥有蓝天、碧海、金沙滩的日照自然资源得天独厚。在去年全球500个旅游城市参评的“TOP10 2011 年度最佳旅游目的地”评选活动中，日照市脱颖而出，荣获“2011 年度最具活力旅游目的地”称号，是山东省唯一的获奖城市。如何保持日照旅游的独特魅力？杨军认为，关键是要把文化与旅游的深度融合，打造滨海文化和旅游名城。

“海滨城市旅游不仅仅是踏踏水、游游泳，而是要真正深入到海洋中去，更多地体味海洋文化……”杨军说。他告诉记者，国家海洋局确定在日照规划建设 273 平方公里的国家级海洋公园，这也是全国最大的海洋公园，“273 平方公里的海洋公园 90% 在海上，我们将努力把海上垂钓、海上运动、海上娱乐等休闲旅游内容结合起来，让游客真正在大自然中、在海洋中体验蓝色公园的感觉，而不是在陆地上体验海洋的感觉。”

杨军告诉记者，日照是一个既古老又年轻的城市，特别是历史文化资源非常丰富，日照正在着力做深昨天文化、做实今天的文化、做活明天的文化。“日照有三宝，绿茶、黑陶和农民画，这三宝都可以形成很长链条的文化产业”，杨军说，日照的“三天文化”实际上也派生出了很多的文化产业，像太阳文化、太公文化、生态文化、水上运动文化，以及正在打造的蓝色文化，还要进一步发展创意文化和影视文化。日照将充分发掘这些文化资源，目前，全市正大力开展“文化建设年”活动，着力抓好“十大文化建设”和“十个一”系列活动，努力实现文化建设新突破。

在采访的最后，杨军表示，他希望能通过大众网，通过参与第八届网络媒体山东行的所有网络媒体，向全国的网民发出邀请，欢迎大家到日照观海听涛、休闲度假、投资创业！

日照立足生态建市　彰显宜居魅力

——回顾五年集约发展建设生态城市之路

本报记者　王秀洁　2010 年，中国社科院发布的《全球城市竞争力报告》显示，在全球经济增长率排名前十的城市中，日照名列第八位；2011 年，中国社科院发布《城市竞争力蓝皮书》，日照经济增速全国排名第七。“联合国人居奖”、2011中国十佳低碳城市，城市环境综合整治定量考核连续六年保持全省第一……五年来，日照获得的荣誉还有很多……纵观五年发展成就，我们不禁深深思索，考量一个城市综合竞争力的标准又是什么？在科学发展的今天，城市综合竞争力，除了经济规模、经济增长率、综合生产率，更重要的还有产业层次、发展成本、“幸福感”等。五年科学发展，我市始终坚持“生态建市”战略，将生态宜居作为城市的价值取向，在产业集约布局、城乡集约建设、生态集约保护中，构建资源节约、环境友好的生态方式和消费方式，让生态日照魅力充分彰显，让城市个性更加突出。

五年来，一头是工业基础弱、经济总量小的实际，一头是节能减排的严峻考验，“两难”中，日照在发展中求转变，在调整中促发展，坚持“港城、港带、港桥、海陆”一体化，在推进产业空间布局优化、优势产业集群发展、传统产业集约发展、新兴产业集中发展等方面持续发力，初步形成了海陆统筹、特色鲜明、功能互补、人口与环境承载力相适应的蓝色经济体系。五年中，“三带三轴八区十大蓝色产业”的布局规划，凸显了大开发、大发展的决心。日照坚持以“大项目——产业链——产业集群——特色产业”的链条式发展思路招引项目，钢铁、石化、浆纸、汽车及零部件、粮油加工等优势产业逐步实现集群发展。精心组织实施传统工业调整振兴项目，钢铁、造纸、水泥等“双高”产业逐步向现代产业转型，2011年，开工建设技改项目356项，完成投资227亿元，产业结构更趋合理。开工建设清大华创等一大批科技孵化器项目，海帝LED电器、蓝晶易碳光伏组件等一批新兴产业项目迅速发展，2011年完成技术创新项目203项。

五年来，市委、市政府始终将资源节约、环境友好、宜居宜业的核心理念融入城乡规划、建设、管理全过程，构建城乡一体化推进、环保宜居综合发展的城乡建设模式。尤其是蓝色国家战略的到来，日照城乡发展纳入“青潍日”三组团中，东“港”、西“新”、南“工”、北“游”、中“城”的城市功能布局不断完善。五年悄然改变的不仅是城市，还有乡村。东港区涛雒镇下元一村的整体搬迁，成就了省市区社会主义新农村建设的典范。日照国际海洋城，一个综合性的产城融合新区蓝图清晰可见。五年中，新市区与老城区共同美丽，城市与乡村整治同步推进，一座生态文明开放的城市走来。

五年来，生态与经济协调发展，我市认真落实国家和省有关节能减排政策，以资源环境承载能力为基础，统筹开发和科学利用海陆资源，我市成为山东省海域集约化保护利用最高的地区之一。市委、市政府先后出台《加强生态文明建设构建生态环境体系的意见》、《日照生态市建设规划》等政策措施，全市海洋和海岸工程建设项目环境影响评价和“三同时”执行率均达到100%，环保设施验收合格率100%。把创建省级文明城市等活动，与加强城乡环境综合整治结合，大力发展循环经济、低碳经济，一个自然和谐、生态公平、经济高效、低碳发展的生态集约复合系统初现。

万平口广场夜色（资料图）

自北向南看世帆基地（资料图）

科学发展新山东

第八届中国网络媒体
山东行新闻报道集

临沂篇

张少军：县域经济强支撑，六成财力保民生

大众网2012年5月18日讯 （记者 庄红）“要牢固树立科学发展的理念，大力弘扬沂蒙精神，推动县域经济跨越发展，努力让沂蒙人民生活得更幸福美好。”今天，临沂市委书记、市人大常委会主任张少军接受大众网专访，在谈到临沂贯彻落实科学发展观的亮点做法时，他说，2011年以来，临沂以“四三二一”战略为总体发展思路，着力培植提升战略性主导产业，推进城乡区域协调发展，加强保障和改善民生建设，促进文化惠民工程建设，在县域经济的强有力支撑下，2012年预计拿出六成财力保障民生，力争把临沂建造成为老区人民的幸福家园。

临沂市委书记、市人大常委会主任张少军接受大众网专访

关键词一：县域经济　推动县域经济跨越发展 综合实力再上新台阶

“面对日益激烈的区域竞争，推动县域经济跨越发展时不我待。”张少军表示，经济实力是改善民生的现实基础，没有强大的财力支撑，落实民生惠民政策只能是“纸上谈兵”，民生幸福就成了无源之水、无本之木。要想建设好广大人民群众幸福生活美好家园，必须加快壮大经济实力特别是县域经济实力。

目前，临沂县域经济基础相对薄弱，城乡差距较大，基层群众生活水平总体偏低，这正是制约临沂经济发展的一个瓶颈。在加快转变经济发展方式的大背景下，临沂面临着“赶超”与“转调”的双重任务和压力。所以，全市围绕着提升产业层次、壮大经济总量、提高质量效益，实施集中突破，力促转型升级做大文章。并且，通过放大园区载体优势，加快新型工业发展；放大商文旅一体化优势，加快新兴服务业发展；全面提高农产品经营规模化、生产标准化和营销品牌化水平等措施，推动新型工业化、城镇化和农业现代化同步发展。

关键词二：保民生　六成以上财力用于民生 把工作做到群众心坎上

“我们一定要带着感情和责任抓民生，竭尽全力把民生工作做到群众心坎上，让老区人民生活得‘更富裕、更幸福、更有尊严’”。这是以张少军为首的临沂领导班子给广大人民群众的庄严承诺。

保障和改善民生是县域经济发展的内在要求，也是推动县域经济发展的根本动力。同时，县域经济的发展更是促进稳定的必要条件，只有经济发展了，才能有更多的财力物力用于保障民生建设。“十一五”时期，临沂市用于民生的投入达453亿元，年均增长32%。2012年预计民生支出可达164亿元，占总支出比例提高到60.4%，比全省高出9个百分点。在人均财力不足全省平均水平四成的情况下，临沂将六成以上的财力用在民生上，这恰恰体现了市委、市政府全力向民生倾斜的决心，并将民生建设的重点向“三农”、低收入群体、特殊困难群体倾斜，力争使群众普遍关注的民生问题得到较好解决，真正把钱用在了“刀刃上”，用在了群众最需要的地方。

“保障和改善民生只有起点、没有终点，只有更好、没有最好。”张少军深情地说，“如果不能让临沂千万老区人民更多地分享到改革发展的成果，就对不起这片浸染着十万烈士鲜血的热土。”可以说，临沂革命老区民生建设之所以取得了连一些发达地区都难以收到的实效，关键在历届市委、市政府大力弘扬沂蒙精神，带着真情和责任，把保障和改善民生作为第一追求、第一目标，积极探索创新民生建设新思路。也正因此，最近几年才是临沂经济发展最快、变化最大的时期，也是民生状况改善最好、群众得到实惠最多的时期。

关键词三：文化惠民　加快建设文化强市 满足群众精神文化需求

文化是凝聚人心的精神纽带，也是民生幸福的重要内容。临沂是文化大市，文化资源富集，文化基础厚实，有着文化繁荣发展的肥沃土壤。近年来，临沂围绕建设文化强市，把满足群众精神文化需求和保障群众基本文化权益放在重要位置，大力推动文化繁荣发展，不断丰富基层文化生活，取得了良好的社会效益。

2011 年，临沂又提出了建设文化强市、实现“六个显著提升”发展，着力建设鲁南苏北区域性文化中心的目标。“如何把潜在文化资源优势转化为现实发展优势、提升城市形象和整体实现繁荣发展文化事业中来。大力发展文化产业，提升文化软实力，这是加强建设文化强市的关键。”张少军说道。

打造文化强市，最终的目的还是惠济于民。为此，临沂先后建设了市图书馆、博物馆、文化艺术中心、广播电视发射塔、书法广场、兵法博物馆等一大批标志性文化设施。全面推进五大文化惠民工程，在革命老区中率先实现了广播电视村村通，信息资源共享工程、农家书屋建设、乡镇综合文化站工程、电影放映工程也走在了全省前列，基本形成了覆盖城乡的公共文化服务体系。尤其是连续举办了 9 届书圣文化节、4 届诸葛亮文化旅游节等重大节庆活动和 11 届广场文化艺术节、11 届民间秧歌会、6 届非物质文化遗产暨民间艺术展演等群众性文化活动，广泛开展了“三下乡”、“四进社区”等活动，大大丰富活跃了基层群众文化生活，提升了群众精神境界。

“金杯银杯不如老百姓的口碑”。文化建设让市民得到更多的实惠，这是临沂文化建设获得成功的根本所在，这也是真正把发展成果体现在人民生活水平提高上，用人民群众满不满意、是否得到实惠作为衡量改革发展成果的标志。只有下大力气抓好县域经济发展、民生政策落实和文化建设工作，才能确保让人民群众得到更多实惠。

幸福写在老区人民脸上

做事不作秀　所盼变所干

临沂市北城新区大官苑社区 55 岁的居民殷秀艳，不久前写了一首打油诗《外婆的大官苑》，发表在自己的博客上，赞美临沂近年来的巨大变化：雄伟的凤凰广场映在碧水间 / 滨河长廊是一道靓丽风景线……大官苑啊大官苑 / 欢迎朋友来参观外婆的大官苑。

正像殷秀艳所说，作为人口占全省九分之一、经济后发达的沂蒙革命老区，如今呈现出一片文明开放的新景象，特别是市里注重民生建设赢得了广大百姓的交口称赞。

近几年临沂市在民生建设方面倾注真情实感，投入“真金白银”，保障和改善民生工作红红火火，走出了一条革命老区科学发展、民生改善、社会和谐的新路子。

中国社会科学院 2011 年发布的《中国城市竞争力报告》中，临沂市民幸福感在全国 294 个城市中位居第二；在第五届中国全面小康论坛上，临沂被评为“中国全面小康最具安全感城市”；由国家统计局开展的公众对城市环境满意率调查中，临沂市位居全省第一。

临沂市委书记张少军认为：“只有解决好政绩为谁而树、树什么样的政绩、靠什么树政绩的问题，认真做事而不作秀，为民办实实在在的实事好事，才能让老区群众更好地分享发展成果，才能赢得民心。”

“为民服务绝不能三心二意，要把百姓的难事当成政府的要事，把百姓的关注点作为政府工作的着力点，把百姓的所想所盼作为各级各部门的所干所办。”临沂市长张务锋说。

六成以上财力投入民生

2011 年 11 月 14 日，临沂市召开民生建设大会，市长与市直部门逐一签订民生责任书，并建立了领导决策、投入保障、协调推进、监督考核四项机制，抓住享受国家中部地区政策的机遇，大幅提升用于民生的财政支出，让老区百姓生活得“更富裕、更幸福、更有尊严”。

最美新临沂（资料图）

为让老区群众在更大程度上享受到改革发展成果，临沂决策者抢抓机遇，宁愿财力上负担重一些，配套资金上拿出多一些，也要把国家的相关政策争取下来，让群众在全国率先享受到。从去年起，临沂所有县区全部纳入国家新农保试点，比国家规定时间提前一年半实现城乡居民养老保险全覆盖。截至目前，临沂全市参保群众已达到552万人，累计为城乡老年人发放养老金6.7亿元。

在2012年上半年举行的临沂城乡居民养老保险全覆盖启动仪式上，莒南县大店镇农民张德文激动地说："上学不付费，看病不太贵，养老不用愁，种地不交税，感谢共产党，遇到好社会。"

记者调查发现，尽管临沂市财力有限，但仍把财政支出中最大的一块投向民生领域。2011年在人均财力不足全省平均水平40%的情况下，民生支出达到了63.8%。

据介绍，近年来，全市城镇居民人均可支配收入和农民人均纯收入实现了与GDP同步增长。全市企业退休人员基本养老金连续7年年均增长14%以上，95%以上的村实现了无刑事案件、无生产安全事故和治安灾害事故、无群体性上访的"三无"目标，通硬化路、客车、有线广播电视的村均达到97%以上，污水处理和生活垃圾综合处理规模为全国地级市平均水平的6倍，85%的行政村"硬化、净化、绿化、美化、亮化"达标。182个基层医疗卫生机构全部实行基本药物零差价销售，平均降幅超过40%。

如今的临沂，形成城美乡美、宜居安居的良好生活环境。"八河绕城"形成了"八个西湖"的水面，沂河湿地成为国家级城市湿地公园，先后投入60多亿元建成了科技馆、图书馆、博物馆、文化广场、百里滨河健身长廊等全民共享的文化体育设施，成为全国连续举办F1赛艇和世界杯滑水两大赛事的唯一城市。在家门口就能欣赏到国际级大赛，赢得了广大市民的赞誉。外地游客则感慨地说，临沂"不是江南、胜似江南，不是苏杭、好像苏杭"。广大临沂市民把滨河景区看作"会客厅""大花园"，对请来的投资客商和亲朋好友，都愿领到滨河两岸走走看看。大家对这座美丽城市的热爱，心中的幸福和自豪，都洋溢在欢声笑语中。

记者在临沂市，走访了许多见证临沂翻天覆地变化的离退休老干部，他们告诉记者，最近几年是临沂经济发展最快、变化最大的时期，也是民生状况改善最好、群众得到实惠最多的时期。

创造老区民生建设新经验

临沂革命老区民生建设之所以取得了连一些发达地区都难以收到的实效，关键在历届市委、市政府大力弘扬沂蒙精神，带着真情和责任，把保障和改善民生作为第一追求、第一目标，积极探索创新民生建设新思路。

"保障和改善民生只有起点、没有终点，只有更好、没有最好。"市委书记张少军说，如果不能让临沂千万老区人民更多地分享到改革发展成果，就对不起这片浸染着十万烈士鲜血的热土。

科学发展是改善民生的基础。2011年以来，临沂重点打了一场县域经济科学跨越发展的"新孟良崮战役"，实施三年倍增计划，投资20亿元以上的一批大项目、好项目纷纷落地，全年地方财政收入达到141亿元，其中兰山区超过30亿元，罗庄区和沂水县均超过10亿元。长期研究区域经济的临沂市委党校副校长柴鸥林认为，保民生和促发展是辩证统一的。临沂通过加强民生建设，拉动了内需，促进了消费，实现了“发展经济保民生，保障民生促发展”的良性互动。

坚持共建共享，让广大群众成为民生建设的主力军和直接受益者。在“一创六建”活动中，临沂市通过共建共享调动了广大市民参与创城的积极性，先后成功争创了中国优秀旅游城市、国家环保模范城市、国家园林城市、全国双拥模范城市，摘取了中国书法名城、中国温泉城、中国市场名城、中国物流之都的桂冠，被授予全国数字化城市建设示范市、中国城乡建设范例城市称号。2011年，在成功创建国家卫生城市的同时，临沂荣登全国文明城市榜地级市第一名。

积极推进城乡统筹发展和公共服务均等化，加快了中心城区—县城—小城镇—农村社区的“四点对接”，让农民享受城市生活。临沂市政府在投资建设30万吨饮水工程的同时，连续3年投资9亿元用于奖补新建和改造农村住房42.9万户，“十二五”期间还将新建50万户；已有357个农村新建社区实现了气上楼、水治污、环卫保洁市场化物业化的市民生活。2012年，将集中搬迁3294户极度缺水山区村民；在山区将陆续打井714眼，从根本上解决山区群众饮水安全问题。

突出便民利民，让百姓感受到“实在民生”。在城乡低保标准普遍提高的基础上，将贫困患者重大病一次性临时救助市、县两级人均标准分别由5000元、3000元提高到2万元和1万元；在全市基层公立医院单位推广“先看病、后付费”的诊疗服务；投资6300多万元实施“惠民早餐”工程，每日可满足30万人的早餐需求；集中供养的“五保”老人，每人每天“一袋奶一个鸡蛋”；建设了山东省最大的残疾人康复中心、儿童福利院等一批重点民生工程。为解决市区交通拥堵问题，近两年临沂打通了23条“断头路”，新建了2万个停车位，投放了400台纯电动公交车和天然气公交车。

稳定是民生之需，民安是民生的重要内容。2010年11月，全国用群众工作统揽信访工作现场会在临沂召开，临沂用群众工作理念统揽信访工作和破解基层信访工作难题的做法在全国推广。通过创新社会管理，群众对社会治安满意度达98%, 临沂市被评为全国社会治安综合治理优秀市。临沂市还坚持培训、就业、维权“三位一体”，促进了城乡居民充分就业，失业率保持山东省最低水平。为了解决市民最关心、最直接、最现实、最迫切的问题，临沂先后开通了书记市长信箱、“行风热线”和128部“马上就办直通车”电话，问政问计问需于民。行风热线开播以来，解答和落实群众反映问题32759件。

科学发展新山东

第八届中国网络媒体
山东行新闻报道集

德州篇

吴翠云：推动科学发展，建设幸福德州

中共德州市委书记、市人大常委会主任吴翠云

大众网德州2012年5月19日讯 （记者 王静） 在“科学发展 新山东——第八届中国网络媒体山东行”大型采访活动期间，中共德州市委书记、市人大常委会主任吴翠云接受大众网采访，就推动科学发展，建设幸福德州提出畅想。

吴翠云书记表示，每个人都有追求幸福的权利，幸福不是发达地区的专利，幸福指数与经济水平并非成正比。我们提出建设幸福德州，目的是在科学发展观的指导下，坚持以幸福为导向统领经济社会发展全局，用发展创造幸福、用幸福评估发展，更加注重经济社会发展与人的发展相统一，让群众在辛勤劳动中创造幸福，在人人参与中共建幸福，在相互分享中体验幸福，努力把德州建设成当地人自豪、外地人喜欢、投资者青睐的幸福家园。

为使幸福德州建设体现自身特色、符合发展阶段、顺应广大人民群众新期待，通过广泛征求意见，最终达成建设“六感”型社会：发展经济、增加收入，让人民群众有富足感；安居乐业、衣食无忧，让人民群众有稳定感；公平正义、安定有序，让人民群众有安全感；实现自我、受人尊重，让人民群众有成就感；环境优美、生活方便，让人民群众有舒适感；崇文尚德、守望相助，让人民群众有归属感。经过一年多的实践，已初见成效。

加快转变发展方式 让人民群众在实力提升中共享幸福

发展是建设幸福德州的根基。没有雄厚的物质基础，幸福就成为无本之木、无源之水。我们坚持把构建现代产业体系作为总抓手，确定重点培育农产品加工、装备制造、纺织服装、化学工业、新能源、新材料、生物技术、现代服务业、文化旅游、城市综合体、交通装备、电子信息等现代产业，力争3至5年投入5600亿元，每个产业销售收入全部超过千亿元。

统筹城乡建设 让人民群众在发展变化中感知幸福

把加快城乡建设作为建设幸福德州的重要载体，坚持市县乡村四级联动，昂龙头、做大中心城区，实施了总投资115亿元的101个城建项目，高标准高质量推进高铁新区、南部生态新区“两个新区”和运河、岔河、减河、火车站、太阳谷“五个片区”建设；舞龙身、扮亮县乡驻地，围绕县域经济三年倍增目标，增强县城产业承载、综合服务功能；摆龙尾、做活两区同建，2012年新启动建设新型农村社区109个，规划建设农业产业园区385个，荣获全国统筹城乡发展典范案例奖，积极构筑主城带动、组团发展、城乡一体、统筹推进的新型城镇化格局，让人民群众宜居乐业。

建设区域文化高地 让人民群众在提升素质中认同幸福

判断一个地方的幸福程度，除了看物质层面，还要看精神层面。构建幸福社会，不但要摆脱贫穷落后，还要摒弃精神空虚。我们深入学习贯彻十七届六中全会精神，不断深化社会主义核心价值体系建设，纪念建党90周年和辛亥革命100周年等重大宣传活动，激发了广大群众爱党、爱国、爱家乡的热情。大力开展社会公德、职业道德、家庭美德、个人品德“四德工程”建设，被省委宣传部列为典型推广，“师德”建设被省有关部门作为典型案例报送中央文明办和教育部。坚持建管并策，建设和完善了市博物馆、德州大剧院以及乡镇文化站、村（社区）文化大院和农家书屋等公共文化服务体系。

强化民生为重点的社会建设　让人民群众在共享成果中体验幸福

增进民生福祉，是建设幸福德州的主体工程，也是发展经济的最终归宿。建设幸福德州，必须坚持民生为重、民事优先，加快建立公共财政对民生事业的支出增长机制，加快构筑终身教育体系、就业服务体系、社会保障体系、医疗卫生服务体系、住房保障体系，让群众学有所教、劳有所得、老有所养、病有所医、住有所居。2011 年，民生支出占全部财政支出的比重达到 57.9%。

维护社会稳定　让人民群众在共建和谐中品味幸福

工作有稳定感，生活有安全感，社会有正义感，心情舒畅、体面尊严，是体现幸福的重要指数。围绕建设幸福和谐家园，我们建立健全社会稳定风险评估、社会稳定预警、社会风险处置三项机制建设，维稳能力和水平不断提高。坚持用群众工作统揽信访工作，注重从源头上预防和化解各类矛盾纠纷。国家副主席习近平同志对陵县把信访大厅建在县委大院的做法作出重要批示，德州市领导干部公开接访的经验做法在全国推广。2012 年又在全市广泛开展了“下基层、走村居、访民户、解民忧、送温暖”活动，让广大干部扑下身子、沉到基层，问政问需于民。强化社会治安综合治理，始终保持严打高压态势，严格防范和妥善处理群体性事件，狠抓生产安全和食品药品安全，深化平安德州建设，确保人民生命财产安全。

德州发展体现科学发展观

2010 年 12 月 15 日上午，中国（德州）生态文明高层论坛会场内嘉宾云集，来自北京、广州、上海等地的专家学者齐聚一堂，围绕 “生态文明引领发展转型”这一主题展开交流，记者就德州发展生态经济的有关问题对部分专家学者进行了访问。

“我十分佩服德州生态经济建设取得的成就。”中科院院士、中科院地质与地球物理研究所研究员、博士刘嘉麒深有感触地说。刘嘉麒对德州 “生态立市”的发展战略给予高度评价，“德州经济虽不是全国最发达的，但是生态环境建设却是最先进的，理念是最超前的，符合政府和社会经济转型的发展，从这个角度来说，德州走在了全国前沿。”

中央党校哲学与战略学教授、博士生导师、战略学研究室主任段培君对德州发展生态经济有自己的看法。“德州应该以这次论坛为契机，进一步发挥优势，通过生态经济抓创新战略，推动经济发展。”

“我认为下一步搞生态城市建设应考虑开展全民教育活动，包括生态文明意识，生态文明知识，抓紧制定一些规范措施，加强活动策划，开展各种关于生态城市、生态文明、生态文化及生态道德的实践活动。”中国生态道德教育促进会副会长杨立新则从教育的层面对德州生态经济发展谈了自己的见解。

中国林业大学人文学院院长严耕认为，德州对生态文明的认识非常到位。“很多国家的城市把生态文明建设当做一种花销，一种投资，认为会阻碍经济发展的速度和规模，但德州却把它看做是发展的机遇，一种内涵式的转变，发展模式的转变，能有效促进经济发展。”

“德州的发展体现了科学发展观的要求，做得都非常好。”山东农业大学科技处处长米庆华说。谈到这次论坛的重要性，米庆华建议，应借此机会，把各部门在生态方面的监管工作进一步分细，政府要高度重视，把各部门工作与生态有关的方方面面整合起来，为德州建设生态环境发挥更大作用。

科学发展新山东

第八届中国网络媒体
山东行新闻报道集

滨州篇

邓向阳：发展坐标看“蓝黄”，五年力造“新滨州”

大众网滨州2012年5月16日讯 （记者 范荣鹏）“以发展坐标着眼‘黄蓝’两区，着眼全省、着眼环渤海‘三个着眼’的思想境界谋划发展……”5月16日，滨州市委书记邓向阳接受大众记者专访，针对滨州科学发展的主思路，他说，“黄蓝”两区开发为滨州发展带来了历史机遇，滨州市委市政府将紧紧抓住这一机遇，在民生保障水平上，逐步按东部地区标准执行，在经济发展上实现“六个翻番”，未来五年力争再造一个“新滨州”。

滨州市委书记　邓向阳

起跑之后再起跳，以发展为坐标着眼“蓝黄”

滨州2011年城市居民人均可支配收入22540元，增长14.5%；农民人均纯收入8744元，增长21.5%，高出全省平均水平402元；实际到账外资10.43亿美元，增长236.4%。在中国社会科学院首次公布的全国城市居民幸福感调查结果中，滨州在294个城市中排名第五；滨州连续三年在全省科学发展综合考核中群众满意度位居第一档。

邓向阳说，横向比较，滨州的市情仍是整体欠发达，起跑之后需要再起跳，需要加快追赶，即“经济社会发展指标增幅向全国西部地区看齐，经济社会发展质量效益向全国东部地区看齐，保障改善民生工作水平向发达地区看齐”。2011年滨州市GDP、地方财政收入绝对值、规模以上工业企业户数、主营业务收入、利税、利润等仍然处在全省中下游；全市城镇化率仅为48%，低于全省近3个百分点，也低于全国的平均水平。滨州经济总量小，发展仍然不足。工业经济结构不合理、产业层次低，面临着做大总量和提升质量的双重任务。另外，基础设施建设滞后，人才支撑能力不足，也制约着滨州的发展。邓向阳说：“逆水行舟，不进则退。我们必须起跑之后再起跳，加快追赶超越，以发展坐标着眼‘黄蓝’两区、着眼全省、着眼环渤海‘三个着眼’的思想境界谋划发展，以经济指标高于去年水平、高于‘十二五’平均水平、高于全省平均水平‘三个高于’的工作标准推动发展。”

为民办事要真心，“五个坚持”真抓实干

“农民人均收入达到八千七百多，比全省的平均数人均高出四百块，连续这两年，滨州农民的人均收入的增幅，在全省不是第一、就是第二，去年增长了21.5%。始终大大高于城市居民收入的增长幅度。这是我很自豪的，也是很高兴的一件事。”农民收入的大幅增长，是邓向阳最为得意的“政绩”。

在全省17地市中，滨州的经济并不富裕，但是第一个实现了城乡农民养老保险同步进行。在滨城区发第一笔养老保险的时候，滨州的一位农民老同志拉着邓书记的手说，祖祖辈辈农民都是交税，没想到现在能吃上退休金、养老金。邓向阳笑着说，现在滨州已经实现农民养老保险全市全覆盖，这是对农民做的一件非常好的事情。“替百姓着想，带着感情去为老百姓做事，无论它的效果怎么样，老百姓信你。要真心诚意地为老百姓做事，人民才能说你好，人民群众的眼睛是雪亮的，谁好谁不好，谁是真为他办事，假为他办事，他非常清楚。”邓向阳说，滨州近年的发展，得益于“五个坚持”。

一是坚持把上级指示与滨州实际相结合，不跟风、不摇摆、不折腾，想滨州的事，走滨州的路。近年来，全市地区生产总值、银行存贷款余额、固定资产投资先后突破一千亿元大关，地方财政收入突破百亿元大关。2011年全市实现GDP1817.6亿元，是2006年的1.9倍，人均高出全省1064余元；地方财政收入达到130.76亿元，是2006年的2.9倍。

二是坚持解放思想与狠抓落实相结合，说真话、办实事，敢于担当、积极作为。全市各级领导干部带头干、带着干，形成了风清气正心齐、苦干实干快干的良好风气，凝聚起了推动滨州科学发展、追赶超越的强大合力。

三是坚持抓好当前与谋划长远相结合，多做打基础、增后劲、惠民生、利长远的工作。坚持规划先行、环保优先擦亮了“四环五海·生态滨州”的城市品牌，城市居民的生活环境得到了更大的改善。坚持实施“林水会战”，叫响了“粮丰林茂·北国江南”的品牌。投资30多亿元的市民活动中心、市民文化中心、市民公共卫生中心，有的已经建设，有的正在快速推进。

四是坚持全面推进和重点突破相结合，集中力量办大事。为了真正实现历代滨州人打开山东北大门、建设滨州大港口的梦想，在上级没有资金支持的情况下，千方百计自筹资金，坚决突破这个影响国家黄蓝两区战略实施的一号工程。截止2011年底，我们已经投入35亿元，建成了17公里的防波堤一级公路，两个3万吨级的码头达到了靠泊条件。

五是我们坚持党要管党的原则和从严治党的方针，总揽全局、协调各方、合力攻坚，锤炼班子、锻炼队伍、改进作风，维护上下同心、团结奋斗的政治局面。

民生保障执行东部标准，下个五年“六个”翻番

今后五年，滨州市将“立足新起点，谋求新发展，实现新跨越”。“谋求新发展”，就是按照市第八次党代会的部署要求，到2016年，实现地区生产总值、地方财政收入、城镇居民人均可支配收入、农民人均纯收入、固定资产投资、进出口总额“六个”翻番，人均水平跨入全省先进行列。邓向阳对记者说。

“六个”翻番是经过科学测算，是有充分依据的，也是有坚实基础的。“十一五”末，也就是2010年，滨州地区生产总值、地方财政收入、城镇居民人均可支配收入、农民人均纯收入、固定资产投资、进出口总值分别达到1551.52亿元、103.99亿元、19686元、7194元、816.5亿元、50.92亿美元。如果2016年实现翻番，则六项指标应分别达到3103亿元、208亿元、39372元、14388元、1633亿元、102亿美元，六年年均增速需要达到12.25%。由于2011年我市六项指标分别达到1817.58亿元、130.76亿元、22540元、8744元、1010.69亿元、66.93亿美元，比2010年分别增长12.0%、25.7%、14.5%、21.5%、23.8%、31.4%，除GDP增幅略低外，其他指标增幅都高于或者远高于12.25%。所以今后五年，只要这六项指标年均增速分别达到11.3%、9.7%、11.8%、10.5%、11.9%、8.8%以上（以上指标增速均为现价），“六个”翻番的奋斗目标就能够实现。

从过去几年的数据来看，2011年全市上述六项指标分别是2005年的2.7（现价）倍、4.1倍、2.2倍、2.3倍、3.4倍、3.0倍，年均增幅分别达到18.2%、26.4%、14.0%、14.8%、22.6%、20.0%，均高于或远高于12.25%，也均高于年初既定目标、高于全省平均水平。如果按照2006年以来的增速来推断，2016年跨入全省先进行列是没问题的。

邓向阳进一步分析说，未来五年滨州仍处于加快发展的重大历史机遇期，特别是省委、省政府把“黄蓝”两区开发摆在更加突出的位置，将其作为加快转方式调结构、推进经济文化强省建设的“两大引擎”，政策、资金等方面的扶持力度必将进一步加大，对滨州发展产生的机遇效应必将进一步显现，发展前景广阔，增长动力强劲。“我们有信心、也有决心实现再造一个新滨州的奋斗目标！”

打开山东北大门，实现北部沿海崛起

滨州，是一座名副其实的沿海城市。但一直以来，由于基础设施落后，缺少万吨大港，240公里长的海岸线、140万亩的滩涂、300万亩的浅海、255万亩的未利用地并没有给沿海的滨州带来明显海洋经济效益。受困于历史遗留的闭塞，北部沿海县区在区域竞争中被严重边缘化，不得不仍为摆脱欠发达苦苦挣扎。随着黄河三角洲高效生态经济区建设和山东半岛蓝色经济区建设相继上升为国家战略，北部沿海的开发建设真正翻开了新的一页。

未来，滨州新的经济增长极在北部沿海，滨州融入区域竞争，提升在“黄蓝”两区、在全省乃至整个环渤海经济圈中的战略地位也离不开北部沿海。

2月2日，市委书记邓向阳在中国共产党滨州市第八次代表大会报告中明确提出：要实施北部沿海崛起战略。以“打开山东北大门”为己任，向未利用地、向广阔海域要空间、要资源，全力打造北部沿海经济隆起带。

代表们在热议报告时一致认为，深入推进“两区”建设，机遇难得，责任重大。必须把北部沿海开发作为“两区”建设的重中之重，突出北海新区和港口的龙头作用；必须坚持陆海统筹、黄蓝融合，把战略机遇、政策空间、资源优势、品牌效应转化为科学发展、追赶超越的强大动力。

北海新区以“海滨新城”的发展定位拉开城市发展大框架

2010年，市委、市政府决定正式设立北海新区，这年的4月2日，召开了北海新区揭牌仪式暨开发建设动员誓师大会，这片沉寂、荒凉已久的土地上迅速掀起了开发建设的高潮。近两年来，全市各级各有关部门积极抢抓“两区”开发重大机遇，围绕推进港口、新区建设，编规划、跑审批、争资金、上项目、抓招商，从“滨丰号”轮船顺利下水到防波堤一期工程全部完成，从贝壳堤岛与湿地自然保护区调整通过国务院审批到北海新区起步区框架的基本完成，从58公里的疏港公路建成通车到建在防波堤上的17公里港区一级公路整体通车，从设计库容1500万立方米的北海水库建设到投资600亿元的魏桥创业集团新材料项目落地，实现了一个又一个突破，取得了一项又一项进展。这一切，都为北海沿海开发奠定了坚实基础。

党代表、北海经济开发区党工委书记、管委会主任袁朝晖认为：“‘黄蓝’两大国家战略，给北海新区带来了千载难逢的重大历史机遇。国家、省、市关于‘两区’开发建设的一系列文件中，都提出了许多倾向性政策、导向性重点、保障性举措，含金量高，吸引力强，驱动力大，最大限度地放大这些优势，北海新区完全能够在‘两区’建设的竞赛中先行一步、胜人一筹。未来五年，我们将坚定不移地抓基础设施建设，提升承载能力，坚定不移地抓招商引资，增强后发优势。对外加大招商引资力度，瞄准重点国家和地区、重点行业和企业，继续主攻外资项目、重大项目和高科技项目。着眼打造一个千亿元级新材料产业集群，一个五百亿元级冶金建材产业集群，油盐工业、粮油加工、港口物流三个百亿级产业集群的发展目标，重点围绕魏桥、山焦等大项目，强化产业链招商，培育产业集群，努力形成产业链承接与产业集群发展的良性互动。”

总量小，底子薄，基础设施投资等刚性支出逐年增长，新入驻企业尚未形成可用财源，资金压力巨大等是制约北海新区发展的“瓶颈”。袁朝晖表示：“北海新区将全力破解资金、土地等‘瓶颈’制约，积极推进资本运作。以新组建的北海新区投资公司、城市开发建设有限公司、房地产开发建设有限公司、创业投资公司为平台，利用北海现有的土地、海域资源，积极研究、对接、争取上级有关政策，大力推行BOT、BT等建设融资方式，有效解决资金来源问题。努力拓宽融资渠道，加快金融产业发展，积极引进各类金融机构设立分支机构，强化银企合作，扩大社会投资，充分发挥小额贷款公司、担保公司的作用，构建起多方位、立体式的融资体系。土地资源是北海最大的优势，北海新区将以省政府《关于黄河三角洲高效生态经济区未利用地开发利用的意见》出台为契机，以集约开发未利用土地为重点，根据重点项目建设实际需要，进一步加快国有建设用地及未利用地资源的整合和收储，为产业转移和项目落地提供资源保障。”

大会报告中提出：以北海经济开发区驻地为核心，高标准规划建设，努力打造现代化海滨新城。北海经济开发区规划了总面积246平方公里的北海新城与临港产业核心区，其中临港产业核心区面积123平方公里，由保税物流区、石化产业区、冶金产业区、现代装备制造产业区、低碳环保循环产业区及科技研发区六个区域组成，利用港口优势，带动区域经济。北海新城规划面积43平方公里，其中近期规划面积18平方公里，着力打造政务中心、商务中心、科研中心、公共服务中心及生态谷、风情渔港、生态居住区等七大特色区域，集行政办公、商务商业、文化娱乐、生活居住、科研教育、体育运动、海洋文化旅游等于一体，力求建成港区城互动、经济发达、宜业宜居、城乡统筹的现代化魅力之城。

举全市之力加快港口建设，打开山东北大门，实现陆海统筹、黄蓝融合

打开山东北大门，实现陆海统筹、黄蓝融合，关键在于滨州港的建设。滨州港能够多大程度上承载起这一使命，关键在于滨州港建设的速度和规模。

在2011年12月13日召开的实施黄蓝“两区”战略深入推进港口北海新区建设大会上，邓向阳指出：“面对

异常恶劣的自然和施工环境，承受着资金严重短缺的巨大压力，港口和北海新区的建设者们不讲条件，不打折扣，在这片盐碱荒地上扎下根子，埋下身子，抢时间、抢工期、抢进度，艰苦奋斗，顽强拼搏，埋头苦干，表现出了很强的政治意识、大局观念和奉献精神，谱写了滨州发展史上十分壮烈的创业篇章。”

党代表、市交通运输局副局长、港航局局长王京生说：“滨州港建设实现了三大历史性突破：一是滨州港功能定位实现历史性跃升，由地方一般港口提升为地区性重要港口，并全面进入部、省建设规划；二是滨州港工程建设持续保持健康快速发展的良好态势，两年累计完成投资超过 30 亿元，其中 2011 年完成投资 15.5 亿元，2 个 3 万吨码头即将建成达到靠泊条件，同时一举建成长达 17 公里的集防波堤、挡沙堤、深水岸线、集疏运通道等多功能于一体的综合性工程；三是港口公共基础设施建设实现重大突破，初步搭建起万吨大港全面开发建设框架，具备了更大规模、更高层次发展的基本条件，目前滨州港海港港区已形成 14.86 公里深水岸线，可建设 3 万吨级以上深水泊位 50 多个；套尔河港区已形成 13.5 公里万吨级泊位岸线，可建设 5000-10000 吨级泊位 60 多个，为滨州实施‘黄蓝’两大国家战略和北部沿海开发提供了坚实基础和强力支撑。”

经过近两年持续大规模、高质量、高强度、快速度的工程建设，今年上半年，2 个 3 万吨级码头将建成运营，滨州港已经站在全新的历史起点上。王京生说，滨州交通港航事业当前及今后一个时期将坚定不移地推进“一三六二四”发展战略和《滨州港总体规划》的实施，充分利用深水岸线资源优势，着力完善港口基础设施，加快推进大型深水泊位建设，做大做强海上交通，大力发展临港经济，尽快实现“港区联动、港园联动”，使其最终成为滨州经济发展的重要一极。

未来，滨州港的建设将在海港港区、套尔河港区和大口河港区三港区科学规划、协调发展的基础上，按“三步走”建设计划完成建设目标。第一步到 2012 年，建成海港港区引堤、防波堤一期、2×3 万吨级散杂货码头、套尔河 3000 吨级航道综合整治、海港港区陆域围堰及 23 平方公里临港产业园区吹填造陆一期等重大工程；初步建成国家一类开放口岸。第二步到 2015 年“十二五”末，完成海港港区 3-5 万吨级航道及防波堤整体工程；建成 3×5 万吨级液体化工泊位和多用途泊位，形成 2000 万吨吞吐能力；按照梯级开发的原则，着力推进河海联运工程，打造套尔河码头群，完善套尔河港区四个作业区功能；完善临港物流及基础设施配套工程，为临港产业发展打造良好平台，建成较完善的国家一类开放口岸。第三步到 2020 年（“十三五”末），开工建设大型件杂、原油和集装箱泊位，建成 20 个以上 10 万吨级深水泊位，形成 6000 万吨至 1 亿吨吞吐能力，实现区域性综合港口的建设目标。

企业抢抓先机，部门发挥职能，全力融入北部沿海崛起战略

“全力打造北部沿海经济隆起带”、“全面实施‘飞地’政策”、“加快建立跨区域重大项目的落地机制，积极培育临海产业体系”……报告中这些明确的表述不仅成为北部沿海县区加快发展的强大支撑，也为全市各企业“对接港口”不断发展壮大自身带来了机遇。目前，市内各大中型企业正在根据自己的产业特点和发展需要，将发展的目光向北部沿海聚焦。

山东魏桥创业集团顺应国家“黄蓝”两区开发战略，按照市委、市政府的部署要求，已经在北海新区建设循环经济产业新园区，计划在“十二五”时期投资 600 亿元，形成一个依托国际市场原料资源、集聚集团综合优势、突出临港产业特色、构成循环经济产业链条的新兴工业园区和现代物流园区。一期工程正在火热建设，2012 年将完成投资过百亿并实现部分设施先期试生产。

党代表、山东魏桥创业集团副董事长张波说：“我市全力实施北部沿海崛起战略，符合滨州发展实际，符合科学发展观，为企业营造了难得的历史机遇，开拓了广阔的发展空间。魏桥创业集团在北海新区新建的产业具有资源国际化、生产规模大、产销链接紧、物资大进大出的鲜明特征，发展优势明显。”

在支持北部沿海快速崛起，帮助企业、项目落户北部沿海地区早日发挥效益上，市直各有关部门纷纷表示将各尽其能，高效服务。党代表、市发改委主任杨光军说，发改委将积极主动地带领企业跑省进厅、跑部进京，力争更多项目列入国家和省规划盘子，争取更多的发展基金投向北部沿海。继续加强与国有大型企业集团合作对接，积极争取中海油、山东高速、光大国际、鲁信公司、长江新能源等参与到北部沿海开发中来。积极鼓励企业向北部沿海战略转移，认真帮助企业解决项目推进中的重大问题。

党代表、市经信委主任皮台田表示，将采取措施加大投入力度，确保每年用于北部沿海的工业投入占到全

市的 20% 以上。按照高效生态、循环发展的要求，改造提升传统产业，优先发展新兴产业，重点发展临港先进装备制造、生态化工、新能源、新材料、海洋开发、港口物流等产业。实施创新驱动，加快北部沿海企业技术中心、设计中心、博士后工作站等平台建设，深化信息化和工业化融合，以技术创新激发内力、增强活力，带动北部沿海加快崛起。

科学发展新山东

第八届中国网络媒体
山东行新闻报道集

闭幕篇

科学发展新山东——第八届中国网媒山东行落幕

大众网青岛2012年5月18日讯 （记者 王磊） 18日晚，科学发展新山东——第八届网络媒体山东行在青岛圆满落幕。本次采访活动历时7天，各媒体发稿和转载总量近30万篇，在网上掀起“科学发展新山东”宣传热潮，为迎接党的十八大和省第十次党代会的胜利召开营造了浓厚的网上舆论氛围。

科学发展新山东——第八届中国网络媒体山东行采访活动由中共山东省委宣传部、山东省人民政府新闻办公室、山东省网络文化办公室共同主办，大众网承办，活动分三大版块、东西两条线路，在7天里对济南、东营、菏泽、青岛等11个市进行了深入采访。截至18日14时，本次活动综合运用论坛、微博、图片、视频、手机报等各种形式并与报纸等传统媒体互动。活动期间，各媒体发稿和信息转载总量28万余条，其中消息20100篇，原创评论1200余篇，图片15000余幅，视频600余条，微博原创发布16100多条，转发130000余条。

本次采访活动邀请了人民网、新华网、中国网络电视台等中央重点新闻网站，新浪、搜狐、腾讯、百度、凤凰网等知名商业门户网站，千龙网、东方网等地方重点新闻网站，以及山东省各主要新闻网站等60余家网络媒体。另外，中央和香港部分驻鲁新闻单位、山东广播电视台、大众报业集团等20余家主流传统媒体也派出了记者随团全程采访报道。沿途各市的报纸、电视、网站也同时参与采访报道。活动期间还组建网络评论小组跟团采访，知名网评员途中撰写大量有深度、有价值的网络评论，引领采访活动的导向。据统计，截至18日中午，大众报业集团旗下的报纸统一挂牌，拿出重点版面、重点处理，集团报纸共发稿120多篇，11城市当地媒体发稿300余篇，发布网络评论1200余篇。

山东省委宣传部副部长李建军专程赴青岛出席闭幕式，并代表省委宣传部、第八届中国网络媒体山东行组委会，对参与全程报道的各位记者、编辑表示感谢，他说，本次中国网络媒体山东行采访活动首次采用两线采访的形式，短短7天，采访团历经11个城市，是历届网络媒体山东行采访活动行程最紧密的一次，有时甚至一天就要跑两三个城市。记者们用自己的脚步丈量出山东各地践行科学发展观取得的成就。用自己的镜头和键盘绘就一篇篇新闻作品，为山东的科学发展鼓与呼。用自己的聪明才智和真知灼见为山东进一步推进科学发展提出了宝贵的意见和建议。

山东省网络文化办公室主任刘致福在总结本次活动时指出，本届媒体行以“科学发展新山东”为主题，集中宣传了各地各部门各行业创造的山东经验、山东模式、山东亮点，在参与新闻发布的省直部门、地市数量，参与媒体数量，发稿数量，采访城市数量、行程之长，报道形式创新及传统媒体参与数量等六个方面均创历届之最。采访活动达到甚至超过了预期效果，掀起了“科学发展新山东”宣传热潮。

大众报业集团党委常委、副总编辑郝克远在致辞中表示，今年媒体行的主题是“科学发展新山东”，采访团的记者们分两条线路踏遍山东11个城市，亲身感受山东科学发展取得的成就，可以说是“行万里路，知新山东”。同时，记者朋友们也用自己聪明才智，完成了大量高质量的新闻作品，在山东科学发展的道路上留下了浓重的一笔。

中共青岛市委宣传部常务副部长吕振宇在致辞中表示，采访团在短短的一天时间里，听取了青岛市委常委、副市长牛俊宪同志关于青岛经济社会科学发展的亮点介绍，实地考察采访了北船重工等5个采访点。采访团的记者们对青岛的工作提出了许多宝贵意见和建议，青岛市委市政府将以世界眼光谋划未来、以国际标准提升工作、以本土优势彰显特色，把青岛建设得更加美好。

大众网董事长、总经理林忠礼代表承办方在致辞中表示，本次采访活动大众网投入了所有新闻资源，截至5月18日14时，大众网发布原创稿件853篇，原创图片3455幅，视频103个，原创评论31篇，网友评论541篇，网站专题总发稿量12283篇，专题总浏览量50多万人次。大众网手机报发稿62篇，众众微博发布2021条，转发30000余条，为本次活动成功举行，贡献出了大众网应当奉献出的聪明与才智。大众网在不断地提升舆论的掌控水平与能力、进一步扩大舆论影响力的同时，将抓住新闻网站转企改制、上市融资的重大机遇，进一步提升网站的品牌影响力，进一步提升企业的盈利水平和能力，不断膨胀产业规模，实现收入与利润的同步、快速增长。

另外，闭幕式上，大众网董事长、总经理林忠礼还为本次活动的合作伙伴山东鲁花集团有限公司的代表授牌。

当晚，采访团组委会还为4名5月份出生的成员庆祝生日，组委会为他们送上了生日蛋糕和深深的祝福。

综述：网媒掀起
科学发展新山东宣传热潮

大众网青岛2012年5月18日讯　（记者　王磊）　5月12日至18日，60余家国内主流新闻网站和20余家国内、省内主要传统媒体共同关注“科学发展新山东”。第八届中国网络媒体山东行采访活动在走过了济南、莱芜、东营、聊城、青岛等11个市之后，于5月18日圆满落幕。山东科学发展的独特魅力和各行业创造的山东经验、山东模式、山东亮点，深深地吸引了来自全国各地的130余名记者。7天来，各媒体发稿和转载总量达28万余篇，在网上掀起“科学发展新山东”的宣传热潮，为喜迎党的十八大和省第十次党代会的胜利召开营造了良好的舆论氛围。

省委常委、宣传部长孙守刚向采访团记者代表授旗（大众日报记者　卢鹏　摄）

采访团记者听取工作人员介绍“12345”市民服务热线工作情况（盛堃　摄）

记者们参观力创科技展厅（马鑫　摄）

“科学发展新山东”　媒体聚焦山东十大亮点

2008年7月，中共山东省委提出了建设经济文化强省的奋斗目标，形成了以推进和实现科学发展为主线，坚持高点定位，加强多点支撑，实施重点带动的“一线三点”的经济文化强省建设工作思路。五年来，山东省委省政府坚持科学发展主题，作出了“建设生态山东”、“打造山东半岛蓝色经济区”、“建设黄河三角洲高效生态经济区”等一系列重大战略决策，为山东迎来了新的重大发展机遇，促进了山东经济社会发展的新跨越。

为全面展示第九次党代会以来山东经济社会发展的风貌，宣传山东科学发展的总体情况和全面成果，5月12日，由中共山东省委宣传部、山东省人民政府新闻办公室、山东省网络文化办公室共同主办，大众网承办的科学发展新山东——“鲁花杯”第八届中国网络媒体山东行采访活动从济南启程。来自网络和传统媒体的编辑记者们通过实地考察采访，以山东省委省政府推进科学发展的重大决策、重大战略、重点工作为切入点，以“科学发展新山东”为主题，重点采访报道科学发展新思路、实施蓝黄带动战略、经济结构调整、统筹城乡建设、创新驱动、文化强省建设、改善民生、生态文明建设、深化改革开放、党的建设等十个方面，大力宣传各地各部门各行业创造的山东经验、山东模式、山东亮点。

本次采访考察活动邀请到了人民网、新华网、中国网络电视台等中央重点新闻网站，新浪、搜狐、腾讯、百度、凤凰网等知名商业门户网站，千龙网、东方网等地方重点新闻网站，以及山东省各主要新闻网站等60余家网络媒体。另外，中央和香港部分驻鲁新闻单位、山东广播电视台、大众报业集团等20余家主流传统媒体，也派出了记者随团全程采访报道。

7天走遍11个市行程五千公里　六大亮点创历届之最

山东省网络文化办公室主任刘致福在总结本次活动时指出，第八届中国网络媒体山东行采访活动以山东省委省政府推进科学发展的重大决策、重大战略、重点工作为切入点，以“科学发展新山东”为主题，集中宣传各地各部门各行业创造的山东经验、山东模式、山东亮点。本次活动在济南启动以来，采访团分两线考察采访，其中东线途经莱芜、东营、潍坊、烟台、威海，西线途经聊城、菏泽、济宁、枣庄，两线最终在青岛汇合，总行程近5000公里。

鲁花集团执行总裁于子宇接受大众网记者采访（马鑫　摄）

刘致福说，本次采访活动有六大突出亮点。其中，第一次邀请省直9部门进行专题发布会并答记者提问，活动全程共组织了13场新闻发布会，参与新闻发布的省直部门、市历届最多，多平台多渠道的发布充分发挥了新媒体的优势；中央重点新闻网站，知名商业门户网站，传统媒体，外省、市、区重点新闻网站以及山东省内网络媒体、传统媒体超过50家，采访团达到130多人，参与媒体数量创历届最多；首次采用了东西两条路线分线采访的形式，途经山东11市，行程近5000公里，因时间关系没有前往的其他6个城市，由大众网地方站参与联动报道，分别对各市市委书记、市长进行了专访，覆盖面最广；采访城市数量、行程之长、发稿数量以及报道形式等方面均创历届最高。

青岛北海船舶重工有限责任公司相关负责人接受采访团记者采访（盛堃　摄）

截至18日中午，本次活动各媒体发稿和信息转载总量28万余条，其中消息20100篇，原创评论1200余篇，图片15000余幅，视频600余条，微博原创发布16100多条，转发130000余条。“第八届网络媒体山东行”关键词百度相关搜索达2950000条。“科学发展新山东”关键词百度相关搜索达888000条，发稿数量创历届最多。同时，本次活动首次使用3G视频直播技术，全程进行微博直播，网络评论小组跟团采访，官方专题页面首次采用了“长卷”形式，报道形式继续创新，创历史之最广泛。

亚沙会绿浪剧场（马鑫　摄）

另外，本次媒体行专门邀请了中央和香港部分驻鲁新闻单位、山东广播电视台、大众报业集团旗下主流媒体均派记者随团全程采访报道，沿途各市的报纸、电视、网站也同时参与采访报道。据统计，截至18日中午，大众报业集团旗下的报纸统一挂牌，拿出重点版面、重点处理，发稿120多篇，11城市当地媒体发稿300余篇。传统媒体参与数量创历史最多，共同掀起了“科学发展新山东”的舆论宣传高潮。

采访团听取枣庄市山亭区农村土地使用产权制度改革情况介绍（盛堃　摄）

多媒体合作立体式报道　百余家媒体描绘精彩画卷

在7天的采访过程中，参加本届媒体行的各网络媒体记者们不顾舟车劳顿和行程紧密，扎实采访，认真写稿，他们通过独特的视角，充分发挥网络平台的优势，从科学发展新山东的亮点和网民广泛关注的热点入手，用激扬的文字、精彩的图片、动感的视频展示出科学发展新山东的经验和做法，用网民熟悉的语言和表现方式描绘了一幅幅精彩的画卷。据不完全统计，截止到 18 日中午，参加科学发展新山东——“鲁花杯”第八届中国网络媒体山东行 60 余家媒体共发稿和转载新闻 2 万余篇，其中，人民网原创新闻 40 余篇，新华网原创发稿 50 余篇。

同时，中国新闻网、搜狐网等全国知名网站，浙江在线、宁夏新闻网、云南网、天山网、东北新闻网等地方网站，齐鲁网、鲁网、中国山东网、舜网、青岛新闻网、胶东在线、百灵网等山东本地网站均都开设了精彩的媒体行专题，通过密集的宣传报道和丰富的表现形式，形成了立体化宣传报道声势，极大地提升了全国网友对科学发展新山东的关注度。

在创新采访报道方式方面，除了首次使用 3G 视频直播外，还组建了由知名网评员组成的评论小组跟团采访，共撰写出 1200 余篇有深度、有价值的网络评论，引领了采访活动的导向。同时，本次采访活动还注册众众微博、新浪微博、腾讯微博、人民微博、网易微博、搜狐微博等六个官方微博，全程进行微博直播，与网友互动，共发布 16100 多条信息，多种报道形式共同为本届网媒山东行实现了“开门红”。

另外，本次采访活动还通过加强传统媒体与新媒体的合作，形成了多媒体宣传的合力，除网媒记者参加外，省内报纸、电视和广播等传统媒体也派随团记者全程采访报道，发稿 420 余篇，共同掀起舆论宣传高潮。

“山东模式”引全国网媒热议　盛赞山东科学发展新貌

7 天来，采访团一行深切地感受到科学发展新山东的独特魅力和山东人民的热情好客，充满活力、实力、魅力的泉城济南、建设生态型强市名城的聊城、蓄势华丽转身的“钢城”莱芜、打造三角洲生态文明典范城的东营……一路走来，不论是联合采访还是分线采访，每一座城市都让记者们印象深刻、深受触动、流连忘返、惊喜不断。

记者们用笔、电脑、手机、相机、摄像机记录下了科学发展新山东的勃勃生机，用心感受采访过程中的澎湃激情和强烈震撼。在济南浪潮云计算创新中心，在亲身体验了卫生云、媒体云等多种云应用给生活带来的神奇改变后，荆楚网编辑李川感慨地说：以前只知道山东是一个文化大省，没想到科技创新实力也遥遥领先。

在东营黄河三角洲国家级自然保护区，人民网舆情频道执行主编庞胡瑞动情地说：“我没有想到黄河入海口湿地如此迷人，你看那万顷天然芦苇，还有那一群群从头顶飞过的东方白鹳，我看到了什么是人与自然和谐相处，东营探索科学发展新路、建设生态文明典范城市的做法果然名不虚传。”

“济南是泉城，又是历史文化名城；聊城是水城，也是生态强市；菏泽在打造绿色矿山……山东的城市既有文化又有特色。”在菏泽，来自搜狐网的杨建评价说，山东各具特色的城市说明当地领导对市情的把握、对未来的规划既切合实际又具有预见性。他认为，科学发展的实践已在齐鲁大地结出了累累硕果。

从《科学发展成果丰　网络媒体山东行授旗启动》到《济南 12345 市民热线　24 小时“不打烊”》，从《鲁企聚力驶入创新“蓝海”》到《从东阿阿胶到水城明珠　传统共现代一色》……短短七天时间，记者共原创和转载 28 万余条稿件，全景式呈现了科学发展新山东的亮点和热点。

山东省委宣传部副部长李建军
出席闭幕仪式并讲话（盛堃 摄影）

李建军：
网络媒体山东行再创佳绩，掀宣传热潮

大众网青岛2012年5月18日讯 （记者 王磊） 18日晚，科学发展新山东——第八届中国网络媒体山东行在青岛落幕。山东省委宣传部副部长李建军出席闭幕式并讲话。

李建军专程赴青岛出席闭幕式，并代表省委宣传部、第八届中国网络媒体山东行组委会，对参与全程报道的各位记者、编辑表示感谢。李建军表示，科学发展新山东——“鲁花杯”第八届中国网络媒体山东行采访活动，顺利完成了预定行程，今天在美丽的青岛圆满落幕。他说，本次中国网络媒体山东行采访活动首次采用两线采访的形式，短短7天，采访团历经11个城市，是历届网络媒体山东行采访活动行程最紧密的一次，有时甚至一天就要跑两三个城市。记者们用自己的脚步丈量出山东各地践行科学发展观取得的成就；用自己的镜头和键盘绘就一篇篇新闻作品，为山东的科学发展鼓与呼；用自己的聪明才智和真知灼见为山东进一步推进科学发展提出了宝贵的意见和建议。

山东省网络文化办公室主任刘致福出席闭幕仪式并致辞（盛堃　摄影）

刘致福：本届媒体行六大亮点创历届之最

大众网青岛2012年5月18日讯　（记者　尹海洋）　今天下午，在结束了所有采访后，历时7天、总行程5000多公里的科学发展新山东——第八届中国网络媒体山东行在美丽的港城青岛圆满落幕。山东省网络文化办公室主任刘致福出席闭幕式并致辞，他说，本届网络媒体山东行在参与新闻发布的省直部门、地市数量，参与媒体数量，发稿数量，采访城市数量、行程之长，报道形式创新及传统媒体参与数量等方面形成六大亮点，创下了历届之最。

刘致福在闭幕仪式上表示，科学发展新山东——第八届中国网络媒体山东行采访活动，以山东省委、省政府推进科学发展的重大决策、重大战略、重点工作为切入点，以“科学发展新山东”为主题，集中宣传了各地各部门各行业创造的山东经验、山东模式、山东亮点。在点评本次网络媒体山东行采访活动时，刘致福总结概括了本届媒体行有六大突出的亮点：

第一，主题宏大，参与新闻发布的省直部门、市历届最多。本次采访活动以“科学发展新山东”为主题，横贯山东科学发展的10个大方面。活动全程共组织了13场新闻发布会，其中，首场大型新闻发布会，邀请省文明办、省发改委、省民政厅、省住房城乡建设厅、省文化厅、省卫生厅、省环保厅、省国资委、省广电局9家省直有关部门，从不同方面，专题发布山东科学发展的总体情况，并回答记者提问。行程中，所到市也均安排了当地有关“科学发展”的主题发布，报道效果十分显著。

第二，参与媒体数量创历届最多。本次活动汇聚的中央重点新闻网站、知名商业门户网站和外省、市、区重点新闻网站以及山东省内网络媒体超过60家，采访团达到创纪录的130多人。“这说明中国网络媒体山东行采访活动不仅越来越受到山东各界的重视，也越来越受到全国各媒体的重视。”

第三，覆盖面最广，采访城市数量、行程之长创历届最高。整个采访活动按省直和济南、东线（莱芜、东营、潍坊、烟台、威海、青岛）和西线（聊城、菏泽、枣庄、济宁、青岛）三大版块、两条线路展开，途经山东11市，行程近5000公里，采访城市数量和行程路线均创下山东省网络媒体行新纪录。

刘致福介绍说，由于首次采用了东西两条路线分线采访的形式，本届媒体行在有限的时间内采访了更多的城市，使得采访效率翻番，特别是聊城、菏泽、济宁、枣庄等西线城市都是首次迎来网络媒体山东行采访团。对于此次活动因时间关系没有前往的其他6个城市，也由大众网地方站参与联动报道，分别对各地市委书记、市长进行了专访。

第四，发稿数量创历届最多。截至18日14时，各媒体发稿和信息转载总量28万余条，其中消息20100篇，原创评论 1200 余篇，图片 15000 余幅，视频 600 余条，微博原创发布 16100 多条，转发 13 万余条。“第八届网络媒体山东行”关键词百度相关搜索达 2950000 条。“科学发展新山东”关键词百度相关搜索达 888000 条。

第五，报道形式继续创新，创历史之最广泛。本次活动首次使用 3G 视频直播技术，对启动仪式以及 13 场新闻发布会进行了全程直播。活动期间，网络评论小组跟团采访，知名网评员撰写有深度、有价值的网络评论来引领采访活动的导向。本次采访活动还在人民网、新浪网、腾讯网、网易、搜狐和大众网 6 家网络媒体平台注册了官方微博，全程进行微博直播。此次活动的官方专题页面，大众网蝉联中国新闻奖一等奖的云工作室团队首次采用了“长卷”形式，恢弘大气、令人耳目一新。

第六，传统媒体与新媒体的融合、互动更加广泛，传统媒体参与数量创历史最多。刘致福说，本次采访活动除网络媒体记者参加外，还专门邀请了中央和香港部分驻鲁新闻单位、山东广播电视台、大众报业集团旗下主流媒体派记者随团全程采访报道，各市的报纸、电视、网站也同时参与采访报道，共同掀起“科学发展新山东”的舆论宣传高潮。据统计，截至 18 日，大众报业集团旗下的报纸统一挂牌，拿出重点版面并予以重点处理，共发稿 120 余篇，11 城市当地媒体发稿 300 余篇。科学发展新山东——第八届中国网络媒体山东行采访活动远远超出了预期效果。

大众报业集团党委常委、副总编辑郝克远出席闭幕仪式并致辞（盛堃　摄影）

郝克远：
行万里路知新山东，媒体行成果丰硕

大众网青岛 2012 年 5 月 18 日讯　（记者　王磊）　18 日晚，科学发展新山东——第八届中国网络媒体山东行在青岛落幕。在闭幕式上，大众报业集团党委常委、副总编辑郝克远在致辞中表示，今年媒体行的主题是“科学发展新山东”，采访团的记者们分两条线路踏遍山东 11 个城市，亲身感受山东科学发展取得的成就，记者们写下大量高质量的新闻作品，在山东科学发展的道路上留下了浓重的一笔。

郝克远说，科学发展新山东——第八届中国网络媒体山东行大型采访活动在青岛圆满落幕，本次活动亮点突出，成果丰硕。在 7 天时间里，采访团分两条线路踏遍山东 11 个城市，亲身感受到山东科学发展取得的成就，可以说是“行万里路，知新山东”。同时，采访团的记者们也用自己聪明才智，完成了大量高质量的新闻作品，在山东科学发展的道路上留下了浓重的一笔。

郝克远还表示，中国网络媒体山东行活动到今年已经是第八届，得益于省委宣传部、省网络办对大众报业集团的厚爱，大众网有幸连年承办这一重要活动。他说，网络媒体山东行已经成为全国网络媒体和山东、和大众报业集团、大众网一年一度的约会，感谢兄弟媒体、主办单位和受采访市长期以来给予大众报业集团、给予大众网的关心和帮助，期待在明年的活动中大家再次相聚，预祝采访团的记者们在今后的工作生活中身体健康、万事如意，大家友谊长存。

青岛市委宣传部常务副部长吕振宇出席闭幕仪式并致辞（盛堃　摄影）

吕振宇：以国际化标准，建宜居幸福大青岛

大众网青岛 2012 年 5 月 18 日讯　（记者　王磊）　18 日晚，科学发展新山东——第八届中国网络媒体山东行在青岛落幕。在闭幕式上，中共青岛市委宣传部常务副部长吕振宇表示，在短短一天时间里，采访团的记者们对青岛的工作提出了许多宝贵意见和建议，青岛市委市政府将以国际标准提升工作、以本土优势彰显特色，把青岛建设得更加美好。

吕振宇说，科学发展新山东——第八届网络媒体山东行采访团听取了青岛市委常委、副市长牛俊宪同志关于青岛经济社会科学发展的亮点介绍，实地考察采访了北船重工、西海岸经济新区、青岛职业技术学院、中德生态园、青岛啤酒集团等。通过考察和采访，采访团的记者们对青岛的工作提出了许多宝贵意见和建议，青岛市委市政府将认真借鉴和落实。

吕振宇还表示，长期以来，各大媒体记者们对青岛的各方面工作给予了大力支持和无私帮助，为青岛经济社会平稳健康发展营造了良好的舆论氛围。青岛市委市政府将以世界眼光谋划未来、以国际标准提升工作、以本土优势彰显特色，把青岛建设得更加美好。

山东大众传媒股份有限公司（大众网）董事长、总经理林忠礼代表大众网致感谢辞（盛堃　摄影）

林忠礼：
感谢“一路同行”，见证科学发展

大众网青岛 2012 年 5 月 18 日讯　（记者　尹海洋）　科学发展新山东——第八届中国网络媒体山东行采访活动 18 日晚在青岛圆满落幕。山东大众传媒股份有限公司（大众网）董事长、总经理林忠礼在闭幕仪式上致辞时表示，活动启动以来，大众网投入了所有新闻资源，发布了大量原创稿件、原创图片和精彩视频。7 天内大众网专题总发稿量 12283 篇，专题总浏览量 50 多万人次，掀起了宣传山东科学发展的热潮。

林忠礼首先向山东省委宣传部、省人民政府新闻办公室、省网络办和参与报道的全国各省、各地媒体记者，以及参与活动的企业界朋友表示感谢，感谢所有参与者与大众网一路同行，共同见证山东科学发展的新变化，宣传山东科学发展的新成绩。

林忠礼表示，自活动开展以来，大众网投入了所有新闻资源，紧紧围绕“科学发展新山东”的主题进行宣传报道。截至 5 月 18 日 14 时，大众网发布原创稿件 853 篇，原创图片 3455 幅，视频 103 个，原创评论 31 篇，网友评论 541 篇，网站专题总发稿量 12283 篇，专题总浏览量 50 多万人次。手机报发稿 62 篇，众众微博发布 2021 条，转发 30000 余条，听众 100567 人。

林忠礼说，今年是大众网新十年的第一年，也是事业突破发展的关键之年，在新媒体高速发展的今天，大众网机遇与挑战并存，将继续强化内容建设，不断地提升舆论的掌控水平与能力，进一步扩大舆论影响力，围绕省委、省政府工作大局，发挥主流媒体的引领作用，做好舆论引导与服务工作，更好地为山东经济和社会发展服务。与此同时，大众网要抓住新闻网站转企改制、上市融资的重大机遇，进一步提升网站的品牌影响力，进一步提升企业的盈利水平和能力，不断膨胀产业规模，实现收入与利润的同步、快速增长。

科学发展新山东

第八届中国网络媒体
山东行新闻报道集

微博篇

济南

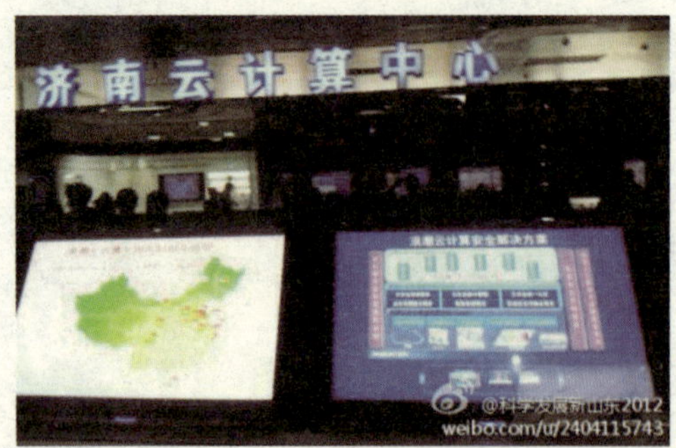

科学发展新山东 2012：浪潮云计算中心。

科学发展新山东 2012：鲁王之宝。

科学发展新山东 2012：62 件餐具大小不一，叠起来刚好装进最大的罐子里，太有才了。

科学发展新山东 2012：你不会说中文？没问题！我们有英语热线！

科学发展新山东 2012：泉城之美。

张正华：园中有泉，其名趵突，常年有水涌出，鲜活如奔，其水，青极似蓝。清澈见底，有鱼悠然。四围柳色新新，鲜花灿然。

张正华：超然楼上看大明湖，全景，有种感觉，目不及视。一个人上来，茫然四顾，不见夏雨荷，怅然所失。

科学发展新山东 2012：大明湖新区超然楼，泉城古韵，民生园林，还湖于民！

莱芜

科学发展新山东 2012：郭家沟村 384 户人，出了 6 位博士啦！

科学发展新山东 2012：莱芜郭家沟村，五万一栋小别墅，小康生活节节高！

科学发展新山东 2012：莱芜郭家沟村新农村建设的样板。

科学发展新山东 2012：雍和园社区一角。

科学发展新山东 2012：莱芜力创科技，咱们家里的热计量表是产自这里么？

科学发展新山东 2012：莱芜呈瑞，机械化程度很高。

聊城

张正华：参观中通客车有限公司，这是一家总资产达 20 多亿的上市企业。这里生产的校车令人印象深刻。小白专门趴在车底下查看了一番，有新发现哦。

科学发展新山东 2012：运河上的桥，一城全是水，东昌湖与京杭大运河相溶交汇。

张正华：船行东昌湖，领略水城风光。

科学发展新山东 2012：美丽的东昌湖。湖周围没有高楼，可以看出政府下了大力气来保护这片"城中水"。湖周围道路上有不少行人，这画面当真有种人在画中游的感觉。

科学发展新山东 2012：水城明珠大剧场整体结构设计新颖，上部两个半球之间有过渡拱衔接，可以水平旋转 180 度，剧场开启时极具悉尼歌舞剧院之风采，闭合时，则尽显国家大剧院之尊荣。可以使观众充分领略到露天剧场与封闭剧院两种效果的不同风采。里面一共有 3636 个新型座椅，是国内最大的室内单体剧场。

科学发展新山东 2012：聊城中国运河文化博物馆整体陈列以"运河推动历史，运河改变生活"为主题，旨在全方位、多角度地收藏、保护和研究运河文化，反映和展示运河的古老历史、自然风貌和民俗风情。

张正华：聊城最大的特色就是水与古城的完美应和。在山陕会馆听戏，不与秦腔，不与越剧同，京剧在这里很盛行。京剧春秋配旧时的戏台，很有点沧桑的感觉。

科学发展新山东 2012：山陕会馆始建于清乾隆八年，历经四年，山门、正殿等主体工程竣工，其后逐年扩建，至嘉庆十四年方具有现在之规模。会馆东西长 77 米，南北宽 43 米，占地面积 3311 平方米。保留至今的有山门、戏楼、夹楼、钟楼、鼓楼、南北看楼、南北碑亭、关帝殿、财神殿、火神殿等 160 余间。

科学发展新山东 2012：东阿药王山，阿胶诞生地！

张正华：古人买椟还珠，为今人笑，孰不知，今人亦如此。吃驴肉而弃驴皮，无异于此。驴皮乃阿胶主料。做好的阿胶块，每公斤上千元。

科学发展新山东 2012：清道光年间进贡阿胶，非常珍贵。讲解员说阿胶时间越长越好，超出保质期的千万不要扔掉。包装上注保质期，是因为国外消费者购买先看保质期，没注明则不会购买。

东营

科学发展新山东 2012：30 多斤鲜海参出一斤干海参，一个池子一年能挣十几万，养海参的老板特别叮嘱大家，买干海参不要买加盐的喔。

科学发展新山东 2012：九曲黄河东入海，海河交汇金沙退。黄河三角洲自然保护区，这里的自然风光最美！

科学发展新山东 2012：东营黄河三角洲。

科学发展新山东 2012：东营黄河口，又见野鸭。

科学发展新山东 2012：山东巨龙，千亿新矿，亿吨集团，绿色企业，花园厂矿！

菏泽

科学发展新山东 2012：菏泽红色文化《江山如此多娇》。

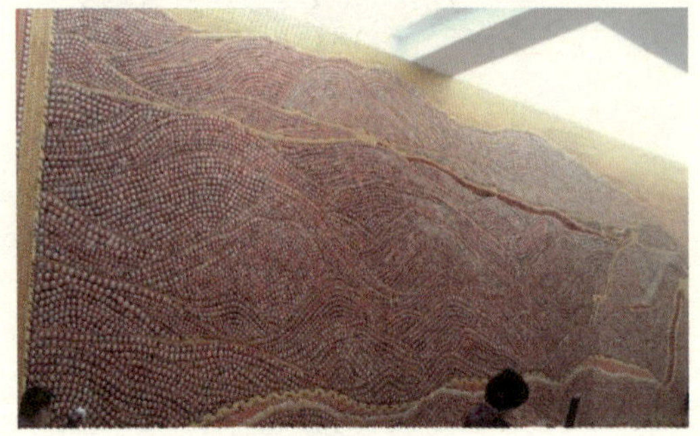

马占超：满墙尽是毛主席像章。

科学发展新山东 2012：曹州牡丹园 大美牡丹。

张正华：菏泽生产牡丹，被称为中国牡丹之都，芍药也很出名，不仅餐桌上宾客名牌是不同牡丹品种花色，菜也多用这两种花点饰。

张正华：步长制药，从陕西移植过来的企业，在菏泽取得令人吃惊的业绩，年产值 70 多亿元，纳税 10 亿元，成为菏泽支柱企业之一。

张正华：在山东巨龙能源参观，这个产值达到800亿元的企业令人吃惊，且在一个县城。山东国企力量之强大可见一斑。图为巨龙集团安全控制室。

科学发展新山东2012：姜山如此多“椒”，科技兴农见智慧！

潍坊

科学发展新山东2012：潍坊寿光蔬菜博览园，锦绣“姜”山。

科学发展新山东2012：潍坊寿光蔬菜博览园——蝴蝶兰。

科学发展新山东2012：潍坊盛瑞传动变速器。

科学发展新山东2012：潍坊寿光蔬菜博览园，圣女红果。

科学发展新山东2012：潍坊潍柴动力，游艇模型。

科学发展新山东2012：走进潍坊科技学院，动漫学院老师创作出的金陵十二钗动漫模型，吸引了众人的目光。

济宁

科学发展新山东2012：济宁第二人民医院，先看病后付费，让人人享有看病绿色通道！

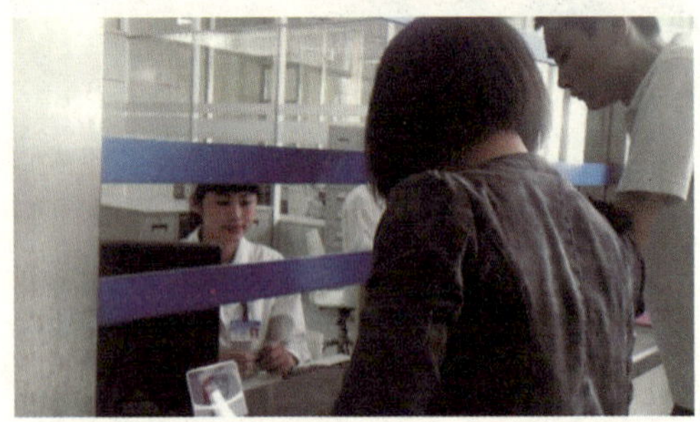

张正华：济宁市第二人民医院，率先推行先看病后缴费的诊疗新模式，对符合条件或情况紧急，经济困难的患者，可以先治病，出院时一次性结清款项。对特困户可分期付款或给予部分减免，这种模式令人印象深刻。制度性的矛盾可以用新途径新方式寻求解决。

科学发展新山东2012：万仞宫墙，比喻孔夫子的无限知识。

科学发展新山东2012：先看病后付费宣传图册显眼清楚，一目了然。

科学发展新山东2012：孔庙千年树木见证灿烂儒家文化！

科学发展新山东2012：孔府后花园，绿株依旧在。

烟台

科学发展新山东 2012：烟台文化中心，据说好多知名剧团都来此演出过，票价仅为北上广的 4 成，差价由政府补贴。

科学发展新山东 2012：烟台文化中心剧院价值 150 万的钢琴。

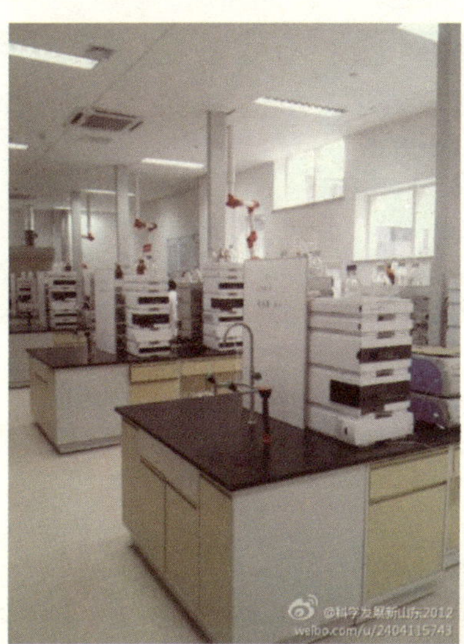

科学发展新山东 2012：烟台 山东国际生物科技园实验进行时。

科学发展新山东 2012：蓝色牟平，一见钟情，养马岛好美！

科学发展新山东 2012：烟台文化中心绿化一角。

科学发展新山东 2012：海阳亚沙会主会场。

科学发展新山东 2012：亚沙会展览馆，科技改变未来！

科学发展新山东2012：走进海阳亚沙会，快乐在一起！

科学发展新山东2012：什么是5s压榨技术？如何保证质量一流？请听鲁花人说给你听…

科学发展新山东2012：滴滴鲁花，香飘万家！16号中午，采访团来到民族企业鲁花采访，一股股淡淡的花生香味，飘满整个车间。

枣庄

科学发展新山东2012：兖矿国泰化工有限公司设备。

科学发展新山东2012：台儿庄古城建设忙，每年都有新气象，明年若是君再来，定觉眼前又一亮。

科学发展新山东2012：死坑变活水，旧矿变新湖，市民纳凉处，新人拍照忙。

科学发展新山东2012：枣庄东湖公园全民健身中心，实现凤凰涅槃，谁会想到这里曾是矿坑！

张正华：谁曾想这里经历惊心动魄的重大战役。

科学发展新山东2012：天下第一庄，台儿庄永恒名片。

威海

科学发展新山东 2012：威海公园 海之恋。

科学发展新山东 2012：威海文化艺术中心艺术作品展。

科学发展新山东 2012：威海文化艺术中心展厅城市总体规划。

科学发展新山东 2012：威海文化艺术中心展示城市荣誉。

科学发展新山东 2012：文登体育公园。

科学发展新山东 2012：文登文化惠民工程博展中心——文登民居。

科学发展新山东 2012：文登文化惠民工程博展中心——鲁绣。

青岛

科学发展新山东 2012：中德生态园规划。

科学发展新山东 2012：青啤百年啤酒博物馆著名解说词：给我一小时，还您一百年！

科学发展新山东 2012：近距离接触青岛北海船舶重工。

科学发展新山东 2012：青岛职业技术学院 没有大门院墙的学校。

科学发展新山东 2012：青啤百年、世界之醉！

科学发展新山东 2012：青岛职业技术学院记者们查看学生作品。

科学发展新山东

第八届中国网络媒体
山东行新闻报道集

专题篇

大众网：第八届中国网络媒体山东行专题截屏

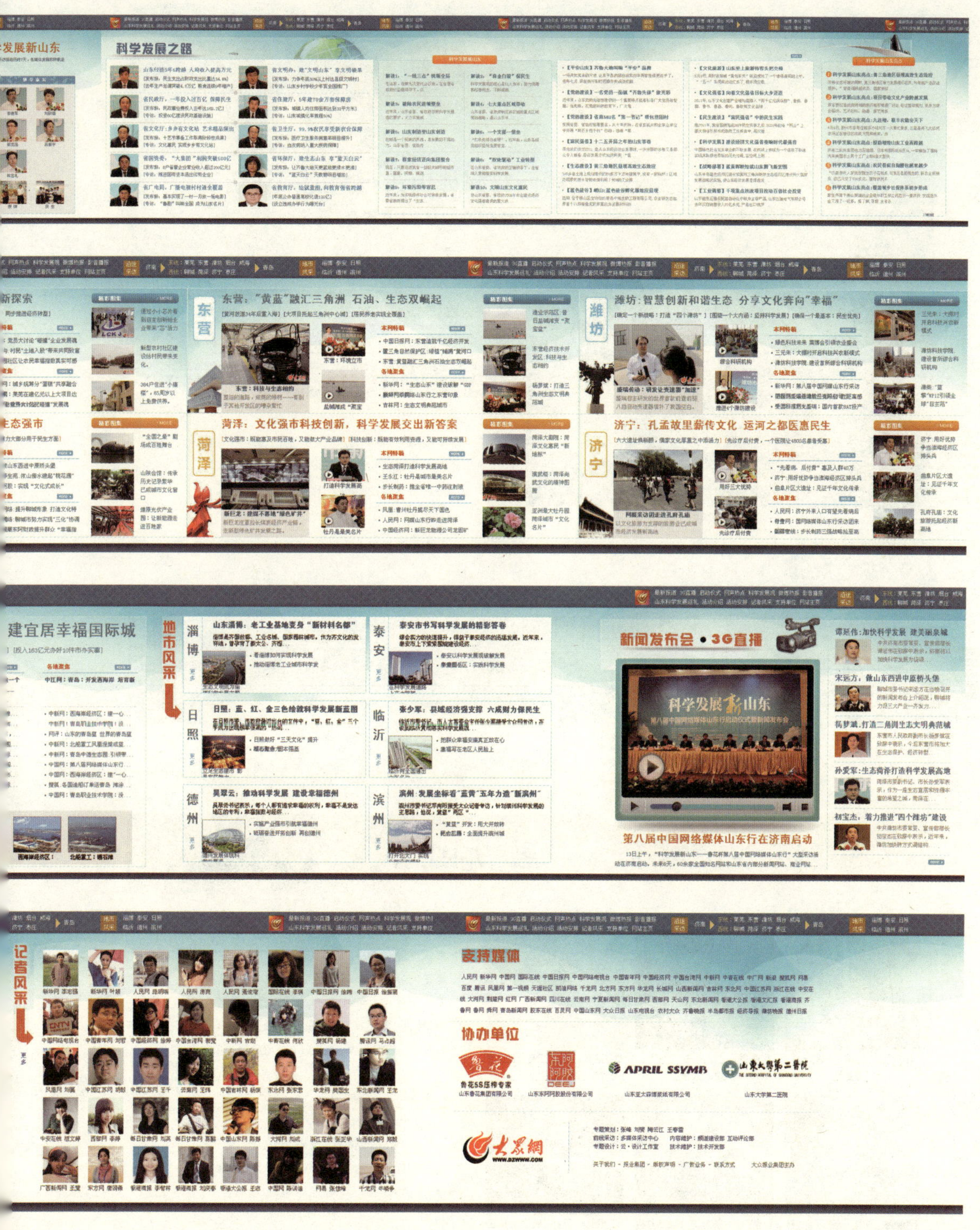

青岛职业技术学院：修能致用　人才摇篮

网络行新闻速递

“生态山东”建设破解“GDP崇拜”顽疾

近日，记者专程探访了东营市现代生态渔业示范区。东营现代生态渔业示范区是近年来山东坚持走新型工业化道路，转变经济发展方式、全力推进“节能减排”的典型案例，也是“生态山东”建设的一个缩影

- 第八届中国网络媒体山东行在青岛圆满落幕
- 青岛职业技术学院：修能致用　人才摇篮
- 北船重工：金融危机中昂起品牌制造的龙头
- 东湖公园：从煤矿塌陷地到生态民生工程的华丽转身

活动安排

线路	日期	安排
	13日　济南	启动仪式 新闻发布会 参观12345市民服务热线 浪潮集团、山东博物馆 介绍十艺节筹备情况
东线	14日　济南、莱芜	莱城区口镇雍和园社区 莱芜市新闻发布会 郭家沟村、力创科技园 呈瑞粉末、东营经济技术开发区 东营市新闻发布会
东线	15日　东营、潍坊	东营现代渔业示范区 黄河三角洲国家级自然保护区 三元朱村、潍坊科技学院 寿光蔬菜博览会 潍坊市新闻发布会
东线	16日　潍坊、烟台	潍柴动力、盛瑞传动股份有限公司 鲁花、高新区规划展厅 山东国际生物科技园 烟台文化中心 烟台市新闻发布会
东线	17日　威海、青岛	牟平区规划展示中心 威海市民文化活动中心、威海公园 威海市新闻发布会 文登文化惠民工程 参观亚沙会展览馆
	18日　青岛(东、西线合并)	青岛北海船舶重工公司 西海岸经济新区、中德生态园 青岛职业技术学院 青岛市新闻发布会 青岛啤酒集团及参观青啤博物馆
西线	14日　济南、聊城	明珠剧场和东昌湖 山陕会馆、旅原光伏产业园 中通客车、运河博物馆 聊城市新闻发布会
西线	15日　菏泽	东阿阿胶博物馆 新巨龙能源有限公司 步长制药、山东东明石化集团 参观曹州牡丹园 武楼和大剧院 菏泽市新闻发布会
西线	16日　济宁、枣庄	济宁市第二人民医院 济宁市新闻发布会 会展中心大遗址保护区沙盘 采访孔府、孔庙、少昊陵 台儿庄古城及古城内蓝旗会馆 枣庄市新闻发布会
西线	17日　枣庄	东湖公园 桑村镇土地合作社 兖矿国泰化工有限公司

各方关注·科学发展新山东

图片报道

- 青岛职业技术学院：修能致用人才摇篮
- 行摄西线：台儿庄古城 东方古水城的“复活”
- 行摄东线：探访第三届亚沙会开幕式主会场
- 行摄西线：东湖公园的华丽“转身”
- 行摄东线：探访山东国际生物科技园
- 行摄西线：孔府孔庙 文化旅游托起经济发展

媒体行最新动态

- 青岛职业技术学院：没有大门围墙的人才“摇篮”
- 西海岸经济区：“一心五区”5年再造个新青岛
- 中德生态园：10年崛起一座国际宜居新城区
- 北船重工：青岛海西湾里的凤凰涅槃
- [西线]自主创新造就中国化工技术出口“第一单”

科学发展看“两区”

- 山东省“黄蓝主题展馆”调研组到东营市调研
- 黄河三角洲海洋渔业科研推广中心在垦利启用
- 烟台创建海洋高技术产业基地 建设八大园区
- 烟台：全力打造最具活力的蓝色经济增长极
- 人民日报:青岛港经验理论与实践研讨发言摘登

新华网：第八届中国网络媒体山东行专题截屏

国际在线：第八届中国网络媒体山东行专题截屏

中国新闻网 中新网 WWW.CHINANEWS.COM

新闻 国内 地方 社区 论坛 曝料 视频 访谈 财经 证券 金融 台湾 政局 时评 侨网 侨界 侨乡 娱乐 明星 演出
国际 社会 法治 空间 广场 贴吧 图片 高清 房产 汽车 IT 两岸 观光 专栏 华人 社团 华报 电影 电视 音乐
文化 教育 健康 微博 博客 上上贴 图库 图集 能源 生活 游戏 港澳 街区 泛珠 华教 留学 移民 体育 足球 NBA

科学发展新山东
2012年5月12日-19日

第八届网络媒体山东行

滚动报道 新闻速递 媒体聚焦

泉水申遗 济南将打造"天下第一泉景区"

要闻导读

走访威海文化设施 延伸城市命脉满足市民需求

学发展新山东——鲁花杯第八届网络媒体山东行采访团一行17日走访了威海市文化艺术中心、威海公园、文登体育公园、文登博展中心等文化体育设施。通过走访，记者看到，威海市深入挖掘历史文化的精髓，加强老洋房、海草房等文化遗产的保护和利用，积极开展对外文化交流……

场馆搭建近尾声 亚沙文化旅游产业聚海阳

科学发展新山东——鲁花杯第八届网络媒体山东行采访团一行17日下午来到第三节亚沙会场馆。记者在现场看到，工人们正紧张地在对体育比赛场馆进……

第八届网络媒体山东行 活动简介

科学发展新山东

【主办单位】 中共山东省委宣传部、山东省人民政府新闻办公室、山东省网络文化办公室

【承办单位】大众网

【活动主题】 以"科学发展新山东"为主题，重点采访报道科学发展新思路、实施蓝黄带动战略、经济结构调整、统筹城乡建设、创新驱动、文化强省建设、改善民生、生态文明建设、深化改革开放、党的建设等十个方面，大力宣传各地各部门各行业创造的山东经验、山东模式、山东亮点

【活动路线】 活动将分三大版块、东西两条线路。跨越11市进行实地采访

【东线】莱芜、东营、潍坊、烟台、威海 青岛

【西线】聊城、菏泽、济宁、枣庄 青岛

山东省政区图

第八届网络媒体山东行 科学发展看山东

新闻速递 更多>>

- 青岛中德生态园:引领带动西海岸新经济区经济发展 5-18 23:42
- 西海岸经济区：建一心五区 5年再造一个新青岛 5-18 23:40
- 青岛职业技术学院：没有大门围墙的人才"摇篮" 5-18 23:40
- 北船重工涂上造船8年 凤凰涅槃成蓝色经济奇葩 5-18 23:33
- 第八届中国网媒山东行圆满落幕 5-18 23:20
- 走访威海文化设施 延伸城市命脉满足市民文化需求 5-18 01:04
- 威海官员："蓝绿"互促双赢 建现代化幸福威海 5-18 00:38
- 场馆搭建近尾声 亚沙文化旅游产业聚海阳 5-18 00:25

媒体聚焦 更多>>

- 网络媒体山东行:科学发展新山东，新在哪里? 5-21 18:03
- 由大省到强省，"文化山东"魅力足 5-21 18:01
- 科学发展新山东之东游记：岱青·海蓝·民丰 5-21 18:00
- 网评：山东的青岛蓝 世界的青岛蓝 5-18 23:18
- 破茧成蝶 枣庄找到资源枯竭型城市涅槃路 5-18 01:09
- 网媒看山东:科技创新和品牌营销是两大法宝 5-18 00:06
- 一极领先多极崛起 解决烟台三大发展问题 5-18 00:06

参访城市

济南

山东省会，位于鲁中西部，是中国环渤海地区南翼和黄河中下游地区的中心城市，是国家批准的沿海开放城市和十五个副省级城市之一。

青岛

青岛市是计划单列市、副省级城市、山东经济中心城市、中国首批沿海开放城市、国家级历史文化名城。名牌企业众多，被誉为"中国品牌之都""世界啤酒之城"。

威海

地处山东半岛东部，北东南三面濒临黄海，是中国投资硬环境40优城市，也是全国综合经济实力50强城市。1984年成为第一批中国沿海开放城市。

枣庄

位于山东南部，东依沂蒙山，西濒微山湖，南接两汉文化胜地徐州，北临孔孟之乡济宁。处于"一山、一水、两汉、三孔"黄金旅游线上，并且素有"鲁南明珠"之称。

第八届网络媒体山东行 图片报道 更多>>

烟台海域现"海市蜃楼"

烟台举行亚沙会安保实战演练

中国新闻网：第八届中国网络媒体山东行专题截屏

中国网：第八届中国网络媒体山东行专题截屏

中青在线 | 中国青年报 | 新闻 | 教育 | 生活 | 汽车 | 法治 | 经济 | 舆情 | 旅游 | 数码 | 共青团 | 视频 | 社区 | 论坛 | 登录微博校园 ▸校媒网 ▸KAB创业教育网 ▸中国青年志愿者网

科学发展新山东
——第八届中国网络媒体山东行

刘致福：本届媒体行六大亮点创历届之最

焦点新闻

“鲁花杯”第八届中国网媒山东行圆满落幕

18日晚，科学发展新山东——“鲁花杯”第八届网络媒体山东行在青岛圆满落幕。本次采访活动历时7天，各媒体发稿和转载总量近30万篇，在网上掀起“科学发展新山东”宣传热潮。

郭家沟村：村民“土地入股”带来共同致富

384户村民住进“小康楼”，65周岁以上的老人全部免费供养……今天，采访团来到莱芜市“全国文明村镇”郭家沟村，这富裕的表面背后，是郭家沟村统筹城乡一体化，村民以土地入股大力发展生态农业的结果。

实力、活力、魅力 给力济南新五年再出发

发挥省会优势，强化创新驱动，做大做强实体经济，泉城济南，正以加快科学发展为统领，充分发挥省会优势，未来五年，全力打造“实力济南、活力济南、魅力济南”。

行程安排

5月17日 威海、青岛

采访牟平区规划展示中心、威海市民文化活动中心、威海公园、文登文化惠民工程、参观海阳亚沙会展览馆

5月18日 青岛

采访青岛北海船舶重工公司、西海岸经济新区、青岛职业技术学院、中德生态园、青岛啤酒集团及参观青啤博物馆

5月13日 济南

参观12345市民服务热线、采访浪潮集团（途中车览棚户区改造工程）、山东博物馆

5月14日 济南、莱芜

采访莱城区口镇雍和园社区、郭家沟村、力创科技园、呈瑞粉末、东营经济技术开发区

5月15日 东营、潍坊

采访东营现代渔业示范区、黄河三角洲国家级自然保

见闻“新”山东

青岛啤酒：一杯酒做一百年，啤酒里喝出文化味

·青岛：蓝色领军山东龙头 建宜居幸福国际城市
·金沙滩搭起大舞台 亚沙会大幕将掀开
·文登市博展中心：深厚的文化促进城市快速发展
·走进威海文化艺术中心 探密会发电的玻璃屋顶
·威海公园：蓝色文化塑造思想解放的威海人
·鲁花：科技创新 挺起民族产业的脊梁

烟台高新区：打造“东部新区”的领航区

·20元门票听音乐会 打公益牌降艺术“门槛”
·“绿色 科技 未来”莱博会引领农业盛会
·盛瑞传动：“三国四地”研发，让变速器“加速”
·走进潍柴 看“蓝擎”WP12引领全球的“自主范”
·潍坊科技学院：建设国家首所综合科研机构
·初宝杰：坚持改革创新 着力推进“四个潍坊”建设
·三元朱：蔬菜大棚第一村 开启科技兴农新模式

科技“兴”山东

济南“民生菜单”激发发展活力

·文登：文化惠民 惠及万民
·一极领先多极崛起 烟台绘就蓝色经济蓝图
·黄三角地区显现高效生态效应
·黄蓝助力、生态先行 东营文明之城令人期待
·城市发展的最大智慧莫过于找准比较优势
·科学发展贵于治炼 和谐社会赖于陶染
·济南高科技创新让价值链“微笑”
·济南：观念创新和技术创新表里相依

图看“美”山东

烟台的海，很美

威海夜景

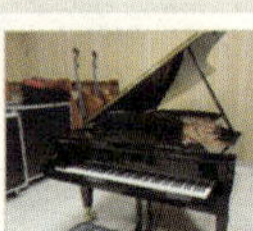

价值150万的钢琴

蓝擎WP12.430N车用柴油机

博杜安12M26.2船用发动机

盛瑞传动：8AT搭载样车

趵突泉

参观山东博物馆

彩绘乐舞陶俑

甲骨文

亚醜钺

红陶兽性壶

镶宝石金带饰

裸人方奁

山东博物馆漂亮的房顶

中青在线：第八届中国网络媒体山东行专题截屏

中国台湾网 | 2012年7月9日 星期一　设为首页 网站导航 繁體 English | 论坛 博客 | 注册 游客进入

第八届中国网络媒体山东行

2012年5月12日-19日

滚图 要闻 视频报道 最新消息 活动介绍 行访城市 图片新闻 魅力山东 鲁台交流 投资园区 山东经济

走进威海文化艺术中心　1 2 3 4

第八届网络媒体山东行落幕 细数"历届之最"

"第八届中国网络媒体山东行"走进威海

网媒山东行走进潍柴 自主创新促企业发展

中国网络媒体山东行 走进青岛啤酒博物馆

新华网记者探访山东国际生物科技园[组图]

第八届中国网络媒体山东行烟台新闻发布会举行

山东将出台社会养老服务体系"十二五"规划

三元朱村:"绿色革命"开辟科技致富新道路

枣庄桑村镇:合作社让闲置土地"变废为宝"

第八届中国网媒山东行:中通 "大鼻子"校车受瞩目

活动介绍

- 活动主题
- 采访重点
- 活动时间
- 主办单位
- 活动线路
- 东线行程
- 西线行程
- 立体式报道

行访城市

- 济南
- 枣庄
- 济宁
- 菏泽
- 聊城
- 潍坊
- 青岛
- 威海

视频报道　更多>>

最新消息　更多>>

- 媒体行今夜掀高潮 四"寿星"青岛迎惊喜 05-21
- 青岛:蓝色领军山东龙头 建宜居幸福国际城市 05-21
- 薛宝生:网络媒体"走转改"凸显强势 05-21
- 威海:文化服务均等化 政府惠民"不差钱" 05-18
- 棚户区变精品楼 枣庄棚改"旧区"变"新区" 05-18
- 国泰化工:自主创新 造就中国化工技术出口"第一单" 05-18
- 海阳打造亚沙文化旅游聚集区 05-18
- 中国网络媒体山东行采访团来到济宁 05-17

图片新闻　更多>>

HAIYANG 2012 3rd Asian Beach Games

海阳亚沙会倒计时30天

网媒"山东行"走进烟台市民的"文化客厅"

烟台高新区:打造"东部新区"的领航区

济宁二院:先诊疗后付费 实行近一年无一例逃费

曲阜片区大遗址:见证璀璨文化的千年传承

济宁:孔孟故里新传文化 运河之都医惠民生

山东将出台社会养老服务体系

济南"民生菜单"激发发展活力

"新明湖"还景于民 开放水上大客厅

魅力山东　更多>>

东炮台风景区

青岛天主教堂

泰山风景区

烟台博物馆

曲阜三孔

中国台湾网:第八届中国网络媒体山东行专题截屏

SOHU.com 搜狐新闻　　搜狐首页-新闻-体育-S-娱乐-V-财经-IT-汽车-房产-女人-视频-播客-微博-邮件-博客-BBS-我说两句-搜狗

第八届中国网络媒体山东行

时间：5月13日-18日　行程：跨11市实地采访

姜大明：35件实事财政打足，我有信心！

导读：“科学发展新山东第八届中国网络媒体山东行”将于5月13日在济南启动，全国媒体对济南、东营、菏泽、青岛等11个地市进行采访考察，集中深入报道山东推进科学发展取得的突出成就…

网络媒体山东行13日启动 行程创历次之最

为喜迎党的十八大和即将召开的山东省第十次党代会，集中展示山东九次党代会以来贯彻科学发展观采取的重大举措，建设经济文化强省取得的重要成就、主要经验以及突出亮点，“科学发展新山东——第八届中国网络媒体山东行”将于5月13日在济南启动…[详细]

姜大明：35件实事财政打足，我有信心！

姜大明：讲到民生，大家都很关心，群众把它作为第一位关心的事。我在济南市当市委书记的时候，我们曾开了一次全国最早的群众工作会议上讲的。整个党委、政府工作，其实说到底从一个角度来讲也是群众工作，群众支持了、群众满意了，其实政府工作就做好了…[详细]

新闻视频

- 视频：激情满怀议报告 凝心聚力创造山东科学发展
- 视频：山东两会 科学增长稳中求进

山东媒体行综合消息

科学发展领航山东—十二五开局年发展关键词

- 民生：科学发展领航山东 让群众生活得更舒心更有尊严
- 发展：《新山东--科学发展面面观》出版迎省十次党代会
- 领导：贾庆林山东调研：推动科学发展统筹兼顾改善民生
- 生态：国家林业局：支持生态山东建设 实现科学发展(图)
- 乡村：山东将“乡村文明行动”纳入科学发展考评体系
- 担当：科学发展的山东担当 着眼全国发展大局科学定位
- 引擎：青岛保税港区打造山东半岛蓝色经济新引擎(组图)

山东媒体行介绍

·主办单位：

中共山东省委宣传部、山东省人民政府新闻办公室、山东省网络文化办公室

承办单位：大众网

·活动主题：

以“科学发展新山东”为主题，重点采访报道科学发展新思路、实施蓝黄带动战略、经济结构调整、统筹城乡建设、创新驱动、文化强省建设、改善民生、生态文明建设、深化改革开放、党的建设等十个方面，大力宣传各地各部门各行业创造的山东经验、山东模式、山东亮点。

·活动路线：

活动将分三大版块、东西两条线路。跨越11市进行实地采访。

·活动时间：

5月12日-5月19日

我来说两句　　更多>>

用户名：　　注 册

密 码：　　登 陆

请登录后发表您的个人看法

提 交

第八届山东媒体行城市风采　　更多>>

“泉城”济南

济南是国家批准的沿海开放城市和十五个副省级城市之一，是国务院公布的国家历史文化名城、中国软件名城、国家创新型城市之一。济南是山东的政治、经济、科技、文化、教育、旅游中心，区域性金融中心，北连京津，南接沪宁，东西连通山东半岛与华中地区，是环渤海经济区和京沪经济发展轴上的重要交汇点，是全国重要的交通枢纽和物流中心，是中华文明中闻名世界的史前文化——龙山文化的发祥地，是第11届全国运动会和第7届中国国际园林花卉博览会的主办城市。[详细]

“钢城煤都”莱芜

莱芜市地处山东省中部，莱芜古称嬴、牟，历来是兵家必争之地，春秋时期在这里发生过“长勺之战”，解放战争时期华东野战军曾在此发动了著名的“莱芜战役”。上世纪60年代是全国重要的冶铁中心，现在是以钢铁为主导的新兴工业城市，是山东钢铁生产和深加工基地、“国家新材料产业化基地”，并且是“中国生姜之乡”、“中国花椒之乡”和“中国黄金蜜桃之乡”。荣获“国家卫生城市”、“国家园林城市”和“中国优秀旅游城市”，五次荣获“全国双拥模范城”称号。[详细]

“黄河三角洲明珠”东营

东营市位于山东北部黄河三角洲地区，因唐太宗东征时在此设东营、西营而得名。明洪武年间建东营村。1961年4月，华北石油勘探处在东营村附近打成第一口勘探井——华八井，由是东营村一带逐步形成了由会战指挥部和部分二级单位机关及后勤单位组成的矿城镇，人们称之为“基地”。1965年3月，成立中共惠民地区东营工作委员会和东营办事处。1983年成立地级市。2003年，东营市被国家环保总局认定为国家环境保护模范城市。 另外，以“东营”还可以指该市东营区及各地的东营村。[详细]

“风筝之都”潍坊

潍坊市位于山东半岛中部，是风筝的发祥地，是举世闻名的世界风筝城市，“风筝之都”美名闻名遐迩，潍坊市是山东半岛都市群最大城市，是中国人居环境奖城市、国家环保模范城市、国家卫生城市、国家园林城市。潍坊地扼山东内陆腹地通往半岛地区的咽喉，是山东半岛的交通枢纽。胶济铁路横贯市境东西，潍坊港一个国家一类开放口岸、羊口港一个国家二类开放口岸。潍坊机场已开通北京、上海、广州、海口、重庆、大连等航线，是全国四大航空邮件处理中心之一。[详细]

“海上门户”烟台

烟台市地处山东半岛东部，辖6区7个县级市和长岛县。依山傍海，气候宜

“森林城市”威海

威海市地处山东半岛东部，北东南三面濒临黄海，北与辽东半岛相对，东

“江北水城”聊城

聊城市地处经济发达的山东省，居鲁西，临河南、河北，位于华东、华

“牡丹之乡”菏泽

菏泽地理位置位于山东、河南、江苏、安徽四省交界处。“菏泽”原系

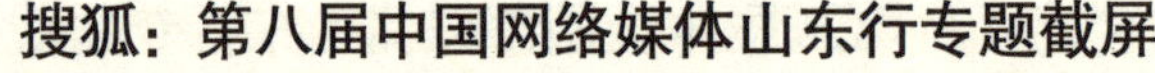

搜狐：第八届中国网络媒体山东行专题截屏

新闻中心 | news.eastday.com | 东方网首页 | 新闻中心 |

科学发展新山东

第八届中国网络媒体山东行

台儿庄:历史古城浴火重生展现惊世大美

第八届网媒山东行落幕 创六个历届之最

18日，分成两组分别巡回山东全省东、西各城的全国网媒记者团抵达青岛，标志着科学发展新山东——"鲁花杯"第八届中国网络媒体山东行采访活动奏响尾声。在对青岛重要市政建设与地标产业进行考察后，记者团结束为期一周的采访活动。

- 走进台儿庄:历史古城浴火重生展现惊世大美
- 掠影山东书画之乡 牡丹之城菏泽[组图]
- 古都聊城：山东镶嵌在京杭大运河上的明珠
- 济南12345:打造"有事必答"24小时民生直通车
- 直播3000公里:多媒体联动点亮山东网媒行[图]

魅力山东

济南的泉、枣庄的水、青岛的海、烟台的仙、威海的岛、泰安的山，都无不让人拍案称绝。走进曲阜，领略孔孟文化的博大精深；住淄博，感受齐国的泱泱大风。在潍坊放飞梦想的风筝；去日照领略"水上运动之都"和"东方太阳城"的风情。菏泽细赏国色天香的牡丹；东营看滚滚黄河东入海。日出山东，是怎样的美丽、绚烂？

媒体聚焦 更多……

- 鲁花:科技创新 挺起民族产业的脊梁 2012-5-18
- 孙孟全:攻克世界难题 鲁花开创零黄曲霉素时代 2012-5-18
- 鲁花车间探"安全":不让一滴杂质入口 2012-5-18
- 特写:敢向总理要补贴 孙孟全剪不断的花生梦 2012-5-18
- 创新与突破:鲁花"5S纯物理压榨工艺"全解读 2012-5-18
- 山东夏季高考意见出台 5批次录取8项目加分 2012-5-11

东方观察 更多……

- 第八届网媒山东行落幕 创六个"历届之最" 2012-5-19
- 走进今日台儿庄:历史古城浴火重生展现惊世大美 2012-5-17
- 掠影山东书画之乡 牡丹之城菏泽[组图] 2012-5-16
- 古都聊城:山东镶嵌在京杭大运河上的明珠 2012-5-17
- 济南12345:打造"有事必答"24小时民生直通车 2012-5-17
- 直播3000公里:多媒体联动点亮山东网媒行[图] 2012-5-17

青岛城内的"奥运"味

青岛五四广场

青海银海游艇俱乐部

奥林匹克国际帆船中心

青岛奥帆基地

记录历史的啤酒博物馆

美丽极地海洋世界

青岛八大关度假区

科学发展新山东 第八届中国网络媒体山东行

福田康夫参观曲阜孔庙

万千候鸟"包围"济南

枣庄天空鱼鳞云景观

山东日照海滨

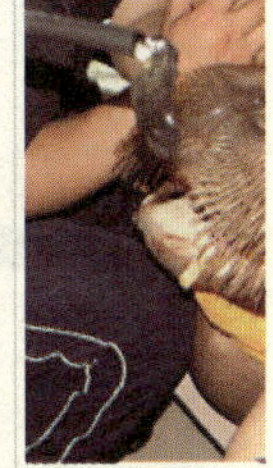
拯救山东小海象

东方网：第八届中国网络媒体山东行专题截屏

最新报道 New News | 图片报道 Pictures | **第八届中国网络媒体山东行** 2012.5.12--5.18 | 走近山东 Hi ShanDong | 承办单位 Organizers

科学发展新山东

第八届中国网络媒体山东行启动仪式暨新闻发布会

第八届中国网络媒体山东行最新报道

科学发展新山东

“鲁花杯”第八届中国网络媒体山东行大型采访

“科学发展新山东——第八届中国网络媒体山东行”大型采访活动由中共山东省委宣传部、山东省人民政府新闻办公室、山东省网络文化办公室共同主办、大众网承办，活动将分三大版块、东西两条线路，通过来自全国网媒的采访报道，为党的十八大和省第十次党代会的胜利召开营造良好的网上舆论环境。重点采访报道科学发展新思路、实施蓝黄带动战略、经济结构调整、统筹城乡建设、创新驱动、文化强省建设、改善民生、生态文明建设、深化改革开放、党的建设等十个方面。

郭家沟：使老有所终，壮有所用，幼有..
莱芜市呈瑞新能源的“内动力”
莱芜努力打造优美宜居城市
“新兴工业城市莱芜“讲科学 求发展”
泉水申遗 济南将打造“天下第一泉景..
李建军：60余家网站聚焦科学发展新..
途经11市采访，创下我省网络媒体行新..
大众网已经具备了操作上市融资的条件
品味山东历史文化参观山东博物馆
浪潮与云技术
济南老百姓的12345热线
第八届中国网络媒体山东行在济南启动
第八届中国网络媒体山东行5月13日启程

东营：生态文明典范城市
东营经济技术开发区实施黄蓝战略
东营：魅力黄河入海口景观
东营大力发展现代海产品养殖业
参观潍坊寿光国际蔬菜科技博览会
潍坊调整结构加快蓝黄“两区”建设
盛瑞传动开发世界首款前置前驱..
潍坊科技学院重视教学质量
潍柴动力坚持自主创新和内涵式发展
烟台实现“十二五”良好开局
烟台建设“国内蓝色经济领军城市“

烟台战略性新兴产业呈现出良好发展势头
和谐新莱阳
烟台文化的大繁荣
参观威海市文化艺术中心
魅力之城威海
鲁花：绝不让消费者食用一滴不利于..
鲁花“5S纯物理压榨工艺”：一个值得..
宜居幸福现代化国际城市--青岛
青岛啤酒百年品质铸辉煌文化
西海岸经济区：建“一心五区”5年再..
北船重工：礁石滩涂上造船8年，青岛..
第八届网络媒体山东行在青岛圆满落幕
第八届中国网络媒体山东行5月13日启程

科学发展新山东

济 南
13日：
启动仪式暨新闻发布会
出发采访济南12345政府热线
采访浪潮集团
采访山东博物馆
济南市新闻发布会
14日：
采访济南城市建设

滨州 东营 德州 烟台 威海 济南 聊城 淄博 潍坊 青岛 莱芜 泰安 日照 菏泽 济宁 临沂 枣庄

图片报道

东营：魅力黄河入海口景观 | 品味山东历史文化参观山东博物馆 | 郭家沟：使老有所终，壮有所用，幼有所长... | 莱芜市呈瑞新能源的“内动力”

第八届中国网络媒体山东行启动 | 济南老百姓的12345热线 | 浪潮与云技术 | 品味山东历史文化参观山东博物馆

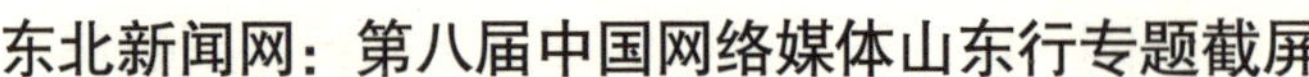

东北新闻网：第八届中国网络媒体山东行专题截屏

首页 - 新闻 - 长镜头 - 河北 - 文化 - 娱乐 - 女性 - 汽车 - 房产 - 健康 - 电波 - 面对面 - 俱乐部 - 手机报 - 商旅 - 疾病库 搜索

黄三角：绿植“铺满”黄河口

第八届中国网络媒体山东行5月13日启程

在山东省第十次党代会即将召开之际，“科学发展新山东——第八届中国网络媒体山东行”将于5月13日在济南启动，届时，来自国内近百家最知名网络媒体....详细>>

文以载鲁，蓝黄交响，新引擎助推新山东

当今时代，经济发展方式之优劣，已经成为决定不同经济体间竞争胜败的核心因素，文化已经成为一个地方能否赢得发展主动权的决定性力量，一个地区只........ 详细>>

活动主题

以“科学发展新山东”为主题，重点采访报道科学发展新思路、实施蓝黄带动战略、经济结构调整、统筹城乡建设、创新驱动、文化强省建设、改善民生、生态文明建设、深化改革开放、党的建设等十个方面，大力宣传各地各部门各行业创造的山东经验、山东模式、山东亮点。

视频

最新报道 更多>>

- 绿色科技未来 菜博会引领农业盛会
- 魅力、潜力、活力 生态菏泽打造科学发展高地
- 运河明珠换新颜 网络媒体走进生态化工业城市聊城
- 东营：“黄蓝”融汇三角洲 石油、生态双崛起
- 高定位实干兴市 菏泽自强孕育大突破
- 科学发展山东亮点：农民看病自掏腰包越来越少
- 迅速掀起干事创业加快科学发展热潮
- 城乡统筹迈出实质性步伐
- 科学发展山东亮点：覆盖城乡社保体系初步形成

行程安排

13：30－14：00 参观12345市民服务热线

15：00－15：30采访浪潮集团（途中车览经一路沿线馆驿街片区、魏家庄片区，经八纬一片区棚户区改造等民生工程）

15：40－17：00 采访山东博物馆、

精彩瞬间 更多>>

岱青海蓝”齐鲁魅力

济安新区新貌

十艺节“三馆”

牡丹仙子

世界大舞台

海上景色

沿海港口

风筝节

菏泽古筝

长城网：第八届中国网络媒体山东行专题截屏

浙江在线：第八届中国网络媒体山东行专题截屏

华龙网：第八届中国网络媒体山东行专题截屏

首页 | 新闻 | 视听 | 图片 | 财经 | 能源 | 文化 | 评论 | 地州 | 兵团 | 政务 | 学习 | 法治 | 科教 | 数码 | 时尚 | 健康 | 旅游 | 体育 | 娱乐 | 论坛 | 户外 | 微博 | 游戏 | 数字报

"科学发展新山东"
——第八届中国网络媒体山东行

概况

为集中宣传山东半岛蓝色经济区建设，由山东省委宣传部、山东省人民政府新闻办公室、山东省网络文化办公室、山东蓝色经济区建设办公室、山东省海洋与渔业厅共同主办，大众报业集团大众网承办的聚焦山东半岛蓝色经济区，"亚太森博杯"第六届中国网络媒体山东行将于22日正式启动，"新经济、新媒体、新责任"高端论坛也将于22日举行。

人民网、新华网、中国网、千龙网、天山网等近60家国内最主流网站将全程参加本次活动。【详细...】

动态

山东潍坊：着力推进"四个潍坊"建设
黄河三角洲国家级自然保护区着力...
莱芜市郭家沟村：村民"土地入股"...
济南市"新明湖"还景于民 开放水上"...
济南将打造"天下第一泉景区"
12345热线——问计于民的"济南模式"
第八届网络媒体山东行启动
第八届中国网络媒体山东行5月13日...
东营:融进生态发展的"黑色金子"更...
海陆统筹,拥抱蔚蓝,启动山东发展新...
更多

活动

13日：济南
09：00—09：40启动仪式（山东大厦多媒体厅）
09：50—11：45新闻发布会（山东大厦多媒体厅）
13：30—14：00参观12345市民服务热线
15：00—15：30采访浪潮集团（途中车览经一路沿线馆驿街片区、魏家庄片

图说山东 更多

鲁花"5S纯物理压榨工艺"的创新与突破
山东潍坊：着力推进"四个潍坊"建设
黄河三角洲国家级自然保护区着力打造山东龙头景区
莱芜市郭家沟村：村民"土地入股"带来共同致富
济南市"新明湖"还景于民 开放水上"大客厅"
济南将打造"天下第一泉景区"
12345热线——问计于民的"济南模式"
第八届网络媒体山东行启动

本网专稿 更多>>
鲁花"5S纯物理压榨工艺"的创新与突破
山东潍坊：着力推进"四个潍坊"建设
黄河三角洲国家级自然保护区着力打造山...
莱芜市郭家沟村：村民"土地入股"带来共...
济南市"新明湖"还景于民 开放水上"大客厅"
济南将打造"天下第一泉景区"
第八届网络媒体山东行启动

网媒看山东 更多>>
东营:融进生态发展的"黑色金子"更有分量
海陆统筹,拥抱蔚蓝,启动山东发展新引擎
日照"碧海蓝天"式发展惹人醉
潍坊：绿色之核助力山东半岛蓝色引擎
情烟台：助推半岛蓝色经济区北翼腾飞
绿色新核能，交通新枢纽，海阳"蓝调调"新...
滨州：产业链整合带动"桥头堡"强劲辐射力

科学发展 更多>>
半岛蓝色经济区规划编制启动
副市长张惠详说青岛蓝色经济着力点
山东半岛蓝色经济区规划出炉 面向日韩开拓市场
李群：蓝色经济区要发展蓝色文化
威海：山东蓝色经济走向"深蓝区"
胶南加快建设"蓝色经济示范区"

天山网：第八届中国网络媒体山东行专题截屏

云南网 WWW.YUNNAN.CN

【网站首页】新闻 云南 评论 民声 社会 财经 读图 专题 草根 村官 美食 娱乐 地产 排行 金碧坊 全媒体

【云南各地】昆明｜昭通｜曲靖｜玉溪｜保山｜楚雄｜红河｜文山｜普洱｜西双版纳｜大理｜德宏｜丽江｜怒江｜迪庆｜临沧

活动主题

以“科学发展新山东”为主题，重点采访报道科学发展新思路、实施蓝黄带动战略、经济结构调整、统筹城乡建设、创新驱动、文化强省建设、改善民生、生态文明建设、深化改革开放、党的建设等十个方面，大力宣传各地各部门各行业创造的山东经验、山东模式、山东亮点。由山东省委宣传部、山东省人民政府新闻办公室、山东省网络文化办公室主办，大众网承办的“科学发展新山东——第八届中国网络媒体山东行”大型采访活动将于5月12日至19日在山东举行。

最新报道

泉水申遗 济南将打造“天下第一泉景区 ”

14日上午，“科学发展新山东——鲁花杯第八届中国网络媒体山东行”采访团来到济南趵突泉，持续喷涌8年的趵突泉依然泉涌如注，令采访团的记者们不时发出赞叹。

- 鲁花董事长详解鲁花食用油工艺中的五项创新
- 枣庄东湖公园：废地上建起的休闲宝地（图）
- 鲁花：科技创新 挺起民族产业的脊梁（组图）
- 曲阜片区大遗址：见证千年文化传承(组图)

更多

活动介绍

动由国家互联网信息办公室网络新闻宣传局指导，中共山东省委宣传部、山东省人民政府新闻办公室、山东省网络文化办公室共同主办、大众网承办，活动将分三大版块、东西两条线路，通过来自全国网媒的采访报道，为党的十八大和省第十次党代会的胜利召开营造良好的网上舆论环境。

活动期间，来自网络和传统媒体的编辑记者们将通过实地考察采访，以山东省委省政府推进科学发展的重大决策、重大战略、重点工作为切入点，以“科学发展新山东”为主题，重点采访报道科学发展新思路、实施蓝黄带动战略、经济结构调整、统筹城乡建设、创新驱动、文化强省建设、改善民生、生态文明建设、深化改革开放、党的建设等十个方面，大力宣传各地各部门各行业创造的山东经验、山东模式、山东亮点。

为喜迎党的十八大和即将召开的山东省第十次党代会，集中展示山东九次党代会以来贯彻科学发展观采取的重大举措，建设经济文化强省取得的重要成就、主要经验以及突出亮点，“科学发展新山东—

主办：山东省委宣传部、山东省人民政府新闻办公室、山东省网络文化办公室
承办单位：大众网

山东印象

山东，古代为齐鲁之地，位于中国东部沿海、黄河下游、京杭大运河的中北段，省会在济南。山东历史上出现过一大批对中华文化产生重要影响的历史名人：伟大的思想家、教育家、政治家孔子创立的儒家学说，成为中国文化的支柱，在世界上产生重大影响；古代著名军事家孙武的《孙子兵法》，仍然是中外军界和商界推崇的经典。境内有自然景观和人文景观旅游点约493处，古建筑、古遗址1.3万多处。悠久的历史，灿烂的文化，优美的自然风光构成了内容丰富，特色鲜明的自然景观和人文景观，共同构成了山东旅游独特的风格。

魅力山东

走进东营

吕剧是山东省地方戏曲剧种之一，曾名“化装扬琴”、“琴戏”。系由民间说唱艺术“山东琴书”（坐腔扬琴）

走进潍坊

潍坊世界风筝博物馆是中国第一座大型风筝博物馆，建筑面积8100平方米，设计风格在国内独树一帜，是“世界

走进菏泽

演武楼位于菏泽城市规划区南北、东西两轴交汇的核心地带，与建设中的菏泽大剧院和北侧拟建的群众文化综合

走进青岛

青岛奥帆中心即青岛奥林匹克帆船中心，坐落于青岛市东部新区浮山湾畔，2008年第29届奥运会和13届残奥会

云南网：第八届中国网络媒体山东行专题截屏

科学发展新山东

第八届网络媒体山东行

日程安排

13日：济南

观12345市民服务热线、浪潮集团、山东博物馆、介绍第十届中国艺术节筹备情况

东线　14日：济南、莱芜

采访莱城区口镇雍和园社区、郭家沟村、力创科技园、呈瑞粉末、东营经济技术开发区

15日：东营、潍坊

采访东营现代渔业示范区、黄河三角洲国家级自然保护区、三元朱村、潍坊科技学院、寿光蔬菜博览会

16日：潍坊、烟台

采访潍柴动力、盛瑞传动股份有限公司、鲁花、高新区规划展厅、山东国际生物科技园、烟台文化中心

17日：威海、青岛

采访牟平区规划展示中心、威海市民文化活动中心、威海公园、文登文化惠民工程

参观海阳亚沙会展览馆及开幕式主会场、介绍亚沙会筹备情况

西线　14日：济南、聊城

采访明珠剧场和东昌湖、山陕会馆、燎原光伏产业园、中通客车、运河博物馆

15日：菏泽

采访东阿阿胶博物馆、新巨龙能源有限公司、步长制药、山东东明石化集团

参观曹州牡丹园、演武楼和大剧院

16日：济宁、枣庄

采访济宁市第二人民医院、会展中心大遗址保护区沙盘、孔府、孔庙、少昊陵、台儿庄古城、台儿庄古城内鲁旗会馆

17日：枣庄

采访东湖公园、桑村镇土地合作社、兖矿国泰化工有限公司

18日：青岛（东、西线人员合并）

采访青岛北海船舶重工公司、西海岸经济新区、青岛职业技术学院、中德生态园、青岛啤酒集团及参观青啤博物馆

19日：采访团全天离会

山东省地图

山东省概况

山东，古为齐鲁之地，位于中国东部沿海、黄河下游、京杭大运河的中北段，西部连接内陆，从北向南分别与河北、河南、安徽、江苏四省接壤；中部高突，泰山是全境最高点；东部山东半岛伸入黄海，北隔渤海海峡与辽东半岛相对、拱卫京津与渤海湾，东隔黄海与朝鲜半岛相望，东南则临靠较宽阔的黄海、遥望东海及日本南部列岛。山东历史悠久，在中华文明的发祥与发展过程中有很多重要贡献，最广为人知的是孔子及其的儒家思想。对中国内地……【详细】

魅力山东

+ VIEW MORE

曲阜孔府

东营黄河三角洲

济南趵突泉

莱芜莲花山

崂山云海日出

鸟瞰青岛

四门塔

泰山玉皇顶

记者采风

- 科学发展新山东——第八届中国网媒山东…
- 实现蓝色跨越，再造一个新青岛
- 一杯酒做一百年，啤酒里喝出文化味（图）
- 威海：政府惠民文化服务均等化（图）
- 中德生态园：10年崛起一片国际示范宜…
- 北船重工：礁石滩涂上造船 成为蓝色经…
- 文登市博展中心：深厚的文化促进城市快…

+ VIEW MORE

媒体聚焦

- 台儿庄区"文化养老"成时尚
- 山东半岛蓝色经济发展与金融创新投资论…
- 潍坊高新区科技创新催生"品牌经济"
- 东营70余家重点企业开通人力资源服务…
- 黄三角未利用地开发效益渐显
- 莱芜推行先看病后付费 基层医疗机构下…
- 莱城八成农民融入农业产业化 农民收入…

+ VIEW MORE

山西新闻网：第八届中国网络媒体山东行专题截屏

第八届全国网络媒体山东行青岛圆满闭幕(图)

“科学发展新山东”

第八届中国网络媒体山东行

为喜迎党的十八大和即将召开的山东省第十次党代会，集中展示山东九次党代会以来贯彻科学发展观采取的重大举措，建设经济文化强省取得的重要成就、主要经验以及突出亮点，“科学发展新山东——第八届中国网络媒体山东行”将于5月13日在济南启动。

活动期间，来自网络和传统媒体的编辑记者们将通过实地考察采访，以“科学发展新山东”为主题，重点采访报道科学发展新思路、实施蓝黄带动战略、经济结构调整、统筹城乡建设、创新驱动、文化强省建设、改善民生、生态文明建设、深化改革开放、党的建设等十个方面，大力宣传各地各部门各行业创造的山东经验、山东模式、山东亮点。

+ 大话山东

山东，中国古老文化的发祥地之一，这片伟大的土地不仅有名山大川、碧波万顷，而且在漫长的文明历史发展过程中孕育了非常灿烂的文明。

山东的名胜古迹、山水风光举不胜举：“万世师表”的孔孟故里，誉满天下的泰山，“泉城”济南，“齐都”淄博，还有“风筝故乡”潍坊，那深沉厚重的文化积淀，使游人如同走进了东方文明的历史宫殿；“滨海明珠”青岛、烟台和威海的旖旎风光，亦会使游客不舍得离开这一方宝地。

+ 活动路线

东线：莱芜、东营、潍坊、烟台、威海

西线：聊城、菏泽、济宁、枣庄

+ 本网专稿

- 鲁花压榨工艺：一个值得中国人骄傲的工艺
- 攻克难题 鲁花开创花生油零黄曲霉毒素时代
- 鲁花：让消费者享用最健康的油
- 第八届全国网络媒体山东行青岛圆满闭幕(图)
- 亲触黄河口鸟类天堂 惊叹景区湿地保护规划
- 走访生态渔业示范区 感受东营现代渔业之路
- 记者走访莱芜郭家沟村 感受文明幸福路(图)
- 大明湖畔感受新泉城魅力 超然楼内看老济南文化
- 济南12345热线百分百回复率成就“济南模式”
- 第八届网络媒体山东行采风活动济南启动(图)
- 社会科学普及周启动 3000多项活动覆盖全省
- 山东今年将建设乡镇污水处理及管网工程114个

+ 活动安排

13日：济南

东线
14日：济南、莱芜
15日：东营、潍坊
16日：潍坊、烟台
17日：威海、青岛

西线
14日：济南、聊城
15日：菏泽
16日：济宁、枣庄
17日：枣庄

18日：青岛（东西线人员合并）

+ 精彩图片

亲触黄河口鸟类天堂 惊叹景区湿地保护规划

走访生态渔业示范区 感受东营现代渔业之路

东营：“黄蓝”融汇三角洲 石油、生态双崛起

步长制药:收入10%搞科研 推出全省唯一中药注射液

“绿色?科技?未来” 菜博会引领农业盛会

广西新闻网：第八届中国网络媒体山东行专题截屏

每日甘肃 WWW.GANSUDAILY.COM.CN

专稿 视频 国际 国内 法治 时评 政务 体育 娱乐 教育 每日团购 作文 军事 财经 甘肃旅游 甘肃名师 健康频道 网上甘肃
甘肃 论坛 任命 女性 旅游 汽车 餐饮 房产 卫生 科技 甘肃消防 游戏 文化 IT 亲子频道 陇上专家 English 金塔专题
兰州 嘉峪关 酒泉 张掖 金昌 武威 白银 临夏 甘南 定西 天水 陇南 平凉 庆阳 穆斯林通讯 平川专题 乡镇之窗 本网导航

第八届中国网络媒体山东行

黄河三角洲国家自然保护区山东省烟台市举办荷兰郁金香花

新闻动态

“中国蔬菜之乡”山东寿光的潍坊科技学院

每日甘肃网讯(记者 刘英)5月15日，科学发展新山东——“鲁花杯”第八届中国网络媒体山东行东线访团来到坐落于著名“中国蔬菜之乡”山东寿光的潍坊科技学院。记者了解到，潍坊科技学院在……全文

第八届网媒山东行启动 孙守刚致辞并授旗

今天上午，“科学发展新山东——鲁花杯第八届中国网络媒体山东行”大型采访活动在济南启动。未来6天，60余家全国知名网站和山东省内部分新闻网站、商业网站以及传统媒体的130余名编辑记者将……全文

更多

·鲁花：科技创新 挺起民族产业的脊梁

·山东国际生物科技园：“转基因小鼠”诞生搭…

·烟台高新区：打造“东部新区”的领航区

·济宁：孔孟故里新传文化 运河之都医惠民生

·枣庄：“天下第一庄”重现盛事美景

·东营：黄河三角洲国家自然保护区(图)

·“中国蔬菜之乡”山东寿光的潍坊科技学院(图)

更多

活动主题

省九次党代会以来，在党中央、国务院的坚强领导下，省委、省政府深入贯彻落实科学发展观，牢牢把握主题主线，积极作为、科学务实，在“十一五”期间取得了经济建设、政治建设、文化建设、社会建设和党的建设的新成就，并实现了“十二五”时期良好开局。2012年是实施“十二五”规划承上启下的重要一年，我们党将召开十八大，我省将召开第十次党代会。为更好的总结好、报道好、宣传好九次党代会以来，我省全面贯彻落实科学发展观做出的重要工作，在经济文化强省建设发展战略部署下取得的系列成就、主要经验，以及突出的亮点，由山东省委宣传部、山东省人民政府新闻办公室、山东省网络文化办公室主办、大众网承办的“科学发展新山东——第八届中国网络媒体山东行”大型采访活动拟定于2012年5月12日-5月19日举办。

网络媒体山东行

采访行程

东线行程 东线前往东营、潍坊、烟台、青岛

西线行程 西线前往聊城、菏泽、枣庄、莱芜、青岛

图片新闻

海上牧场-昔日盐碱滩变成“聚宝盆”

东营：黄河三角洲国家自然保护区

“中国蔬菜之乡”潍坊科技学院

聊城：东阿阿胶中药产业的“二次革命”

菏泽：网媒记者参观毛主席纪念章馆

聊城：网媒记者采访团参观明珠大剧场

聊城：生态旅游助推水城发展

聊城：网媒媒体在山陕会馆感受晋商文化

山东省烟台市举办荷兰郁金香花展(图)

山东省枣庄市鑫昌路小学学生举行微笑比赛

更多

每日甘肃网：第八届中国网络媒体山东行专题截屏

首页-新闻-党政-民生-社会-地市-财经-旅游-图片-文化-回族-体育-教育-娱乐-医疗-筑家房网-数字报-手机报-萤草社区-宁夏微博

1 2 3 4

寿光菜博会引领农业盛会

青岛：蓝色领军山东龙头 建宜居幸福国际城市

在蓝色战略带动下，青岛的城市空间布局方面更加注重海陆统筹、区域联动、城乡协调，更加注重由单中心向多中心转变。日前，青岛市发展改革委主任刘明君表示，全域统筹，就是要七区统筹、城乡统筹、陆海统筹；三城联动，就是东岸、西岸、北岸三个城区呈“品”字形布局，分别做优做美、做大做强、做高做新；轴带展开，就是...[详细]

鲁花科技创新带来的实力

科技创新加快了鲁花的发展步伐，如今的鲁花已经成为中国的民族品牌、农业产业化国家重点龙头企业，每年都会有新专利。目前，鲁花已申报专利23项，已获授权发明专利5项，实用新型专利2项，外观设计专利10项，获山东省科技进步一等奖1项，获省部级科技二等奖4项、三等奖2项。2009年，“十一五”国家科技支撑计划重点项目“...[详细]

媒体聚焦

- 威海公园:蓝色文化塑造思想解放的威海人
- 金沙滩搭起大舞台 亚沙会大幕将掀开
- 青岛啤酒：一杯酒做一百年，啤酒里喝出文化味
- 青岛职业技术学院人才“摇篮”
- 中德生态园：10年崛起一片国际示范宜居新城区
- 文登：国家一级图书馆 24小时自助借阅
- 亚沙会展览馆：文体交汇匀勒新海阳
- 赵熙殿：“蓝绿”互促双赢 建现代化幸福威海
- 牟平：开发建设5大板块，打造烟台东部新区核心
- 走进潍柴 看“蓝擎”WP12引领全球的“自主范”

本网原创

- 鲁花科技创新带来的实力
- 鲁花“5S纯物理压榨工艺”全解读
- 济南将打造“天下第一泉景区”
- 济南：大明湖还景于民
- 走近浪潮感受身边云计算
- 科学发展新山东 十大亮点展新篇
- 东、西两路深度报道
- 参与媒体规模将创纪录
- 多媒体合作立体式报道
- 城乡统筹迈出实质性步伐

活动简介

主办单位：中共山东省委宣传部、山东省人民政府新闻办公室、山东省网络文化办公室

承办单位：大众网

活动主题：以“科学发展新山东”为主题，重点采访报道科学发展新思路、实施蓝黄带动战略、经济结构调整、统筹城乡建设、创新驱动、文化强省建设、改善民生、生态文明建设、深化改革开放、党的建设等十个方面，大力宣传各地各部门各行业创造的山东经验、山东模式、山东亮点。

活动路线：活动将分三大版块、东西两条线路。跨越11市进行实地采访。

活动时间：5月12日－5月19日

印象山东 >>更多

山东潍坊国际风筝节

东营胜利油田

山东枣庄天空出现...

黄河入海口美丽景观

孔府

青岛市

泰山美景

蓬莱阁

宁夏新闻网：第八届中国网络媒体山东行专题截屏

齐鲁网：第八届中国网络媒体山东行专题截屏

青岛新闻网首页 通行证 新闻 社区 微博 维权 房产 汽车 财经 旅游 健康 女性 教育 美食 票务 婚嫁 招聘 打折 团购 营销

焦点图片 更多>>

文登市民文化中心：24小时自助借阅

亚沙会展览馆：文体交汇匀勒新海阳

第八届中国网媒山东行落幕

18日晚，科学发展新山东——“鲁花杯”第八届网络媒体山东行在青岛圆满落幕。本次采访活动历时7天，各媒体发稿和转载总量近30万篇，在网上掀起“科学发展新山东”宣传热潮，为党的十八大和省第十次党代会的胜利召开营造了网上舆论氛围。本次采访活动邀请了人民网、新华网、中国网络电视台等中央重点新闻网站，新浪、搜狐等知名商业门户网站，...[详情]

青岛：蓝色领军山东龙头 建宜居幸福城市

“红瓦绿树、碧海蓝天”，提及青岛，那旖旎的自然风光、弥漫的啤酒麦香、激情的扬帆冲浪，足以令人沉醉、难舍难忘。蓝色经济的另一个发力点是蓝色硅谷，规划布局“一园一区一带”其中，“一区”即蓝色硅谷核心区，包括即墨东部鳌山卫蓝色硅谷的核心区域，集中海洋科研机构，集中海洋科研人才，集中海洋科研成果。...[详情]

新闻速递 更多>>

- 原创：烟台牟平凸显区位优势 带活东部新城（图） 05.18
- 原创：威海文化艺术中心投资5.27亿 承载多样精彩 05.18
- 原创：场馆及配套工程已入尾声 亚沙会倒计时30天 05.18
- 刘致福：本届媒体行六大亮点创历届之最 05.18
- 西海岸经济区：建″一心五区″ 5年再造一个新青岛 05.18
- 赛事运筹有条不紊 海阳亚沙会静待八方宾客 05.18
- 网评：山东的青岛蓝 世界的青岛蓝 05.18
- 赵熙殿：“蓝绿”互促双赢 建现代化幸福威海 05.18
- 文登市体育公园：“水波纹”里尽享高端文体设施 05.18
- 威海：文化服务均等化 政府惠民“不差钱” 05.18

相关信息

指导：国家互联网信息办公室网络新闻宣传局

主办：中共山东省委宣传部
山东省人民政府新闻办公室
山东省网络文化办公室

承办：大众网

活动简介

为喜迎党的十八大和即将召开的山东省第十次党代会，集中展示山东九次党代会以来贯彻科学发展观采取的重大举措，建设经济文化强省取得的重要成就、主要经验以及突出亮点，“科学发展新山东第八届中国网络媒体山东行”将于5月13日在济南启动，届时，来自国内百余家最知名网络媒体和传统媒体编辑记者将用7天时间，对济南、东营、菏泽、青岛等11个地市进行采访考察，集中深入报道…[详情]

【行程安排】

图片报道 更多>>

威海文化艺术中心

西海岸经济新区规划图

海中的火炬塔

文登市体育公园

文登市民文化中心

海阳亚沙会展览馆

枣庄东湖公园

参观黄三角自然保护区

参观曹州牡丹园

发挥党员先锋作用

科学发展看山东

青岛新闻网：第八届中国网络媒体山东行专题截屏

胶东在线：第八届中国网络媒体山东行专题截屏

鲁网：第八届中国网络媒体山东行专题截屏

青岛啤酒：一杯酒做一百...

指导单位：
国家互联网信息办公室网络新闻宣传局

主办单位：
中共山东省委宣传部
山东省人民政府新闻办公室
山东省网络文化办公室

承办单位：
大众网

导语：山东省九次党代会以来全面贯彻落实科学发展观，在改革开放和现代化建设中所取得的一系列重大成就、主要经验和突出亮点，掀起宣传建设“科学发展新山东”的网上热潮，为经济文化建设营造良好的网上舆论氛围。

加大民生建设力度 共享经济发展成果

威海市的城市建设和经济社会发展从规划到成果，都跟老百姓的生活密不可分。一言以蔽之，威海市把……[详细]

枣庄：资源枯竭型城市的科学发展之路

对资源枯竭型城市而言，因煤而兴的枣庄已经失去粗放经营的本钱，否则逃不脱矿竭城衰的宿命，惟有……[详细]

最新报道

- 赵熙殿：科学发展创新驱动 打造宜居幸福新威海
- 走访威海文化设施 延伸城市命脉满足市民文化
- 威海公园：蓝色文化塑造思想解放的威海人
- 烟台高新区：瞄准国内一流 打造高端产业高地
- 走进港城烟台 感受贴近百姓的“文化盛宴”
- 场馆搭建近尾声 亚沙文化旅游产业聚海阳
- 枣庄市长张术平：昔日煤都已华丽转型呈三大特
- 天下第一庄--改造后的台儿庄古城

行程安排

5月13日（周日） 济南
启动仪式
“科学发展新山东”新闻发布会
5月14日—18日
采访报道
东线：莱芜 东营 潍坊 烟台 威海 青岛
西线：聊城 菏泽 枣庄 济宁 青岛
5月18日（周五） 青岛
闭幕仪式

相关专题

科学发展的山东担当

建设经济文化强省，是着眼于全国发展大局的科学定位

山东是中国的山东，山东之于全中国，是局部与全局的关系。对于山东这样在全国具有举足轻重地位的经济大省而言，确定经济社会发展目标，在国家发展大局中科学谋划自身的定位，至关重要。这不仅关乎山东的发展，也影响全国的发展。站在全国看山东，山东的经济社会发展，是整个国家经济社会发展的有机组成部分，只有坚持并善于把山东的发展置于整个国家发展的大局之中，才能获得全面可持续的发展，并在实现自身发展的同时服务国家发展，为国家发展作出应有的贡献。...[详细]

建设经济文化强省，是立足于山东经济社会发展阶段性特征基

无论是对全国还是各省各地区而言，经济社会发展目标及战略规划的确立，要符合两个要求：一是所确立的目标必须有强大的感召力，从不断全面满足人民的需求出发，充分鼓舞起人民投身建设事业的抱负和激情；二是所确立的目标与规划必须是科学与理性的产物，必须充分把握经济社会发展规律基础上的产物，其中关键是必须围绕经济社会发展的阶段性特征加以确立。这正是我省近年来，紧紧围绕科学发展主题，牢牢把握加快转变经济发展方式主线，坚定不移地以富民强省为目标，建设经济文化强省的立足点。...[详细]

舜网：第八届中国网络媒体山东行专题截屏

中国山东网：第八届中国网络媒体山东行专题截屏

百灵网：第八届中国网络媒体山东行专题截屏

第八届中国网络媒体山东行好新闻评选获奖名单

一、优秀报道奖

一等奖

人民网　庞胡瑞

科学发展心善　探求官民互动的良治之道

新华网　李志强

“生态山东”建设破解“GDP 崇拜”顽疾

二等奖

中新网　吉　翔

东营现代生态渔业示范区：注重突出生态高效

中国网　陈训迪

济南 12345 热线：1 号受理盘活资源　打造 24 小时政府

中国网络电视台　张翼飞

“12345”热线　助力泉城百姓排忧解难的一汪清泉

华龙网　樊国生

运河古都聊城：全面建设生态型强市名称

中国吉林网　杨宗立

努力打造优美宜居城市——第八届中国网络媒体山东行莱芜印象之四

三等奖

中国日报网　徐振丽

东营现代渔业示范区成为蓝色高效生态样板

国际在线　李　瑛

浪潮“云计算”给人们生活带来神奇改变

中国青年网　刘　哲

第八届网媒山东行启动　孙守刚致辞并授旗

中国广播网　任广宁

菏泽补贴牡丹种植东营盐碱滩里聚宝

红网　张泉森

菏泽大剧院：牡丹之都新地标　文化娱乐大舞台

中国经济网　徐婷

2.5 亿改造曹州牡丹园 1100 多种牡丹四季开

二、优秀推介奖

一等奖 搜狐网杨建　网易张佳峰

二等奖 大众日报杨学莹　第一视频王萌　齐鲁晚报张亚男

半岛都市报杨洪星　新浪李钟

三等奖 山东电视台张鹏　经济导报庄会晓　凤凰网刘磊

北方网周庆　腾讯马占超　山西新闻网郑毅

三、优秀专题奖

一等奖 大众网　胶东在线

二等奖 长城网　宁夏新闻网　东北新闻网　东方网　齐鲁网

三等奖 长城网　青岛新闻网　天山网　华龙网　每日甘肃网　广西新闻网

四、优秀评论奖

淄博晚报新闻采访中心副主任　伊茂林

文以载鲁，蓝黄交响，新引擎助推新山东

德州日报社编辑部副主任　刘同江

回首山东五年路　走对路走新路走“活”路

大众网特约评论员　丁　琪

开启科学发展之门，追寻山东智慧

图书在版编目（CIP）数据

科学发展新山东：第八届中国网络媒体山东行新闻报道集／山东省网络文化办公室编．—济南：山东人民出版社，2013.1
ISBN 978-7-209-07166-6

Ⅰ.①科… Ⅱ.①山… Ⅲ.①新闻报道—作品集—中国—当代 Ⅳ.①I253

中国版本图书馆CIP数据核字(2013)第065049号

责任编辑：李言英

科学发展新山东
——第八届中国网络媒体山东行新闻报道集
山东省网络文化办公室　编

山东出版集团
山东人民出版社出版发行
社　址：济南市经九路胜利大街39号　邮　编：250001
网　址：http://www.sd-book.com.cn
发行部：(0531)82098027　82098028
新华书店经销
山东临沂新华印刷物流集团印装

规　格　16开(185mm×260mm)
印　张　28.25
字　数　400千字
版　次　2013年1月第1版
印　次　2013年1月第1次
ISBN 978-7-209-07166-6
定　价　69.00元